ANDREW TAYLOR

Né [illegible] anglais, aut[illegible]nent des ouv[illegible]
Il c[illegible]*lent* et au *Tin*[illegible]
Il v[illegible] frontière de l'Angleterre et du pays de Galles.

Retrouvez toute l'actualité de l'auteur sur : http://www.andrew-taylor.net

… en 1951, Andrew Taylor est un écrivain … de nombreux romans, principalement … ouvrages policiers et des thrillers … collabore régulièrement à *The Independent* …

… vit avec sa femme et leurs enfants à la … l'Angleterre et du pays de Galles.

LE DIABLE DANSE À BLEEDING HEART SQUARE

ANDREW TAYLOR

LE DIABLE DANSE À BLEEDING HEART SQUARE

Traduit de l'anglais
par Danièle Mazingarbe

CHERCHE MIDI

Titre original :
BLEEDING HEART SQUARE

MIXTE
Papier issu de sources responsables
FSC® C003309

Pocket, une marque d'Univers Poche, est un éditeur qui s'engage pour la préservation de son environnement et qui utilise du papier fabriqué à partir de bois provenant de forêts gérées de manière responsable.

ISBN : 978-2-266-21047-8

… ne vous aventurez pas la nuit dans Bleeding Heart Square. C'est une petite cour sale, sombre et inquiétante. Fréquentée par des gens étranges…

Extrait – avec quelques légères modifications – de « La Pendaison de crémaillère ! ! Une légende de Bleedingheart Yard ».
(Révérend Richard Harris Barham : *Les Légendes d'Ingolsby, de l'hilarité à l'émerveillement*, troisième édition, 1847)

1

Il vous arrive de vous faire peur. Pour quelle raison, exactement ? Est-ce une punition ? Une distraction ? Un soulagement ? Comment le savoir ? Vous avez beau vous dire que les faits remontent à plus de quatre ans, que ça n'a plus aucune importance, et que, de toute façon, vous ne pouvez rien y changer. Mais vous n'écoutez rien, n'est-ce pas ? Vous revenez toujours à ce sale petit livre vert.

Jeudi 2 janvier 1930

Demain, j'irai à Bleeding Heart Square[1] *pour la première fois. C'est le jeune M. Orburn qui me l'a suggéré. Je pense toujours à lui comme au jeune M. Orburn, bien qu'il ait au moins trente-cinq ou quarante ans. Il est jeune comparé à son père quand celui-ci venait rendre visite à ma tante qui*

1. Bleeding Heart Yard à Londres, près de Greville Street, fut ainsi nommé après qu'au XVIIe siècle, Lady Elizabeth Hatton, une célèbre beauté de l'époque, y eut été retrouvée assassinée le lendemain de son bal d'hiver annuel. Son cœur avait été sorti de sa poitrine. Aujourd'hui l'endroit est célèbre pour son restaurant français. *(N.d.T.)*

lui servait du madère et du gâteau aux graines de carvi. Il y a tellement d'années – comme le temps passe.

Je commence à écrire dans ce journal, et je me sens un peu embarrassée, comme si je parlais à quelqu'un que je venais de rencontrer. Ma nièce m'a donné le journal lorsque je suis venue passer Noël en famille chez mon frère. C'était très gentil de leur part de me convier, et de loin préférable à un dîner de Noël au Rushmere Hotel avec les autres résidentes qui n'avaient aucun proche pour les inviter. Il n'empêche que c'était un peu gênant.

En tout cas, c'est le début d'une nouvelle année, et je vais faire de mon mieux. J'ai pris plusieurs résolutions – je serai gaie, j'aurai une pensée pour ceux qui sont moins chanceux que moi et essaierai de les aider, je relirai tous les livres du Nouveau Testament et prendrai des notes au fur et à mesure. Je tiendrai ce journal à jour. J'y consignerai mes impressions, mes conversations, mes pensées, etc., toutes celles qui se présenteront à moi. Je dois rester occupée car tout le monde connaît celui qui trouve du travail pour des mains oisives !

Donc – revenons à Bleeding Heart Square. Quel curieux nom. J'avais demandé à M. Osburn d'où il venait mais il n'en savait rien. Note à mon intention : trouver ce que signifie ce nom.

C'est comme si vous l'entendiez parler, comme si elle se tenait à côté de vous. Quand ça ne va vraiment pas, vous croyez sentir son parfum. Vous partagez ses pensées, vous vivez ses rêves.

En voilà d'ailleurs une idée : Miss Philippa May Penhow n'est pas morte, elle est seulement endormie.

*

* *

À quinze heures dix, le mardi 6 novembre 1934, Lydia Langstone fouillait dans son sac pour trouver la clé de la porte d'entrée. La maison la dominait, semblable à une pièce montée salie. Un vent froid, chargé de pluie, lui pinçait les chevilles. Dans sa hâte, elle laissa tomber la clé et se surprit à rire d'une façon idiote en se penchant pour la ramasser.

Des feuilles volaient le long du trottoir. Le taxi s'éloigna et elle regarda par-dessus son épaule en suivant le bruit du moteur. La porte d'entrée, flanquée de deux piliers blancs, se trouvait à plus d'un mètre au-dessus du niveau de la rue.

Elle se disait que tout allait rentrer dans l'ordre. Maintenant. Enfin.

La clé tourna dans la serrure. Elle ouvrit la porte. La maison était silencieuse, plongée dans le calme qui l'envahissait entre le déjeuner et le thé, lorsque, pendant une heure ou deux, les serviteurs se faisaient invisibles, absorbés dans le mystère de leurs propres vies.

Le chapeau de Marcus était posé sur le coffre ciré au pied de l'escalier. Pour une fois, elle était contente de le voir. Il avait déjeuné à son club et n'avait pas dit à quelle heure il rentrerait. Elle remarqua un deuxième chapeau qu'elle ne reconnut pas, mais, plongée dans ses pensées, elle n'en conclut pas, ce qui était pourtant évident, que son propriétaire devait également être présent dans la maison.

Marcus serait en haut, dans son bureau ou dans le salon. Sans enlever son manteau ni son chapeau, Lydia partit à sa recherche. Elle monta l'escalier en courant, un escalier bien trop vaste par rapport à l'entrée en dessous et le palier en haut. C'était ce genre de maison qui, en voulant impressionner, sacrifie le confort et la commodité.

Sur le palier, elle hésita un moment avant d'ouvrir la porte du salon. La pièce était vide, la cheminée éteinte. Elle se précipita alors vers le bureau et ouvrit la porte sans frapper. Marcus était assis dans un fauteuil devant le feu, un cigare à la main et un verre de whisky sur l'accoudoir. Elle s'arrêta dans l'encadrement de la porte, et il leva son regard vers elle. Il la fixa, le visage empourpré, et les yeux écarquillés.

Le visiteur se leva et se tourna dans sa direction. Il était mince, avec la peau mate, une petite moustache et le visage d'un phoque déterminé. Marcus se leva également, mais sans enthousiasme, comme s'il se soumettait aux ordres d'un pouvoir supérieur.

« Ah Lydia, ma chère, dit-il, en détachant ses mots avec la précision d'un homme au bord de l'ivresse. Je crois que tu ne connais pas Rex Fisher. »

Il se tourna vers son invité.

« Rex, voici ma femme. »

Fisher s'approcha en boitant, tendit la main et sourit.

« Mais si, nous nous sommes déjà rencontrés, madame Langstone.

— Bien sûr, Sir Rex, dit Lydia. Vous êtes venu passer le week-end à Monkshill. Ce devait être juste après la guerre. »

Ils se serrèrent la main. Fisher avait une façon de vous regarder comme si vous étiez, dans l'instant, la chose la plus intéressante au monde. C'était à la fois flatteur et inquiétant.

« Comment vont Lord et Lady Cassington ? demanda-t-il.

— Très bien, merci. »

Elle lui sourit.

« Pardonnez-moi, mais est-ce que ça vous ennuierait si je vous enlevais Marcus un petit moment ? J'ai besoin de lui parler de quelque chose. »

Fisher recula, le sourire impassible.

« Absolument pas, madame Langstone. »

Marcus émit un son incompréhensible qui aurait pu passer pour un murmure de protestation. Mais elle ne lui laissa pas le temps de réfléchir. Elle sortit de la pièce et traversa le palier jusqu'au salon. Elle entendit son mari s'excuser auprès de son invité, la porte du bureau se fermer, et son pas derrière elle.

Lorsqu'ils furent tous les deux dans le salon, il referma la porte. Ses lèvres gonflées sous le coup de l'énervement formaient une sorte de moue, et ses yeux étaient plus grands que jamais. Quand ils étaient enfants, elle trouvait que ce regard lui donnait l'air d'une grenouille fâchée, mais elle ne le lui avait jamais dit. Hélas, il était bien plus ivre qu'elle ne l'avait pensé.

« Espèce d'idiote, dit-il. À quel jeu joues-tu ?

— Marcus, il y a quelque chose que je…

— Te rends-tu compte de ce que tu viens de faire ? interrompit-il d'une voix basse. Tu as probablement sabordé ma carrière politique avant même qu'elle n'ait commencé.

— C'est absurde, tu sais…

— Rex a l'oreille de Mosley[1]. Mais il se froisse facilement, prenant offense de tout. Et il était sur le point de me proposer... »

Elle fit un pas vers lui en tendant les mains.

« Tu ne comprends pas, commença-t-elle. Je...

— Je comprends parfaitement, dit-il d'un ton sec. J'ai fait la pire bêtise de ma vie en t'épousant. »

Elle eut l'impression que son cerveau était soudain transformé en glace. Elle ne ressentait que du froid. Elle ne pouvait pas réfléchir, et encore moins bouger. Elle regardait son mari d'un air ahuri. Et sa passivité semblait encore ajouter à sa fureur. Il plongea en avant et la gifla sur la joue de la paume de sa main droite. Le coup, quoique relativement léger, lui projeta la tête d'un côté. Elle en eut le souffle coupé et leva la main gauche pour protéger la partie atteinte.

« Seigneur Dieu, dit-il, quelle petite salope tu fais. »

En l'entendant, elle sut qu'il allait la frapper à nouveau. C'était d'une certaine façon la suite logique du premier coup. L'ayant giflée de la main droite, il inversa le mouvement de son bras et accentua son élan. L'arrière de sa main s'abattit sur sa pommette, et la force du coup la fit tomber contre une chaise. Elle se cogna contre le siège juste en dessous du genou. Elle perdit l'équilibre et s'étala de tout son long de façon disgracieuse, à moitié sur la chaise et à moitié par terre. Une secousse la traversa tout entière, et elle se mit à crier sous l'effet de la douleur lancinante qui

1. Sir Oswald Mosley, fondateur en 1932 de l'Union britannique des fascistes, après un entretien avec Mussolini. L'Union fut interdite en 1940. *(N.d.T.)*

s'ensuivit. Elle était à peine consciente de la présence de Marcus au-dessus d'elle.

« J'espère ne plus jamais avoir besoin de te le rappeler, dit-il lentement et distinctement, comme s'il s'adressait à une servante demeurée. Tu ne dois pas m'interrompre quand je suis dans le bureau. Jamais. Compris ? »

Elle ferma les yeux et écouta le grondement dans ses oreilles. Elle l'entendit s'éloigner, la porte s'ouvrir et se refermer. Elle appuya la tête sur son bras. Son corps était devenu un continent noir comme l'Afrique, rempli de peuplades étranges et de lieux inexplorés, une source de pillage pour des hommes avides. Elle essaya de ne plus penser à rien, de faire un vide total dans son esprit, comme dans le désert du Sahara.

Le temps passa. Sur la tablette de la cheminée, l'horrible pendule française que les parents de Marcus avaient héritée d'une quelconque grand-tante Langstone poussiéreuse, scandait les instants comme un métronome, et les élancements dans sa joue suivaient le rythme. Les Langstone contrôlaient jusqu'à sa douleur. Sa joue devait saigner, mais elle ne voulait pas le vérifier.

Au bout d'un moment, les hommes redescendirent. Fisher disait quelque chose. Il n'était encore que M. Fisher quand Lydia avait fait sa connaissance à Monkshill, tout juste émoulu de l'armée. Elle se souvenait que son père avait bien profité de la guerre, et que Lloyd George lui avait accordé le titre de baronnet – ou plus probablement, le lui avait vendu. Le vieil homme était mort deux ans auparavant, et Fisher avait hérité du titre. Un homme susceptible, d'après Marcus, qui avait probablement raison. Les nouveaux riches se sentaient toujours insultés sans raison.

Restée seule, elle n'aurait probablement plus bougé de là, les yeux hermétiquement clos. Mais la perspective de la venue des domestiques l'incita à bouger. Tôt ou tard, la femme de chambre viendrait tirer les rideaux et allumer le feu, avant de descendre au sous-sol pour mettre la bouilloire sur le fourneau en attendant que quelqu'un sonne pour le thé. Elle ne pouvait pas affronter les domestiques. Elle ne pouvait affronter personne. Elle se leva en titubant, et ouvrit les yeux. Le jour tombait déjà par ce bref après-midi de novembre. Elle monta jusqu'à sa chambre.

De toutes les pièces de cette horrible maison, c'était celle qui lui paraissait la moins hostile. Elle ferma la porte à clé. La plus grande partie du mobilier avait été acquise avec la maison – autrement dit, les meubles étaient sinistres, fabriqués pour durer, comme presque tout ce que les Langstone possédaient. Elle avait apporté quelques objets personnels de Monkshill, ce qui la reliait au moins avec son passé. Et elle disposait de sa propre salle de bains.

Elle y entra et s'assit sur les toilettes. Au bout de quelques minutes, elle se regarda dans le miroir au-dessus du lavabo. Sa joue gauche était indemne. La droite portait des marques de bleus, et une légère rougeur là où Marcus l'avait frappée. Sa chevalière avait entaillé la peau, laissant une traînée de sang qui avait séché. Elle pinça la peau entre le pouce et l'index. Pas de saignement. *Tout a disparu.* Mais cela lui faisait toujours mal.

Elle fut étonnée de constater que son reflet paraissait

normal, comme s'il appartenait maintenant à quelqu'un d'autre.

Lorsque sa femme de chambre frappa à la porte, Lydia la renvoya, prétextant qu'elle avait mal à la tête et qu'elle ne voulait pas de thé. La plus petite de ses valises était déjà ouverte sur le lit.

Peu habituée à faire ses bagages, elle s'aperçut bientôt combien c'était difficile. Elle rangea d'abord tous ses bijoux, puis les ressortit, tria les pièces une par une, en mettant à part tout ce qui venait des Langstone. Elle garda son alliance, parce que c'était le symbole d'un état de fait, mais décida de laisser sa bague de fiançailles, un solitaire qui avait appartenu à la grand-mère de Marcus. Elle prit son livret d'épargne de la Poste, qui était encore au nom de Lydia Ingleby-Lewis, mais laissa son carnet de chèques et le livret de banque qui appartenaient à Mme L. M. Langstone.

Elle ne savait pas quels vêtements prendre, ignorant ce dont elle aurait besoin. Au bout d'un moment, elle perdit patience et entassa dans la valise tout ce qui lui tombait sous la main. Au dernier instant, elle y ajouta la photo de sa sœur Pamela. Son pouls semblait s'accélérer. Attendre était dangereux. Il valait mieux parfois ne pas réfléchir, agir instinctivement, comme un animal.

Quand la valise fut pleine, Lydia mit son chapeau, enfila son manteau et ses gants, et prit son sac à main. Elle descendit avec la valise qui lui parut étonnamment lourde. La porte du bureau était fermée. Elle aperçut la lueur du feu dans le salon. Elle entendit des voix et des bruits de vaisselle venant du sous-sol. Les deux chapeaux n'étaient plus sur le coffre. Lydia ouvrit la porte, sortit, et la referma silencieusement derrière elle.

L'air froid la saisit à la gorge. Elle regretta de ne pas avoir pris une écharpe plus chaude. Elle descendit avec précaution les marches menant au trottoir. La rue était déserte. Une lumière grise teintait encore le ciel d'une nuance déprimante, pire que le noir. Elle s'avança le long du trottoir, un peu de travers à cause de sa valise, en se disant qu'elle était libre. Elle avait cru que la liberté lui aurait au moins apporté un sentiment d'euphorie. Au lieu de cela, elle ressentait une profonde impression de tristesse, une bonne dose de malaise physique et une incertitude générale.

Elle atteignit Bayswater Road, et son flot de circulation bruyante pleine de klaxons et de grincements. En face, de l'autre côté des rambardes, se trouvait le parc où le crépuscule paraissait encore plus sombre qu'ailleurs. Un taxi s'approchait et elle leva le bras. Le petit visage du conducteur disparaissait sous son énorme casquette. Elle faillit lui dire : « On dirait que vous avez un champignon sur les épaules. » Cela aurait été stupide. Peut-être avait-elle de la fièvre.

« Où allons-nous, Miss ? »

Avant qu'il lui pose la question, Lydia n'avait pas imaginé qu'elle serait obligée de dire à l'homme où la conduire. Le problème était qu'elle n'avait nulle part où aller. Mais la valise déjà lourde semblait s'alourdir encore. Elle ne pouvait pas arpenter les rues de Londres indéfiniment. Elle ne pouvait pas non plus aller dans de la famille ou chez des amis, parce qu'ils étaient autant à Marcus qu'à elle. Elle aurait pu demander à l'homme de lui recommander un hôtel, mais elle ne savait pas combien cela lui coûterait, ni comment un endroit respectable réagirait en voyant arriver une femme seule avec une petite valise et le visage contusionné. Il ne lui restait plus qu'une seule possibilité, et elle éprouva un agréable sentiment de finalité en l'indiquant au chauffeur.

« Bleeding Heart Square », dit-elle.

Pendant qu'ils se dirigeaient vers l'est dans les soubresauts d'une circulation en accordéon, le chauffeur tapotait sur le volant de ses doigts gantés. Devant Selfridges, une femme dans un volumineux manteau de fourrure achetait un ballon rouge à un unijambiste. Lydia avait arpenté Oxford Street des centaines de fois au cours de son existence. À présent, pour la première fois, l'artère lui paraissait étrange. Elle avait changé, et Oxford Street avait changé avec elle.

Le taxi continuait lentement vers l'est. Holborn était une contrée totalement différente d'Oxford Street. Il y faisait plus sombre, comme si le soleil n'y pénétrait jamais. Avançant centimètre par centimètre, le taxi finit par se couler dans la circulation autour de Holborn Circus et tourna à gauche dans Hatton Garden. Ils prirent à droite et le conducteur insulta un homme qui traversait la voie en zigzaguant avec la concentration désordonnée d'un véritable ivrogne. Il s'arrêta le long du trottoir, en face d'une ruelle pavée située sur la droite. L'accès était en partie dissimulé par le chariot d'un brasseur.

Le chauffeur de taxi fit glisser la séparation en verre.

« Nous y sommes. Trop étroit pour passer, mais c'est juste là. »

Lydia ouvrit son sac et trouva son porte-monnaie. Au coin de la ruelle, se trouvait un pub appelé le Crozier dont les volets d'en bas étaient encore fermés. Il était peint d'une curieuse teinte rouge, presque pourpre, qui lui rappela une pièce de bœuf pendue dans la vitrine d'un boucher.

Le conducteur du taxi ne fit pas le moindre geste pour l'aider à descendre. Il n'était pas entré dans le square, pas plus qu'il ne lui avait proposé de lui porter sa valise. Non que cela ait eu la moindre importance. Mais cela signifiait clairement qu'elle n'était plus la maîtresse d'une résidence dans Frogmore Place, et d'une autre dans le Gloucestershire. C'était une femme vêtue d'un manteau et d'un chapeau ordinaires, chargée d'une petite valise, qui avait demandé qu'on la conduise à Bleeding Heart Square.

Elle paya le chauffeur de taxi et lui donna un pourboire moins généreux qu'elle ne l'aurait fait d'habitude. Il grommela quelque chose, tout en la dévisageant avec toupet, et s'éloigna. Lydia traversa la rue, s'efforçant d'adopter une démarche résolue, et franchit l'entrée. Elle déboucha sur un espace ouvert, mal éclairé, encore plus sombre que la rue qu'elle venait de quitter. Un homme passa devant elle en hâte, le visage presque entièrement dissimulé sous son col relevé.

Lydia regarda des deux côtés, luttant contre la panique. Des traînées de fumée passaient devant le ciel gris. Des maisons s'élevaient de tous les côtés, certaines avec des fenêtres éclairées, mais aucune ne ressemblant à sa voisine. Devant elle sur la droite, on distinguait la silhouette de ce qui aurait pu être une petite église. De quelque part sur la gauche, provenaient des coups de marteau. Il y avait trop d'ombres pour son gré, et on pouvait facilement imaginer la présence d'observateurs invisibles.

Ses yeux finirent par s'accoutumer au manque de lumière. Il semblait n'y avoir personne aux alentours. Le soi-disant square était en fait un quadrilatère irrégulier, avec le pub et l'église sur les deux côtés principaux. Elle se dirigea avec précaution sur les pavés glissants vers une rangée de constructions disparates sur la droite. Les maisons étaient en briques noircies par la fumée, et les fenêtres du rez-de-chaussée, un mélange de fenêtres à guillotine modernes et de fenêtres géorgiennes, protégées par des barreaux verticaux. Au bout, un petit escalier menait à une porte lambrissée surmontée par une imposte crasseuse, avec, au-dessus de la boîte à lettres, un 7 en cuivre terni. Dans la fenêtre à droite de la porte, on voyait une carte, coupée en deux par un des barreaux.

M. RENTON – TAILLEUR
DERNIÈRES MODES – RETOUCHES
POIGNETS ET COLS RETOURNÉS
SE RENSEIGNER À L'INTÉRIEUR

Au moins, l'adresse existait bien. Lydia sonna et attendit. En vain. Elle sonna à nouveau et frappa deux fois sur la porte avec le heurtoir.

La porte s'ouvrit presque immédiatement, comme si quelqu'un avait attendu derrière qu'elle se serve du heurtoir. Un homme petit et grassouillet la regardait avec une curiosité intense. Il avait des cheveux blonds et bouclés, et portait un pince-nez en or attaché à son revers par un ruban noir. Son costume en tweed donnait l'impression qu'il avait dormi tout habillé. Il sourit à Lydia, et frotta la jambe de son pantalon de haut en bas avec sa main droite.

« Oui ? dit-il.

— Bonjour, répondit Lydia. Je cherche le capitaine Ingleby-Lewis.

— Premier étage, dit l'homme, qui recula en lui tenant la porte d'un geste théâtral. Deuxième porte à gauche. »

Il s'effaça pour la laisser passer. Mais l'entrée n'était pas large, et son bras effleura le sien au passage. Un relent de transpiration se mêlait à d'autres odeurs, mélange de cuisine, d'égouts bouchés et de poisson pourri. Respirant par la bouche, elle monta l'escalier, ses chaussures résonnant sur le bois nu. Elle savait qu'il l'observait.

Elle s'arrêta sur le palier. Même ici, l'odeur était encore perceptible. Elle frappa à la deuxième porte sur la gauche. Le petit gros montait derrière elle.

« Il somnole peut-être, lui dit-il. Essayez la porte. Elle n'est pas fermée. »

Lydia frappa à nouveau. Elle attendit quelques secondes, tourna la poignée et entra, soulagée d'échapper à l'homme qui la suivait.

La pièce était située sur le devant de la maison. Il y avait deux grandes fenêtres. À une extrémité, se trouvait un chauffage à gaz éteint. De l'autre côté, une table massive, avec un plateau couvert de ronds grisâtres et de brûlures sombres. Un vieil homme vêtu d'un manteau noir élimé sommeillait dans un fauteuil à côté de la cheminée.

D'un coup d'œil circulaire, Lydia remarqua des assiettes sales, des bouteilles vides, un tas de verre cassé près d'un pied de la table, un tapis rapiécé et une paire de chaussures gisant sur le côté aux pieds du vieil homme. Le cuir des chaussures était parfaitement ciré mais les talons étaient usés, avec un trou dans une semelle. Elle posa un doigt ganté sur la table. Le dessus était poisseux, comme une peinture à peine sèche, et laissa une trace grisâtre sur son gant.

Un changement dans la respiration de l'homme la mit en alerte. Elle observa son visage, dominé par un nez plat et gonflé ainsi qu'une moustache soigneusement taillée. Ses yeux étaient ouverts.

« Bon Dieu, qui êtes-vous ? » demanda-t-il. Puis il bâilla.

« Je suis Lydia, dit-elle. Votre fille. »

Herbert Narton se faufila de nouveau dans Bleeding Heart Square. Il arriva juste à temps pour voir la fille qui l'avait croisé devant le Crozier pénétrer au numéro sept. Le petit gros, Fimberry, l'avait laissée entrer, donc elle le connaissait probablement, lui ou quelqu'un dans l'immeuble.

La porte se referma. Il regarda tout autour du square. Il n'y avait personne en vue, mais les mécaniciens à l'autre bout faisaient un bruit d'enfer dans leur atelier à côté des garages. Il recula, s'abritant dans le renfoncement étroit devant une entrée de l'autre côté de la ruelle, en face du pub. Il ne faisait pas encore noir, mais l'après-midi était si sombre qu'il n'y avait guère de risque qu'on le voie, sauf si quelqu'un passait juste devant lui.

Au numéro sept, la lumière était déjà allumée dans plusieurs pièces – chez Mme Renton, d'un côté de la porte d'entrée, et chez Fimberry, de l'autre. Il y avait aussi de la lumière aux deux fenêtres du premier étage, celles du vieux pochard. Narton l'avait vu environ une heure plus tôt, sortant du bar du Crozier et traversant le square en zigzaguant.

Il attendit. Ses pieds et ses mains étaient gelés. Son poignet gauche le démangeait à nouveau, et il se gratta sous le gant. Sa patience finit par être récompensée quand il aperçut la fille au premier étage. Mais elle avait ôté son manteau. Elle était donc certainement en contact avec le vieux Ingleby-Lewis.

Voilà qui était intéressant, car de tous les habitants de cette maison, Ingleby-Lewis était le plus proche de Serridge. Peut-être la fille faisait-elle partie de son cheptel et l'avait-il envoyée avec un message. Elle paraissait un peu âgée pour Serridge, mais le salopard savait faire des exceptions quand il s'agissait d'argent.

Les portes de l'atelier s'ouvrirent, déversant la lumière et le bruit sur les pavés. Le Crozier donnait des signes de vie – ils ne tarderaient pas à ouvrir pour la soirée. Mieux valait s'arrêter là, pensa Narton, et partir à bon escient.

Il marcha jusqu'à Liverpool Street pour économiser un ticket de bus. L'exercice le réchauffa, ainsi que le sentiment que la journée n'avait pas été entièrement gâchée. À la gare, il eut le temps de s'acheter une tasse de thé à un stand avant de prendre son train. Pendant que le thé refroidissait à portée de sa main, il sortit son carnet et nota les mouvements de l'après-midi.

Pas une mauvaise journée, tout compte fait. Aucun signe de Serridge, bien sûr, mais au moins, il dressait peu à peu un tableau détaillé de la maison et de ses occupants. À trois heures, il avait aussi revu le jeune homme, celui que Narton soupçonnait également de surveiller la maison. Le type ne cadrait pas dans le tableau, et il avait cet air emprunté qu'ont les gens généralement honnêtes.

Pour finir, juste avant la fin de son service, cette fille était arrivée. Il avait une intuition à son propos, et il avait appris à suivre ses intuitions. Elle signifiait quelque chose. Elle allait s'avérer importante.

Autour de lui, la foule tourbillonnait, les gens se hâtant de regagner leur logis à travers la gare pleine de lumière et de vacarme. Il ne voulait pas rentrer chez lui. Rien ne l'y retenait, plus maintenant. Il voulait retourner à Bleeding Heart Square et attendre Serridge.

2

Vous vous réveillez, c'est un nouveau jour, un nouveau chapitre dans le petit carnet vert. Voilà le diable qui entre.

Lundi 6 janvier 1930

M. Orburn arriva dans sa voiture à 10 h 30 précises et me conduisit à grande vitesse jusqu'à Holborn. En route, il expliqua qu'il était grand temps de moderniser la maison et que ce serait un investissement pour l'avenir. En particulier, il dit que nous devrions nous fendre pour installer l'électricité et revoir la plomberie. Le toit a également besoin de réparations. Je suppose qu'il a raison, bien que je trouve toujours la lumière électrique plutôt dure et peu flatteuse, et l'éclairage au gaz tout à fait adéquat.

Je dois avouer qu'à première vue, Bleeding Heart Square me parut plutôt décevant, je suppose que le mot « square » m'avait évoqué quelque chose de plus grandiose, comme la façon dont en parlait ma tante. En réalité, le « square » n'est rien d'autre qu'une drôle de petite cour. En y entrant, on passe devant un pub un peu dégradé, avec, au coin, une vieille pompe assez pittoresque. À gauche, il y a des sortes d'ateliers et des garages, et sur la droite, un ramassis de maisons, dont l'une d'elles est le numéro sept. À l'arrière de la cour, se dresse un grand mur vide avec une grande grille et ce qui paraît être un morceau d'une ancienne chapelle.

Le numéro sept est une petite maison triste, couverte de suie, au bout de la rangée. M. Orburn m'en montra une partie et fit des suggestions quant aux améliorations qu'il pensait nécessaires. D'après lui, cela ne coûterait pas plus de 100 livres et nous devrions facilement rentrer dans nos frais sur la durée.

J'ai croisé un de mes locataires pendant que nous repartions – un certain major Serridge. Il m'a fait l'impression d'un homme bourru, comme le sont tant de militaires, mais peut-être, sous la surface, un gentleman. M. Orburn nous présenta et nous discutâmes assez longtemps de la maison et de Bleeding Heart Square. Le major Serridge dit que le quartier était très intéressant, qu'il devait être chargé d'histoire. Quand je lui ai dit que j'aimerais en savoir plus, il a répondu que, dans ce cas, il verrait ce qu'il pouvait faire. J'ai remarqué que ses yeux brillaient particulièrement.

Malheureusement, M. Orburn avait un autre rendez-vous, et nous fûmes obligés de partir.

Si Philippa Penhow n'était pas allée à Bleeding Heart Square en ce jour de janvier, vous ainsi que tous les autres auriez peut-être vécu heureux pour l'éternité, amen. Même Joe Serridge.

*

* *

L'air était froid et humide, et le matelas en crin de cheval sur le lit gigogne était plein de bosses dures comme des pierres. Toute la première partie de la soirée, on avait entendu beaucoup de cris, et, peu après minuit, un semblant de bagarre, apparemment peu concluante. Des camions grondaient au loin, le bruit de leurs moteurs se mélangeant au flux et au reflux des ronflements d'à côté. Aux petites heures du matin, monta le bruit des premiers tramways, des brouettes rebondissant sur les pavés, le sifflement du livreur de lait et le tintement de ses bouteilles.

La chambre de Lydia était à côté de celle de son père, une pièce qui à un moment avait probablement servi de cabinet de toilette ou de placard. Elle était meublée d'un lit, d'une commode à la peinture verte écaillée, et d'une table de toilette branlante avec un marbre fêlé. Il y avait deux crochets au dos de la porte, ainsi qu'une chaise en osier cassée qu'elle avait coincée sous la poignée de la porte en se couchant. La cheminée était engorgée de suie. Le seul appareil de chauffage à gaz de l'appartement de son père se trouvait dans le salon.

« Tu as de la chance que la chambre soit disponible, lui avait-il dit. Le dernier occupant est parti il y a deux semaines. »

Elle s'arracha à la chaleur du lit un peu avant huit heures et se lava sommairement dans le lavabo des petites toilettes glaciales au bout du palier. Une de ses premières tâches de la journée serait de remédier aux manques de sa valise. Elle avait apporté *Une chambre à soi* de Virginia Woolf, mais oublié sa brosse à dents.

La maison était encore silencieuse, excepté le léger ronflement de son père. Sur le palier, l'odeur était encore plus infecte que la veille. Était-ce un morceau de poisson tombé quelque part ? Ou un rat sous le parquet ? Quelqu'un devrait vraiment s'en occuper.

La cuisine était en face du salon. Pas plus grande qu'un placard, elle contenait un brûleur à gaz, un évier, une bouilloire, un garde-manger à viande et, sous l'évier et l'égouttoir, un tiroir à couverts et un placard humide. La seule ouverture était une petite lucarne à la vitre fêlée. Une casserole et deux bols dépareillés gisaient dans l'évier ; leur dîner de la veille avait consisté en une soupe en poudre qu'elle avait préparée sous la direction de son père. Elle fouilla dans le placard mais ne trouva ni thé ni lait.

Elle revit la salle à manger à Frogmore Place, avec les rognons et le bacon grésillant sur la plaque chauffante, les pots de thé et de café sur la table, et saliva à cette évocation. La faim la tenaillait. Il n'y avait rien pour la calmer. Elle devrait s'aventurer dans le monde inconnu à l'extérieur de cette maison.

Son père lui avait donné une clé la veille au soir quand il était sorti pour se rendre à ce qu'il appelait une réunion d'affaires. Lydia lui laissa une note sur la tablette de sa cheminée. Elle sortit de la maison sans rencontrer personne.

Dehors, l'air glacial la fit suffoquer. Il avait un goût étrange, presque métallique. De l'autre côté du square, deux hommes en salopette marron regardaient sous le capot d'une voiture. Ils levèrent la tête pour la siffler. Elle les ignora et passa en hâte devant une vieille pompe qui se dégradait au coin près du Crozier avant de continuer dans la ruelle vers Charleston Street. En face du pub, il y avait une bibliothèque publique devant laquelle des personnes débraillées faisaient patiemment la queue. Les trottoirs des deux côtés de la rue étaient bondés d'hommes et de femmes aux vêtements bon marché. Des employés qui allaient travailler, supposa Lydia.

Elle se laissa porter jusqu'à Hatton Garden, comme une brindille dans un flot. Un groupe de jeunes femmes, bavardes comme des pies, l'emporta de l'autre côté de la rue. Elle se retrouva malgré elle dans une ruelle en courbe dénommée Fetter Passage. Entre autres magasins, elle remarqua un petit café à l'enseigne du Dahlia bleu. Les fenêtres étaient embuées, mais l'odeur de friture l'attira à l'intérieur.

Personne ne fit attention à elle. Une femme particulièrement corpulente avec un tablier couvert de taches se tenait derrière le comptoir. Après un coup d'œil sur les assiettes des autres clients, elle se mélangea à la foule pour être servie. Son tour venu, elle commanda un thé et un pain au bacon. La serveuse se montra d'humeur grincheuse avec elle, à la limite de la grossièreté, alors qu'elle avait l'air de prendre plaisir à bavarder avec les autres clients, allant même parfois jusqu'à éclater de rire. Le thé arriva dans une chope fêlée, plein de lait et sucré. Le bacon avait un goût prononcé, avec beaucoup de graisse et de couenne. Elle se demanda ensuite s'il fallait laisser un pourboire. Elle ne savait pas très bien quels étaient les usages dans un tel endroit, pour autant qu'il y en ait eu. En fin de compte, elle glissa un penny sous l'assiette et se hâta de sortir du café.

Dans un magasin proche, elle acheta une brosse à dents, du dentifrice, un gant de toilette et du savon. Au moins, elle n'avait pas oublié d'emporter une serviette. La nourriture et l'exercice l'avaient réchauffée.

Elle se dirigea vers le sud, descendant Fetter Passage jusqu'à Holborn, d'où elle tourna à gauche pour passer devant le grand immeuble de Prudential. Elle traversa l'extrémité sud de Hatton Garden et se retrouva immédiatement devant un cul-de-sac.

Elle s'arrêta un moment pour retrouver sa direction. Le cul-de-sac était clos par deux séries de barrières, séparées par une petite maison avec une cheminée d'une hauteur disproportionnée. Un homme en chapeau haut de forme et en redingote se tenait à côté des barrières, une pipe aux lèvres. Sa bouche disparaissait presque entièrement sous une moustache trop longue jaunie par la nicotine. Il aperçut Lydia et toucha son chapeau.

Un petit chien blanc tourna au coin de la loge et vint renifler les chevilles de Lydia. Elle se pencha pour lui gratter la tête.

« Nipper ! Viens ici ! dit l'homme. Désolé, Miss. Il a un penchant pour les femmes.

— Ne vous en faites pas, ça ne me dérange pas.

— L'ennui, c'est qu'il faut le surveiller. Il peut avoir un comportement étrange avec les étrangers. Et sa morsure est pire que ses aboiements. »

Le chien s'assit et se gratta derrière l'oreille avec sa patte arrière. Lydia regarda à travers les grilles les maisons alignées de la rue. Au bout, on apercevait une chapelle ou une petite église. Le dessin de son toit lui parut familier.

« Est-ce Bleeding Heart Square là-bas ? demanda-t-elle. De l'autre côté de l'église ?

— Oui, Miss. Tout ça fait partie de ma ronde.

— Votre ronde ? »

Il désigna l'impasse derrière lui de la main.

« Je suis le concierge de ce qu'on appelle le Rosington Liberty. Chef de police et portier en chef tout en un, à votre service. »

Une voiture s'arrêta devant la loge, et l'homme se précipita pour ouvrir un des portails de la rue. Lydia continua vers une intersection pleine de monde avec le marché de Smithfield en face. L'odeur forte et amère de sang et de viande crue se mêlait aux émissions des voitures. Elle réalisa tout à coup que cette odeur suffocante était celle qu'elle avait sentie en sortant de la maison ce matin-là. Bleeding Heart Square sentait littéralement le sang.

Accélérant le pas, elle prit à gauche dans Farrington Road. Un peu plus loin, lorsqu'elle tourna une nouvelle fois à gauche, elle s'aperçut qu'elle se trouvait à nouveau dans Charleston Street. À quelques centaines de mètres, on voyait l'enseigne du Crozier, le pub situé devant l'entrée de Bleeding Heart Square.

Resserrant son manteau autour d'elle pour se protéger du froid, elle retourna au numéro sept. Les mécaniciens la sifflèrent à nouveau. Sur le point d'ouvrir la porte d'entrée, elle entendit des pas derrière elle. Elle jeta un coup d'œil par-dessus son épaule. Une vieille femme vêtue d'un manteau gris s'approchait rapidement. La clé tourna, et Lydia ouvrit la porte. La femme se trouvait maintenant sur les marches derrière elle. Des cheveux épars sortaient de dessous un chapeau qui ressemblait à un raisin écrasé.

« Bonjour. Vous cherchez quelqu'un ici ?

— J'habite ici, marmonna la femme. Et vous, que faites-vous ?

— Je m'appelle Lydia Langstone. Mon père est le capitaine Ingleby-Lewis.

— Je ne savais pas qu'il avait une fille. »

Ne sachant pas quoi répondre, Lydia entra dans la maison.

L'odeur dans le hall avait encore empiré. Elle déglutit, réprimant un haut-le-cœur.

« Un chat mort ? s'enquit la femme, presque comme une accusation.

— Je ne sais pas ce que c'est. »

Elle passa devant Lydia et huma l'air.

« Ça vient de là-bas. »

Elle désigna de la tête le fond du hall, où se trouvait une table au pied de l'escalier. Lydia s'en approcha. Sur la table, se trouvait un gong en bronze couvert de poussière avec, devant, un plateau contenant des publicités et un petit paquet dans un papier d'emballage marron soigneusement attaché avec une ficelle.

Elle se baissa pour le renifler à son tour, avant de reculer d'un bond, en se couvrant la bouche et le nez de la main.

« C'est infect. C'est – c'est peut-être quelque chose dans le paquet qui est pourri ? »

La femme s'approcha d'elle. Elle grimaça.

« On dirait du sang, dit-elle.

— Quoi ?

— Sur le paquet. »

Lydia le regarda attentivement. Effectivement, il y avait des taches de rouille d'un côté du papier marron. Mais il fallait une imagination macabre pour y voir du sang. À son grand soulagement, elle entendit des pas au-dessus. Le capitaine Ingleby-Lewis descendait lentement les marches, en se tenant fermement mais prudemment à la rampe comme s'il était reconnaissant de son soutien, mais inquiet qu'à tout instant elle lui envoie une décharge électrique. Il était vêtu de son pardessus mais ne portait ni col ni cravate. Arrivé sain et sauf dans le hall, il regarda fixement les deux femmes et frotta son menton mal rasé.

« Ah ! Mme Renton. Je vois que vous avez fait la connaissance de ma fille.

— Elle occupe le grenier ?

— Non. De quoi parliez-vous ? J'ai entendu mentionner du sang. »

Mme Renton lui montra le paquet.

« Il y a du sang dessus. Vous voyez ? Et il pue. Il sentait déjà mauvais hier, mais aujourd'hui, c'est encore pire. »

Ingleby-Lewis s'appuya contre le pilastre et fronça les sourcils.

« À qui est-il adressé ? Je n'ai pas mes lunettes.

— M. Serridge. Le facteur l'a apporté vendredi.

— Et il n'est pas là, n'est-ce pas ? Dieu seul sait quand il sera de retour.

— On ne peut pas laisser ce paquet là, remarqua Mme Renton.

— Alors mieux vaut l'ouvrir, dit Ingleby-Lewis.

— M. Serridge ne sera pas content. Il est très pointilleux en ce qui concerne son courrier.

— Balivernes, Mme Renton. J'en prends l'entière responsabilité. »

Il lui lança un regard de défi.

« Ouvrez ce paquet. »

Elle haussa les épaules.

« Si vous le dites. »

Mme Renton tira sur le nœud et défit la ficelle qu'elle enroula. Elle enleva soigneusement le papier d'emballage. L'odeur s'accentua. Elle retira finalement la dernière couche de papier marron, découvrant un objet semblable à un œuf déformé, d'environ dix centimètres de long et cinq centimètres d'épaisseur. Il était d'un rouge moucheté avec des filets jaune pâle incrustés dans sa texture, et des petits points blancs à peine visibles grouillant à la surface.

« De la viande, dit Mme Renton.

— Mais c'est pourri, ajouta Lydia, sous le choc.

— Je le vois bien, aboya Ingleby-Lewis qui s'approcha, en se pinçant le nez. Ça alors, ce sont des asticots. Que diable cela fait-il ici ? »

Mme Renton regarda Lydia.

« Je n'y suis pour rien.

— Mais alors, c'est quoi ? dit-il d'une voix plus calme.

— C'est un cœur, monsieur, dit Mme Renton. Un cœur pourri. »

*
* *

À onze heures et demie, le capitaine Ingleby-Lewis sortit, annonçant qu'il avait un rendez-vous et ne serait pas de retour pour le déjeuner. Lydia ne savait pas en quoi aurait consisté le déjeuner s'il était revenu, n'ayant rien trouvé d'autre à manger qu'une boîte de sardines.

Cela n'avait pas d'importance. Même ici, au premier, les portes fermées, il flottait encore dans l'air un relent de la viande qu'elle et Mme Renton avaient trouvée. Ce n'était pas vraiment une odeur, plutôt une vague impression désagréable, qui tenait davantage de la mémoire ou de l'imagination que de la réalité. Mais cela suffisait pour vous couper l'appétit.

Pourquoi envoyer ainsi une charogne par la poste ? Elle essaya de considérer la chose comme l'aurait fait un anthropologue étudiant les coutumes d'un peuple primitif. Ne se trouvait-elle pas dans un endroit inconnu, parmi des personnes inconnues : il ne faisait aucun doute qu'on agissait ici différemment.

Elle se souvint, sans qu'il y eût de rapport, du jour où Marcus lui avait montré un lapin mort quand ils étaient enfants. Il lui avait tiré dans la tête avec son .22 long rifle. Jusqu'à ce moment, elle avait su à quoi ressemblait un lapin de l'extérieur, la fourrure, la queue blanche et les longues oreilles. À présent, et pour la première fois, elle voyait ce qu'il y avait sous la fourrure : le sang, les os et les tendons, ainsi que la matière grise du cerveau. La découverte l'avait rendue malade. « C'est bien une fille », avait dit Marcus en riant.

Elle alla dans sa chambre et vida sa valise, étonnée par l'assortiment curieux de vêtements qu'elle avait emporté. En dehors des patères au dos de la porte, il n'y avait aucun autre endroit où les pendre, et elle en remit la plupart dans la valise. Dans la petite cuisine, elle lava les bols et la casserole mais ne trouva aucun torchon pour les essuyer. Elle retourna dans le salon et rangea de son mieux. Au moins, il y faisait plus chaud qu'ailleurs car elle avait mis deux shillings dans le compteur à gaz.

Quand elle eut fini, elle constata que la pièce n'avait pas meilleure allure. Elle s'assit près du chauffage à gaz et essaya de tromper sa solitude en lisant *Une chambre à soi*. « On ne peut pas bien penser, bien aimer, bien dormir, si on n'a pas bien dîné. » Elle se demanda si Mme Woolf avait jamais habité un endroit comme Bleeding Heart Square, déjeuné d'air frais et dîné d'une petite boîte de sardines. Son regard fut attiré par son marque-pages, une photo de sa sœur prise sur la Riviera durant l'été. En maillot de bain, au milieu d'un groupe de jeunes gens, Pamela avait un air coquin. La photo donna envie de pleurer à Lydia.

Son père revint peu après trois heures. Elle entendit son pas dans l'escalier, et sa toux lorsqu'il arriva sur le palier. Il ouvrit la porte avec une telle violence qu'elle cogna contre une chaise devant la table. Lydia leva les yeux et referma le livre sur Pamela et Mme Woolf.

« Tu es là », dit le capitaine Ingleby-Lewis, comme si sa présence le surprenait.

Titubant quelque peu et auréolé d'une forte odeur de bière, il s'avança lentement dans la pièce. Il enleva son manteau et le posa sur une des chaises à côté de la table, puis s'affala lourdement dans le fauteuil en face d'elle. Son gilet était maculé de cendres ; son costume de bonne facture avait connu des jours meilleurs mais le pli de son pantalon était impeccable. Peut-être le mettait-il sous le matelas quand il dormait.

Ils se regardèrent en silence pendant quelques instants. Les politesses de rigueur comme « As-tu déjeuné ? » ou « On dirait que la pluie s'est arrêtée » semblaient superflues entre eux. Un mètre cinquante de tapis élimé les séparait, ainsi qu'une profonde incompréhension mutuelle.

« Ça ne peut pas continuer », dit-il brusquement, en tâtant les poches de sa veste.

Il sortit un paquet de cigarettes.

« Tu dois bien t'en rendre compte. Ce n'est pas – euh – ça ne convient pas.

— Vous voulez dire ma présence ici ?

— Exactement. Tu as une très belle maison à toi. Et un mari.

— Je préfère rester ici, Père. »

Le mot *Père* lui parut complètement incongru à cet instant, mais elle s'en servait aussi comme d'une arme.

« Pourquoi veux-tu absolument venir *ici* ? »

Il alluma une cigarette en tremblant, et la regarda à travers la flamme.

« Tu t'es très bien passée de moi pendant près de trente ans. En réalité, c'est ce Cassington qui est ton père, pas moi. De toute façon, tu es mariée maintenant. Tu es sous la responsabilité de Langstone. Lui peut t'apporter tout ce dont tu as besoin.

— J'en ai assez de tout ça, dit Lydia.

— Une femme doit rester auprès de son mari, tu le sais.

— Pas moi.

— Et ta mère ? Qu'en pense-t-elle ?

— Elle ne sait pas que je suis ici. Personne ne le sait. Elle ne doit même pas savoir que j'ai quitté la maison à moins que Marcus ne le lui ait dit. »

Il continua à fumer en silence. Un rouleau de cendre tomba de sa cigarette sur le tapis. Quelque part, dehors, on entendait une femme crier : « Alors où est-ce que c'est parti, espèce de salopard ? Je veux que tu me le rendes. » Puis elle répéta les mêmes mots à plusieurs reprises : « Je veux que tu me le rendes. Je veux que tu me le rendes. »

Ingleby-Lewis s'éclaircit la gorge.

« Je dois t'avouer, ma chère enfant, que j'ai connu

quelques revers récemment. Mes actions ne sont pas brillantes. Les impôts. Ce satané gouvernement que nous avons. Tout a changé depuis la guerre. Pour vivre aujourd'hui décemment, il faut être riche comme Crésus. Bref, je n'ai pas les moyens de te garder.

— Je ne serai pas un fardeau pour vous.

— Mais comment vas-tu faire pour vivre ? As-tu de l'argent ?

— Un peu. Et j'ai quelques bijoux. Je pensais en vendre une partie, ce qui me permettrait de survivre jusqu'à ce que je trouve un emploi.

— Mais tu n'as aucune rentrée régulière ? »

Elle secoua la tête.

Il poussa un profond soupir.

« Un travail, hein ? Et quel genre de travail pourrais-tu faire ?

— Je ne sais pas. N'importe quoi.

— Tu sais taper à la machine ?

— Non, mais je suis sûre que je pourrais…

— As-tu jamais travaillé de ta vie ? Un vrai travail, j'entends.

— Pas vraiment.

— Pas vraiment, répéta-t-il. Lydia, as-tu jamais fait quelque chose d'utile ? Est-ce que tu sais faire quelque chose d'utile ? Il y a des millions de chômeurs sur le carreau. Rends-toi n'importe quel jour à la bibliothèque de Charleston Street, et tu verras qu'elle en est remplie. Pourquoi quelqu'un voudrait-il t'employer ? »

Lydia lui jeta un regard furieux.

« Je suis certaine que quelqu'un accepterait. Par exemple, je… je sais comment les choses se font. Cela pourrait servir.

— Comment les choses se font, répéta-t-il d'un ton

sarcastique. Tu veux dire si la femme d'un noble doit précéder celle d'un ambassadeur pour entrer dans la salle à manger, hein ? Quelles fleurs conviennent le mieux pour fleurir le salon en septembre ? Tu ne vas pas tarder à t'apercevoir qu'il n'y a pas beaucoup de demandes pour ça. Pas dans ce quartier.

— Quelqu'un doit bien…

— Peut-être un des amis de ta mère voudrait-il t'engager comme compagne ? Ça ne ferait pas très plaisir à ta mère. Elle ne tarderait pas à y mettre le holà.

— Dans ce cas, je mettrai une annonce. Cela prendra peut-être du temps, mais…

— Avec un peu de chance, tu pourrais trouver un emploi auprès de la femme d'un commerçant parvenu de Turnham Green. »

Il jeta le mégot de sa cigarette dans la cheminée.

« D'ailleurs, tu n'y resterais pas plus de cinq minutes car à peine aurais-tu ouvert la bouche, que tu leur rappellerais à quel point ils sont d'horribles snobs.

— Père, dit Lydia, je sais que ce ne sera pas facile, mais pourrais-je au moins rester ici avec vous pendant quelques semaines ? Je peux payer ma part. Et je peux aider pour le ménage.

— As-tu jamais fait du ménage dans ta vie ?

— Je suis sûre que je pourrais apprendre. La gouvernante pourrait me montrer. »

Ingleby-Lewis se mit à rire à gorge déployée.

« Je n'ai pas de gouvernante. Je n'ai personne. »

Elle fronça les sourcils.

« Il y a sûrement quelqu'un qui vient ici et qui…

— Non. Il n'y a personne, Lydia. C'est très simple. Il arrive que la femme de ménage de Serridge prenne pitié d'un vieux briscard et nettoie un peu les lieux, mais c'est uniquement par bonté d'âme. »

Il se pencha vers elle.

« D'accord, dit-il d'un ton plus affectueux. Tu peux rester une ou deux semaines. Mais je te le dis maintenant, tu ne te plairas pas ici. Tu n'es pas habituée à ce genre de vie.

— Merci.

— Mais attention. Il faudra que je règle ça avec Serridge.

— Qui est-ce ?

— Le propriétaire, entre autres choses. Ce paquet en bas était pour lui. »

Ingleby-Lewis lui sourit, découvrant des dents tachées et irrégulières.

« Tu devrais me donner quelques livres pour lui. Il ne te laissera pas la chambre pour rien. »

Lydia ouvrit son sac et trouva son porte-monnaie.

« Est-ce que cinq livres iraient pour commencer ? »

Son père acquiesça. Il prit l'argent et le mit dans son portefeuille, puis se leva lentement.

« Je dois sortir pour un petit moment. Je te laisse, d'accord ?

— Je pensais… qu'y a-t-il à manger ?

— Et alors ? Si tu veux quelque chose, va l'acheter, tu trouveras des magasins dans Charleston Street. Sinon va jusqu'à Fetter Passage. »

Il lui fit un signe de la tête et ajouta avec une drôle de cordialité digne d'un homme plus jeune, plus heureux :

« Je dois filer. Au revoir, ma chère. »

Lydia l'écouta descendre l'escalier. La porte claqua. Elle s'approcha de la fenêtre. Le capitaine Ingleby-

Lewis traversa lentement le square et entra au Crozier. Elle attendit un moment. Des fenêtres de la chambre de son père, on découvrait tout Bleeding Heart Square, et, au coin, près de la vieille pompe, la ruelle qui longeait le pub vers Charleston Street. Sur la droite, on distinguait la majeure partie de la chapelle avec ses pinacles qui se détachaient contre le ciel couleur de coton noir. En tendant le cou, elle pouvait voir jusqu'à Rosington Place au loin, là où les longues rangées de maisons délabrées se faisaient face, coupées du reste de Londres par les grilles à l'entrée, et la loge où le concierge montait la garde avec son petit chien. Elle frissonna de froid, de peur et d'excitation.

Au moment où elle allait retourner dans sa chambre, elle aperçut un homme, debout dans l'allée près du Crozier. Au lieu d'entrer dans le pub comme elle le prévoyait, il restait là, à observer Bleeding Heart Square avec désinvolture, comme un touriste. Elle recula machinalement pour qu'il ne l'aperçoive pas derrière la vitre.

Elle se demanda un instant qui il était. Rien qu'un jeune homme dans un imperméable marron avec une casquette plate et une écharpe autour du cou. Peut-être un employé ou quelqu'un travaillant dans un magasin. Un individu lambda au sein d'une armée de petites gens, comme le disait Marcus, qui avaient besoin de personnes comme Marcus pour leur dicter leur conduite.

Le jeune homme se dépêcha de sortir du square et pénétra dans Charleston Street, après avoir regardé à droite et à gauche, comme s'il craignait d'être suivi. Une demi-douzaine d'écolières de St Tumwulf le dépassèrent. Il s'éloigna rapidement vers l'est. Narton, qui s'abritait du vent sur les marches de la bibliothèque publique, traversa la rue et lui emboîta le pas. Il se disait qu'il n'avait rien à perdre et peut-être tout à gagner.

Il rattrapa sa proie dans Farringdon Road. Peut-être se dirigeait-il vers le métro. Narton toucha l'épaule de l'homme qui se retourna avec un regard alarmé. Il avait un visage long et osseux, avec le bout du nez rouge de froid.

« Excusez-moi, monsieur. Pourrais-je vous parler ?

— De quoi ? Qui êtes-vous ?

— Je m'appelle Narton, monsieur. Sergent inspecteur Narton. »

Il sortit sa carte de police et laissa l'homme l'examiner.

« Et vous, vous êtes ?

— Moi – ah, mon nom… »

Il marqua un temps d'arrêt et Narton se demanda s'il allait lui donner un faux nom.

« Wentwood. Roderick Wentwood.

— Vous pouvez me le prouver, monsieur ?

— Bien sûr. De quoi s'agit-il ?

— Peut-être pourriez-vous me montrer un document. »

Wentwood marmonna quelque chose à voix basse. Il ouvrit son manteau et sortit un portefeuille marron usé. À l'intérieur, se trouvait une lettre adressée à R. Wentwood, Esq., c/o Mme V. Rutter, 43 Plessey Street, Kentish Town, avec le cachet de la poste de Hereford.

« D'accord ? dit Wentwood. Vous êtes satisfait ?

— Épargnez-moi ce ton sarcastique, dit Narton

aimablement. Pourquoi ne pas nous mettre à l'abri de ce vent ? Je prendrais bien une tasse de quelque chose, et j'ai l'impression que vous aussi. »

Wentwood jeta un regard affolé à gauche et à droite. Peut-être avait-il l'intention de fuir. Il ne pouvait pas être aussi stupide ?

« Vous savez, je n'ai rien fait de mal.

— Ravi de l'entendre. Allons prendre une tasse de thé. »

Le café était en face de la halle aux viandes à Smithfield. La plupart des clients portaient des salopettes maculées de sang. Narton commanda deux thés en essayant de ne pas regarder à la dépense. Ils s'installèrent au coude à coude sur un comptoir collant de sucre et taché de cendres. Wentwood dégagea un cercle sur la fenêtre embuée et regarda passer les camions dans Charterhouse Street. L'air enfumé dégageait une forte odeur de viande crue.

« Vous avez rôdé assez longtemps autour de Bleeding Heart Square, dit Narton.

— Pas vraiment. J'y suis passé une ou deux fois. C'est contraire à la loi ?

— Tout dépend du motif qui vous y amène. On ne passe pas dans cet endroit par hasard. Il faut vouloir y aller.

— Je vous l'ai dit : il n'y a pas de quoi s'inquiéter.

— Vous avez quand même une raison.

— C'est personnel.

— Dans mon métier, il n'y a rien de personnel. »

Narton marqua une pause.

« Je me moque généralement de ce qui ne me concerne pas. Mais je dois parfois être au courant de choses personnelles, histoire de m'assurer que cela n'a aucune importance. Auquel cas, je n'ai plus besoin de m'en préoccuper. Vous comprenez ? »

Wentwood acquiesça.

« Vous vous intéressez au numéro sept, n'est-ce pas ? »

Il acquiesça à nouveau.

« Pourquoi ?

— Un homme s'y trouve. L'ami d'un ami.

— Pourquoi ne pas frapper à la porte et demander à le voir ?

— Pour l'instant, il n'est pas là. De toute façon, il ne me connaît pas. J'attends qu'il revienne.

— Ah, dit Narton en avalant une gorgée de thé. Et de qui s'agit-il ?

— Il s'appelle Serridge. »

Narton sentit une bouffée de chaleur l'envahir qui n'avait rien à voir avec le thé.

« Voilà qui est intéressant.

— Quoi donc ? »

Narton ne répondit pas. Il sortit un paquet de cigarettes et dans un élan de générosité en offrit une à Wentwood.

« Donc, dit-il, en se penchant vers l'allumette que Wentwood lui tendait, parlez-moi de Serridge et de vous. »

L'autre soupira, son visage allongé plus mélancolique que jamais.

« Je… je voulais juste le voir. Savoir à quoi il ressemble. Dans le temps, il connaissait la tante d'un de mes amis.

— Miss Philippa Penhow, dit Narton.

— Exactement.

— Et quel rapport avez-vous avec elle ? Vous la connaissez ?

— Non, mais je connais sa nièce. »

Narton sortit son carnet.

« Miss Fenella Kensley. Elle habite chez ses parents à Belsize Park.

— Ses parents sont morts.

— Je suis désolé de l'apprendre, dit Narton machinalement, et il nota quelque chose. Vous devez être un ami proche. »

Wentwood rougit.

« En fait, nous sommes fiancés.

— Félicitations.

— Ce n'est pas encore officiel. Nous attendons d'avoir les moyens pour nous marier. C'est un peu pour cela que je suis ici.

— Pour voir Serridge ? »

Wentwood secoua la tête.

« Je voulais dire dans cette partie de Londres. Je cherche du travail ainsi qu'un endroit où habiter. Quelque chose de central. Et pendant que j'étais dans le coin, j'ai eu envie de jeter un coup d'œil à Bleeding Heart Square. Au cas… au cas où.

— Au cas où quoi, M. Wentwood ?

— Au cas où je verrais Serridge… ou même Miss Penhow. Ou bien qu'il me dirait où la trouver.

— Vous dites que Serridge ne sait pas à quoi vous ressemblez ?

— Non – je suis parti en Inde en 29. »

Wentwood sourit, ce qui eut le don de le rajeunir.

« Mon intention était de faire fortune pour que Miss Kensley me rejoigne ensuite. Mais ça n'a pas marché et je suis revenu.

— L'argent, dit Narton. Il en est toujours question à un moment ou un autre. Et c'est pour cette raison que Miss Kensley et vous-même vous intéressez à Miss Penhow. Au cas où vous pourriez profiter un peu du sien.

— Non. Bien sûr que non. Bien que cela soit quand même curieux qu'elle ait disparu comme ça. En tout cas, je croyais que vous autres aviez décrété qu'il n'y avait rien de suspect dans cette affaire. Cela veut-il dire que vous pensez qu'il lui est arrivé quelque chose ?

— Qu'entendez-vous par là, M. Wentwood ? Vous me demandez si elle est morte ? Assassinée, peut-être ? C'est le sens de vos propos ?

— Je ne prétends rien, sergent. Miss Kensley assure que Miss Penhow est à l'étranger.

— Supposez qu'elle ne le soit pas, alors quoi ? Tout ce que nous savons de certain, c'est qu'elle a été vue pour la dernière fois en avril 1930. Où pourrait-elle être alors ? Et que devient son argent ?

— Je n'ai pas la moindre idée de l'endroit où elle pourrait se trouver. Et je vous le répète, sergent, son argent ne nous intéresse pas.

— Ah bon. »

Narton sourit.

« Vraiment ?

— Oui, vraiment. L'argent vient du côté Penhow et n'a rien à voir avec les Kensley.

— Bien sûr. Pourtant, vous seriez surpris d'apprendre à quel point les gens sont préoccupés par l'argent, d'où qu'il vienne. »

3

En lisant ces premières pages, on ne peut pas s'empêcher de trouver que Miss Penhow était également fautive. Pourquoi ne s'était-elle pas rendu compte qu'il la flattait ? Qu'il n'avait qu'une seule idée en tête ?

Mercredi 8 janvier 1930

Ce matin, j'ai trouvé une lettre de M. Orburn à ma place de petit déjeuner. Elle contenait une note détaillant les travaux qu'il estimait nécessaires au 7 Bleeding Heart Square. Il y en avait pour un peu plus de 105 livres en tout, qu'il recommandait d'arrondir à 110 livres pour couvrir les aléas. Cela me paraît beaucoup, mais je suppose qu'il faut que je m'exécute. M. Orburn sait probablement mieux que moi ce qui est nécessaire.

L'enveloppe contenait également une lettre du major Serridge, l'homme dont j'avais fait la connaissance lundi. Elle me parut conforme à l'homme lui-même : directe et concise, rédigée d'une écriture lisible et sans fioritures ; mais on ne pouvait se méprendre sur sa gentillesse. Cela vaut la peine de la reproduire ici en totalité :

Ma chère Miss Penhow,

Lorsque j'ai eu le plaisir de faire votre connaissance lundi, vous m'avez demandé si je connaissais l'origine du nom de Bleeding Heart Square. Je n'étais pas en mesure alors de satisfaire votre curiosité, mais ce matin, je suis tombé sur une information qui, je pense, pourrait vous intéresser.

D'après un occupant de la maison qui a travaillé sur le sujet, il existe une vieille légende concernant Bleeding Heart Square et Rosington Place, qui se trouve à côté. Il semble que c'était jadis l'emplacement d'un château dont subsiste seulement la chapelle. Il y a de nombreuses années, lors d'un bal, un diable apparut, habillé en gentleman. Il dansa maintes fois avec la maîtresse de maison, qui se trouva fort éprise de lui. Ils sortirent du palais en dansant et disparurent Le lendemain, on trouva pour seule trace un cœur humain encore chaud – abandonné au milieu de ce qui constitue maintenant Bleeding Heart Square !

Je crains que cette histoire ne soit un peu trop lugubre pour une dame, mais je pensais que vous seriez intéressée par une étrange légende ancienne.

Très sincèrement,

J. S. Serridge

Le major a parfaitement raison – c'est un conte lugubre. Mais je lui sais gré d'avoir voulu épargner mes sentiments. Il s'agit évidemment d'un de ces étranges vieux contes souvent liés à ces endroits anciens. Mais non dénué d'intérêt, et c'est pourquoi je le restitue ici.

Note : lui écrire pour le remercier de sa gentillesse.

*

* *

Le lendemain de son arrivée à Bleeding Heart Square, Lydia sortit à nouveau pour prendre son petit déjeuner. Elle acheta le *Times* à un kiosque dans Charleston Street, pour avoir quelque chose à lire au café, mais aussi parce que la lecture du *Times* lui rappelait la personne qu'elle était avant d'avoir quitté Frogmore Place.

Derrière le comptoir du Dahlia bleu, officiait la même femme, qui ne lui manifesta aucun signe de reconnaissance. Après avoir commandé du thé et un œuf sur le plat, Lydia parcourut les pages du journal, envahie par un sentiment croissant d'irréalité. Elle regarda les colonnes d'offres d'emplois et regretta de ne pas être un homme. Une partie de la Tamise avait pris une couleur rouille, et des milliers de poissons avaient été retrouvés morts. Le Fonds de collecte pour les femmes et les enfants juifs allemands avait organisé la veille un déjeuner à l'hôtel Savoy. Les mines de charbon galloises étaient à nouveau en crise, et le prince de Galles avait enregistré un disque au bénéfice du Poppy Day, autrement dit le dimanche de novembre où l'on commémorait les soldats tombés à la guerre. La météo prévoyait des nuages le matin sur Londres, et des pluies occasionnelles l'après-midi.

Son petit déjeuner servi, Lydia replia le journal à la page des mots croisés. « Non apparent sur du gibier (deux mots) (5,7). » Elle mangea rapidement, aussi sensible à son environnement qu'un chat en territoire inconnu.

Deux hommes entrèrent et s'assirent à la table près de la porte. L'un était un type mince, dans la cinquantaine ; il enleva son manteau en tweed râpé, découvrant un costume crasseux. Il portait un col dur mais pas de cravate. Tous ses vêtements paraissaient trop grands, comme s'il avait récemment rétréci. Il n'était pas rasé et ses cheveux avaient besoin d'une coupe.

Son compagnon était beaucoup plus jeune, avec un costume de confection, et une casquette plate affreuse, digne d'un chauffeur en congé. Mais son visage long lui sembla plaisant, avec ses traits trop accusés et curieusement répartis ; il semblait ne pas être tout à fait fini, comme si son créateur était passé à quelque chose de plus intéressant, ce qui lui donnait un air vulnérable. L'espace d'un instant, il regarda dans sa direction. Il avait des yeux saisissants, d'un bleu intense, qui contrastaient avec le marron boueux et les tons de gris alentour. Puis il détourna le regard.

C'est la casquette plate qui lui rappela quelque chose. Il ne faisait pratiquement aucun doute que c'était l'homme qu'elle avait aperçu hier après-midi devant le Crozier, et qui ne quittait pas Bleeding Heart Square des yeux.

La porte se referma sur la jeune femme élégante, qui était assise seule avec le *Times*. Rory Wentwood la regarda marcher le long du trottoir en direction de Hatton Garden.

« Cette fille que vous regardiez fixement, dit le sergent Narton, vous la reconnaissez ?

— Comment ? Ah, celle-là ? Celle qui vient de partir ?

— Vous ne la quittez pas des yeux depuis que nous sommes entrés ici.

— Pas vraiment, dit Rory sur la réserve. C'est seulement qu'elle – qu'elle détonnait. On la remarque ici. Elle ne ressemble pas aux autres clients. J'étais simplement curieux.

— Vous l'aviez déjà vue ?

— Non.

— Sûr ?

— Bien entendu. Je m'en serais souvenu.

— Elle connaît quelqu'un au numéro sept. Je crois qu'elle y a passé la nuit. »

Rory haussa les épaules.

« Ça ne me regarde pas, sergent.

— Très bien. »

Narton se pencha en avant, baissant la voix.

« Tout d'abord, je vous suis reconnaissant d'être venu me retrouver ce matin.

— Je ne comprends pas pourquoi…

— Écoutez-moi bien, monsieur : si j'en crois ce que vous m'avez dit hier, vous ne connaissez pas M. Serridge.

— C'est exact.

— Donc il ne vous connaît pas non plus ?

— Il ne sait même pas que j'existe.

— Alors voilà. J'ai pensé à quelque chose et j'en ai discuté avec mes supérieurs. J'ai une petite proposition à vous faire. Vous pourriez faire d'une pierre deux coups. Mais c'est confidentiel. Affaires de police, vous comprenez ? Vous ne devez en parler à personne, même pas à votre petite amie. »

Lydia ouvrit la porte d'entrée du 7 Bleeding Heart Square avec la clé de secours de son père. On ne sentait plus la viande avariée dans le hall, seulement des relents de choux et de seaux de toilette. En refermant la porte derrière elle, elle entendit des pas au fond du hall. C'était l'homme replet qui l'avait fait entrer lors de son arrivée.

« Bonjour, bonjour, dit-il avec un large sourire. C'est Miss Ingleby-Lewis, n'est-ce pas ? »

Il avait une voix haut perchée et quelque peu essoufflée, avec un accent cockney et une mince patine d'éducation sur les voyelles.

« Il paraît que vous allez habiter avec nous quelques jours.

— En fait, je suis Mme Langstone.

— Pardon ?

— Mon nom », dit Lydia en s'efforçant de le contourner.

Mais l'homme réussit à la coincer dans l'angle entre la table et le mur. Il lui sourit et son visage se contracta.

« Je ne trouve pas que nous ayons été correctement présentés l'un à l'autre. Je suis Malcolm Fimberry.

— Enchantée, dit Lydia sans enthousiasme. Maintenant je dois…

— Je suis ravi de vous avoir croisée. Vu que nous allons être voisins si je comprends bien, façon de parler. Il règne une atmosphère amicale dans la maison, et j'apprécie cela parce que c'est toujours mieux quand tout le monde s'entend. »

Il lui serra un peu le bras pour souligner son propos.

« Si vous voulez savoir quoi que ce soit, vous pouvez toujours venir me le demander. J'habite au rez-de-chaussée. La porte là-bas. »

Lydia essaya à nouveau de passer, mais il lui barra le chemin d'un bras étonnamment résistant.

« Je vous en prie, laissez-moi passer, dit-elle. Je dois monter. »

À ce moment-là, la porte derrière elle s'ouvrit.

« M. Fimberry ? »

L'homme replet s'écarta de Lydia d'un bond en arrière, comme si elle lui avait donné un coup dans le dos. Mme Renton se tenait sur le seuil de la pièce à droite de la porte d'entrée. Elle tenait une aiguille d'une main, et de l'autre, ce qui ressemblait à un chemisier.

« Si vous voulez que je raccommode vos draps, M. Fimberry, il faudra me régler d'avance cette fois-ci.

— Bien entendu, Mme Renton. Il faut bien nourrir le feu, pas vrai ? »

Il sortit un porte-monnaie en cuir et prit une poignée de pièces.

« Trois shillings feront l'affaire. »

Il lui tendit un florin et deux pièces de six pence.

« Je vous remercie. Et maintenant je dois filer. »

Il sourit en regardant entre les deux femmes.

« Le père Bertram va se demander où je suis. Pas de relâche pour les canailles, pas vrai ? »

Une fois la porte refermée derrière lui, Mme Renton considéra Lydia d'un air tranquille.

« Il faut l'avoir à l'œil, celui-là. Remarquez, son aboiement est pire que sa morsure.

— Pas comme Nipper.

— Comment ?

— Un chien dont j'ai fait la connaissance l'autre jour.

— Ah, celui-là. »

Mme Renton observait toujours Lydia.

« Une sale petite bête. Alors, pour l'instant, vous allez prendre la chambre à côté de celle du capitaine ?

— Oui. Mon père estime que ça devrait aller. Mais

je… je ne suis pas sûre de savoir comment ça marche ici. Pour tout.

— Je dois dire que sur ce plan-là, le capitaine n'est pas d'une grande aide.

— Vous voyez, je ne sais pas comment les choses sont gérées ici. »

Lydia se sentait particulièrement stupide, comme retombée en enfance.

« La cuisine, le ménage. Ce genre de choses.

— Une femme de ménage vient faire l'escalier, l'entrée et ce genre de choses, dit Mme Renton. Et la salle de bains et les toilettes. C'est prévu une fois par semaine. Tous les appartements et les chambres partagent la même salle de bains – le saviez-vous ? Elle rend également des services à certains locataires, dont M. Fimberry, mais pas à votre père. Il se débrouille tout seul la plupart du temps.

— Et la cuisine ?

— Il y a une cuisine à chaque étage, sauf dans le grenier. Les appartements se la partagent. Mais je ne pense pas que le capitaine en fasse grand usage. Ce qui est normal. Ni M. Serridge, d'ailleurs. M. Serridge occupe les deux autres pièces sur votre palier.

— Je me demande si vous ne pourriez pas me conseiller pour ce que je dois faire, dit Lydia. Je n'ai pas fait beaucoup de… de ce genre de choses. Et je pense que mon père est plutôt un vieux célibataire. »

Mme Renton la regarda et se pinça les lèvres. Lydia n'en revenait pas de se retrouver pratiquement en train de supplier cette vieille femme de l'aider.

Quelqu'un frappa à la porte d'entrée. Mme Renton traversa le hall sans se presser et ouvrit la porte. Un grand jeune homme se tenait sur les marches. Il ôta rapidement sa casquette plate, et Lydia le reconnut aussitôt comme étant le plus jeune des deux hommes assis au café pour le petit déjeuner.

« Bonjour, dit-il à Mme Renton. J'ai vu le panneau à la fenêtre – appartements à louer. Je cherche quelque chose pour moi.

— Célibataire ?

— Oui. »

Les yeux bleu clair fixaient Lydia par-dessus l'épaule de Mme Renton.

« Qu'y a-t-il de disponible ?

— Il y a un appartement au grenier, dit Mme Renton. Chambre à coucher et salon. Vous partagez la cuisine et la salle de bains. Pas de repas ni de lessive.

— Je vois. Puis-je voir les chambres ?

— Le propriétaire préfère montrer lui-même les locaux.

— Et quand revient-il ?

— Je n'en suis pas certaine. Demain peut-être, ou bien samedi.

— Merci. Dans ce cas, je repasserai demain après-midi. Au fait, je m'appelle Wentwood. Pourriez-vous me dire le prix de la location ?

— Vous devrez en discuter avec M. Serridge. C'est lui qui s'occupe de tout ça.

— Très bien. Alors merci pour votre aide. »

Son regard chercha une nouvelle fois celui de Lydia.

« Au revoir donc. »

Au moment où il s'apprêtait à partir, un facteur monta les marches derrière lui. M. Wentwood s'écarta pour laisser l'homme s'approcher de Mme Renton. Le facteur fouilla dans son sac et en sortit un petit paquet enveloppé dans un papier d'emballage marron et entouré d'une ficelle. Il le tendit à Mme Renton qui ferma la porte derrière les deux hommes et posa le paquet sur la console dans l'entrée.

« Pour qui est-ce ? demanda Lydia.

— M. Serridge.

— Il ressemble à l'autre.

— Ça ne nous regarde pas. »

Mme Renton se baissa pour le renifler.

« Sauf si ça commence à sentir. »

Lydia lisait *Une chambre à soi* et commençait à envier de plus en plus Mme Woolf :

Ma tante... mourut à cause d'une chute de cheval, alors qu'elle prenait l'air à Bombay. La nouvelle de mon héritage me parvint un soir, au même moment où fut votée la loi qui donna le suffrage aux femmes. Une lettre d'un notaire fut déposée dans la boîte aux lettres, et quand je l'ouvris, je découvris qu'elle m'avait laissé une rente de cinq cents livres par an à vie. Des deux événements – le vote et l'argent –, j'avoue que l'argent me sembla infiniment plus important.

Cinq cents livres par an ? Dans la tête de Lydia, l'argent brillait comme un mirage, un tas d'or étincelant. Une femme disposant d'une telle somme pouvait faire presque tout ce qu'elle voulait. Elle laissa tomber le livre sur la table, soulevant un nuage de poussière et de cendres de cigarette.

Son père était sorti, et elle disposait de l'appartement pour elle toute seule. Elle quitta le salon pour se rendre dans la chambre à coucher de son père qui était plus grande que la sienne, et par la fenêtre, découvrit une petite cour entourée de tous les côtés par de grands murs de brique noircie. La chambre était meublée d'éléments que Lydia n'aurait même pas jugés dignes d'une chambre de bonne. L'air sentait le vieux cigare et, dans la corbeille à papier, il y avait deux bouteilles de cognac vides. Elle résista à la tentation de regarder dans les tiroirs de la commode et dans l'armoire, estimant que fouiller était au-dessous de sa dignité, mais surtout parce qu'elle avait peur de ce qu'elle pourrait trouver. Elle avait pitié de son père, mais sa pitié était proche du dégoût.

Dans le salon, la cuisine et les chambres à coucher, tout semblait recouvert d'une fine couche de crasse noire comme de la suie et légèrement grasse. Lydia trouva un torchon à peu près propre sous l'évier et essuya les boiseries autour des fenêtres du salon. La tâche s'avéra plus difficile qu'elle ne l'avait pensé, et bien plus salissante. Avant d'attaquer la tablette de cheminée, elle attacha ses cheveux avec une écharpe en soie. Elle se demandait, pour la première fois de sa vie, comment faisaient les gens sans domestiques, et même, comment faisaient les domestiques ?

Entendant des pas sur le palier, elle se retourna et vit Mme Renton qui l'observait, à genoux, près de la cheminée. La vieille femme renifla et s'en alla sans rien dire. Mais quelques minutes plus tard, elle revint avec un seau émaillé à la main et un tablier sur le bras. Dans le seau, il y avait des chiffons et une brosse à poussière. Elle posa le seau dans l'entrée et posa le tablier sur le dos de la chaise la plus proche.

« Les poubelles sont derrière dans la cour, dit Mme Renton. Il y a une porte au fond du hall. »

Elle fit un signe de la tête et s'en alla. Le travail

lui parut ensuite plus facile, mais pas seulement parce qu'elle était mieux équipée. Quand elle eut fini de dépoussiérer, elle remplit le seau d'eau et s'attaqua aux fenêtres. Cela lui parut également plus difficile que ça n'en avait l'air, car on avait tendance à étaler la saleté sur la vitre plutôt que de l'enlever.

Lydia travailla jusqu'à ce que son estomac lui signifie qu'il était l'heure du déjeuner. Il n'y avait toujours aucun signe du capitaine Ingleby-Lewis – elle le soupçonnait d'être au Crozier, mais préférait ne pas vérifier ses soupçons – et il n'y avait toujours rien à manger dans l'appartement, sinon ces maudites sardines. Il lui faudrait sortir à nouveau. En se préparant, elle remarqua une traînée de suie sur sa jupe. Elle essaya en vain de l'enlever. Quant à ses mains, elles étaient rouges et ridées, comme celles d'une blanchisseuse. Elle se remémora une nouvelle fois Frogmore Place, et sa chambre, avec sa coiffeuse encombrée de pots et de flacons ainsi que d'une collection de brosses au dos en argent, ses vêtements étalés à son intention et ses bas prêts à être enfilés, et Susan, sa bonne, attendant derrière la porte, les mains jointes et le regard baissé.

Elle trouva un panier pour les courses dans la cuisine et sortit. La brume s'était dissipée, mais la pluie tombait plus fort et les pavés glissaient. Elle entendit chanter, d'une voix faible mais triste, et supposa que cela venait de la chapelle. Elle se dirigea de nouveau vers le Dahlia bleu dans Fetter Passage. C'était presque une habitude maintenant, et la moindre habitude devenait rassurante dans un monde inconnu.

Le café était bondé, enfumé et bruyant. Elle se trouva une place à une table pour deux. Elle s'étonnait d'avoir davantage faim que d'habitude, et commanda des côtelettes et des petits pois, ainsi qu'une tarte aux quetsches et à la crème pâtissière. Cela lui coûterait une demi-couronne, sans compter le pourboire. Ces dernières quarante-huit heures, elle était devenue consciente de l'argent pour la première fois de sa vie. Elle devrait vendre quelques bijoux.

« Excusez-moi, dit un homme. Me permettez-vous de me joindre à vous ? Toutes les autres tables sont occupées. »

Elle leva les yeux et vit le jeune homme qui était venu s'enquérir d'un appartement à louer. Comme elle l'avait déjà vu dans le café, elle pensa qu'il devait travailler près de là. Elle acquiesça et retourna à sa liste de commissions. Il s'assit et commanda également des côtelettes. Au bout de quelques instants, il s'éclaircit la gorge.

« Dites-moi, je ne voudrais pas vous interrompre, mais ne vous ai-je pas vue tout à l'heure dans cette maison à Bleeding Heart Square ? »

Elle leva les yeux. Son visage était long et anguleux avec des sourcils prononcés qui dessinaient un arc au-dessus d'yeux d'un bleu surprenant. Il y avait une petite cicatrice rouge sur sa mâchoire, comme s'il s'était coupé le matin en se rasant. Il n'était pas spécialement beau, mais c'était un visage qui se laissait regarder. À condition de le vouloir, bien entendu.

« Oui, vous êtes venu vous renseigner à propos de l'appartement d'en haut. »

Il acquiesça.

« Comment est-il ? Vous l'avez vu ?

— Non. »

Elle écrasa son pain et reporta son attention sur le *Times*.

« Curieux nom, n'est-ce pas ?

— Bleeding Heart Square ?

— Oui, savez-vous d'où il vient ? »

Elle fit non de la tête.

« C'est ce que j'aime à Londres, continua-t-il sans se décourager. Ces vieux quartiers pleins d'histoire. Ils paraissent avoir tellement plus de possibilités que la plupart des endroits.

— Que voulez-vous dire par là ?

— Je ne suis pas certain de le savoir exactement. Ce que je veux dire probablement, c'est qu'ils existent non seulement dans l'espace mais aussi dans le temps. Il y a donc plus à voir qu'il n'y paraît. Sauf que l'on ne sait pas quoi. »

Elle explosa de rire, non pas à cause de ses propos, au demeurant assez ridicules, mais à cause de son visage qui avait pris une expression d'horreur moqueuse. À son grand soulagement, la serveuse arriva avec ses côtelettes, ce qui lui permit d'interrompre la conversation. Elle prit quelques bouchées et reporta son attention sur ses mots croisés.

« Non apparent sur du gibier (deux mots) (5,7). »

La réponse jaillit plaisamment dans son esprit.

« Plume blanche. »

Elle compléta la grille en se demandant comment l'homme gagnait sa vie. Puis on lui servit son déjeuner à son tour, et pendant quelques minutes, ils mangèrent en silence. Il pourrait être pire, concéda Lydia, au moins il savait se tenir à table. Ses mains étaient propres mais ses manches trop courtes, avec des poignets de chemise élimés et pas très nets.

Il toussa.

« Je ne sais pas si je devrais vous le dire, mais le six vertical est “hostile”. »

Surprise, elle leva les yeux.

« Pardon, dit-il avec l’air d’un clown malheureux. C’est une mauvaise habitude. Je ne peux pas m’empêcher de lire à l’envers. En fait, c’est ce que j’ai appris de plus utile à l’école.

— En réalité, je lisais d’abord les définitions horizontales. »

Elle remplit néanmoins le six vertical.

« Je vois que vous me faites confiance, dit-il. Puis-je regarder à l’endroit ? Juste pour être certain. »

Elle ne pouvait pas refuser. Lydia lui tendit le journal. Il verrait l’embryon de liste de courses dans la marge du journal. Cette intimité forcée lui déplut subitement. Elle avait l’impression d’être une petite vendeuse idiote qu’il essayait d’aborder. Comment avait-elle pu trouver le moindre intérêt à cet homme ? Il était tout à fait plaisant dans son genre, sans doute, mais franchement assez ordinaire.

« Oui, dit-il. “Une exclamation à un croisement n’est pas amicale.” “Hostile”, voyez-vous. Ça ne peut pas être autre chose. »

Son dessert servi, elle le mangea rapidement et décida de ne pas prendre de café. Lorsqu’elle repoussa sa chaise pour partir, il posa sa fourchette et se leva poliment. Il lui tendit le journal.

« J’espère ne pas avoir gâché vos mots croisés », dit-il.

Lydia fit non de la tête en évitant de le regarder. Elle saisit son panier et dit au revoir. En quittant le café, elle sentit les regards braqués sur elle. Les employés de bureau et les dactylos savaient qu’elle n’avait rien à faire dans cet endroit, et son compagnon de table le savait aussi.

Les quarante-cinq minutes qui suivirent furent consacrées aux achats, ce qui s'avéra, dans l'ensemble, une expérience totalement frustrante, tour à tour déconcertante et humiliante. Quelle quantité de pain devait-elle acheter ? Comment savoir au premier coup d'œil si une miche était rassise ou non ? Le lait était-il frais ? Elle avait l'impression que les commerçants la regardaient avec un mélange de hargne et de dédain.

Sous la pluie, et avec son panier au bras qui lui pesait de plus en plus, elle reprit le chemin de Bleeding Heart Square. Le vent soufflait plus fort, et le parapluie manquait de lui échapper. Un taxi était garé le long de la chapelle, en face du numéro sept. Elle posa ses courses sur le seuil, et ouvrit son sac pour chercher la clé. Des pas retentirent derrière elle.

« Lydia ! »

Prise de panique, elle faillit crier. Marcus s'approcha d'elle et l'embrassa maladroitement. Elle échappa à son étreinte.

« Lydia, ma chérie. Je ne me rendais pas compte. »

Son odeur l'écœurait.

« Tu ne te rendais pas compte de quoi ? »

Il la regarda fixement, son large visage rose empreint d'inquiétude, d'espoir et peut-être même d'une forme d'amour.

« Oh, ma chérie. Je ne m'en rendais pas compte C'est une excellente nouvelle. »

Cornwallis Grove se trouvait au nord de Primrose Hill et au sud de Hampstead. C'était une rue tranquille avec des maisons individuelles en brique rouge construites trente ou quarante ans auparavant, et situées en arrière de la rue dans de petits jardins pleins d'arbres. Les Kensley vivaient au numéro cinquante et un, comme Rory, lorsqu'il avait poursuivi, bon gré mal gré et sans grand succès, ses études pour obtenir une maîtrise en littérature française à l'University College de Londres.

La maison de quatre étages était divisée en deux habitations dont les Kinsley occupaient la partie inférieure en tant que locataires. Rory avait loué aux parents de Fenella une chambre au premier étage. M. Kensley, qui avait eu un moment l'ambition de devenir avocat, considérait, à juste titre, qu'il était descendu dans l'échelle sociale. Malheureusement, il attribuait à cet état de fait le choix de son épouse, la fille d'un épicier prospère de Lewisham, bien qu'il eût profité une grande partie de sa vie adulte d'une rente annuelle, souscrite avec l'argent de l'épicier. Une crise cardiaque avait emporté M. Kensley en 1932, pendant que Rory était en Inde. Puis, en juillet 1934, Mme Kensley était morte et la rente avec elle. C'était une des raisons qui avaient poussé Rory à rentrer en Angleterre.

Il quitta à pied la station de métro Swiss Cottage. La nuit tombait déjà, et des domestiques tiraient les rideaux dans Eton Avenue. Des feuilles bouchaient les caniveaux et s'amoncelaient sur les trottoirs. La première fois que Fenella l'avait touché, ils se dirigeaient vers la station à la même époque de l'année ; elle avait glissé sur un amoncellement de feuilles mouillées et s'était raccrochée à son bras pour ne pas tomber ; le temps d'arriver au métro, ils marchaient bras dessus, bras dessous. S'ils n'étaient pas encore un couple, ils étaient conscients qu'ils pouvaient le devenir.

Fenella avait cinq ans de moins que lui, soit dix-sept ans, lorsqu'il habitait Cornwallis Grove. Elle fréquentait une école de secrétariat pour jeunes filles de Portland Place, où l'on enseignait aussi bien l'arrangement floral et comment dresser une table que taper à la machine et prendre en sténo. En fait, elle n'y avait pas appris grand-chose. Jusqu'à la mort de son père, elle nourrissait la vague ambition de devenir une artiste.

Petite et menue, elle paraissait plus jeune que son âge. Mais ce qu'on remarquait le plus – tout au moins ce que Rory avait remarqué –, c'est combien elle était jolie. Un soir, il avait essayé d'en faire la description par écrit, mais il n'avait pu s'affranchir des banalités. Ses cheveux couleur des blés au soleil. Ses yeux couleur de bleuets. Et même, que Dieu le lui pardonne, une grâce délicate et un charme imprévisible. Une Vénus de poche.

Évidemment, le mariage était hors question. Il n'avait pas d'emploi. Il ne pouvait rien attendre de sa famille, pas plus qu'elle de la sienne. Pour construire un foyer ensemble, il leur faudrait au moins quatre ou cinq cents livres par an, et des emplois aussi lucratifs ne se trouvaient pas sous le pas d'un cheval. Raison pour laquelle il avait suivi les conseils du cousin Gordon. Le cousin Gordon avait un copain au *South Madras Times*, lequel était à l'affût de jeunes gens brillants. Il y avait un poste à pourvoir au service des annonces. D'ici un an ou deux, pensait Rory, il serait suffisamment établi pour faire venir Fenella, qui lui avait promis de le rejoindre le moment opportun.

Il hésita devant le portail du numéro cinquante et un.

Le jardin paraissait abandonné. Il poussa la barrière, contourna la tache d'huile qui marquait l'endroit où M. Kensley garait autrefois sa voiture et se dirigea vers le côté de la maison – la porte d'entrée principale était désormais réservée aux occupants des deuxième et troisième étages.

Il sonna à la porte. Fenella le fit entrer et le conduisit au salon où brûlait un feu de cheminée.

« Comment ça va ? demanda-t-il.

— Assez mal. Je ne croyais pas en arriver là un jour, mais je regrette que Miss Marr ne soit plus là. Ou plutôt que son loyer ne tombe plus. »

Miss Marr avait succédé à Rory comme locataire chez les Kensley, jusqu'au jour où elle avait découvert une souris morte sous son lit : elle était partie furieuse, en menaçant Fenella de lui intenter un procès en invoquant la législation concernant la santé publique.

« Ne parlons plus d'elle. Tu as l'air fatigué. Veux-tu du thé ? »

Il secoua la tête.

« Je suis allé hier à Bleeding Heart Square. »

Fenella s'assit brusquement et le dévisagea.

« Pourquoi ?

— Je sais que cela ne te plaît pas. Mais il n'y a sûrement aucun mal à cela.

— Cela me donne le sentiment d'être un vautour.

— Mais chérie, c'est absurde. Miss Penhow est ta parente la plus proche. Il est naturel que tu veuilles savoir où elle est. Peut-être ne sait-elle même pas que ton père est mort.

— Elle ne souhaite certainement pas se mettre en contact avec nous. Mon père a été tellement odieux la dernière fois qu'elle est venue chez nous qu'elle a probablement décidé de rompre toute relation avec nous. Je ne peux pas lui en vouloir.

— Ton père était son demi-frère. Cela doit quand même compter. »

Rory s'assit en face d'elle.

« De toute façon, la situation n'est plus la même. Ta mère est morte. Et toutes choses mises à part, tu as perdu le revenu de ta rente. Et maintenant Miss Marr est partie.

— Je trouverai un autre locataire. Il faut seulement que ce soit quelqu'un de bien, voilà tout.

— Et que se passera-t-il à l'échéance du bail l'année prochaine ? Tu n'as pas le moindre espoir de trouver de l'argent. Pas de la façon dont les choses se présentent. »

Elle plongea son regard dans le feu.

« Je me débrouillerai. Je pourrai peut-être vendre quelque chose.

— Que te reste-t-il à vendre ? demanda-t-il. Tu as déjà vendu la voiture, et c'était ton dernier bien conséquent. Je pensais demander à ce Serridge. Il doit bien avoir une idée de l'endroit où elle se trouve.

— Je ne veux pas que tu lui parles.

— Mais si ta tante…

— Et je ne veux plus penser à tante Philippa. D'accord ? »

Elle avait haussé le ton, le visage empourpré.

« À deux, on dépense moins d'argent que seul, dit-il, en changeant d'angle d'attaque. Nous pourrions nous marier maintenant, plutôt que d'attendre.

— Non. Ce ne serait pas juste envers toi.

— Permets-moi d'en être juge. »

Il lui offrit une cigarette.

Elle se pencha en avant, entourant la flamme de l'allumette avec ses mains.

« Rory, ce ne serait pas seulement injuste à ton égard. C'est aussi que… enfin, tu sais, nous devons prendre le temps de nous retrouver. Tu as vécu loin si longtemps. Nous n'avons fait qu'échanger des lettres. »

Il se sentait paralysé.

« Tu veux que nous annulions nos fiançailles ?

— Non. Oui. Écoute, je ne sais pas ce que je veux – c'est ça le problème, tu comprends ? Et puis il y a Maman. Je… je dois m'habituer à son absence. Pour mon père, les choses ont été plus faciles d'une certaine façon. Mais Maman… Je ne sais pas, sa mort a été un choc.

— Je peux attendre, dit Rory avec désespoir. Prends tout ton temps.

— Tu deviendrais fou. Et moi aussi. Écoute, ce n'est pas comme si nous étions officiellement fiancés. Je veux seulement pouvoir respirer un peu. Cela ne changera rien. »

Pour Rory, cela changeait tout. L'instant d'avant, il était fiancé. À présent, il ne l'était plus.

Ils continuèrent à fumer en silence. Les braises crépitaient dans la cheminée. L'unique source de lumière était le lampadaire. Il mourait d'envie de faire l'amour avec Fenella. S'il insistait, peut-être accepterait-elle, au moins par pitié ? Une façon de dire « je suis désolée » ? Ou bien – et cette pensée le bouleversa – parce que, au fond, cela lui était égal ?

Il jeta la cigarette dans le feu.

« Une chose est certaine, je ne retournerai pas en Inde. J'ai posté la lettre hier matin. Je trouverai quelque chose ici.

— Toujours dans le journalisme ?
— Ou bien la publicité. J'ai quelques tuyaux.
— Ton père va-t-il t'aider jusqu'à ce que tu trouves un emploi ? »
Il secoua la tête.
« Même s'il le voulait, il ne pourrait pas. Il doit penser à mes sœurs. De toute façon, il n'a que son salaire. »
Il marqua une pause.
« Je cherche une autre chambre meublée. Quelque chose de plus central.
— Tu t'en sortiras ?
— Pour l'instant au moins. »
Il avait économisé une partie de son salaire en Inde, et sa grand-mère lui avait laissé cent livres à sa mort l'année précédente. Cela lui donnait de quoi vivre à Londres pendant quelques mois, mais pas suffisamment pour se marier.
« Mais je ne peux pas rester où je suis maintenant. Ce n'est pas pratique, sans compter que pour Mme Rutter, un bon repas consiste en une langue en conserve couverte d'une substance verte poisseuse. Penses-tu que… ? »
Fenella se leva subitement.
« Non. Je suis désolée. Ce ne serait pas convenable que tu viennes vivre ici, et tu le sais bien.
— Je pourrais payer un loyer. Je pourrais… »
Il s'arrêta et se passa les doigts dans les cheveux.
« Pardonne-moi. Toutes ces conventions me semblent tellement ridicules.
— Tu ne parlerais pas ainsi si tu étais une femme, Rory. Peux-tu seulement t'imaginer ce que diraient les gens ? »

Elle regarda la pendule sur la cheminée.

« Je dois partir. »

Il s'éclaircit la gorge. Malgré ce que le sergent lui avait dit, il aurait voulu lui parler de Narton et de l'appartement dans Bleeding Heart Square. Il lui aurait aussi parlé de la surprenante jeune femme qu'il avait vue dans la maison et au café.

Mais elle était déjà debout et se dirigeait vers la porte d'entrée. En se levant, Rory avait la tête qui tournait comme si le malheur donnait le vertige.

« Es-tu toujours d'accord pour demain soir ? dit-elle.

— Oui, apparemment.

— J'ai des billets.

— Je suis étonné que des gens soient prêts à payer.

— C'est une bonne cause. Et le conférencier est remarquable. Je l'ai déjà entendu à plusieurs reprises.

— Je passerai te prendre à sept heures un quart, d'accord ? »

L'odeur de cuisine dans l'entrée lui rappela le marché de Smithfield, hier après-midi, la rencontre avec le sergent Narton, la viande crue et le sang.

Fenella lui toucha le bras. Quand il se retourna vers elle, elle se hissa sur la pointe des pieds, et ses lèvres lui effleurèrent la joue.

Il enroula son écharpe autour de son cou. Je m'imagine des choses. Je m'imagine l'odeur du chagrin.

4

Vous voyez bien maintenant que Serridge avait un besoin aigu d'argent En fait, c'était même encore plus compliqué que cela.

Mardi 14 janvier 1930

Le major Serridge est venu cet après-midi prendre le thé pour me montrer sa gravure. La présence d'un militaire carré causa une grande agitation parmi les vieilles coquettes de la salle à manger, surtout les six assises à la table près du bow-window, qu'elles considèrent comme leur territoire. J'ai trouvé que Mlle Beale le dévisageait de manière très effrontée. Je sais avec certitude quelle est là depuis presque vingt ans. Ella a fêté son soixante-quinzième anniversaire en septembre. Elle devait donc avoir à peu près mon âge lorsqu'elle est arrivée au Rushmore. Cela me glace le sang rien que d'y penser.

Mais revenons-en au major Serridge. Nous eûmes une conversation des plus intéressantes. Il a servi partout dans l'Empire. Il a même été en Chine — il a évoqué avec émotion la famine qu'ils subissent en ce moment, disant que c'était le sort des enfants qui l'attristait le plus. Il avait quitté l'armée pendant quelques années mais avait repris l'uniforme pour la Grande Guerre. Quand je lui demandai s'il avait été sur le front de l'ouest, il me fit un clin d'œil et me dit qu'il n'avait toujours pas le droit d'en parler. Je le soupçonne d'avoir été officier des renseignements.

Après le thé, le major me montra la gravure. En fait, elle appartient à un homme qui habite aussi dans ma maison – un spécialiste, d'après ce quej'ai compris. En bas, était indiqué 1778. C'était une vue magnifique du palais des évêques de Rosington, qui couvrait jadis tout le terrain occupé aujourd'hui par Bleeding Heart Square, Rosington Place et plusieurs des rues avoisinantes. Le bâtiment était un énorme édifice gothique avec des cloîtres, une grande loge et une chapelle privée. Dire qu'il ne reste plus aujourd'hui que la chapelle, et qu'elle se trouve à côté de ma maison !

Il y avait aussi une imposante loge de portier, qui devait se trouver, selon le major Serridge, à l'emplacement de la loge du concierge, à l'extrémité de Rosington Place. Toute la zone fait encore partie de l'évêché de Rosington et elle est connue (de façon pittoresque) comme la Liberté de Rosington.

Il s'est produit aujourd'hui un autre événement. Je ne veux pas en faire trop grand cas, mais cela a illuminé ma journée. Le major m'a fait un compliment, d'autant plus significatif qu'il était spontané et imprévu. Il m'a demandé pourquoi « une jeune femme comme vous » vivait au Rushmore, au milieu de toutes ces vieilles rombières – avant de prendre un air gêné et de s'excuser en m'assurant qu'il ne voulait pas se montrer impertinent. J'ai répondu que je n'étais pas du tout offensée, ce qu'en vérité, je n'étais pas, mais pas pour la raison qu'il pensait ! Plusieurs résidentes sont plus jeunes que moi (chronologiquement parlant, en *tout cas !) y compris Mme Pargeter, qui prétend ne pas avoir encore quarante ans (!!!). J'ai du mal à le croire, et je suis certaine qu'elle se teint les cheveux – personne ne me convaincra que cette couleur cuivrée est naturelle. Lorsque je la mentionnai au major Serridge, il me répondit : « Qui ? Celle assise toute seule ? Je ne voudrais pas paraître grossier, mais elle me rappelle ce que me disait ma mère, un mouton qui veut se faire passer pour un agneau. »*

N'est-ce pas curieux ? Ce sont exactement les mêmes mots qui m'avaient traversé l'esprit juste avant qu'il ne les prononce !

Le major me fit aussi des compliments sur ma robe – je portais ma nouvelle robe d'après-midi, celle avec le délicieux motif de fleurs. Il me dit combien c'était agréable de rencontrer une vraie dame habillée comme il se doit ! Et il s'excusa à nouveau ! Pour le sortir de son embarras, je lui dis combien il était difficile depuis la guerre de trouver une bonne couturière, pour faire des retouches notamment – quelqu'un avec un bon œil, sachant faire convenablement les choses, et qui ne vous coûtait pas les yeux de la tête – ce sur quoi il m'apprit qu'une de mes locataires, Mme Renton, était en fait une excellente couturière qui avait, en son temps, travaillé à Bond Street...

Vous vous rendez bien compte maintenant que les choses sont plus compliquées que vous ne l'aviez pensé. Non seulement Philippa Penhow désirait Joe Serridge. Non seulement elle voulait un homme, n'importe quel homme. C'est aussi qu'elle était terrifiée de rester là où elle était, avec toutes ces femmes sur le retour, de vieillir et de finir ses jours à l'hôtel Rushmore.

*
* *

La première fois que Lydia rencontra Marcus Langstone, il était avec sa famille, mais elle n'avait qu'un vague souvenir de ses parents et de son frère aîné. Son souvenir de Marcus était très précis, à cause de ce qu'il avait fait.

Elle avait cinq ans, ce qui voulait dire que lui en avait onze, presque douze, et que son frère était quasiment un adulte. Ce devait être peu de temps après que Lord Cassington eut signé le bail de Monkshill Park. Lydia se souvenait à quel point tout lui avait semblé grand, pas seulement la maison, mais aussi le jardin et le parc. Pour une enfant de cinq ans, c'était un territoire infini, bien plus un pays tout entier qu'une habitation.

Les Langstone arrivèrent dans l'après-midi. Lydia devait les voir à l'heure du thé. La nurse lui lava le visage et les mains, et lui brossa les cheveux si vigoureusement que cela lui fit mal. Elle fut présentée aux visiteurs et prit place à côté de sa mère. La conversation des adultes ne tarda pas à gronder au-dessus de sa tête. Elle but son lait, mangea son pain avec du beurre et décida de s'enfuir. Elle évitait de regarder qui que ce soit pour que personne ne la remarque. Une ou deux fois, elle leva les yeux et vit que Marcus la regardait. C'était un grand et beau garçon avec des cheveux blonds et des traits réguliers. Il lui rappelait le jeune Hereward le Proscrit, dans le *Livre des Héros Épiques* que Lydia avait vu dans la bibliothèque de la nurserie. Elle le trouvait vraiment très beau.

« Je suis certaine que Marcus aimerait voir les

jardins et le parc, lui dit sa mère. Pourquoi ne l'y emmènes-tu pas, ma chérie ? »

L'idée de se retrouver seule avec un garçon qu'elle ne connaissait pas la remplissait de frayeur. Mais elle ne pouvait pas refuser, et quelques minutes plus tard, ils empruntaient tous les deux le chemin menant de la maison jusqu'au monument et au lac. Sur leur droite, s'élevait le haut mur ensoleillé du potager, traversé par intervalles par des portes. Ils marchaient en silence, Marcus devant. À l'extrémité, là où le mur finissait, il y avait un bouquet d'arbres. Marcus s'arrêta si brusquement que Lydia faillit le percuter. Les mains sur les hanches, il la regardait fixement.

« C'est quoi, ça ? »

Il désignait de la tête un petit appentis accolé au mur extérieur du potager, perpendiculaire au chemin principal et presque entièrement dissimulé dans les arbres.

« Je ne sais pas », dit Lydia.

Marcus enfonça ses mains dans ses poches.

« Je vais voir. »

Il s'avança fièrement sous les arbres, sans regarder en arrière pour voir si elle suivait. Elle lui emboîta le pas discrètement, consciente de sa responsabilité de maîtresse de maison. Des ronces s'accrochaient à ses jambes nues. Elle se prit dans une toile d'araignée suspendue à une branche et poussa un cri. Marcus regarda en arrière.

« Ne fais pas l'enfant », dit-il en continuant sa route.

Au bout du chemin, le toit en tuiles de la remise s'affaissait. Le terrain était boueux et l'air humide, ce qui contrastait singulièrement avec cet après-midi ensoleillé. Lydia, en tout cas, avait gardé l'impression que le petit bosquet, bien rangé contre le mur nord du potager, avait son propre climat, sa propre atmosphère.

Marcus donna un coup de pied dans une planche en bois pourrie en travers du chemin. Des cloportes s'en échappèrent dans tous les sens. Il y avait aussi des choses grises et visqueuses. Pour Lydia, ce devait être des feuilles ou des racines, ou encore une sorte particulière de pierre. Marcus ramassa une branche et donna un petit coup à l'une d'elles. Horrifiée, Lydia vit l'objet luisant s'enrouler autour du bâton. La chose était vivante. Lydia ouvrit la bouche pour crier, mais aucun son n'en sortit.

« Des limaces, dit Marcus qui l'écrasa du pied. Tu sais ce qu'elles aiment manger ? »

Les yeux écarquillés, elle secoua la tête.

« De la chair humaine, chuchota-t-il. Celle des enfants, de préférence. Plus ils sont jeunes, mieux c'est, parce qu'ils ont meilleur goût. »

Lydia se mit à hurler. Elle ne pouvait pas s'en empêcher. Elle ne pouvait pas bouger non plus. Elle avait devant les yeux une vision terrifiante : elle était toute nue, couverte de ces choses grises et gluantes qui se promenaient sur elle, en train de la manger tout comme les moutons du Highland broutaient l'herbe du parc. Une limace s'avança vers elle, puis une autre, et bientôt elles monteraient sur ses jambes et…

Marcus la saisit sous les bras. En un instant, elle se retrouva en l'air, son visage en face du sien. Il la tenait à bout de bras.

« Elles vont me manger, chuchota-t-elle. Les limaces vont me manger. »

Il la dévisageait sans rien dire. Puis il la prit sur son épaule, comme un sac de pommes de terre, et se dirigea vers la remise. Il ouvrit la porte d'un coup de pied. Lydia voyait tout le long de sa veste et de ses longues jambes, jusqu'à ses bottes. Elle était si loin de la terre. Ici, en haut, elle se sentait en sécurité. Les limaces ne pouvaient pas l'atteindre.

Marcus la descendit de ses épaules. Elle poussa un cri de joie mêlé de peur, en tournant la tête à 180 degrés. Il la déposa sur une étagère large et poussiéreuse fixée sur le mur en brique à l'arrière de la maisonnette. D'un côté, il y avait un tamis, et de l'autre, une pile de pots de fleurs. En dessous, dans la pénombre, Lydia devina la forme des machines que les jardiniers utilisaient pour tondre l'herbe. Il y avait aussi des brouettes, et des instruments qui rouillaient, dont elle ne connaissait pas l'usage.

« Ne bouge pas », lui dit Marcus.

Son visage était maintenant à la hauteur de sa poitrine.

« Je n'en ai pas pour longtemps. »

Marcus revint, son corps obturant presque entièrement l'encadrement de la porte basse. Il étendit les mains vers elle, les doigts repliés.

« Regarde », dit-il avec douceur.

Lydia observa son beau visage. Il lui souriait. Il retourna sa main et ouvrit les doigts. Sur chaque paume, il y avait une limace luisante, plus grande encore que les autres, et elles bougeaient.

« Je sens leurs bouches, dit-il. Je crois qu'elles ont faim. »

Elle se mit à pleurer.

« C'est bon. Ne t'en fais pas. »

Il les jeta l'une après l'autre sur le sol de la remise

recouvert de boue séchée. Il s'essuya les mains sur son pantalon et lui montra ses paumes roses et vides.

« Je vais prendre soin de toi, dit-il avec toujours la même douceur. Je vais veiller sur toi. »

Sa gentillesse la fit pleurer encore plus fort.

« Nous devons nous assurer qu'aucune n'a grimpé sur toi à notre insu. »

Sur le moment, cette logique lui parut implacable. Elle ferma les yeux. Elle sentit ses mains sur ses jambes. Il lui écarta les genoux. Elle gémit lorsqu'il remonta sa jupe.

« Nous devons regarder très attentivement, dit-il d'une voix devenue rauque, presque chuchotante. Elles aiment se mettre surtout là, vois-tu, c'est là qu'elles aiment vraiment manger. Il faut vérifier si elles ont pénétré en dessous. »

C'était un vrai manque de chance que Malcolm Fimberry ait choisi ce moment précis pour ouvrir la porte. Lydia se trouvait justement sur le seuil, la clé à la main. L'instant d'après, elle aurait pu échapper à Marcus. Son mari était là, tête nue sous la pluie, et il semblait particulièrement déplacé dans Bleeding Heart Square, comme un éléphant au pôle Nord ou un cheval de course tirant une charrue. Rien dans sa vie ne l'avait préparé à affronter ce genre de situation et il ne savait pas quoi faire.

Dans un premier temps, Fimberry ne vit pas Marcus.

« Mme Langstone ! cria-t-il. Vous avez fait des courses, je vois. Laissez-moi vous aider avec votre panier. »

Marcus parut alors se réveiller. C'était enfin quelque chose qu'il comprenait.

« Ce n’est pas nécessaire, merci. »

Il étendit promptement le bras et saisit le panier. « Après toi, ma chère. »

Lydia se laissa pousser dans la maison. Fimberry s’écrasa contre le mur pour les laisser passer. Vêtu d’un imperméable, il tenait son chapeau d’une main et un parapluie dans l’autre. Il s’apprêtait de toute évidence à sortir. Néanmoins, il referma la porte et fit semblant de lire les notices sur la table de l’entrée. Marcus le dominait – en fait il dominait tout – et l’entrée semblait avoir rétréci sous l’effet de sa présence. Il renifla, et Lydia se demanda s’il y avait encore dans l’air des relents du cœur pourri de M. Serridge.

Elle monta les marches, consciente que Fimberry l’observait et guettait le pas pesant de Marcus derrière elle. Elle le précéda dans le salon. Il posa le panier sur la table et ferma la porte du pied.

« Tu ne peux pas vivre ici, dit-il d’une voix qui trahissait surtout son étonnement. C’est quasiment un taudis.

— Pas du tout, dit Lydia. Mon père habite ici. Comment m’as-tu retrouvée ? »

Il posa son chapeau sur la table et enleva ses gants. « Tu n’imagines pas à quel point nous nous inquiétions. Comment as-tu pu agir ainsi, Lydia ?

— Nous ?

— Ta mère et moi. Personne d’autre n’est au courant… de ton escapade. Nous avons dit aux domestiques que tu avais dû t’absenter subitement. Qu’une amie très malade t’avait réclamée à son chevet. »

Lydia éclata de rire.

« On se croirait dans un roman de gare. De toute façon, les domestiques ne t’auront pas cru. Les domestiques savent toujours. Je ne sais pas comment, mais ils savent. »

Marcus sortit son étui à cigarettes.

« Je ne trouve pas ça drôle.

— Moi non plus.

— Il y a aussi Pamela – elle t'a appelée, et quand je lui ai dit que tu n'étais pas là, elle a été très déçue.

— Tu devrais lui dire la vérité. »

Elle marqua une pause, mais Marcus resta silencieux.

« Tu ne m'as toujours pas dit comment tu as su.

— Au sujet des nouvelles ou de l'endroit où tu étais ? »

Il lui tendit l'étui à cigarettes mais elle secoua la tête.

« Il y avait une lettre de ce type de Harley Street[1]. Avec une facture, bien sûr.

— Tu as ouvert mes lettres ?

— Que voulais-tu que je fasse ? J'étais inquiet. Ton charlatan tenait à te recommander un régime pour femmes enceintes, et il était facile de comprendre de quoi il retournait. J'aurais préféré que tu me le dises.

— J'ai essayé, mais tu ne m'as pas laissée. Tu te rappelles ? »

Marcus se retourna pour allumer une cigarette.

« C'est vrai – j'en suis désolé. C'est seulement que tu es arrivée au mauvais moment, et je ne voulais pas que tu gâches ma présentation à Rex Fisher. »

---

1. Harley Street : rue célèbre pour ses belles maisons géorgiennes de la fin du XVIIIe siècle et depuis lors, la présence de plus en plus importante de médecins, cliniques et hôpitaux. Parmi les praticiens célèbres y ayant exercé : le docteur Edward Bach, dans les années 20, créateur des célèbres Fleurs de Bach. *(N.d.T.)*

Il rougit.

« Mais c'est du passé. Ce qui importe, c'est le bébé. Ça change tout.

— Tout ? » dit-elle doucement.

Il fit un geste avec sa cigarette.

« Bien sûr. L'essentiel, c'est qu'il y aura un héritier, évidemment. C'est important, même aujourd'hui.

— Un héritier de quoi ? dit elle sèchement. Trois cent soixante hectares au fin fond du Gloucestershire ? Une maison trop lourde à entretenir, et qui est trouée comme une passoire à la moindre goutte de pluie ? Et le bail pour Frogmore Place n'a plus que vingt ans à courir, et tu devras de toute façon le louer puisque tu as dépensé tout mon argent en voulant t'y accrocher. Et tout ça pour quoi, Marcus. J'aimerais bien le savoir. »

Un court instant, elle crut qu'il allait à nouveau la frapper.

« Il se trouve que pour moi, certaines choses valent la peine qu'on s'y accroche, dit-il. Des gens comme nous ont le devoir de maintenir un statut. Si nous ne le faisons pas, personne d'autre ne le fera. Les classes terriennes sont la colonne vertébrale de ce pays ; n'importe quel imbécile le sait. Toutes ces balivernes socialistes, c'est très gentil – certains de ces types sont bien intentionnés – mais cela conduit ce pays à la ruine. Ramsay MacDonald ne serait même pas capable de gérer une boucherie. Il est complètement dépassé.

— Et si j'ai un bébé, ça pourrait empêcher le pays de tomber dans l'abîme ?

— Ne sois pas stupide, dit-il froidement. Le fait est que des familles comme les nôtres représentent la continuité. Tu devrais écouter Sir Oswald sur ce sujet.

— Je ne veux pas, merci. D'ailleurs, je ne vais pas avoir un enfant.

— Quoi ? Mais ton toubib a dit…

— Tu as pris tes désirs pour des réalités. Le gynécologue a dit qu'il ne voyait aucune raison pour que je ne puisse pas concevoir. Il m'avait promis de m'envoyer les détails d'un régime susceptible d'améliorer la fertilité des femmes, et également bénéfique quand on est enceinte. C'était cela ma bonne nouvelle. J'étais heureuse, Marcus, cela voulait dire que je n'étais pas stérile finalement. Sauf que maintenant, je n'ai plus envie de tomber enceinte. Mais je veux quand même savoir comment tu m'as retrouvée. »

Marcus soupira.

« J'ai fouillé dans ton bureau.

— Il était fermé à clé.

— J'ai dû le forcer.

— D'abord tu ouvres mes lettres, puis tu forces mon bureau. »

Il l'ignora.

« J'ai trouvé une lettre de ton père portant cette adresse. Je croyais qu'il était en Amérique.

— Il est revenu l'année dernière. »

Marcus haussa les sourcils.

« Et tu estimais qu'il n'était pas nécessaire de le dire ?

— Je ne pensais pas que ça t'intéresserait. Tu ne t'es jamais intéressé à lui. Je craignais également que tu te fâches. Comme maintenant.

— Tu le voyais en cachette de moi ? »

Tout à coup, elle se sentit lasse.

« Je l'ai revu il y a deux jours pour la première fois depuis mon enfance.

— Mais tu lui écrivais ?

— Oui. Je lui envoyais un peu d'argent. »

Elle hésita.

« Cela lui suffisait. Si tu as lu la lettre, tu dois le savoir. Ma mère est au courant ?

— Je lui ai tout raconté. C'est elle qui m'a conseillé de venir ici. Elle est aussi bouleversée que moi. Tu dois comprendre – tu dois revenir à la maison. Lydia, je… »

Marcus s'arrêta. On entendit des pas dans l'escalier puis sur le palier. La porte s'ouvrit, et le capitaine Ingleby-Lewis entra.

Il regarda Marcus.

« Qui est-ce ? demanda-t-il.

— Mon mari, dit Lydia. Marcus Langstone. Marcus, voici mon père. »

Marcus tendit la main.

« Comment allez-vous, monsieur ? »

Ingleby-Lewis serra vigoureusement la main de son gendre.

« Ravi de vous connaître, mon garçon. »

Ses yeux injectés de sang se reportèrent sur Lydia puis revinrent sur Marcus.

« J'ignore pourquoi nous n'avons pas pu faire connaissance plus tôt. En tout cas, mieux vaut tard que jamais, n'est-ce pas ?

— Marcus était sur le point de partir, dit Lydia.

— C'est qu'il y a eu un malentendu, dit Marcus. Je suis venu ici pour aplanir les choses et ramener Lydia à la maison.

— Formidable, dit Ingleby-Lewis.

— J'ai un taxi qui attend dehors.

— Je ne veux pas retourner avec toi, dit Lydia. Je reste ici.

— Chérie, sois raisonnable. Tu ne peux pas rester ici. Ce n'est juste pour personne.

— Je veux rester ici. »

Marcus fit un pas vers elle.

« Écoute, Lydia, tu dois te montrer raisonnable. »

Ingleby-Lewis s'éclaircit la gorge.

Marcus se tourna vers lui.

« Je suis certain que vous êtes de mon avis, monsieur. La place d'une femme est auprès de son mari, n'est-ce pas ?

— Je dois avouer que, par expérience personnelle, ce n'est pas quelque chose que j'ai pu observer.

— Père, s'il vous plaît. Je préfère rester ici avec vous. De toute façon, je ne repars pas avec Marcus. »

Pendant quelques instants, plus personne ne parla. Ingleby-Lewis se dirigea vers le canapé en traînant les pieds, s'y affala et ferma les yeux.

« Si Lydia veut rester ici pendant quelques jours, dit-il lentement avec un soupir, c'est à elle de décider. »

Marcus lui jeta un regard furieux.

« Tout ça est ridicule.

— Va-t'en, dit-elle. Va-t'en. Je t'en supplie.

— Nous en reparlerons. Tu commets une grave erreur. »

Elle commençait à s'énerver.

« Il ne t'est jamais venu à l'esprit que si je n'étais pas stérile, c'était peut-être à toi de consulter un médecin ? »

Ses lèvres étaient blêmes. Il fit demi-tour et sortit de la pièce en laissant la porte ouverte. Elle l'écouta descendre l'escalier. La porte d'entrée claqua. Son père avait toujours les yeux fermés. Dans l'air, flottait une odeur de whisky et de tabac.

Elle alla à la fenêtre et contempla Bleeding Heart Square. C'était une situation parfaitement absurde, tellement victorienne. Son destin reposait apparemment entre les mains de deux hommes, son mari et son père, un jeune tyran et un vieux pochard. Marcus traversait les pavés en direction du taxi. De la fenêtre, il avait l'air d'un nain.

*

* *

Le lendemain, vendredi, Lydia vendit le premier bijou. Le capitaine Ingleby-Lewis lui conseillait de vendre plutôt que d'engager au mont-de-piété : on recevait tout de suite l'argent, et on n'avait plus à se soucier de le retirer. Elle choisit une petite broche avec un rubis rond entouré de diamants qui avait appartenu à une grand-tante. La monture était trop chargée pour l'époque actuelle mais les pierres devaient être bonnes.

Son père l'emmena dans un petit magasin situé dans Hatton Garden, et négocia pour elle avec un homme grand et courbé, qui refusait de lui offrir plus de vingt-trois livres.

Ingleby-Lewis alluma une cigarette.

« Bon sang, Goldman, vous êtes dur en affaires. Mais je n'ai pas envie de marchander. En revanche, vous paierez tout de suite, n'est-ce pas ? Je n'ai aucune envie de traîner ici. »

M. Goldman pencha la tête.

« Cela vous convient-il, madame ? »

Lydia acquiesça. Elle ne pensait pas se sentir si humiliée.

« Un moment, monsieur. »

Goldman ouvrit une porte et disparut dans une pièce derrière le comptoir.

« Nous n'obtiendrons pas un meilleur prix ailleurs, chuchota Ingleby-Lewis d'une voix rauque. Goldman sait qu'il ne peut pas profiter de moi. Et il ne nous fera pas attendre trop longtemps non plus. C'est ce que font certains de ces juifs – ils vous donnent un prix, et ensuite prennent leur temps pour vous payer. Mais Goldman est un type bien. Serridge fait souvent appel à lui.

« M. Serridge vend des bijoux pour vivre ? »

Son père la regarda sévèrement.

« Non, non. Mais il a parfois des choses dont il veut se débarrasser. »

Lydia avait cru déceler une expression furtive sur son visage.

« Que fait M. Serridge ? Il y a une Mme Serridge ?

— Ah non. Je ne crois pas. »

Il se retourna pour se moucher. Puis il tapa de la main sur le comptoir.

« Allons, M. Goldman, cria-t-il. Nous n'avons pas toute la journée. »

Quand ils se retrouvèrent dans Hatton Garden, plongés dans le froid et l'agitation, Ingleby-Lewis posa sa main sur le bras de Lydia.

« Euh… peut-être aimerais-tu que je veille sur ton argent. Ce n'est pas bien qu'une jeune femme se promène avec une telle somme dans son sac.

— Je préfère le garder, Père. J'ai des choses à acheter. »

Elle vit la consternation s'abattre sur son visage.

« Mais je devrais te donner quelque chose. Je devrais payer un loyer. »

Il la regarda avec un grand sourire.

« Je ne nierai pas être un peu à court d'argent en ce moment. Une gêne passagère, comme on dit. »

Il la regarda ouvrir son sac pour trouver son portefeuille. Elle en sortit un billet de cinq livres qu'il saisit au vol de sa main gantée.

« J'ai un rendez-vous d'affaires plus tard dans la matinée, dit-il. Mais d'abord je vais te présenter Howlett.

— Qui ?

— Le gardien sur Rosington Place. C'est un peu un de mes alliés.

— Je crois l'avoir rencontré le jour de mon arrivée.

— Il devrait savoir que tu es ma fille. Aurais-tu une demi-couronne par hasard ?

— Pourquoi ? demanda-t-elle, en pensant au billet de cinq livres.

— Je n'ai pas de monnaie sur moi. J'aime bien donner quelque chose à Howlett de temps en temps. C'est une sorte d'investissement. »

Ils se dirigèrent vers Holborn Circus. Une fumée sortait de la cheminée de la loge au pied de Rosington Place. Du bout de sa canne, il tapa sur les volets de la fenêtre donnant sur la rue.

Le chien se mit immédiatement à aboyer. Le volet s'ouvrit bruyamment, et la tête et les épaules de Howlett apparurent.

« Tais-toi, dit-il, et l'aboiement cessa aussitôt, comme si le chien avait reçu un coup de pied.

— Bonjour, capitaine.

— Bonjour, Howlett. Voici ma fille, Mme Langstone. Je compte sur vous pour veiller sur elle. »

Howlett toucha le bord de son chapeau.

« Oui, monsieur. Nous avons fait connaissance l'autre jour, n'est-ce pas, madame ? »

Lydia acquiesça. Le chien se remit à aboyer.

« Mme Langstone pourrait trouver pratique d'utiliser occasionnellement l'entrée arrière », continua Ingleby-Lewis.

Howlett grogna. Le chien se remit à japper.

Le père se tourna vers sa fille.

« Là-bas, au coin de la chapelle, il y a une grille qui donne directement accès à Bleeding Heart Square.

— Nous ne laissons pas n'importe qui utiliser cette entrée, dit Howlett avec fermeté.

— Non, en effet. Seulement quelques privilégiés, hein ?

— Le petit chien, remarqua Howlett. Je vais devoir le laisser sortir. »

Son visage disparut de l'encadrement de la fenêtre. La porte s'ouvrit. Le chien courut autour de la loge et vint renifler les chaussures de Lydia.

« Excusez-le, madame. »

Howlett éloigna le chien avec la pointe de sa botte.

« Arrête, Nipper.

— Brave petite brute, dit Ingleby-Lewis.

— Il s'occupe formidablement bien des rats.

— Très bien. Mais nous n'allons pas rester ici à papoter toute la journée. Il y a du travail, n'est-ce pas, Howlett ? Tenez, voici un petit quelque chose pour éloigner le froid. »

La demi-couronne changea de mains. Howlett toucha à nouveau son chapeau. Lydia et son père remontèrent Rosington Place en direction de la chapelle à l'extrémité. Les deux rangées de bâtiments de chaque côté étaient sans intérêt mais respectables. Au vu des plaques sur les portes, ils étaient occupés presque entièrement par des bureaux.

« Travailler dans un de ces endroits doit être un véritable enterrement, observa Ingleby-Lewis, qui marchait maintenant plus rapidement sachant que le Crozier devait être ouvert. Tu t'imagines, hein ? »

Lydia regarda la chapelle. De près, elle lui parut plus grande. Quand on la voyait depuis l'autre extrémité de Rosington Place, elle était écrasée par la perspective ; la hauteur des bâtiments donnait l'impression de la regarder par le mauvais bout d'un télescope.

« Elle appartient maintenant à Rome, dit Ingleby-Lewis. Ce Fimberry est constamment en train d'entrer et de sortir – il en connaît tout. C'est vraiment un endroit curieux. Mais nous sommes à Londres. Et les gens sont curieux aussi. »

La chapelle se trouvait derrière le bâtiment à gauche. Sur la gauche, une porte donnait accès à la maison contre la chapelle ; aucune autre entrée n'était visible. Devant eux se dressait une grille, peinte en marron sombre, qui fermait l'extrémité nord de Rosington Place. Elle était assez large pour laisser passer un carrosse, et sa serrure se trouvait dans un battant. Ingleby-Lewis souleva le loquet.

« Le vieux Howlett en possède l'unique clé, dit-il. Il lui arrive de fermer la grille juste pour montrer qui est le chef.

— Tu ne l'aimes pas beaucoup, n'est-ce pas ? » dit Lydia.

Son père lui tenait le loquet ouvert.

« Peu importe que je l'aime ou non. Howlett est une réalité de la vie. Il vaut mieux être bien avec lui. Rosington Place et Bleeding Heart Square sont régis par une juridiction à part, vois-tu. C'est une espèce de curiosité juridique – Fimberry connaît tout ça par cœur. En théorie, même la police ne peut y entrer sans être invitée. »

La porte à côté de la chapelle s'ouvrit alors bruyamment. Un grand jeune homme sortit. Lydia en eut le souffle coupé. Il sourit, toucha le bord de son chapeau à son intention avant de partir d'un bon pas à travers Rosington Place en direction de la loge.

« C'est qui, ce type ?

— Je crois qu'il s'appelle Wentwood, Père. Il veut louer l'appartement du grenier. Mme Renton lui a dit de revenir aujourd'hui, lorsque Serridge serait là. »

Elle franchit la grille. Dans Bleeding Heart Square, un homme se tenait devant l'entrée du Crozier et appelait quelqu'un à l'intérieur. Un mécanicien qui travaillait dans le garage à l'autre bout siffla Lydia. Un petit tas d'excréments, possiblement humains, gisait dans l'angle entre la grille et le pilier qui la soutenait.

Ingleby-Lewis franchit la grille à sa suite et la referma soigneusement, laissant derrière eux Rosington Place et ses bâtiments respectables mais délabrés.

« Serridge, dit-il lentement. Oui, il faudra qu'il lui parle. Tu n'as pas encore fait la connaissance de Serridge, n'est-ce pas ? »

Plus tard dans la matinée, tandis qu'elle mettait de l'ordre sur les étagères à gauche de la cheminée dans le salon, Lydia trouva un vieil écritoire. C'était un bureau portable en acajou massif, avec des coins renforcés de laiton. En le transportant sur la table pour le nettoyer, elle s'aperçut qu'il n'était pas en aussi bon état qu'il en avait l'air. Le couvercle se détacha et tomba bruyamment par terre. Les charnières avaient dû être cassées précédemment. Les accessoires intérieurs avaient également disparu.

Mais la boîte n'était pas vide. Elle contenait un amas de stylos, de papiers, de crayons, avec des enveloppes et de l'encre. Le papier jauni était devenu cassant avec le temps. Quelques plumes présentaient des taches de rouille. Le regard de Lydia se posa sur une petite feuille de papier pratiquement vierge, portant en tout et pour tout sept mots écrits en haut de la page : *Je suppose que vous êtes surpris d'apprendre...*

Elle mit la feuille de côté. En dessous, il y avait une feuille de papier ministre portant une longue colonne de noms – toujours le même : *P. M. Penhow.*

Quelqu'un frappa à la porte, et Lydia reposa maladroitement le couvercle sur la boîte. Lorsqu'elle ouvrit, elle tomba nez à nez avec Malcolm Fimberry. Il la dévisagea à travers son pince-nez et sourit. Ses lèvres étaient humides et très colorées. Il tremblait légèrement.

« Mme Langstone, j'espère que je ne vous dérange pas.

— Qu'y a-t-il ? » dit Lydia, consciente de son manque de politesse.

M. Fimberry était le genre de personne avec qui on se montrait forcément impoli, sans même en avoir l'intention.

« J'ai entendu du bruit au-dessus – je suis juste en dessous, voyez-vous – je savais donc qu'il y avait quelqu'un ici. Je pensais peut-être trouver le capitaine Ingleby-Lewis.

— Il n'est pas là, malheureusement. »

Lydia s'aperçut alors qu'elle tenait toujours son chiffon à poussière.

« Puis-je lui transmettre un message ?

— Oui – non – c'est un peu délicat, vous comprenez. Je lui ai prêté dix shillings il y a quelque temps, et je me demandais s'il pourrait me les rendre maintenant. Il… il m'a dit qu'il me les rendrait à la fin de la semaine – c'était le mois dernier – mais il a dû oublier ; quand je le lui ai rappelé ensuite, ce n'était pas le bon moment, mais si vous pouviez éventuellement lui en toucher deux mots… »

Il s'arrêta et baissa le regard. Il semblait reluquer sa poitrine. Elle s'aperçut qu'il n'était pas rasé et que sa barbe était plus rousse que ses cheveux. Elle vit également que la poche poitrine de son veston avait besoin d'être réparée et qu'il n'avait pas changé de chemise depuis un bon moment.

« Mon père a dû oublier, dit-elle. Je vais vous donner l'argent tout de suite.

— Merci, Mme Langstone, vous êtes très aimable. J'ai cru vous voir avec votre père près de la chapelle ce matin, c'était bien vous ?

— Oui.

— C'est sans aucun doute une construction intéressante. Saviez-vous que j'y travaille ? En fait à titre bénévole. »

Elle trouva son sac et compta dix shillings en argent. Ses doigts effleurèrent les siens lorsque l'argent changea de mains.

« Le père Bertram m'appelle son assistant sacristain. »

Il eut un petit rire curieusement aigu, comme celui d'une fillette.

« Peut-être me permettrez-vous de vous faire faire une visite guidée. Ce lieu ancien est tellement chargé d'histoire.

— C'est très aimable à vous. Pour l'instant, je suis très occupée et…

— Cela ne vous prendrait pas beaucoup de temps, Mme Langstone. C'est à deux pas, voyez-vous. On peut y passer dix minutes un jour, et dix minutes un autre. Je suis certain que ça vous plairait beaucoup. Tellement d'histoire, tellement de contes étranges. »

Des pas retentirent dans l'escalier et la petite silhouette informe de Mme Renton fit son apparition.

« Votre bouilloire continue à chauffer, M. Fimberry, annonça-t-elle. Toute l'eau doit s'être évaporée à présent.

— Ah oui, merci. Au revoir, Mme Langstone. »

Arrivé en haut de l'escalier, il se retourna.

« Merci, Mme Langstone, marmonna-t-il.

— Est-ce que le capitaine sait quand M. Serridge sera de retour ? demanda Mme Renton à Lydia.

— Aujourd'hui, en tout cas. C'est tout ce que je sais. Au fait, j'ai vu le jeune homme ce matin, M. Wentwood – celui qui est venu pour l'appartement. Il semblait regarder dans la chapelle.

— Dans ce cas, il aura un sujet de conversation avec M. Fimberry, dit Mme Renton. Je ferais mieux de continuer. Au moins, il ne sent pas encore mauvais. »

Lydia cligna des yeux.

« Quoi ?

— Le paquet dans l'entrée, dit Mme Renton. Le nouveau cœur de M. Serridge. »

5

Joe Serridge joue avec Philippa Penhow comme s'il taquinait un poisson. Il sait exactement ce qu'il faut dire, et quand, et comment. Mais le poisson lui facilite la tâche. Le poisson ne demande qu'à être pris.

Mercredi 29 janvier 1930

Le major Serridge est encore venu ce matin – il voulait mon avis pour le papier de sa chambre. « Il faut l'œil d'une femme », me dit-il, en ajoutant quelle devait avoir l'œil artistique ! J'ai offert de le payer mais il s'y est opposé énergiquement – il ne voulait pas me mettre à contribution, et de toute manière, c'était pour son propre plaisir, etc., et il a insisté pour en supporter l'entière dépense.

Il ne pouvait pas rester longtemps. Lorsque je l'ai raccompagné à la porte, il y avait dehors un malheureux mendiant avec un bâtard famélique, et le major a dit qu'il rattraperait l'homme pour s'assurer qu'il donnait bien à manger au chien. C'est tellement caractéristique de son grand cœur ! Je lui ai parlé du chien de ma tante, Susie, et il m'a parlé du chien qu'il avait quand il était petit.

Ce sur quoi, il a ajouté : « Bien avant que vous ne soyez née, je parie ! »

*
* *

Cet après-midi-là, des fascistes s'étaient répandus dans les rues. Ils patrouillaient dans Holborn et Clerkenwell, par deux ou par trois, distribuant des tracts et vendant des exemplaires de la *Chemise noire*. Ils étaient particulièrement chics, ressemblant à des chauffeurs athlétiques, et focalisaient l'attention des jeunes femmes et même des écolières de St Tumwulf. Certains, tout jeunes, ressemblaient à des gamins, alors que d'autres avaient l'air d'avoir fait la guerre, mais tous, d'une grande politesse. Lydia avait du mal à les distinguer les uns des autres. On remarquait les uniformes, mais pas les visages, comme pour l'Armée du Salut.

Marcus s'intéressait au mouvement depuis que Mosley avait fondé le Nouveau Parti, qui allait devenir l'Union britannique des fascistes en 1931. Le recruter avait été un jeu d'enfant pour Sir Rex Fisher. Fisher n'était pas un simple membre du parti – il passait pour un des plus proches conseillers et un ami personnel du grand chef. C'était aussi un héros de la guerre, décoré de la Croix militaire ou de quelque chose dans le genre, ce qui fascinait d'autant plus Marcus. Pour exister aux yeux des gens qui avaient fait la guerre, Marcus était prêt à se rouler à leurs pieds, car lui-même s'était contenté de chausser les chaussures de son frère.

Un fond de brouillard dans l'air piquait la gorge,

annonciateur de plus mauvais jours. Mais le temps ne parvenait même pas à entamer l'enthousiasme des chemises noires, même si certains avaient le nez rouge et semblaient souffrir du froid. Tandis qu'elle retournait à l'appartement, Lydia finit par accepter pour qu'ils cessent de l'importuner un tract annonçant un meeting sur le thème « Fascisme et Empire ».

Elle s'attarda devant la vitrine d'un Lyon's Corner House. Deux vendeuses en sortirent, laissant échapper une bouffée d'air enfumé chaud et doux. Une tasse de thé lui coûterait un penny, et deux petits pains encore un penny. Elle en avait maintenant largement les moyens, mais elle se força à s'éloigner pour rentrer à l'appartement où une tasse de thé et une tranche de pain grillé lui coûteraient encore beaucoup moins. Elle devait apprendre à devenir économe. Fini le temps des petits luxes. À part deux autres bijoux et un livret d'épargne de la Poste avec dix-sept livres et quelques pence dessus, elle en était réduite à ce que Goldman lui avait donné.

À Bleeding Heart Square, Lydia trouva son père devant le chauffage à gaz du salon, sa pipe éteinte entre les dents.

« Ton mari. J'étais par hasard au Crozier à l'heure du déjeuner, et il est entré pour me parler. »

Lydia avait froid, mal aux pieds, et elle se sentait lasse. Elle s'assit en face de son père.

« Il prétend qu'il y a eu un malentendu et que tu as pris tes jambes à ton cou. Un peu trop impulsif, non ? Gâcher un mariage pour si peu ?

— Marcus m'avait frappée, ce qui pouvait aussi compter. »

Ingleby-Lewis détourna le regard.

« Il n'en a pas fait mention. Je… euh… je suis sûr qu'il le regrette.

— Moi aussi. »

Son père considéra le fourneau de sa pipe comme s'il s'attendait, contre toute attente, à y trouver un conseiller conjugal.

« Ah. Pourtant. Hmmm. Malgré tout, tu devrais prendre un peu de recul, ma chérie. Nous autres hommes sommes parfois des brutes, tu sais, et nous nous emportons. C'est regrettable, bien sûr, mais c'est comme ça.

— C'est ce que vous avez fait avec Mère ? dit Lydia, décidée à s'en prendre, même pour le compte d'une autre, au seul mâle disponible. Vous l'avez frappée ? C'est pour cela que vous avez été obligé de l'abandonner ? »

Ingleby-Lewis tournait et retournait sa pipe entre ses mains.

— Non. Je ne suis pas fier de mon comportement en l'occurrence, mais ce n'est pas ça. Non, nous ne nous entendions pas très bien. Tout ça n'a rien à voir avec toi. Le fait est que tu as un mari parfaitement respectable et un chez-toi très confortable. Je regrette que tu aies vécu cette expérience – euh – désagréable, mais, tu sais, ces choses-là arrivent. »

Seulement si tu les laisses arriver, pensa Lydia.

« Suis mon conseil : retourne auprès de Marcus, et je suis sûr qu'un enfant se tardera pas à se mettre en route.

— Je ne suis pas certaine de vouloir un bébé. Et en tout cas pas avec lui. »

Lydia ramassa son chapeau, fit demi-tour et quitta la pièce. Elle regagna sa chambre à coucher, enleva ses chaussures et se coucha tout habillée. Elle resta allongée sur le lit à regarder le plafond. Elle frissonnait.

Quelqu'un était entré dans la maison. Des pas résonnèrent dans l'escalier. Son père recevait un visiteur. Des voix d'hommes lui parvenaient par instants, dont l'une était beaucoup plus profonde que celle de son père.

Elle ne pouvait pas rester au lit toute la journée. C'était une attitude de lâche. D'ici quelques minutes, elle se lèverait et retournerait au salon.

Ses doigts caressèrent le drap rugueux et froid. Un lin ancien sans doute, de bonne qualité mais très usé. Elle sentit des coutures, et regarda machinalement pour voir ce dont il s'agissait.

Exactement ce qu'elle pensait : une étiquette de blanchisserie. De drôles de lettres majuscules, en fil rouge décoloré. Et brusquement, les lettres s'ordonnèrent et formèrent un nom : PENHOW.

M. Serridge était grand et large avec des épaules tombantes, une barbe hirsute et une voix profonde, proche d'un grondement. Il paraissait dix ans de moins que le capitaine Ingleby-Lewis, même s'il avait probablement le même âge. Il mesurait aussi dix centimètres de plus. Sa main enveloppa celle de Lydia.

« Bonjour, Mme Langstone. »

Il la regarda de la tête aux pieds.

« Ravi de vous connaître. Vous ne ressemblez pas beaucoup à votre père, n'est-ce pas ? »

Il sourit.

« Davantage à votre mère, je suppose. Ha ! Je parie que vous n'en êtes pas mécontente.

— Ma fille restera ici quelques jours, dit Ingleby-

Lewis avec lassitude. Dans la petite chambre à côté de la mienne. Cela ne pose pas de problème, je suppose ? »

Serridge la fixait toujours, ne cherchant même pas à cacher sa curiosité. Ses manières laissaient à désirer, pensa Lydia, mais il ne servait à rien de se vexer. Serridge ne se souciait visiblement pas de ce que les autres pouvaient penser de lui. Il était habillé sans soin, et ses cheveux noirs striés de gris auraient bien eu besoin d'une coupe. Il devait avoir été bel homme autrefois, mais le temps et une vie dure avaient laissé leurs marques.

« Votre père me dit que vous avez quitté votre mari, Mme Langstone. »

Elle acquiesça, se rendant compte qu'elle rougissait.

« Cela ne me regarde pas, mais jusqu'à maintenant, vous n'êtes jamais venue voir le capitaine, n'est-ce pas ? »

Lydia releva la tête.

« Vous avez tout à fait raison, M. Serridge. Il a fui ses responsabilités lorsque j'avais deux ans. »

Il lui fit un large sourire et aspira de l'air à travers ses dents. Pour la première fois, elle sentait le charme de l'homme se dissiper, comme une brume invisible qui lui aurait servi à cacher ses émotions. Dessous, on sentait le calculateur vaguement inquiétant.

« Je suis certain qu'elle ne restera qu'un jour ou deux, dit Ingleby-Lewis. Est-ce un problème ? »

Serridge fronça les sourcils et regarda Lydia.

« En ce qui me concerne, elle peut rester aussi longtemps qu'elle voudra.

— Comment ? dit Ingleby-Lewis. Que dites-vous ?

— Vous avez bien entendu, William. »

Il sourit de nouveau à Lydia.

« Cet endroit aurait bien besoin d'une touche féminine. Pensez-vous que vous pourriez me préparer une tasse de thé, Mme Langstone ? »

D'un ton las, Lydia répondit qu'elle verrait ce qu'elle pouvait faire.

En traversant le palier, elle entendit la sonnette. Dans la cuisine, elle remplit la bouilloire et la posa sur le gaz. Mme Renton était en bas et parlait avec un homme. Lydia reconnut la voix de M. Wentwood. Par la porte ouverte de la cuisine, elle vit son grand corps osseux monter l'escalier. Il lui sourit, et lui fit un signe de la main.

M. Serridge sortit sur le palier. Il avait une petite tonsure rose à l'arrière de la tête, et la largeur de son corps lui cachait entièrement la vue de M. Wentwood.

M. Wentwood. Comment un homme susceptible de vivre n'importe où dans le monde pouvait-il choisir Bleeding Heart Square ?

L'appartement du grenier coûtait vingt-cinq shillings par semaine, non meublé, et pour cinq shillings en plus, M. Serridge acceptait de faire monter des meubles de la cave. Il assura M. Wentwood qu'il y aurait tout le nécessaire. Une cuisine et une salle de bains communes, toutes deux équipées d'un chauffe-eau. L'électricité y avait été récemment installée à grands frais, avec des compteurs, comme pour le gaz.

« J'espère pouvoir m'y installer d'ici un jour ou deux », dit M. Wentwood en redescendant vers le premier étage, et il fit une pause sur le palier.

« J'habite actuellement Kentish Town et ce n'est pas très pratique.

— Pratique pour quoi ? dit M. Serridge.

— Pour chercher un emploi.
— Ah bon. Alors vous êtes sans emploi ?
— Je reviens d'Inde, dit M. Wentwood. J'ai plusieurs fers au feu.
— Mais pas de revenus réguliers, si je comprends bien ?
— Pas en ce moment, mais j'ai des économies. Il n'y aura pas de problème.
— C'est préférable pour vous, M. Wentwood. Je vais vous dire. Vous me payez un mois de loyer d'avance comme dépôt de garantie, et vous pouvez emménager dès lundi. Naturellement, j'aurai besoin de références. D'accord ?
— Absolument, M. Serridge.
— Le jour de paiement du loyer est le samedi.
— Je vous fais un chèque maintenant, si vous voulez.
— Je préfère des espèces, si vous en avez. Comme je le dis toujours, avec des espèces, on sait où on en est. »
M. Wentwood semblait gêné.
« Bien sûr. »
Il sortit son portefeuille.
« Quatre semaines à raison de vingt-cinq shillings par semaine, dit Serridge gaiement. Un billet de cinq livres fera parfaitement l'affaire. »
Il se tourna vers Lydia, qui rassemblait des tasses et des soucoupes dans la cuisine.
« Et maintenant, Mme Langstone. Toutes ces discussions m'ont donné soif. Où en est ce thé ? »

L'orateur s'adressait aux personnes présentes en les appelant camarades. Il s'appelait Julian Dawlish et portait un pantalon large en flanelle, un pull-over gris et des chaussures marron couvertes de boue. Des lunettes en écaille donnaient une touche de sévérité à un visage rond et lisse.

La situation internationale était effectivement mauvaise, disait-il d'une voix haut perchée et éduquée, à cause de Herr Hitler et du Signor Mussolini, qui commençaient à se révéler sous leur vrai jour. Même en Angleterre, terre verdoyante et agréable, le fascisme était en marche, écrasant les pauvres et les démunis sous ses bottes militaires. Mais tout n'était pas perdu. Il y avait des lueurs d'espoir en Espagne et un véritable phare en Russie. Si tous les travailleurs du monde s'unissaient, il n'y aurait rien qu'ils ne pourraient accomplir.

Le discours de M. Dawlish fut suivi de questions venant de l'auditoire, questions qui n'étaient généralement que de longs commentaires. Passé neuf heures, des gens commencèrent à partir. On servit alors du thé, de l'orangeade et des biscuits rances. Ceux qui étaient restés s'attardaient à fumer et à papoter, soulagés de ne plus être assis dans des chaises conçues pour des enfants.

« On s'en va ? dit Rory. Je suis vanné.

— D'accord. »

Fenella considéra le groupe qui entourait l'orateur.

« J'allais demander la date de la prochaine réunion, mais je pense que ce sera affiché. »

Ils rejoignirent le petit groupe de camarades qui sortaient de l'église. Dans Albion Lane, la pluie faisait briller les trottoirs.

Elle lui prit le bras.

« Intéressant, non ?

— Ce n'était que du vent. Pour moi, ce type n'a pas dû travailler un seul jour de son existence. Quel imbécile.

— Moi je trouve les propos de M. Dawlish pleins de bon sens. Il n'est pas responsable de ses antécédents. Cela rend d'autant plus appréciable ce qu'il fait pour la cause.

— Tu le connais ?

— Je l'ai rencontré une ou deux fois.

— Quel âge a-t-il ?

— Je ne sais pas. La trentaine ? Pourquoi ? »

Il grommela.

« L'âge d'avoir un peu plus de discernement. »

Ils marchèrent en silence.

« Tu n'es pas fâché, j'espère ? dit-elle au bout d'un moment. Que nous ne soyons pas fiancés.

— Bien sûr que non.

— Si, tu l'es. Mais franchement, ça vaut mieux.

— Mieux pour qui ?

— Pour tous les deux. Nous en avons déjà parlé. »

Rory laissa le silence s'éterniser.

« J'ai trouvé un appartement, dit-il alors.

— Merveilleux. Où ça ?

— Dans Bleeding Heart Square. »

Fenella ôta brusquement son bras du sien.

« Dans la maison de tante Philippa ?

— Oui.

— Je croyais que nous étions d'accord pour laisser tomber tout ça.

— Nous n'étions d'accord sur rien. Écoute, c'est un endroit tout à fait convenable qui me convient parfaitement. Je peux aller à pied en ville et dans le West End. Ils ignorent tout de nous, et de ma relation avec ta tante. Il n'y a aucun problème. D'ailleurs, j'en ai assez d'être chez Mme Rutter. »

Tout cela était parfaitement véridique. Sans compter le petit plaisir malicieux d'aller contre le souhait de Fenella, que Rory ne voulait pas trop considérer. Si elle l'avait encouragé un tant soit peu, il lui aurait également parlé du sergent Narton. Mais elle ne le fit pas. Ils entrèrent dans Cornwallis Grove.

« As-tu entendu parler de tante Philippa pendant que tu étais là-bas ? demanda Fenella.

— Non.

— Qui as-tu rencontré ?

— Quelques-uns des locataires. Notamment une couturière, et un vieux et sa fille. Il y en a probablement d'autres. Et le propriétaire dispose d'un logement pour lui, mais d'après ce que j'ai compris, il n'y est pas toujours.

— Tu l'as donc vu aussi ? M. Serridge ?

— Oui. Tu l'as souvent rencontré ?

— Une ou deux fois. Maman ne l'aimait pas, et Père le traitait très mal. Cela rendait tante Philippa furieuse. Elle voulait qu'on l'aime. »

Fenella continua à marcher pendant un moment en silence.

« Que penses-tu de lui ? » dit-elle en regardant droit devant elle.

Ils s'arrêtèrent devant le cinquante et un. Il sentait qu'elle ne lui demanderait pas d'entrer.

« Probablement un peu une brute, mais très direct, à sa manière, dit Rory. Je n'aurais jamais pensé qu'il aurait pu avoir quoi que ce soit en commun avec ta tante, ni elle avec lui. »

Fenella souleva le loquet.

« Tante le trouvait merveilleux. »

Elle poussa le portail avec une telle violence qu'il cogna bruyamment contre le mur qui entourait la pelouse.

« Tante le considérait comme un dieu. »

Il fut un temps, au tout début de leur relation, où Lydia considérait Marcus comme un dieu. Non pas Dieu lui-même, à qui ils rendaient visite chaque dimanche à l'église, et qui était supposé être omniprésent, voyant tout ce que chacun faisait ou ne faisait pas ; la divinité de Marcus était d'une autre sorte.

Quand Lydia avait neuf ans, elle avait une gouvernante qui lui racontait des histoires des mythologies grecque et romaine. Marcus ressemblait à ces dieux qui peuplaient les légendes classiques. Il y avait en lui quelque chose d'anarchique et de fantasque. Très puissant dans certains domaines, il était faible, voire impuissant dans d'autres. Il pouvait être cruel ou gentil, passant de l'un à l'autre avec une rapidité déconcertante. Mais il était toujours impersonnel, comme le sont les dieux. C'était elle qui jugeait ses actes comme étant cruels ou gentils, alors que pour lui de telles étiquettes n'avaient aucune signification.

Son statut de dieu était amplifié par le fait qu'il avait six ans de plus qu'elle, et par les incursions brèves et imprévisibles qu'il faisait dans sa vie. Elle en vint aussi à réaliser que si elle le voyait comme un dieu, c'était qu'elle voulait un dieu et qu'il était le seul candidat disponible.

Même à l'époque, elle ne lui avait tenu aucune rigueur de l'épisode de Monkshill Park des limaces mangeuses d'enfants. En fin de compte, elle se souvenait même avec un certain plaisir de ce qui avait eu lieu dans l'appentis au bout du potager. C'était, après tout, la première fois qu'elle avait rencontré Marcus. De plus, elle n'avait jamais été réellement en danger, ni à cause des limaces mangeuses, ni d'avoir failli tomber de l'étagère par pure terreur. D'ailleurs, il ne lui avait pas mis les limaces sur les jambes. Et, rétrospectivement, il y avait un certain plaisir à s'avérer si totalement impuissante et si totalement terrifiée.

Il est vrai que Marcus avait examiné ce que Nanny appelait son « derrière devant ». Lydia savait depuis toujours que cette partie de son anatomie était quelque chose dont il fallait avoir honte, et qu'il valait mieux le recouvrir et prétendre qu'il n'existait pas. Mais Marcus, de toute évidence, ne pensait pas qu'il fallait en avoir honte : bien au contraire, c'était quelque chose qu'il trouvait éminemment fascinant. En tout cas, c'était flatteur. Il l'avait examinée pendant ce qui lui avait semblé des heures, mais en réalité probablement quelques minutes, lui bougeant les jambes d'un côté et de l'autre pour mieux voir. Et finalement, il l'avait touchée, très doucement, là où était la fente, à l'épicentre de toute cette honte.

Son inspection terminée, il l'avait soulevée pour la descendre et ils avaient marché, la main dans la main, jusqu'au lac. Bien sûr, lui avait-il dit d'un ton désinvolte sur le chemin du retour, ce qu'elle lui avait montré dans l'appentis était un secret. Elle devait promettre de n'en parler à personne. Autrement, il ne pourrait pas empêcher les limaces de la retrouver et de la manger. Elle avait sucé les deux premiers doigts de sa main droite et acquiescé vigoureusement.

Pendant la guerre, Lydia faisait un cauchemar récurrent : Marcus était devenu soldat et il avait été tué. Elle n'en avait jamais parlé à qui que ce soit, ni même à Marcus après la guerre, mais elle priait tous les soirs pour que la guerre s'arrête avant que Marcus ne puisse s'engager. Ses prières furent exaucées, mais comme c'est souvent le cas, il y eut un hic. Marcus mentit sur son âge et voulut s'engager en 1916, mais il fut rejeté parce qu'il avait les pieds plats. Son frère aîné n'eut pas cette chance.

Les Cassington résidaient à Upper Mount Street quand ils apprirent la nouvelle. Son beau-père la découvrit dans le *Times*, qui publiait la liste d'officiers tombés près de Court Circulai.

« Pauvre Wilfred Langstone, dit-il très fort en posant sa tasse de café.

— Mon Dieu », dit Lady Cassington.

Pamela, la demi-sœur de Lydia, qui était chouchoutée par tout le monde y compris Lydia, et à qui on permettait tout, continuait à frapper avec sa cuiller sur son œuf à la coque.

« Mort de ses blessures, le pauvre. Je ne savais pas qu'il avait été muté au Royal Flying Corps.

— Il faut que j'écrive à sa mère. Pauvre Maud. »

Lydia regardait fixement son assiette. Pamela continuait à frapper sur son œuf. L'assiette sous son coquetier était maintenant couverte de fragments de coquille.

« Cet affreux massacre. »

Lord Cassington posa ses coudes sur la table, se pencha en avant et abaissa les coins de sa bouche ; il ressemblait à un gnome souffrant d'une indigestion.

« On ne peut pas continuer comme ça. Il va y avoir une révolution. Croyez-moi. »

Les pensées de Lady Cassington allaient dans une tout autre direction.

« Au moins, elle a un autre fils. Ce doit être une consolation, Dieu merci, qu'on ne l'ait pas pris. »

Pamela plongea violemment sa cuiller dans l'œuf. Du jaune jaillit et quelques gouttes retombèrent sur la nappe.

« Marcus ? dit Lord Cassington. Ah oui. Que fait-il maintenant ?

— D'après Maud, il fait des courses pour Charlie Verschoyle au War Office. Pammy, ma chérie, ne fais pas ça. Ou bien tu le manges, ou bien tu le laisses. Fin, peux-tu couper la croûte de son pain ? »

Lord Cassington obtempéra. On l'appelait Fin dans la famille à cause d'une blague si ancienne que ses origines s'étaient perdues dans la nuit des temps : on pensait que cela devait avoir quelque chose à faire avec la forme de ses mains. Il enleva les croûtes du pain de sa fille et coupa le reste en lamelles.

Il pensait toujours aux Langstone.

« Dommage que Jack soit mort au printemps, dit-il, en s'essuyant les doigts sur une serviette.

— N'est-ce pas mieux pour eux ? Ce doit être terrible d'avoir un fils qui meurt avant vous.

— Le fait est que cela implique deux successions dans l'année. Il faut quand même être pratique.

— Peut-être devrions-nous inviter Marcus à dîner. Ou encore mieux, à passer un week-end à Monkshill. Ça lui permettrait de se changer les idées.

— Si vous voulez. »

Lord Cassington considéra alors les dégâts. Le coquetier était tombé, et les fragments de l'œuf gâché étalés sur la nappe.

Lady Cassington sourit.

« Il est bien plus beau que Wilfred, dit-elle. Et très mature. »

Le vendredi soir, le capitaine Ingleby-Lewis revenait du Crozier en reprenant sans cesse les premières mesures de l'ouverture de la Barcarolle d'Offenbach. Il entra dans la maison et, sans cesser de fredonner, se dirigea vers l'escalier en zigzaguant d'un côté à l'autre du hall d'entrée. Juste à ce moment-là, Mme Renton sortit de sa chambre avec une paire de draps. Ils se heurtèrent, et les draps tombèrent par terre.

« Madame, dit le capitaine Ingleby-Lewis, en entourant le pilastre d'un bras affectueux, je ne peux que vous demander pardon. La faute m'en incombe entièrement. »

Alertée par le bruit, Lydia apparut en haut de l'escalier.

« Tout va bien ? »

Mme Renton la regarda sans rien dire. Le capitaine se remit à fredonner, et gravit péniblement les marches. Mme Renton ramassa les draps.

Lydia descendit pour l'aider à les replier.

« Ils sont à M. Fimberry ?

— Oui, répondit brièvement Mme Renton.

— Non, non, Mme Langstone – prenez les coins, bien, puis ramenez-les vers les miens. »

Au-dessus d'elles, le capitaine se déplaçait le long du palier avec sa Barcarolle pour atterrir enfin dans son salon.

« Est-ce que le nom de Penhow vous dit quelque chose ? demanda Lydia.

— Pourquoi ?

— Ce sont les draps qui m'y font penser. J'ai trouvé sur mon drap une marque de blanchisserie au nom de Penhow. »

Le pliage des draps amena le visage de Mme Renton à quelques centimètres de celui de Lydia. Les petits yeux noirs la scrutaient.

« À présent, on les plie comme cela, dit Mme Renton. Cette maison appartenait avant à Miss Penhow.

— Que lui est-il arrivé ?

— Elle est partie. »

Mme Renton recula et posa le drap plié devant la porte de M. Fimberry.

« On peut faire l'autre ? »

6

Philippa Penhow aimait la musique. Ça, vous l'avez oublié. Elle considérait le goût pour la bonne musique comme un double raffinement, spirituel et distingué. Serridge jouait là-dessus. Il avait un talent particulier pour découvrir ce que les gens désiraient, et ensuite le leur donner.

Jeudi 13 février 1930

Hier soir, j'ai retrouvé le major Serridge devant la station de métro à Oxford Circus. Nous avons dîné tôt dans un charmant restaurant italien dont j'ai oublié le nom. J'ai bu un verre et demi de vin, et ma tête s'est mise à tourner ! Ensuite, il voulait que nous prenions un taxi mais j'ai dit que je préférais marcher.

Nous sommes arrivés au Wigmore Hall à huit heures et quart. Le major Serridge avait pris de bonnes places, à douze shillings chacune. Il refusa de me laisser payer la mienne. Le récital commença à la demie. Moiseiwitsch joua divinement. Je n'avais jamais entendu jouer Chopin avec autant de sensibilité. Le prélude en la bémol majeur fut particulièrement émouvant. J'ai effectivement vu le major Serridge s'essuyer les yeux avec un mouchoir.

Le concert terminé, nous sommes restés un moment devant le théâtre. La soirée était humide et embrumée, mais j'avais l'impression de flotter dans l'air. « Après une soirée comme celle-là, remarqua-t-il, on devrait avoir un clair de lune et des roses. » Plus je le connais, plus je me rends compte à quel point il est sensible. Je me serais parfaitement contentée de prendre un bus pour rentrer, mais il a insisté cette fois pour héler un taxi. Au Rushmore, il m'a accompagnée jusqu'à la porte et m'a remerciée pour cette merveilleuse soirée. En me disant bonsoir, je crois bien qu'il a imprimé à ma main une pression toute particulière.

Ce matin, imaginez ma surprise lorsque j'ai trouvé à ma table de petit déjeuner une enveloppe qui m'était adressée. Une carte de la Saint-Valentin ! Avec un jour d'avance, mais qu'importe ! Bien entendu, je ne savais pas qui me l'avait envoyée, mais je m'en doutais.

Qui d'autre cela pouvait-il être ?

*

* *

Le samedi après-midi, M. Howlett arriva à Bleeding Heart Square avec un jeune assistant, un homme à l'air famélique qui regardait Lydia comme s'il voulait la dévorer. M. Serridge était convenu avec eux de monter les meubles de la cave à l'appartement de M. Wentwood.

M. Howlett ne portait pas son uniforme. Son manteau de toile marron lui donnait un air ordinaire. Nipper suivit les hommes dans la maison. Il renifla les chevilles de Lydia et ne la laissa tranquille qu'après que M. Howlett lui eut donné un coup de pied. Après, il essaya de gagner les faveurs de Mme Renton, mais elle le repoussa.

« Je n'aime pas les chiens, dit-elle. Ce sont des animaux stupides. Veillez à ce qu'il ne mette pas de boue dans la maison et qu'il n'égratigne pas la peinture. »

Howlett et son assistant montaient et descendaient l'escalier sans arrêt entre la cave et le grenier. Nipper les suivait d'étage en étage, ses griffes grattant bruyamment le linoléum et le parquet.

Le mobilier ancien était sombre et lourd. Les hommes poussaient des jurons sous le poids. Ils cognèrent le pilastre du premier étage avec une commode, entamant le bois de plus d'un centimètre. Lydia remarqua que le mobilier était tout à fait décent, certes un peu suranné et triste, mais plutôt mieux que celui de l'appartement de son père. Peut-être était-ce la preuve que M. Serridge estimait davantage M. Westwood que le capitaine Ingleby-Lewis.

M. Serridge supervisait le travail. Sa pipe à la bouche, il allait de la cave au grenier. À plusieurs occasions, alors qu'elle passait de la cuisine à sa chambre et au salon, Lydia s'aperçut qu'il la regardait intensément. C'était d'autant plus troublant que ce n'était pas la façon dont les hommes la regardaient habituellement. Son visage n'exprimait aucun désir, tout au plus un air de curiosité et de concentration, comme s'il s'efforçait de résoudre un problème mathématique.

Une ou deux fois, il lui adressa un signe de tête en lui demandant :

« Tout va bien, Mme Langstone ? »

Plus tard dans la journée, une odeur de foie et d'oignons se répandit dans l'entrée et dans l'escalier.

« Quelle bonne odeur, dit Howlett à Mme Renton en descendant l'escalier pour la dernière fois avec le chien sur ses talons. Si seulement je pouvais en espérer autant pour le thé chez moi.

— On peut toujours espérer, dit Mme Renton. Bonsoir, M. Howlett. »

Il grommela quelque chose. La porte d'entrée claqua derrière lui, les engloutissant, lui, son assistant à l'air famélique et Nipper. Mme Renton regarda Lydia, qui descendait l'escalier avec une poubelle.

« En fait, dit-elle, ce n'est pas du foie que je fais cuire. C'est le cœur de M. Serridge. Ce serait dommage de le gaspiller. »

Lydia n'aimait pas les dimanches. Elle ne croyait pas en Dieu, mais toute sa vie elle avait éprouvé le besoin de Lui rendre hommage au moins une fois par semaine. Les Langstone étaient bien entendu pratiquants. Lorsqu'ils habitaient dans le Gloucestershire, ils se rendaient tout naturellement à l'église, tout comme ils votaient pour le parti conservateur ou se plaignaient de leurs domestiques. La mère de Marcus prétendait que les Langstone devaient montrer l'exemple. Les privilégiés avaient des responsabilités.

Mais ce dimanche n'était pas comme les autres. C'était le onzième jour du onzième mois – l'Armistice. Une date qui comptait pour Marcus parce que la mort de son frère Wilfred lui donnait une raison personnelle de commémorer les glorieux morts. Les maisons où logeait Marcus, les fermes et les investissements qui rapportaient de quoi payer les domestiques qui s'en occupaient, les souscriptions au club, les factures du tailleur, du marchand de vins et du boucher – tous ces biens auraient dû appartenir à Wilfred. Un caprice du destin avait donné des pieds plats à Marcus et envoyé Wilfred à la mort. Marcus sentait vaguement qu'il devait quelque chose à son frère. Célébrer le jour de l'Armistice était le tribut que Marcus payait aux glorieux morts, et en particulier à Wilfred.

Après le petit déjeuner, que Lydia prenait seule parce que son père dormait encore, elle sortit se promener. La matinée était grise, mais le soleil perçait par endroits le brouillard. Elle franchit le portail et entra dans Rosington Place, où elle trouva M. Fimberry, habillé en noir avec son coquelicot[1], traînant près du tableau d'annonces à côté de l'entrée de la chapelle. Quelques rares pratiquants s'avançaient dans le cul-de-sac vers eux.

« Bonjour, Mme Langstone, dit Fimberry en soulevant son chapeau. Vous joignez-vous à nous aujourd'hui ?

— Non, merci », dit-elle poliment.

Lydia alla jusqu'à la loge. M. Serridge était debout devant la grille, fumant sa pipe, et regardait un petit cortège de filles de St Tumwulf, le contingent de catholiques de l'école, remplir la chapelle. Il fit un signe de tête à Lydia sans rien dire.

Elle s'éloigna à travers Londres en direction du sud-ouest. À mesure qu'elle se rapprochait de Whitehall, les trottoirs étaient de plus en plus encombrés par le

1. Coquelicot : symbole de l'armistice de la Première Guerre mondiale, cette fleur fait partie de toutes les cérémonies de commémoration. *(N.d.T.)*

flot de personnes qui se dirigeaient vers le monument aux morts en pierre blanche. Elle y arriva un peu avant onze heures.

Elle ne pouvait pas voir le monument et encore moins le roi, les hommes politiques et les généraux. Un coup de fusil retentit sur Horse Guards Parade[1]. Le son rebondit entre les bâtiments comme une balle en caoutchouc. Puis vint la sonnerie de Big Ben. Le silence retomba ensuite, lourd et oppressant. Lydia écouta les derniers bruits qui subsistaient dans l'air – le bruissement des feuilles, les pleurs d'un bébé, quelques toussotements et un éternuement provocateur. Marcus était probablement dans la foule. Son beau-père aussi.

Aux deux minutes de silence succédèrent une salve de tirs et un roulement de tambours. La foule se déplaçait comme des arbres dans la tempête. Les trompettes entonnèrent le Last Post[2]. Soudain, tout le monde se mit à chanter « Ô Dieu, notre aide dans les siècles passés[3] ».

Lydia fit demi-tour, se fraya un chemin à travers les personnes qui chantaient et se dirigea vers Trafalgar Square. Tous ces cœurs qui battent à l'unisson, pensa-t-elle – Marcus adorait ce genre d'événement. Il aimait quand une foule se comportait comme un énorme animal, unie dans un seul et unique but.

---

1. Horse Guards Parade : devant Whitehall, ce magnifique espace est notamment le lieu du Trooping the colour, la cérémonie célébrant l'anniversaire du souverain. *(N.d.T.)*

2. Last Post est la sonnerie jouée lors des funérailles et des cérémonies honorant les morts de la guerre. *(N.d.T.)*

3. « Ô Dieu… » : musique de Willian Croft en 1708 et paroles en anglais d'Isaac Watts en 1719. Cet hymne fut chanté aux obsèques de Churchill en 1965. *(N.d.T.)*

Un couple marchait à quelque trente mètres sur le côté nord de la place, devant la National Gallery. Elle reconnut M. Wentwood, avec une jeune femme mince et élégante. M. Wentwood se retourna et croisa le regard de Lydia. Il inclina la tête en une espèce de salut, et leva à moitié le bras, comme pour lui signifier discrètement qu'il la reconnaissait.

Mais la fille le remarqua, et se retourna elle aussi. Elle avait un joli visage, avec des cheveux blonds sous un chapeau noir. Puis des gens s'interposèrent entre eux, et la rencontre, pour autant qu'on peut la qualifier de telle, prit fin presque aussi vite qu'elle avait commencé, permettant néanmoins à Lydia d'avoir un aperçu de la vie privée de M. Wentwood, qui dépassait largement Bleeding Heart Square et le Dahlia bleu. La jeune femme était très jolie. Peut-être était-ce une sœur, songea Lydia avec un serrement de cœur, à moins que ce ne soit une petite amie ?

« Tiens, dit Rory. Prends mon mouchoir. »

Fenella le prit sans rien dire. Regardant vers St Martin-in-the-Fields, elle se moucha et s'essuya les yeux. Rory lui tourna le dos et alluma une cigarette. Lydia Langstone avait disparu.

« Pardon, dit Fenella derrière lui. C'est fini.

— Qu'est-ce qui t'a pris. Tu pensais à ta mère ? »

Elle secoua la tête.

« À tout ça. »

De son gant, elle désigna Whitehall, la foule qui se dispersait : des hommes en uniforme, des estropiés sur des béquilles, des héros couverts de médailles, des épouses, des mères et des filles.

« On prétend qu'on porte le deuil des morts qu'on

ne peut oublier, mais en réalité, ils sont oubliés. Nous pleurons sur notre propre peine. On ne se soucie pas de ceux qui sont morts.

— Dis donc, rétorqua Rory. C'est une vision un peu sombre, non ?

— En fait, tout ça n'a aucun sens, continua Fenella. N'importe qui peut se rendre compte que ça va recommencer, et cette fois, ce sera probablement pire.

— Une nouvelle guerre ?

— Évidemment. Tu as entendu M. Dawlish à la réunion l'autre soir. Les nazis attendent le moment opportun. Et ils ne sont pas les seuls. »

Rory écrasa sa cigarette de son talon.

« Tu exagères. Les gens n'accepteront jamais une autre guerre. Ils se souviennent trop bien de la dernière. Seize années seulement se sont écoulées.

— J'aimerais bien que tu aies raison. Qui était cette femme ? »

Un instant, il faillit répondre, quelle femme ?

« Elle s'appelle Mme Langstone, dit-il. Je crois t'en avoir parlé l'autre jour. Son père loue un appartement dans la même maison que moi, et elle habite chez lui.

— Dans ce cas, elle doit connaître M. Serridge ?

— Oui. Mais je ne sais pas si elle le connaît bien. En fait, elle m'a donné l'impression d'être assez secrète.

— Pourquoi ?

— Elle n'est pas vraiment à sa place dans un endroit comme Bleeding Heart Square. Je ne serais pas surpris qu'elle et son père aient eu des revers de fortune. »

Fenella éclata de rire, manifestant une de ses sautes d'humeur qui le surprenaient chaque fois.

« Parfois, tu t'exprimes comme ton grand-père. »

Il lui fit un grand sourire, soulagé par son changement de son ton.

« Ils ont probablement perdu leur argent avec la dépression. Ce sont les nouveaux pauvres. »

Mais Fenella ne riait plus.

« Je crois que je vais rentrer maintenant.

— Je t'accompagne.

— Non. Si tu n'y vois pas d'inconvénient, je préfère y aller toute seule. »

Elle leva les yeux vers lui.

« J'ai envie d'être seule. Cela n'a rien à voir avec toi.

— Je sais, dit Rory. C'est bien ça le problème. »

Lydia Langstone ne s'était jamais rendu compte combien la pauvreté pouvait engendrer d'humiliations. Être pauvre ne se limitait pas à ne pas pouvoir s'acheter des choses. Cela changeait le regard des autres sur vous. Cela changeait votre propre regard sur vous-même.

Lundi, après le petit déjeuner, elle se rendit au Dahlia bleu où elle commanda un café et demanda à parler à la gérante. En fait, la gérante était la grosse femme derrière le comptoir qui prenait les commandes.

« Je me demandais si vous aviez un poste à pourvoir.

— Comment ? demanda la femme.

— Un poste. »

Lydia baissa la voix, consciente que les autres clients tendaient l'oreille.

« Je cherche du travail. »

La femme secoua la tête.

« Il n'y a rien ici, ma petite. »

Elle s'appuya sur le comptoir, rapprochant son

visage de celui de Lydia, et ajouta avec une gentillesse surprenante :

« De toute façon, la nature de notre travail ne vous conviendrait pas, et vous ne conviendriez pas au travail. »

Lydia sortit du café, les oreilles en feu. Ce n'était pas tant le refus qui l'avait gênée, mais la façon dont la femme lui avait parlé, en l'appelant « ma petite ». Sur le chemin du retour, elle entra dans la bibliothèque de Charleston Street. Au premier étage, dans la salle de lecture, elle voulut consulter les offres d'emploi accrochées aux tableaux. Mais elle n'y parvint pas, tellement il y avait de chômeurs, hommes et femmes, qui se bousculaient devant elle.

Quand elle revint à Bleeding Heart Square, il était presque l'heure du déjeuner. Sur la table de l'entrée, il y avait des lettres, mais aucune pour son père ou pour elle, seulement une pour M. Wentwood. Entendant un bruit derrière elle, elle vit M. Fimberry s'avancer dans l'entrée avec un grand sourire.

« Mme Langstone, je me disais bien que c'était vous ! Voyez-vous – je reconnais déjà votre pas. »

Il posa la main sur son bras.

« Je me demandais si cet après-midi vous conviendrait pour que je vous fasse faire le tour de la chapelle de Rosington Place.

— Non, dit Lydia, en retirant son bras. Je suis désolée mais ça ne sera pas possible.

— Vous revenez pour le déjeuner ? J'étais justement en train de me réchauffer une soupe et… »

À son grand soulagement, Lydia perçut des pas dans l'escalier. Fimberry regarda derrière elle.

« Bonjour, M. Serridge, dit-il.

— Mme Langstone ? dit Serridge, ignorant Fimberry. Pourrais-je vous parler ? »

Fimberry se faufila dans sa chambre et ferma la porte derrière lui.

Serridge la dominait.

« Il ne vous importune pas, j'espère ?

— Pas vraiment.

— Cela veut dire qu'il l'a fait. »

Serridge prit un air menaçant.

« Je vais lui parler.

— Je vous en prie, n'en faites rien. Il veut seulement se montrer amical.

— Comme vous voudrez, Mme Langstone. Comment allez-vous ?

— Très bien, merci.

— On m'a dit que vous cherchiez un emploi. »

Lydia se demanda qui le lui avait dit.

« Rien pour l'instant ?

— Pas encore. Mais il est trop tôt, je suppose. »

Serridge gratta sa barbe emmêlée. Cet homme était tellement grand, pensa Lydia, et pas seulement physiquement. Il occupait trop d'espace. Sans savoir très bien pourquoi, elle le trouvait bien plus accablant que M. Fimberry. Des coups de marteau retentirent au-dessus, peut-être en provenance de l'appartement du grenier. M. Wentwood était probablement en train de s'installer. M. Wentwood, lui au moins, paraissait parfaitement normal.

« Si vous cherchez un travail, dit Serridge, je pourrais peut-être vous aider. »

Un escalier étroit conduisait jusqu'au petit palier du grenier. Des portes à gauche et à droite ouvraient respectivement sur le salon et la chambre à coucher. Les deux pièces avaient des lucarnes en pente très inclinée, et un parquet irrégulier avec des lames mal ajustées. L'ensemble donnait l'impression d'être vaguement ivre. Le mobilier était ordinaire et démodé. La plupart des éléments n'étaient même pas cirés, mais d'une solidité qui faisait défaut au mobilier de Mme Rutter à Kentish Town.

Rory mit près d'une heure pour défaire ses valises. Il installa sa machine à écrire sur la table du salon, une Royal portative que ses parents lui avaient offerte comme cadeau de départ quand il s'était embarqué pour l'Inde. À cet endroit, elle prenait un air d'importance et d'efficacité. C'était son emblème de bureau, pensa-t-il, un signe évident annonçant qu'il travaillerait bientôt comme journaliste ou comme rédacteur.

La plupart de ses vêtements devaient aller dans la grande commode avec les poignées en laiton ternies. Un des deux tiroirs supérieurs étant resté coincé, il fut obligé d'enlever celui en dessous pour le sortir de la commode. Le tiroir était vide, mais en le retirant, il délogea une feuille de papier plié prise entre le tiroir et les côtés de la commode. Jaunie par l'âge, et tachée par l'humidité, la feuille était couverte d'une écriture penchée à l'encre pâlie.

... plutôt négligente pour prendre des notes, comme j'avais l'intention de le faire. Pourtant, lorsque je lisais ce soir la Parabole du Fils Prodigue (Luc, 15), je ne pouvais pas m'empêcher d'être frappée par la beauté du langage et la spiritualité du message. Nous devons nous réjouir quand un pécheur se repent, nous dit Notre-Seigneur, car Notre Père qui êtes aux cieux...

Des notes sur la Bible, pensa Rory en s'apprêtant à froisser la feuille. Ce faisant, il remarqua quelque chose écrit de l'autre côté.

Cher M. Orburn,

Merci pour votre lettre du 7 crt. J'ai considéré très soigneusement/ ce que vous dites/votre proposition/pour/ concernant la maison et j'ai décidé de procéder comme vous l'avez suggéré, du moment que/ cela ne coûte pas plus de/ le coût ne dépasse pas votre estimation de 110 livres. Merci de me faire savoir à quel moment vous auriez besoin de l'argent/et je/afin que je puisse demander à mon gérant à la banque de retirer la somme de mon compte de dépôt

/Fidèlement/Sincèrement vôtre,

P. M. Penhow

Rory fronça les sourcils. P. M. Penhow. La tante Philippa de Fenella, et la Miss Penhow de Narton se rejoignaient dans la signature. Pour la première fois, elle existait autrement que dans la bouche de quelqu'un. Ce papier prouvait l'existence d'une femme. C'était le brouillon d'une lettre d'affaires, probablement à un entrepreneur ? Non, plutôt à son homme d'affaires ou à son avocat. De toute évidence, elle n'avait pas l'habitude d'écrire ce genre de missive. Du bout du doigt, il effleura la signature. Avait-elle jadis possédé cette commode ?

Des pas se firent entendre dans l'escalier, montant du palier en dessous. Rory laissa tomber le papier dans le tiroir, le referma et se retourna vers la porte ouverte. Mme Renton apparut, portant un plateau.

« Je vous ai apporté du thé, annonça-t-elle.

— C'est très aimable.

— Ne croyez pas que cela deviendra une habitude, M. Wentwood. Et il y a une lettre qui est arrivée par la poste. Veillez à rapporter la tasse quand vous aurez fini, et n'oubliez pas le plateau. »

Le Lamb de Lamb's Conduit Street était suffisamment éloigné de Bleeding Heart Square pour que Narton puisse se détendre. Il commanda une demi-pinte de bière et la dégusta lentement au coin du feu. Il se demandait si Wentwood viendrait. C'était le problème d'avoir affaire à des amateurs. On ne pouvait pas s'y fier. Pourtant, cinq minutes plus tard, le jeune homme surgissait à la porte. Décidément, pensa Narton amèrement, ce type ressemble à un chiot trop vite monté en graine. Mais au moins, il était là.

« J'ai reçu votre lettre, dit Wentwood. Tout va bien ? »

Narton acquiesça.

« Pas la peine de crier. »

À son grand soulagement, Wentwood ne s'attendait visiblement pas à ce qu'on lui offre à boire. Il demanda même à Narton s'il voulait l'autre moitié de ce qui était devant lui. Quand le jeune homme revint à la table, Narton lui sourit de manière presque bienveillante.

« Santé, dit Wentwood en levant son verre. Nous devons porter un toast à ma nouvelle demeure. »

Narton but docilement, puis se carra dans son siège et s'essuya la bouche.

« Donc vous êtes bien installé ?

— Il n'y avait pas grand-chose à déménager. Mais je suis chez moi. Je sais que je devrai me procurer mes repas, mais je ne peux pas vous dire à quel point je suis soulagé d'échapper à Mme Rutter et à Kentish Town. Regardez – j'ai trouvé quelque chose. »

Il sortit de sa poche une feuille de papier et la glissa à travers la table.

« C'était dans un tiroir d'une commode dans ma chambre. »

Narton prit le temps de l'examiner.

« C'est important ? demanda Wentwood. Cela prouve qu'elle était là, non ? Et qui est ce type, Orburn ?

— Ça ne prouve rien. N'oubliez pas que c'était sa maison – elle l'a peut-être meublée avec ses rebuts. Quant à Orburn, c'était son avoué. Il gérait Bleeding Heart Square pour elle avant que Serridge n'en ait pris le contrôle. »

Narton posa la lettre sur la table.

« Avez-vous vu Serridge ?

— Il est passé pour me remettre les clés et me faire la leçon concernant le paiement du loyer. »

Wentwood fouilla dans sa veste à la recherche de cigarettes et d'allumettes.

« C'est un personnage hors norme, n'est-ce pas ? Savez-vous ce que m'a dit Miss Kensley l'autre soir ? Que Miss Penhow le prenait pour un dieu. J'ai le sentiment que pour elle ce n'était pas une métaphore. »

Narton grommela.

« Alors vous lui avez parlé de Serridge ?

— J'ai dû lui dire où je m'installais.

— Je vous avais demandé de garder tout ça pour vous.

— Je sais, mais ce n'était pas si facile. En tout cas, je n'ai absolument pas fait allusion au fait d'enquêter sur ce qui était arrivé à sa tante. J'ai juste dit qu'en passant, j'avais remarqué qu'il y avait un appartement à louer susceptible de me convenir. Cela pose un problème ? »

Narton prit la cigarette que Wentwood lui offrait et se pencha au-dessus de la table vers l'allumette.

« Non, en fait. J'ai changé d'avis à ce sujet, voyez-vous. J'ai une demande à vous faire, M. Wentwood. Une suggestion, si vous préférez. Mais nous allons avoir besoin de sa collaboration.

— Je ne sais pas comment elle le prendra.

— Ce qu'il y a, dit Narton tranquillement, c'est que vous pourriez me rendre un service, un grand service. Il existe une preuve importante dans cette affaire, et nous aurions besoin d'un deuxième avis concernant cette preuve. Ou bien Miss Penhow a été assassinée, ou bien elle ne l'a pas été. Selon la version officielle, elle n'a pas pu être assassinée parce qu'elle était partie aux États-Unis avec une personne ou des personnes inconnues. Cela, nous le savons, parce qu'elle a envoyé une lettre de New York, ce qui a conduit à clore officiellement l'enquête. Mais certains d'entre nous ne sont pas convaincus que cette lettre est authentique.

— La police pourrait engager un expert graphologue, non ?

— Oh, nous l'avons fait, M. Wentwood. Notre homme prétend qu'il y a de bonnes chances que cette lettre ait été écrite par Miss Penhow. Je parie que votre amie a gardé des lettres de sa tante, et peut-être d'autres écrits.

— Peut-être. Pourquoi ne pas lui demander ?

— À vrai dire, vous avez votre propre échantillon, ce papier que vous avez trouvé. Mais le fait est que la lettre de New York n'est plus entre nos mains. À la clôture de l'enquête, elle a été rendue au destinataire.

Si nous allions la réclamer à nouveau, cela voudrait dire que nous avons toujours des soupçons, et que nous allons rouvrir l'enquête.

— Et quel mal y aurait-il à cela ?

— Avez-vous déjà entendu : "C'est en allant doucement qu'on attrape le singe" ?

— À qui l'a-t-elle écrite ? demanda Rory.

— Au vicaire de Rawling. Un dénommé Gladwyn.

— Rawling ? »

Narton éteignit la cigarette à moitié consumée et mit le reste dans sa poche pour plus tard.

« C'est un village de l'Essex à la limite de l'Hertfordshire, près de Saffron Walden. C'est là que Serridge a acheté une ferme avec l'argent de Miss Penhow, et c'est le dernier endroit où Miss Penhow a été vue vivante, il y a plus de quatre ans. Je ne peux pas prendre le risque de perturber M. Gladwyn. Premièrement, c'est plutôt un ami de Serridge. Ensuite, il est le parrain de la fille de mon supérieur. Une situation assez délicate, voyez-vous. Si nous tentons une approche officielle, cela reviendra aux oreilles de Serridge et fichera tout en l'air. Mais si quelqu'un se présente au nom de la famille de Miss Penhow, c'est une autre affaire. Vous me comprenez, n'est-ce pas ? »

Wentwood s'enfonça dans son siège. Il avait à peine touché sa bière.

« C'est beaucoup demander, non ? »

Narton fit une grimace et soupira.

« Comme vous pouvez le voir, monsieur, je ne fais pas ça pour m'amuser. Notre travail dépend des gens qui sont prêts à collaborer avec nous.

— Ce serait davantage qu'une simple collaboration, non ?

— Envisagez les choses de notre point de vue. Vous êtes fiancé à la nièce de Miss Penhow. Vous revenez d'Inde, et vous n'étiez pas dans les parages lorsque la dame a disparu. Bien sûr, Miss Kensley veut savoir ce qui est arrivé à sa tante. Bien sûr, vous voulez l'aider. Il est donc parfaitement naturel que vous veniez trouver M. Gladwyn pour demander à voir cette lettre. N'écrivez pas avant – ne lui laissez pas l'occasion de refuser. Présentez-vous tout simplement. Encore mieux, présentez-vous accompagné de votre fiancée. »

Wentwood ouvrit la bouche, puis la referma.

« Je ne vois pas la moindre raison de faire ce que vous me demandez, dit-il alors. Je suis désolé, sergent, mais je m'en tiendrai là.

— Vous voulez une raison ? dit Narton. En voici une. Si Serridge se tire de ce meurtre, je vous parie dix contre un que tôt ou tard il recommencera. Pour un homme comme lui, tuer une femme est un moyen facile de se procurer de l'argent. La question est simple, M. Wentwood : voulez-vous empêcher un autre meurtre ? »

7

Serridge était-il réellement marié ? Il y avait peut-être des douzaines de Mme Serridge à travers le monde, certaines mortes, certaines possédant un certificat de mariage, et certaines n'en possédant pas. Il avait dû toujours avoir du succès auprès des femmes.

Samedi 15 février 1930

Aujourd'hui, j'ai pris le thé avec le major Serridge. Il avait insisté pour m'emmener quelque part dans Kensington Church Street. L'endroit avait l'air horriblement cher. Il voulait me rendre mon invitation pour le thé au Rushmere la semaine dernière. Je crois que c'est moi qui ai gagné au change !

Cet après-midi, il avait un air très sérieux, presque triste. Il était d'ailleurs beaucoup moins bavard. Sans parler beaucoup, il s'est montré très amical, et à deux reprises, je l'ai vu me regarder d'une manière que je ne peux que qualifier de significative. En apparence, c'est un homme imposant qui sait se faire obéir, mais il peut être aussi sensible et doux qu'un enfant, en tout cas avec moi. Vers la fin, je lui ai demandé s'il y avait quelque chose qui n'allait pas.

Il me sourit à sa manière si typiquement simple et me dit que nous devions tous porter nos croix, lesquelles, certains jours, pèsent plus que d'autres. Je ne sais pas comment cela est arrivé, mais cette remarque nous a conduits à une conversation extraordinairement intime – la vérité est que je n'avais jamais de ma vie parlé à quelqu'un avec autant de franchise. Je me suis même surprise à lui parler de Vernon, et à lui raconter comment j'avais failli l'épouser à dix-huit ans. Évidemment, Tante ne m'avait pas autorisée, et je n'avais pas d'argent à l'époque ; il n'en était donc pas question, et Vernon avait repris la mer. Parfois, même maintenant, je me demande ce qui serait arrivé si je n'avais pas écouté la voix de la raison et que je l'aie épousé. Mais tout cela remonte à près de quarante ans. Je dois avouer que j'ai omis de préciser au major Serridge le nombre exact d'années. Une femme doit avoir ses secrets.

Ensuite, il m'honora en me faisant une confidence encore plus importante. Aujourd'hui, c'était l'anniversaire de son mariage. En apprenant cela, je fus passablement étonnée, même choquée, car je ne me doutais pas le moins du monde qu'il était marié.

Il ne voulait pas m'en dire davantage. C'était, paraît-il, trop pénible à entendre pour une dame. Mais, finalement, je réussis à le lui faire raconter. Dans un moment de folie, alors qu'il était très jeune et s'apprêtait à partir au service militaire avec son régiment, il avait épousé une femme qui, par la suite, s'était révélée indigne de lui – en fait indigne de tout homme. Il était difficile, disait-il, pour n'importe qui, de revenir dans un foyer sans amour ni chaleur. Mais cela avait été son lot.

Et le pire était encore à venir. Sa femme se révéla être une dégénérée morale de la pire sorte. Elle l'avait quitté et vivait *maintenant en Nouvelle-Zélande avec une autre femme, dans des conditions si abominables que je ne veux même pas souiller les pages de mon journal en les décrivant Pire encore, elle était de confession catholique et refusait toute idée de divorce. Tant d'hypocrisie m'a fait tourner le sang.*

Il m'a dit, en toute simplicité : « Telle est ma croix, Miss Penhow, et je devrai la porter durant toute ma vie solitaire. »

*

* *

Après le déjeuner, pour autant que c'en fut un, Lydia Langstone se rendit à son premier entretien pour un travail, laissant le capitaine Ingleby-Lewis en train de ronfler dans son fauteuil, une couverture sur les jambes. Il paraissait vieux, fragile et malade.

Dans sa main gantée, elle tenait une page arrachée au carnet de notes de M. Serridge, sur laquelle il avait écrit au crayon : *M. Shires, 3e étage, 48 Rosington Place, mardi 14 h 30.*

Lydia trouva la maison sans difficulté. Elle était presque en face de la chapelle. Comme la plupart des maisons dans l'impasse, elle portait, à côté de la porte, une série de plaques en cuivre. Une pancarte invitait à entrer sans sonner. Elle se retrouva dans un couloir triste et haut de plafond, aux moulures en stuc décolorées et pleines de toiles d'araignée. Le sol était recouvert d'un linoléum marron, et l'air bruissait du cliquetis des machines à écrire. Elle étudia le panneau au mur sur lequel figurait une liste d'une dizaine de sociétés, dont deux cabinets d'avocats parmi lesquels Shires et

Trimble, un importateur de bijoux, un géomètre, une société fabriquant des cuisinières et un fourreur.

Elle monta les marches. La maison était plus grande qu'elle ne le paraissait depuis la rue. Au deuxième étage, une cloison en bois et verre dépoli présentait une porte marquée SHIRES AND TRIMBLE. Elle frappa, puis, au bout d'un moment, tourna la poignée et entra. Juste devant elle, un comptoir étroit abritait un bureau commun pour quatre personnes. Deux hommes étaient assis devant des bureaux en hauteur, et l'un d'eux parlait au téléphone ; une dactylo avec des ongles cramoisis s'attaquait bruyamment au clavier de sa machine ; et un garçon aux cheveux roux mouillait des timbres avec sa langue et les collait sur des enveloppes. Personne ne lui prêtait attention.

Lydia tapa sur la cloche au-dessus du comptoir. Le plus jeune des deux hommes leva le regard, soupira ostensiblement, descendit de son tabouret et s'approcha d'elle.

« Bonjour, dit Lydia. Je m'appelle Langstone et j'ai rendez-vous avec M. Shires. »

Il la guida à travers la salle jusqu'à une porte privée, comme si, sans escorte, elle aurait risqué de se tromper de chemin. La pièce dévolue à M. Shires était petite et presque entièrement occupée par un bureau double. Le chauffage à gaz était poussé à fond, et l'air sentait la menthe.

M. Shires, un petit homme grassouillet vêtu d'un costume noir lustré, était assis en train d'écrire. Il referma son stylo et se leva à moitié. Il tendit une main à travers le bureau.

« Bonjour, Mme Langstone, dit-il. Ravi de vous connaître. Asseyez-vous donc. »

Le tout dans un flot de paroles signifiant qu'il était terriblement pressé. Il se laissa retomber sur sa chaise, sortit une pastille de menthe d'un sac en papier blanc et la lança dans sa bouche. Son regard se posa sur la pile de papiers devant lui.

« Je pense que M. Serridge vous a parlé de moi, dit Lydia.

— Oui. »

Il suça sa pastille de menthe et le bout de son nez remua.

« Je crois que vous cherchez un travail. »

Il ôta le capuchon de son stylo, parapha le bas d'une page et la retourna.

« Et vous n'avez aucune expérience du travail dans un bureau.

— C'est exact.

— Mariée ou veuve ?

— Séparée », dit Lydia avec fermeté.

Shires la fixa avec des yeux myopes et larmoyants.

« Vous vivez seule ?

— Non. J'habite avec mon père dans son appartement.

— Bien sûr, rétorqua-t-il, avec une pointe d'amusement dans la voix. Dans Bleeding Heart Square. Oui, je vois. Très pratique. »

Lydia sentait monter sa colère.

« Je ne veux pas vous faire perdre votre temps, M. Shires…

— Je ne veux pas non plus vous laisser me le faire perdre, madame. »

Lydia ne se retint plus et le regarda avec colère.

« Je suis ravie que nous nous comprenions. Bien que n'ayant aucune expérience dans un bureau, sachez que j'ai géré deux grandes maisons pendant plusieurs années. J'apprends vite, je suis méthodique et je veux apprendre.

— Parfait, Mme Langstone. »

M. Shires enleva ses lunettes et s'enfonça dans son fauteuil.

« Je cherche une fille pour soulager M. Smethwick et Miss Tuffley de leur sale boulot. M. Smethwick est notre jeune clerc, et Miss Tuffley notre dactylo. Ils passent beaucoup trop de leur précieux temps à classer, à répondre au téléphone, ou à préparer le thé pour nos clients. Ils ont mieux à faire. Si vous êtes d'accord pour faire ce genre de travail, je peux vous prendre à l'essai pendant un mois, à temps partiel, et nous verrons ensuite. Cela vous intéresse-t-il ?

— Qu'entendez-vous par temps partiel, M. Shires ?

— Si vous venez travailler chez moi, Mme Langstone, vous devrez m'appeler Monsieur. Disons trois jours par semaine. Nos horaires sont de huit heures à dix-sept heures trente. Les jours en question et les horaires peuvent varier d'une semaine à l'autre ; vous devrez vous conformer à nos besoins. Disons trente shillings ?

— Trente shillings par jour ?

— Non, non, dit M. Shires en réprimant un léger renvoi. Trente shillings par semaine.

— Cela représente dix shillings par jour.

— Effectivement. Cela vous convient-il ? Oui ou non.

— Oui, dit Lydia.

— Oui, qui ? »

Lydia le regarda fixement.

« Oui, monsieur. »

Trouver un emploi s'avérait plus difficile que ne l'avait imaginé Rory. Le mardi, il déjeuna avec un ami de l'université qui travaillait maintenant dans une agence de publicité sur le Strand. Quand Rory était en Inde, l'ami en question lui avait écrit avec enthousiasme en évoquant les opportunités qui l'attendraient à son retour. Maintenant que Rory était là, ces opportunités avaient apparemment disparu.

« Tout le monde se serre la ceinture, mon vieux, lui dit l'ami pendant qu'ils buvaient leur café. Et on recherche des types avec une expérience appropriée. C'est malheureusement devenu la règle. »

Quand Rory regagna Bleeding Heart Square, le Crozier ouvrait pour la soirée. La nuit était froide. Il entra dans le bar lambrissé et commanda un whisky. L'endroit était rempli de gens qui prenaient un verre avant de rentrer chez eux. Des gens chanceux, pensa-t-il, des gens qui avaient un emploi.

Rory trouva une place à une grande table dans un coin, autour de laquelle étaient assis quatre clercs de bureaux d'avocats, qui tenaient des propos diffamatoires sur leur employeur. Il s'affala derrière son journal au bout de la table, et se plongea dans les offres d'emploi. Autour de lui, des voix s'élevaient et retombaient. Son attention fut détournée du journal. Il se mit à l'écoute des conversations autour de lui et dans le bar au-delà, passant d'un groupe à l'autre, comme s'il recherchait une station sur un poste de radio.

« Toujours rien ? dit une voix d'homme distinguée.

— J'ai appris qu'elle avait trouvé un emploi. Extraordinaire.

— Bon Dieu. J'aurais pourtant cru qu'elle était inemployable. Où ça ?

— Chez des avocats à Rosington Place. Des gens parfaitement respectables. Il n'y a aucun souci à se faire de ce côté-là. »

Rory reconnut la deuxième voix : c'était celle du capitaine Ingleby-Lewis, son voisin du premier étage. Il savait qu'il aurait dû manifester sa présence, ou tout au moins cesser d'écouter, mais sa curiosité était plus forte que son sens de la bienséance.

« Elle s'est adaptée bien mieux que je ne l'aurais cru, dit Ingleby-Lewis. Il faut dire que ce n'est pas une partie de plaisir pour elle de s'encanailler avec son vieux père. Mais elle le fait avec courage. C'est une brave fille.

— Ça ne peut pas s'éterniser.

— Bien sûr que non. Mais je ne peux quand même pas la mettre à la porte.

— Pourquoi pas ?

— Il n'en est pas question, dit Ingleby-Lewis, d'un ton sévère. C'est ma fille, après tout. Ma chair et mon sang. Elle provoque une certaine agitation dans la maison.

— Comment ça ?

— Serridge, mon propriétaire, s'est entiché d'elle. C'est lui qui lui a trouvé un emploi. Même Mme Renton, en bas, qui honnit la majeure partie de la race humaine – on ne peut pas dire exactement qu'elle aime bien Lydia, mais elle est très gentille avec elle. Quant à ce type, Fimberry, il en a la langue pendante rien que de penser à elle.

— Qui ça ? »

La colère dans la voix de l'autre homme était évidente.

« Fimberry. Un type culotté. Il occupe la chambre à gauche en entrant, en face de celle de Mme Renton. Il prétend écrire un livre. Il traîne toujours autour de la chapelle de Rosington Place.

— Il a des vues sur Lydia ? Il l'embête ?

— Disons qu'il devient assez culotté. Ne vous en faites pas, je le ferai décamper.

— Il faut que je m'en aille. Pourriez-vous donner ceci à Lydia de ma part ?

— Bien sûr. Vous êtes certain de ne pas avoir le temps pour un autre verre ? »

La conversation se poursuivit, mais elle n'était plus audible, couverte par d'autres voix. Quand Rory sortit du Crozier, quelque dix minutes plus tard, Ingleby-Lewis avait quitté le bar. Il traversa les pavés de Bleeding Heart Square et pénétra dans la maison. Mme Renton était sur le seuil de la chambre de Fimberry.

« Bonsoir, dit-il.

— Vous êtes installé ?

— Oui, merci.

— Pourriez-vous me rendre un service ? J'ai promis à M. Fimberry de réparer ses rideaux. Mais il ne les a pas décrochés, et j'ai besoin de grands bras. »

Rory entra dans la chambre de Fimberry. La lumière était allumée. Il y faisait presque aussi froid que dehors. La pièce chichement meublée paraissait anonyme, avec, comme seule touche personnelle, des piles de livres qui couvraient presque tout le mur face à la fenêtre, du sol au plafond. Les livres avaient été initialement rangés dans deux bibliothèques autour desquelles avait grandi un réseau précaire de planches en bois nu reposant sur des briques. On avait l'impression que la moindre vibration ferait tomber tout l'édifice.

Rory monta sur une chaise et décrocha les rideaux de leurs tringles. Ensuite, pendant que Mme Renton les repliait, il parcourut les titres des livres. La plupart étaient des livres d'histoire, ou traitant de topographie, et presque tous très anciens. Ils conféraient à la chambre une odeur digne du plus minable des bouquinistes, pleins de mots tombés en désuétude qu'aucun individu sain d'esprit n'aurait jamais envie de lire.

Il se retourna pour regarder par les fenêtres dénudées. Dans le peu de lumière qui restait, il aperçut un homme de grande taille vêtu d'un manteau sombre, qui se tenait debout devant le Crozier. Le bout d'une cigarette rougit brièvement quand il en prit une bouffée. Un court instant, son visage devint aussi écarlate que celui du diable.

Lorsque Lydia entra dans la maison, M. Wentwood montait l'escalier. Il se retourna.

« Bonsoir, Mme Langstone. Vous allez bien ? On dirait que vous venez de voir un fantôme.

— Je vais bien », dit Lydia.

Pourtant, dans un sens, elle avait effectivement vu un fantôme : Marcus rôdait dans Bleeding Heart Square et avait tenté de lui parler.

Elle avait détourné le regard et était passée résolument devant lui. Elle monta les marches derrière M. Wentwood.

« Comment se passe votre recherche de travail ?

— Rien pour l'instant. »

Il s'arrêta sur le palier, sur le point de parler.

« De toute façon, je prends une journée de congé demain. Je dois aller en dehors de Londres.

— Quelle chance », dit Lydia en guise d'au revoir, et en se demandant s'il allait emmener cette fille avec lui.

Elle entra dans le salon de l'appartement. Son père sommeillait dans son fauteuil devant le feu.

« Il y a quelque chose pour toi sur la table, dit-il sans ouvrir les yeux. Un paquet. »

L'estomac de Lydia se serra. Quelqu'un aurait pu lui envoyer un cœur cru. Mais ce paquet ne ressemblait pas du tout à celui de Serridge – il avait la taille et la forme d'une brique et n'était pas arrivé par la poste. Elle examina l'écriture – il y avait seulement son nom, pas d'adresse – et elle reconnut celle de Marcus, grande et rectiligne.

« Marcus, dit-elle. Il est venu ici ? Je l'ai vu dehors.

— Je l'ai rencontré par hasard au Crozier, dit le capitaine Ingleby-Lewis, les yeux toujours fermés. Il m'a demandé de te le donner. »

Elle ôta ses gants et son chapeau. Il faisait trop froid pour enlever son manteau. Une voiture se rangea devant la maison.

Le paquet avait été emballé d'une façon professionnelle. Marcus était aussi capable d'emballer un paquet que de faire une appendicectomie. Elle défit la ficelle et enleva la première couche de papier d'emballage, puis une seconde couche de papier de soie. Finalement, c'était bien ce à quoi elle s'attendait, une boîte de chocolats de Charbonnel et Walker. Marcus était persuadé que le chemin menant au cœur d'une femme était pavé de chocolats de luxe. Il y avait aussi une enveloppe portant son nom, avec, à l'intérieur, une feuille à l'en-tête de son club.

Ma chère Lydia,

Je ne veux pas t'importuner, mais sache que tu me manques terriblement. J'aimerais tant que tu reviennes. Tout le monde traverse des moments difficiles. Je suis désolé pour ce qui est arrivé, et je jure que je ne recommencerai pas. Ne crois-tu pas que nous devrions tenter un nouvel essai ?

Je ne supporte pas de vivre tout seul à Frogmore Place ; j'ai donc fermé la maison et me suis installé au club.

La seule autre nouvelle est que j'ai eu une longue conversation avec Rex Fisher, et qu'il ma arrangé un entretien privé avec Mosley. Sir Oswald n'est pas du tout ce à quoi je m'attendais – et, à propos, il veut qu'à partir de maintenant je l'appelle Tom, comme le font tous ses amis – en fait, je n'ai jamais rencontré quelqu'un comme lui. C'est un vrai leader. Quelqu'un qu'on suivrait jusqu'en enfer. Quoi qu'il en soit, ma chère, j'ai décidé de m'inscrire au Parti. Je voulais que tu sois parmi les premières personnes à le savoir. Je vais travailler directement avec Rex. Il me destine un travail particulier. Très secret.

Réfléchis à ce que je t'ai dit. La vie n'est plus la même sans toi, ma vieille.

Avec tout mon amour,

Marcus

La portière d'une voiture claqua dans le square. Lydia froissa la lettre en boule, et la jeta dans la poubelle. Elle y mit aussi la boîte de chocolats. Le bruit fit s'agiter son père, mais ses yeux restèrent hermétiquement clos.

Lydia se rendit dans sa chambre, accrocha son manteau et rangea son chapeau. Elle considéra longuement son visage pâle dans le miroir taché d'humidité au-dessus du lavabo.

« Merde, dit-elle à haute voix. Merde, merde, merde. »

Elle retourna dans le salon. M. Serridge était dans l'entrée, réclamant Mme Renton à grands cris. Elle récupéra les chocolats dans la poubelle, enleva le ruban rose autour de la boîte et souleva le couvercle. Une bonne odeur de chocolat lui emplit les narines. L'eau lui monta à la bouche. Elle en prit un.

8

Avant d'avoir lu le journal de Philippa Penhow avec quatre années de recul, vous ne pouviez pas vous imaginer à quel point Serridge était méthodique. Il donnait toujours l'impression d'être impulsif, et cette impression était renforcée par la négligence de son apparence. C'était le genre d'homme dont les cheveux avaient constamment besoin d'être coiffés. Qui avait apparemment besoin d'une mère.

Dimanche 16 février 1930

Cet après-midi, nous nous sommes promenés dans les jardins de Kensington. Je ne pouvais pas m'empêcher de regarder les nurses qui s'occupaient des enfants. Si j'avais épousé Vernon il y a bien longtemps, un de ces enfants aurait pu être un de mes petits-enfants. Quelle pensée extraordinaire. Mais tout cela est maintenant impossible, bien sûr. Comme on fait son lit, on se couche.

Le temps était particulièrement doux pour la saison, et le major Serridge de fort bonne humeur. Il me protégea des attentions d'un labrador excessivement enthousiaste, et cela de la manière la plus gentille possible. J'ai l'impression qu'il aime les animaux, lesquels lui font instinctivement confiance en retour.

Nous avons regardé les enfants faire naviguer leurs bateaux sur le Round Pond, puis nous nous sommes dirigés vers la statue de Peter Pan située près du Long Water. Il trouve la statue charmante, et elle lui fait regretter de ne plus être un enfant.

Sur le chemin du retour, il m'a dit quelque chose qui m'a troublée. Il a dit qu'il s'inquiétait de la façon dont M. Orburn gérait pour moi la maison de Bleeding Heart Square. Il trouve qu'il me prend trop cher. « Je ne dis pas que c'est un voleur, bien sûr, ce ne serait pas juste. Mais c'est un avocat, et il a constamment l'œil sur ses honoraires. » Cela ressemble bien à ce cher major, de se mettre ainsi toujours en quatre pour être juste envers tout le monde.

Je lui ai fait remarquer que Tante et moi avions toujours eu recours aux services de M. Orburn, et de son père avant lui, pour tout ce qui concernait nos affaires. Le major rétorqua que le problème était peut-être là – M. Orburn s'était un peu trop habitué à ce que je lui fasse confiance.

Vous avez peut-être lu quelque part que c'est ainsi que les lions attrapent un éléphant – ils le séparent de sa harde et de ses protecteurs naturels.

*
* *

À vol d'oiseau, le village de Rawling se trouvait à soixante-dix kilomètres à peine de Bleeding Heart Square. Pour un être dépourvu d'ailes, la distance était plus grande, et donnait l'impression de l'être encore plus. Le village était situé à dix ou douze kilomètres au nord de Bishop's Stortford, dans un endroit reculé, morne et peu peuplé, où les chemins serpentaient de hameau en hameau.

Le train ne passant pas par Rawling, Rory devait aller à Mavering, la gare la plus proche. Le voyage occupa la majeure partie de sa matinée – entre l'autobus jusqu'à Liverpool Street Station, le train pour Bishop's Stortford, un autre train sur une ligne secondaire qui passait par Saffron Walden, où il reprit un petit train, presque vide, qui l'emmena sans se presser jusqu'à Mavering.

Cela lui laissait beaucoup de temps pour réfléchir. À Liverpool Street Station, Rory trouva une place dans un wagon fumeur de troisième classe. Au fur et à mesure que les faubourgs abandonnés laissaient la place à une campagne tout aussi abandonnée, il se mit à penser à Fenella plutôt qu'à ce qui l'attendait.

Il lui avait téléphoné la veille. Pressée, elle ne pouvait pas rester longtemps en ligne – elle allait partir pour un de ses meetings politiques, plus restreint celui-là, mais avec le même orateur, Julian Dawlish. Fenella mentionna l'éventuelle formation d'un comité, et Rory perçut l'excitation dans sa voix, sans vraiment en comprendre la raison. À son retour d'Inde, Fenella lui était apparue changée, une étrangère tout à la fois familière.

Il fut heureux de pouvoir enfin descendre du dernier train. Mavering s'avéra être un village éclaté aux contours incertains, avec quelques petites maisons d'agriculteurs reliant deux énormes fermes. Deux passagers seulement descendirent en même temps que lui sur le petit quai. Ils le regardèrent avec curiosité, tout comme l'unique porteur. Rory les ignora et partit à pied.

Au dos d'une enveloppe, Narton avait esquissé une carte montrant la route allant de Mavering à Rawling. À cinquante mètres de la gare, se trouvait une petite église trapue. Rory prit le sentier qui longeait le mur du cimetière. Le chemin était boueux, mais Narton l'avait si bien mis en garde qu'il avait chaussé des bottes résistantes.

Passé le terrain entourant l'église, le sentier descendait à travers champs. Il était bordé de buissons avec une haie d'arbres quelconques qui, aux mois d'été, devaient former un tunnel vert. À présent, la vue était entièrement dégagée, et les champs nus et les rangées d'ormes parfaitement visibles de chaque côté. La journée était grise, mais il ne pleuvait pas, et l'air avait une odeur de propre.

Au bout d'une centaine de mètres, Rory avait trouvé son rythme et commençait à trouver la marche agréable. Même s'il s'agissait d'une fausse piste, il profitait au moins d'une journée en dehors de Londres. Arrivé à un croisement, il tourna à droite suivant les indications de Narton. Quelque quatre cents mètres après, le chemin s'arrêtait devant un portail en bois pourri avec un tourniquet d'un côté. Au-delà, il y avait une voie cailloutée.

Rory s'arrêta un moment devant le tourniquet pour allumer une cigarette. Sur sa droite, au bord d'une crête peu escarpée, se dressait une maison assez grande, en briques rouges, entourée d'un espace vert. Le mur longeant le chemin était en mauvais état, et réparé par endroits avec du fil de fer barbelé. Il entra, prit à gauche dans le chemin qui tournait légèrement et passa devant un cottage situé sur sa droite. Quand le chemin devint rectiligne, il se trouva en vue du village.

Rawling avait aussi une petite église trapue. Derrière elle, à moitié caché par une paire de sapins Douglas et un cèdre du Liban majestueux, se trouvait le presbytère. C'était une bâtisse mal proportionnée, faite de briques jaunes sales, avec des bow-windows et des portes cernés de rouge. Outre le manoir sur la crête en dehors du village, c'était la seule résidence en dur.

Rory monta la petite allée. Une Ford 8 était garée sur le gravier devant la porte d'entrée, avec le haut peint en noir et le bas en blanc, comme un pingouin. D'après Narton, le vicaire était esclave de ses habitudes. Il faisait généralement ses tournées en première partie de matinée. La seconde était consacrée à travailler dans son bureau. Puis venait le déjeuner, suivi par un long moment de récupération.

« On peut régler sa montre sur M. Gladwyn, avait dit Narton. Pauvre vieux bougre. »

Rory sonna. Une domestique d'une cinquantaine d'années ouvrit la porte et examina Rory de la tête aux pieds d'un regard ni accueillant ni hostile. Il ne l'intéressait manifestement pas du tout.

« Bonjour, dit Rory. Le vicaire est-il là ?

— Je vais voir s'il est disponible. Qui dois-je annoncer ?

— Je m'appelle Wentwood. Je dois avoir une carte de visite quelque part. »

Il sortit son portefeuille et faillit, par erreur, lui donner celle du *South Madras Times*. Il se doutait que M. Gladwyn refuserait de recevoir un journaliste, pas dans le cadre de cette affaire en tout cas. Heureusement, il avait aussi des cartes avec l'adresse de ses parents dans le Hereford. Il en donna une à la domestique.

Elle regarda la carte puis son visage.

« Vous feriez mieux de venir attendre dans l'entrée, monsieur. »

La carte avait semblé la rassurer sur sa respectabilité.

« Vous pouvez essuyer vos chaussures là. Dois-je annoncer la raison de votre visite ?

— Une femme qui habitait autrefois à côté, dit Rory. Miss Penhow. »

La domestique resta imperturbable. Elle frappa à une porte et entra dans la pièce, le laissant, chapeau à la main, dans l'entrée carrelée. Il entendit parler à voix basse. Une gravure sur le mur au-dessus du porte-parapluies représentait le village, avec l'église ainsi que la maison sur la crête. La légende indiquait : « Rawling Hall, Le domaine de Charles Alforde, Esq' ». L'église et la maison paraissaient bien plus impressionnantes que dans la réalité. La domestique revint, regarda ses bottes, et lui dit que le vicaire allait le recevoir.

M. Gladwyn avait un visage rond, rubicond, avec une expression particulièrement joyeuse. Il accueillit Rory avec un enthousiasme de circonstance en lui secouant vigoureusement la main.

« Comment allez-vous, M. Wentwood ? Comment allez-vous ? »

Il rappela la servante d'un ton sévère au moment où elle quittait la pièce.

« Dites à la cuisinière que j'ai une envie de choux de Bruxelles, Rebecca, et il faut ajouter du charbon ici. »

Il se retourna vers Rory, à nouveau chaleureux.

« Asseyez-vous donc. En quoi puis-je vous être utile ?

— Il s'agit d'une de vos anciennes paroissiennes, monsieur. Miss Penhow de la ferme de Morthams.

— Oui, oui. Rebecca me l'a dit. Puis-je connaître la raison de votre intérêt ?

— Je suis ici à la demande de la nièce de Miss Penhow, Fenella Kensley. »

Rory préféra prendre quelques libertés avec la vérité.

« Nous sommes fiancés.

— Des félicitations s'imposent, dit M. Gladwyn machinalement. Mais, pardonnez-moi, je ne vois pas en quoi je peux vous aider. Je n'ai pas vu Miss Penhow depuis plus de quatre ans, et en fait, elle n'a vécu à Rawling que très peu de temps. Je l'ai à peine connue. Miss Kensley doit certainement savoir qu'elle est partie à l'étranger.

— Voilà justement ce dont il s'agit. »

Rory hésita, choisissant soigneusement ses mots.

« Miss Kensley n'a pas de nouvelles de sa tante depuis plusieurs années, et elle est un peu inquiète. Miss Penhow n'a pas écrit depuis qu'elle a quitté Rawling.

— Ces choses-là arrivent, remarqua M. Gladwyn. Les relations ont parfois tendance à se distendre, surtout en cas d'éloignement.

— Il y a aussi de mauvaises nouvelles à lui apprendre. Le frère de Miss Penhow est mort – elle ne doit certainement pas le savoir. »

Le vicaire était resté debout jusque-là, le dos au feu. Il s'assit alors au bureau dans l'embrasure de la fenêtre, prit une pipe et sa blague à tabac, et se tourna dans son fauteuil pour faire face à son visiteur.

« Je sais qu'on s'est posé des questions concernant l'endroit où Miss Penhow pouvait se trouver. J'en ai parlé à la police il y a quelques années. Voyez-vous, j'ai reçu une lettre de Miss Penhow plus de six mois après qu'elle a quitté Rawling.

— Ce devait être dans les derniers mois de 1930. M. Kensley est mort en 1932. »

M. Gladwyn acquiesça.

« Elle se sentait un peu gênée d'écrire directement à sa famille – ou bien à M. Serridge, son – son ami. Vous comprenez, il y avait une... une affaire de cœur. Apparemment, elle avait rencontré quelqu'un et avait décidé, sur un coup de tête, de partir à l'étranger. La police examina soigneusement la lettre, et décida qu'il n'y avait rien de suspect dans le départ de Miss Penhow. »

Rory pensa que cela dépendait si on voulait ou non suspecter quelque chose. La police n'avait pas grand-chose à se mettre sous la dent. Une femme qui n'avait pas vécu longtemps dans la région, et qui soudain avait disparu. Pas de corps. Pas de parents inquiets pour harceler les autorités à propos de la disparition d'un être cher. Apparemment, il n'y avait pas non plus d'irrégularités financières.

M. Gladwyn alluma sa pipe. En laissant tomber l'allumette dans le cendrier, il réussit à regarder sa montre, un geste mal élevé mais sans équivoque.

« Serait-il possible de voir la lettre, si vous l'avez encore ? » dit Rory.

Le vicaire l'étudia à travers la fumée.

« Je suppose qu'il n'y a pas de mal à ça. Si cela pouvait dissiper les malentendus. Mais il s'agit d'une lettre intime. Bien que je n'aie aucune objection à vous la laisser lire, je dois penser à d'autres.

— Miss Kensley est maintenant la parente la plus proche de Miss Penhow, monsieur.

— Je suis surpris que la police ne lui ait pas dit que Miss Penhow m'avait écrit.

— Elle l'a fait. Mais je sais qu'elle s'inquiète toujours – de plus en plus même – à mesure que le temps passe sans autres nouvelles. J'aimerais pouvoir la rassurer. Je suis sûr que vous me comprenez. En fait, elle s'est mis en tête que cette lettre est un faux.

— C'est stupide.

— Il est probable qu'elle se trompe, monsieur, je suis d'accord avec vous. Mais si je pouvais voir la lettre et la comparer avec un échantillon de l'écriture de Miss Penhow, cela me permettrait de la tranquilliser. Bien entendu, le contenu restera confidentiel. Mais peut-être préférez-vous que je ne la voie pas. »

Rory laissa planer le doute dans la pièce enfumée : peut-être le vicaire avait-il quelque chose à cacher. M. Gladwyn prit une autre allumette et s'appliqua à raviver sa pipe.

« Je n'ai rien à cacher, M. Wentwood, dit-il enfin. Et naturellement, je ne veux pas que Miss Kensley puisse souffrir inutilement. Très bien. Je vais vous laisser examiner la lettre dans cette pièce pendant dix minutes, à condition que vous n'en discutiez avec personne d'autre que Miss Kensley, si toutefois vous en voyez la nécessité. Je vous préviens que le contenu risque de lui être pénible. Ce n'est pas le genre de lettre que j'aimerais laisser lire à ma fille.

— J'en tiendrai compte, monsieur, dit Rory. Merci. »

Le vicaire ouvrit le tiroir de gauche en bas de son bureau et y prit une chemise chamois. Il en sortit une enveloppe et fit signe à Rory de rapprocher sa chaise du bureau. L'enveloppe contenait une lettre qu'il tendit à Rory. Elle consistait en une seule feuille, couverte des deux côtés d'une écriture serrée.

Grand CentralStation
New York City
U.S.A.

Le 3 décembre 1930

Cher M. Gladwyn,

Je suppose que vous serez surpris d'avoir de mes nouvelles après tout ce temps, j'espère que vous ne m'en voudrez pas. Écrire cette lettre m'est très difficile, d'autant plus que j'ai un service à vous demander. Peut-être aurais-je dû écrire à Joseph plutôt qu'à vous. Après tout, c'est à lui que j'ai fait du tort. Mais je pensais que la vérité serait mieux transmise par vous, un membre du clergé, que par une lettre. Je lui ai déjà fait suffisamment de mal. Comme j'ai fini par le comprendre, sous me apparence rude bat un cœur tendre.

Je pense que vous vous êtes rendu compte que Joseph et moi n'étions pas mariés. Nous aurions pu l'être si Joseph n'avait pas eu une femme qui refusait de lui accorder le divorce. Je dois admettre que ma propre conscience s'en accommodait mal, mais je n'ai jamais douté de la sincérité de l'amour que Joseph me portait.

Juste après que nous nous fûmes installés à Morthams, surgie de nulle part, j'ai reçu une lettre d'un vieil ami, un marin, que j'aurais pu épouser il y a de nombreuses années, si ma tante y avait consenti. Mais il était pauvre, et moi stupide. J'ai fait une erreur que j'ai souvent regrettée depuis.

Tout s'est passé très rapidement. Je n'ai pas mis longtemps à comprendre que les sentiments de mon ami envers moi n'avaient pas changé, pas plus que les miens. Il était libre. Moi aussi. Je pouvais enfin corriger l'erreur que j'avais commise si longtemps auparavant.

Je vous prie de dire à Joseph que je suis maintenant mariée, et à l'aube d'une nouvelle vie avec mon mari. Demandez-lui de me pardonner. Je sais quej'ai été profondément injuste envers lui, mais je sais aussi que, à la longue, ce sera pour le mieux, pour nous deux. Je me souviens qu'un jour, Joseph m'avait dit qu'une rupture nette guérit plus vite. J'espère qu'il en sera ainsi pour lui. Je prie pour qu'il me pardonne.

Je lui envoie mes souhaits les plus chaleureux – ainsi qu'à vous, bien entendu.

Sincèrement vôtre,

P. M. Penhow

« Puis-je voir l'enveloppe », demanda Rory.

M. Gladwyn la lui tendit sans commentaire. Elle lui était adressée au presbytère, affranchie avec un timbre américain et une oblitération de New York.

« Vous voyez ? Tout est normal.

— Oui, monsieur. »

Rory se redressa sur sa chaise et se passa la main dans les cheveux.

« Puis-je comparer la lettre avec l'échantillon d'écriture que j'ai ici ?

— Je vous en prie. Mais la police l'a déjà fait. Ils ont fait venir un expert. Ils semblaient tout à fait satisfaits. »

Rory déplia la feuille qu'il avait trouvée dans la commode. Il la posa sur le bureau à côté de celle de New York et compara les caractères. Il y avait une grande ressemblance entre les deux documents, avec seulement de petites différences dans la forme des caractères ; l'écriture, de la lettre de New York était également plus petite, serrée, pour pouvoir tenir sur une seule feuille. Mais on pouvait relever des variations mineures tout aussi évidentes entre la lettre hâtive de Miss Penhow à M. Orburn et son commentaire sur la parabole du fils prodigue.

« Alors, dit M. Gladwyn. Qu'en pensez-vous ?

— Elles auraient parfaitement pu être écrites par la même personne.

— Exactement. »

M. Gladwyn se leva, espérant peut-être que son visiteur en ferait autant.

« Vous avez fait la connaissance de M. Serridge, je suppose ?

— Oui.

— Je l'ai vu assez souvent ces dernières années. Ce qui m'amènerait à lui accorder le bénéfice du doute dans un cas comme celui-ci. Il est vrai que Miss Penhow est partie assez soudainement. Mais je crains que leur relation, dès le départ, n'ait pas été très orthodoxe. Nous avons eu une explication tout à fait sensée quant à son départ.

— N'est-il pas curieux qu'elle n'ait eu aucun contact, ni avec Miss Kensley, ni avec ses amies ?

— Pas vraiment. Vous oubliez qu'il s'agit d'une femme d'une moralité irréprochable qui avait été entraînée à vivre quelque chose dont elle avait honte. Elle essaie de se construire une nouvelle vie, et ne veut surtout pas se souvenir de son ancienne existence. »

Le vicaire regarda à nouveau sa montre, ostensiblement cette fois.

« Je ne suis pas naïf, M. Wentwood, je pense être capable de comprendre la nature humaine autant que quiconque. N'oubliez surtout pas votre Bible : ne jetez pas la première pierre. »

Rory se leva.

« M. Serridge habite toujours à la ferme de Morthams ?

— Oui, absolument. Bien qu'il passe une bonne partie de son temps en ville. Ces dernières années n'ont pas été très favorables pour les agriculteurs, comme vous le savez sans doute, mais il en a fait une belle réussite depuis qu'il l'a rachetée au capitaine Ingleby-Lewis. »

On frappa à la porte, et la domestique apparut avec un seau à charbon.

« Rebecca, pourriez-vous raccompagner M. Wentwood ? »

Durant sa première matinée chez Shires and Trimble, Lydia apprit à classer des fichiers dans des tiroirs par ordre alphabétique, et comment humidifier les timbres pour les coller sur des enveloppes. Son instructeur, le jeune clerc M. Smethwick, avait une peau claire qui pelait, et se montrait très exigeant quant à la façon dont les choses devaient être faites dans le bureau. Les timbres, par exemple, devaient être alignés autant que possible avec le bord de l'enveloppe. Idéalement, entre les bords du timbre et ceux de l'enveloppe, il devait y avoir quatre millimètres.

« Ces petits détails ont leur importance, Mme Langstone, dit-il. Cela montre au client que nous sommes un cabinet soucieux du bon ordre des choses, une société à laquelle il peut confier ses affaires.

— Mais comment pouvez-vous en être sûr ? demanda Lydia. Il se peut que le client ne s'en aperçoive pas du tout, ou qu'il nous trouve un peu trop tatillons.

— Balivernes. Si vous me permettez, Mme Langstone, on voit que vous n'avez jamais travaillé dans un bureau. »

La dactylo intervint.

« Je parie que vous n'ignorez pas grand-chose quant au fonctionnement du cerveau, M. Smethwick. »

M. Smethwick hésita, se demandant visiblement s'il s'agissait ou non d'un compliment, puis il sourit d'un air suffisant quand il eut trouvé la riposte.

« Dans ce cas, je vous conseille de faire attention à ce que vous pensez. »

Miss Tuffley émit un petit rire aigu, qui lui valut un regard réprobateur de M. Reynolds, le premier clerc.

M. Shires lui-même ne vint pas au bureau. M. Trimble ne se montra pas. M. Reynolds régnait en maître en l'absence de M. Shires. Il était trop pris par son travail pour parler à qui que ce soit, à moins que ce ne fût absolument nécessaire. Mais Miss Tuffley se chargea largement à elle seule de compenser son silence en bavardant sans arrêt quand ses ongles rouges ne dansaient plus bruyamment sur les touches de sa machine à écrire, et même parfois en même temps. Lydia n'avait jamais rencontré quelqu'un d'aussi renseigné sur le cinéma, les films, les acteurs, les potins.

Le garçon de courses, à qui on confiait les lettres et les timbres, était malade. Le travail se révéla ennuyeux et étonnamment fatigant. Lydia évitait de regarder la pendule au-dessus du bureau tout en hauteur de M. Reynolds. Elle n'aurait jamais cru que le temps puisse passer aussi lentement. Peu après onze heures, une femme assez grosse en tablier vint rompre la monotonie en apportant un plateau de thé. Après quoi, M. Smethwick enseigna à Lydia la façon de répondre au téléphone. Maîtriser la salutation correcte était très important.

« Shires et Trimble. *Bonjour.* »

L'emphase devait porter sur le « bon » afin d'instaurer un climat d'optimisme et d'espoir. D'après M. Smethwick, l'intonation de la voix devait donner l'impression qu'on était mentalement dans un état d'alerte, en même temps que souriant d'une façon accueillante.

À une heure, Lydia alla au vestiaire prendre son chapeau et son manteau. La machine à écrire marqua un temps d'arrêt. Elle entendit Miss Tuffley discuter avec M. Smethwick.

« … se croit descendue de la cuisse de Jupiter. À mon avis, elle… »

Le bruit de la machine à écrire couvrit la fin de la phrase et réduisit la réponse de M. Smethwick à un grondement confus. Lydia mit son chapeau et retourna dans la salle. M. Smethwick lui demanda de mettre à la poste les lettres qu'elle avait si soigneusement timbrées.

« Vous pensez pouvoir le faire, Mme Langstone ? »

Elle descendit et ouvrit la porte sur la rue. Elle était tellement épuisée et furieuse qu'elle avait envie de pleurer. Dehors, c'était la liberté, mais pour une heure seulement. Elle s'arrêta un moment dans l'encadrement de la porte et contempla le trottoir gris, un taxi, le mur est de la chapelle, et le ciel gris. C'était donc à cela que ressemblait le paradis. Être loin de Shires and Trimble.

Quand elle posa le pied sur le trottoir, la vitre arrière du taxi se baissa. Une femme mince et élégante dévisagea Lydia qui s'arrêta net.

« Bonjour, Lydia, dit la femme, interrompant prématurément son rêve de liberté.

— Bonjour, Maman », dit Lydia.

L'Alforde Arms était l'unique pub de Rawling. Rory mangea du pain et du fromage près du feu dans le salon bar, et arrosa le tout avec une demi-pinte de bière pression. En Inde, il rêvait souvent de pouvoir passer une journée comme celle-ci – avec un déjeuner simple dans un pub de village, des bûches se consumant dans une cheminée, une promenade dans la boue sous un ciel gris d'hiver peuplé de corbeaux.

Tout en mangeant, il rédigea dans sa tête le rapport qu'il allait faire au sergent Narton quand ils se verraient dans la soirée. Il serait succinct : le vicaire avait reçu une lettre de New York supposée venir de Philippa Penhow ; elle aurait effectivement pu l'écrire ; et si elle était authentique, elle constituait une explication plausible pour sa disparition et son silence, compte tenu surtout de la honte qu'elle avait dû éprouver à la pensée d'avoir laissé Serridge la séduire. On ne pouvait aussi écarter le fait que M. Gladwyn semblait avoir de la sympathie pour M. Serridge. Enfin – et c'était le seul élément troublant qu'il avait relevé – le capitaine Ingleby-Lewis avait vendu la ferme de Morthams à Serridge. Le père de Lydia Langstone était donc bien impliqué là-dedans, d'une façon ou d'une autre. Décidément, toute cette affaire avait pris une autre dimension, et même son rôle n'était pas celui qu'il avait prévu.

Après le déjeuner, il commanda une deuxième demi-pinte. Le propriétaire semblait disposé à bavarder, tout en restant à l'écoute des ouvriers agricoles qui discutaient dans l'autre bar.

« Vous êtes en vacances ? demanda l'homme.

— Oui, juste une journée. J'avais envie de me détendre et de respirer l'air de la campagne.

— Je pensais bien que vous étiez de la ville. Ça se voit toujours. De Londres, peut-être ? »

Rory acquiesça.

« C'est quand même étrange, dit le tenancier, en posant ses coudes sur le comptoir qui les séparait. Pour vous, une journée de détente consiste à venir ici. Pour nous, la détente, c'est d'aller en ville.

— L'herbe est toujours plus verte ailleurs, n'est-ce pas ? » dit Rory en prenant son verre, et en se détournant.

Mais le propriétaire n'allait pas se laisser faire aussi facilement.

« Ce que je veux dire, c'est que les êtres humains sont nés insatisfaits. Ils veulent toujours autre chose, quelque chose qu'ils n'ont pas.

— C'est très vrai. »

Rory regarda par la fenêtre : la lumière baissait déjà et il y avait des gouttes de pluie sur la vitre.

« À présent, je l'avoue, je n'ai pas très envie de retourner à pied à Mavering.

— Vous allez à la gare ? »

Rory acquiesça.

« Ce n'est pas long, dit le propriétaire. Vingt minutes à peine en marchant vite.

— Il m'a fallu plus de temps pour venir.

— Par où êtes-vous passé ? »

Rory décrivit son parcours de son mieux.

« C'est le chemin le plus long.

— Quelqu'un m'a indiqué cette direction.

— Si vous suivez le chemin et prenez le portail sur la gauche, le trajet est bien plus court. À moins qu'il ne soit fermé pour une raison quelconque. »

Le tenancier tourna la tête et cria en direction des ouvriers dans le pub.

« Jim ? Rien n'empêche de prendre le sentier à Mavering, n'est-ce pas ?

— Lequel ? répondit quelqu'un dans un éclat de rire.

— Celui qui passe devant chez les Narton, espèce d'imbécile.

— Il n'y avait pas d'empêchement ce matin. Je suis passé par là.

— Les Narton ? releva Rory brusquement. Qu'est-ce que c'est ?

— La maison de M. et Mme Narton, dit le tenancier. Le sentier prend sur la gauche, juste après. Suivez-le et vous arriverez à l'église de Mavering, c'est par où vous êtes venu mais en plus rapide. Cela vous facilitera la vie, pas vrai ? »

« Tu es affreusement pâle, ma chérie. Tu es sûre que tu te nourris bien ?

— Oui, merci, Maman, dit Lydia. Je n'ai pas beaucoup de temps – je dois trouver quelque chose à manger et mettre ces lettres à la poste. »

Lady Cassington regarda la pile de lettres soigneusement timbrées posée entre elles sur la banquette arrière du taxi.

« Tu as vraiment trouvé un travail ? »

À l'entendre, on aurait pu croire qu'il s'agissait d'une affreuse maladie de peau.

« Oui.

— C'est curieux. Marcus n'a pas interrompu ta pension, ça, je le sais – il me l'a dit lui-même. Considère que tu as de la chance, ma chérie. Il y a des hommes qui n'hésiteraient pas une minute.

— Je ne veux pas de son argent.

— Balivernes. De toute façon, tu devrais retourner chez toi. Je ne comprends pas où tu as été chercher toutes ces idées farfelues. La place d'une femme est aux côtés de son mari.

— Tu n'es pas restée aux côtés du tien », lui fit remarquer Lydia.

Lady Cassington la regarda fixement.

« Je veux dire aux côtés de mon père, dit Lydia.

— Les circonstances étaient différentes. Tu as vu quel genre d'homme est ton père. »

Par la vitre, Lydia aperçut des étudiants avec des écharpes de couleurs vives et des piles de livres sortant de la bibliothèque. Le taxi traversait les places tranquilles de Bloomsbury en direction du nord. Lady Cassington inséra une autre cigarette dans son fume-cigarette en écaille de tortue. Lorsqu'elle reprit la parole, sa voix était plus douce.

« Marcus m'a dit t'avoir informée qu'il rejoignait les fascistes. »

Lydia acquiesça.

« De toute évidence, il les impressionne – c'est exactement le genre de recrue qu'ils cherchent. L'autre soir, Tom Mosley m'a avoué que s'ils avaient davantage d'hommes jeunes comme Marcus, ils pourraient former un gouvernement en dix-huit mois. Fin pense que Mosley est l'homme de l'avenir, et que, pour la famille, ce serait une bonne chose d'avoir quelqu'un au sein du mouvement. Au début, Marcus travaillera avec Rex Fisher, il sera donc en de bonnes mains.

— Comment va Fin ? demanda Lydia, en essayant de mettre la conversation sur son beau-père.

— Très bien, merci. Il t'embrasse. Il est ravi pour Marcus, bien sûr. »

Sa mère s'éternisant sur le sujet, Lydia regarda à nouveau les étudiants. Elle se demanda ce qu'elle serait devenue si elle avait pu aller à l'université. Elle aurait pu trouver un bon emploi. Elle aurait pu gagner cinq cents livres par an et avoir une chambre à elle. Sa vie aurait été pleine de gens menant des vies intéressantes et simples, dégagées des habitudes, des contraintes et des biens qui régissaient l'existence de famille comme les Langstone et les Cassington.

« À propos de Rex Fisher, continua sa mère, je crois qu'il s'intéresse à Pammy. »

Lydia cligna des yeux.

« Il pourrait être son père.

— Quelle importance ? Fin est plus âgé que moi aussi. Je crois que le mariage peut gagner en stabilité quand l'homme est plus âgé. »

Pour Lydia, la stabilité était le cadet des soucis de sa sœur.

« Tu crois qu'il plaît à Pammy ? dit-elle.

— Je sais ce que tu penses. Les Fisher ne sont rien, malgré leur titre. On voyait le vieux Fisher de temps à autre, mais personne n'a jamais rencontré la mère. Rex est bien, lui, par contre. Savais-tu qu'il était allé à l'école avec Wilfred Langstone ? Apparemment, ils étaient très proches. En tout cas, Fin trouve que lui et Pammy iraient bien ensemble, et moi aussi. En plus ils sont très riches. Cela met un point final à la discussion. »

Lydia regardait fixement la nuque du chauffeur de taxi de l'autre côté de la séparation en verre. Le taxi fit le tour d'une autre place souillée par les pigeons avec des maisons en briques grises typiquement londoniennes tout autour. Elle inspira profondément.

« Le fait est que je ne veux pas retourner auprès de Marcus. J'ai fait l'erreur de l'épouser.

— Ne dis pas de sottises, ma chérie. Beaucoup de gens ont cette impression, surtout après une dispute sérieuse. On peut comprendre qu'on se fâche. Mais il faut laisser le passé où il est. Si Marcus entre en politique, il lui faudra une femme pour recevoir. S'il accède au Parlement, et il n'y a aucune raison pour qu'il n'y arrive pas, il aura encore plus besoin de toi.

— Marcus au Parlement ? J'ai du mal à l'imaginer.

— Fin dit que ce n'est plus qu'une question de temps avant que les fascistes n'obtiennent quelques sièges. Et si Marcus voulait se présenter à Lydmouth, Fin pourrait lui être d'une grande aide. »

Lydia regarda sa montre.

« Je dois retourner au bureau. Tu pourrais me déposer à Holborn Circus.

— Tu réfléchiras à tout ça ? Promis ?

— Je te le promets.

— Marcus fait preuve de beaucoup de patience. Mais c'est un homme, tu sais, et les hommes ont des besoins.

— Les femmes aussi.

— C’est très vrai, ma chérie. Quoique, selon mon expérience, ce soit un peu différent pour nous. En tout cas pour moi. Pour être tout à fait franche, je doute qu’une femme puisse assouvir ses besoins dans Bleeding Heart Square. »

9

Vous lisez et relisez ces lignes. Était-ce uniquement une façon de se procurer de l'argent ? Ou bien Serridge y a-t-il aussi trouvé du plaisir ? En a-t-il toujours retiré du plaisir ?

Mercredi 19 février 1930

Un jour à marquer d'une pierre blanche ! Je suis dans un tel état d'excitation que je peux à peine tenir mon stylo. Nous sommes allés à Hampstead Heath cet après-midi pour nous promener sur Parliament Hill, et prendre ensuite une tasse de thé au café au pied de Pond Street Dieu le sait, je ne m'attendais à rien d'autre qu'à un agréable après-midi. Mais je n'ai jamais été aussi surprise de ma vie – non pas une fois, mais deux ! !

Nous avons gravi la colline, tout en parlant de choses et d'autres. Le ciel était gris, et il y avait un vent froid. Le major Serridge me paraissait un peu distrait. En haut de la colline, nous nous sommes arrêtés pour contempler en contrebas la grande ville enfumée. Et soudain, comme par magie, le soleil a percé. Il m'a désigné le Monument, le dôme de St Paul, le fleuve, et ce qu'il disait être les North

Downs au loin, que je distinguais à peine. Puis, il déclara tout de go que je devais être le genre de personne à avoir une affinité avec les animaux. Je lui avouai que j'avais pensé la même chose de lui. Il continua d'une grosse voix en disant qu'il espérait ne pas m'offenser avec le petit cadeau qu'il avait pour moi.

Il tourna les yeux vers un homme un peu plus bas sur le flanc de la colline, dont on apercevait seulement la tête et les épaules. Le major lui fit un signe de la main ; l'homme le salua et se dirigea vers nous. Quand il se rapprocha, je vis qu'il tenait une laisse avec, au bout, le chien le plus adorable du monde.

Dès qu'il me vit, le chien se mit à tirer sur sa laisse et à aboyer. Un instant plus tard, il reniflait mes bottes. Le major Serridge prit la laisse des mains de l'homme, qui s'en alla aussitôt Le chien agitait furieusement la queue. Ses yeux brillaient d'intelligence et de malice. Le major Serridge me demanda s'il me plaisait. Je lui répondis bien sûr. Comment en aurait-il pu être autrement ? Je lui demandai quel était son nom. Il me dit que cela ne tenait qu'à moi. Quand je lui dis que je ne comprenais pas, il me répondit que c'était MON chien !

Je lui dis qu'il ne devait pas se moquer de moi, qu'il savait bien qu'on n'admettait aucun animal au Rushmore Hotel, même un adorable petit chien comme celui-ci. Il me dit de ne pas m'inquiéter. Il s'assurerait qu'on s'occuperait bien de lui « jusqu'à ce que vous ayez une maison à vous ».

Il me remit la laisse, et je ne pus m'empêcher de me pencher pour caresser ce cher petit chien, qui s'avéra être un mâle. Il voulait me lécher, le petit chéri.

Soudain, le major dit qu'il avait un « plan qui supprimerait tous les obstacles ». Je me relevai, disant que je ne *comprenais pas. Le petit chien avait enroulé sa laisse autour de mes jambes.*

À mon grand étonnement, le major Serridge mit un genou en terre, là, en haut de Parliament Hill ! Je me souviens presque mot pour mot de ce qu'il me dit ensuite, tellement ses paroles sont gravées dans ma mémoire. « Ma chère – je peux vous appeler Philippa, n'est-ce pas ? – je sais qu'entre nous, il existe de nombreux obstacles. Vous êtes en tous points tellement au-dessus de moi. Même si vous étiez consentante, je sais que pour l'instant nous ne pouvons nous marier aux yeux des hommes. Mais pourriez-vous au moins envisager que nous nous unissions aux yeux de Dieu ? »

Jusqu'à quel point peut-on vraiment se fier au récit de Philippa Penhow. Ses lunettes roses étaient tellement épaisses qu'elle en était quasiment aveugle. Peut-être, comme tout un chacun, n'avait-elle vu et entendu que ce qu'elle voulait voir et entendre.

*
* *

Le Lamb était moins encombré que la veille, peut-être en raison de l'heure tardive. À part un groupe d'étudiants bruyants d'University College dans un coin, les conversations étaient rares. La plupart des gens buvaient tranquillement en lisant les journaux du soir.

Le sergent Narton était en retard, et Rory s'installa avec sa bière à la table qu'ils avaient précédemment occupée. Il contempla le feu dans la cheminée d'un air morose. En venant de Bleeding Heart Square, il avait appelé Fenella depuis une cabine téléphonique pour lui demander s'il pouvait passer la voir plus tard dans la soirée. Prétextant la fatigue, elle lui avait dit qu'elle allait se coucher tôt.

« Tu peux venir demain soir si tu veux », avait-elle dit.

Il avait l'impression qu'au fond, cela lui était égal.

Il leva les yeux au moment où la porte d'entrée s'ouvrait. Narton entra, scruta la salle, et alla au bar commander une demi-pinte de bière douce-amère. Il l'apporta à la table de Rory.

« Vous n'avez pas l'air très enthousiaste », remarqua-t-il.

Rory haussa les épaules, indifférent à l'avis de Narton.

« Alors ? »

Narton fixait Rory par-dessus le bord de son verre.

« Vous avez trouvé quelque chose ?

— Chez le vicaire ? Oui et non.

— Que voulez-vous dire ? Avez-vous pu voir la lettre ?

— Ça oui. Je l'ai comparée avec l'échantillon que j'avais trouvé dans la commode. Je ne suis pas un expert en la matière, mais la même personne aurait effectivement pu écrire les deux.

— Aucune adresse ?

— Grand Central Station.

— Ce qui ne nous est d'aucune utilité, dit Narton. Qu'en est-il de l'enveloppe et du timbre ?

— Ils m'avaient l'air parfaitement authentiques.

— Ces choses-là peuvent être imitées.

— J'en suis persuadé, dit Rory, un peu las. Mais je ne suis pas seul en l'occurrence, n'est-ce pas ? Le vicaire a fini par m'avouer que la police avait fait venir un expert pour l'examiner, et que celui-ci n'avait rien trouvé d'anormal non plus.

— Le fait est que le soi-disant expert n'a pas nécessairement fait preuve de bonne volonté, dit Narton.

— Je ne vous suis pas. »

Le policier se gratta le poignet.

« Je ne crois pas que notre enquête concernant la disparition de Miss Penhow ait été aussi approfondie qu'elle aurait pu l'être. Cela entre nous, vous comprenez. Mais attention, je ne parle pas d'irrégularités. Je dis seulement que certains inspecteurs ont jugé que rechercher Miss Penhow était une perte de temps et d'argent. Pas de cadavre, voyez-vous. Absolument rien de suspect, sinon le fait qu'elle avait disparu du jour au lendemain. Mais cela ne constitue pas un crime. Il est vrai qu'elle avait vendu beaucoup d'actions au cours du mois précédant son départ. Une partie a dû être utilisée pour acheter la ferme pour Serridge. Mais pas tout. Réaliser son capital n'a de sens que si on va commencer une nouvelle vie.

— Dans ce cas, pourquoi êtes-vous si persuadé que quelque chose lui est arrivé ? »

Narton posa les coudes sur la table et se pencha vers Rory.

« Notamment à cause de certains indices qui montrent qu'elle n'avait aucune intention de quitter la ferme de Morthams. Cela n'a été mis au jour qu'après la clôture de l'enquête. C'est la raison pour laquelle nous l'avons rouverte.

— Quels indices ?

— Je ne peux pas vous le dire. C'est confidentiel. »

Rory s'enfonça sur sa chaise.

« Tout comme vous aviez omis de me dire que vous habitiez Rawling ? Était-ce confidentiel aussi ?

— Ne le prenez pas mal, M. Wentwood. Cela n'avait aucun rapport. Inutile de compliquer encore l'affaire. Avez-vous trouvé autre chose ?

— Juste une.

— Vraiment ? »

Un spasme parcourut le visage de Narton, comme une souffrance.

« Quoi ?

— Quelque chose que le vicaire m'a dit au moment de partir. Il a mentionné le fait que Serridge et Miss Penhow avaient racheté la ferme de Morthams au capitaine Ingleby-Lewis. Ce doit être le type de Bleeding Heart Square.

— C'est lui, en effet.

— Vous le saviez aussi ? Pourquoi ne pas l'avoir dit ? »

Narton le regarda froidement.

« Les inspecteurs de police ne livrent généralement pas tout ce qu'ils savent au public. Ce ne serait pas très malin, ne croyez-vous pas ? Mais cela est tout à fait vrai. Le domaine de Rawling Hall appartenait jadis à une famille du nom d'Alforde. Quand le patriarche est mort il y a quelques années, la famille a été obligée de vendre. La veuve a fait une crise cardiaque pendant qu'ils étaient occupés à ranger pour la vente. Le choc avait dû la tuer. La majeure partie de ce qui restait est allée à l'héritier de M. Alforde, le fils de son frère. Mais il y avait une ferme, Morthams, qui était en dehors de l'héritage, parce que M. Alforde l'avait achetée dans les années quatre-vingt-dix pour compléter le domaine. Mme Alforde avait ajouté un codicille à son testament. Elle léguait Morthams à son propre neveu.

— Ingleby-Lewis. »

Narton acquiesça.

« Il paraît que la propriété était lourdement hypothéquée. Il a eu beaucoup de mal à la vendre. Puis est arrivé Serridge, et soudain l'affaire a été conclue. »

Narton se tapota le nez.

« J'imagine d'où est venu l'argent pour l'acheter. Je parie dix contre un que Miss Penhow a payé le prix, et que Serridge et Ingleby-Lewis se sont partagé la recette. »

Il leva la main comme un agent de la circulation.

« Peut-être. Qui sait ?

— Et maintenant, Ingleby-Lewis habite dans la maison londonienne de Serridge ?

— Qui avait appartenu à Miss Penhow. C'est louche, non ? Serridge a un avocat aux ordres, un dénommé Shires, qui s'est occupé de l'achat de la ferme, et probablement d'autres transactions pour Miss Penhow et Serridge. Je parie que la plupart ont été réglées en liquide. »

Narton se frotta les yeux comme pour effacer sa fatigue.

« Quant à le prouver, c'est une autre affaire. Et c'est bien là le problème dans cette histoire. Rien de vraiment concret. On ne peut pas dire “voilà le corps, voilà le vol, voilà le crime”.

— Ne pouvez-vous pas interroger Ingleby-Lewis ?

— Bien sûr que non, répondit Narton.

— Pourquoi pas ?

— Cela révélerait tout au grand jour. D'ailleurs, il

a beau être fauché, ce n'est pas le genre d'homme à se laisser faire. Il a des amis.

— Serridge ? »

Rory pensa que derrière Serridge, il y avait Shires avec toute la puissance et la ruse de la loi.

« Pas seulement lui. Savez-vous qui est l'ex-femme d'Ingleby-Lewis ? La mère de la jeune femme ? Elle est devenue Lady Cassington. Elle a une résidence dans Mayfair et un domaine quelque part dans le West County. Ne vous laissez jamais dire que nous sommes tous égaux devant la loi, jeune homme. Parce que nous ne le sommes pas. Et la petite noblesse est la pire de toutes. Dites un mot de travers à l'un d'eux, et le monde entier vous tombe dessus. Ils sont tous apparentés. Ils veillent tous les uns sur les autres. »

Il but le reste de sa bière et s'essuya la bouche du dos de la main.

« Ce dont ce pays aurait besoin, c'est de la guillotine. C'est là où nous avons fait fausse route. Ces Français savaient y faire. »

Rory sentit la déception l'envahir. Lydia Langstone n'était pas seulement mariée – c'était une de ces femmes de la haute dont ses sœurs suivaient la vie dans des magazines. Elle avait dû être présentée à la Cour, et avoir les photos de son mariage publiées dans *Tatler*. Mais que diable faisait-elle à Bleeding Heart Square ? En fait, cela lui était parfaitement égal. Il était simplement curieux.

Narton fut pris d'une toux sèche. Il sortit une cigarette du paquet et la tapota sur la table.

« Si Ingleby-Lewis voulait bien parler, il nous apprendrait deux ou trois choses, j'en suis sûr. Mais il ne me parlera pas à moi. Il sait qui je suis.

— Vous l'avez rencontré ?

— Pendant l'enquête. Il sait que je suis policier et que j'ai participé à l'enquête concernant Miss Penhow. Mais qui sait ? Peut-être a-t-il dit quelque chose à sa fille. Peut-être pourriez-vous parler avec elle, et lui glisser une ou deux questions pour voir si elle sait quelque chose à propos de la ferme de Morthams Farm ou de Miss Penhow.

— Je ne sais pas. Cela ne me semble pas très convenable. »

Narton alluma sa cigarette et jeta l'allumette dans un cendrier.

« Un meurtre n'a rien de convenable, M. Wentwood. C'est une question de vie ou de mort. Ça, vous pouvez le comprendre, non ? »

Rory ne dit rien.

« De toute façon, je ne vais pas rester ici pour papoter. »

Narton recula sa chaise et se leva.

« Merci pour ce que vous faites, M. Wentwood. Ce n'est pas passé inaperçu auprès des autorités.

— Il y a quand même une question concernant mes dépenses, dit Rory, en essayant de dissiper sa gêne. Le billet de train, surtout. Je ne sais pas si vous couvrirez aussi le déjeuner.

— Notez tout, M. Wentwood, et donnez-moi une liste avec les reçus. Ce sera plus simple si je soumets une seule note pour vous quand tout cela sera terminé. Mais votre argent est en sécurité, vous pouvez en être sûr. C'est un des avantages de traiter avec la police.

— Je ne veux pas continuer. »

Narton noua soigneusement son écharpe autour de son cou.

« Reparlons-en d'ici un jour ou deux. Je dois voir une ou deux personnes à propos d'une ou deux choses. Vous pouvez me croire, M. Wentwood, je ferai tout pour trouver une alternative. »

Il baissa la voix.

« Maintenant rendez-moi service en gardant les yeux bien ouverts. Et ne faites pas de bêtise. Serridge est dangereux. Je ne veux pas avoir une autre mort sur la conscience.

— Que voulez-vous dire ? Qui est déjà mort ? »

Narton le regarda d'un air impassible.

« Miss Penhow, bien entendu, dit-il alors en abaissant les coins de la bouche. Vous ne pensez quand même pas que la pauvre femme est encore en vie ? »

Il releva le col de son manteau et baissa son chapeau de façon à ce que seuls ses yeux et l'arête de son nez restent dégagés. Il écrasa sa cigarette à moitié consumée et sortit du pub.

Rory fixa la cigarette cassée dans le cendrier, ainsi que les autres mégots. Il avait observé la manière dont Narton fumait. Soit il fumait ses cigarettes jusqu'à ce que le mégot lui brûle les doigts, soit il conservait ce qui n'était pas consumé pour plus tard.

Quelque chose l'avait donc ébranlé. Quelque chose sonnait faux dans son discours. Mais quoi exactement ? Et si Narton n'avait pas, en parlant de mort, voulu signifier celle de Miss Penhow, mais celle de quelqu'un d'autre ? Qui d'autre était mort ?

Herbert Narton savait qu'en encourageant le jeune Wentwood à aller à Rawling il avait pris un risque énorme. La tactique avait marché, dans un sens, mais rien n'indiquait qu'il n'y aurait pas de retour de bâton.

Et les résultats n'étaient pas tout à fait ceux qu'il avait espérés. Toutefois, comme Wentwood habitait Bleeding Heart Square, il y avait toujours une possibilité que les choses puissent progresser dans le bon sens.

Il prit le train à Liverpool Station. Il essaya de dormir pendant le trajet. Il savait qu'il devait manger, mais l'absorption de nourriture lui devenait de plus en plus pénible. Il avait l'impression de vivre d'air. C'est peut-être pourquoi il se sentait moins solide que d'habitude, presque comme s'il s'éteignait peu à peu. Tout ce qui lui restait de substantiel était le noyau dur et irréductible de sa colère. Colère ? Ce n'était pas tout à fait le mot juste. Tristesse semblait presque aussi approprié. Il y avait aussi de la peur dans tout ça, et même une dose d'amour. Aucun mot ne convenait parfaitement, et aucun ne le pourrait jamais.

Personne ne le vit descendre du train à Mavering. C'est une petite gare, et l'heure de pointe était passée depuis longtemps. Un seul homme était en service, et il était occupé avec Hinks à trier le courrier de la camionnette de la poste. Il alla jusqu'à l'église et emprunta le sentier menant à Rawling. La nuit était claire et la lune jouait à cache-cache avec les nuages. Il avait une lampe de poche mais ne l'alluma pas. Il avait si souvent fait ce chemin qu'il aurait pu le suivre les yeux bandés. Lorsqu'il arriva à l'embranchement, il prit le chemin de gauche qui était plus étroit que celui qui conduisait à Rawling Hall avant d'arriver au village. Il ralentit le pas et marcha prudemment. Le sentier était boueux, et tout lui semblait plus noir, comme si cette partie reculée de l'Essex bénéficiait de moins de lumière qu'ailleurs.

Il arriva enfin à l'endroit où la haie présentait une

ouverture d'où on pouvait voir la maison elle-même, en haut de la prairie, avec, sur sa droite, l'ensemble des bâtiments de ferme. Une lueur douce éclairait deux des fenêtres du premier étage. La ferme de Morthams. Il s'imagina être un hibou volant au-dessus de Morthams en direction de Rawling, et son regard balaya les champs entre ferme et village jusqu'à ce qu'il aperçoive le toit de tuiles de la petite grange.

Gratte la démangeaison.

Narton se demanda pourquoi il s'était donné la peine de venir. Il enfonça ses ongles dans la peau fine sous son poignet jusqu'à ce qu'il arrive à la chair en dessous – en se faisant encore saigner. Il gratta de plus en plus fort jusqu'à avoir mal. Pendant qu'il se grattait, il laissa son regard errer d'un côté à l'autre de la prairie. L'herbe était d'un gris très foncé.

Cela l'avait soulagé. Il lécha le sang, chaud et salé. L'humidité lui rafraîchissait la peau.

C'était toujours là, pensa-t-il, sous le champ tacheté par la lumière de la lune. Tout ce qui était arrivé, couche après couche, parce que rien ne disparaissait jamais. Bleeding Heart Square aussi était rempli de couches, des couches de sang, comme la grange. Surtout la grange.

La prairie était pleine de formes changeantes. Une fille apparut, en équilibre sur une bicyclette, descendant la pente du champ vers la maison de la ferme. Il entendit son rire haut perché et excité, sachant qu'il n'était pas l'objet de son attention, pas plus que le champ, ni même la bicyclette, mais une autre ombre à ses côtés.

« Je suis fou de rester ici », dit Narton à haute voix.

Toutes ces couches de sang qu'on ne pourrait jamais effacer.

Son ouïe était particulièrement aiguisée. Il entendit tinter un harnais dans un des bâtiments de la ferme. Un chien se mit à aboyer, mais il ne savait pas si cela venait de la maison ou de la cour. La grange par contre devait être vide.

Vide de vivants. Pleine de morts.

Subitement, une idée lui passa par la tête, se tapit au fond de son cerveau, germa, prit racine et s'épanouit. Le tout en un instant. Parfois, pensa-t-il, il ne reste plus à l'homme que sa folie. Pas étonnant qu'il s'y accroche.

Lydia prépara des toasts au fromage pour le dîner, en suivant les instructions détaillées que Mme Renton lui avait fournies. Elle avait acheté une bouteille de bière blonde légère pour ajouter au fromage pendant qu'il fondait dans la poêle, mais le capitaine Ingleby-Lewis l'avait trouvée avant qu'elle ne puisse s'en servir. Elle déblaya les deux tiers de la grande table pleine d'entailles de la salle à manger et servit le repas dans des assiettes assorties, dont l'une était légèrement ébréchée.

C'était la première fois qu'elle faisait un vrai repas en compagnie de son père, et avec la lumière douce qui régnait de ce côté de l'appartement, la pièce ressemblait presque à une pièce normale dans une maison normale. Son père la complimenta pour sa cuisine. Bien qu'il n'ait cessé de boire de la bière sans interruption depuis le déjeuner, il avait atteint un stade qui lui permettait de paraître, au moins pour le moment, affable et suffisamment maître de lui-même.

« C'est agréable, non ? dit-il en reposant son couteau

et sa fourchette sur son assiette. Tu fais montre de talents surprenants, ma chérie.

— Merci.

— Comment t'es-tu débrouillée chez cet avocat ?

— Le travail est plutôt rasoir.

— Je ne sais pas comment font ces types. Rester assis dans un bureau toute la journée à remuer des papiers. Ça me rendrait fou. »

Il se caressa la moustache en signe d'approbation.

« Décidément, Dieu ne m'a pas créé pour être un employé de bureau.

— Père, je voudrais vous demander quelque chose. »

Ce *Père* sonnait toujours curieusement à ses oreilles.

« À propos de ces cœurs.

— Hein ? Quoi ?

— Ceux qui ont été envoyés à M. Serridge par la poste. Depuis que je suis ici, il en a reçu deux. Y en a-t-il eu d'autres ?

— Peut-être, dit le capitaine Ingleby-Lewis prudemment. Je serais incapable de le dire.

— Quand cela a-t-il commencé ?

— Je n'en sais rien. »

Il leva les yeux au plafond. « Il y a un ou deux mois ?

— Mais pourquoi quelqu'un ferait-il ça ? »

Ingleby-Lewis fut pris d'une quinte de toux. Une fois calmé, il alluma une cigarette.

« Un fou, ma chérie. Le monde en est plein. Suis mon conseil : dépêche-toi d'oublier tout cela.

— Ce n'est pas facile. Y a-t-il… y a-t-il quelque chose concernant M. Serridge que je devrais savoir ?

— C'est un homme très bien, dit Ingleby-Lewis. Je le connais depuis des années. Pas exactement un gentleman, bien sûr, mais on ne peut pas le lui reprocher. Si tu veux mon avis, on raconte beaucoup de sottises à son propos. Ah, zut, il va falloir que je sorte acheter des cigarettes. »

À ce moment-là, on frappa à la porte.

« Entrez », cria Ingleby-Lewis qui se leva péniblement.

La porte s'ouvrit. Malcolm Fimberry était sur le seuil avec une bouteille de vin à la main.

« Oh, s'écria-t-il. Désolé de vous déranger. Je – je voulais ouvrir une bouteille de vin et j'aurais aimé vous emprunter un tire-bouchon.

— Ah, du vin ? »

Ingleby-Lewis bondit vers lui.

« Rien de plus simple, mon vieux. Entrez et asseyez-vous. Lydia, ma chérie, peux-tu trouver un tire-bouchon dans la cuisine pour M. Fimberry ?

— Si vous vouliez bien prendre un verre avec moi, proposa Fimberry, j'en serais très heureux.

— Très aimable à vous. »

Ingleby-Lewis lui tapa sur l'épaule et lui prit la bouteille des mains.

« Alors trois verres, s'il te plaît, Lydia. Ah, un beaujolais, je vois. Quelle sagesse. Vous avez tout à fait raison, bien sûr – boire en solitaire n'est pas quelque chose qu'il faut encourager. D'ailleurs, il n'y a guère de plaisirs plus grands dans la vie que de boire un verre de vin entre amis. »

Lorsque Lydia revint avec trois verres dépareillés et un tire-bouchon, elle trouva son père et M. Fimberry assis de part et d'autre de la cheminée en train de fumer les cigarettes de M. Fimberry. Son père prit le tire-bouchon et déboucha la bouteille avec une dextérité témoignant d'une longue expérience. Il se versa une grande rasade dans le verre le plus proche.

« Pas pour moi, merci, dit Lydia.

— Allons, dit Ingleby-Lewis. Juste une gorgée. Ça te fera du bien. Ça te réchauffera. »

Il se tourna vers Fimberry.

« Ma fille est frileuse, vous savez. Surtout la nuit. »

Il versa un fond de vin dans le plus petit des verres et le tendit solennellement à Lydia. Il donna un autre verre à Fimberry et garda le plus grand pour lui. Il leva son verre pour le regarder à la lumière.

« Belle couleur. À votre bonne santé. »

Il en avala un tiers.

« J'ai ouï dire que vous aviez trouvé un poste chez Shires et Trimble à Rosington Place, Mme Langstone, dit Fimberry en se penchant vers elle. Ça doit être intéressant. De travailler pour un avocat, je veux dire.

— C'est encore un peu tôt, dit Lydia d'un ton déterminé.

— Vous êtes juste en face de la chapelle, bien sûr. D'ailleurs, pour autant que je puisse le déduire d'après le plan du XVIIIe siècle, la maison où se trouve Shires et Trimble a dû être construite en partie au-dessus du logement de l'aumônier. C'est formidable de penser aux gens qui se sont promenés ici en leur temps. La bonne reine Bess[1], Sir Thomas More, Richard III, John de Gaunt, tous ces magnifiques prélats de l'Église. L'histoire nous accompagne à chaque instant dans ce coin de Londres. Et c'est pour cela que nous avons besoin de M. Howlett pour garder notre

---

1. La reine Bess : Élisabeth Ire, fille d'Henri VIII (1533-1603), célèbre pour sa modération et… sa virginité. *(N.d.T.)*

portail, et maintenir l'ordre. Légalement, Rosington Place, Bleeding Heart Square et les alentours font partie de Rosington Liberty, et donc, de beaucoup de points de vue, ils tombent sous la juridiction de l'évêque de Rosington.

— Très vrai, dit Ingleby-Lewis. Encore une goutte ? Non ? »

Il remplit son propre verre.

« Vous devez connaître l'endroit comme votre poche. »

M. Fimberry minaudait, ses yeux paraissant énormes derrière son pince-nez.

« Oh, il est vrai qu'on raconte des histoires fascinantes à son propos. Après la Réforme, du temps où le palais était loué à l'ambassadeur d'Espagne, les morts catholiques étaient enterrés en secret sous la chapelle. On dit que les corps étaient apportés ici à Bleeding Heart Square, puis transférés à la chapelle de Rosington Place. Ils étaient inhumés secrètement à minuit, au cours de messes solennelles, sous le sol de la crypte.

— Quelle histoire extraordinaire, dit Ingleby-Lewis, son regard s'égarant à nouveau vers la bouteille.

— Personne ne sait si c'est vrai, continua Fimberry. Certains prétendent que les cortèges funéraires défilent encore certaines nuits de l'année, avec un cortège de réfractaires portant les cadavres de Bleeding Heart Square à la chapelle de Rosington. D'autres disent avoir entendu des chants provenant de la chapelle alors qu'elle est vide. Et certaines personnes sont persuadées que les corps gisent sous le square même. Il y a beaucoup de fantômes, vous savez. »

Il regarda Lydia et lui fit un petit sourire.

« Bien que je n'aie jamais pu trouver la moindre trace historique de celui que les gens disent avoir vu le plus souvent.

— En fait de fantômes, ce sont plutôt des âneries, si vous voulez mon avis, dit Ingleby-Lewis. Si jamais je rencontre un fantôme, je lui passe mon bras à travers le corps.

— Encore un peu de vin, Mme Langstone ? »

Fimberry saisit la bouteille et fit un signe en direction du verre intact de Lydia.

« Non merci.

— Merci, je vous en remercie infiniment, dit Ingleby-Lewis en tendant son verre vide.

— De quel fantôme s'agit-il ?

— Le fantôme de la femme qui perdit son cœur. »

Fimberry vida son verre et s'en versa un autre. Son visage était plus rose que jamais, en nage. Il ôta son pince-nez et frotta les verres avec son mouchoir.

« Une histoire tragique. La légende veut qu'il y ait eu un bal, un grand bal à la résidence de l'ambassadeur d'Espagne, avec des personnages royaux. On a dansé, on a bu et joué jusque tard dans la nuit.

— Ça vaut toutes les pièces de théâtre, non ? dit Ingleby-Lewis, tout heureux, en étendant ses jambes dans son pantalon lustré aux plis bien marqués.

— Il y avait là une femme particulièrement belle, Mme Langstone, continua Fimberry. On dit qu'elle avait été forcée par ses parents d'épouser un vieil homme riche. Elle ne l'aimait pas. Au cours du bal, une soirée masquée, aurais-je dû vous préciser, elle fit la connaissance d'un charmant étranger – grand, brun, avec tout ce qu'une jeune femme pouvait espérer chez un amant. Le mari était ailleurs, jouant aux cartes dans une autre pièce. La femme et le bel étranger dansèrent, burent et parlèrent toute la nuit. L'aube approchant, ils dansaient si intensément qu'ils descendirent l'escalier, sortirent et s'éloignèrent des autres invités. L'animation était telle, la foule si compacte, que personne ne se rendit compte tout de suite que la femme était partie. Jusqu'à ce qu'il fût trop tard. »

Il s'arrêta et sirota son vin. Lydia attendit, captivée malgré elle par l'histoire.

« On la retrouva le lendemain dans Bleeding Heart Square. »

Fimberry baissa la voix.

« Elle gisait morte, à côté de la fontaine, toujours vêtue de sa belle robe. Mais sa robe était – était dérangée, et le corps avait été ouvert. Son cœur sanguinolent gisait sur les pavés.

— Eh bien, dit Ingleby-Lewis. C'est fort, non ?

— Oh oui. Je suis désolé, Mme Langstone. J'espère ne pas avoir…

— Et qu'est devenu l'homme qui l'accompagnait ? demanda Lydia.

— On ne l'a jamais revu.

— Mais qui était-ce ? »

Fimberry sourit.

« On raconte que c'était le diable. »

10

Samedi 22 février 1930

Ma main tremble tellement que je peux à peine tenir un stylo. Le major Serridge – il dit que je dois dorénavant l'appeler Joseph – est arrivé en taxi à deux heures. Il m'a d'abord emmenée voir ce cher petit Jacko, qui fut si content de voir sa maîtresse. Il mit ses petites pattes couvertes de boue sur ma jupe, ce qui ne me dérangeait pas, et essaya de sauter dans mes bras. Je crois qu'il voulait vraiment que je l'emmène avec moi.

J'ai fait la connaissance de M. Howlett, le concierge en chef de Rosington Place. C'est lui qui, pour l'instant, s'occupe de Jacko : celui-ci semble être tout à fait chez lui dans cette petite maison de gardien. Le petit chéri avait l'air si triste lorsque nous sommes partis, que j'ai dû retourner à plusieurs reprises pour le caresser.

Ensuite, Joseph m'a demandé si je voulais visiter l'intérieur de la chapelle de Rosington Place. Nous sommes montés jusqu'au bout de l'impasse et cela me sembla délicieusement naturel de lui prendre le bras. Il me prit alors la main et lui imprima une petite pression.

Nous traversâmes ensuite une porte et nous avançâmes

le long d'une partie du charmant vieux cloître. Joseph me montra ce qui restait de l'escalier qui devait jadis monter vers les appartements du palais épiscopal. La chapelle elle-même est au rez-de-chaussée. Elle est étonnamment grande, plus vaste qu'il n'y paraît de l'extérieur, avec de nombreux vitraux intéressants et d'anciennes statues de saints, etc. Nous étions seuls dans cet endroit.

Après avoir visité la chapelle, Joseph me montra la crypte. Toute simple et sans décoration particulière, elle s'étend tout le long de l'édifice. D'un côté, il y a une pièce qu'on appelle l'ossuaire, dont la porte était fermée. Pour lui, cet endroit était particulièrement sanctifié. Je lui répondis que, moi aussi, je ressentais son atmosphère de sainteté.

Il sourit tristement.

« Que Dieu soit mon témoin en ce lieu sacré, dit-il, chaque mot que j'ai prononcé l'autre jour était sincère. »

Mes yeux se remplirent de larmes. Il me dit qu'il ne voulait pas m'offenser, mais qu'il me considérait comme son aimée. Ferais-je de lui l'homme le plus heureux du monde en consentant au moins à réfléchir à sa proposition d'un mariage privé ? Il ajouta que, bien entendu, dès qu'il serait libre, nous pourrions nous marier aux yeux du monde aussi bien que devant Dieu.

« Je ne suis plus tout jeune, dit-il d'une voix tremblante d'émotion. Je sens que je dois saisir mon bonheur quand il se présente. Il ne m'attendra pas. »

Son regard en disait long, et il ajouta que nous avions tous deux tiré les leçons de notre expérience.

Je savais qu'il faisait allusion à Vernon, mon amoureux perdu. N'est-ce pas étrange ? Je pensais à lui plus fréquemment maintenant Étant plus âgée que Joseph, je savais qu'il me restait encore moins de temps qu'à lui.

Aussitôt, dans ce beau lieu sacré, il posa un genou en terre et sortit de sa poche une petite boîte bordeaux. Il l'ouvrit et me la tendit. Trois diamants brillaient sur un anneau en or. C'était la plus belle bague que j'aie jamais vue.

Voici ce qu'il me dit précisément :

« Est-ce que vous – est-ce que j'ose espérer que vous consentirez un jour à devenir ma femme ? »

Je suffoquais. Je le laissai prendre ma main, ma main gauche, et retirer doucement mon gant. Il pencha sa tête grisonnante sur ma main et l'embrassa. Je tremblais violemment. De ma main droite, je caressai ses cheveux si drus pour son âge. Il laissa échapper un sanglot

Je n'ai plus la force d'écrire ce soir. Mon cœur déborde. Mon cher Joseph à moi.

La bague et la chapelle, cet affreux petit chien et toutes ces paroles écœurantes – ne comprenait-elle pas ce qui était en train de se passer ? Joseph Serridge demandait à une vieille fille de plusieurs années son aînée de venir vivre avec lui dans le péché. Croyait-elle vraiment qu'il l'aimait ? Pensait-elle vraiment que son argent n'y était pour rien ?

*
* *

Le jeudi matin, Rory se rendit à la bibliothèque de Charleston Street pour se frayer un chemin à travers la foule jusqu'au tableau d'offres d'emploi. Vivre à Bleeding Heart Square revenait plus cher que la pension de Mme Rutter, surtout à cause des repas qu'il avait à sa charge. Je dois faire des économies, se dit-il, peut-être même apprendre à faire la cuisine. Cela ne doit pas être si difficile.

Le désespoir le guettait. Les employeurs recherchaient de bons jardiniers, et des valets expérimentés, pas des reporters ou des rédacteurs. De toute façon, il fallait probablement mieux sortir à six heures du matin pour se procurer les journaux dès leur parution, plutôt que d'attendre l'ouverture de la bibliothèque. Même s'il y avait une annonce pour un emploi qui lui convenait, il serait probablement pris à l'heure qu'il était.

Histoire de se distraire, il passa en revue les ouvrages de référence. Il en vit un avec un dos rouge qui lui était familier : le *Who's Who*. Il saisit le gros volume et chercha la lettre C. À sa grande stupéfaction, le nom de *Cassington* lui sauta immédiatement aux yeux.

George Rupert Cassington, deuxième baron Cassington de Flaxern, né en 1874, études à Rugby et à St John's College, Oxford. Et ainsi de suite. Il avait eu deux fils de sa première femme, morte en 1904, et une fille, Pamela, de sa seconde femme, Elinor, épousée en 1908. Suivaient trois adresses : 21 Upper Mount Street dans Mayfair, Monkshill Park, près de Lydmouth, et Drumloch Lodge, Inverness-shire.

Rory referma le livre. Il en avait appris un peu, mais pas suffisamment. La fièvre le saisit. Pas exactement une fièvre – plutôt une faim pernicieuse : enfant, il avait volé une boîte de chocolats à sa sœur aînée, l'avait emportée au fond du jardin, et en avait enfourné le contenu avec une hâte furtive qui n'avait rien à voir avec le plaisir ; en mangeant, il savait parfaitement qu'il n'allait pas tarder à être malade et que son larcin le ferait punir.

Il prit ensuite *Debrett's Peerage, Baronetage, Knigh-*

tage and Companionage[1]. Les Cassington y figuraient à nouveau, avec cette fois, davantage d'informations sur la seconde épouse du noble. Elle avait épousé en premières noces le capitaine Ingleby-Lewis, dont elle avait divorcé en 1907, et de qui elle avait eu une fille, Lydia Elizabeth. Cherchant alors les Langstone, il la trouva de nouveau, épouse de Marcus Scott Langstone. Elle était née en 1905. Elle avait donc vingt-neuf ans, bien que paraissant plus jeune que son âge. Marcus était plus âgé. Pas d'enfants encore. À Londres, ils habitaient 9 Frogmore Place, Lancaster Gate – une adresse moins prestigieuse que celle des Cassington, pensa Rory –, et à Longhope House dans le Gloucestershire. Langstone était allé à Marlborough.

Rory jura sous cape, et un clochard assoupi à la table en face de lui ouvrit un œil. Il avait beau vivre en ce moment sous le même toit que Lydia Langstone, ils appartenaient à deux mondes différents. Non pas que cela eût la moindre importance, puisqu'elle était mariée, et d'ailleurs lui-même se considérait toujours fiancé à Fenella, quoi qu'en dise celle-ci. Ce qui l'agaçait, c'était la disparité entre eux. Lui était contraint de vivre dans un endroit comme Bleeding Heart Square parce qu'il était pauvre, et même de plus en plus. Mais pour Lydia, compte tenu de ses antécédents, la pauvreté devait être un jeu. Les Français avaient une phrase pour cela, comme ils avaient une phrase pour tout : elle vivait *en bon socialiste*, jouant à être pauvre et ordinaire, ce qui était une véritable insulte pour ceux qui étaient réellement pauvres et ordinaires.

1. *Debrett's Peerage* : livre de référence de l'Héraldique européenne datant de 1909. *(N.d.T.)*

Tout comme ce Dawlish dont Fenella était tellement éprise.

Mais était-ce la véritable raison de sa colère – une simple jalousie, injustifiable ? Rory referma le livra violemment. Le clochard ouvrit grands les yeux.

Au moment où Rory se levait, Lydia entra dans la salle de lecture. Pendant un instant, il se sentit coupable, comme un écolier pris en flagrant délit, et serra le livre contre sa poitrine comme s'il voulait le lui cacher. Elle l'aperçut, lui fit un signe de la tête et se tourna pour prendre une revue, *The Lady*, dans le porte-revues près de la fenêtre. Il reposa le livre sur l'étagère, saisit son chapeau et sortit. Elle ne leva pas les yeux.

Une chape de pluie recouvrait la ville. Ce qui était parfaitement en accord avec son humeur. Il erra jusqu'à Holborn et se laissa entraîner par la foule en direction de l'ouest. Pourquoi, bon sang, Lydia habitait-elle Bleeding Heart Square au lieu de vivre confortablement dans Bayswater ? Une véritable énigme, et le moyen idéal en tout cas pour oublier son incapacité à décider de son propre avenir.

Le temps d'arriver à Regent Street, la pluie s'était arrêtée. Il traversa la voie, et entra dans Mayfair. Un taxi, passant sur un trou d'eau dans la chaussée, aspergea le bas de son unique pantalon convenable. Il jura à haute voix, et son accès de colère le fit penser à autre chose. Tout à coup, il avait envie de savoir où Lydia Langstone avait habité, d'avoir un aperçu du monde auquel elle avait tourné le dos.

Upper Mount Street était bordé de maisons géorgiennes qui avaient dû être identiques au moment de leur construction, mais qui s'étaient depuis longtemps modifiées au gré des fortunes et des caprices des différents propriétaires. Le numéro vingt et un avait un bow-window au rez-de-chaussée, et une Daimler garée devant une porte pourpre dont les éléments en cuivre brillaient d'un éclat discret et luxueux. Des lauriers en pots parfaitement symétriques montaient la garde de chaque côté de la porte. La Daimler avait des rideaux bleu pâle sur les vitres arrière. Un chauffeur en livrée nettoyait le pare-brise.

Rory marcha sans se presser sur le trottoir opposé jusqu'au bout de la rue. Comme dans un roman policier, il fit semblant de poster une lettre dans la boîte pour détourner le moindre soupçon. Il traversa la rue et alluma une cigarette. Au moment où il jetait l'allumette dans le caniveau, la porte du numéro vingt et un s'ouvrit et deux hommes sortirent.

Le premier était petit et assez âgé, avec un visage très ridé. Il portait un chapeau haut de forme et un manteau noir. Le deuxième, plus grand et plus jeune, était blond, avec des épaules larges, un teint pâle et de grands yeux bleus qui se posèrent en passant sur Rory puis se détournèrent.

Le chauffeur ouvrit la portière arrière. À cet instant, la domestique sortit de la maison en courant, tenant une mallette qu'elle remit au plus jeune des deux hommes.

« Vous oubliez toujours quelque chose, lui dit son compagnon en riant bruyamment. Je dirai à Ellie que votre mémoire est pire que la mienne. »

Rory fit demi-tour dans la rue. Étaient-ce Lord Cassington et Marcus John Scott Langstone, le mari de Lydia ? Il était étrange de pouvoir mettre des visages probables sur des noms qui, à peine une heure auparavant, se réduisaient à des mots dans un livre de référence, des abstractions, rien de plus. Ellie devait être Elinor, Lady Cassington. Il n'avait jamais entendu parler d'eux – aucun ne le connaissait, aucun ne lui avait fait de mal – et pourtant il se sentit pris d'une agressivité farouche qui lui fit serrer les poings dans les poches de son manteau.

Peut-être le sergent Narton et les amis bolchos de Fenella avaient-ils raison, après tout. Pendez les salopards aux lampadaires. Mais épargnez-en quand même quelques-uns qui vivent *en bons socialistes*.

Lydia but son thé qui était doux et fort et semblait avoir été parfumé avec du cirage pour bottes. Elle fuma une cigarette puis se replongea dans la tâche que M. Shires lui avait confiée ce matin-là. Son travail consistait à passer en revue une liste de noms de personnes n'ayant pas acquitté leurs factures, et à leur téléphoner pour leur demander s'ils avaient bien reçu leur note. Qu'ils répondent oui ou non, Lydia devait leur dire qu'une nouvelle facture leur serait adressée, et que Shires et Trimble leur saurait gré de régler dans les plus brefs délais.

« Ensuite, on leur donne encore deux semaines pour mijoter dans leur jus avant de les menacer d'une procédure légale, lui avait dit M. Shires, avec une pastille de menthe dans la joue gauche qui lui faisait une boursouflure désagréable. C'est une affaire éreintante, Mme Langstone, je dois vous l'avouer. Le problème n'est pas la loi. Ce sont les satanés clients. Allez-y maintenant, et rapportez-moi la liste à l'heure du déjeuner. Notez la réaction de chacun. La moitié vous dira que le chèque est au courrier. Ils doivent nous croire nés de la dernière pluie, n'est-ce pas ? »

Lydia écrasa sa cigarette et prit le téléphone. Il était connecté avec une petite centrale installée dans le bureau extérieur qui servait aussi pour les lignes personnelles des associés dans leurs bureaux privés. Les connexions s'emmêlaient parfois, et elle entendit la voix de M. Shires.

« … on ne peut pas exclure la possibilité, disait M. Shires.

— Pourquoi pas ? »

Lydia reconnut la voix de Serridge.

« Désolée », dit Lydia, en raccrochant.

La porte du bureau privé s'ouvrit.

« Mme Langstone ? Venez dans mon bureau. »

Elle suivit M. Shires dans la pièce.

« Fermez la porte. »

Il s'assit à son bureau et attendit qu'elle se soit exécutée.

« Comment vous adaptez-vous ?

— Bien, je pense, dit Lydia avec un petit sourire. Mais je n'en suis pas le meilleur juge.

— On me dit que tout va bien sur ce plan jusque-là. Il est encore un peu tôt toutefois. »

Il la regarda et cligna de ses yeux humides.

« Je suppose que c'était vous au téléphone tout à l'heure.

— Oui. » Elle hésita un instant et ajouta « monsieur ».

« Il faut qu'un ingénieur vienne réparer ce téléphone. Demandez à M. Smethwick de s'en occuper tout de suite. »

Shires lui adressa un sourire glacial.

« Au fait, j'étais au milieu d'une conversation confidentielle. Avez-vous entendu quelque chose ?

— Non, monsieur. Dès que j'ai réalisé que vous étiez au téléphone, j'ai raccroché. »

Il ne la quittait pas des yeux. Tentée de changer de jambe d'appui, elle se retint et ne détourna pas le regard. Cet examen dut lui convenir car il acquiesça et sourit.

« Très bien, Mme Langstone. Retournez à votre travail. Et n'oubliez pas de transmettre mon message à M. Smethwick. »

Elle sortit de la pièce en se demandant s'il l'avait crue. Elle fit part de sa demande à M. Smethwick.

« OK ! D'accord ! »

Il la regarda avec gentillesse et dit :

« Vous en êtes ressortie entière ? Il a failli étrangler Lorna lorsque sa ligne s'est emmêlée. »

Miss Tuffley minaudait fièrement en silence.

« Cela aurait pu être pire, dit Lydia.

— Le vieux Shires peut être odieux quand il le veut, chuchota Miss Tuffley. À le voir, on ne le croirait pas, mais il a un incroyable côté méchant.

— Chut », ordonna M. Reynolds, le clerc principal, en les toisant par-dessus ses lunettes en écaille de tortue.

Miss Tuffley adressa un clin d'œil à Lydia avant d'incliner sa tête luisante sur son travail.

À midi et demi, M. Shires sortit déjeuner, fermant soigneusement à clé la porte de son bureau privé. Entre treize heures et treize heures trente, Lydia se retrouva seule dans le bureau, ce qui devait être une marque de confiance.

M. Reynolds mettait à jour les comptes, et avait laissé le registre de comptabilité sur son bureau en hauteur. Pour tromper son ennui, Lydia ouvrit le gros livre. M. Serridge avait dû parler à M. Shires pour la faire engager. Ce matin, elle avait entendu les deux hommes au téléphone. Serridge était certainement un client du cabinet, peut-être à l'occasion de l'achat du 7 Bleeding Heart Square. Cela devrait être facile à vérifier.

Le registre était déjà rempli aux trois quarts, et les comptes remontaient à 1927. Le clerc principal avait une belle écriture, droite, élégante et facile à lire. Lydia parcourut les pages en revenant en arrière. Son regard balayait les colonnes qui listaient les noms des clients, passant de plus en plus vite les années en revue, s'accoutumant peu à peu à sa tâche, jusqu'à décembre 1927.

Puis elle referma le registre en soupirant et s'étira pour soulager ses épaules endolories. Elle n'avait trouvé aucune mention de M. Serridge. Pas plus, d'ailleurs, que de Miss Penhow, la femme qui avait été propriétaire de la maison, la femme qui était partie.

*

* *

Lorsque Rory arriva, Fenella était en train de faire la vaisselle dans la cuisine. Elle portait un tablier chasuble et ressemblait à une enfant jouant à la grande personne. Il prit un torchon et essuya un couteau.

« As-tu déjeuné ?

— Je n'ai pas eu le temps.

— Peut-être que, tout à l'heure, nous pourrions manger quelque chose ensemble. »

Elle reposa une casserole sur l'égouttoir en bois avec violence, mais ne répondit pas.

« Qu'y a-t-il ? demanda Rory.
— Juste une facture de gaz. Elle est plus élevée que je ne l'avais prévu dans mon budget.
— Je peux t'aider si tu veux. »
Elle lui sourit.
« J'étais certaine que tu dirais ça. Tu es très gentil.
— On dirait une épitaphe, dit Rory. Alors, je peux ?
— Non. »
Il savait que son refus n'était pas seulement une question d'argent.
« Où vont les couverts ?
— Toujours au même endroit. Tiroir de gauche du buffet. Qu'as-tu fait ? »
Rory ne voulait pas avouer qu'il avait passé la matinée à traîner dans Londres, et à chercher l'endroit où avait habité Lydia Langstone, tout en étant furieux contre les riches qui jouent à être pauvres.
« J'ai continué à chercher un emploi. Cela n'a rien donné mais j'ai un ou deux fers au feu.
— Ce n'est pas très drôle, non ?
— Que veux-tu dire par là ?
— Chercher partout pour de l'argent. »
Fenella lança la lavette dans l'eau savonneuse.
« Je déteste être pauvre. J'ai besoin d'une bonne fée. »
Comme si son souhait allait être exaucé, une sonnette retentit à la porte.
« C'est peut-être elle, dit Rory. J'y vais. »
Il lui fit un sourire ironique, histoire de prendre la chose à la légère.
« Es-tu à la maison ?
— Je suis toujours à la maison », dit-elle.
Rory alla dans l'entrée et ouvrit la porte. Un homme

se tenait sur le seuil, chapeau à la main. Il sourit à Rory de cette façon charmante et légère qu'ont les hommes habitués à être aimés. C'était Dawlish. Rory fit semblant de ne pas le reconnaître.

« Bonsoir. Est-ce que Miss Kensley est là ?

— Oui. Veuillez entrer. Je vais la chercher. Qui dois-je annoncer ?

— Julian Dawlish. Merci. »

Rory le conduisit au salon et le laissa devant le feu qui mourait dans la cheminée. Ce n'était pas le genre de type qu'on avait envie de faire venir dans la cuisine.

Fenella rougit lorsqu'il lui dit qui était arrivé. Elle enleva son tablier et demanda à Rory de dire à Dawlish qu'elle les rejoindrait dans un instant.

Dans le salon, il échangea avec Dawlish des propos sur le temps, et aborda à peine le sujet des grèves espagnoles et de la tentative avortée de la Catalogne pour déclarer son indépendance. On entendait Fenella marcher au-dessus dans sa chambre. Quand elle entra enfin, les deux hommes se levèrent. Elle avait changé de robe et s'était coiffée. Rory pensa qu'elle s'était aussi légèrement maquillée.

Dawlish bondit vers elle, son pantalon en flanelle flottant autour de ses jambes.

« J'espère que je n'arrive pas à un mauvais moment, Miss Kensley, dit-il d'une voix traînante et douce, caractéristique de quelqu'un de fortuné. Vous avez eu la gentillesse de me dire que je pouvais venir si j'étais dans le quartier, mais ne craignez-vous pas les visiteurs inattendus ? »

Elle lui tendit la main et sourit.

« Pas en ce qui vous concerne. J'espère que M. Wentwood s'est occupé de vous. »

Dawlish s'amusa de la distance qu'il percevait entre Fenella et Rory.

« Absolument », murmura-t-il.

Ils s'assirent et allumèrent des cigarettes que M. Dawlish avait sorties de son étui.

« Que devenez-vous ? demanda-t-il à Fenella.

— Aujourd'hui, j'ai posé du papier peint dans presque toute la chambre du locataire.

— Je ne sais pas comment vous arrivez à faire tout ça, lui dit Dawlish avec un regard admiratif. Gérer cet endroit et tout ça. Elle n'arrête pas un seul instant, n'est-ce pas, Wentwood ? »

Rory marmonna que oui.

« Au fait, avez-vous mangé quelque chose ? continua Dawlish, les yeux rivés sur Fenella. En fait, je n'ai rien pris depuis mon petit déjeuner, et je meurs de faim. Aimeriez-vous manger quelque chose ? Il y a un charmant petit restaurant italien dans Hampstead. »

Il hésita une fraction de seconde, mais cela fut suffisant.

« Nous pourrions tous y aller, ajouta-t-il, en se tournant vers Rory.

— J'ai déjà mangé, merci, dit Rory.

— Oh. Peu importe.

— Ce serait parfait, dit Fenella, Mais êtes-vous certain que…

— Bien sûr. De toute façon, je voulais vous demander votre avis, et nous pourrions ainsi joindre l'utile à l'agréable.

— Mon avis ? demanda Fenella. Sur quoi ?

— J'ai écrit un pamphlet. Cela pourrait même faire l'objet d'une déclaration à la radio. Je connais quelqu'un à la BBC. C'est sur le rôle des femmes

– comment elles peuvent influer sur la lutte des classes, et ainsi de suite. Est-ce que les femmes sont naturellement contre le fascisme.

— Le sont-elles vraiment ? » demanda Rory, résolu à se montrer contrariant.

Dawlish lui sourit, bien décidé à ne pas s'énerver. « C'est ce que nous essayons de déterminer. Mais je suis certain que Miss Kensley a une bien meilleure idée que moi sur la façon de procéder. »

C'était une manœuvre habile, pensa Rory avec amertume en regagnant Bleeding Heart Square à pied. Il n'avait aucune raison de rester, puisqu'il prétendait avoir déjà mangé, ce qui n'était pas le cas. En parfait gentleman, Dawlish lui avait proposé de le déposer à la station de métro la plus proche, mais Rory avait décliné poliment. Il partit à pied autant pour économiser de l'argent que pour satisfaire son masochisme et achever de se déprimer.

Il ne pouvait pourtant s'en prendre qu'à lui-même s'il se retrouvait dans cette situation. Fenella lui avait clairement annoncé que leurs fiançailles étaient mises entre parenthèses et probablement même rompues. Elle avait parfaitement le droit de changer d'avis et de lui préférer quelqu'un d'autre. Il n'était d'ailleurs pas un parti très intéressant. Mais Fenella occupait depuis si longtemps la majeure partie de ses pensées que son absence lui était difficile à imaginer.

Son trajet de retour lui parut particulièrement pénible. Dans une petite rue donnant dans Clerkenwell Road, il s'arrêta dans un pub qui ne vendait que de la bière pour boire une pinte. L'endroit convenait parfaitement à son humeur. Le sol était couvert de sciure de bois dégoûtante et puait l'urine de chat. Des hommes mal embouchés jouaient à un jeu de palet de table et aux dominos, et ils ne cessèrent de le dévisager avec hostilité jusqu'à ce qu'il s'en aille.

Les boutiques de Hatton Garden étaient fermées, les volets accrochés. Dans Charleston Street, les fenêtres du Crozier brillaient de tous leurs feux. Quelqu'un à l'intérieur massacrait les touches d'un piano. Il tourna dans l'allée qui menait au square puis hésita. Il avait envie d'un verre de whisky, d'une bouteille entière même.

La musique du pub augmentait de volume et les clients chantaient. Il refusait de se saouler dans une telle ambiance. D'ailleurs, Ingleby-Lewis s'y trouvait probablement et peut-être aussi Fimberry, et même Serridge. Il lui restait encore une demi-bouteille de gin dans son appartement. Boire seul lui semblait de loin préférable à cette horrible gaieté à l'intérieur du pub. Cela lui coûterait aussi moins cher.

Il quitta l'allée et regagna l'obscurité relative de Bleeding Heart Square. Après le bruit du pub, l'endroit paraissait très calme. Soudain, rompant le silence, il entendit quelqu'un courir. Il eut à peine le temps de se rendre compte que les pas venaient vers lui et qu'il y avait plusieurs personnes. Il se tourna en direction du bruit.

Il était trop tard. Il reçut un coup sur le haut du bras gauche, juste en dessous de l'épaule. S'il ne s'était pas mis à courir, le coup aurait porté sur sa clavicule. Quelqu'un le heurta, le précipitant de tout son long sur les pavés mouillés avec une violence inouïe.

Cloué par la douleur, il essaya vainement de se relever, en s'accrochant au bras d'un homme qui ne le lâchait pas. Il entendait quelqu'un haleter. Des ombres le cernaient.

Une botte le frappa dans les côtes. Il cria. Il saisit le poignet de l'homme et tira, en tentant de se redresser. Son nez explosa de douleur, et sa tête partit brusquement en arrière. Il retomba sur les pavés. La botte le frappa à nouveau dans les côtes. Il était sur le dos maintenant et quelqu'un le tenait par les épaules pendant qu'une autre personne essayait de lui écarter les jambes. Il se débattit mais ils étaient trop forts pour lui.

Quelqu'un lui donna un coup de poing à l'intérieur des cuisses. Mon Dieu, ils essaient de m'attraper par les couilles. Il lâcha le poignet qu'il tenait et ferma les poings pour frapper. Un grognement répondit à ses coups. Puis un autre coup – peut-être un coup de pied – l'atteignit entre les jambes, et il poussa un hurlement de bête.

« Écoute-moi bien, espèce de salopard, gronda une voix tout près de son oreille qui lui parvint malgré la douleur. Je ne te le dirai qu'une seule fois. Et si tu n'obéis pas, je te couperai la queue et te l'enfoncerai dans la bouche. »

Une porte s'ouvrit quelque part. La musique devint plus forte, comme si les chanteurs se déversaient dans Bleeding Heart Square. Rory sentit qu'on lui relâchait les épaules et les jambes. Il roula sur le côté et se mit en boule pour se protéger. Il entendit d'autres voix ; des gens couraient.

« Eh, oh ! dit une voix mâle un peu pâteuse. Fais attention où tu vas, mon vieux. Pourquoi es-tu si pressé ? »

Les pas s'éloignèrent, laissant la place à d'autres, plus lents et moins réguliers.

« Eh, oh, répéta la voix. Vous allez bien, mon vieux ? Un peu pompette, hein ? »

Une autre porte s'ouvrit et un faisceau de lumière se déversa dans le square. Rory s'efforça d'ouvrir les yeux mais la douleur brouillait sa vision. Il reconnut la voix, plutôt que l'ombre qui planait au-dessus de lui. Il voulut parler, mais le sang qu'il avait dans la bouche le fit tousser.

« J'ai l'impression que votre tête ne revenait pas à ces types », continua Ingleby-Lewis.

D'autres pas retentirent, plus légers, et plus rapides que les autres.

« Père, que se passe-t-il ?

— Bonjour, ma chérie. Quelqu'un a eu un petit accident. »

Rory réussit péniblement à s'asseoir. Lydia Langstone était d'un côté et son père de l'autre.

« M. Wentwood – que se passe-t-il ?

— Quelqu'un… »

Une douleur aiguë le fit renoncer à se mettre debout. Il gémit.

« Quelqu'un m'a agressé.

— Pouvez-vous vous relever ? demanda Lydia.

— C'est un vrai scandale, dit le capitaine Ingleby-Lewis. Cela ne serait jamais arrivé avant la guerre.

— Quoi, qu'est-ce qui ne serait jamais arrivé ? demanda Rory.

— Ce genre d'agression. Que peut-on espérer avec ces bolcheviques partout ? Le manant se croit l'égal de son maître. Si ça ne tenait qu'à moi, je les pendrais tous. C'est la seule solution. »

Rory parvint péniblement à se mettre à quatre pattes.

« Père, dit Lydia, aidez donc M. Wentwood à se mettre debout.

— Hein ? Ah oui. Bien sûr. »

Ingleby-Lewis glissa son bras sous celui de Rory, celui qui avait reçu le coup, et tira. Rory hurla de douleur. Ingleby-Lewis fit un pas en arrière et faillit tomber sur son séant.

« Laissez-moi vous aider », dit Lydia.

Ensemble, ils parvinrent à hisser Rory sur ses jambes. Pendant quelques instants, il resta sur place à tituber, soutenu sous chaque bras par Lydia et Ingleby-Lewis. De l'autre côté du square, les chanteurs continuaient leurs vocalises.

« Fichtre, dit-il, j'espère que vous n'allez pas vous tacher avec le sang.

— Ne vous en faites pas, dit Lydia. Il faut vous ramener à la maison. Pouvez-vous marcher ?

— Je crois.

— Nous devons trouver un policier. Qu'est-ce qu'ils vous ont volé ?

— Je ne crois pas qu'ils aient pris quoi que ce soit.

— Je suis arrivé juste à temps, dit Ingleby-Lewis, visiblement satisfait. Au fond, ce sont des couards, ce genre de racaille.

— Combien étaient-ils ?

— Deux, dit Ingleby-Lewis. Ou peut-être trois. De solides gaillards en tout cas. D'horribles lâches. Dès qu'ils m'ont vu, ils ont…

— Ramenons M. Wentwood à la maison. Ensuite, vous pourrez peut-être aller chercher un inspecteur de police.

— Ça ne servira à rien, ma chérie.

— Mais M. Wentwood a été agressé.

— Cela arrive, malheureusement. Surtout par ici. Et un vendredi soir. Ils n'ont rien volé. Je ne suis pas certain que la police manifeste le moindre intérêt, et franchement, ce serait une perte de temps. Ils ne vont pas courir après ces canailles. Mieux vaut aider M. Wentwood à se nettoyer. »

Lydia se baissa pour ramasser quelque chose de brillant.

« C'est à vous ? »

Rory cligna des yeux.

« Ce bouton de manchette, dit-elle avec une pointe d'impatience.

— Je ne sais pas. »

Il avait du mal à tenir debout, et encore plus à parler.

« Probablement », ajouta-t-il.

Elle le lui tendit. Rory tituba, craignant de se trouver mal. Elle enfouit le bouton de manchette dans la poche de son imperméable, et lui prit le bras.

« Ne tombez pas, dit-elle. Nous allons vous aider à rentrer. »

Le premier pas lui parut atrocement douloureux, mais au fur et à mesure qu'ils progressaient vers la maison, la douleur se calma un peu. Le capitaine Ingleby-Lewis n'était pas très stable sur ses jambes. Rory se demanda qui soutenait qui. Une fois dans l'entrée, Rory lâcha le bras de Lydia, et se cramponna au pilastre.

« Pensez-vous être capable de monter les marches ? demanda-t-elle.

— Je crois. Désolé d'être un tel fardeau.

— Vous n'y êtes pour rien. Venez chez nous, et je vais vous apporter de l'eau chaude.

— Du cognac, dit Ingleby-Lewis derrière eux sur

le même ton qu'il aurait prononcé *Eurêka !* C'est ce qui s'impose dans une telle situation. Je vais aller au Crozier pour voir s'ils en ont, d'accord ? »

Lydia conduisit Rory au salon qu'elle partageait avec son père, et le fit s'asseoir à la table, tandis qu'Ingleby-Lewis se mettait en route vers le Crozier pour remplir sa mission charitable. Lydia s'absenta un instant.

La pièce parut à Rory plus propre et mieux rangée qu'avant, presque gaie. Sur la table, il y avait un livre retourné, comme si Lydia l'avait posé précipitamment en entendant le brouhaha au-dehors. Il tendit le cou pour lire le titre, mais le mouvement le fit grimacer de douleur. *Une chambre à soi*, de Virginia Woolf. Curieux. Il se serait plutôt attendu à un roman d'Agatha Christie, ou à la revue *Horse & Hound* qu'elle aurait lue et relue. Une photo dépassait, sans doute un marque-page. Il vit le haut d'une fille en maillot de bain, plutôt jolie, entourée de jeunes gens souriants avec de petites moustaches. En entendant des pas, il se retourna.

Lydia entra dans la pièce avec une bassine remplie d'eau chaude, ainsi qu'une serviette et un linge. Elle trempa le linge dans l'eau, l'essora et lui conseilla de s'essuyer le visage avec. Il lui obéit. Après quoi, il leva la tête pour la regarder.

« De quoi ai-je l'air ?

— Pas trop mal. Le nez ne saigne plus. Comment sont vos dents ? »

Il les parcourut avec sa langue.

« Je crois qu'elles sont toutes là. Il y en a une de cassée.

— Et le reste ?

— Quelques contusions. »

Il s'efforçait d'ignorer la douleur en profondeur, comme si elle appartenait à quelqu'un d'autre.

« Je ne pense pas qu'il y ait quoi que ce soit de cassé. »

Un silence embarrassé retomba entre eux.

« Merci, dit enfin Rory.

— Ne faudrait-il pas appeler un médecin ? dit Lydia, presque en même temps. Vous pourriez aussi aller à la consultation externe à Barts. Vous devriez quand même vous faire examiner, non ?

— Je vais bien, merci. »

Il avait l'impression d'être déconnecté du monde alentour. Il aspirait surtout à être seul.

« Je devrais vous laisser. »

Des pas retentirent dans l'escalier. La porte s'ouvrit et le capitaine Ingleby-Lewis entra avec une bouteille de cognac emballée dans un petit sac en papier marron. Il la posa soigneusement sur la table avec un air triomphal.

« Voilà, dit-il. Ça vous remettra d'aplomb. Lydia, ma chérie, pourrais-tu nous apporter des verres ?

— Pas pour moi, merci. »

Prenant appui sur la table, Rory se mit péniblement debout.

« Je… je ne veux pas abuser de votre temps. Je dois pouvoir monter chez moi tout seul. »

Ingleby-Lewis protesta sans grande conviction et Lydia ne dit rien. Rory les remercia encore une fois, et sortit lentement de la pièce, en s'efforçant de se tenir droit. Les marches lui parurent interminables d'un étage à l'autre, leur sommet aussi inatteignable que le mont Everest. Il aspirait au silence de son appartement, à la solitude, et à la sécurité d'une porte fermée à clé.

Son cerveau fonctionnait au ralenti, comme en plein brouillard. Il se souvenait pourtant de quelque chose de curieux concernant Ingleby-Lewis, et pendant qu'il gravissait péniblement l'escalier, cela lui revint. Ingleby-Lewis avait vendu la ferme de Morthams à Miss Penhow et à Serridge. Et pourtant, il louait un appartement dans la maison de Serridge. Sauf que la maison n'appartenait pas à Serridge, ou tout au moins, elle ne lui avait pas toujours appartenu. C'est Miss Penhow qui en était propriétaire.

Arrivé au palier du premier, il perdit toute dignité, se mit à genoux et continua à quatre pattes.

Si seulement je ne souffrais pas autant. Pas un mauvais bougre, cet Ingleby-Lewis. Et la fille, bien sûr. Où ai-je mis ce satané gin ?

Fulminant toujours dans sa barbe, il parvint enfin à gravir l'escalier étroit qui menait au grenier. Tout en cherchant sa clé, il regarda par-dessus son épaule. Serridge l'observait depuis le palier du premier étage. Il était en bras de chemise, le visage aussi indéchiffrable que celui du Peau-Rouge[1] à la devanture du marchand de tabac de Charleston Street. Rory voulut dire quelque chose, mais à cet instant, une douleur fulgurante le transperça, l'obligeant à se plier en deux et à fermer les yeux. Lorsqu'il les rouvrit, Serridge était parti. Peut-être avait-il été victime d'une hallucination.

Il faisait glacial dans le salon. Rory ferma la porte à clé derrière lui, réussit à allumer le gaz après trois

---

1. Peau-Rouge : célèbre sur les devantures des marchands de tabac, il fait la publicité du Redskin Tobacco. *(N.d.T.)*

tentatives, et trouva la bouteille de gin dans le tiroir du bas de la commode. Il s'affaissa dans le fauteuil devant le feu avec la bouteille à portée de main. Il la déboucha et en avala une gorgée qui lui brûla la bouche et la gorge. Il toussa si violemment qu'il faillit laisser tomber la bouteille. Il en avala encore un peu. N'ayant toujours pas quitté son imperméable, il enfonça ses mains dans les poches pour les réchauffer. Sous sa main gauche, il sentit un petit objet métallique. Il le sortit, et le mit dans la paume de sa main. C'était un bouton de manchette. Il l'examina en fronçant les sourcils.

L'émail du bouton comportait un dessin – un cercle rouge sur fond bleu, et par-dessus le cercle, un symbole doré qu'il ne reconnut pas.

La pantoufle de Cendrillon ? Si j'en trouve un autre, peut-être saurai-je qui m'a agressé.

Les mots lui tournaient dans la tête pendant que le gin descendait dans son estomac, et se répandait dans tout son corps, atténuant quelque peu sa douleur. Les mots voltigeaient comme les feuilles mortes qui dansaient dans la brume de chaleur se dégageant du bûcher dans le jardin de son père à Hereford. Encore un peu de gin, un peu moins de douleur. Mme Langstone avait été très chic ce soir. Il ne devait pas oublier de la remercier convenablement.

11

Philippa Penhow décide qu'elle est l'épouse de Joseph Serridge aux yeux de Dieu. Joseph Serridge décide d'acheter pour eux deux une maison à la campagne (avec l'argent de Philippa Penhow). Et voilà, le tour est joué, il trouve l'endroit idéal comme un magicien qui sort un lapin de son chapeau. N'importe qui aurait eu des doutes, n'importe qui sauf une pauvre idiote amoureuse.

Vendredi 28 février 1930

Nous sommes allés, Joseph et moi, à la campagne, pour visiter la ferme qu'il trouve idéale pour nous. Elle se trouve près d'un village nommé Rawling à la limite entre l'Essex et le Hertfordshire, un endroit étonnamment proche de Londres (bien qu'il ait fallu changer deux fois entre Liverpool Street et Mavering, la gare la plus proche du village). Nous avons pris un taxi pour aller de Mavering jusqu'à la ferme. Elle s'appelle Morthams.

Joseph dit que si nous décidions d'acquérir la propriété, nous pourrions envisager l'achat d'une petite voiture. Ce serait tellement plus pratique pour aller en ville, et pourrait même, à la longue, nous économiser de l'argent. Cela m'a fait réfléchir ! Il y a si longtemps que je voulais lui faire un cadeau vraiment digne de lui, je crois qu'une voiture ferait tout à fait l'affaire.

La propriété consiste en un bâtiment (très pittoresque !), avec une cour de ferme d'un côté, et quelque 50 hectares de bonne terre. Nous sommes allés jusqu'à la maison par un chemin boueux, et nous nous sommes garés entre la cour de ferme (plutôt nauséabonde !) et la maison. C'est un beau bâtiment ancien avec de grandes pièces, offrant beaucoup de place pour les meubles que j'ai au garde-meubles. L'endroit nécessiterait quelques travaux, dit Joseph, mais rien de très onéreux. Je dois dire que la maison m'a semblé assez froide et humide, mais d'après Joseph, c'était parce que personne n'y avait habité pendant l'hiver, puisque le dernier locataire avait déménagé. Sur le côté, au-delà de la cour, il y avait un adorable petit potager dans un piteux état, envahi de mauvaises herbes.

Tandis que nous nous promenions dans le jardin, Joseph me serra le bras et murmura que l'endroit était tellement romantique, et qu'enfin nous allions pouvoir vivre ensemble. Je lui demandai si Morthams n'était pas un peu trop isolée, et loin des commerces. Il m'assura que nous nous y habituerions assez vite, et que de toute façon, nous pourrions nous rendre à Saffron Walden, et même à Londres, pour faire nos courses.

Les notaires du propriétaire avaient envoyé un clerc pour nous ouvrir la maison et répondre à toutes nos questions. Joseph s'entretint longuement avec l'homme en question, qui lui dit que le propriétaire était pressé de vendre et serait susceptible d'accepter une offre bien inférieure au prix annoncé, qui était de deux mille cent livres.

J'étais dans le jardin lorsqueJoseph est venu pour m'annoncer tout cela. Les nuages s'étaient dispersés et le soleil nous inondait. À l'abri du vent, il faisait presque chaud. Je voyais déjà le jardin reprendre vie en quelques semaines, avec des crocus, des primevères et des jonquilles. Il me demanda ce que j'en pensais, et je lui répondis que nous devrions peut-être retourner à Londres pour y réfléchir. Joseph me dit que dans ce cas, nous risquions de perdre la propriété, car d'autres visites étaient prévues dans la journée et demain. Il pensait que ce serait parfait pour nous, et suggéra de faire une offre pour mille sept cents livres. Cela voulait dire que je serais obligée de liquider environ le quart de mes placements, mais comme me le fit remarquer Joseph, la ferme constituerait un bien meilleur investissement que toutes ces actions, en même temps qu'une habitation pour nous, ce qui nous économiserait un loyer. Même si nous devions la revendre très vite, nous pourrions en tirer un bon bénéfice.

Le clerc nous fit visiter le reste de la propriété. Joseph insista sur son mauvais état, tout en me chuchotant qu'en fait, la terre était très bonne. Puis nous fîmes notre offre ! La réponse du propriétaire nous serait communiquée d'ici un ou deux jours. Je suis sur des charbons ardents !

Dans le train du retour, Joseph me dit qu'il valait peut-être mieux demander à son propre notaire de s'occuper de l'achat. Je lui suggérai M. Orburn, mais il dit que cela ne ferait qu'ajouter un coût supplémentaire, et que son homme était spécialiste des transferts de propriété et qu'il ferait cela plus rapidement et mieux que quiconque. J'acquiesçai. (Je ne voulais pas donner à Joseph l'impression que je doutais de son jugement, et il est bien connu que les hommes savent mieux traiter ce genre d'affaire que les femmes !)

J'ai failli oublier de mentionner que Joseph m'avait

demandé de porter une alliance en or, juste pour les apparences, au cas où je devrais enlever mes gants. Il me présenta au clerc comme « Mme Serridge ». Ce qui me procura un énorme frisson !!!

Avec quelle habileté Serridge avait tout manigancé. La ferme de Morthams était à la fois proche de Londres, et pourtant loin de tout. Philippa Penhow avait presque toujours vécu en ville. Elle n'avait pas la moindre idée de ce qu'était la vie à la campagne. Les chemins boueux, l'absence de voisins, les ciels menaçants et le silence. Les nuits noires. Le fait qu'il n'y ait personne susceptible de vous entendre.

*
* *

Le garçon de bureau était encore cloué au lit avec, d'après sa mère, la rubéole. M. Reynolds dit que cela tombait mal. M. Smethwick ajouta que le gamin était une petite peste, et Miss Tuffley, en digne membre du sexe faible, plaignit le pauvre agneau. Compte tenu de l'absence du garçon, Lydia se trouva obligée de travailler le samedi matin.

En se préparant, elle entendit son père ronfler dans sa chambre. Au salon, la bouteille de cognac vide gisait dans la cheminée. Elle descendit dans l'entrée en enfilant ses gants.

Dans la petite pile de courrier sur la table, elle trouva une lettre qui lui était adressée, portant l'écriture de sa sœur. Il y avait aussi un paquet, à peine plus gros qu'une balle de tennis, enveloppé dans du papier d'emballage avec une ficelle autour, à l'attention de *M. J. SERRIDGE.*

Quelqu'un descendait lentement les marches. Saisissant sa lettre, elle s'éloigna de la table, ne voulant pas qu'on la surprenne en train d'espionner. C'était Rory Wentwood, passablement raide, qui marchait à pas lents.

« Bonjour, dit-il. Je suis ravi de vous voir. Je voulais vous remercier.

— Ce n'est rien. Comment vous sentez-vous ?

— Plutôt mieux que je ne l'espérais. »

Il fronça ses sourcils noirs en même temps qu'il faisait une grimace, montrant qu'il ne disait pas tout à fait la vérité.

« Disons la plupart du temps. Je serais en bien plus mauvais état si vous n'étiez pas arrivée.

— Un hasard pur et simple. Je suis toujours d'avis que vous devriez consulter un médecin. »

Il haussa les épaules.

« À mon avis, c'était des durs en goguette un vendredi soir. Ils ont bu quelques verres et se sont déchaînés. J'imagine qu'ils en avaient après mon portefeuille.

— Je suis ravie que ce ne soit pas pire que ça. »

Lydia se dirigea vers la porte d'entrée.

« Pardon – Mme Langstone ? J'aimerais vraiment vous remercier de m'avoir aidé. Me permettrez-vous de vous inviter à déjeuner ? »

Elle se retourna.

« C'est très gentil à vous, M. Wentwood, mais…

— Vous me rendriez service. Autrement, je me sentirais coupable d'avoir gâché votre soirée. »

Son long visage s'allongea davantage et devint plus mélancolique.

« Considérez cela comme un acte charitable. »

Elle ne put s'empêcher de sourire.

« Très bien. Alors quand ?

— Que diriez-vous d'aujourd'hui ?

— D'accord.

— Merci beaucoup. »

Il lui donna rendez-vous devant son bureau. Sur le chemin de son travail, Lydia ouvrit la lettre de sa sœur. Elle contenait une invitation pour un vernissage dans une galerie de Cork Street, le mardi soir. Pammy avait griffonné quelques lignes à l'encre violette.

Viens si tu peux, ma chérie – tout le monde y sera. Sinon, au cas où tu ne voudrais pas faire d'amabilités à tout le monde, me rejoindrais-tu mercredi pour le déjeuner au Café des Voyageurs ? Il paraît que le nouveau chef est divin. Tiens-moi au courant. Avec tout mon amour, Pammy.

Lydia enfouit l'enveloppe dans son sac, et poussa la porte du 48 Rosington Place. Sa sœur lui manquait, mais elle n'irait ni au vernissage ni au Café des Voyageurs. Elle en avait fini avec ce genre de choses. En femme active, elle monta les marches jusqu'au deuxième étage.

L'idée qu'on allait l'emmener déjeuner lui remonta le moral pendant toute la matinée. En tout cas, le samedi n'était pas un jour comme les autres chez Shires et Trimble. Il ne s'agissait que d'une demi-journée, et la majorité du temps était consacrée au courrier et à s'acquitter de toutes les petites tâches restées en suspens pendant la semaine. Sans être exactement festive, l'humeur ambiante était beaucoup plus gaie, comme si la perspective de liberté du week-end laissait entrevoir un monde plus heureux passé Rosington Place.

À midi et demi, Lydia descendit avec Miss Tuffley, qui partait en direction de l'ouest pour déjeuner avec un ami, avant d'aller au cinéma. M. Wentwood l'attendait à la porte. Miss Tuffley le regarda avec intérêt, brûlant d'envie de faire sa connaissance si Lydia en avait manifesté la moindre intention. Au lieu de cela, elle se contenta de les saluer, et s'en alla en faisant claquer ses talons sur le trottoir en direction de la station de métro.

« Où aimeriez-vous aller ? demanda Rory. Je ne connais rien par ici à part le Dahlia bleu.

— Alors allons-y », dit Lydia.

Au moins, c'était bon marché, mais à sa grande honte, elle pensa qu'elle aurait préféré le Café des Voyageurs. En tout cas, elle serait en terrain de connaissance.

Le café était moins bondé que d'habitude à l'heure du déjeuner, la majorité de la clientèle étant déjà partie pour le week-end. La grosse femme derrière le comptoir les salua d'un signe de tête. Ils s'assirent dans un coin et étudièrent le menu.

Rory jeta un œil sur le tableau noir derrière le comptoir.

« Je prendrai le plat du jour, le foie aux oignons. »

Lydia pensa au paquet sur la table de l'entrée à Bleeding Heart Square. Le foie faisait partie des abats, comme le cœur.

« Je crois que je vais prendre le hachis Parmentier. »

Ils passèrent leur commande et allumèrent une cigarette en attendant.

« Comment vous sentez-vous maintenant ? »

Rory toucha la peau légèrement décolorée sur sa pommette et grimaça.

« Toujours en un seul morceau. »

Il continua dans le même registre.

« Je n'ai pas été parfaitement honnête avec vous. »

Elle mit quelques instants à comprendre. *Était-il marié ou quelque chose de la sorte ?*

« Que voulez-vous dire ? »

Son visage était encore plus triste que d'habitude.

« En ce qui concerne la raison de mon installation à Bleeding Heart Square.

— Je croyais que vous cherchiez du travail et vouliez vous rapprocher de la City.

— Ça, c'est vrai. »

Il secoua la cendre de sa cigarette.

« Mais il y a une autre raison. Vous souvenez-vous de la fille avec laquelle j'étais dimanche ? À Trafalgar Square ? Elle a une tante, une dénommée Philippa Penhow. »

Lydia réduisit son pain en miettes et regarda Rory. Il fumait sans discontinuer.

« Elles n'ont pas été en contact depuis plus de quatre ans, dit-il d'un ton précipité, comme s'il craignait de changer d'avis. En réalité, Miss Penhow ne semble pas avoir eu le moindre contact avec qui que ce soit. Fenella – Miss Kensley – s'inquiète. »

C'était donc elle, pensa Lydia-Fenella Kensley. Certaines personnes devaient trouver ce nom assez joli.

« Le problème, c'est que juste avant de disparaître, Miss Penhow a fait la connaissance de M. Serridge. C'était un de ses locataires à Bleeding Heart Square. Elle avait annoncé à Fenella qu'ils allaient se marier. Ils ne s'étaient fréquentés que très peu de temps, d'après ce que je comprends. Ils ont quitté Londres au printemps de 1930 et acheté une propriété dans l'Essex, près d'un village appelé Rawling. La ferme de Morthams. »

Lydia écrasa sa cigarette.

« Et ensuite ? »

Il haussa les épaules.

« Elle est partie. M. Serridge a dit qu'elle avait retrouvé un vieil ami et était partie avec lui. »

Il se tut un moment, laissant le doute s'insinuer.

« Quoi qu'il en soit, quelques semaines plus tard, elle n'était plus là.

— Les gens ont certainement posé des questions ?

— Il n'y avait pas tellement de personnes qui avaient remarqué sa disparition. Serridge et elle venaient juste d'emménager à Rawling. Précédemment, Miss Penhow vivait dans un hôtel à South Kensington. Elle n'y avait pas vraiment d'amis. Et avant cela, elle habitait avec une vieille tante quelque part vers Manchester, mais la vieille dame est morte. La seule famille qui lui restait était Fenella et ses parents, mais ils n'étaient pas particulièrement proches. »

Lydia se demanda pourquoi ils s'y intéressaient maintenant.

« En tout cas, les Kensley étaient très occupés, continua Rory. Le père de Fenella a été très malade pendant un an ou deux avant de mourir. Ensuite, sa mère a dû prendre un locataire pour joindre les deux bouts, puis elle est morte à son tour l'été dernier.

— Personne n'a donc eu le moindre signe de Miss Penhow depuis 1930, et M. Serridge semble être devenu le propriétaire de la maison ?

— C'est à peu près cela. Et n'oubliez pas la ferme. Elle paraît aussi lui appartenir.

— Quelqu'un en a parlé à la police ?

— Ils ont été avertis de sa disparition. Mais il n'y avait aucune trace de crime ni aucune raison pour douter de l'histoire de Serridge concernant un ancien petit ami. Fenella a dit qu'il y avait eu effectivement un homme, des années auparavant – elle se souvenait que ses parents en parlaient. Un marin, apparemment. Miss Penhow voulait l'épouser mais sa famille ne l'y avait pas autorisée. Et puis est arrivée une lettre qui semblait le confirmer. Miss Penhow avait écrit au vicaire de Rawling depuis New York, lui demandant de l'excuser auprès de Serridge pour être partie si soudainement. La police juge la lettre authentique. »

Penhow, pensa Lydia. P. M. Penhow. La femme avait disparu mais son nom revenait sans cesse. Elle pensa à son père, éprouvant, comme toujours dans ce cas, une vague anxiété.

« Foie aux oignons, annonça une voix forte juste au-dessus de sa tête. Hachis Parmentier. »

Le foie fut servi à Lydia et le hachis Parmentier à Rory.

« C'est l'inverse, dit Lydia.

— Comme vous voudrez, dit la gérante. Vous n'êtes pas manchote à ce que je vois, ma mignonne ? Donnez-lui son plat et je suis sûre qu'il vous donnera le vôtre. »

Rory la regarda avec un grand sourire.

« Et c'est ce qui fait tourner le monde, pas vrai ? »

La grosse femme éclata de rire et lui dit qu'il était un drôle de numéro. Elle partit en se dandinant. Lydia et Rory échangèrent leurs assiettes.

« Elle vous aime bien, dit Lydia à voix basse. Moi, elle me tolère à peine. »

Rory parut gêné.

« C'est parce que je suis un homme. »

Lydia secoua la tête.

« Ce n'est pas tout. »

Elle se rendait bien compte que parler comme si on était née avec une cuillère d'argent dans la bouche pouvait s'avérer un handicap. Aux yeux de la majeure partie de la population, vous étiez définitivement stigmatisée, et pratiquement inemployable parce que les « dames » ne devaient pas travailler. Cela n'aurait peut-être pas compté si vous aviez profité de tous les avantages qui vont généralement avec la cuillère d'argent. Mais quand ce n'était pas le cas, vous aviez le pire des deux mondes.

Ils avaient faim, et mangèrent en silence. Puis Rory posa sa fourchette et la regarda.

« Qu'y a-t-il ? demanda-t-elle.

— Puis-je vous poser une question ?

— Allez-y.

— Depuis quand connaissez-vous M. Serridge ?

— Je n'en avais jamais entendu parler avant d'avoir emménagé dans Bleeding Heart Square.

— Et votre père ? »

Elle posa sa fourchette à son tour.

« Je crois qu'ils se sont connus à l'armée. Je dois dire une chose en faveur de M. Serridge – il a été très généreux avec lui. »

Rory se redressa sur sa chaise.

« Saviez-vous que la ferme de Morthams avait appartenu à votre père ?

— Comment ?

— La ferme que M. Serridge et Miss Penhow avaient achetée. Votre père la leur a vendue. Le saviez-vous ?

— Bien sûr que non. »

Elle fut surprise de s'entendre parler d'une voix calme et posée.

« Je n'en avais pas la moindre idée. Écoutez, je…

— L'avez-vous jamais entendu évoquer Rawling ? »

Lydia repoussa son assiette.

« Cette conversation ne me plaît pas du tout. Je ne vois pas pourquoi je devrais répondre à des questions sur mon père. Et je ne vois pas vraiment ce qui vous donne le droit de les poser. »

Il posa ses mains sur la table, paumes vers le haut.

« Je vous demande pardon. Je suis inexcusable. »

Il lui fit un sourire triste ; c'était une de ses spécialités.

« Vous savez ce que c'est – on se laisse emporter. »

Elle lui sourit malgré elle. Ils continuèrent leur repas. Rory orienta la conversation vers des sujets anodins. Il la fit rire avec son histoire des oranges d'Hitler. Il avait lu un article dans le journal du jour, selon lequel cent mille oranges avaient été retirées hier de la vente aux enchères à Spitfields parce qu'elles avaient été emballées dans un papier à l'effigie d'Hitler.

« Les cent mille ? demanda Lydia.

— D'après ce que j'en ai lu. Emballées individuellement. Il y a eu une grande excitation au moment de la mise en vente. On a entendu des cris de “Heil Hitler”. Au bout du compte, le commissaire-priseur a préféré les retirer. Il paraît que la marchandise devait aller en Allemagne. Personnellement, j'aurais pensé qu'une orange en vaut une autre.

— Pas si elle est enveloppée dans un portrait d'Hitler, dit Lydia. Cela devient une prise de position politique.

— Je n'en sais rien. »

Il s'assit en arrière sur sa chaise et prit ses cigarettes.

« On fait tellement d'histoires à propos de la politique. Que voulez-vous comme dessert ? Je ne recommanderais pas le pudding, mais la tarte aux pommes ne peut pas vous faire de mal. »

Il demanda ensuite l'addition. Lydia proposa sans grande conviction de payer sa part, et elle fut soulagée de son refus. Il sortit une poignée de monnaie de sa poche de pantalon. Parmi les pièces d'argent et de cuivre, il y avait un bouton de manchette.

« Il est à vous ? demanda-t-elle.

— Quoi ? Ah ? vous voulez dire le bouton de manchette. »

Il compta quatre shillings et six pence et ajouta un petit pourboire.

« Non. C'est juste un souvenir d'hier soir.

— Une vraie Cendrillon.

— C'est exactement ce que je me suis dit. »

Il l'aida à mettre son manteau.

« Trouvez-moi l'autre, cela me permettra peut-être de retrouver un de mes agresseurs.

— Pouvez-vous me le montrer ? »

Il le ressortit de sa poche de pantalon et le posa dans la paume de la main gantée tendue vers lui. Pendant qu'elle l'examinait, il enfila son manteau et mit son chapeau.

« Ça vous dit quelque chose ? dit-il. On dirait une espèce d'écusson.

— Je m'étonne que vous ne le reconnaissiez pas. Ce

signe en or au centre est un “fasces”. Autrement dit un faisceau[1]. En tout cas, c’est le symbole de l’Union britannique des fascistes. »

Il fronça les sourcils.

« Effectivement. Voilà ce qui arrive après cinq années passées en Inde. Je ne me sens d’ailleurs plus chez moi ici. Je ne me sentais pas chez moi en Inde non plus. C’est curieux, non ? L’Union britannique des fascistes n’existait même pas quand j’ai quitté Londres. »

Il émit un petit rire, comme s’il voulait faire croire que c’était de l’humour.

« Qu’allez-vous faire maintenant ? »

Elle se demandait pourquoi il avait préféré s’abstenir de tout commentaire.

« Je retourne à l’appartement.

— Je vous accompagne. »

Il lui ouvrit la porte. Lydia pensa qu’elle aussi ne se sentait nulle part chez elle. Bleeding Heart Square n’était pas sa maison. Mais Frogmore Place ou Upper Mount Street ne l’étaient pas non plus, sans parler de ces mausolées campagnards délabrés auxquels son beau-père et Marcus étaient tellement attachés. Mais cela ne servait à rien d’y penser. Au moins maintenant, elle savait ce qu’elle voulait. Virginia Woolf avait raison. Tout le monde avait besoin d’une chambre à soi et d’un minimum de 500 livres par an. Ainsi que d’un but dans la vie.

« Serridge n’est pas impliqué avec ces fascistes,

---

1. « Fasces » : les faisceaux de l’époque romaine portés par les licteurs sont devenus le symbole du Parti fasciste de Mussolini puis des fascistes britanniques. *(N.d.T.)*

non ? » demanda Rory d'un ton anodin, pendant qu'ils attendaient de pouvoir traverser dans Hatton Garden.

Il avait quand même fini par arriver à cette conclusion.

« Pas pour autant que je le sache, répondit Lydia sur le même ton anodin.

— Vous comprenez, cela change tout si le bouton de manchette appartient à l'un des types d'hier soir.

— Même si l'homme portait des boutons de manchette de l'Union, rien ne prouve que vous ayez été agressé par des fascistes. Quelqu'un d'autre aurait parfaitement pu perdre un bouton de manchette. »

Une camionnette de boulanger ralentit pour les laisser traverser. Rory prit Lydia par le bras et ils coururent jusqu'au trottoir en face.

« Je vois ce que vous voulez dire, dit-il au moment où ils passaient devant le magasin de M. Goldman, là où Lydia avait vendu la broche de sa grand-mère. Mais ces types savaient exactement ce qu'ils faisaient. Ils étaient, comment dire, disciplinés. Ils ne sentaient pas l'alcool. J'aurais dû y penser. Je ne suis même pas sûr qu'ils aient voulu me voler. Je crois qu'ils voulaient tout simplement me tabasser. Ou pire. Si vous n'étiez pas arrivée à temps, la police m'aurait probablement ramassé à la petite cuillère. »

Elle fit une grimace.

« Arrêtez.

— Pardon. Mais je ne comprends toujours pas. Il n'y a aucune raison pour que l'Union britannique des fascistes connaisse mon existence. Je ne m'intéresse absolument pas à la politique. On a beau retourner les choses dans tous les sens, ça reste très étrange. »

Il lui jeta un regard.

« D'autres choses curieuses se sont-elles produites ? Ou bien n'était-ce qu'un incident isolé ? »

Cette question amenait plusieurs réponses, se dit Lydia, dont quelques-unes impliquaient son père, et d'autres, Marcus. Les seules personnes qu'elle connaissait étant en rapport avec les fascistes étaient Marcus, sa propre famille et leurs amis. Elle préféra mentionner la seule chose qui n'avait rien à voir avec eux, parce qu'en fait, c'était ce qui l'inquiétait le plus.

« Quelqu'un envoie des paquets à M. Serridge, dit-elle.

— Ah oui ?

— Il y en avait un le jour de mon arrivée. Il était arrivé depuis quelques jours et remplissait la maison d'une odeur nauséabonde. »

Elle s'arrêta à côté du Crozier, hésitant à entrer dans Bleeding Heart Square.

« Finalement, nous avons été obligés de l'ouvrir. Il contenait un morceau de viande en décomposition. Rien d'autre. Ni lettre ni rien. D'après Mme Renton, c'était un cœur, peut-être celui d'un agneau. Il… il était couvert de sang séché. Je n'ai jamais rien senti de pire.

— Dans quel but le lui avait-on envoyé ?

— Je n'en sais rien. Peut-être était-ce une sorte de message ?

— Pour dire quoi ? » demanda Rory.

Lydia scruta son visage long et ingrat et se demanda s'il en savait plus qu'il ne le prétendait.

« Peut-être une façon de rappeler le nom de l'endroit. De nous rappeler à tous que nous vivons dans Bleeding Heart Square. Puis il en est arrivé un autre il y a quelques jours, qu'on s'est contenté de déposer sur le seuil de la porte. Mme Renton l'a fait cuire. À dire vrai, cela sentait assez bon. »

Elle s'efforça de sourire pour lui montrer qu'elle prenait toute cette affaire à la légère, que cela ne lui faisait pas peur quand elle était seule la nuit.

« En fait, un autre paquet est arrivé pour M. Serridge ce matin. C'est pour cela que je n'ai pas commandé le foie aux oignons. »

L'après-midi était glacial, et Lydia passa le plus clair de son temps blottie devant le feu avec *Une chambre à soi*, en attendant le retour de son père. Peu après dix-sept heures, elle entendit son pas lent dans l'escalier. Il entra dans le salon et grommela quelque chose en la voyant. Il paraissait sobre, mais son visage était pâle, et il avait l'air malade. Sans quitter son manteau, il s'assit à la table et chercha des cigarettes dans ses poches.

« Qu'avons-nous pour le dîner ? demanda-t-il.

— Je n'y ai pas réfléchi. Personnellement, j'ai copieusement déjeuné. Si tu as faim, il y a du pain et de la margarine.

— Nom d'un chien, murmura-t-il, un homme ne peut pas vivre de pain et de margarine.

— On vous préparera bien un sandwich au Crozier. »

Il la regarda, alerté par le ton de sa voix.

« Qu'est-ce que tu as ?

— J'ai appris aujourd'hui que vous aviez vendu, il y a quelques années, une ferme à M. Serridge et à la femme qui était autrefois propriétaire de cette maison.

— Qu'as-tu appris sur elle ? hurla-t-il. Pardon, je

n'avais pas l'intention de crier mais j'ai été surpris, c'est tout. Qui t'a dit ça ? »

Elle ignora la question.

« C'est vrai ? »

Il la regarda fixement, en fronçant les sourcils.

« En tout cas, je l'ai vendue à Serridge.

— Pas à Miss Penhow ? »

Il trouva ses cigarettes et en alluma une.

« Je te l'ai dit – j'ai vendu la ferme de Morthams à Serridge, juste avant de partir en Amérique. Ma tante me l'avait léguée. Une vieille fille bien brave, cette tante Connie. Elle était aussi ma marraine. Mais je n'ai pas retiré beaucoup d'argent de la vente, parce qu'elle était très hypothéquée, et le salaud de locataire l'avait laissée se dégrader affreusement. Quoi qu'il en soit, c'était une gentille pensée.

— Mais vous connaissiez Miss Penhow ?

— Je l'ai rencontrée. Il y a des années de ça. Serridge me l'a présentée. Une petite chose timide. »

Ingleby-Lewis écarquilla ses yeux injectés de sang, l'air faussement innocent.

« On m'a dit qu'elle avait décampé pour épouser un type qu'elle avait connu jadis. »

Il regarda sa montre.

« Bon Dieu, je ne m'étais pas rendu compte qu'il était si tard. J'ai un type à voir. »

Il s'extirpa de son fauteuil. Lydia le suivit jusque sur le palier.

« Êtes-vous jamais allé à Morthams ?

— Oui, en fait. »

À la moitié de l'escalier, il se retourna.

« Pas terrible comme endroit.

— C'était comment ?

— Il y avait une maison et un peu de terre. »

La porte d'entrée claqua derrière lui. Lydia allait retourner dans l'appartement lorsqu'elle entendit des pas dans la partie de l'entrée qui était hors de sa vue. Mme Renton apparut au pied de l'escalier.

« Bonjour, dit Lydia.

— Vous étiez en train de vous renseigner à propos de la ferme de Morthams ?

— Effectivement. »

Lydia contempla le visage ridé levé vers elle.

« Pourquoi ? »

Mme Renton fronça les sourcils, comme si elle cherchait sa réponse.

« C'est l'autre maison de M. Serridge, dit-elle enfin.

— Oui, je sais. »

Mme Renton fixait Lydia de ses yeux marron. Elle semblait être sur le point de dire quelque chose, mais une voiture s'arrêta devant la maison et elle se frotta les avant-bras, d'abord l'un, puis l'autre. La porte s'ouvrit, et Serridge entra, obturant de son corps la lumière de la porte et occupant tout l'espace de l'entrée avec sa présence imposante. Il portait une grande valise en cuir avec un manteau en tweed sur le bras.

« Bonsoir, dit-il, en s'avançant vers elles. Ce paquet est pour moi ?

— Oui, monsieur », dit Mme Renton, et son corps se tordit dans une courbette démodée.

*

* *

Cette fois, ils se retrouvèrent dans un salon de thé devant le British Museum. La vitrine était encombrée par des aspidistras dont les tiges vertes les protégeaient de la vulgarité du monde extérieur.

À peine Narton eut-il ouvert la porte en faisant retentir une clochette au-dessus de sa tête que la propriétaire fondit sur lui. D'un geste de sa main couverte de bagues, elle voulut le diriger vers une table dans la partie obscure du salon. Il n'avait pas l'intention de se laisser faire – on ne pouvait pas avoir été officier de police autant de temps pour obéir aux gens – et il s'installa à une table près des aspidistras, d'où il avait une bonne vue sur la rue.

La femme claqua la langue en signe de désapprobation, mais elle s'inclina devant une volonté qu'elle sentait supérieure à la sienne. Sa désapprobation fut à son comble quand il insista pour ne prendre qu'une simple tasse de thé. En voyant arriver Rory Wentwood, elle s'adoucit, jugeant que ce dernier avait plus de classe, ce qui lui fut confirmé quand il commanda des œufs pochés sur toast.

« Vous avez fait la guerre », dit Narton.

Wentwood balaya une miette de pain de la nappe.

« Des hommes m'ont agressé hier soir.

— Où ça ?

— Bleeding Heart Square. Vers vingt et une heures – je rentrais chez moi.

— Ils en voulaient à votre portefeuille ? »

Wentwood se tut quand la propriétaire lui apporta son thé. Elle se montra aux petits soins pour lui, s'assurant que sa fourchette et son couteau étaient bien droits, lui indiquant bien inutilement où était le sucre, dont il ne voulait d'ailleurs pas.

« Je ne crois pas qu'ils en avaient après mon argent,

dit-il quand elle fut partie. Ils voulaient me faire mal. Me faire peur.

— Ce doit être Serridge, dit Narton. Je vous parie dix contre un qu'il a eu vent de votre visite à Rawling.

— Après, il m'a vu monter péniblement l'escalier. Il n'a rien dit. Il ne m'a même pas aidé. Il s'est contenté de regarder.

— Voilà. »

Wentwood glissa un doigt dans une poche de son gilet, en sortit un objet brillant et le jeta sur la nappe, à côté du support contenant le sel, le poivre et la moutarde.

« Il se peut que l'un d'eux ait perdu ça. »

Narton le prit et le leva à la lumière.

« Avec des boutons de manchette, voyez-vous ça, continua Wentwood d'une voix légèrement chevrotante. Un voyou distingué, n'est-ce pas ?

— Vous avez reconnu le dessin ?

— Mme Langstone me l'a identifié. »

Narton poussa un grognement.

« Où vous situez-vous en matière de politique ? Un peu bolchevique sur les bords ?

— Je n'ai aucune opinion politique. Je n'aspire qu'à ma tranquillité.

— C'est ce dont nous avons tous besoin, M. Wentwood. Mais peut-être pas ce que nous voulons tous. »

Narton tapota le bouton de manchette avec son ongle.

« Et les gens que vous fréquentez ?

— Non, ils sont… (Wentwood s'interrompit.) En fait, Miss Kensley s'intéresse à ce genre de chose. Elle a un ami qui est une sorte de communiste, je crois.

— Alors quelqu'un qui vous aurait vus ensemble aurait pu croire que vous étiez du même bord ?

— C'est possible. Mais ce n'est pas une raison suffisante pour qu'une bande de fascistes me suivent jusque chez moi pour me tabasser. »

Narton se frotta les yeux. Il se sentait las.

« Vous ne pouvez pas imaginer ce dont les gens sont capables lorsqu'il est question de politique. Avez-vous entendu parler de la grande réunion de l'Union britannique à Earl's Court en juin ? Les choses ont très mal tourné. »

Ils se turent quand on apporta les œufs de Rory.

Quand ils furent de nouveau seuls, Narton baissa la voix.

« Avez-vous déclaré l'incident à mes collègues du coin ?

— Non. Je préférais vous en parler d'abord. »

Sous la table, Narton essuya ses mains moites sur son pantalon.

« Vous avez bien fait. La dernière chose à faire serait d'alerter Serridge.

— S'il s'agit de Serridge.

— Le fait est qu'il se méfiera s'il y a des flics autour. Il n'en est pas question. »

Narton sirota son thé.

« Faites-moi confiance. »

Il observait l'autre homme par-dessus le bord de sa tasse.

« Je ne sais pas ce qui me serait arrivé si Ingleby-Lewis et Mme Langstone n'avaient pas surgi. »

Wentwood piqua un œuf avec sa fourchette.

« Je n'aurais pas été en état de vous parler. »

Narton n'en doutait pas.

« Vous n'avez pas eu grand-chose, et c'est ce qui est le plus important.

— Je commence à voir les choses autrement. Miss Kensley pense que je perds mon temps et je crois qu'elle a raison.

— Vous ne perdez pas votre temps, je vous l'assure, dit Narton d'un ton sévère. Pas avec Serridge dans les parages. S'il vous demande quelque chose à propos de l'agression, dites-lui que vous êtes tombé sur une bande d'ivrognes. »

Wentwood repoussa son assiette encore pleine. On voyait qu'il n'avait jamais été pauvre, pensa Narton, pas vraiment pauvre.

« Parlez-en au moins à Miss Kensley, dit Narton en touchant le bouton de manchette. Demandez-lui si elle n'a jamais eu de problèmes avec ces types. Il n'y a pas de mal à ça, n'est-ce pas ?

— D'accord.

— Bravo.

— Il se passe quand même des choses curieuses dans cette maison, dit soudain Wentwood. Avez-vous entendu parler du cœur ? »

Narton le regarda d'un air impassible et attendit la suite.

« Ou plutôt les cœurs. Mme Langstone m'en a parlé aujourd'hui. Quelqu'un les envoie à M. Serridge, un paquet de temps à autre, avec un cœur dedans, probablement celui d'un agneau. »

Wentwood se passa la langue sur les lèvres.

« Un cœur cru. Sans lettre. Rien. Juste le cœur.

— Je sais, dit Narton.

— Comment ça ?

— J'ai fouillé dans les poubelles. »

Lorsque Rory arriva à Cornwallis Grove, c'est Julian Dawlish qui lui ouvrit la porte.

« Ah, Wentwood, dit-il. Formidable. Nous avons justement besoin d'un fort à bras. Dites donc, vous avez l'air assez mal en point, si vous me permettez cette remarque.

— J'ai eu une altercation avec deux ivrognes hier soir.

— Mon pauvre, êtes-vous…

— C'est moins grave que ça n'en a l'air. Je vais bien. »

Dawlish lui jeta un coup d'œil compréhensif.

« Venez vous asseoir. Je vais appeler Miss Kensley. »

« C'est M. Wentwood », cria-t-il vers le haut de l'escalier.

Rory suivit Dawlish vers le salon.

« Que se passe-t-il ?

— Miss Kensley voulait débarrasser la chambre de son père et j'ai promis de l'aider. »

Pour la première fois depuis son retour d'Inde, le salon lui parut confortable. Les rideaux étaient tirés, et un bon feu brûlait dans la cheminée.

« Elle va bien ? demanda-t-il.

— Très bien. »

Dawlish arrangea le feu avec un tisonnier, et les flammes remontèrent dans la cheminée. La porte s'ouvrit et Fenella entra, le visage rouge et les yeux brillants. Ses cheveux étaient recouverts d'une écharpe et elle portait un pantalon.

« Bonjour, Rory. »

Elle s'arrêta.

« Qu'est-ce que tu t'es fait ? »

Il répéta ce qu'il avait dit à Dawlish.

« Je venais justement de dire à Julian que ton aide serait la bienvenue », continua-t-elle, une fois rassurée sur son état.

Julian ? Hier soir, c'était M. Dawlish.

« Nous déblayons la chambre de Papa – son atelier là-haut. Il y a beaucoup de cochonneries, et certaines choses sont assez lourdes.

— Des peintures à moitié terminées ? dit Rory. Des fauteuils cassés ? Des horloges vides ?

— Et une armoire en cours de montage, répondit Fenella. Un coffret de soi-disant spécimens géologiques. Beaucoup d'oiseaux empaillés. Trois postes à galène – la TSF était son grand truc juste avant sa dernière maladie. Il écoutait les Savoy Orpheans avec son casque, en marquant le rythme avec les pieds et en sifflant. Cela rendait Maman folle. Avant ça, il était question de refaire des fauteuils anciens pour les vendre à n'importe quel millionnaire américain passant par là. »

Elle sourit à Dawlish.

« Papa changeait de passe-temps tous les trois mois. Ils devaient tous faire de lui un homme riche. Il y a englouti une fortune. Certaines choses devraient bien encore valoir quelques shillings. »

Elle s'assit sur le canapé, et les hommes sur des chaises, de chaque côté. Elle tendit les mains vers le feu.

« J'espère que vous ne m'en voudrez pas trop, dit Dawlish. J'ai ajouté un peu de charbon. Il faisait plutôt froid.

— Bien sûr que non, je ne vous en veux pas. »

Rory regarda le feu, qui avait probablement consumé en une demi-heure l'équivalent de la ration d'une soirée.

« Pourquoi vider la chambre maintenant ? La destines-tu à un autre pensionnaire ? Ou comptes-tu vendre certaines choses ?

— Nous devrions trouver des acquéreurs pour certaines choses, et le chiffonnier enlèvera ce qui reste. J'espère ne plus avoir à prendre d'autres pensionnaires. Julian a eu une idée.

— Certains de mes amis et moi-même sommes en train de mettre sur pied une petite organisation, expliqua Dawlish. Fenella a très gentiment proposé d'en devenir la secrétaire.

— Quel genre d'organisation ? »

Dawlish feignit d'ignorer le ton brusque de Rory.

« L'Alliance des socialistes contre le fascisme. C'est notre titre provisoire. ASCF pour faire court.

— Cela paraît être une noble cause, dit Rory avec amertume.

— Nous pensons qu'il y a une place pour ça, dit Dawlish. Je dirais même, un besoin. Nous voulons proposer un espace où tous les gens de gauche, quelles que soient leurs convictions, puissent se rencontrer et discuter. L'union est la clé de tout, voyez-vous. Unis, nous restons debout, divisés, nous tombons. Quelqu'un que je connais vient d'hériter d'une maison dans Mecklenburgh Square, et nous pourrons y installer notre quartier général pour un loyer modique. Les membres contribueront aux dépenses courantes. Dont, bien sûr, le salaire de la secrétaire.

— Tu dois être ravie, dit Rory à Fenella.

— Je le suis.

— J'ai tout de suite pensé à Fenella, continua Dawlish. Elle prend en sténo et sait taper. Et s'occuper d'une petite organisation comme la nôtre sera facile en comparaison de la gestion de cet endroit et des relations avec les pensionnaires. »

Rory ne dit rien.

« Ce n'est que le début évidemment. »

Parfaitement inconscient, Dawlish rayonnait comme le ravi de la crèche.

« Il faudra voir comment les choses se développent. »

Rory se tourna vers Fenella.

« Mais que feras-tu quand le bail ici arrivera à terme ? Il faudra que tu trouves un endroit où vivre. »

Dawlish s'éclaircit la gorge.

« Cela pourrait être commode que la secrétaire habite sur place. Il y a l'appartement d'un ancien gardien de maison. Il suffira d'un coup de peinture et de quelques meubles. Rien n'empêche que Fenella renonce à cet endroit et emménage quand bon lui semble. »

Quelle chose merveilleuse, pensa Rory, on ne pouvait pas rêver chose plus merveilleuse !

12

La bêtise de la pauvre femme vous donne envie de crier. Mais vous vous couvrez la bouche de la main pour que personne ne puisse entendre.

Lundi 3 mars 1930

Si tout va bien, Joseph dit qu'il n'y a aucune raison pour que nous ne puissions pas emménager d'ici quelques semaines. Il a commandé des catalogues de graines. Il prévoit de faire un potager. Le printemps à la campagne ! Je peux à peine y croire. Et Jacko s'y plaira aussi. Je l'ai vu aujourd'hui, sur le chemin du bureau de M. Shires. Je suis sûre que M. Howlett est un homme bon et qu'il s'occupe bien de lui, mais j'ai cru remarquer de la tristesse dans les yeux de Jacko quand je l'ai quitté.

M. Shires est l'avocat, et son bureau se trouve sur Rosington Place, presque en face de la chapelle qui restera pour nous un endroit spécial. C'est un homme un peu grassouillet et timide, qui paraît agréable. Joseph me dit qu'il est très compétent et que ses honoraires ne sont pas excessifs.

En une demi-heure à peine, l'affaire était à peu près réglée. C'est un tel soulagement d'avoir Joseph pour veiller à mes intérêts. M. Shires et lui ont parcouru mes documents et m'ont expliqué quelles actions je devais vendre, et lesquelles garder. Apparemment, j'avais été assez mal conseillée – certaines actions perdent de la valeur, et la meilleure chose à faire est de les vendre pendant qu'il en est encore temps. J'avoue que j'étais un peu inquiète – je pensais que si je vendais une partie de mes actions, j'aurais moins de revenus pour vivre. Mais Joseph m'a fait remarquer que je profiterais aussi de ses revenus à lui, et, de toute façon, la vie à la campagne est nettement moins onéreuse. À nous deux nous pourrons vivre très confortablement, même avant que notre potager ne commence à produire.

M. Shires avait également préparé à mon intention une lettre à envoyer à M. Orburn, lui retirant mes affaires et lui demandant d'envoyer mon dossier à M. Shires. Cela me souciait un peu, mais Joseph a dit qu'il s'agissait purement d'une question de correction, et que M. Orburn n'en serait pas offensé. En tout cas, son père et lui s'étaient assurés de jolis honoraires au fil des années grâce à nous.

Nous avons longuement discuté avec Joseph de la façon dont nous devrions acheter la ferme. Le problème est que, bien que la ferme m'appartienne (ou plutôt nous appartienne), si on la met à mon nom, tout le monde saura que Joseph et moi ne sommes pas encore mariés – aux yeux de la loi, j'entends. Joseph prétend qu'il y aurait des tas de difficultés si je me faisais appeler Mme Serridge sur un document légal avant d'avoir le droit de le faire. (Il m'a serré la main et dit qu'en ce qui le concernait, il avait hâte que ce moment arrive.) J'ai donc suggéré que la meilleure chose serait peut-être de mettre la ferme à son nom, en tout cas pour le moment. Le cher homme protesta, disant que ce serait injuste envers moi, mais en fin de compte, je suis arrivée à le convaincre. Ainsi, notre petit mensonge pourra rester secret.

Nous avons ensuite déjeuné avec l'ami de Joseph, le capitaine Ingleby-Lewis, qui semblait bien aimer le vin. Néanmoins, n'importe qui, même à moitié aveugle, aurait pu voir qu'il s'agissait d'un vrai gentleman. Le capitaine m'a dit en confidence que tous les hommes de son régiment tenaient le major Serridge en grande estime. Il me dit qu'il (Joseph) était la bonté même. Il n'avait pas besoin de me le dire !

Cinq minutes après l'avoir persuadée d'acheter la ferme, il réussit à lui faire vendre ses actions pour la payer, la coupant de la seule personne en qui elle pouvait avoir confiance, et faisant en sorte qu'elle le supplie presque de mettre la ferme à son nom.

*

* *

Ce bouton de manchette obsédait Lydia. Il l'obsédait quand elle se coucha le samedi soir, et il l'obsédait toujours lorsqu'elle se réveilla le dimanche matin. C'est en partie pour cela qu'elle décida de se rendre à Frogmore Place.

Non pas pour s'y réinstaller, ni pour reprendre la vie à laquelle elle avait renoncé deux semaines auparavant. Elle commençait à se rendre compte que l'on ne pouvait pas revenir en arrière, qu'on le veuille ou non. La vie était comparable à une voiture ne disposant que de la marche avant, et roulant de plus en plus vite vers l'avenir.

Ce serait une visite éclair. Elle n'avait pas imaginé à

quel point il pouvait faire froid dans un endroit comme Bleeding Heart Square. Il lui fallait d'autres vêtements, et des plus chauds. Elle s'était également souvenue du collier de perles de sa grand-mère dont elle avait hérité. Il était rangé dans le coffre-fort dissimulé derrière un tableau de cheval sans intérêt accroché au-dessus de la cheminée dans le bureau de Marcus. Avec un peu de chance, Marcus aurait oublié de l'emporter à la banque. Il était assuré pour plus de mille livres. Elle avait déjà été obligée de retourner voir M. Goldman dans Hatton Garden pour lui vendre un bracelet en or.

Quant au bouton de manchette, ils étaient probablement des centaines d'hommes, rien qu'à Londres, susceptibles de porter les mêmes. Il n'y avait pas non plus de raison de penser que l'agression dont avait été victime Rory Wentwood vendredi soir avait le moindre rapport avec elle. Mais le fait est que Marcus venait de rejoindre l'Union britannique des fascistes, et que c'était le genre d'homme à prendre un plaisir enfantin à afficher son appartenance à des groupes masculins ; sa garde-robe était pleine de cravates à raies, comme autant de codes vestimentaires déchiffrables seulement par les initiés.

Il était également jaloux de nature et capable de violence. Lydia estimait que ce n'était pas par amour, mais bien plutôt parce qu'il n'admettait pas qu'on veuille le priver de ses possessions – encore une fois comme un enfant, cette fois avec ses jouets.

Pendant leurs fiançailles, au cours d'un bal de chasse chez un voisin, un officier subalterne éméché l'avait acculée dans le petit salon et avait tenté de l'embrasser. Marcus, dans un état d'ivresse presque aussi avancé, les avait suivis, et avait tabassé le jeune imbécile avant de le jeter dehors à la grande joie des domestiques.

Il n'y avait pas grand rapport entre une bagarre dans un bal de chasse dans le Gloucestershire et ce qui s'était passé vendredi dans Bleeding Heart Square. Il était possible que Marcus, ou un de ses espions, l'ait vue avec M. Wentwood, et en ait tiré de mauvaises conclusions. Marcus se faisait facilement de fausses idées. Si jamais il était de près ou de loin impliqué dans l'agression, peut-être pourrait-elle trouver un indice dans la maison, comme une lettre de l'un de ses amis du même bord, ou même un bouton de manchette solitaire. De toute façon, il était préférable de chercher un indice sans rien trouver que de ne rien faire et s'inquiéter.

Le dimanche matin était le meilleur moment pour se rendre à Frogmore Place. La maison était fermée, lui avait dit Marcus, et lui-même s'était installé à son club. Les domestiques seraient retournés à Longhope ; les Langstone n'avaient pas de domestiques différents pour chaque endroit. Il y avait une gardienne, Mme Eggling, mais elle était pratiquante, et se rendait à la messe le dimanche, matin et soir.

Lydia était encore, tout du moins en théorie, la maîtresse du 9 Frogmore Place, dont elle avait encore la clé dans son sac. Elle avait parfaitement le droit de monter les marches jusqu'à la porte d'entrée, d'entrer et de reprendre ses propres biens ainsi que ceux dont elle avait la charge pour les éventuelles futures générations de petits Langstone. Elle serait dans son droit d'ordonner à Mme Eggling de l'aider. Mais elle ne voulait pas signaler sa présence, non seulement parce qu'elle avait l'intention de fouiller dans les affaires de

Marcus, mais surtout parce qu'elle avait définitivement rompu avec cette partie de sa vie. Si elle était obligée de se replonger dans son passé, elle préférait que ce soit sans témoins, sans regards accusateurs, ni personne pour poser des questions, personne pour essayer de la persuader de rester, et surtout ne pas risquer de tomber sur Marcus.

Elle prit l'autobus jusqu'à Marble Arch et parcourut le reste du chemin à pied. La voiture de Marcus n'était pas garée dans Frogmore Place, ni dans la ruelle derrière. Les volets de la maison étaient fermés. Elle monta les marches en courant, inséra sa clé dans la porte et pénétra dans l'entrée.

À l'intérieur, l'air était froid et légèrement humide. L'horloge de parquet marquait toujours l'heure, et dans le plateau sur la console au pied de l'escalier, il y avait une collection de cartes de visite. À côté du plateau, le vase en cristal, dépourvu de ses fleurs habituelles, avait au fond deux centimètres d'eau marron. Mme Eggling devenait négligente.

Toutes les portes étaient fermées. Les portes intérieures des pièces principales restaient fermées à clé quand la maison était inoccupée. Elle avança lentement dans le hall d'entrée jusqu'au buffet sous les marches. À l'intérieur, cachés dans une niche, les doubles des clés étaient suspendus à une rangée de crochets. Lydia prit celle de sa chambre et monta les marches dans le silence de la maison. C'est seulement après avoir dépassé le palier du premier étage qu'elle se souvint des perles. Pour cela, elle aurait besoin de la clé du bureau. Tant pis, elle s'occuperait d'abord de ses vêtements.

Elle ouvrit la porte de sa chambre et pénétra dans

l'espace familier. Le store était descendu et les rideaux à moitié tirés. On avait nettoyé la coiffeuse de son habituel fouillis de brosses en argent, miroirs et petits pots. Pourquoi avait-elle besoin autrefois d'autant d'objets dispendieux pour se rendre présentable aux yeux du monde ? Personne n'avait encore recouvert les meubles de draps contre la poussière. Peut-être Marcus pensait-il que recouvrir le mobilier donnerait l'impression d'un départ définitif de sa femme. Il fallait penser aux domestiques, disait toujours Marcus, ce qui rendait la vie si compliquée.

Lydia n'enleva ni son chapeau ni ses gants. Elle posa la valise vide sur le lit et l'ouvrit. Dans l'armoire, elle choisit une robe grise en tricot avec des boutons bleus transparents et un manteau chaud d'un bleu marine presque noir. Elle se tourna vers la commode, et en sortit trois paires de combinaisons-culottes en laine et une camisole en tricot. Elle avait aussi besoin de bas, et de baleines. Elle étudia les pull-overs disponibles, hésitant entre un cachemire beige et un tricot de soie jaune cognac avant de décider finalement de prendre les deux. Elle eut du mal à fermer sa valise.

Elle lissa le couvre-lit pour effacer la trace de la valise, et sortit de la chambre, refermant à clé derrière elle. Il était probable que personne ne se rendrait compte qu'elle était venue, sauf si sa femme de chambre fouillait dans ses affaires. Lydia réfléchit à ce qu'elle allait faire ensuite ; laisser la valise dans le buffet sous les marches ; prendre la clé du bureau ; chercher le collier de perles, et fouiller dans le bureau de Marcus pour voir si elle trouvait quelque chose en rapport avec l'agression de M. Wentwood.

Sur les dernières marches, juste avant d'arriver dans

le hall, au moment où elle se demandait si elle ne devrait pas regarder aussi dans la chambre de Marcus, elle entendit une clé tourner dans la serrure de la porte d'entrée, puis le pêne regagner le verrou.

Elle n'avait plus le temps de réfléchir. Encombrée par la valise, elle fit demi-tour et remonta jusqu'au premier palier. Elle passa en titubant devant la porte du bureau et celle du salon et gagna les toilettes au bout. Cette porte n'était jamais fermée quand la maison était vide. Elle posa la valise et fit glisser le verrou le plus discrètement possible. Un bruit sourd familier retentit en bas. Quelqu'un avait refermé la porte d'entrée.

Lydia mit son oreille contre la porte des toilettes pour écouter. Elle n'entendait rien, sinon le rythme saccadé de sa propre respiration. La petite fenêtre était protégée par des barreaux. Seul un singe aurait pu passer à travers. Pour l'instant, elle était en sécurité, sauf si quelqu'un essayait d'entrer, mais sinon, elle était bel et bien prisonnière.

Elle se mit à envisager toutes les possibilités : il était peu probable que ce soit Mme Eggling, qui empruntait généralement la porte du sous-sol ; encore moins un cambrioleur, en pleine journée et par la porte d'entrée ; c'était donc certainement Marcus. Elle aurait préféré que ce soit un cambrioleur.

Le temps s'écoulait – moins de vingt minutes d'après sa montre, mais cela lui semblait interminable. Elle ressentit le besoin d'aller aux toilettes, et le bruit de l'urine dans la cuvette lui parut aussi assourdissant qu'une chute d'eau. Elle n'osa pas tirer la chasse.

Puis, quelque part en dessous, elle entendit à nouveau un bruit sourd.

Un soulagement l'envahit. C'était encore la porte

d'entrée – ce qui voulait dire que la personne était repartie. Mais son assurance avait été sérieusement ébranlée. Elle attendit encore cinq minutes par précaution, et tira le verrou. Une fois la porte des toilettes ouverte, elle s'arrêta pour écouter pendant trente secondes. La maison était silencieuse.

Elle reprit la valise et s'avança doucement vers les marches, veillant à marcher sur le tapis plutôt que sur le parquet de chaque côté. En haut des marches, le couloir s'élargissait. Elle continua sur la pointe des pieds, puis s'arrêta tout à coup. La porte du bureau de Marcus était entrouverte à présent.

Elle n'en croyait pas ses yeux. Elle regarda par l'espace entre la porte et le chambranle. Quelque chose bougeait très doucement dans la pièce. À entendre le bruit, on aurait pu croire que quelqu'un mangeait un sandwich avec un plaisir évident, mais sans se soucier des manières.

La peur la paralysait. Elle se pencha peu à peu vers la gauche pour mieux voir. Les détails lui apparaissaient par morceaux, comme des fragments de puzzle dispersés sur un plateau, provisoirement incompréhensibles. Une paire de chaussures d'homme, noires et bien cirées. Une paire de chaussures de femme, en daim marron, ouvertes à l'avant, très jolies, mais peu pratiques et peut-être un peu osées – et pas convenables du tout pour aller à l'église. Un pantalon bleu marine. Une robe de jour d'un rose plutôt audacieux avec une jupe très étroite fendue sur le côté sur des bas couleur chair.

Lydia leva les yeux, et soudain la plupart des morceaux du puzzle se mirent en place sur le plateau : le tableau était presque complet, parfaitement évident et facile à comprendre. Marcus était debout, appuyé contre le dossier d'un fauteuil. Il portait sa cravate Old Marlburian et son costume bleu marine. Il respirait par la bouche, laquelle était ouverte de façon peu élégante et formait un O. Sa tête était rejetée en arrière, et son regard descendait le long de son nez tout droit en direction de Lydia dans l'embrasure de la porte ; il l'aurait vue si ses yeux avaient été ouverts.

Espèce de salopard, pensa Lydia, espèce de sale brute.

À genoux devant lui, le dos à la porte, c'était une femme mince et gracieuse qui portait la robe rose. Sa tête sombre savamment bouclée était penchée. La tête montait et descendait par petits mouvements, comme un oiseau picorant un morceau de choix. Les mains de Marcus étaient posées sur ses épaules.

La tête s'arrêta de bouger.

Les yeux toujours fermés, et son visage aveugle toujours tourné vers la porte, Marcus chuchota d'une voix rauque :

« Ne t'arrête pas. Pour l'amour de Dieu, ne t'arrête pas maintenant. »

À cet instant-là, le dernier morceau du puzzle tomba en place, et, hélas pour Lydia, il n'y avait plus la moindre ambiguïté ni le moindre doute. À cet instant-là, Lydia sortit brusquement de son état de transe. Elle descendit les marches en courant et se précipita dans l'entrée poussiéreuse. La valise cognait contre sa jambe. Son bras accrocha le vase et l'envoya contre un radiateur, où il se brisa en une pluie de cristal. Elle tira violemment la porte pour l'ouvrir et se retrouva dans l'environnement respectable de Frogmore Place avec ses demeures ornées de stuc.

Le dimanche matin, Herbert Narton quitta la chambre qu'il louait dans Lambeth, refermant la porte à clé derrière lui. Il traversa la Tamise et s'en alla à pied dans Londres jusqu'à Liverpool Street, où il acheta un billet aller-retour pour Mavering. Le voyage était encore plus long le dimanche après-midi que pendant la semaine. Il était quinze heures passées lorsqu'il arriva à la petite gare.

Il fut le seul à descendre du train. Il prit le sentier près de l'église pour aller jusqu'à Rawling. Arrivé à la bifurcation, il hésita. Il choisit le chemin de droite, bien que ce fût le plus long jusqu'au cottage. À l'orée du village, il jeta un coup d'œil pour la forme en direction du château. Maintenant que les Alforde n'étaient plus là, il tombait en ruine. Sa femme lui avait dit que les nouveaux occupants étaient une bande de dingues – des théosophistes ou quelque chose dans le genre, adeptes de l'exercice physique et de pensées supérieures – mais elle ne pensait pas qu'ils resteraient longtemps, ce qui valait mieux, leur moralité laissant à désirer.

Le village était maintenant en vue. Il entra dans la cour de l'église. Il y faisait horriblement froid et l'endroit était désert. On voyait de la lumière en bas dans le presbytère, et de la fumée qui sortait des cheminées. La plupart des habitants de Rawling, depuis le vicaire jusqu'à Robbie Proctor, celui qu'on considérait pratiquement comme l'idiot du village, étaient occupés à boire leur thé devant le feu.

Narton s'attarda un moment devant le porche du cimetière. Devant lui, un chemin pavé menait jusqu'à la porte sud de l'église. Il s'était marié dans cette église, et lorsqu'il en était sorti avec Margaret au bras, tous ses collègues vêtus de leurs plus beaux uniformes bleus s'étaient mis en rang pour les féliciter. C'était le printemps, et il se souvenait avec acuité des feuilles vert tendre sur les tilleuls de chaque côté du chemin. À présent, les tilleuls étaient dénudés, et leurs branches sombres emmêlées contrastaient avec les différences nuances de gris de l'herbe, des murs en pierre, et du ciel. Les arbres formaient une armée de danseurs fantomatiques prête à l'entraîner dans leur sarabande vers une fin sinistre dont il n'avait même pas idée.

Quelque chose lui revint en mémoire – une conversation dans la chapelle entre Malcolm Fimberry et le père Bertram – quelque chose à propos d'une soirée dans Bleeding Heart Square et d'une femme qui avait dansé avec le diable. Narton n'avait que faire de ces contes de bonne femme, mais il savait exactement qui était le diable et où il se trouvait. Le diable était bien vivant et en parfaite santé, et il partageait son temps entre la ferme de Morthams et le 7 Bleeding Heart Square. Et maintenant, à en croire le jeune Wentwood, pour achever de compliquer les choses, quelqu'un lui envoyait des paquets.

Des cœurs saignants pour le diable ?

Narton quitta le sentier et s'avança entre les pierres tombales. L'herbe était haute et mouillée, et l'humidité lui remontait le long des jambes. Au fond du cimetière, il y avait une enclave réservée aux nouvelles tombes. Il hésita. La pierre tombale d'Amy était proche de l'if dans le coin. *Bonsoir, ma chérie*. Il jeta un coup d'œil en arrière vers les tilleuls dansants et se dépêcha de sortir du cimetière par l'entrée du bas.

La pluie tombait dru maintenant, et la lumière déclinait rapidement. Narton marchait de plus en plus vite, essayant d'oublier le froid et l'humidité, même si, et Dieu seul le savait, rien à l'autre bout ne justifiait qu'il se dépêche. La ferme de Morthams se trouvait à huit cents mètres sur la gauche, cachée par une rangée irrégulière d'arbres, dont trois grands pins. Il passa devant l'entrée du chemin plein d'ornières menant vers la maison et la cour. La boîte aux lettres au coin était de travers, pareille à une sentinelle éméchée. Pour imiter la petite noblesse, Serridge appelait le chemin une allée.

La route tourna vers la droite. Au bout du virage, se dressait sa propre maison, sombre et rectangulaire, avec une lumière à la fenêtre de la cuisine. Le cottage comportait deux chambres en haut et deux en bas, avec une arrière-cuisine adjacente au bout. Le beau-père de Narton avait travaillé toute sa vie à la ferme du château, et le cottage venait avec la fonction. À sa retraite, les Alforde lui avaient permis d'y rester. Sa fille Margaret avait également travaillé au château, et ils lui avaient laissé le cottage après qu'elle eut donné sa démission pour épouser Herbert Narton.

Une jolie petite jeune fille. Je ne pouvais pas croire à ma chance.

Pour Narton, les Alforde avaient toujours eu la tête dans les nuages, et davantage d'argent que de bon sens, une proie facile pour quiconque présentant une histoire pathétique – raison pour laquelle il ne leur restait plus beaucoup d'argent maintenant. Quand ils avaient vendu le domaine, ils avaient proposé aux Narton la propriété inaliénable du cottage pour à peine plus que le prix d'un bon dîner. À l'époque, il en avait été ravi. Il s'y voyait passer ses vieux jours, cultivant des petits pois et des courges, peut-être même des asperges s'il y parvenait, avec les enfants d'Amy pour l'aider à mettre ses semis en pot.

Le jardin était une jungle dégoulinante à présent, colonisée par les mauvaises herbes rescapées de l'été dernier. Il jeta un coup d'œil par la fenêtre de la cuisine en passant. Margaret, portant manteau, chapeau et gants, était assise à la table en train de lire la Bible. Ses lèvres remuaient et son doigt suivait le texte. Lorsqu'il entra par la porte de derrière, elle ne leva même pas les yeux.

Elle n'est plus aussi jolie maintenant.

Il savait qu'il ne fallait pas la déranger. Pendant qu'elle continuait à lire, il enleva son manteau, ouvrit le fourneau, et remit du petit bois sur les braises et une mince couche de charbon. Il posa la bouilloire dessus pour chauffer de l'eau et se lava les mains.

Arrivée à la fin du chapitre, Margaret leva les yeux.

« Il n'y a rien à manger, dit-elle. Je ne savais pas que tu viendrais aujourd'hui.

— Cela ne fait rien. Je n'ai pas faim. »

Elle reporta son regard vers la Bible. C'était plus facile quand elle ne parlait pas. Il chercha ce qui restait. Les feuilles de thé dans la théière pouvaient être réutilisées. Dans le garde-manger, le pot à lait n'avait pas été recouvert ; le lait avait tourné, et une mouche flottait à la surface. Il restait un peu de sucre, ainsi qu'une demi-miche de pain blanc rassis et une tasse de graisse de bœuf. Manger et boire ne l'intéressaient plus beaucoup, mais il savait qu'il en avait besoin.

« Où est la clé ? » dit Margaret tout à coup.

Il resta dans l'embrasure du garde-manger, et la regarda.

« Quelle clé ?

— Celle du buffet dans le salon.

— Je l'ai là. »

Il tapota la poche de son gilet.

« Elle est en sécurité.

— Je la veux.

— Ce n'est pas possible.

— Tu devrais brûler tout ce que tu as là-dedans. Tout. »

Il soupira.

« Ne sois pas stupide. Il peut y avoir des choses importantes. Nous en avons discuté à de nombreuses reprises. Tu n'écoutes pas un mot de ce que je te dis ? »

Elle le regardait fixement, avançant la lèvre inférieure comme une enfant grondée. Le bout de son doigt touchait toujours la page devant elle, progressant lentement et de manière incertaine vers la marge de droite. Elle n'avait pas seulement été jolie, elle avait été belle, pensa-t-il, et élégante qui plus est, comme une vraie dame ; mais ça n'avait plus aucune importance. Il sortit le pain et la graisse du garde-manger et les posa sur la table. Marmonnant quelque chose dans sa barbe, il lui prit la main gauche, celle avec la fine alliance de mariage.

« Tu es gelée, dit-il d'un ton sec. À quoi joues-tu ? Tu veux mourir d'une pneumonie ? »

Elle le regarda fixement, et retira sa main sans rien dire. Il alla chercher une couverture sur le lit défait, et la lui posa sur les épaules. Elle ne réagit pas. Il avait vu des mannequins plus vivants.

Il toucha le fourneau du bout des doigts.

« Ça se réchauffe. Voilà ce dont tu as besoin, de

la chaleur. Tu iras mieux quand tu auras bu un peu de thé. »

Elle le regarda sans sourire. Puis, enfin, elle lui tendit la main.

« Nous faisons une belle paire de croulants », dit Narton, furieux, en la prenant.

Il tira la chaise à côté de la sienne. Ils restèrent assis là, main dans la main, fixant la bouilloire en attendant que l'eau bouille.

Le dimanche après-midi, Rory partit de Bleeding Heart Square en direction du nord, d'abord en ligne droite, puis en décrivant une grande courbe vers le nord-ouest qui le fit traverser Regent's Park et franchir Primrose Hill. Fenella ne l'attendait pas. Il arriva à Cornwallis Grove un peu avant quinze heures trente. Fenella ouvrit la porte. Quand elle le vit, il crut lire une certaine déception sur son visage. Il se l'expliqua aussitôt. C'était tout le problème de la jalousie. Elle se nourrissait autant de spéculations que de faits.

L'entrée était remplie de chaises cassées, de boîtes de peinture, de tableaux entassés contre le mur et d'une volière entière d'oiseaux empaillés.

« Viens dans la cuisine, dit-elle. Il y fait plus chaud. »

En chemin, il trébucha sur un sac en toile rempli d'outils et s'égratigna la main sur une bibliothèque en cours de montage.

« Je commence à croire que je ne me libérerai jamais du vieux monstre, dit Fenella par-dessus son épaule. Avec tout ce désordre, on dirait que Père est encore ici.

— Cela te manquera ?

— Pourquoi ? Bien au contraire.

— Non, dit-il. Je veux dire la maison et tout. C'est ton chez-toi.

— Je n'en ai plus l'impression depuis que Mère est morte. La seule chose qui me manque vraiment, c'est la voiture. Une voiture te donne la liberté – on peut aller où on veut, quand on veut. »

Elle lui sourit.

« On peut toujours s'enfuir. »

Elle se tourna pour remplir la bouilloire. Rory lui trouvait un air d'excitation extrême. Il ne l'avait pas vue de si bonne humeur depuis son retour d'Inde. Ce devait être le travail ou bien ce Dawlish, ou encore plus probablement, les deux.

« Écoute, il y a quelque chose que j'ai oublié de te demander hier, dit-il. Cela concerne les hommes qui m'ont agressé vendredi. »

Tout d'un coup, elle devint complètement attentive.

« Les ivrognes ? Qu'y a-t-il à leur propos ? »

Il choisit ses mots avec soin.

« J'ai trouvé par terre un bouton de manchette qui aurait pu provenir d'un de mes agresseurs. Il porte l'écusson de l'Union britannique des fascistes.

— Cela ne me surprendrait absolument pas. Tout le monde sait que ce sont des brutes. Julian dit d'ailleurs…

— En fait, coupa-t-il, penses-tu qu'ils auraient pu m'agresser à cause de toi ? »

Elle fronça les sourcils.

« Pourquoi ? »

Maintenant qu'il le lui avait dit, cela lui semblait encore moins plausible qu'avant.

« C'est que tu fréquentes ces meetings socialistes et… et que beaucoup de tes amis sont du même bord, comme ce Dawlish. Et maintenant ton nouvel emploi avec – comment ça s'appelle ?

— L'ASCF. Alliance des socialistes contre le fascisme. À t'entendre, on croirait une espèce de... de déviance.

— Ce n'est pas ce que je voulais dire. Simplement, quelqu'un aurait pu nous voir ensemble, et m'avoir pris aussi pour un communiste ou quelque chose dans le genre. En d'autres termes, ils m'auraient agressé pour des raisons politiques. Après tout, si le type portait des boutons de manchette, on peut penser qu'il était au moins à moitié respectable.

— Respectable ? Et il s'en va tabasser des inconnus le vendredi soir ?

— Pas du genre indigent, alors. »

Fenella secoua la tête.

« Je n'arrive pas à le croire. Ces fascistes sont capables de tout, ou presque, mais l'idée qu'ils aient pu te guetter dans Bleeding Heart Square pour te tabasser – c'est vraiment ridicule. Je sais, tu es venu à ce meeting dans Albion Lane, mais tu n'as pas pris une part active dans le déroulement des événements.

— Mais je te connais. Et j'ai rencontré Dawlish. »

Elle secoua la tête.

« Si la cible était Julian ou moi, ils auraient simplement jeté une pierre dans ma fenêtre, et l'auraient peut-être tabassé, lui. En tout cas, d'après ce que tu m'as dit, tu n'es même pas certain que le bouton de manchette provienne de l'un d'eux. »

Elle s'arrêta.

« Rory ? continua-t-elle d'une voix très différente.

— Quoi ?

— Tu vas bien ? Je sais que ce n'est pas facile pour toi. »

La douceur de sa voix le surprit.

« Je vais bien. Ça ira mieux quand j'aurai trouvé un emploi.

— Tu ne vas plus perdre ton temps avec cette affaire concernant tante Philippa, n'est-ce pas ?

— Tu crois que cela ne mène à rien.

— C'est une forme de distraction pour toi, dit Fenella. Tu devrais consacrer tout ton temps à chercher un emploi, pas à poursuivre des chimères.

— Mais je croyais…

— Même si tu la retrouvais, ça ne servirait à rien. Tante Philippa est partie aux États-Unis mener une nouvelle existence. Pourquoi me donnerait-elle de l'argent ? Elle ne me doit rien du tout.

— Je veux me rendre utile. C'est tout. Tu ne me laisseras pas t'approcher autrement.

— Je peux me débrouiller toute seule, merci.

— Tu veux dire que ce Dawlish peut t'aider, lui. »

Fenella secoua vigoureusement la tête.

« Il ne s'agit pas de ça.

— Bien sûr que c'est ça. J'ai vu comment il te regarde.

— Je ne dis pas qu'il n'a pas d'affection pour moi. Mais ce n'est pas réciproque, en tout cas pas comme tu le crois. Ce qu'il y a, c'est que nous avons les mêmes opinions sur les choses, et cet emploi est une magnifique opportunité. C'est parfait. »

Rory pensa que c'était parfait pour Dawlish parce qu'il l'aurait en permanence sous la main.

« Alors c'est vraiment fini ? dit-il.

— Quoi ?

— Toi et moi. »

Elle se leva.

« Écoute, nous en avons déjà parlé. Nous étions très jeunes lorsque nous nous sommes fiancés, surtout moi. Ensuite, tu es parti en Inde pour des années et des années. On ne peut pas reprendre les choses comme elles étaient. Les gens changent. Je sais que j'ai changé. Et je crois que toi aussi. À présent, tu es amoureux d'une idée que tu t'es faite de moi, quelque chose dont tu as rêvé pendant que nous étions loin l'un de l'autre. En ce qui te concerne, je suis comme une mauvaise habitude. Tu dois te défaire de moi et tout ira bien.

— Et c'est tout ?

— Bien sûr que non. Nous pouvons rester amis. J'espère que nous le serons toujours. Et qui sait ce qui peut arriver ?

— Je suis un sacré imbécile, dit Rory.

— Non, tu ne l'es pas. Tu es un homme bon. Et je suis sincèrement reconnaissante de tout ce que tu as fait. Maintenant, pendant que le thé infuse, peux-tu m'aider à faire de la place dans l'entrée. Il y a tellement de bazar que je ne peux même pas accéder à la salle à manger. »

Rory rentra à Holborn en métro. Pendant le trajet, il fuma deux cigarettes et jeta des regards furieux à toute personne susceptible de le regarder. Jusqu'à maintenant, et malgré l'évidence du contraire, il avait tenu pour acquis que Fenella et lui étaient voués à passer leur vie ensemble. Tous ses plans étaient fondés sur cette certitude. Il jeta un regard mauvais à son reflet dans la fenêtre de l'autre côté de la rame. Tant de temps et d'émotions gâchés. Que Narton aille au diable. Si Fenella se moquait de ce qui était arrivé à Miss Penhow, pourquoi ne s'en moquerait-il pas aussi ? À quoi cela rimait-il ? À quoi tout rimait-il ?

Quand il sortit du métro, il faisait presque noir. L'air était chargé, avec un arrière-goût de poussière de charbon et de produits chimiques ; la brume redescendait. Il se hâta le long du côté nord de Holborn. En passant devant la façade longue et sombre de l'immeuble Prudential, il arriva à la hauteur d'une femme qui marchait plus lentement dans la même direction. Il lui jeta un coup d'œil. Au même moment, elle tourna son visage vers lui.

Il toucha son chapeau.

« Mme Langstone. Bonjour. »

Elle fronça les sourcils comme si elle avait été accostée par un inconnu. Puis elle le reconnut.

« Ah, bonjour.

— Quel temps ! »

L'obscurité lui permettait à peine de la distinguer.

« Dites-moi, vous allez bien ?

— Oui – non. J'ai l'impression que je suis en train d'attraper quelque chose. De prendre froid. »

Ils accordèrent leur pas et retournèrent au square en passant par Rosington Place. Un aboiement furieux se fit entendre en provenance de la loge. Le visage de Howlett apparut à la petite fenêtre. Il leva la main en guise de salutation. Comme s'ils étaient poursuivis, ils se mirent à marcher de plus en plus vite vers la chapelle et la grille au bout.

« Le poste vous convient ? demanda Rory tandis qu'ils passaient devant les bureaux de Shires et Trimble.

— Pas particulièrement. »

Elle ne le regarda pas.

« Mais ce n'est pas le problème. »

Ils arrivèrent à la grille du square. Il ouvrit le portillon et s'effaça pour la laisser passer.

Elle hésita, et tourna soudain son regard vers lui.

« Avez-vous déjà éprouvé le sentiment que vous seriez mieux mort, M. Wentwood ?

— À mon avis, la plupart d'entre nous l'ont déjà éprouvé. »

En fait, la pensée lui avait traversé l'esprit à peine vingt minutes plus tôt.

« Mais pensez aux problèmes que cela créerait. »

Ses yeux bleu-gris le regardaient intensément, et il n'y avait pas l'ombre d'un sourire sur son visage.

« La vie est pleine de problèmes, de toute façon. Un peu plus, un peu moins, quelle différence ?

— Qu'est-ce qui ne va pas ? »

Il n'y avait rien de tel que le malheur pour vous rendre direct.

« Je peux faire quelque chose ?

— Non, c'est très gentil à vous. J'aurais dû ne rien dire. Je suis désolée. »

Elle entra dans Bleeding Heart Square. Il la suivit et referma le portillon. Elle s'arrêta soudain, si brusquement qu'il faillit la heurter. Il l'entendit marmonner quelque chose.

Serridge venait du garage et se dirigeait vers la maison. Son manteau à carreaux voyant était ouvert et flottait de part et d'autre comme les ailes d'un énorme oiseau exubérant. Il avait une main dans la poche de son pantalon, et tenait un cigare de l'autre. Les apercevant près du portail, il leur fit un signe de la main.

« Mme Langstone. Bonjour. »

Puis il ajouta après coup :

« M. Wentwood. Vous êtes sortis vous promener ? »

Il regardait Lydia mais elle ne dit rien.

« Non, nous nous sommes rencontrés par hasard dans Holborn », répondit Rory à sa place.

Lydia continua vers la maison, suivie par les deux hommes.

« Vous n'iriez pas faire chauffer de l'eau, Mme Langstone ? dit Serridge.

— Non. Je ne me sens pas très bien. »

Elle inséra sa clé dans la serrure.

Serridge la rejoignit sur le seuil de la porte.

« C'est vrai que vous n'avez pas très bonne mine, si je peux me permettre. Vous couvez un rhume ou quelque chose dans le genre ?

— Quelque chose comme ça. »

Elle ouvrit enfin la porte et se précipita à l'intérieur. Puis elle murmura un au revoir et monta l'escalier.

« Surtout dites-le-moi si vous avez besoin de quelque chose, cria Serridge derrière elle.

— Merci », répondit-elle sans se retourner.

Serridge resta dans l'entrée à la regarder monter les marches.

Surpris, Rory crut lire sur son visage une expression proche de la tendresse, ce qui lui parut parfaitement incongru. Et pour la première fois, une idée parfaitement révoltante lui traversa l'esprit : Serridge avait peut-être le béguin pour Lydia Langstone.

13

Samedi 8 mars 1930

Ça y est, je l'ai fait ! Je suis allée présenter Joseph à John et à Agnès. Par chance, Fenella était là, ce qui a quelque peu facilité les choses, mais ce fut néanmoins terrible. J'avais raison de le craindre. C'était une chose que Joseph vienne au Rushmere, où franchement toute personne portant la culotte a des chances d'être adulée, mais c'en était une autre de l'emmener à Cornwallis Grove. Mon frère est un tel snob ! Non qu'il ait vraiment de quoi, quand on connaît la réalité. Et j'ai toujours eu le sentiment qu'il m'avait spoliée de l'argent venant de l'héritage de Tante, alors que, Dieu sait, il n'y avait aucune raison qu'il lui revienne. C'était la sœur de MON père, pas du sien. Il n'était même pas de sa famille.

Agnès m'avait écrit pour m'inviter à venir prendre le thé, c'était la première fois que j'avais de leurs nouvelles depuis Noël. Je sais qu'on ne doit pas préjuger des gens, mais je ne peux pas m'empêcher de croire que John l'a poussée à m'écrire par intérêt Petit garçon, il était déjà très cupide. Je lui avais demandé si je pouvais venir avec quelqu'un, et vous auriez dû voir leurs têtes quand ils ont ouvert la porte et compris qu'il s'agissait d'un ami homme !

Heureusement, j'avais prévenu Joseph qu'ils risquaient d'être un peu collet monté. Ils avaient sorti leur service à thé en argent avec leur porcelaine Crown Derby. La vieille Mary, qui n'était jamais qu'une bonne à tout faire et pas des plus efficaces, avait été réquisitionnée pour venir travailler un samedi après-midi, et elle s'affairait tellement à jouer les servantes qu'elle ne savait plus où donner de la tête. Au premier coup d'œil, John avait décidé que Joseph n'avait rien du gentleman qu'il aurait souhaité, même si cela saute aux yeux que Joseph, bien plus que John, a tous les atouts d'un homme.

En tout cas, John, qui est horriblement bavard, n'arrêtait pas de parler de tout et de rien, en s'efforçant de rabaisserJoseph. À un moment, il lui demanda ce qu'il pensait du Hamlet du jeune John Gielgud, et plus tard, il fit semblant de s'étonner en apprenant que Joseph n'était pas allé au collège. Jamais de ma vie je n'avais eu à ce point honte de ma famille, mais ce cher Joseph surmonta l'épreuve superbement. Il parla longuement et très gentiment avec Agnès de son travail avec les Guides, et s'intéressa aux études de la chère petite Fenella, et à ce qu'elle avait l'intention de faire plus tard. Elle est tellement mignonne – elle tient de la famille de mon côté. Je lui ai dit que je me servais du journal qu'elle m'avait donné pour Noël.

Et c'est à ce moment-là qu'a éclaté la querelle ! Avant de venir, j'avais envisagé de faire part de nos fiançailles àJohn et à Agnès lors de notre visite – sans leur raconter toute l'histoire, bien sûr, car cela ne regarde personne d'autre que Joseph et moi – avant de décider qu'il valait mieux annoncer la nouvelle la prochaine fois que nous nous verrions. Mais John s'étant montré tellement infect, je changeai d'avis. Je me glissai hors de la pièce, mis ma bague de fiançailles, *et revins pour déclarer de la façon la plus désinvolte qui soit : « À propos, Joseph et moi avons quelque chose à vous annoncer. »*

Alors là, vous auriez dû voir leurs mines défaites. John se mit à bafouiller – il était tellement furieux et surpris qu'il pouvait à peine aligner les mots. Ah ces regards assassins ! Agnès et Fenella, elles au moins, parvinrent à nous féliciter. J'aurais voulu partir tout de suite. Je pris congé dès que la décence me le permit.

Nous marchâmes jusqu'à la station de métro. Je bouillais toujours d'indignation pour la façon dont ils avaient traité Joseph. Mais il dit que cela n'avait pas d'importance et qu'il comprenait pourquoi ils s'étaient conduits ainsi.

« Je sais que je ne suis pas très policé, ma chérie, dit-il. Mais le cœur est du meilleur bois, je te le promets. Tu as fait preuve de beaucoup de courage là-bas. Une vraie lionne. »

Ce n'est certainement pas l'attitude méprisable de John et d'Agnès qui m'a permis de réagir ainsi, mais la générosité virile de Joseph, et l'amour que je sentais dans sa voix quand il me parlait en dépit des insultes dont il avait fait l'objet. Je lui ai dit quej'avais vraiment l'impression maintenant que nous étions mariés aux yeux de Dieu. Je tremblais de tous mes membres. Je veux être ta femme dans tous les sens du mot, très cher. Et je lui ai répété : dans tous les sens du mot, Joseph. Tu me comprends ?

Philippa Penhow entrevoyait une chance de bonheur, et elle la saisissait. Elle donnait plus qu'elle ne recevait. On doit vraiment l'admirer pour ça, n'est-ce pas ?

*

* *

Sa femme avait pris l'habitude de dormir dans la cuisine. Au moment de se coucher, Narton la regardait sortir le matelas de l'arrière-cuisine, et le dérouler dans le coin près du fourneau éteint pour la nuit. Margaret vivait dans la cuisine, ce qui se justifiait par ce temps, car c'était la pièce la mieux chauffée. Pour Narton, si on avait l'intention d'y passer ses journées, on pouvait aussi bien y passer ses nuits.

À une époque, Margaret avait été fière de sa maison au point d'en être maniaque. Le sol était tellement propre qu'on aurait pu y manger, et elle servait le thé au vicaire dans le salon avec des scones sortant du four. À de nombreuses reprises, Mme Alforde elle-même l'avait accompagné.

Sans un regard pour lui, Margaret dressa le lit avec des couvertures venant du tiroir de la commode. Narton se demanda un instant s'il devait rester avec elle dans la cuisine. De toute façon, c'était un petit matelas d'une personne en crin de cheval tout défoncé, celui du lit qu'ils avaient donné à Amy quand elle avait dix ans. En fin de compte, il préféra coucher en haut dans le grand lit double avec un creux au milieu, où il n'arrêta pas de se retourner entre les draps sales, accablé par trop de souvenirs et une literie sentant le renfermé.

Il sombra dans le néant vers cinq heures du matin. À sept heures et quart, la porte de derrière claqua, le tirant brusquement d'un profond sommeil. Ses membres étaient endoloris, et son esprit aussi embrumé et fumeux qu'un brouillard londonien. Margaret était partie travailler. Il se laissa rouler à bas du lit et remit péniblement son corps en ordre de marche. Il urina dans le pot, et passa son pantalon et ses chaussettes, remarquant au passage que le trou dans un talon de chaussette paraissait s'être agrandi pendant la nuit. Il descendit péniblement l'escalier étroit jusqu'à la cuisine. Comme il le craignait, le fourneau était éteint. Margaret prendrait une tasse de thé, et peut-être une tranche de pain grillé au château. Elle travaillait là-bas pour les cinglés, lesquels ne se préoccupaient plus depuis longtemps de la propreté de la cuisine.

Il lui fallut plus d'une heure pour allumer le fourneau, mettre de l'eau à bouillir dans la bouilloire et faire du thé. Après cela, il mit son pardessus et s'en alla dans le village. C'était un matin gris, légèrement pluvieux, et il ne croisa personne avant d'arriver aux abords de la boutique près de l'église. Robbie Proctor se tenait sous le porche du cimetière, bouche bée comme d'habitude et le nez morveux. Il lui manquait une case à celui-là. Quand le garçon vit Narton, il fit demi-tour et s'enfuit entre les tombes.

L'atmosphère n'était pas beaucoup plus accueillante dans l'épicerie du village. Rebecca, la servante du presbytère, s'y trouvait, ainsi qu'un couple de femmes de fermiers. Elles le saluèrent de la tête mais s'écartèrent, se remettant à chuchoter de l'autre côté de la boutique. Que craignaient-elles ? Qu'il les contamine comme un nuage de gaz toxique ?

Il acheta cinq clopes et une miche de pain. Personne ne lui dit au revoir. À peine la porte refermée, il savait que la conversation reprendrait de plus belle. D'après Margaret, tout le monde au village pensait qu'il était fou. Peut-être n'avaient-ils pas tellement tort.

Au cottage, il remit la bouilloire à chauffer et mangea un peu de pain. Après quoi, il alluma une cigarette et erra de pièce en pièce. La maison donnait déjà l'impression d'être abandonnée. Il finit par s'arrêter dans le salon, où il examina le placard près de la cheminée. Il lança son mégot de cigarette dans le foyer vide et exhuma une clé de sa poche de gilet. La porte grinça quand il l'ouvrit. Sur les trois étagères, les deux du haut avaient des jouets dessus, un ou deux livres, quelques vêtements. Sur celle du bas, il y avait un paquet plat, souple, enveloppé dans du papier d'emballage. Narton prit quelques articles au hasard des deux étagères supérieures – un exemplaire d'*Alice au pays des merveilles*, un bonnet de laine avec un pompon, un minuscule poney en porcelaine qu'il avait gagné pour Amy au tir à la carabine à air comprimé à un stand de foire à Saffron Walden.

Quelqu'un tambourina à la porte de derrière. Narton referma le placard à clé et retourna sans se presser à la cuisine.

On frappait toujours. Il ouvrit la porte : Joseph Serridge était appuyé sur une canne, vêtu d'un manteau de pluie épais avec des caoutchoucs tout boueux.

« Il est grand temps que vous et moi ayons une conversation d'homme à homme, dit Serridge d'une voix laconique.

— Je vous croyais à Londres.

— Vous n'allez pas me faire entrer ?

— Pas la peine. Vous ne resterez pas longtemps. »

Serridge s'approcha encore un peu. Il dominait Narton resté sur le seuil.

« À votre guise. Je trouve que cette plaisanterie et ces petits jeux ont assez duré. Pas vous ?

— Une plaisanterie et des petits jeux ? C'est votre définition de l'affaire ?

— Vous pouvez l'appeler comme vous voulez, dit Serridge. Mais cela doit cesser. Vous vous rendez ridicule. Et je commence à en avoir assez de vous voir traîner dans les parages. »

Narton ne dit rien.

« Je pourrais écrire au commissaire de police. Ou tenter une approche plus directe. »

Serridge lança la main droite et saisit Narton à la gorge. La tête de Narton cogna contre le montant de la porte. Serridge resserra son emprise autour du cou de Narton. Narton essaya d'écarter le bras de Serridge. Serridge était trop fort. Il voulut donner un coup de pied dans les tibias de Serridge. En vain. Quand Narton comprit qu'il ne pouvait rien faire, il ne tenta plus rien. Il se contenta de dévisager Serridge, et Serridge le dévisagea également.

« Bon, dit enfin Serridge, comme s'il concluait une conversation. Vous êtes même beaucoup trop stupide pour avoir peur. Je me demande si votre femme pense la même chose. »

Narton voulut parler, mais la main de Serridge sur sa gorge ne le lui permit pas.

« Oui, dit Serridge pensivement. Votre chère épouse, Margaret. En train de faire la boniche au château. Il paraît qu'elle travaille jusqu'à pas d'heure. Elle n'a pas le choix, sans doute. À cette époque de l'année, elle doit faire les allers et retours dans l'obscurité. Ce n'est pas comme à Londres, ici, n'est-ce pas ? La nuit veut vraiment dire quelque chose. On peut facilement trébucher dans le noir, vous savez. Elle pourrait faire une mauvaise chute un jour si elle ne fait pas attention. Elle pourrait aussi tomber sur un vagabond. Il traîne des tas d'individus louches dans le coin, vous le savez mieux que moi. Trop paresseux pour trouver du boulot. Ils ont même peur de travailler. Ils prétendent être d'anciens militaires, mais d'après moi, la plupart sont des canailles prêtes à égorger leur grand-mère pour six sous. Il pourrait aussi y avoir un incendie pendant que vous êtes en plein délire, en train de vous ridiculiser. Rien de plus simple que de renverser une bougie, pas vrai ? Un endroit aussi vétuste s'embraserait comme une torche. »

La main se resserra, et Narton émit un gargouillement.

« Parfaitement, mon vieux. À votre place, je me ferais du souci pour votre Margaret. »

La main de Serridge desserra son étreinte. Narton resta au même endroit à se frotter le cou. Serridge recula d'un pas et sourit.

« Personne ne sait que je suis ici. C'est l'avantage d'une voiture à moteur. On est libre comme l'air, pas vrai ? Je me suis garé en haut d'un chemin de l'autre côté de Mavering, et j'ai traversé les champs à pied. Les choses restent entre vous et moi, mon vieux.

— Allez vous faire foutre. C'est tout ce qu'il vous reste à faire. »

Serridge ne bougea pas.

« À propos, comment va Margaret ? Elle aime toujours chevaucher sur le dessus ? C'était une sacrée luronne dans le temps. Et sa façon de crier ? On aurait dit un goret coincé. Il fallait lui couvrir la bouche. Mais elle s'est peut-être assagie à présent. »

Narton ne dit rien.

« Ravi d'avoir pu bavarder avec vous, dit Serridge. Mais toutes les bonnes choses ont une fin. »

Il souriait toujours.

Un nouveau paquet arriva pour M. Serridge avec le courrier de l'après-midi. Mais celui-ci était différent, d'une forme oblongue et à peu près de la taille d'une boîte à chaussures. Comme à l'accoutumée, il était enveloppé dans du papier kraft et attaché avec de la ficelle. Le nom et l'adresse étaient écrits en lettres majuscules.

Quand Lydia revint du travail, elle trouva Mme Renton en train d'examiner le paquet.

« Il est plus gros. »

Elle le prit en fronçant les sourcils, et le secoua doucement.

« Mais plus léger.

— Pensez-vous qu'il provienne de la même personne ? murmura Lydia.

— Comment le savoir ? »

Elle le reposa sur la table de l'entrée.

« Vous semblez avoir bien besoin d'un remontant. Vous nourrissez-vous convenablement ?

— Oui. C'est ce temps de chien. Juste bon à mettre du vague à l'âme. »

Mme Renton fit la grimace.

« Votre père est en haut avec M. Fimberry. Ils étaient au Crozier à l'heure du dîner.

— Je n'aurais jamais cru que c'était le genre de M. Fimberry. »

Mme Renton baissa la voix.

« Il trompe son monde, celui-là.

— Que voulez-vous dire ?

— Ne me posez pas de questions, ma chère, et je ne vous mentirai pas. »

La vieille femme s'éloigna dans le couloir en traînant les pieds, jusqu'à la porte de sa chambre.

« Des hommes, vraiment ? Prenez garde. »

Lydia monta à sa chambre, où elle ôta son chapeau

et son manteau. Si seulement c'était Rory Wentwood qui était avec son père, au lieu de Malcolm Fimberry. Dans le salon, elle trouva les deux hommes assis près du feu. Son père était étalé sur le canapé, ronflant en sourdine. Fimberry, un verre à la main, bondit de son siège dès qu'il la vit, faisant tomber son pince-nez. Des gouttes de bière éclaboussèrent le bras de son fauteuil. Un sourire tenant plutôt du rictus nerveux fendit son visage rose en deux.

Mon Dieu, pensa Lydia, j'ai bien l'impression que ce fichu bonhomme est amoureux de moi.

« Madame Langstone ! s'exclama-t-il. Je suis passé à tout hasard. Je me souvenais avoir entendu votre père dire que vous trouviez les nuits un peu froides. J'ai – j'ai une bouillotte en plus, et je me demandais si elle vous serait utile. »

Il fit un geste en direction de la table où étaient alignées six bouteilles de bière blonde vides. À côté, se trouvait une bouillotte en grès.

« Démodée, je sais. Mais tellement plus sûre que le caoutchouc.

— J'en suis certaine. Mais je ne pourrais pas…

— Ce n'est rien, vraiment. Comme je vous l'ai dit, j'en ai deux.

— Dans ce cas, merci, monsieur Fimberry. J'en avais une comme ça étant enfant. Ma nourrice l'appelait un cochon de pierre.

— Pierre comme dans pierre de grès, bien sûr, dit-il avec enthousiasme. Cochon dans le sens d'une masse oblongue de quelque chose, probablement. C'est un mot difficile à appréhender.

— Asseyez-vous, monsieur Fimberry. »

Elle se demanda quelle quantité de bière il avait réussi à ingurgiter.

Il lui sourit de nouveau, et se tamponna le visage avec un mouchoir.

« Ne vous occupez pas de moi, madame Langstone.

— En fait, j'ai une ou deux choses à faire. »

Il se laissa tomber dans son fauteuil.

« Faites ce que vous avez à faire. Je suis parfaitement bien. Avec votre permission, j'ai juste besoin de reprendre mon souffle.

— Voulez-vous du thé ?

— Quoi ? Non, merci. »

Fimberry était toujours en train de cuver sa bière quand Lydia revint un quart d'heure plus tard avec une tasse de thé. En la voyant, il bondit de nouveau sur ses pieds comme un diable à ressorts. Elle lui dit de s'asseoir. À peine s'était-elle installée à la table qu'il bondit de nouveau pour lui offrir une cigarette. Pendant ce temps, le capitaine Ingleby-Lewis continuait à somnoler, son ronflement tenant plus d'une respiration bruyante avec une sorte de grincement qui rappelait à Lydia la girouette de l'écurie à Monskill.

Sans grand enthousiasme, elle s'efforça de penser à ce qu'elle allait faire pour le dîner. Mais elle ne parvenait pas à se fixer : l'horrible scène survenue à Frogmore Place ne cessait de la préoccuper, comme de savoir si Rory Wentwood était en haut, et imaginer ce qu'il avait fait toute la journée. Elle entendit M. Fimberry s'éclaircir laborieusement la gorge.

« Je… j'ai beaucoup aimé notre conversation l'autre jour, madame Langstone, à propos des vieilles légendes. Vous vous en souvenez ? Le bal de l'ambassadeur et tous ces catholiques enterrés en secret ici. Bien sûr, cette histoire de diable tient plutôt du conte populaire. Mais cela m'a fait réfléchir à la provenance du nom. Bleeding Heart Square, je veux dire. J'ai fait quelques recherches. D'après une version du siècle dernier, le square tire son nom de l'abattoir de l'évêque qui se trouvait à cet endroit.

— Cela ne semble pas très romantique.

— Non. Mais il y a d'autres versions. Dans le temps, il y avait quantité de logements sociaux nommés "Le cœur compatissant". Le nom serait-il alors une survivance médiévale ? Peut-être se rapportait-il au début à des récits de pèlerins, et le cœur en question était le cœur compatissant de Jésus.

— À moins qu'ils ne se soient trompés dans l'orthographe, dit Lydia. Ils n'étaient pas très bons en orthographe dans les temps anciens, n'est-ce pas ? Même Shakespeare ne savait pas épeler son nom. »

Fimberry cligna des yeux, mais quelques instants plus tard, il se remit à suivre la conversation.

« Oui. Je vois ce que vous voulez dire. »

Il fronça les sourcils.

« Et comme à cette époque, on chassait beaucoup le cerf, un cœur compatissant aurait pu être celui d'un cerf qui aurait été acculé par les chiens et mis en pièces. »

Il se pencha en avant, le visage plus rose que jamais, les muscles de sa bouche bougeant comme s'ils avaient été doués d'une vie indépendante.

« Et peut-être le cœur du cerf saignait-il, si vous voyez ce que je veux dire… On en revient toujours au cœur compatissant, madame Langstone. J'ai vu un cœur compatissant une fois. »

Il fixait Lydia d'un air absent.

« Le saviez-vous ?
— Vraiment ? »

Lydia s'efforçait de garder son calme, sentant que la conversation avait pris un tour différent.

« Un cœur d'homme, plus précisément.

— Comme c'est intéressant, M. Fimberry. Et où était-ce ?

— En France, dit-il, comme si c'était évident.

— À l'armée ? »

Il acquiesça.

« J'en rêve encore, vous savez. Pas seulement du cœur, de tout l'ensemble. »

Il avait un regard implorant, en quête de quelque chose que personne n'était en mesure de lui donner.

« J'y ai passé seulement trois mois. À Passendale[1]. Ils m'ont renvoyé à la maison après. En état d'invalidité. Mes nerfs ne s'en sont jamais remis. »

Lydia dit qu'elle était désolée de l'apprendre. Ce qui était une déclaration parfaitement incongrue. Mais M. Fimberry parut satisfait : il inclina la tête et lui sourit avec concupiscence, ce qui la mit encore plus mal à l'aise. Elle fut presque soulagée en entendant une voiture s'arrêter devant la maison.

« Je me demande si c'est M. Serridge, dit-elle.

— Ce ne serait pas surprenant, dit Fimberry, comme si de rien n'était. Il circule beaucoup en voiture, n'est-ce pas ? »

1. Passendale : terrible bataille de la Première Guerre mondiale qui s'est déroulée en 1917 à Passendale en Flandre occidentale, près d'Ypres, en grande partie dans la boue, opposant Canadiens, Britanniques et Français aux Allemands. Quatre cent quarante-huit mille hommes y ont perdu la vie, dont trois cent mille soldats britanniques. *(N.d.T.)*

Tous deux restèrent silencieux. On entendait les soupirs et les sifflements de la respiration d'Ingleby-Lewis, puis la porte d'entrée claqua et la maison s'anima en bas. Lydia finit son thé.

Quelqu'un montait l'escalier lourdement. Serridge entra dans la pièce sans frapper. Il portait encore son chapeau et son pardessus, et tenait le paquet sous son bras.

« Quand cela est-il arrivé ? demanda-t-il.

— Cet après-midi, d'après Mme Renton », dit Lydia.

Il grommela et ôta son chapeau d'un grand geste.

« Désolé d'interrompre la conversation, madame Langstone. Je me demande s'il s'agit encore d'une de ces satanées plaisanteries. Une soi-disant farce. »

Ingleby-Lewis éternua. Il ouvrit les yeux et se focalisa sur Serridge.

« Ah, vous voilà, mon vieux. Vous avez reçu votre paquet, à ce que je vois.

— J'ai bien envie de le jeter à la poubelle.

— Comment savoir si c'en est un du même genre, fit remarquer Ingleby-Lewis. Il n'y a pas vraiment de raison pour que c'en soit un.

— Je vais l'emporter. »

Serridge regarda Lydia.

« Au cas où il s'agirait de quelque chose d'offensant pour une femme.

— Cela ne gêne pas Lydia, dit Ingleby-Lewis. N'est-ce pas, ma chérie ? »

Elle lui sourit.

« Si vous le dites.

— Elle est bien la fille de son père, non ? Un cuir à toute épreuve.

— Si vous en êtes certaine, madame Lansgtone », dit Serridge.

Il posa le paquet sur la table, sortit un couteau de poche et coupa la ficelle étroitement nouée. Il arracha le papier d'un geste impatient et le laissa tomber par terre. Lydia, qui était assise à la table en face de Serridge, vit que le paquet contenait une boîte en carton portant l'étiquette d'une laverie. Il souleva le couvercle, découvrant du papier journal jauni grossièrement froissé. Elle se pencha en avant. Il y avait quelque chose de blanc sous le papier jauni que Serridge toucha doucement du bout de l'index.

« Seigneur, marmonna-t-il. Pardon, madame Langstone.

— Qu'y a-t-il là-dedans ? demanda Ingleby-Lewis, en cherchant à tâtons le verre sur la table en bout de canapé.

— On dirait un os », dit Lydia.

Serridge plongea la main dans la boîte.

« C'est une maudite chèvre, dit-il d'une voix atone. Excusez-moi, madame Langstone. Et même un vieux bouc apparemment. Regardez ce front. Ça a dû être un sacré cogneur dans sa jeunesse. »

Lydia fixait le crâne allongé aux cornes incurvées. La mâchoire inférieure manquait. Pour elle, cela ne ressemblait pas à la tête d'un animal, plutôt à une arme. Elle entendit grincer le fauteuil de Fimberry, et son pas mal assuré se diriger vers la table.

« Un crâne de chèvre, dit-il. Un bouc. Effectivement, très intéressant. Cela doit correspondre parfaitement, n'est-ce pas ?

— À quoi cela correspond-il, monsieur Fimberry ?

demanda Serridge d'une voix très douce. Allons, dites-le-nous. »

Fimberry laissa échapper un petit rire nerveux.

« À Bleeding Heart Square, monsieur Serridge. À la légende de la dame dansant à corps perdu avec le diable. La chèvre est un symbole de Satan. »

*

* *

Le mardi matin, Rory se rendit à pied jusqu'à Southampton Row où un ancien collègue du *South Madras Times* travaillait maintenant comme rédacteur publicitaire au sein du département marketing d'un fabriquant d'installations sanitaires. Le collègue était malheureusement trop occupé pour le recevoir. Rory retourna à Bleeding Heart Square, en faisant un détour par Farrington Road pour acheter du tabac.

Son chemin le menait par la loge de Howlett en bas de Rosington Place. Le concierge était en train d'ouvrir la grille pour laisser entrer une grande voiture gris-argent, une berline sport Bentley Derby avec chauffeur en uniforme. La vitre proche à l'arrière de la voiture se baissa. Un homme jeta un mégot de cigarette. Il avait un visage lisse et pâle, plutôt arrondi, et parfaitement rasé à l'exception d'une petite moustache, et ses cheveux noirs étaient coiffés en arrière, avec une implantation en V très marquée au milieu du front.

Rory ne l'avait jamais vu. Mais il reconnut à son profil l'homme assis de l'autre côté de la voiture. C'était le plus jeune des deux hommes qu'il avait vus sortir de la maison de Lord Cassington dans Upper

Mount Street. Il s'agissait donc à peu près certainement de Marcus Langstone.

Pendant ses quelques secondes d'attente sur le trottoir, Rory eut le temps de voir que Howlett était tout sourire. Il salua au passage de la voiture en direction de Rosington Place. Mais son attitude de fidèle serviteur souhaitant la bienvenue aux jeunes maîtres fut gâchée par la conduite de Nipper. Le chien resté enfermé dans la loge s'était hissé jusqu'au rebord de la fenêtre et manifestait ses sentiments par des jappements aigus.

Cela devait avoir un rapport avec Lydia Langstone, supposa Rory – peut-être allaient-ils passer la voir chez Shires et Trimbles. Pauvre gosse. Sa famille ne la laissait jamais tranquille. Elle n'était pourtant plus une enfant. Elle avait son âge, et était mariée.

Le mardi, Lydia eut un jour de congé. Elle l'avait appris seulement la veille au soir. M. Shires était toujours affreusement vague quant à ses journées de travail, ce qui rendait difficile de prévoir quoi que ce soit.

Après le petit déjeuner, elle rangea et retapa les lits, celui de son père comme le sien. Il était sorti, la laissant seule dans l'appartement. Sous la table, elle retrouva le papier d'emballage provenant du paquet de M. Serridge. Elle le défroissa, le plia et le rangea dans le tiroir de la cuisine. Il n'y a pas de petites économies, disait Nanny. Ces jours-ci, elle n'avait plus le choix.

Pendant qu'elle balayait l'âtre, elle entendit une voiture s'arrêter devant la maison. La sonnette de la porte retentit. Le pas traînant de Mme Renton traversa l'entrée.

« Madame Langstone ? appela-t-elle quelques instants plus tard en direction de l'étage. Une visite pour vous. »

Lydia arracha son tablier, jeta un coup d'œil dans le miroir près de la porte, et se dirigea vers le palier en haut des marches. Il pouvait s'agir de Marcus, ou peut-être de sa mère, et dans les deux cas, elle était prête à se battre. Il n'était plus question de revenir en arrière maintenant, surtout après la scène dont elle avait été témoin dimanche à Frogmore Place.

« Lydia ! Ma chérie ! »

Sa sœur Pamela se tenait dans l'entrée. Voyant Lydia, elle se précipita en haut, les bras ouverts.

« Ma douce ! C'est donc là que tu te cachais. Je suis ravie de te voir. »

Pamela prit Lydia dans ses bras et la serra à lui en couper le souffle. Puis elle recula pour la regarder.

« Ma chérie – on te sent tellement mince. Tu as suivi un régime ?

— Non, eh bien, oui, d'une certaine façon.

— Et tes mains ? À quand remonte ta dernière manucure ? »

En bas, Mme Renton ne les quittait pas des yeux. À l'extérieur, on entendait des voix se rapprocher, dont celle de Serridge.

« Tu ferais mieux d'entrer », dit Lydia, en ouvrant la porte du salon de l'appartement.

Pamela la suivit à l'intérieur. Elle resta un instant sur le seuil, à contempler la pièce. Son regard s'attarda sur le fauteuil décati dans le coin.

« Grand Dieu. Voilà qui est amusant. Tellement… tellement bohème.

— Non, c'est faux, dit Lydia. Tu n'as pas besoin

de prendre de gants avec moi. En tout cas, cela fait l'affaire pour le moment. »

Pamela écarquilla les yeux en découvrant la pipe dans le cendrier sur la table.

« C'est à toi ?

— Mère ne t'a rien dit ? C'est l'appartement de mon père. »

Pamela cligna des yeux.

« Ton père ? Mais je croyais qu'il vivait à l'étranger.

— Plus maintenant. Il est revenu.

— Je vois. »

Pamela sourit.

« En tout cas, je suis heureuse d'être enfin là. Ça a été horrible sans toi. »

Lydia se tourna pour ramasser le journal de la veille sur le canapé.

« Tu ne veux pas t'asseoir ? »

Sa sœur voleta délicatement jusqu'au sofa, où elle se percha comme un oiseau exotique. Elle ouvrit son sac à main et en sortit un étui à cigarettes avec un fermoir en diamants plutôt chic pour une visite matinale.

« Je regrette de ne pas pouvoir t'offrir de café, dit Lydia. Veux-tu du thé à la place ?

— Pas pour moi, ma chérie. »

Elle tendit l'étui à cigarettes.

Lydia secoua la tête.

« Comment t'es-tu procuré l'adresse ?

— J'ai demandé à Mère. »

Pamela alluma une cigarette.

« Tu es vraiment méchante de ne pas écrire.

— Désolée, dit Lydia.

— As-tu reçu mon mot avec l'invitation ? »

Lydia acquiesça.

« J'aurais bien aimé recevoir une carte postale de ta part, ou quelque chose. Ou que tu me téléphones. Je me suis fait du souci pour toi. Pourquoi as-tu mis les voiles ?

— Marcus et moi ne nous entendons plus très bien. »

Pamela fit la moue.

« Tu es certaine que votre mariage ne passe pas par une de ces phases habituelles ? Tu sais bien, un de ces trucs à propos desquels on vous met en garde dans les manuels de préparation au mariage : pour le meilleur ou pour le pire, riche ou pauvre, j'en passe et des meilleures. »

Lydia secoua la tête.

« Il a toujours été une bonne pâte avec moi.

— On voit que tu n'es pas mariée avec lui, Pammy. »

Sa sœur exhala lentement, tout en l'observant à travers la fumée.

« Tu as changé. Je ne sais pas, tu es… Tu parais plus dure. J'imagine que ça doit être agréable de retrouver son père après toutes ces années, dit-elle d'un ton de voix qui contredisait plutôt ses paroles – mais ce ne doit pas être très drôle de vivre comme ça. Comment te débrouilles-tu avec la cuisine et la lessive ?

— Difficilement, dit Lydia. Comme la plupart des gens, je suppose.

— Mère dit que tu as un emploi.

— Je travaille chez un avocat.

— Comme c'est amusant.

— Je suis à un échelon inférieur à celui du garçon de bureau. À temps partiel. Dix shillings par jour.

— C'est effrayant. Tu as vraiment besoin d'argent ? Je ne m'en doutais pas. Mais j'ai… »

Elle s'interrompit et chercha son sac à main.

« Non, dit Lydia. Merci, mais non. C'est très gentil de ta part, je me débrouille très bien. »

Pamela se calma. Elle écrasa sa cigarette et se pencha en avant.

« En réalité, c'est Mère qui a suggéré que je vienne te voir.

— Qu'attendait-elle de toi ? dit Lydia d'un ton las.

— Juste voir si tu vas bien. Elle est terriblement bouleversée, tu sais. »

Lydia acquiesça. L'intelligence de Lady Cassington n'avait jamais été prise en défaut. Leur mère avait prévu que Lydia refuserait probablement de la voir, mais qu'elle accepterait de voir Pammy ; et que, pour le bien de Pammy, Lydia garderait le silence sur ce dont elle avait été témoin dimanche matin. À condition toutefois que Lady Cassington se soit aperçue que Lydia l'avait surprise en flagrant délit avec son mari.

Marcus est très patient. Mais c'est un homme, tu sais, et les hommes ont des besoins.

« Quoi qu'il en soit, continua Pamela, je dois te faire part de quelque chose me concernant. Rex Fisher m'a demandée en mariage.

— Mère le prévoyait. Tu es contente ?

— Bien sûr. C'est toujours agréable qu'on s'intéresse à vous.

— Et qu'as-tu répondu ?

— J'ai dit que je devais y réfléchir. Et en parler avec Fin et Mère, bien sûr. Il vaut mieux ne pas paraître trop enthousiaste, tu sais. »

Sa sœur avait raison. Elle-même avait toujours beaucoup trop affiché sa dévotion envers Marcus. Quand il lui avait demandé de l'épouser, il n'avait même pas attendu sa réponse. Il tenait pour acquis qu'elle accepterait, ce qui était aussi son avis à elle et celui de tout un chacun.

« Mais j'accepterai, bien sûr. Je sais qu'il est horriblement vieux. Je me suis renseignée sur lui – il va avoir quarante et un ans. Par contre, il est très bien conservé, à part une jambe légèrement estropiée, mais c'est seulement une blessure de guerre. Il a encore toutes ses dents et n'est pas ridicule en maillot de bain. Et pour le côté pratique, il y a l'argent et le titre. Je sais qu'aux yeux de certains, les Fisher sont des commerçants, mais cela ne veut plus rien dire aujourd'hui. Il n'y a plus que les snobs pour y trouver à redire. Tout le monde s'en fiche. »

Elle prit une autre cigarette.

« C'est lui qui m'a donné cet étui. Il est superbe, n'est-ce pas ?

— Ravissant. Il est en argent et en émail ?

— En platine, ma chérie. Tu savais que Rex allait certainement se présenter au Parlement ? J'apprécie beaucoup qu'un homme s'engage dans quelque chose, pas toi ? Fin dit qu'il finira probablement au cabinet du Premier Ministre. Ce serait drôle si Marcus et lui se retrouvaient ensemble au Parlement, non ? Ce serait parfaitement possible si Mosley décidait de présenter des candidats aux prochaines élections. C'est exactement le genre d'hommes dont il a besoin. Ils ne risquent pas de faire peur aux gauchistes ni de cracher dans la salle des pas perdus. Et surtout, ils ne sont pas du tout décrépits. »

Elle décocha un sourire à Lydia.

« En tout cas, c'est une raison de plus pour que tu retournes auprès de Marcus, ma chérie. Nous pourrons jouer les épouses d'hommes politiques ensemble. Nous pourrons tenir salon et recevoir les jeunes Turcs tous les mardis soir. Imagine combien ce serait amusant. »

Elle se mit à glousser, et Lydia se surprit à sourire, puis à rire.

« Voilà qui est mieux, dit Pamela. Tu avais l'air bien trop solennelle. Et presque pas maquillée non plus.

— Tu l'aimes ?

— Rex ? Je suppose. Je l'aime bien, et il me fait rire. Il me procure également un sentiment de sécurité. Je suis certaine que tout le reste viendra tout seul après notre mariage.

— Ce ne serait pas mieux si tu étais déjà amoureuse de lui ?

— Comme toi avec Marcus ?

— Ce n'était pas de l'amour. C'était de l'idolâtrie. Et c'est terminé maintenant. »

Pamela tendit la main et prit celle de Lydia.

« Écoute, Lydia. J'ai vingt et un ans. Je ne suis plus une débutante. Les seuls qui aient jamais voulu m'épouser ne me convenaient pas du tout. Soit qu'ils n'aient pas eu un radis ou qu'ils aient été parfaitement repoussants. Et à présent voilà Rex. Il n'est peut-être pas parfait, mais il est de loin préférable à tous les autres. Je risque de ne pas trouver mieux. Il faut voir les choses en face. »

Lydia ne dit rien, et se contenta de serrer la main de sa sœur à son tour.

« Au fait, si tu veux éviter de tomber sur Marcus, tu ferais mieux de ne pas sortir ce matin.

— Pourquoi ? Il est dehors ?

— Non. Pas exactement – et il ne doit pas venir ici pour autant que je le sache. Mais Rex et lui ont prévu de se rendre ce matin au bureau de l'Union à Clerkenwell. Et Rex a dit qu'ils allaient s'arrêter à Rosington Place car ils avaient quelqu'un à voir qui habite juste en face de l'endroit où tu travailles.

— Il n'y a pas beaucoup de gens qui habitent Rosington Place. Ce sont surtout des bureaux à présent. Dont le mien.

— En tout cas, c'est ce que Rex a dit. Ils devaient rendre visite à quelqu'un qui vit là.

— De toute façon, il n'y a pas de maison en face de notre bureau. C'est une vieille chapelle.

— Alors ce doit être ça, dit Pamela en pouffant à nouveau de rire. Rex et Marcus rendent certainement visite à Dieu. »

14

Mardi 11 mars 1930

Les hommes sont de vraies BRUTES. Ma main tremble tellement que j'ai du mal à tenir mon stylo. J'écris ces lignes à la lueur d'une bougie dans notre chambre à l'Alforde Arms. Oui, NOTRE chambre. Joseph est au bar en bas en train de discuter avec des hommes du village.

Il ne pensait pas que nous passerions la nuit ici. Il était prévu que nous irions à la ferme de Morthams pour la journée, le temps de faire une liste de ce qu'il fallait acheter, et envisager les travaux nécessaires pour rendre la maison habitable. Les problèmes commencèrent dans le train partant de Liverpool Street. Il y avait une jeune femme dans le compartiment – pas vraiment une dame – avec une bonne dose de rouge à lèvres, des chaussures à hauts talons en satin noir, un petit chapeau cloche vulgaire et une jupe très courte. Elle fit semblant d'avoir du mal à soulever sa valise pour la mettre dans le filet, et Joseph bondit pour l'aider. C'est la façon dont il le fit. Et la façon dont elle réagit. Cette horrible fille ne devait pas avoir plus de dix-huit ans – une gamine, ce qui rendait les choses encore pires.

Pendant le voyage, il n'a pas arrêté de la reluquer, et à

une ou deux reprises, j'ai remarqué qu'elle le regardait d'une façon très sournoise. Puis il lui demanda si elle souhaitait qu'il lui prête son journal. Elle accepta évidemment. Ils se mirent bientôt à bavarder comme de vieux amis, en m'ignorant complètement. Je me sentais tellement mortifiée. Nous n'étions d'ailleurs pas seuls dans le compartiment – il y avait également un très gentil couple âgé. Je ne pouvais rien dire devant tout le monde, la seule chose à faire était de garder mon calme et de regarder par la fenêtre, en espérant ne pas trop montrer mon agacement.

Par chance, quand nous changeâmes de train pour prendre la ligne desservant Mavering, nous nous retrouvâmes seuls. Joseph redevint subitement parfaitement courtois et plein d'attentions. Je lui dis que j'avais remarqué qu'il faisait du charme à cette fille, ce qu'il nia en bloc, devenant alors furieux. Je décidai de ne plus rien dire. Comme tous les hommes, Joseph a un côté brute, avec un instinct animal. On peut difficilement le lui reprocher. C'était une proie facile pour une intrigante. Il me vint alors à l'esprit que ce problème avait une solution simple. Il me fallait seulement un peu de courage.

J'attendis que nous en ayons presque terminé à la ferme – où Joseph se montra on ne peut plus attentif au moindre de mes désirs. Pendant que nous étions dans la pièce qui deviendrait mon salon, je lui rappelai ce que j'avais dit l'autre jour après notre visite à mon frère John. Nous étions déjà mariés en esprit, et il était grand temps que nous soyons mariés de l'autre façon. Il m'attrapa, me serra de toutes ses forces contre lui et me couvrit le visage de baisers. Je pouvais à peine respirer.

Il me fit remarquer que tout le monde à Rawling nous connaissait déjà comme M. et Mme Serridge ; ce serait donc *l'endroit idéal, et bien sûr, cela marquerait le début de notre nouvelle vie ensemble, etc.*

De toute évidence, nous ne pouvions pas habiter à la ferme, car rien n'était prêt, mais il avait remarqué que l'auberge du village semblait être un établissement éminemment respectable, et une pancarte dans la vitrine indiquait qu'il y avait des chambres libres. Je commençais à me méfier, aussi je prétendis des choses à acheter, ce qui était vrai. Il balaya mes objections, et plus tard dans l'après-midi, nous prîmes un taxi pour aller à Saffron Walden acheter ce dont nous avions besoin pour la nuit.

Et alors – et alors – tout commença à se gâter. Nous dînâmes à l'auberge – avec de l'horrible mouton tout gras – et Joseph commanda une bouteille de bourgogne qu'il but presque entièrement. Nous allâmes nous coucher de bonne heure. Il n'était même pas neuf heures. Je suis certaine que la tenancière devait se douter de quelque chose.

J'ai du mal à me remémorer ce qui se produisit ensuite, et encore plus à le décrire. Ce fut horrible. Sale. Douloureux. Répugnant. Nous ne nous déshabillâmes même pas. Il me poussa sur le lit et m'agressa littéralement.

Toute l'affaire ne dut pas prendre plus d'une minute, même si chaque seconde me parut durer une heure. J'avais l'impression d'être étouffée, bien que ce fût le dernier de mes soucis. Je ne m'attendais pas à ce qu'il soit aussi brutal. Je ne pensais pas que cela serait si douloureux. Est-ce tout ce que cela signifie, tout ce à quoi cela se réduit ?

Pendant qu'il me le faisait, je pensais qu'au moins, il ne me quitterait plus jamais maintenant. Il m'appartiendrait pour toujours. Quand il en eut terminé, il n'y eut aucune manifestation de tendresse. Il se contenta de me tapoter l'épaule en disant que j'étais une gentille fille. Puis il sortit du lit, remonta son pantalon et commença à faire les cent pas en fumant une cigarette. Je me tournai et fis semblant de dormir. Au bout d'un moment, je l'entendis se soulager dans le pot. Puis il murmura assez fort qu'il descendait boire quelque chose. Je ne répondis pas.

Me voilà donc en train d'écrire près du feu mourant. Je ne veux voir personne, ce qui fait que je ne vais pas sonner pour avoir du charbon. Ils discutent toujours en bas, et il me semble l'entendre rire. Rire. Doux Jésus, je sais que c'est un péché, mais je préférerais parfois être morte.

À peine a-t-on fini de lire ce passage, on voudrait déjà l'oublier et ne plus jamais y repenser. Mais au lieu de cela, on le relit. Et on le relit encore. C'est peut-être cela qu'on appelle l'enfer, être contraint non seulement de vivre, mais de revivre les événements.

*

* *

Rory aurait pu ignorer l'odeur encore un jour s'il ne s'était agi de la lettre venant de l'éditeur d'un magazine professionnel à faible tirage spécialisé dans la lingerie. Par le biais de sa secrétaire, l'éditeur était au regret de devoir informer Rory que le poste de rédacteur venant d'être attribué à un autre candidat, sa présence, à savoir celle de Rory, pour un entretien l'après-midi même, ne serait finalement pas nécessaire. L'éditeur espérait ne pas lui avoir causé le moindre problème et souhaitait à Rory tout le succès possible dans sa carrière.

Rory jeta la lettre dans la corbeille à papier. Son

mardi était dorénavant libre, d'une vacuité horrible. Il n'avait jamais nourri grand espoir de se voir offrir le poste, mais se rendre à un entretien lui aurait donné une occupation plutôt que de passer en revue les offres d'emploi à la bibliothèque.

N'ayant rien de mieux à faire, il décida de chercher la cause de l'odeur. Cela faisait trente-six heures que cela l'intriguait, et entre-temps, elle était devenue de plus en plus prononcée et nauséabonde. Il ne lui fallut pas longtemps pour remonter à une boîte de corned-beef argentin ouverte pendant le week-end, à moitié consommée, et oubliée ensuite dans le tiroir du chiffonnier sous la fenêtre. Il enveloppa la boîte dans le journal de la veille et l'enfouit dans le seau émaillé servant aux détritus de cuisine. Laissant ses fenêtres grandes ouvertes, il descendit le seau et le porta dans la petite cour à l'arrière de la maison.

Le soleil n'éclairait pas ce petit rectangle aux pavés fissurés et noircis, et cela n'arriverait probablement jamais. La cour sentait mauvais, tout comme les poubelles qui s'alignaient le long des murs. De grands bâtiments s'élevaient de chaque côté, dont les habitants déposaient là leurs ordures. Un passage étroit ménagé entre le numéro sept et la maison voisine permettait un accès commun à l'endroit.

Rory ouvrit la poubelle la plus proche. Elle était aux trois quarts pleine – ce qui laissait largement assez de place pour le contenu du seau. Il allait le déverser dans la poubelle quand un nom attira son attention.

Il regarda plus attentivement. *Narton*. Le nom figurait sur un journal emballant des détritus. Un tiers du paquet au moins était complètement moisi ; le papier était noir et en cours de désintégration, laissant apparaître des feuilles de thé humides, des fragments de tabac, un mégot de cigare. Quand il voulut prendre le journal, le paquet se défit complètement. Des morceaux de journal lui restèrent dans la main. Les détritus se répandirent. Il aperçut alors quelque chose dessous qui lui fit pousser un cri, quelque chose de blanc et de cauchemardesque.

Son bon sens reprit le dessus. C'était bien un crâne, avec les cornes élancées d'une chèvre. Rory le souleva avec précaution de la poubelle. Les cornes étaient décolorées et fissurées comme du bois flotté. Entre elles, on voyait une crête d'os coupée verticalement, avec une indentation comme un froncement. La plus grande partie du nez avait disparu, laissant une proue d'équilles blanches pointues abritant des rouleaux d'os plus minces, perforés comme de la dentelle. Les orbites étaient désespérément vides. Il laissa échapper le crâne qui retomba sur son lit de détritus.

Puis il retira les restes du journal de la poubelle. Le nom de Narton qui avait attiré son attention figurait dans une notule en bas d'une page.

MORT D'UN HOMME À RAWLING

Lundi soir, la police a été appelée pour se rendre dans une maison de Rawling à la suite d'un décès soudain. Le défunt est probablement le propriétaire de la maison, Herbert Narton.

Rory déplia ce qui restait du journal sur les pavés. La manchette était encore intacte. *La Gazette de Mavering*, journal hebdomadaire. Serridge avait dû le rapporter de sa dernière visite à Rawling.

Il s'assit sur ses talons et poussa un sifflement. Narton mort ? C'était invraisemblable. Le pauvre diable lui avait paru en bonne forme dans ce salon de thé près du British Museum. Il déchira l'entrefilet et jeta le reste du journal dans la poubelle.

Pauvre type. Il était désolé que Narton soit mort, même s'il ne l'avait jamais tellement aimé. Cela avait dû être soudain. Une crise cardiaque, peut-être. Qu'allait-il se passer maintenant ? Un des collègues de Narton chercherait-il à le joindre ?

C'est à cet instant que l'idée germa dans l'esprit de Rory. Il vida le contenu de son propre seau dans la poubelle et remonta dans son appartement. Il fuma une cigarette, et réfléchit à l'idée et à ses implications.

Et pourquoi pas ? Qu'avait-il d'autre à faire ?

Au moment où Rory atteignit la fourche, il était presque l'heure du déjeuner, et il commençait à avoir faim. Au lieu de tourner à droite, comme il l'avait fait auparavant, il prit à gauche le chemin qui l'amènerait plus vite au village et à l'Alforde Arms. Les champs de chaque côté étaient à un mètre environ au-dessus du niveau du chemin, et bordés de haies. Après quelques centaines de mètres, il aperçut des toits à travers un trou dans la haie à droite. Il s'arrêta pour regarder. Un champ montait doucement jusqu'à un bouquet d'arbres. À leur droite, se trouvait un ensemble de bâtiments agricoles. Au-dessus des arbres, on apercevait les cheminées d'une maison.

La ferme de Morthams ?

Un mouvement attira son attention. Un garçon courait le long de la haie bordant le champ. Depuis combien de temps était-il là ? Quelqu'un était-il en train d'observer celui qui observait ?

Troublé, Rory poursuivit son chemin, et déboucha sur une route étroite bordée de chaque côté par de vastes champs boueux. Il prit sur la droite, en direction du village. Le cottage lui apparut presque aussitôt, un peu à l'écart, dans un jardin envahi par la végétation ; la porte donnant sur la route était sortie de ses gonds et gisait sur le bas-côté, et le toit d'un petit bâtiment adjacent avait perdu nombre de ses ardoises. Mais un filet de fumée montait de quelque part derrière la maison.

Il s'arrêta près de l'entrée. Derrière la bande de jardin, on devinait un verger à l'abandon. Lui tournant le dos, une grande femme maigre se tenait entre les arbres, occupée à faire un feu. En dépit du froid, elle portait une longue robe de coton fin imprimée de fleurs, délavée, avec un tablier plein de taches.

« Bonjour », cria-t-il.

Pendant quelques instants, il crut que la femme ne l'avait pas entendu. Il allait renouveler son salut quand elle se détourna du feu. Elle tenait un bâton dont elle se servait comme tisonnier. Elle dévisagea Rory qui leva son chapeau.

« Bonjour. Je cherche madame Narton.

— C'est moi. »

La voix était rauque et basse comme celle d'un homme.

« Je connaissais le sergent Narton. Je ne me trompe pas en pensant qu'il était votre mari ? »

Elle acquiesça.

« J'ai été navré d'apprendre sa mort.

— Il n'était pas sergent, en tout cas.

— Je vous demande pardon ?

— Il n'était pas sergent, répéta la femme. Pas quand il est mort.

— Je ne comprends pas.

— Ils le lui ont retiré, dit Mme Narton. Il y a trois ans. Ça et tout le reste. Ils l'ont aussi escroqué pour sa retraite. »

Bâton à la main, elle traversa le jardin en friche en direction de Rory, le bas de sa robe traînant dans l'herbe humide.

« Ces salauds au quartier général l'ont tué. Je voudrais les voir pendus, tous autant qu'ils sont. Je sais que c'est un péché, mais tant pis.

— Mais je croyais qu'il était dans la police. Je veux dire, en ce moment. Il disait qu'il l'était. C'est pourquoi je suis venu. J'allais…

— Et vous avez pu être assez bête pour le croire.

— Écoutez, je suis vraiment désolé qu'il soit mort. Comment est-ce arrivé ? »

Elle pointa le bâton en direction de l'appentis à côté du cottage.

« Il nettoyait le fusil de chasse. »

Ses yeux se focalisèrent sur le visage de Rory.

« C'était donc un accident ? »

Les muscles autour de sa bouche se tordirent.

« Qu'aviez-vous à faire avec lui, monsieur ?

— Avez-vous entendu parler d'une dame nommée Miss Penhow ?

— Bien sûr. Mme Serridge. Prétendument.

— Tout comme votre mari, je voulais savoir ce qu'il lui était arrivé.

— Pourquoi ?

— Sa nièce est une amie à moi. J'agis en son nom.

— Vous en avez après l'argent, n'est-ce pas ? »

Ce n'était pas vraiment une question.

« Non. Je… »

Rory s'interrompit et reprit.

« Nous voulons nous assurer qu'elle va bien.

— Je ne peux pas vous aider. »

Pendant quelques instants, ils se firent face, séparés par environ deux mètres d'orties et d'herbes hautes. Mme Narton était tellement pâle qu'elle ressemblait plus à un fantôme qu'à un être de chair et de sang.

« Je suis vraiment désolé, dit à nouveau Rory. Si je peux faire la moindre chose pour vous aider, me le ferez-vous savoir ? »

Elle le fixa sans rien dire, et il réalisa l'inanité de son propos. Il ouvrit néanmoins son manteau et sortit son porte-mine et son carnet. Il écrivit *R. Wentwood, 7 Bleeding Heart Square, London EC1*. Puis il arracha la page et la lui tendit. Elle ne bougea pas. Il s'approcha d'un pas. Elle fixait quelque chose derrière lui. Il laissa tomber le morceau de papier dans la poche de son tablier.

Une pensée lui vint à l'esprit.

« Qu'est-il advenu de son carnet ?

— Je ne sais pas.

— Il n'a pas été retrouvé ?

— Allez-vous-en, dit-elle. Allez-vous-en tout de suite. »

Il acquiesça. En s'éloignant, il jeta un coup d'œil au feu.

Il y avait un livre d'enfant sur le dessus, les restes d'un édredon rose, et ce qui ressemblait à une poupée. Il y avait aussi un morceau de carton carbonisé qui aurait pu provenir de la couverture d'un petit carnet noir.

Il était treize heures passées quand Rory atteignit les grilles du presbytère. La Ford 8 de M. Gladwyn était garée devant la porte d'entrée. Il devait être en train de déjeuner. Narton prétendait qu'on pouvait régler sa montre sur M. Gladwyn.

Rory ne regrettait pas de devoir attendre. Il avait besoin de réfléchir. Si Narton n'était plus inspecteur de police, que diable pouvait-il bien fabriquer ? Sinon poursuivre Serridge en vue d'une vengeance.

Il entra dans le bar de l'Alforde Arms et commanda une bière et des œufs au jambon. Narton n'avait pas cru bon de préciser qu'il habitait aussi près de la ferme de Morthams, estimant que cela n'avait rien à voir. Mais si son intérêt pour Serridge découlait d'une querelle, et non d'une enquête officielle, cela aurait pu l'inciter à cacher l'endroit où il vivait, pour que Rory ne soupçonne pas une relation personnelle entre les deux hommes.

Il était presque deux heures quand il eut terminé son repas et payé la note. Dehors, un petit gamin crasseux à la bouche entrouverte était assis au bord de l'abreuvoir dans la cour. Il jeta un coup d'œil à Rory, puis détourna les yeux, continuant à tailler un bâton avec son canif. Il lui paraissait vaguement familier. Était-ce le garçon qu'il avait aperçu près de la ferme de Morthams ? Mais le monde était plein de petits garçons.

Il était sans doute encore un peu tôt pour déranger le vicaire. Rory passa dix minutes dans l'église, qui était petite et sombre. Elle avait été soigneusement restaurée par un autre Alforde en 1876-78, et rendue encore plus lugubre par des lambris et des bancs en pitchpin. Il longea les murs en lisant les inscriptions. Les Alforde remontaient au milieu du XVIIIe siècle. La plus récente dans la liste était Constance Mary Alforde, veuve de Henry Locksley Alforde, décédée quelques mois après son mari en 1929. « Le Seigneur est mon berger. »

Il traversa lentement le cimetière en direction du presbytère, tout en regardant les tombes de chaque côté. Quand il arriva à la section où se trouvaient les tombes les plus récentes, le nom de Narton attira son attention pour la deuxième fois de la journée. Il figurait sur une toute nouvelle plaque en pierre près d'un if. L'espace d'un instant, il imagina l'impossible : Narton ne pouvait pas être déjà mort et enterré ? Puis il revint à la réalité, devant le monticule vert en pente douce et le reste de l'inscription sur la dalle :

Amy Constance
Fille bien-aimée de Margaret et
Herbert Narton
1915-1931
« Le Seigneur châtie ceux qu'il aime. »

Grâce à l'avertissement de Pammy, elle ne fut pas autrement surprise de voir Marcus à Rosington Place. Même s'il n'en était pas pour autant le bienvenu. C'était juste après le déjeuner, et Lydia était rentrée travailler chez Shires et Trimble. Elle était seule avec Miss Tuffley – M. Reynolds était en conférence avec M. Shires, et M. Smethwick parti voir un client.

Lydia était en train d'arroser les plantes poussiéreuses qui dépérissaient tranquillement sur le rebord des fenêtres du grand bureau. Les fenêtres donnaient sur la chapelle de l'autre côté de la rue. Une grande voiture s'arrêta dehors. Un chauffeur en descendit et ouvrit la portière arrière. Deux hommes en sortirent. L'un était Marcus, et l'autre sir Rex Fisher.

Elle s'éloigna machinalement de la fenêtre. Miss Tuffley, dont la machine à écrire se trouvait sur une table jouxtant l'autre fenêtre, se montra moins timide.

« Oh, voilà ce que j'appelle une voiture convenable. Ce chauffeur est un sacré gaillard, non ? Et regardez ces deux messieurs. On voit qu'ils sont nés avec une cuillère d'argent dans la bouche. Quelle classe, pas vrai ? Je ne dirais pas non si l'un d'eux voulait m'enlever, surtout le grand.

— Que font-ils ici ?

— Ils ne sont pas venus pour me voir. Je n'ai pas cette veine. Oui, c'est bien ce que je pensais – ils sonnent au presbytère. Ils cherchent le père Bertram. Beaucoup d'aristos sont des catholiques romains, vous savez. C'est drôle. Vous n'en êtes pas une vous-même ? ajouta-t-elle.

— Quoi ?

— Une catholique romaine. Vous savez – une papiste.

— Non. »

Lydia tira un tiroir du classeur avec une telle force qu'il lui cogna douloureusement le genou et fila son bas.

Miss Tuffley poursuivait son commentaire.

« Que fait ce chauffeur ? Bon sang ! Regardez ces fleurs ! Des roses en novembre ! Il doit y en avoir pour une fortune ! »

Elle suffoquait. « Il traverse la rue. »

Lydia n'en pouvait plus. Elle marmonna quelque

chose à propos de se rendre aux toilettes, et elle s'enferma dans les lavabos pendant cinq minutes. Quand elle revint, elle trouva deux douzaines de roses sur son bureau. Miss Tuffley les contemplait avec envie et curiosité.

« Il n'y a pas de carte avec – j'ai regardé, siffla-t-elle. Le chauffeur s'est contenté de les donner au fils du gardien en bas, avec une pièce pour son dérangement. Une pièce pour se contenter de monter et descendre l'escalier à toute vitesse ! Mais le garçon a dit qu'elles étaient pour vous. Madame Langstone, aux bons soins de Shires et Trimble. Il n'y a pas d'erreur possible. »

Lydia regarda par la fenêtre. La voiture était toujours là. Elle n'avait jamais tellement aimé les roses : elles demandaient trop de soins et avaient trop d'épines. Même quand quelqu'un d'autre s'était donné le mal d'enlever les épines, comme c'était le cas maintenant, elles avaient l'air artificielles et sentaient trop fort.

« Vous connaissez ces hommes en bas, n'est-ce pas ? insista Miss Tuffley, en revenant sur le problème comme un chien refusant de lâcher un os. Et vous n'avez rien dit. Lequel a envoyé les roses ? »

Lydia l'ignora. Marcus pensait que les femmes étaient comme des enfants : on pouvait s'attirer leurs faveurs avec des jouets. Mais il ne se donnait même pas la peine de savoir quels jouets elles aimaient.

« Vous pouvez les prendre, ces fichues fleurs, dit-elle brusquement.

— Quoi ? glapit Miss Tuffley d'une façon fort peu distinguée.

— Vous pouvez prendre les roses. Je n'en veux pas.

— Mais pourquoi donc ? Elles sont superbes.

— J'aimerais que vous les preniez, dit Lydia avec obstination. Sinon, je vais les jeter.

— Très bien. Si vous en êtes sûre. Merci beaucoup.

— Mais à une condition. » Lydia baissa la voix. « Si l'un de ces hommes devait jamais venir me demander au bureau, ou si ce chauffeur le fait, dites que je ne suis pas là. »

Les yeux écarquillés de Miss Tuffley étaient devenus tout ronds.

« Mais pourquoi ?

— Je ne veux pas leur parler, dit Lydia. C'est tout. »

Au presbytère, il reconnut la servante qui ouvrit la porte, et elle le reconnut aussi. Quand il demanda à voir M. Gladwyn, elle le fit entrer et le laissa en contemplation devant la gravure représentant Rawling Hall. Quelques minutes plus tard, elle l'introduisait dans le bureau.

« Je ne suis pas certain de pouvoir vous être encore d'une quelconque utilité, monsieur Wentwood, dit M. Gladwyn après qu'ils se furent serré la main.

— Je suppose que vous connaissiez Herbert Narton, monsieur ? »

Le vicaire le dévisagea.

« C'est donc ainsi qu'on tâte le terrain. De quoi s'agit-il ? Avez-vous cherché à m'embobiner, jeune homme ? Faites-vous partie de ces reporters ?

— Je vous promets que je n'ai pas le moindre lien avec un journal quelconque, dit Rory prudemment. Et ce que je vous ai dit au sujet de Miss Kensley est parfaitement vrai. Je l'ai vue il y a quelques jours et… les choses se rapportant à sa tante sont maintenant beaucoup plus claires dans son esprit. Mais je vous dois une excuse, je n'ai pas été parfaitement honnête avec vous la dernière fois que je suis venu. »

Gladwyn fronça les sourcils. Il n'avait pas proposé à Rory de s'asseoir.

« Puisqu'il en est ainsi, vous feriez mieux de vous expliquer.

— Il y a une ou deux semaines, j'ai été abordé en ville par quelqu'un qui était au courant de mon amitié avec Miss Kensley. »

C'était une légère entorse à la vérité, mais cela ferait l'affaire.

« Herbert Narton.

— Que Dieu bénisse mon âme. Qu'était-il en train de manigancer ?

— Il m'a fait croire qu'il était un inspecteur de police en civil chargé d'une enquête secrète.

— Concernant la disparition de Miss Penhow ? »

Rory acquiesça.

« Et concernant Serridge, je loue un appartement dans la maison de Serridge à Bleeding Heart Square. La maison qui appartenait à Miss Penhow.

— Vous connaissez donc M. Serridge. Vous m'avez bien embobiné.

— Je suis désolé, monsieur. Vous ne devez pas oublier que je prenais Narton pour un inspecteur de police et que je l'aidais dans son enquête. Je n'ai appris la vérité que ce matin. J'ai vu Mme Narton.

— Pauvre femme. Elle a subi un rude coup. Rien d'étonnant.

— Elle avait un comportement très étrange, monsieur. Elle faisait un feu.

— Oui. Le contenu d'un placard, probablement.

— Quoi ?

— C'était un sujet de dispute entre eux, monsieur Wentwood. » Gladwyn ouvrit sa blague à tabac. « Vous devriez vous asseoir. Je vous dois peut-être quelques explications. »

Il fit signe à Rory de prendre un fauteuil et se mit à bourrer sa pipe.

« Il est parfaitement exact que Herbert Narton avait été inspecteur de police. Il avait également été détective, dans la dernière partie de sa carrière. Il avait épousé une fille du coin, Margaret – il était lui-même originaire de Saffron Walden – et était venu s'installer à Rawling. Il faut dire qu'ils n'étaient pas particulièrement appréciés – c'était un couple très réservé, qui se suffisait à lui-même, et il ne laissait jamais personne oublier qu'il était inspecteur de police. Ils ont eu un enfant, Amy.

— J'ai vu sa tombe en venant ici. »

M. Gladwyn prit ses allumettes.

« Une écervelée, malheureusement. La tête pleine de lubies. Pas très intelligente, non plus. Mais incapable du moindre mal. Miss Penhow l'avait engagée à Morthams peu de temps après leur arrivée ici. En fait, ils lui faisaient une faveur. Elle savait à peine lire et écrire, et n'avait aucune expérience de domestique. Et moralement – je déteste dire du mal des morts, mais je crois que, malheureusement, elle accordait très généreusement ses faveurs. Certaines de nos jeunes villageoises sont pires que des bêtes dans ce domaine. Au bout de quelque temps, l'inévitable s'est produit et elle s'est retrouvée enceinte. Elle refusait de dire qui était le père. Ses parents étaient particulièrement bouleversés, ce qui ne joua pas non plus en faveur de la carrière de Narton. Mais ils ne la mirent pas dehors. Je crois qu'ils étaient pleins de bonnes intentions. Confier l'enfant pour qu'il soit adopté, peut-être, ou l'élever comme si c'était le leur. Malheureusement, ils n'en eurent pas le temps. Il y eut des complications à l'accouchement. Le bébé était mort-né, et la fille elle-même ne survécut pas. Les parents en furent particulièrement affectés. Narton ne fut plus jamais le même.

— Je suppose que sa mort a été un suicide ?

— Pardon ? Ce n'est pas à moi de le dire. Il va y avoir une enquête bien sûr, mais le verdict conclura probablement à une mort accidentelle. Rien ne prouve que ce n'était pas un accident. Le fusil de chasse avait appartenu à son beau-père, paraît-il – il n'avait pas servi depuis des années. Les choses sont déjà assez difficiles pour Mme Narton. Nos pensées et nos prières doivent l'accompagner dans cette épreuve.

— Mais pourquoi l'aurait-il fait ? demanda Rory.

— Comme je vous l'ai dit, arrêtons-nous à la thèse de l'accident.

— Je ne parlais pas de sa mort. Je veux dire, pourquoi prétendait-il qu'il était toujours dans la police ?

— Disons que son esprit était dérangé, monsieur Wentwood. C'était un doux rêveur. Je crois que les médecins appellent cela à présent la manie de la persécution. Pour lui, M. Serridge était responsable de tous ses malheurs, uniquement parce que Amy avait travaillé un moment à la ferme de Morthams. Elle y avait passé quelques mois, sans même y être logée. Mais rien de cela ne comptait pour Herbert Narton. Le père du bébé pouvait bien être n'importe lequel de nos voyous locaux. Mais il avait décidé que c'était M. Serridge. C'est pourquoi il voulait rouvrir l'enquête Penhow. Il voulait faire le plus de tort possible à M. Serridge. À mon avis, il aurait vraiment aimé voir M. Serridge au tribunal, accusé du meurtre de Miss Penhow. » M. Gladwyn craqua enfin une allumette. Il dévisagea Rory. « Avec son esprit tordu, Narton pensait probablement que c'était la seule façon de se venger de ce qu'il considérait comme le meurtre de sa propre fille. »

*

* *

Pendant tout le reste de l'après-midi, Miss Tuffley n'arrêta pas de regarder par la fenêtre. Quand le père Bertram raccompagna Marcus et Sir Rex à la porte du presbytère et jusqu'à leur voiture, elle se lança dans un interminable commentaire.

L'ennui, pensa Lydia, c'était que Marcus risquait de revenir, surtout si Rex Fisher et lui-même étaient convenus avec le père Bertram de louer la salle de la crypte pour un nouveau meeting de l'Union britannique. Elle savait que cette salle avait déjà été utilisée à cette fin, mais cela ne l'aurait pas étonnée que Marcus l'ait à nouveau proposée parce qu'elle se trouvait près de son refuge à Bleeding Heart Square.

Elle quitta le bureau un peu après six heures. Miss Tuffley descendit avec elle, tout en humant les roses.

« Vous savez ce qu'il me faudrait ? dit-elle joyeusement. Un bel admirateur distingué qui saurait comment traiter une dame. »

Lydia lui sourit.

« Nous aimerions toutes en avoir un. »

Miss Tuffley prit à gauche en direction d'Holborn, et

Lydia à droite en direction de Bleeding Heart Square. Une lettre l'attendait sur la table de l'entrée. Elle la prit et monta au salon. Elle ne reconnaissait pas l'écriture, mais l'enveloppe blanche était de bonne qualité. Elle la déchira.

10 Alvanley Mansions
Lower Lane Street
Londres SW1
Téléphone : Sloane 1410

Le 21 novembre

Ma chère Lydia,

Votre parrain me rappelle que j'ai été des plus négligentes à votre égard en restant sans vous écrire pendant si longtemps. Je crois que nous ne nous sommes pas vus depuis votre mariage. La santé de votre parrain ne s'améliore pas, hélas, et nous ne pouvons pas nous déplacer autant que nous l'aimerions. Je me demande si je pourrais vous convaincre de venir prendre le thé avec nous ? Le week-end nous conviendrait le mieux – samedi ou dimanche.

Tenez-moi au courant – ce week-end si vous voulez. Votre parrain vous envoie ses vœux affectueux, et je me joins à lui naturellement.

Très sincèrement vôtre,

Hermione Alforde.

Mon parrain, pensa Lydia, exactement ce que Miss Tuffley avait recommandé ? Un admirateur distingué qui sait comment traiter une dame ?

On frappa à la porte. M. Serridge était sur le palier et la dévisageait.

15

Des cœurs. C'est de cœurs seulement dont il est question ici, des cœurs impatients ou brûlants de désir, des cœurs brisés ou des cœurs saignants.

Samedi 15 mars 1930

Quelle agitation. J'ai acheté du tissu hier pour que la femme que m'a trouvée Joseph me fasse une robe d'été adaptée à la campagne. J'ai donné mon congé au Rushmere et me suis organisée pour que le mobilier de Tante sorte du garde-meuble et soit livré à Morthams. Non seulement le mobilier, bien sûr, mais également la porcelaine, les couverts, les tableaux et Dieu sait ce qu'il y a encore. Je m'en souviens à peine ! Nous allons vivre pendant des semaines dans un fouillis complet jusqu'à ce que nous ayons fini de trier les choses.

Pour expliquer la soudaineté de mon mariage, j'ai prétexté que le major Serridge étant susceptible à tout moment de partir pour l'étranger je voudrais évidemment partir avec lui. Cartes, bons vœux, etc. de tout le monde. La vieille Miss Beale n'a pas mâché ses mots : « C'est ce qu'il y a de mieux pour vous, ma chère. Partez pendant qu'il en est temps. Sinon les ombres de la prison se refermeront sur vous. » Mais elle s'est mise alors à jacasser de façon très désagréable.

Pour être honnête, je dois avouer que dans l'ensemble ce fut une période très difficile. Ce qui s'est produit à l'Alforde Arms mardi n'a fait qu'empirer les choses. Je sais que Joseph le regrettait beaucoup le lendemain matin, mais n'empêche, cela fait mal. Je suppose que nous, les femmes, nous avons toujours eu cette croix à porter. Les hommes sont différents de nous, c'est tout. Au moins, je le sais maintenant je l'ai vraiment compris. Afin de montrer que tout allait bien entre nous, j'ai commandé une voiture pour lui. Nous l'avons choisie ensemble. Il était tellement content, on aurait dit un petit garçon ! C'est une Austin 7 d'occasion, d'un joli bleu assorti à ses yeux. Nous allons avoir l'air très élégants quand nous circulerons dans la campagne à bord de notre propre voiture.

J'ai de nouveau éclaté en sanglots quand il a téléphoné ce soir. J'étais dans la petite cabine dans l'entrée, espérant que personne ne me verrait pleurer à chaudes larmes. Il était tellement gentil et amoureux. Curieusement, la soirée de mardi me l'a fait aimer encore davantage. Les voies de l'amour sont décidément très mystérieuses ! Je m'arracherais le cœur et le lui apporterais si cela devait le rendre heureux. Mon cœur t'appartient, mon chéri, j'aimerais tellement que tu puisses le garder dans ta poche, tout frémissant et palpitant comme un oiseau à côté du tien, et mon cœur se réchaufferait au contact de ton amour pour l'éternité. Je voudrais pouvoir t'envoyer mon cœur par la poste afin que tu le gardes en sécurité auprès de toi à jamais. Je suis vraiment stupide. Grâce à lui, j'ai parfois l'impression d'avoir retrouvé mes dix-sept ans.

Des cœurs par la poste. En voilà une bonne idée.

*
* *

« Monsieur ? Monsieur ? » dit une voix tout près.

Surpris, Rory regarda autour de lui et de haut en bas. Un petit garçon était debout dans l'angle entre le montant de la barrière du presbytère et le mur du jardin. C'était celui qui taillait un bâton devant l'Alforde Arms, et peut-être aussi celui du champ près de la ferme de Morthams. Sa veste était trop petite pour lui et boutonnée jusqu'au menton, sa casquette enfoncée sur des cheveux bouclés en désordre. Son short lui descendait sous le genou. Il y avait quelque chose de visqueux sur la partie inférieure de son visage. Pendant que Rory le regardait, le garçon essuya son nez avec l'arrière de sa manche. Ses yeux étaient immenses, marron avec de longs cils, aussi beaux que ceux d'une vache. Sa langue paraissait trop grosse pour sa bouche, malgré ses lèvres épaisses et molles.

Rory chercha une pièce.

« Qu'est-ce que c'est ? »

Le garçon tendit brusquement la main. Dedans, il y avait un morceau de papier sale, plié et replié. Rory le prit et donna un penny au garçon, qui cracha sur la pièce et fronça les sourcils. Il attendit que Rory déplie le morceau de papier. C'était un mot écrit au crayon.

M. Wentwood. Pourrais-je vous parler avant que vous partiez. Le garçon vous amènera. Quelque chose de très important à dire. Désolée d'écrire mais c'est mieux si le vicaire ne nous voit pas.

La signature en bas était illisible. Rory regarda vers le haut de l'allée. Par la fenêtre du bureau, on voyait la tête ronde de M. Gladwyn penchée sur son bureau.

« Qui t'a donné ça ? » demanda-t-il.

Le garçon marmonna quelque chose d'inintelligible. Il pointa un doigt sale vers le bas du chemin.

« Mme Narton ? »

Le garçon secoua la tête plus violemment que précédemment.

« Quelqu'un à la ferme de Morthams ? Pas M. Serridge ? »

Rory crut lire une expression de panique sur le visage du gamin. Il marmonna quelque chose par deux fois, et Rory finit par comprendre. *Grange, grange*. Le doigt désignait un toit affaissé qu'on apercevait à deux cents mètres environ au-delà de la haie, le long du chemin délimitant la propriété. Le garçon prit le bras de Rory et le tira doucement.

Rory se mit en route avec lui. Il ne pouvait pas y avoir de mal à suivre le gamin pour voir de quoi il s'agissait. Il tira une nouvelle fois le bras de Rory, l'incitant à se presser. Il avait beau être sans doute quelque peu déficient mentalement ou physiquement, il paraissait très bien savoir ce qu'il voulait. Il le conduisit par-dessus l'échalier et le long de la haie. La grange se trouvait au bout d'un champ fraîchement labouré à l'extrémité d'une autre haie.

De près, on voyait que le bâtiment n'était pas vraiment une grange, mais plutôt une remise délabrée construite en briques avec des colombages. Son toit dépourvu de tuiles à une extrémité avait été réparé avec de la tôle ondulée. Les grandes portes à deux battants étaient maintenues en place par une lourde barre attachée au mur par un cadenas. Le garçon regarda par un trou dans la haie à côté du bâtiment et fit un signe. Rory resta en arrière. Le garçon disparut au coin de la grange.

Rory finit par se résigner à le suivre à travers la haie. Dans le mur opposé aux portes à deux battants, il y avait une autre porte, beaucoup plus petite, et entrouverte celle-là. À côté, se tenait une femme avec un foulard sur la tête et un long imperméable marron. Elle fumait une cigarette avec des petits gestes rapides, impatients. Elle dévisagea Rory sans sourire. Le garçon courut se blottir contre elle. Elle lui caressa la tête comme si c'était un chien.

Rory ne la reconnut pas tout de suite. Elle jeta sa cigarette.

« Rebecca, monsieur, dit-elle. Rebecca Procter. La bonne de M. Gladwyn au presbytère.

— Bien sûr. Bonjour. »

Sans son uniforme, elle paraissait complètement différente – déterminée et compétente, parfaitement à l'aise à présent.

« Merci d'être venu. J'ai dû dépêcher notre Robbie. C'est le fils de ma sœur. Pas tout à fait comme il faudrait, vous savez. »

Elle avait gardé la main sur la tête du garçon. De l'autre, elle tapota le côté de sa propre tête.

« C'est un bon garçon, n'est-ce pas, Robbie ? »

Il lui sourit en découvrant une denture pleine de manques, réagissant autant à sa voix qu'à ses paroles.

« De quoi s'agit-il ? dit Rory. Pourquoi ne vous êtes-vous pas manifestée au presbytère si vous vouliez me voir ?

— M. Gladwyn a recommandé de ne rien vous dire. Je ne risque pas seulement ma place s'il me voit avec vous. C'est un bon maître, pas comme certains, mais il est d'un strict, vous ne le croiriez pas. Je ne peux pas risquer de perdre mon travail, parce que, si je le perds, celui-ci et sa mère n'auront plus de quoi vivre. Ils n'auront plus de quoi manger, plus de toit au-dessus de leurs têtes. Et ils ne vivraient même plus ensemble, car on placerait le garçon dans un foyer, et ma sœur dans un asile. »

La femme fixait Rory.

« Je suis désolée d'être si bavarde, monsieur, mais il vaut mieux que vous sachiez à qui vous avez affaire. Il ne faut pas qu'on sache que vous m'avez parlé.

— Très bien.

— Nous allons rentrer, dit-elle. Sinon quelqu'un risque de nous voir, et tout le village le saura alors instantanément. »

Robbie ouvrit grande la porte et laissa entrer sa tante. Rory suivit. L'endroit était plus éclairé qu'il ne l'aurait pensé par la lumière provenant de la porte ainsi que des trous dans le toit et des deux ouvertures de fenêtres, une dans chaque mur de pignon, qui avaient été sommairement condamnées à l'aide de planches. Le sol était en terre, parfaitement sec, avec un tas de paille dans le coin. L'air sentait le moisi et le tabac froid.

« Ce bâtiment fait partie de la ferme de M. Serridge, dit Rebecca Proctor. Morthams. Vous le saviez ? »

Rory secoua la tête.

« Ne vous inquiétez pas. Serridge ne viendra pas ici.

Personne n'y vient plus jamais. C'est pourquoi Robbie y vient, lui. Il ne risque rien ici. Ils le malmènent parfois horriblement au village. Maudits gamins. »

À mesure qu'elle parlait, sa voix devenait plus rauque, avec un accent plus campagnard, comme si elle avait renoncé, en même temps qu'à son uniforme, aux intonations policées et respectueuses inhérentes à son emploi.

« De toute façon, je voulais que vous connaissiez cet endroit. C'est ici que ça s'est produit, voyez-vous.

— Où quoi est arrivé ? dit Rory avec un certain agacement car il n'appréciait pas que la femme ait pu croire qu'il avait peur de Serridge.

— Où cette pauvre fille est morte. C'est pourquoi personne ne vient plus ici. Ils sont superstitieux. Ils croient que son fantôme hante les lieux. D'ailleurs, ils ont une peur bleue de Serridge. Non qu'il risque de venir ici. On ne le croirait pas à le voir, mais je crois bien qu'il est terrorisé lui aussi.

— Par quoi ?

— Les fantômes. Comme tous les autres. »

Robbie tira sa tante par le bras et désigna quelque chose en haut dans l'ombre.

« Attends un peu, dit-elle. Tu montreras au monsieur plus tard s'il reste du temps.

— Que veut-il ? demanda Rory.

— Vous montrer ses os. Des choses parfaitement dégoûtantes.

— Qui est mort ici ?

— Amy Narton, bien sûr. Au cours de ces derniers mois, quand elle vivait chez ses parents, elle passait la plus grande partie de son temps à se promener par ici. Elle n'aimait pas rester à la maison. Ses parents étaient en colère à cause du bébé qui s'annonçait. Elle n'avait pas voulu dire qui était le fautif. Cela ne faisait qu'empirer la situation. Et personne ne voulait plus lui adresser la parole. »

Elle jeta un coup d'œil à Robbie.

« Ils sont capables de tout par ici. Amy ressemblait à une chienne avec une portée de chiots dans le ventre. Elle voulait trouver un endroit reculé et sombre pour quand le moment serait venu. C'est pourquoi elle venait ici. Mais elle n'en avait parlé à personne. Donc personne ne s'est aperçu tout de suite de sa disparition, personne ne s'en est aperçu avant des heures, car elle avait l'habitude de disparaître, comme je vous l'ai dit. Quand ils ont fini par la trouver, il était trop tard, pour elle et pour le bébé. Ils étaient là-bas. »

Rebecca désigna la paille de la tête.

« C'était Serridge bien sûr.

— Qui l'a trouvée ?

— Non. »

Rebecca le dévisageait d'un air de reproche.

« Qui l'a mise enceinte.

— Vous en êtes sûre ?

— Amy n'est pas la première bonne à qui il ait causé des problèmes, et elle ne sera pas la dernière. »

Rebecca ouvrit son sac à main et en sortit une petite photo froissée qu'elle donna à Rory.

« Robbie l'a trouvée dans la paille. Après. Après qu'ils l'eurent emmenée. Regardez-la à la lumière. »

Rory prit la photo et alla l'examiner sur le seuil de la porte. C'était un petit cliché sépia montrant une jeune fille à califourchon sur une bicyclette. Derrière elle, un champ montait jusqu'à des arbres et les cheminées d'une maison. Assis dans l'herbe à côté, un petit chien pitoyable se grattait l'oreille. La jeune fille souriait fièrement à l'objectif. Elle paraissait très jeune, quinze ou seize ans peut-être. Cette photographie n'avait rien de particulier, sinon que c'était une bicyclette d'homme et que la jeune fille ne portait pas de vêtements.

« C'est Amy, dit Rebecca.

— La photo est prise dans la prairie entre le sentier et la ferme de Morthams, n'est-ce pas ?

— Oui. C'est par là que vous êtes venu ce matin. Il a appris à monter à bicyclette à deux ou trois jeunes filles à cet endroit.

— Sans vêtements ?

— Serridge était capable de leur faire prendre des vessies pour des lanternes. Il leur disait que toutes les élégantes de Londres apprenaient ainsi à monter à bicyclette. Il leur disait que c'était plus sain. Plus hygiénique. »

Rory lui rendit la photographie.

« Et Miss Penhow ?

— C'était une gentille dame.

— Pas toute jeune, pourtant.

— Serridge en voulait seulement à son argent ; c'était évident pour tout le monde sauf pour elle, la malheureuse. Elle voulait tellement avoir un mari qu'elle aurait fait n'importe quoi pour lui. J'ai travaillé pour eux, voyez-vous. Pas longtemps, juste quelques semaines. Quand ils ont emménagé à Morthams, ils m'ont engagée comme bonne à tout faire, logée et nourrie, et ont pris Amy pour m'aider. Ils s'imaginaient que j'allais me charger de son apprentissage. C'était une plaisanterie. Joe Serridge est la seule personne qui ait jamais fait son apprentissage.

— Il continuait donc à la fréquenter pendant que Miss Penhow vivait à la ferme ? »

Rebecca hésita.

« Oui et non. Je l'ai vu la toucher, comme par accident. Et il a dû l'embrasser un jour dans le cellier car elle en est ressortie toute rose et pouffant de rire, et lui est sorti ensuite en arborant un grand sourire de satisfaction. Mais cela ne devint vraiment sérieux qu'après mon départ.

— Quand était-ce ?

— Quelques jours avant le départ de Miss Penhow. Je ne pouvais plus supporter la situation. Il se conduisait comme une brute épaisse la plupart du temps, et il faisait mener à Miss Penhow une vie misérable. C'était pire quand il se mettait au cognac, et après son départ, il s'est mis à boire encore plus.

— Et c'est à ce moment-là que lui et Amy… ?

— Oui. Il avait quelqu'un d'autre avant, je crois – pas une fille des environs. Il avait l'habitude de partir la retrouver et de rentrer le lendemain avec l'air du chat qui vient d'avaler une souris. D'après Amy, elle était venue un jour à la ferme, quand Miss Penhow y était – la fille, je veux dire. Une fille ordinaire, avait dit Amy, pas mieux qu'elle. Je crois bien qu'Amy était jalouse. »

Robbie tira sur le bras de Rebecca comme sur un cordon de sonnette.

« Golgotha, prononça-t-il très distinctement.

— Pour l'amour de Dieu, dit sa tante, en se dégageant.

— Golgotha ? demanda Rory.

— C'est dans la Bible. L'endroit du crâne, où Notre-Seigneur a été crucifié. Robbie l'a appris au catéchisme. Ne faites pas attention. Quoi qu'il en soit, j'ai quitté la ferme. Je n'ai même pas fait mon préavis. Mais la pauvre Amy est restée. Sans être logée, mais quelle importance ? Serridge n'y voyait pas d'inconvénient. Elle avait quinze ans. Il les choisissait toujours jeunes, plus elles étaient jeunes, mieux c'était. Il a essayé de fourrager sous ma jupe une fois, alors que j'avais à peine treize ans.

— Attendez un instant. Vous connaissiez déjà Serridge quand vous aviez treize ans ? »

Il essaya de deviner l'âge de Rebecca. Quarante ans au moins, sinon plus.

« Où était-ce ?

— Ici à Rawling.

— Vous êtes en train de me dire que Serridge venait ici avant la guerre ?

— C'est ce que je vous ai dit, non ? ronchonna Rebecca. Il est venu au château une ou deux fois pendant que les Alforde étaient là. Ils donnaient souvent de grandes réceptions avec des gens de Londres. Je venais de commencer à travailler là-bas, c'est comme ça que j'ai fait sa connaissance. Et quand Serridge a compris qu'il n'arriverait à rien avec moi, il s'en est pris à une autre. »

« Ah, madame Langstone, dit Serridge tout sourire en inclinant sa grosse tête en guise de salut. Il me semblait bien vous avoir entendue entrer.

— Bonjour, monsieur Serridge. »

Lydia glissa la lettre de Mme Alforde dans son sac à main. Elle se força à lui sourire.

« Que puis-je faire pour vous ?

— Je voulais voir comment vous vous accoutumiez.

Cela doit vous paraître un peu étrange, non ? Ce n'est pas ce à quoi vous êtes habituée. »

Il ne souriait plus.

« Le travail vous convient ?

— Oui, merci.

— Si vous avez besoin du moindre conseil, j'espère que vous n'hésiterez pas à vous adresser à moi ? Je sais que le capitaine n'est pas toujours le plus pragmatique des hommes.

— Merci, monsieur Serridge, dit Lydia en se forçant de nouveau à sourire. Je garderai cela à l'esprit. À présent, voulez-vous bien m'excuser ? Je viens de rentrer du bureau, et je dois vraiment…

— Bien sûr, ma chère, bien sûr. »

Il inclina de nouveau la tête, esquissa un vague salut et traversa le palier pour regagner ses appartements. Lydia ferma la porte du salon, posa son sac et enleva ses gants. Ce bref entretien l'avait mise mal à l'aise. Se retrouver l'objet de l'attention de Serridge la dérangeait.

Quelqu'un frappa discrètement à la porte, on aurait dit un grattement. Ce n'était certainement pas Serridge – sa façon de frapper n'avait rien de discrète. Lydia fut tentée de faire croire qu'elle n'était pas là. Mais la personne en question avait dû voir la lumière sous la porte.

Elle inspira profondément et tourna la poignée. M. Fimberry attendait sur le palier, en train de lisser ses cheveux en arrière.

« Comment allez-vous, madame Langstone ?

— Bien, merci. Vous désirez quelque chose ? »

M. Fimberry ignora la question.

« J'ai eu une journée extrêmement intéressante,

dit-il. Je voulais vous raconter que j'avais trouvé des fragments de tuiles vernissées médiévales incrustées dans le mur de l'ossuaire.

— Le quoi ? »

Il rajusta son pince-nez.

« C'est une petite pièce à côté de la crypte principale en sous-sol. Je n'en ai pas fait mention l'autre soir ? Au Moyen Âge, elle devait être utilisée pour y mettre les saintes reliques, des ossements. C'est une explication en tout cas. On a également avancé qu'au XVIIe siècle, des corps de catholiques avaient reposé là avant d'être secrètement inhumés sous la chapelle, tous enveloppés dans leurs linceuls. Ou que leurs ossements y étaient déposés avant qu'ils ne soient enterrés à nouveau. »

Il avança d'un pas comme pour se glisser dans la pièce, mais Lydia ne lui céda pas le moindre terrain.

« Bien sûr, ces théories ne sont pas forcément incompatibles. Cela fait l'objet de maintes discussions, mais il y a très peu de preuves tangibles, j'en ai peur. D'un autre côté, le mur est suffisamment dur. »

Il se mit à rire. Puis, se reprenant, il continua.

« Je vous montrerai l'ossuaire un de ces jours. Il est généralement fermé à clé. Si vous venez au meeting, vous le verrez certainement à ce moment-là.

— Quel meeting ?

— Le père Bertram m'a dit que l'Union britannique avait loué la crypte pour un meeting samedi en huit. C'est à l'heure du déjeuner, et ils serviront du pain et du fromage. Il s'adresse aux hommes d'affaires de Rosington Place. Ils veulent leur expliquer comment ils prévoient de mettre en pratique leurs théories économiques. Je crois que Howlett va mettre des affichettes.

Ils ne devraient pas tarder à le savoir chez Shires et Trimble.

— Excusez-moi, dit Lydia à bout. Je dois partir. »

Elle lui ferma la porte au nez, alluma une cigarette et s'approcha de la fenêtre. Elle se sentait furieuse et perturbée à la fois. Il ne manquait plus que ça. Marcus n'arrêtait pas de la poursuivre, même jusqu'ici. Le problème, c'était qu'elle ne voyait pas comment quitter Bleeding Heart Square. Elle ne pouvait pas retourner à Frogmore Place. Où irait-elle si elle quittait l'appartement de son père ? Elle n'avait pas assez d'argent pour se louer une chambre. On lui avait déjà fait remarquer sans ménagement qu'elle n'avait aucune qualification particulière. Et son travail chez Shires et Trimble, quel que fût son intérêt, était lié à sa présence ici.

À moins, bien sûr, que le colonel Alforde ne l'aide. Elle sortit la lettre de Mme Alforde de son sac et la relut. Le colonel était son parrain, et peut-être cela comptait-il pour lui. Elle regrettait d'être devenue aussi cynique. Mais le cynisme allait de pair avec la pauvreté.

Elle n'avait jamais entendu parler d'enfants en ce qui concernait les Alforde. Lydia ne se souvenait pas les avoir rencontrés étant petite. Lady Cassington avait ajouté leurs noms à la liste des invités au mariage. Pourquoi l'avait-on choisi comme parrain pour elle ?

Elle entendit des pas familiers dans l'escalier. La porte s'ouvrit et cogna contre une chaise. Son père entra avec précaution dans la pièce. Il fit un signe à Lydia, et sans rien dire, toujours vêtu de son pardessus, il s'assit précautionneusement.

« Père ? Je viens de recevoir une lettre de Mme Alforde. »

Ingleby-Lewis fronça les sourcils.

« Qui ? »

Puis son visage s'éclaira.

« Tu veux dire la femme du vieux Gerry Alforde ? Il est mort ?

— Apparemment pas. Il habite Lower Sloane Street. C'est mon parrain, vous savez.

— Oh oui, je le voyais beaucoup à une époque.

— A-t-il un lien avec la dame qui vous a laissé la ferme de Morthams ?

— Tante Connie ? Oui, bien sûr. D'ailleurs, c'était également sa tante – par alliance, cette fois. Le père de Gerry était le deuxième fils. »

Une lueur d'intérêt apparut dans son regard.

« Je suppose que s'il était resté quelque chose après qu'ils eurent tout vendu, ce serait revenu à Gerry. Harry et Connie n'avaient pas d'enfants, il devait être le suivant dans la lignée.

— Mme Alforde m'a invitée à prendre le thé. Je me demande pourquoi. »

Ingleby-Lewis déploya ses longues jambes et tapota ses poches à la recherche de cigarettes.

« C'est à toi de décider, bien sûr, mais à ta place, je n'irais pas. Gerry a toujours été passablement excentrique, mais il a mal vécu la guerre, le pauvre. La dernière fois que je l'ai vu – il y a au moins dix ou douze ans –, il débitait des absurdités. On ne pouvait pas croire ce qu'il disait. »

Lydia acquiesça sans se commettre. Son père la regardait d'un air attentif. Derrière les yeux injectés de sang, la peau tavelée et ridée, elle entrevit l'homme plus jeune, plus solide. Elle frissonna.

« Il commence à faire froid, non ? dit son père. Tu devrais allumer le feu. »

Robbie commençait à s'agiter. Il passait les doigts sur le mur de la grange, en marmonnant sans cesse « Golgotha, Golgotha » d'une petite voix aiguë et chantante, celle d'un enfant bien plus jeune.

« Que faisait Serridge à Rawling ? demanda Rory perplexe. Il était le domestique de quelqu'un ? »

Rebecca secoua la tête.

« Pas tout à fait. Avant la guerre, les Alforde donnaient des chasses – ils donnaient toutes sortes de réceptions. Ils avaient même reçu un membre de la famille royale une fois, le duc de Connaught. Ils devaient parfois prendre des extras.

— Il travaillait donc comme domestique ? »

Robbie dit quelque chose d'une voix nasillarde et voulut la tirer par le bras.

« Arrête, mon chéri. Non, pas vraiment. À l'extérieur, il devait faire fonction de chargeur ou de rabatteur. Ils le faisaient loger chez un des gardes-chasses. Il n'habitait pas dans la maison. La première fois, je crois que c'était le capitaine Ingleby-Lewis qui avait tout organisé. Peut-être avait-il été l'ordonnance du capitaine dans l'armée. Je sais qu'il avait été soldat autrefois. »

Elle jeta un coup d'œil au garçon qui cherchait maintenant quelque chose sur l'étagère, à l'endroit où le mur rejoignait la pente des chevrons.

« Serridge avait beaucoup changé bien sûr. Maigre comme un coucou. Avec une grosse moustache. Mais il ne se prenait toujours pas pour rien.

— Vous a-t-il reconnue quand il est revenu à Rawling ? » demanda Rory.

Elle se mit à rire.

« J'avais beaucoup changé moi aussi. De toute façon, je doute qu'il m'ait jamais vraiment regardée. Jamais attentivement.

— Cela vous était égal de travailler pour lui à Morthams ?

— Je n'avais pas vraiment le choix, pas vrai ? Un boulot en vaut un autre. Je n'avais pas eu d'emploi fixe depuis que les Alforde avaient vendu. J'aurais probablement pu trouver quelque chose à Londres, mais je ne voulais pas déménager, à cause de Robbie et de ma sœur. En plus, il y avait Miss Penhow. Ce devait être elle la patronne. Je pensais que j'allais travailler pour elle, pas pour lui.

— Comment était-elle ?

— Elle était gentille. Un peu faible, peut-être. Il l'épuisait, vous savez, déjà à mon époque. Au point qu'elle n'était plus que l'ombre d'elle-même. Il ne lui permettait pas de parler à qui que ce soit, sauf en sa présence. Je crois qu'il lui prenait aussi ses lettres. Il allait chercher le courrier tous les matins dans la boîte sur le chemin. Elle m'avait dit un jour qu'elle s'étonnait que personne ne lui ait écrit depuis qu'elle s'était installée ici.

— Elle-même écrivait des lettres ?

— Oh oui, et elle les donnait à poster à M. Serridge. »

Rebecca marqua un temps d'arrêt, pour laisser Rory apprécier son sous-entendu.

« Elle ne marchait pas beaucoup car c'était bien trop boueux. C'était une citadine, voyez-vous, qui n'était pas habituée à la boue. Quand elle voulait aller quelque part, elle devait y aller en voiture avec Serridge. Elle n'était jamais très loin de lui.

— À vous entendre, on a l'impression qu'il préparait quelque chose depuis le début.

— Je ne prétends rien, monsieur Wentwood. Je vous raconte seulement les faits.

— Lui arrivait-il parfois de parler à quelqu'un d'autre ?

— À part Serridge, Amy et moi ? Non. Elle a dû faire la connaissance d'un ou deux commerçants, je suppose, ainsi que de M. Gladwyn, et des ouvriers agricoles. Mais elle ne leur parlait pas. Ce qu'on appelle parler, en tout cas. Si vous voulez savoir ce qu'elle avait dans la tête, il faudrait que vous retrouviez son journal. Elle griffonnait toujours dedans.

— Elle doit l'avoir emporté quand elle est partie. »

Rebecca observait Robbie.

« Quoi ? Peut-être l'a-t-elle pris. Je ne sais pas où il est passé. Remarquez, elle n'a pas emporté grand-chose en partant.

— Où sont passés ses vêtements ? Ses meubles. Tout.

— Une partie est encore à la ferme. Mais M. Serridge a emballé beaucoup de ses affaires. Tous les vêtements et les bibelots. Il est devenu bizarre après son départ. Il a tout mis sens dessus dessous.

— Il cherchait quelque chose ? avança Rory. Le journal ?

— Le chef, dit Robbie. Où est le chef ?

— Il est parti, mon trésor, dit Rebecca. Tu le sais bien.

— Je veux le chef. »

Rory regarda le visage absent du garçon. Il était blême, au bord des larmes.

« Tu ne peux pas l'avoir, dit Rebecca.

— Le chef ? demanda Rory. Il cherche le chef ? »

Rebecca se tourna vers Rory.

« Pas le chef, monsieur : la chèvre. Il a perdu sa chèvre. »

Robbie tira Rory par la manche, pour l'attirer vers le mur.

« Allons donc, dit Rebecca d'une voix rassurante. Il doit vous avoir pris en affection. Il veut vous montrer ses ossements de Golgotha. »

Le garçon tendit la main et redescendit avec précaution un petit crâne, pas plus gros qu'un citron. Sa mâchoire inférieure était encore attachée, et dessus, courait un os vertical en arête, comme la crête d'un casque romain.

« C'est son blaireau, expliqua Rebecca. C'est son préféré maintenant que la chèvre est morte.

— Chef », dit Robbie.

Il remit le blaireau très soigneusement dans le mur et désigna l'espace à côté.

« C'est là qu'il était, dit Rebecca. Tu en as beaucoup d'autres, n'est-ce pas, Robbie ? Montre ton mouton à monsieur Wentwood. »

Robbie souleva deux crânes, dont l'un, celui d'un bélier avec des cornes sciées, et l'autre, beaucoup plus petit, celui d'un agneau. Il y avait également des chats, et des oiseaux, dont Rebecca réussit à identifier la plupart.

« Là, c'est une pie, là, un pigeon, là, un sansonnet. »

À la fin, il y avait une grenouille, dont le squelette était entier, avec des lambeaux de peau marron tannée encore attachés, et de longues pattes arrière gracieuses qui restaient en l'air.

« Il les collectionne ?

— Oui. Les gardes là-haut dans les bois du château m'en ont donné un ou deux pour lui, mais il en a trouvé la plupart lui-même. Il avait ce gros crâne de bouc. Il l'a perdu l'autre semaine, et n'arrête pas d'en parler. »

Elle tapota la tête du garçon.

« Quelque chose d'horrible pourtant.

— Chef, dit Robbie, en postillonnant sur la grenouille.

— Non, mon chéri. Chèvre. Et si vous voulez mon avis, on aurait plutôt cru le diable. »

16

On aime penser qu'à cette époque, Philippa Penhow connut des moments de bonheur.

Samedi 1er avril 1930

Me voilà, assise à mon bureau devant la fenêtre de mon propre petit salon ouvrant sur mon propre jardin. Pour la première fois de ma vie, je suis la maîtresse de ma propre demeure. Cela me semble tellement bizarre et délicieux à la fois – j'ai toujours vécu chez d'autres personnes – d'abord avec Mère et Père, puis avec Tante, et ensuite au Rushmere.

Nous avons emménagé hier seulement, en toute hâte, et mon cœur se serre quand je pense à tout ce qu'il y a à faire. Cette pièce et notre chambre à coucher sont à peu près habitables, mais tout le reste a besoin d'être rafraîchi. J'ai deux bonnes pour veiller à l'entretien – Rebecca, une gentille femme avec la tête sur les épaules qui a travaillé à Rawling Hall et sait s'y prendre, et Amy, une jeune créature plutôt frivole – je me rends déjà compte qu'il va lui falloir une bonne dose d'instructions et de supervision. Pendant que je donnais mes ordres à Rebecca après le petit déjeuner, Amy est entrée en courant dans la cuisine comme une enfant tout excitée. Elle tenait un crâne dégoulinant d'eau à la main ! Un crâne de chèvre ! Un ouvrier agricole l'avait trouvé dans l'eau en curant un fossé. Il l'avait laissé sur une souche d'arbre dans le verger. Ces gens de la campagne ont décidément un curieux sens de l'humour.

Le soleil brille, je suis dans ma nouvelle maison, mon humeur est excellente. Mais je dois avouer qu'hier soir, je me sentais un peu déprimée. Joseph était très préoccupé. Il a passé la plus grande partie de la journée à aller et venir dans l'allée avec notre nouvelle voiture pour s'entraîner à passer les vitesses, etc.

J'avais espéré qu'il partagerait mon enthousiasme à habiter ici. Au risque de paraître stupide, j'avais espéré au moins une parole affectueuse ou une caresse. Je suis certaine que mon Joseph est aussi heureux que moi, mais les hommes ont du mal à manifester leurs sentiments. Sans compter qu'il a de nombreux sujets d'inquiétude. J'ai trouvé qu'il avait bu beaucoup de cognac après le dîner. Je suis montée me coucher, pensant qu'il me rejoindrait Mais ce ne fut pas le cas. Ce matin, au petit déjeuner, il a dit qu'il n'avait pas voulu me déranger, ayant veillé tard pour faire les comptes : il avait somnolé sur le canapé devant le feu. Il prétend que les vieux soldats sont capables de dormir n'importe où.

Il se peut qu'il soit obligé d'aller à Londres lundi pour affaires. Je pensais qu'il me proposerait de venir avec lui, mais jusqu'à présent, il n'en a rien fait. Il n'a probablement pas réalisé que j'avais envie de venir. Peut-être lui en parlerai-je.

*

* *

Le samedi, Lydia prit un tram de Theoabald's Road jusqu'aux quais et marcha le long du fleuve. C'était un bel après-midi froid, et l'eau oscillait, brillante comme de la soie changeante. Ici au moins, on éprouvait un sentiment d'espace. Ces derniers temps, la ville devenant de plus en plus oppressante et se refermant sur elle comme le faisait le brouillard, elle avait commencé à rêver de la campagne. Elle avait besoin d'arbres, de rivières, de champs boueux et de vastes horizons. Rory Wentwood était parti à Hereford pour le week-end, et elle l'enviait.

Sa promenade dura plus longtemps que prévu, si bien qu'elle avait mal aux pieds en remontant du fleuve en direction de Sloane Square. Alvanley Mansions était un grand ensemble résidentiel datant d'une trentaine d'années à peu près, une construction massive en briques rouges, sans la moindre fantaisie, avec des boîtes à lettres en cuivre bien brillant et des escaliers parfaitement briqués. Elle demanda les Alforde à la réception, et le portier lui indiqua l'ascenseur.

Une domestique entre deux âges l'introduisit dans un salon sur le devant de l'appartement. La pièce était tellement encombrée qu'au premier abord, Lydia ne remarqua même pas ses hôtes. Le papier peint disparaissait sous des tableaux, dont l'accrochage visait surtout à occuper la plus grande partie du mur. Puis Mme Alforde se leva d'un bureau coincé dans le coin sous une immense vitrine croulant sous les porcelaines. Et le colonel Alforde sortit en titubant de l'abri que lui offrait un canapé à haut dossier, le bras gauche tendu, et le bras droit pendant maladroitement sur le côté.

« Ma chère Lydia. Très heureux que vous ayez pu venir. »

Sa main gauche serra la main droite de Lydia.

Mme Alforde était petite et grassouillette, alors que son mari était grand et mince. Elle lui serra la main vigoureusement, comme si elle actionnait une pompe.

« Vous avez de belles couleurs, ma chère, dit-elle d'un ton qui ne permettait pas de savoir si c'était un compliment ou une critique.

— Je suis venue à pied depuis les quais.

— Idéal par un bel après-midi comme celui-ci. »

Le colonel Alforde l'invita à prendre un fauteuil.

« Hermione me dit que vous habitez Bleeding Heart Square. Je ne vois pas très bien où cela se trouve. Où est-ce exactement ?

— Près d'Holborn.

— Je ne connais personne dans cette partie du monde. »

Alforde mâchonna les extrémités de sa longue moustache grise.

« Pourtant, ce doit être très… très central. Et votre père ? Comment va-t-il ?

— Très bien, merci, dit Lydia qui n'en était plus à un mensonge près. Il me charge de vous transmettre son bon souvenir, bien sûr. »

Les Alforde parurent tous deux déconcertés par cette nouvelle.

« Nous ne l'avons pas vu depuis un bon moment, dit enfin le colonel. Nous tombions très souvent l'un sur l'autre avant la guerre. »

Les muscles autour de sa bouche frémirent.

« Les choses étaient très différentes à l'époque. Tout était très différent. »

La bonne apporta le thé. La main valide d'Alforde tremblait tellement qu'il répandit le sien sur son gilet.

Mme Alforde le nettoya avec une serviette, visiblement habituée à ce genre d'incident. Il ne mangea rien mais insista auprès de Lydia pour qu'elle prenne du gâteau comme si elle était une enfant affamée.

« Et comment va votre mari ? demanda-t-il. Un bel homme plaisant.

— Il va très bien, je crois.

— J'ai entendu dire qu'il avait rejoint les fascistes. Apparemment, ils forment un groupe très solide. Avec beaucoup d'anciens militaires rompus à la discipline, et parfaitement conscients qu'il faut éviter à tout prix une autre guerre et préserver l'intégrité de l'Empire. Ce Mosley pense juste. Évidemment il sait ce qu'est la guerre pour l'avoir vécue. Je l'ai rencontré une fois en France, vous savez. Un vrai fauteur de troubles à l'époque, un peu trop agité, mais il s'est calmé depuis. Plus jamais de guerre, c'est la chose primordiale. Plus jamais de guerre. »

Il se mit à parler plus lentement, comme un mouvement d'horloge arrivant en bout de course.

« Plus de guerre. »

Mme Alforde lui tapota l'épaule.

« Allons, allons, mon cher. Tout va bien. Personne ne sera assez fou pour déclencher une autre guerre. »

Il regarda sa femme avec de grands yeux terrorisés.

« On ne peut pas en être certain. Et la prochaine fois, aucun endroit ne sera épargné. Ils bombarderont toutes nos villes.

— Bien sûr que non, mon cher. À présent, n'est-ce pas le moment de prendre vos médicaments et de vous reposer un peu ? Je suis certaine que Lydia voudra bien vous excuser. »

Mme Alforde tira la sonnette. Aidée de la bonne,

elle soutint le vieil homme pour qu'il sorte de la pièce. Quand Mme Alforde revint seule, Lydia s'était levée.

« Je devrais m'en aller maintenant. Merci beaucoup de m'avoir invitée.

— Asseyez-vous, je vous en prie, et dans un instant, nous sonnerons pour qu'on nous rapporte du thé. Je suis désolée que vous ayez vu Gerry dans cet état.

— Il va bien ?

— Pas vraiment. Il est resté trop longtemps en France. Ils le renvoyaient sans arrêt au front, et il se sentait tellement responsable de ses hommes. Il peut sauver les apparences pendant un petit moment, mais on ne sait jamais ce qui va lui déclencher une crise. Ce peut être une moto qui pétarade dans la rue. Ou la vue d'un soldat en uniforme. Ou un titre dans le journal. La seule mention de la guerre suffit parfois.

— Je suis vraiment désolée.

— Oui, nous devons faire avec. »

Mme Alforde avait les mains croisées dans son giron et regardait Lydia de ses petits yeux brillants.

« Nous avons tous notre croix à porter. »

Puis elle continua sur le même ton :

« J'ai déjeuné avec votre mère mardi. »

Lydia ne dit rien.

« Elle se fait beaucoup de souci pour vous, vous savez. Je comprends que Marcus et vous traversez une période difficile.

— On peut le dire ainsi.

— Ne m'en veuillez pas de l'évoquer, ma chère enfant, dit Mme Alforde. Après tout, Gerry est votre parrain, et si sa santé le lui permettait, je suis certaine qu'il vous tiendrait le même discours.

— Ma mère vous a demandé de me parler, je suppose.

— Oui.

— Je ne veux pas retourner vivre avec Marcus.

— C'est possible, ma chère. Mais cela ne justifie pas que vous viviez avec votre père. »

Lydia fronça les sourcils.

« Je ne comprends pas. Je sais qu'il n'a pas beaucoup d'argent, mais c'est quand même mon père.

— Je ne le conteste pas. Mais je ne crois pas que vous vous rendiez bien compte de ses petites faiblesses. Votre mère a toujours voulu vous épargner, mais elle pense maintenant que vous devriez être au courant. Et elle m'a demandé de vous parler car elle n'était pas certaine que vous la croiriez. »

Mme Alforde regarda sévèrement Lydia par-dessus ses lunettes.

« Ce qui est déjà en soi un bien triste état de choses. »

Lydia promena son regard tout autour de la pièce encombrée. Elle entendit du mouvement quelque part dans l'appartement, une porte se fermer, des voix sonores. La bonne faisait-elle également office d'infirmière ? Elle se demanda à quoi cela pouvait ressembler de vivre avec quelqu'un menacé de dépression nerveuse, quelqu'un qui perdait pied parfois.

« Si vous voulez me dire quelque chose à son propos, dit-elle, mieux vaut le dire tout de suite et en finir. »

Mme Alforde acquiesça.

« Vous avez raison. Il est toujours préférable de savoir ces choses. À présent, voyons un peu : vous êtes née en 1905, n'est-ce pas ? Tout s'était précipité l'hiver précédent. Gerry et moi nous étions mariés en juillet, et c'était notre premier Noël ensemble. Nous étions chez son oncle. À Rawling Hall, près de Saffron Walden. Votre père y était aussi. C'était le neveu de tante Connie. Gerry le connaissait très bien – il l'avait rencontré en Inde une ou deux fois pendant que son bataillon s'y trouvait. Mais votre père avait démissionné depuis. Cela avait été plutôt soudain, j'en ai peur, et étant donné les circonstances, Gerry avait été très surpris de le voir à Rawling. »

Mme Alforde se tut un instant.

« Pour être parfaitement honnête, ma chère, il a quitté l'armée en butte à des soupçons. En fait, si son commandant n'avait pas préféré éviter le scandale, il aurait été exclu de l'armée.

— Qu'avait-il fait ?

— Il avait falsifié plusieurs chèques, falsifié les comptes et détourné les fonds du mess, dit Mme Alforde sèchement, sans prendre le moindre gant. Cela ne faisait aucun doute. Un sous-officier était également impliqué, un sergent du mess. Je crois que le sergent est allé en prison. Mais voilà que votre père était à Rawling Hall, toujours aussi culotté. Il est vrai que tante Connie avait toujours eu un faible pour lui. Elle lui avait trouvé un petit travail – il dessinait à la plume les cheminées que l'oncle de Gerry avait fait installer dans le salon et la bibliothèque. Je me demande bien pourquoi – d'horribles choses pseudo-jacobéennes qu'il aurait mieux valu oublier. Les bonnes détestaient les épousseter.

— Je suis heureuse de savoir qu'au moins quelqu'un avait un faible pour lui. »

Mme Alforde la regarda.

« Il faut bien reconnaître que là-bas, les hommes

lui battaient froid, comme la plupart des femmes également. Puis il a séduit votre mère juste sous leur nez. Saviez-vous qu'elle avait tout juste seize ans ? Elle n'avait même pas encore fait ses débuts dans le monde. Il en avait après son argent, bien sûr. Bien qu'elle ait été également charmante. Et pour couronner le tout, il ne s'est même pas soucié de prendre des précautions. Il a mis la pauvre fille enceinte. De vous, en fait. Évidemment, elle n'avait plus d'autre choix que de l'épouser. Nous avons tous fait corps autour d'eux, pour le bien de votre mère. Mais personne ne s'est étonné que le mariage ne dure pas.

— Vous en parlez comme de quelqu'un de très impitoyable, dit Lydia doucement. De très calculateur.

— Il l'était, ma chère. Comme on pouvait s'en douter, il a gaspillé l'argent en un an ou deux. Je crois comprendre qu'il est dans un triste état aujourd'hui. Et pourtant, on ne peut toujours pas lui faire confiance. C'est pourquoi je pense que vous seriez beaucoup mieux sans lui. »

Lydia ne réagit pas, le regard fixé droit devant elle.

« Tous les mariages passent par des hauts et des bas, continua Mme Alforde. Gerry et moi – je ne vais pas entrer dans les détails, ce n'a pas toujours été facile. Mais on persévère. Je suis certaine que Marcus et vous reprendrez bientôt votre route ensemble en parfaite entente. Votre mère en serait tellement heureuse. »

Lydia regarda son hôtesse. Mme Alforde était une gentille femme, et elle faisait de son mieux. Ce n'était pas sa faute si ce qu'elle considérait comme la meilleure solution ne tenait aucun compte des désirs de Lydia, pas plus que de la réalité.

« À présent, ma chère, promettez-moi au moins d'y réfléchir. »

Lydia secoua la tête.

« Je suis désolée, je ne retournerai pas vivre avec Marcus. Je n'en avais pas l'intention auparavant, et je ne changerai certainement pas d'avis maintenant que je l'ai vu avec ma mère, tous les deux se conduisant comme de vulgaires animaux. »

Elle se carra dans son siège et regarda le sang refluer du visage de Mme Alforde. La vieille femme avait perdu toute sa superbe. Affreusement pâle, l'air terrifiée, elle paraissait minuscule.

Vers le milieu de la matinée de mardi, Rory avait déjà fumé le tiers des trois cigarettes qui constituaient théoriquement sa ration de la journée. Il rédigeait une nouvelle lettre de candidature sur sa machine à écrire portable Royal et luttait contre la tentation d'en allumer une quatrième.

Il avait passé le week-end à Hereford avec ses parents et ses sœurs. Les rituels familiers de son enfance continuaient d'y être respectés ; même si, évidemment, tous les participants en avaient largement passé l'âge. Malgré le confort de la maison – malgré les draps frais, l'excellent gigot du déjeuner dominical, les cigarettes Navy Cut de son père –, ce week-end avait eu quelque chose d'irréel, d'abrutissant même. Il s'était réjoui de partir, malgré ce qui l'attendait, la précarité de sa vie de travailleur indépendant, ses fiançailles avortées, des économies en baisse, et aucune perspective d'un revenu décent.

Il entendit un bruit assourdi caractéristique de la façon de frapper du facteur, et du mouvement dans l'habitation au-dessous. Des pas résonnèrent dans son escalier, puis un coup sur sa porte. Quand il l'ouvrit, Lydia Langstone attendait sur le palier. Elle portait un paquet, et son visage était coloré d'avoir gravi les marches.

Elle tendit le paquet.

« C'est pour vous. J'ai pensé que je pouvais aussi bien le monter.

— Merci. »

Sur le point de partir, elle se retourna pour le regarder.

« Vous souvenez-vous de ce bouton de manchette que vous m'avez montré l'autre jour ? Quand nous avons déjeuné ensemble. »

Il acquiesça.

« Bien sûr.

— J'ai appris pendant le week-end que les fascistes avaient loué la crypte pour un nouveau meeting.

— Vraiment ? Quand ?

— Samedi en huit. Le 1er décembre, je crois. Apparemment, cela fait partie d'un grand plan pour rallier des hommes d'affaires au mouvement.

— En leur promettant que les fascistes iront traquer les rouges jusque sous leurs lits pour les tuer, et s'assurer qu'il y aura toujours un marché pour les produits anglais ?

— Quelque chose dans le genre. Croyez-vous que ce sont les fascistes qui vous ont agressé ? »

Il haussa les épaules.

« Je n'en sais rien. Je n'ai trouvé aucun autre indice dans ce sens. Quelqu'un a pu perdre un bouton de manchette par hasard à cet endroit, et cela n'aurait donc aucun rapport avec moi. »

Il la remercia une nouvelle fois et lui dit au revoir. Il resta un moment à la regarder descendre l'escalier en faisant claquer ses talons. Quelle femme étrange, culottée, pensa-t-il, tout en os, et racée comme un cheval de course. Il retourna dans son salon, poussa la machine à écrire de côté, et posa le paquet sur la table. Il lui était adressé à Bleeding Heart Square, mais l'écriture était inconnue. Il coupa la ficelle avec son canif et déchira le papier d'emballage. Le papier était froissé avec des bords déchiquetés, provenant d'une plus grande feuille qui avait déjà été utilisée.

Dessous, il y avait une autre couche d'un papier d'emballage plus foncé. La deuxième couche n'était pas attachée. Il aperçut du tissu à l'intérieur, une sorte de tweed. Il le sortit de l'enveloppe et le leva.

C'était une jupe en tweed irlandais gris-bleu, élimé par endroits, avec l'ourlet en partie défait. Une feuille de papier réglé vola des plis de la jupe et tomba par terre. Il la ramassa. La feuille semblait avoir été arrachée à un cahier d'écolier. C'était une lettre sans date ni adresse en tête, écrite d'une écriture ronde, informe.

Cher Monsieur,

J'ai trouvé ceci dans le placard de Narton. Je pense qu'elle appartient à Miss Penhow. J'ignore où elle est actuellement, tout comme la dame à laquelle c'est adressé ; il est donc préférable que ce soit sa nièce qui l'ait. Elle ne me vaut rien. Je n'en veux pas.

Fidèlement vôtre,

M. Narton

Rory laissa tomber la lettre sur la table et prit le paquet qui se trouvait à l'intérieur. Il n'y avait rien d'écrit dessus, sinon le nom de Mme Renton tracé d'une écriture familière très lisible.

Mme Renton ?

Quelque chose de bleu dépassait de la ceinture de la jupe, une enveloppe non cachetée portant également le nom de Mme Renton écrit de la même main. Rory en sortit l'unique feuille de papier à lettres qu'elle contenait.

Ferme de Morthams
Rawling
Saffron Walden
Essex

Le 22 avril 1930

Chère Madame Renton,

Comme convenu entre nous, je vous adresse ci-joint ma jupe d'hiver pour réparation. Elle doit avoir un an, sinon deux. Reprenez la taille d'un centimètre s'il vous plaît. Pourriez-vous également refaire l'ourlet – comme vous le verrez, il se découd. Si les blouses sont prêtes, mettez-les s'il vous plaît avec la jupe et donnez-les à mon mari lorsque vous le verrez.

Sincèrement vôtre,
P. M. Serridge (Mme)

Rory sortit son écritoire et compara la lettre avec l'échantillon de l'écriture de Miss Penhow qu'il avait trouvé dans la commode. Il n'y avait aucune raison de douter qu'elles ne fussent pas de la même main.

Il s'assit à la table et alluma une quatrième cigarette, une cigarette défendue celle-là. Mme Renton – que diable venait-elle faire là-dedans ? À part cela, rien dans la lettre ne laissait soupçonner que Miss Penhow prévoyait de quitter la ferme de Morthams et Serridge. Rien n'indiquait non plus la moindre tension entre eux deux. Pourtant, si Miss Penhow avait été retorse, la lettre pouvait avoir été écrite pour détourner l'attention de Serridge. Miss Penhow s'attendait peut-être à ce que Serridge lise la lettre, ce qui voulait dire qu'elle avait des raisons de douter de la confiance de Serridge à son égard. Mais comment Narton était-il entré en possession du paquet ? Il avait pu être saisi comme preuve par la police au cours de l'enquête concernant la disparition de Miss Penhow, et Narton l'aurait pris pour s'en servir à ses propres fins après qu'il eut perdu son travail.

Il fuma le reste de la cigarette. Puis il replia la jupe et la lettre qui l'accompagnait dans le papier d'emballage et descendit avec au premier étage. Il frappa à la porte du salon de Ingleby-Lewis. Lydia ouvrit la porte.

« Désolé de vous déranger, mais j'aimerais votre avis à propos de ce paquet. »

Il se déplaça de façon à voir si Ingleby était là.

« À condition évidemment que vous ayez un moment.

— Oui, bien sûr. »

Elle recula, tenant la porte ouverte.

Au grand soulagement de Rory, il n'y avait personne d'autre dans la pièce. Apparemment, Lydia était en train d'écrire une lettre.

« Vous êtes occupée ?

— Rien d'urgent. »

Elle passa devant lui rapidement, glissa sa lettre sous le buvard et remit le capuchon de son stylo.

« Qu'est-ce que c'est ? demanda-t-elle, en voyant le paquet.

— C'est une jupe. Tout cela est étrange. »

À cet instant, il s'aperçut que Lydia et lui ne s'étaient pas vraiment parlé depuis des jours, et que même pendant leur déjeuner au Dahlia bleu, il n'avait pas évoqué Narton. Lydia l'observait avec attention, comme si elle trouvait le spectacle particulièrement intéressant. Il se hâta de continuer.

« Quand nous avons déjeuné ensemble l'autre semaine, je vous ai parlé de Miss Penhow.

— Je m'en souviens. »

Debout tous les deux, ils se faisaient face de chaque côté de la table.

« Je ne vous ai pas tout dit. »

Il s'arrêta, espérant qu'elle réagirait.

« Je ne vous ai pas dit notamment que j'avais été approché par un homme du nom de Narton, qui surveille cette maison depuis quelque temps. Il prétendait être un policier en civil et il voulait mon aide. Tout comme moi, il s'intéressait à l'affaire Penhow. D'après lui, la police n'avait pas réussi à trouver la preuve que Serridge s'en était débarrassé, mais ils n'entendaient pas en rester là.

— Un petit homme, entre deux âges, avec un vieux manteau de tweed et un col dur ?

— Comment le savez-vous ?

— Je vous ai vus ensemble un jour au Dahlia bleu.

— Vous êtes observatrice. Pensez-vous que Serridge ait pu nous voir également ? »

Lydia haussa les épaules.

« Pas que je sache. Que s'est-il passé en tout cas ?

— Il m'a persuadé d'aller à Rawling parler au

vicaire. Il ne pouvait pas s'y rendre lui-même, pas plus qu'aucun de ses collègues, car le vicaire était un copain de Serridge, et il ne voulait pas que Serridge apprenne que la police s'intéressait toujours à lui. C'est ainsi que j'ai découvert par hasard que Narton lui-même vivait à Rawling, ce qu'il avait omis de me dire. Tout de suite après, en jetant mes ordures dans la poubelle en bas, j'y ai trouvé un exemplaire du journal local. »

Il se demanda s'il devait mentionner le crâne de chèvre mais décida de ne pas le faire tout de suite.

« Ce devait être celui de Serridge. Un entrefilet évoquait un homme trouvé mort dans un cottage à Rawling en début de semaine. C'était Narton. »

Un profond silence retomba sur la grande pièce froide. Il vit Lydia encaisser la nouvelle. Il regrettait déjà d'avoir été assez stupide pour y avoir fait allusion. Elle raconterait tout à son père, qui le dirait à Serridge. Ou elle le dirait elle-même à Serridge, Serridge qui avait certainement un penchant pour elle.

« Nous ferions mieux de nous asseoir, dit Lydia. Vous n'êtes pas de cet avis ? »

Elle s'assit et lui indiqua le siège en face d'elle. Il posa le paquet sur la table, en déplaçant le buvard par la même occasion. Rory sentit ses épaules se détendre. Il ne s'était pas rendu compte à quel point il était tendu ces derniers temps. La raison de cette détente était facile à comprendre : c'était un soulagement d'avoir enfin parlé de Narton à quelqu'un, même si c'était à Lydia Langstone, une femme qu'il connaissait à peine.

Un morceau de la lettre que Lydia écrivait sortait maintenant de dessous le buvard. Rory eut juste le temps de lire l'adresse, la date et l'envoi de la missive :

Chère Mme Alforde, avant que Lydia ne repousse le buvard de l'autre côté de la table, recouvrant la lettre par la même occasion.

Ses muscles se crispèrent à nouveau. Il n'avait pas été honnête avec elle, pourquoi s'attendre alors à ce qu'elle le soit avec lui ?

Elle le regardait, la bouche entrouverte.

« Comment est-il mort ?

— En nettoyant un fusil de chasse.

— C'était donc probablement un suicide ?

— Oui. Et ce n'est pas tout, continua Rory. Mme Narton m'a appris que son mari avait été contraint de quitter la police il y a trois ans.

— Dans ce cas, pourquoi s'intéressait-il tellement à Serridge ?

— J'y viens. J'ai voulu retourner chez le vicaire pour voir s'il pouvait m'aider. C'était l'heure du déjeuner, si bien que j'ai dû traîner un peu en attendant. Je suis allé dans le cimetière, où j'ai découvert une tombe portant le nom d'Amy Narton, décédée en 1931. C'était sa fille. Quand j'ai parlé ensuite au vicaire, il est plus ou moins sorti de ses gonds, disant que Narton avait été bouleversé par la mort de sa fille. Elle est morte en couches et personne n'a jamais su qui était le père du bébé. Même si elle avait travaillé à la ferme de Morthams, le vicaire ne voyait aucune raison pour accuser Serridge. Mais un peu plus tard, la bonne m'a raconté une tout autre version de l'histoire. Pour elle, la responsabilité de Serridge ne faisait aucun doute. »

Il hésita un instant avant de se lancer.

« Elle avait trouvé une photographie d'Amy nue sur une bicyclette. Apparemment, c'était une de ses techniques de séduction. »

Lydia s'étouffa de rire.

« Il s'agit certainement d'une plaisanterie ? Je vous en prie, rassurez-moi.

— Hélas non. Serridge persuadait les filles du village que c'était comme ça que vous, les femmes élégantes de Londres, appreniez à monter à bicyclette.

— Imaginez-vous ça. Hyde Park un dimanche après-midi. »

Il lui sourit.

« D'après Rebecca, il retenait Miss Penhow prisonnière à la ferme sans qu'elle s'en rende compte, et il avait également une autre maîtresse à Londres. Une étrange fille a été aperçue à la ferme juste avant la disparition de Miss Penhow. Et il y a aussi deux autres choses encore plus bizarres. La première est que Serridge fréquentait déjà Rawling Hall avant la guerre, la grande demeure près du village. Donc, il connaissait déjà l'endroit. Et la seconde est encore plus curieuse, et je ne sais vraiment pas comment l'interpréter. Il y avait… des crânes, des crânes d'animaux, à l'endroit où la bonne était en train de me parler. Ils faisaient la fierté et le bonheur de son neveu qui était avec nous. Et apparemment, l'un d'entre eux avait disparu. Un crâne de bouc. »

Lydia se raidit.

« Avec de très longues cornes rejetées en arrière ?

— Vous l'avez vu aussi ?

— Oui. Ou quelque chose de très ressemblant. Il est arrivé par la poste à l'intention de M. Serridge. Il a ouvert le paquet ici. Mais vous, quand l'avez-vous vu ? Et où ? ajouta-t-elle.

— La semaine dernière. Il était dans une poubelle

en bas. Avec le journal de Mavering mentionnant la mort de Narton.

— Même en mettant tout bout à bout, on ne comprend vraiment rien. Qu'allez-vous faire ? »

Rory se passa la main dans les cheveux.

« Je n'en sais rien.

— Et Mme Renton ? En quoi cela la concerne-t-il ?

— Aucune idée. Regardez le paquet. Je devrais probablement le donner à Miss Kengsley. »

Il regarda Lydia lire la lettre et examiner la jupe. Puis elle leva les yeux vers lui.

« Pourquoi ne le montrez-vous pas d'abord à Mme Renton ? Après tout, l'envoi lui est destiné. Voyez ce qu'elle en dit – cela ne risque rien. Quand vous le donnerez à Miss Kengsley, vous pourrez dire que vous avez fait tout ce qui était possible.

— Très bien. Je vais le lui demander tout de suite. Merci infiniment. Vous m'avez été d'une grande aide. »

Elle lui jeta un regard oblique.

« Ce n'est rien. »

Il prit la jupe ainsi que les lettres et descendit, la laissant occupée à plier le papier d'emballage sur la table. Il frappa à la porte de Mme Renton. Personne ne répondit. Il frappa de nouveau, en vain. Il remonta. Quand il atteignit le palier du premier, Lydia sortait de la petite cuisine.

« Rien ? dit-elle.

— Elle n'est pas là. »

Rory songea qu'il devait sortir, retourner consulter les offres d'emploi à la bibliothèque.

« Cela attendra. Il faut que je sorte.

— Voulez-vous que je le lui demande ? dit Lydia. Justement, je reste là presque toute la journée.

— Vous le feriez ? C'est très aimable à vous. Vous êtes certaine que cela ne vous dérange pas ?

— Pas du tout. Je dois voir Mme Renton pour une réparation. »

Rory lui tendit le paquet et la lettre de Miss Penhow. Il continua à monter, la lettre de Mme Narton à la main. Lydia Langstone était vraiment de bonne composition, malgré ses grands airs et son accent à couper au couteau. Et presque jolie aussi. En tout cas, son visage inspirait la confiance. Mais peut-être prenait-il ses désirs pour des réalités : quel rapport pouvait-elle bien avoir avec Mme Alforde ?

17

En lisant cela à présent, il vous saute aux yeux que Serridge avait hâte de prendre ses distances avec Philippa May Penhow. Soyez honnête. Elle devait le mettre hors de lui.

Mardi 8 avril 1930

J'ai essayé de m'occuper pendant queJoseph était à Londres. Il est allé tout seul en voiture jusqu'à Bishop's Strotford et a pris le train delà.

Des deux bonnes, Rebecca devrait se révéler quelqu'un de fiable. Elle est un peu lente et taciturne, comme beaucoup de ces gens de la campagne, mais c'est une femme sensée qui connaît son affaire. Je suis moins sûre de la jeune Amy, qui paraît sournoise, avec un mauvais caractère. En défaisant les malles, elle a cassé une tasse à thé en Royal boulton – Tante aurait été furieuse ! –, prétendant ensuite que ce n'était pas sa faute. Rebecca m'a dit que la mère d'Amy avait également travaillé au château, malheureusement, la fille ne semble pas tenir de sa mère !

Aujourd'hui, je n'ai pas cessé de guetter le bruit de la voiture sur l'allée. Mais Joseph n'est rentré qu'après l'heure du thé. Il a fait une entrée solennelle, apparemment de très bonne humeur, en s'excusant pour son arrivée tardive due au retard du train. Quand il m'a embrassée, j'ai cru sentir un parfum inconnu sur son col. Et il y avait un long cheveu fin sur sa veste. Je le lui fis remarquer, ce qui l'énerva. Il y avait deux petites filles dans son compartiment, le cheveu devait appartenir à l'une d'elles, et le parfum venait certainement d'un coussin.

Je crains d'avoir alors donné cours à mon épouvantable jalousie et j'ai éclaté en sanglots de rage. Au bout d'un moment, Joseph m'a attirée sur ses genoux et m'a bercée comme un enfant. Ce qui me fit pleurer encore davantage dans un premier temps, mais bientôt je suis redevenue tout sourire !

Pendant tout cela, le pauvre Jacko, lui, n'avait pas la moindre idée de ce qui se passait, et il courait dans tous les sens autour de nous en aboyant et en gémissant. Il parut infiniment plus heureux en voyant son maître et sa maîtresse redevenir les meilleurs amis du monde.

Plus tard, pendant que nous attendions que Rebecca nous serve notre souper – j'hésite à appeler cela un dîner – Joseph sortit deux petits paquets, un pour moi et l'autre pour Jacko. Le mien contenait un ravissant foulard de soie de chez Liberty orné d'un motif japonais. Quant à Jacko, il est maintenant l'heureux propriétaire d'un élégant collier vert tout neuf, avec une boucle en cuivre et sept étoiles étincelantes en cuivre dessus. Joseph trouve que le collier lui donne des airs de chien de garde féroce. Nous avons beaucoup ri !

Cela vous fait rire aussi, évidemment. Il a bien trompé son monde. Y compris Jacko.

*
* *

Trouver Mme Renton s'avéra finalement plus difficile que Lydia ne le pensait. Elle fut absente de chez elle toute la journée. Ce qui en soi n'avait rien d'extraordinaire car elle se rendait souvent chez ses clientes, qui étaient dispersées dans tout Londres, et restait parfois travailler à leur domicile. Mme Renton regagna Bleeding Heart Square dans la soirée mais il était trop tard pour lui rendre visite.

Le lendemain, mercredi, Lydia était chez Shires et Trimble. Le travail était un peu moins pénible qu'au début. M. Reynolds avait décrété que, pour une femme, Lydia était tout à fait utile. Il appréciait sa façon distinguée de répondre au téléphone et le fait qu'elle soit capable de s'y retrouver dans son classement.

Quant aux autres, les roses de Marcus avaient opéré sur eux un renversement des alliances dans le bureau principal. Miss Tufley confia à Lydia que Smethwick pouvait se conduire en « petit cabot affreusement vulgaire », et qu'il avait abusé du cidre et s'était montré un peu trop familier avec elle lors de la sortie d'été de la société en juillet, ce qui, franchement, était un peu fort. Elle répétait souvent également : « Nous les filles, nous devons nous serrer les coudes. » Ce n'était pas seulement l'effet des roses. C'était également la révélation que Lydia entretenait on ne sait quelle relation avec des mâles d'ordre divin qui roulaient dans des Bentley argent conduites par des chauffeurs en livrée.

M. Shires arriva à neuf heures trente. Il salua tout le monde et se dirigea rapidement vers son bureau. Lydia lui accorda dix minutes, puis prit son bloc et frappa à sa porte. Il était debout devant le grand bureau avec la corbeille à papier à côté, occupé à trier le courrier du matin.

« Puis-je vous dire un mot, monsieur ? »

Il jeta un coup d'œil à sa montre.

« Volontiers. Mais je n'ai que quelques instants à vous accorder. »

Lydia referma la porte derrière elle.

« Je voulais votre avis sur un problème personnel. »

Il fronça les sourcils.

« C'est un peu inhabituel. »

Il contourna le bureau pour regagner son fauteuil.

« Vous devriez vous asseoir. »

Il tira vers lui un petit sac de papier blanc et y prit un bonbon à la menthe.

« Je veux divorcer, dit Lydia.

— Je vous demande pardon ?

— Divorcer.

— Seigneur ! Madame Langstone, avez-vous la moindre idée de ce que cela impliquerait ?

— C'est la raison pour laquelle j'ai voulu vous voir, monsieur. Pour le savoir. »

Elle se tut, mais Shires resta silencieux.

« Je vis avec mon père parce que j'ai quitté mon mari. Je l'ai quitté parce qu'il m'a frappée.

— Grands dieux. Je suis navré de l'apprendre. Y a-t-il des témoins ? »

Lydia secoua la tête.

« En plus, il s'est rendu coupable d'adultère. »

Shires se carra dans son fauteuil.

« Oh là là ! Cela devrait être un bon motif de divorce. Mais il faudrait le prouver. »

Il suçota sa menthe.

« Vous en sentez-vous capable, madame Langstone ? Et si vous l'êtes, êtes-vous préparée à ce que votre vie privée, comme celle de votre mari, soit étalée au tribunal ? Il n'y a pas de divorce paisible, vous savez, même si vous parveniez à persuader votre mari de, disons, coopérer. Ce genre d'affaire suscite toujours un intérêt malsain, surtout si les protagonistes ont le moindre lien avec l'aristocratie. La publicité qui en serait faite risquerait d'être pénible. »

Lydia nota que quelqu'un avait dû parler à Shires de sa famille. Serridge ou son père à elle ?

« Et le coût ? dit-elle.

— Ce ne serait pas bon marché. Intenter un procès coûte toujours cher. Heureusement pour nous, avocats, ajouta-t-il avec un sourire suffisant.

— Mais si je pouvais trouver l'argent, et si je pouvais apporter la preuve, il n'y a rien qui pourrait m'empêcher de demander le divorce ?

— Ce sont des conditions primordiales. Oui, en tout cas. Toutes choses étant égales. Depuis la dernière loi sur les fondements du mariage, une femme est autorisée à demander le divorce au motif d'adultère de son mari. Jusque-là, une femme ne pouvait demander le divorce pour ce motif que s'il était aggravé par l'abandon du mari du domicile conjugal, ou sa cruauté envers elle. Mais dans votre cas, il pourrait y avoir une autre complication. Si je comprends bien les choses, ce n'est pas lui qui est parti, mais vous qui l'avez quitté.

— Parce qu'il m'a agressée.

— C'est vous qui le dites. Nous en revenons à la question de la preuve. Ou à la volonté de votre mari d'admettre sa culpabilité. »

Lydia dessina une petite potence sur le bloc et y ajouta un bâton figurant un homme.

« Mais si je parvenais à réunir l'argent et la preuve, pourriez-vous m'aider à mener les choses à bien ? »

Shires la regarda froidement à travers le bureau.

« Ce n'est pas le genre d'affaires dont nous nous chargeons habituellement, madame Langstone. Je ne peux pas dire que je me réjouisse non plus à la perspective de voir une de mes employées impliquée dans une affaire de divorce. Je dois préserver la réputation de cette société. Sans compter le problème de l'argent, et de la preuve. Ce ne sont pas des éléments à prendre à la légère. »

Lydia se leva.

« Dois-je comprendre que vous ne souhaitez pas m'aider ? »

M. Shires soupira.

« J'aimerais que vous, les jeunes, ne tiriez pas de conclusions hâtives. Je n'ai pas dit que je vous aiderais, et je n'ai pas dit non plus que je ne vous aiderais pas. Je me suis contenté de souligner certains des problèmes que vous devrez résoudre si vous décidez de poursuivre dans cette affaire, sans oublier le risque que cela affecte votre position dans cette société. Écoutez bien ce que je vais vous dire : je vais réfléchir à votre problème et vous ferai part de ma décision en temps voulu. À présent, seriez-vous assez aimable pour demander à M. Reynolds de m'accorder un moment ? »

À Cornwallis Grove, les événements commençaient à se précipiter, comme si on avait desserré un frein invisible. Presque du jour au lendemain, Fenella recouvra son énergie et sa détermination. Rory craignait que la raison n'en soit l'arrivée dans sa vie de Julian Dawlish.

S'il avait fallu imaginer une seule et unique solution à tous les problèmes de Fenella, il aurait été difficile de trouver mieux que l'homme en question. Il était riche, avec des opinions politiques similaires, et qui plus est, parfait gentilhomme. Comme un bon génie, il lui suffisait de claquer de ses mains manucurées pour procurer des appartements et des emplois à qui en avait besoin. Et histoire d'enfoncer encore le clou, Rory avait fini par trouver l'homme plutôt sympathique.

Pour Dawlish, maintenant que la pensionnaire n'était plus qu'un malheureux souvenir avec quelques taches étranges laissées sur le tapis de sa chambre, la présence à Cornwallis Grove de Fenella ne s'imposait plus, à moins bien sûr qu'elle ne veuille rester, ce qui n'était pas le cas. L'Alliance des socialistes contre le fascisme était impatiente de s'organiser et de passer à l'action dès que possible. La maison de Mecklenbourg Square était vide. L'appartement au sous-sol pouvait être aménagé dès qu'elle le souhaiterait. D'après un agent immobilier de Hampstead que Dawlish avait consulté, il n'aurait aucun mal à louer la maison des Kensley dans Belsize Park pour le restant du bail ; en fait, il avait déjà un locataire en tête.

Brusquement, il n'y avait plus aucune raison pour que Fenella reste, et toutes les raisons pour qu'elle s'en aille. Le mardi soir, Rory reçut une carte postale de sa part, lui demandant s'il pouvait l'aider pour le déménagement ; les Kensley avaient entreposé certaines de ses affaires pendant qu'il était en Inde, et elle lui serait reconnaissante s'il pouvait les enlever.

Tôt dans l'après-midi du mercredi, il prit un tram

en direction d'Hampstead et arriva à Cornwallis Grove un peu après deux heures. Fenella était seule chez elle. Elle portait une salopette et ses cheveux étaient retenus par un foulard. Le hall était encore jonché des débris des malheureux passe-temps de M. Kensley.

« Travail d'abord, dit-elle. Thé ensuite. »

En la suivant en direction de l'escalier, il trébucha à nouveau sur le sac d'outils et faillit marcher sur une coupe en cristal.

« Attention, dit-elle par-dessus son épaule. Je suis désolée de te bousculer, mais l'agent immobilier vient la semaine prochaine et je veux laisser l'endroit dans un état convenable. »

Elle l'emmena dans le débarras, un ancien vestiaire au rez-de-chaussée où les Kensley avaient entassé tout ce dont ils ne voulaient plus, sans vouloir s'en débarrasser non plus. Rory se retrouva devant deux valises complètement rayées et cabossées, ornées d'étiquettes défraîchies, souvenirs de voyages en train oubliés. Il les avait laissées chez les Kensleys dans une autre vie, juste avant de partir en Inde. Il sortit les valises sur le palier et fouilla dedans à contrecœur. Au milieu de vêtements et de draps, il trouva un pot à tabac, des livres inconnus, de la vaisselle ébréchée, une pile de notes de cours et une interminable analyse poétique du malaise de la civilisation écrite dans le style de *La Terre vaine*.

« Je n'ai pas besoin de grand-chose là-dedans », dit-il.

Fenella se passa une main crasseuse sur le front et lui sourit.

« Moi non plus. Pourquoi ne pas tout trier pour en balancer un maximum ? »

Il passa le quart d'heure suivant à inspecter le contenu des boîtes. Des mites en avaient colonisé une. Dans l'autre, il trouva un costume épais qui était encore mettable. La veste lui allait, et le pantalon ferait probablement l'affaire aussi s'il demandait à Mme Renton de le rectifier. Quand il referma le couvercle de la seconde valise, il avait les mains sales et était dégoûté de cette plongée dans les vestiges de son propre passé.

Il passa la tête dans le débarras.

« J'ai fait le maximum. Une valise pourra aller sur le tas à mettre au rebut. Je garde l'autre. Je peux te donner un coup de main là-dedans, si tu veux.

— Merci. Pourrais-tu descendre le carton du haut de l'armoire ? »

La boîte en carton descendit dans une nuée de poussière. Il la posa par terre et ouvrit les rabats. Elle était pleine de papiers poussiéreux, de lettres et de photos.

« Comment vas-tu transporter la valise jusqu'à ton appartement ? demanda-t-elle.

— En la portant jusqu'à l'arrêt d'autobus, je suppose. Il y a moins à marcher qu'avec le métro.

— Inutile. Julian doit venir plus tard en voiture. Je suis certain qu'il voudra bien te la déposer.

— Oh, ce serait très gentil de sa part. »

Fenella plongea les mains dans le carton et en déversa le contenu sur le tapis. Une petite photographie glissa sur le côté. Rory la ramassa. Elle représentait une femme assise sur le banc d'un parc avec un petit chien à ses pieds.

« Qui est-ce ? » demanda-t-il sur un ton anodin.

Fenella lui prit la photo des mains. Elle paraissait contrariée.

« C'est tante Philippa.

— Elle a l'air assez jolie, dit Rory, surpris. Je la croyais beaucoup plus âgée.

— La photo n'est pas très ressemblante, dit Fenella, en la laissant tomber dans le carton.

— En quoi ? »

Fenella se détourna et ouvrit la porte de l'armoire.

« Elle se maquillait comme si elle avait eu dix ou vingt ans de moins. Quand on s'approchait, on voyait les craquelures. Littéralement. Elle se faisait un vrai masque. Père trouvait que tante Philippa se rendait ridicule à vouloir ainsi se rajeunir. »

*

* *

Tard dans la matinée, M. Smethwick trébucha sur le seau du concierge et laissa tomber trois boîtes d'archives devant le grand bureau. Les archives en question concernaient certains clients d'avant guerre de feu M. Trimble. Des papiers se répandirent sur le palier et dans la cage d'escalier, certains jusqu'à l'étage en dessous, et deux lettres voltigèrent jusqu'en bas dans le hall. M. Reynolds se précipita hors du bureau et considéra avec angoisse le flot de papiers jaunis, de trombones rouillés et de rubans roses.

« Smethwick ! Qu'est-ce qui vous a pris ? Madame Langstone ! Venez tout de suite ! »

Lydia ne l'avait jamais vu dans un tel état d'agitation. Elle aida Smethwick à rassembler les papiers. Puis c'est à elle que revint la tâche de les remettre en ordre, et M. Reynolds ne lui permit pas de prendre sa pause-déjeuner avant d'avoir terminé.

Il était deux heures passées quand elle put enfin

s'échapper. Sur le chemin du Dahlia bleu, elle s'arrêta à la boutique de M. Goldman dans Hatton Garden. Il étudiait un collier avec une loupe de joaillier. Il leva les yeux quand la sonnette de la porte retentit et déplia sa longue silhouette.

« Bonjour, madame.

— Bonjour, M. Goldman. Je ne veux rien vendre aujourd'hui mais j'aimerais avoir une idée de ce que vous me donneriez pour quelque chose. »

Il inclina la tête sans rien dire. Lydia posa son sac sur le comptoir et en sortit un écrin contenant une bague en saphir et diamant. C'était le troisième et dernier des bijoux de Lydia lui venant de sa grand-tante. Goldman ouvrit la boîte et sortit l'anneau de son support de velours. Il refixa la loupe sur son œil et l'examina, en respirant bruyamment par le nez.

« Je sais qu'elle est démodée, dit Lydia, déjà rebutée par son air vaguement désespéré. Mais les pierres seules doivent valoir beaucoup d'argent. »

Il l'ignora et continua son examen. Elle se détourna et fit mine de regarder un des étalages. Haricots sur toast, se dit-elle, en passant mentalement en revue le menu restreint du Dahlia bleu, avec un thé ; je peux au moins m'offrir ça. Et histoire de faire un peu la fête, pourquoi ne pas prendre un œuf par la même occasion ?

« C'est une belle bague, dit enfin M. Goldman. Il la frotta doucement. Elle date d'il y a quarante ou cinquante ans. Les saphirs sont particulièrement beaux.

— Combien vaudrait-elle ?

— Qu'en espériez-vous ?

— Je n'en ai pas la moindre idée. Une centaine de livres, peut-être ? Cent cinquante ? »

Il secoua la tête.

« On peut réutiliser les pierres. Je pourrais vous en offrir quarante livres. Disons quarante-cinq. »

Il vit la réaction de Lydia.

« Vous pourriez en obtenir plus ailleurs. Ou vous pourriez préférer la mettre en gage, même si, bien sûr, vous n'en obtiendriez pas autant. »

Elle le remercia et alla déjeuner. La nourriture lui remit du baume au cœur. Elle avait un toit au-dessus de la tête, un repas dans l'estomac et des vêtements sur le dos. Ainsi qu'un travail mal défini où elle devait se rendre. Tout était une question de perspective : elle était beaucoup plus nantie que la plupart des gens sur cette planète encombrée. Et compte tenu de son déjeuner tardif, l'après-midi serait brève.

Trois heures plus tard, tandis que Lydia remettait son chapeau avant de quitter le bureau, le visage rubicond de Miss Tuffley s'encadra derrière elle dans le miroir.

« Pas de chance, chuchota-t-elle, en poussant légèrement Lydia à l'épaule. Son Altesse vous demande chez lui. »

Elle effaça un peu de condensation sur la fenêtre près du miroir.

« Horreur ! Le brouillard est de pire en pire. »

Lydia trouva M. Shires debout à son bureau en train de ranger des dossiers dans sa serviette.

« Ah, madame Langstone. Fermez la porte, s'il vous plaît. »

Il attacha la courroie de sa serviette.

« J'ai réfléchi à votre demande ce matin, et je suis enclin à la considérer favorablement.

— Merci, monsieur, dit Lydia, surprise.

— Attention, cela ne veut pas dire que nous sommes

prêts à vous représenter dans cette affaire. Je vais au moins avancer. Tâter un peu le terrain auprès de M. Langstone, par exemple ?

— Quant au coût, je... »

M. Shires leva une petite main rose.

« Nous laisserons cela de côté pour le moment. Nous aimons aider nos employés dans la mesure du possible, et compte tenu des circonstances, il est possible que nous parvenions à obliger M. Langstone à accepter nos prix. Nous verrons bien, n'est-ce pas ? Ne brûlons pas les étapes. Laissez-moi agir pour le moment. Voyons, vous ne venez pas demain, n'est-ce pas, mais nous vous attendons vendredi ? Si j'ai le temps, nous en parlerons à ce moment-là. »

Il lui donna congé pour la soirée. Le bureau de devant était vide à présent. Lydia dévala l'escalier, le cœur plus léger. Elle avait sous-estimé Shires. Au fond, ce n'était pas un si mauvais bougre.

Dehors, les pavés luisaient sous la pluie, et avec le brouillard de plus en plus dense, les lampadaires en étaient réduits à de vagues formes sphériques pleines d'humidité. Elle retrouva tant bien que mal son chemin jusqu'à Bleeding Heart Square. En pénétrant dans la maison, elle entendit le bruit caractéristique de la machine à coudre de Mme Renton dans la pièce contiguë à la porte d'entrée.

Il y avait une lettre pour elle sur la table du vestibule. Elle la prit et décacheta l'enveloppe en montant. Elle venait de Mme Alforde : elle avait répondu à Lydia par retour de courrier.

Le capitaine Ingleby-Lewis n'était pas dans le salon. Lydia posa son sac et parcourut la lettre, qui était datée du matin même.

Ma chère Lydia,

Merci pour votre mot C'est très gentil et généreux de votre part de vouloir vous excuser, mais plus j'y pense, plus je crois avoir été stupide de prendre les propos de votre mère pour argent comptant – j'aurais dû me méfier. En vérité, je suis une vieille femme qui n'a pas grand-chose d'autre à faire que de fourrer son nez partout.

Me permettrez-vous de tout recommencer au début ? Vous me feriez une grande faveur. Votre pauvre cher parrain monopolise le plus clair de mon temps – il finit souvent par s'agiter si je m'éloigne un peu trop – mais demain, nous sommes jeudi, et c'est le jour du sergent Stokes. Stokes a fait la plus grande partie de la guerre avec lui. Je ne sais pour quelle raison – cela me semble un peu pervers – Gerry trouve sa compagnie apaisante.

Il se trouve que je dois courir jusqu'à Rawling pour un enterrement demain matin, mais j'espère être rentrée vers l'heure du thé, et je pourrais passer vous prendre si vous êtes libre (j'ai une petite voiture à moteur à présent, qui a transformé ma vie !). Autrement, si vous vouliez passer une journée à la campagne, vous pourriez m'accompagner, et nous parlerions en route. Je vous déposerais à Bishop Strotford ou à Saffron Walden et vous indiquerais où déjeuner convenablement Mais bien sûr, cela peut ne pas vous convenir, à moins aussi que vous n'estimiez qu'il n'y a plus rien à ajouter ! Quoi que vous décidiez, je le comprendrais parfaitement.

J'espère avoir de vos nouvelles – peut-être pourriez-vous me téléphoner ce soir si vous avez envie de faire une excursion demain ?

Avec nos vœux les plus affectueux de notre part à tous les deux,

Sincèrement vôtre,
Hermione Alforde

Lydia mit la lettre de côté et alla dans sa chambre où elle ôta son chapeau et son manteau. Elle prit la jupe de Miss Penhow et la lettre qui l'accompagnait dans le tiroir du bas de sa commode et descendit avec. Elle frappa à la porte de Mme Renton. Le visage ridé de la vieille femme s'éclaira en voyant Lydia.

« Bonsoir, ma chère. J'allais justement faire du thé. En voulez-vous ?

— J'ai quelque chose à vous montrer », dit Lydia, une fois la bouilloire sur le feu.

Mme Renton jeta un coup d'œil à la jupe.

« Un peu de couture ?

— En quelque sorte.

— Je crains d'être très occupée pour l'instant. »

Lydia la posa sur la table de Mme Renton.

« En fait, ce n'est pas pour moi. »

Mme Renton prit la jupe, tâta le tissu, passa les doigts le long des coutures. Puis elle fronça les sourcils.

« Vous la reconnaissez ? demanda Lydia.

— Je suis certaine d'avoir déjà vu ce tweed. »

Elle se tourna vers Lydia, l'air stupéfait.

« Elle n'appartiendrait pas à Miss Penhow, par hasard ?

— Si.

— Elle me l'a montrée juste avant de partir pour la campagne. Elle voulait la faire arranger. Mais elle préférait attendre que le temps se réchauffe.

— Il y a une lettre avec. »

Lydia lui tendit le mot. Mme Renton le lut, et quand elle eut fini, elle se tamponna les yeux avec son tablier.

« J'ai cru un instant qu'elle était rentrée. Miss Penhow, je veux dire. Cette lettre remonte à des années, n'est-ce pas ? Pauvre femme.

— Je ne savais pas que vous la connaissiez », dit Lydia.

Mme Renton jeta un coup d'œil à la porte comme pour s'assurer qu'elle était fermée.

« M. Serridge nous a présentées. J'ai fait un peu de couture pour elle pendant qu'elle habitait Kensington. Je lui ai également confectionné une jolie petite robe d'après-midi en soie. Puis elle s'est mariée et a déménagé, et je n'en ai plus jamais eu de nouvelles. D'où sort cette jupe ?

— Quelqu'un l'a trouvée à Rawling. C'est là qu'elle était partie.

— M. Serridge le sait ? »

Lydia secoua la tête.

« Il serait préférable de ne pas y faire allusion. Il paraît qu'elle l'a quitté. Mieux vaut ne pas raviver de vieilles blessures.

— Vous avez dû vous demander ce qu'il lui était arrivé ?

— Cela ne me regarde pas, dit Mme Renton. Cette bouilloire doit être en train de bouillir. »

18

Le ton du journal s'assombrit à présent, trois jours après que Serridge fut revenu de Londres. Mais Philippa Penhow fait front comme un brave petit soldat dans la bataille de la vie.

Vendredi 11 avril 1930

Le vicaire nous a rendu visite ce matin. C'est un certain M. Gladwyn, un pasteur de l'ancienne école. L'église est un sujet de préoccupation pour moi. Je sens que je ne peux plus recevoir la communion à présent. Après tout, Joseph et moi vivons d'une certaine façon dans le mensonge, bien que, j'en suis certaine, Dieu connaisse la vérité et comprenne la situation. Néanmoins, je ne me sens pas très à l'aise avec M. Gladwyn. Non que j'aie eu beaucoup à faire avec lui. Lui et Joseph se sont très bien entendus. Ils ont surtout parlé de voitures – M. Gladwyn a l'intention d'en acheter une bientôt, et s'est renseigné à ce sujet auprès de Joseph. Joseph l'a emmené faire un tour dans notre Austin 7.

À présent, le temps est meilleur ; j'ai commencé à explorer la ferme. Ces derniers temps, la maison m'a rendue assez claustrophobe. Il est vrai que nous voyons très peu de gens, mais à mon avis, c'est surtout parce que j'ai l'habitude de la ville et d'aller et venir à mon gré. Ici, il règne un tel silence. J'aperçois parfois un paysan dans le lointain, et à une ou deux reprises, nous avons échangé des signes. Je n'ai encore jamais eu la moindre conversation avec eux.

Cet après-midi, j'ai emporté mon journal avec moi. J'éprouve parfois une certaine gêne à rédiger ainsi mon journal dans la maison – Joseph s'enquiert toujours de ce que je suis en train de faire. Aussi aujourd'hui, je suis en train d'écrire al fresco, au frais, comme disent les Italiens.

Il est très étrange que je n'aie reçu aucune lettre depuis que nous avons emménagé. J'aimerais savoir ce qu'il conviendrait de faire. Je me sens souvent inquiète et je ne sais pas vraiment pourquoi. Je m'en veux d'être aussi bête. Mais l'inquiétude est là quand je me réveille, comme un poids dans mon estomac, et elle est toujours là quand je m'endors. Parfois, je ne dors pas très bien non plus. J'ai le cœur serré. Je voudrais ne plus ressentir quoi que ce soit Si seulement je pouvais m'arracher le cœur de la poitrine et me libérer de la douleur pour toujours.

On voudrait pouvoir lui taper sur l'épaule et lui dire que la lâcheté est toujours plus raisonnable que l'héroïsme. À condition qu'elle écoute. Mais n'anticipons pas.

*

* *

« Bonjour ! dit Mme Alforde quand Lydia vint à la porte, déjà en train d'enfiler ses gants. Heureusement que vous êtes ponctuelle. Je ne supporte pas le manque de ponctualité. »

Quand elles furent installées dans la petite voiture, une Mini-Morris grise avec des ailes rayées et cabossées, Mme Alforde mit le cap sur Clerkenwell Road, puis prit en direction de l'est vers Shoreditch et Hackney. Elle conduisait mal, mais avec un certain panache que Lydia associait avec la chasse. Sa conversation incessante se suffisant à elle-même, Lydia finit par la trouver plutôt reposante, à la différence de sa conduite.

« Espèce d'idiot, il ne voit même pas que j'ai la priorité ? T'es sourd ou quoi ? Regardez ces maisons là-bas, elles sont affreuses, non ? Cela devient de pire en pire. Vraiment, comment le gouvernement peut-il se regarder en face, je n'en sais vraiment rien. Ah ! Ça t'apprendra ! »

Lydia profitait de son absence totale de responsabilité. De Dalston, elles se rendirent à Leyton. Et de Leyton, à Walthamstow. À présent, elles roulaient sur l'A1, presque en pleine campagne. Elle dévorait les arbres et l'herbe des yeux. Mme Alforde elle-même devait également sentir leur effet apaisant car elle se mit à conduire beaucoup plus calmement, et parut soudain disposée à converser.

« Qu'aimeriez-vous faire à présent ? Les obsèques de ce pauvre M. Narton sont à midi moins le quart. Je peux vous déposer à Bishop's Storfort si vous voulez – je vous indiquerai un café tout à fait convenable où vous pourrez trouver quelque chose à manger – à moins que vous ne vouliez visiter Rawling, et dans ce cas, vous pourriez venir avec moi. Vous ne devez pas vous sentir obligée d'assister à l'enterrement, bien sûr, mais le vicaire nous invitera à déjeuner. Je dois toutefois vous prévenir qu'il n'y a pas grand-chose à faire à Rawling.

— J'aimerais bien venir avec vous, dit Lydia.

— À vous de décider. Vous pourriez toujours aller vous promener, je suppose – en tout cas, il ne pleut pas, et je vois que vous portez des chaussures appropriées. »

Tout en parlant, Mme Alforde jeta un coup d'œil aux chaussures, provoquant une embardée et manquant d'entrer en collision avec un camion venant en sens inverse.

« Au diable, ce type ! Il pourrait se rendre compte qu'il n'est pas tout seul sur la route. Oui, vous pouvez aussi attendre au presbytère si vous préférez – je suis certaine que M. Gladwyn n'y verrait aucun inconvénient. J'imagine que les funérailles n'ont pas grand intérêt pour vous.

— Je ne suis pas vraiment habillée pour la circonstance.

— Cela n'a aucune importance, ma chère. À mon avis, il n'y aura pas foule, et personne n'y fera attention. De toute façon, vous seriez avec moi.

— Cela arrangerait tout ? demanda Lydia, amusée.

— Oui, certainement – j'en suis sûre. Les vieilles coutumes ont la vie dure, surtout chez les anciens du village. Je me souviens au début de mon mariage, quand j'étais en voiture avec mon beau-père, les femmes sortaient de leur cottage et faisaient la révérence sur notre passage. C'était vraiment touchant. »

Lydia se mit à rire.

Mme Alforde jeta un nouveau coup d'œil à Lydia, et la voiture fit une embardée dans l'autre direction.

« Permettez-moi de vous dire que vous semblez beaucoup mieux que samedi.

— Ce doit être l'air de la campagne », dit Lydia.

Elles parcoururent encore un kilomètre dans un silence complet. Mme Alforde déboîta alors en faisant grincer bruyamment ses vitesses pour dépasser un cycliste qui zigzaguait en pleine route.

« Imbécile, dit-elle. Il va se faire tuer s'il ne fait pas plus attention. » Puis elle ajouta sur le même ton : « Désolée pour l'autre jour.

— Ce n'est rien.

— On m'a donné une mauvaise version de l'affaire. Votre mère peut s'avérer très persuasive.

— Je sais », dit Lydia. Puis elle continua, après un temps d'arrêt : « Ma mère a bien essayé de me mettre en garde. Elle a mentionné les hommes et leurs besoins. Elle joue cartes sur table à sa manière.

— Elle n'a pas la moindre once de malice, dit Mme Alforde. C'est à mettre à son crédit.

— Mais elle estime que les règles s'appliquent aux autres, éclata Lydia, subitement furieuse.

— Elle a toujours été ainsi. C'était une enfant unique et votre grand-père l'a pourrie. Et n'oubliez pas qu'à cette époque, les apparences étaient la seule chose qui comptait vraiment. Vous pouviez faire tout ce que vous vouliez à condition d'y mettre les formes. Je dois pourtant reconnaître que l'histoire avec votre père a surpris tout le monde. Ils étaient restés très discrets. Elle était tellement jeune – une écolière. Mais ravissante. Les hommes l'aimaient beaucoup.

— C'est toujours le cas, dit Lydia. Dans quelles circonstances mes parents se sont-ils vraiment rencontrés ? Personne n'a jamais pu me le dire. Seulement par bribes. Se connaissaient-ils avant ?

— Non – votre mère n'avait même pas fait ses

débuts dans le monde. Elle venait de quitter l'école et passait Noël là avec son amie Mary, qui était une filleule ou quelque chose dans le genre de tante Connie. C'est pour cela que votre mère avait été invitée – pour tenir compagnie à Mary, mais celle-ci, ayant pris froid, avait passé le plus clair de son temps au lit avec de la fièvre. Il était clair que certains jeunes gens ne la quittaient pas des yeux, mais je ne me rendais pas compte que votre père aussi était intéressé par elle. Il paraissait beaucoup plus âgé, sans compter qu'il avait cette réputation qui le suivait. »

Mme Alforde sourit avec affection.

« Pauvre Willy. Il était plutôt fringant à cette époque, en dépit de tout. Il ne chassait pas, pas plus que votre mère bien sûr, ce qui les a peut-être rapprochés.

— De longues promenades dans la campagne quand tous les autres étaient occupés ?

— Fort probablement. On les aurait remarqués s'ils avaient passé beaucoup de temps ensemble dans la maison. En tout cas, tout le monde s'est séparé, et personne n'y a plus pensé jusqu'à Pâques. C'est à ce moment-là que tout a éclaté au grand jour. Votre grand-père écrivit à l'oncle de Gerry, Henry – une vraie lettre d'engueulade, celle-là – l'accusant entre les lignes d'avoir laissé sa fille unique tomber enceinte sous son toit. Il savait que votre père en était le responsable – votre mère devait le lui avoir dit. Malheureusement, il connaissait aussi votre père de réputation, ce qui n'était pas non plus pour le satisfaire. Après maintes discussions, tout le monde s'accorda pour décider qu'il fallait tirer le meilleur parti de la situation. Vos parents furent mariés en toute discrétion dans un bureau d'état civil quelque part en province où personne ne les connaissait. Et quelques mois plus tard, vous veniez au monde. Puis on n'en entendit plus guère parler.

— Où habitaient-ils ? demanda Lydia.

— Je ne crois pas qu'ils aient vécu ensemble après le mariage – votre grand-père y a veillé. Votre mère a dû rester chez ses parents, et votre père passait la majeure partie de son temps à l'étranger. Puis votre grand-père est mort et vos parents ont divorcé. Fin Cassington était déjà dans le paysage. »

Elles roulèrent en silence pendant quelques minutes encore. Lydia ne quittait pas des yeux le ruban gris sinueux de la route. Elle ne savait plus ce qu'elle aurait aimé entendre – peut-être, malgré tout, qu'elle avait été le fruit d'une grande passion, conçue au moins par amour. Que ses parents avaient été heureux au début de leur union. Qu'ils l'avaient désirée. Au lieu de cela, leur histoire semblait régie par le désir sexuel et la cupidité, soumise au seul respect des convenances.

Mme Alforde s'éclaircit la gorge.

« Je suis certaine qu'ils vous aiment beaucoup tous les deux. À leur façon. Rien ne s'arrange jamais comme on le souhaite. Pour ne citer que notre exemple, Gerry et moi aurions aimé avoir des enfants, et cela n'a pas été le cas. M'allumeriez-vous une cigarette, chère enfant ? Il y en a dans la boîte à gants. Prenez-en une également.

— Je suis désolée, dit Lydia, qui avait noté un infime changement de ton dans sa voix.

— Pourquoi ?

— Je me suis tellement appesantie sur mon sort que je n'ai pensé à personne d'autre. »

Elle alluma deux cigarettes et en passa une à Mme Alforde.

« Vous devez me prendre pour une sale petite égoïste.

— Pas du tout. Nous avons tous droit à nos moments de tristesse.

— Cela a dû être épouvantable pour vous. La guerre et tout.

— La seule chose qui me soucie vraiment est ce qui est arrivé à Gerry. Cela m'est égal de ne pas avoir d'enfants, maintenant en tout cas. On s'y habitue. Quant à la vente de Rawling, ça n'a pas vraiment d'importance. Posséder de la terre est un terrible fardeau de nos jours, et je n'ai jamais vraiment aimé la maison. Mais Gerry est une autre affaire. Je devrais être reconnaissante qu'il soit rentré à la maison en un seul morceau alors que ça n'a pas été le cas pour beaucoup, mais il ne mérite pas de se retrouver dans un tel état. Tellement fragile. Il rêve de bombardiers toutes les nuits.

— Au-dessus de Londres ?

— Oui. Il a traversé la France avec à peine une égratignure, bien qu'il ait dû voir les pires choses. Qu'il a probablement faites aussi. Il était ici à Southampton Row, en permission, quand ils ont lâché la bombe sur l'hôtel Bedford. C'était la grosse, celle de 17 – beaucoup de gens ont été tués, et lui faisait partie des blessés. Depuis, il ne peut plus se servir de son bras. Et à présent, il ne pense plus qu'à ça : des essaims de bombardiers comparables à des corbeaux, et les bombes qui pleuvent comme de la grêle. Des civils mourant dans des fossés. Nulle part où se cacher. Personne ne peut le raisonner.

— Je suppose que c'est pratiquement impossible, dit Lydia. Je veux dire, réussir à lui sortir ça de la tête. »

La voiture fit une nouvelle embardée.

« Je ne vous suis pas. Pourquoi ? dit Mme Alforde.

— Il se peut parfaitement qu'il ait raison. »

Julian Dawlish inspirait la confiance. S'il avait été un chien, il aurait été un saint-bernard patrouillant dans les cols des Alpes avec un tonnelet de cognac à son collier, et accourant en haletant pour réconforter les voyageurs surpris par la nuit. Sa physionomie et sa manière d'être étaient sans doute le reflet de sa philanthropie intérieure. Même Mme Renton, qui ne faisait guère confiance au genre humain, n'était pas insensible à son charme si particulier. C'est pourquoi elle l'avait laissé entrer dans la maison et monter seul à l'étage. C'est pourquoi, quand Rory ouvrit sa porte, il trouva Dawlish sur le palier, tout sourire, avec sa valise à la main. Et c'est pourquoi Rory lui rendit son sourire avec un plaisir tout à la fois sincère et étonné.

« Bonjour, Wentwood. La dame qui m'a ouvert a dit que je pouvais monter. J'espère que je ne vous dérange pas.

— Bien sûr que non. »

Rory ouvrit plus grande la porte, conscient que son visiteur risquait d'apercevoir le lit défait dans la chambre à coucher ; dans le salon, il passerait bientôt à proximité des reliefs du petit déjeuner de Rory, et de la table couverte de miettes et de cendres de cigarette.

« C'est très aimable à vous. »

Dawlish posa sa valise.

« Ouf !

— Tout va bien ? demanda soudain Rory.

— Parfaitement. À Cornwallis Grove, en tout cas. Malgré le départ de Fenella. Elle est à Mecklenbourg Square. »

Rory balaya une pile de papiers de l'unique fauteuil confortable.

« Asseyez-vous donc.

— Non, merci. J'ai laissé Fenella en train de prendre des mesures pour les rideaux. Comme je la gênais plutôt, j'ai préféré vous apporter vos affaires. Mais j'ai promis de ne pas m'attarder. »

Les deux hommes descendirent l'escalier. Rory était soulagé que Dawlish soit sorti de l'appartement. Il avait fini tant bien que mal par s'y habituer ; mais la présence de Dawlish le rendait conscient de la réalité des lieux. C'était un endroit sordide, sale et parfaitement déprimant. Et largement au-dessus de ses moyens. Il risquait malheureusement d'en connaître d'autres encore plus déplaisants.

« Fenella et vous allez être presque voisins, dit Dawlish. À propos, voudriez-vous venir déjeuner aujourd'hui ? Rien qu'un déjeuner improvisé, a-t-elle précisé. »

Rory crut lire de la pitié dans les yeux de Dawlish. Qu'il aille au diable.

« Merci, dit-il. Je ne suis pas certain de pouvoir.

— Dommage. Mais en cas de changement, venez donc. C'est au numéro cinquante-trois, l'entrée du sous-sol. Vers une heure. »

Ils franchirent le palier du rez-de-chaussée. Rory avait espéré y voir Lydia. Il ne lui aurait pas déplu que Dawlish fasse sa connaissance – elle appartenait à la même classe sociale que Dawlish, sinon à une classe supérieure. Mais d'après Mme Renton, elle était sortie pour la journée avec une dame qui était venue la chercher en voiture. À en juger par les ronflements, le capitaine Ingleby-Lewis dormait toujours, ce qui était tout aussi bien. Serridge était sorti. Ne restaient plus que Mme Renton, qui avait regagné sa machine à coudre, et Malcolm Fimberry, qui se trouvait malencontreusement dans l'entrée, le pince-nez de travers, les cheveux si soigneusement coiffés qu'on aurait dit un amas de boucles enduites de beurre, et la braguette ouverte.

« Bonjour, Wentwood. Pourriez-vous me donner une pincée de thé ? Je n'en ai plus, et je ne veux pas encore en demander à Mme Renton. »

Il dévisageait Julian Dawlish, si bien que Rory dut les présenter. Ils sortirent tous les trois. Une grande Lagonda marron stationnait devant la porte d'entrée. Deux petits garçons visiblement impressionnés l'examinaient sans vergogne.

« C'est une bonne voiture, dit Fimberry, en donnant un léger coup sur le garde-boue de devant.

— Ce n'est pas la mienne, dit Dawlish, vaguement embarrassé. C'est la bagnole de mon frère. La mienne est à la révision. »

Il regarda tout autour de lui, visiblement soucieux de prendre ses distances avec ce somptueux véhicule.

« Quel endroit intéressant – je n'étais jamais venu ici. Quelle est cette chapelle là-bas ? »

La question eut le don de délier la langue de Fimberry, de la même façon que le premier verre de cognac déliait celle d'Ingleby-Lewis. L'instant d'après, il s'était lancé dans une description de l'ancien palais des évêques.

Dawlish intervint dans la conversation.

« Cette chapelle, M. Fimberry – c'est là qu'ils tiennent leur meeting samedi ? J'ai vu une affiche l'annonçant.

— Peut-être sur ma fenêtre, dit Fimberry. Oui, dans la crypte.

— C'est un meeting public, n'est-ce pas ?

— Pour autant que je le sache. Ils veulent surtout attirer les hommes d'affaires du coin. C'est pour cette raison qu'il a lieu samedi à l'heure du déjeuner. Je suis certain que vous seriez le bienvenu si vous vouliez y assister. »

Il eut un rire nerveux, haut perché, semblable au hennissement d'un cheval.

« Plus on est de fous, plus on rit, m'a dit l'organisateur. »

Il sourit et approcha son visage tout près de celui de Dawlish.

« Il s'appelle Sir Rex Fisher. Je ne sais pas si vous le connaissez ? »

Dawlish secoua la tête.

« Nous ne nous connaissons pas. Mais j'en ai entendu parler. »

Il se tourna vers Rory.

« Il faut que je me sauve. Nous nous verrons à Cornwallis Grove, je suppose. Venez déjeuner si vous pouvez.

— Et si vous assistez à la réunion, continua Fimberry, vous pourrez bien sûr visiter la chapelle. Avec un peu de chance, vous verrez également l'ossuaire. »

« Nous venons nus en ce monde, dit M. Gladwyn, et il est certain que nous ne pouvons rien emporter.

Le Seigneur a donné et le Seigneur reprend ; béni soit le nom du Seigneur. »

Il faisait froid dans la petite église sombre, et Lydia gardait les mains profondément enfouies dans les poches de son manteau. Elle était assise à côté de Mme Alforde sur un banc à l'avant. Un moineau avait réussi à entrer dans l'église, et il se mettait parfois à voleter autour des poutres en pitchpin dans une vaine quête du ciel.

Le cercueil dépourvu de la moindre ornementation reposait sur des tréteaux dans le chœur. Il n'y avait aucune fleur. Quelqu'un pleurait doucement.

« J'ai tenu ma langue, poursuivait M. Gladwyn, et n'ai rien dit : j'ai gardé le silence, oui, même envers les saintes paroles ; mais ce n'était que douleur et chagrin pour moi. »

Au premier rang de l'autre côté, on voyait une grande femme vêtue d'un long manteau foncé élimé, le visage dissimulé sous un voile. Deux femmes âgées l'encadraient. Les employés des pompes funèbres et le sacristain se tenaient derrière elles.

« Tu conduis l'homme à sa perte, et pourtant tu dis : Revenez, vous les enfants des hommes. »

Mme Alforde se levait, s'asseyait et s'agenouillait, imitée par Lydia. Il n'y eut aucun chant. Le vicaire avait réduit l'office à sa plus simple expression, et sa brièveté austère avait quelque chose de terrible. Le moment venu, l'assistance restreinte s'avança derrière le cercueil jusqu'à la tombe béante en bas du cimetière. Les gens regardèrent les employés des pompes funèbres descendre le cercueil à même la terre. Le soleil émergea alors de derrière un nuage, et brusquement le cimetière retrouva de la lumière et des couleurs, avec un aspect festif parfaitement incongru.

« Il se lève et est fauché, comme une fleur ; il s'efface comme une ombre, et ne demeure jamais en son séjour. »

Ce fut alors que Lydia remarqua la tombe voisine. C'était celle d'Amy Narton. Elle regarda la femme voilée de l'autre côté du cercueil, et se demanda ce qu'elle pouvait bien ressentir. Son mari et sa fille gisaient côte à côte.

De la terre crépita sur le cercueil. Les employés des pompes funèbres regardaient droit devant eux, l'air triste et ennuyé. Les dernières prières furent prononcées, puis la collecte, et enfin ce fut terminé. Lydia regrettait d'être venue : sa curiosité involontaire l'avait transformée en voyeuse de la tristesse de quelqu'un. C'était impardonnable.

Tandis que la poignée de gens autour de la tombe se dispersait, Mme Alforde s'approcha de la femme au visage voilé. Lydia les observa en train de parler. Puis Mme Alforde dit quelque chose à une des femmes âgées qui l'accompagnaient et rejoignit Lydia, qui attendait à quelques mètres sur le chemin.

« Pauvre femme, dit Mme Alforde. J'espère que cela ne vous dérange pas ; j'ai promis d'aller la voir après le déjeuner. Cela ne devrait pas trop nous retarder.

— Non, bien sûr que non. »

Elle rejoignit Mme Alforde, et elles franchirent la porte pour rejoindre le presbytère. Lydia jeta un coup d'œil en arrière aux femmes restées près de la tombe. Mme Narton avait relevé son voile et regardait dans leur direction. Voyant que Lydia s'était retournée, elle rabattit son voile.

« Une bien maigre assistance, murmura Mme Alforde. Narton n'était pas très aimé. Et bien que sa mort ait été officiellement déclarée comme étant un accident survenu au cours du nettoyage d'un fusil, tout le monde sait que c'était probablement un suicide. On n'aime pas les suicides par ici. On a le sentiment qu'ils font rejaillir la honte sur tout le monde. »

« Vous n'avez aucune objection contre le porc, j'espère, dit M. Gladwyn en secouant sa serviette.

— Je l'aime beaucoup, dit Lydia.

— Bien, bien. »

Il aiguisa le couteau à découper sur le fusil.

« Et je vous recommande tout spécialement le brocoli. Le séjour dehors par ce temps glacial ouvre toujours l'appétit. »

Ils étaient tous les trois pour le déjeuner, le vicaire, Mme Alforde et Lydia. Le repas fut servi par une femme entre deux âges qui esquissa une révérence à l'intention de Mme Alforde.

« C'est gentil d'être venue jusqu'ici aujourd'hui, dit M. Gladwyn une fois sa faim apaisée. Je suis certain que cela a été d'un grand réconfort pour cette pauvre Mme Narton.

— J'ai dit que je passerai la voir cet après-midi, répondit Mme Alforde. Au moins, elle a le cottage.

— Façon de parler, j'en ai peur. Il paraît que Narton l'a fait hypothéquer.

— Parce qu'il avait perdu son emploi ?

— Pas seulement. Non, le problème vient de ce que Narton a fait une fixation sur un de ses voisins, un certain Serridge. Quelqu'un de tout à fait convenable – peut-être l'avez-vous rencontré ?

— Je ne crois pas.

— Il a acquis la ferme de Morthams il y a quelques années. Il m'a été très utile quand je me suis décidé à acheter une voiture. Quand il a emménagé, il est venu avec une femme qu'il a présentée comme son épouse. Elle est partie assez soudainement quelques semaines après, et on a fini par apprendre qu'en fait, ils n'étaient pas mariés. Personne ne savait où elle était partie. »

Gladwyn fronça les sourcils pendant qu'il enlevait avec soin le gras de sa viande.

« Vous ne pouvez pas imaginer les commérages ensuite. Les gens sont toujours enclins à croire le pire. Ils préfèrent même cela, dans certains cas. À la fin, il s'avéra qu'elle était bel et bien vivante, et vivait avec un vieil ami en Amérique. Mais Narton restait persuadé que M. Serridge était coupable de quelque mauvaise action. Ce qui acheva de le convaincre fut la mort de sa fille. Vous en souvenez-vous ?

— Oui, pauvre Amy. »

Mme Alforde prit un autre brocoli.

« Une véritable honte.

— Elle avait travaillé un court moment à Morthams, et Narton était certain que c'était Serridge » – Gladwyn toussa, regarda Lydia, déposa le gras sur le bord de son assiette puis continua – « que Serridge était responsable de son état, et donc indirectement de sa mort. Il se mit à poursuivre le pauvre homme avec un tel acharnement qu'il en perdit son travail. Mais cela ne l'arrêta pas – il n'avait pas cessé de le harceler depuis. Pauvre Mme Narton, elle a beaucoup souffert. D'abord à cause de la honte de ce qui est arrivé à sa fille, puis avec la mort d'Amy, puis l'attitude de plus en plus étrange de son mari, et pour finir, sa mort à lui aussi. Entre nous, quelle que soit la décision du coroner, je ne doute pas que Narton a finalement cédé à la pression et choisi d'en finir. »

Gladwyn soupira bruyamment et essuya la sauce sur son menton avec sa serviette.

« De toute façon, qui sommes-nous pour juger ? »

Il se tourna vers Lydia.

« Je suis vraiment désolé. Nous voilà, Mme Alforde et moi, en train de bavarder à propos de vieilles connaissances en oubliant combien cela doit être ennuyeux pour vous.

— Pas du tout. C'est une bien triste histoire.

— Et M. Serridge ? glissa Mme Alforde. À votre avis, est-il parfaitement innocent dans cette affaire ?

— Il ne fait guère de doute que sa relation avec la femme n'était pas très orthodoxe, dit Gladwyn avec componction, en jetant un nouveau coup d'œil à Lydia. Il m'en a d'ailleurs longuement entretenu. Il prétend qu'elle l'a malencontreusement induit en erreur et qu'il est profondément désolé pour ce qui arrivé. Il espérait qu'ils se marieraient mais elle l'a laissé le bec dans l'eau. Cela ne fait d'ailleurs aucun doute – elle m'a écrit en m'expliquant les circonstances de l'affaire. Non, Serridge a passé beaucoup de temps aux colonies, et pour être franc, ce n'est pas le genre d'homme qu'on s'attendrait à rencontrer dans le salon d'une dame. Mais il est honnête, pour autant que je peux en juger. »

La bonne revint chercher les assiettes. Mme Alforde lui sourit et lui demanda comment allaient sa sœur et son neveu.

« Ils vont très bien, merci, madame. Et comment se porte le colonel ?

— Aussi bien que possible, merci, Rebecca. Je sais qu'il aurait aimé venir aujourd'hui, mais sa santé laisse à désirer. »

Entre deux plats, Lydia les pria de l'excuser et sortit de la pièce. Elle se rendit aux toilettes qui donnaient dans l'entrée. Elle voulait pouvoir réfléchir en paix. Il y avait trop de coïncidences. Il devait y avoir un plan sous-jacent. Son père avait hérité la ferme de Morthams de la vieille Mme Alforde. Il l'avait vendue à Serridge, qui l'avait achetée avec l'argent de Miss Penhow et y avait emménagé avec elle. Miss Penhow était partie. Son père était parti également, mais il habitait à présent Bleeding Heart Square, dans l'immeuble appartenant apparemment à M. Serridge, mais qui avait précédemment été la propriété de Miss Penhow.

Mais un autre élément venait encore compliquer les choses. Ses propres parents s'étaient rencontrés à Rawling Hall, et elle-même y avait probablement été conçue. Et voilà que, trente ans plus tard, elle se retrouvait dans cet endroit, amenée par l'actuelle Mme Alforde, qui avait pris contact avec elle à l'instigation de sa propre mère.

Elle tira la chasse d'eau, se lava les mains et retourna dans le hall, où elle rencontra Rebecca qui apportait le dessert. Dans la salle à manger, le vicaire regrettait le bon vieux temps.

« Balivernes, dit Mme Alforde, interrompant une litanie concernant les Noëls d'antan. Le château était invivable en hiver. Le chauffage central a du bon. »

M. Gladwin secoua lentement la tête.

« L'ordre ancien change, et laisse la place au nouveau.

— Cher Lord Tennyson[1], dit Mme Alforde d'un ton acerbe. Un homme sans grand sens de l'humour, et pas un optimiste non plus. À propos de gens dépourvus de sens de l'humour, qu'allons-nous faire pour Margaret Narton ? »

Un grondement sourd monta de M. Gladwyn, que Lydia prit d'abord pour une flatulence avant de comprendre un instant plus tard que c'était un rire.

« Je compte sur vous pour me le dire.

— D'après vous, ses seuls revenus sont ses gages venant de ces horribles gens au château – tous des beaux esprits avec un train de vie minable, d'après ce que je sais, et pas très enclins à payer leurs dettes. »

Gladwyn grogna.

« Elle n'est pas en très bonne santé non plus.

— Elle n'est pas très âgée, certainement pas plus de quarante-cinq ans. Quel dommage, elle était assez séduisante étant jeune.

— Elle est très pieuse, remarqua M. Galdwyn en fronçant les sourcils. D'une façon presque inquiétante.

— Pauvre de moi, dit Mme Alforde. De toute façon, je vais faire mon enquête. Gerry tient beaucoup à ne pas abandonner ses anciens serviteurs dans le besoin. Ce que j'aimerais beaucoup, c'est lui trouver un emploi plus approprié, avec un peu moins de travail. Dites-moi, M. Gregory est-il toujours le gardien de l'école du village ?

— Oui, parfaitement.

— Il doit approcher les quatre-vingts ans à présent.

1. Alfred Tennyson (1809-1892) très célèbre poète de l'époque victorienne connu pour ses thèmes classiques ou mythologiques. *(N.d.T.)*

L'heure de la retraite devrait peut-être sonner. Gerry préside le conseil d'administration, comme vous le savez, et avec votre aide, cela ne devrait pas poser de problèmes.

— Nous n'avons jamais eu de femme au poste de gardien de l'école du village.

— Les mœurs changent, vicaire. Pourquoi ne serait-ce pas possible ? Le vieux Gregory se contente de fermer et de balayer les feuilles de temps en temps. Mme Narton pourrait contribuer au ménage de l'intérieur également, ce que Gregory ne ferait sous aucun prétexte.

— C'est en tout cas une idée, reconnut M. Gladwyn. Si vous pensez qu'elle en serait capable. »

Mme Alforde se tourna vers Lydia.

« Si vous le permettez, je vais aller voir Mme Narton après le café. Que voulez-vous faire ?

— Je pourrais aller marcher, dit Lydia. Regardez, le soleil brille maintenant. C'est un bon présage.

— Je ne suis pas certaine que M. Gladwyn croie aux présages », dit Mme Alforde.

Le soleil brillait encore quand Lydia et Mme Alforde quittèrent le presbytère. Elles se séparèrent à la grille, Mme Alforde prenant à droite en direction du cottage des Narton, et Lydia à gauche, ce qui l'amena à passer devant le pub et l'église.

En continuant sa promenade, elle aperçut le château sur la crête un peu en hauteur, dominant les terres agricoles et le village. Le parc paraissait à l'abandon, et une des grilles de la loge d'entrée était sortie de ses gonds et gisait sur le côté dans le fossé. Elle fit demi-tour et revint sur ses pas pour retraverser le village.

Elle avait hésité à dire à Mme Alforde où elle avait réellement l'intention d'aller.

Le toit d'une petite grange apparut au loin, à la lisière la plus éloignée d'un champ. Elle regarda d'un bout à l'autre du chemin. Il n'y avait personne en vue. Elle franchit la limite du champ et suivit la lisière.

La grange était exactement comme Rory l'avait décrite, avec les fenêtres condamnées, les portes à deux battants de devant barricadées, et l'unique porte restée entrouverte à l'arrière. Une fois à l'intérieur, son enthousiasme retomba brusquement. Une jeune fille et son bébé étaient morts dans cet endroit, seuls, et probablement en proie à des souffrances. Elle s'efforça de se reprendre et alluma une cigarette pour éloigner les fantômes. Puis elle se dépouilla de ses gants, se mit sur la pointe des pieds et passa la main en haut du mur jusqu'à ce que sa main atteigne quelque chose de lisse et dur. Elle l'enveloppa de ses doigts et le souleva pour le descendre. C'était le crâne d'un agneau, un élément du Golgotha personnel de Robbie Proctor, son ossuaire à lui. Elle remit le crâne à sa place et continua à passer la main le long du mur, parcourant du bout des doigts les contours des crânes de toutes tailles.

Au bout de la saillie, juste dans le coin où elle se confondait avec le pignon, elle rencontra une autre forme avec une texture différente – quelque chose de rectangulaire qui paraissait à la fois plus chaud et plus lisse au toucher que les crânes. Elle passa les doigts dessus et tout autour. Une petite boîte. Elle la souleva pour la prendre et constata qu'elle était très légère et que quelque chose bougeait à l'intérieur. La boîte était grise de poussière et couverte de toiles d'araignée.

Elle la brossa tant bien que mal avec une poignée de paille. Elle avait contenu des cigares autrefois et portait encore une étiquette.

Lydia l'approcha de la fenêtre dans le mur de pignon le plus proche, profitant de la lumière qui filtrait entre deux planches. Elle la tourna à l'envers, et quelque chose fit du bruit à l'intérieur. Elle lut l'étiquette et le timbre sur le fond. La boîte avait jadis renfermé des cigares jamaïcains venant de Temple Hall, lequel se proclamait fièrement « la première colonie cubaine ». D'après une autre étiquette sur le côté, les cigares avaient été achetés dans un magasin de la Marine. Elle souleva le couvercle et dégagea les feuilles de papier qui garnissaient l'intérieur. La boîte était vide, avec seulement un crayon cassé d'une dizaine de centimètres à peine.

Elle fronça les sourcils en le voyant, envahie par un sentiment de découragement. Elle avait cru un instant qu'elle allait trouver à l'intérieur quelque chose susceptible de résoudre miraculeusement cette affaire embrouillée, quelque chose qu'elle pourrait montrer à Rory en lui disant : « Voilà – j'ai réussi. »

Un crayon cassé ?

Le couvercle toujours ouvert, elle renifla l'intérieur de la boîte. Le parfum des cigares disparus, ténu mais immanquable, éveilla son odorat, et des souvenirs confus lui revinrent en masse : c'était Fin après dîner dans la bibliothèque à Monkshill ; Marcus au petit déjeuner de leur mariage, fondant sur elle pour l'embrasser, sa moustache piquante comme une brosse à dents ; et le souvenir d'autres cigares dans d'autres endroits à d'autres moments, tout au long des chemins embrumés de l'enfance.

À ce moment-là, la petite porte derrière elle se referma brusquement ; elle entendit un grattement et des coups de l'autre côté. Elle laissa tomber la boîte à cigares, courut à la porte et poussa pour l'ouvrir. Elle ne bougea pas.

19

Elle se conduit comme une prisonnière à présent, n'est-ce pas ? Ce n'est pas seulement Serridge qui la retient là, c'est elle-même, son sentiment de honte – elle est terrifiée à la pensée que les gens sachent quelle idiote elle a été, mais aussi qu'elle, Miss Philippa Penhow, a forniqué avec un homme qui n'est pas son mari.

Dimanche 13 avril 1930

Je marche beaucoup plus souvent sur les terres de la ferme. J'essaie de m'aguerrir, de m'habituer à marcher dans la boue, etc. La campagne est un endroit tellement peu pratique. On rencontre parfois des vaches dans les champs, et un cheval a voulu m'attaquer l'autre jour. Joseph a dit qu'il voulait seulement se montrer amical.

Je me demande si je pourrais aller à pied jusqu'à Mavering.

Je suis certaine que Joseph a beaucoup plus regardé Amy qu'il ne l'aurait dû. Je les ai entendus rire ensemble un jour. C'est tellement HUMILIANT. Je lui ai dit quelque chose à ce propos mais il m'a dit de ne pas me montrer stupide et a été parfaitement grossier.

Pire que tout, Rebecca a donné son congé. Elle prétend que la ferme est trop isolée pour elle, et qu'elle a besoin de se rapprocher de sa famille. Je crois qu'elle sent que quelque chose ne va pas.

J'ai trouvé un endroit sûr pour cacher mon journal. Je n'ose pas le laisser dans la maison. Je suis certaine que Joseph fouille dans mes affaires. Deux de mes bagues ont disparu. Cela pourrait être une bonne, mais je crois que c'est lui.

Elle a aussi une autre raison de rester : aussi fou que cela puisse paraître, quelque part au fond d'elle-même, elle espère toujours malgré tout qu'il y aura une fin heureuse.

*
* *

La faim est un argument indiscutable. C'était la principale raison pour laquelle Rory se retrouvait en train de remonter Doughty Street en direction de Mecklenbourg Square à douze heures cinquante-cinq. Il avait déjà dépensé son allocation de la semaine. N'importe quel déjeuner ferait l'affaire, l'orgueil était un luxe réservé à ceux qui avaient l'estomac plein.

Le numéro cinquante-trois se trouvait sur le côté nord de la place, dans une rangée de grandes demeures patriciennes de style géorgien qui avaient connu des jours meilleurs. Rory ouvrit la porte de la grille, descendit une volée de marches et frappa à la porte du sous-sol. Julian Dawlish ouvrit, avec une cigarette dans une main et un verre de whisky dans l'autre.

« Ravi que vous ayez pu venir, Wentwood. »

Il recula pour laisser entrer Rory.

« Fenella s'affaire à la cuisine, et j'ai la charge des boissons. Nous allons faire une sorte de pique-nique assez sommaire à l'intérieur. Je n'ai pas encore la possibilité de préparer des cocktails, mais voulez-vous une goutte de whisky ? Il y a du gin si vous préférez, et de la bière certainement quelque part.

— Merci. Du whisky, s'il vous plaît. »

Fenella apparut dans l'embrasure d'une porte au bout du couloir. Elle portait un tablier long maculé de quelque chose qui ressemblait à du sang.

« Rory, quel plaisir. » Elle lui tendit la joue. « J'ai voulu ouvrir une boîte de soupe, et elle a presque explosé. Donne-lui à boire, Julian, pendant que je mets la table. »

Ils se conduisaient déjà comme un vrai petit couple, pensa Rory furieux, pendant qu'il suivait Dawlish jusqu'à un salon chichement meublé sur le devant de la maison. Dawlish versa du whisky dans un autre verre et le tendit à Rory.

« Je sais ce que vous pensez, dit-il. Quel trou ! Servez-vous d'eau gazeuse.

— Pas du tout », répliqua Rory. Il aspergea son verre d'eau gazeuse. « Santé.

— Santé.

— Cela changera, une fois décoré convenablement, avec des rideaux, reprit Dawlish après avoir bu une gorgée. Fenella va apporter quelques-unes de ses affaires. Ce sera très confortable, je crois. »

Il ouvrit brusquement son étui à cigarettes et le lui tendit.

« Une cigarette ? »

Ils allumèrent leurs cigarettes et s'assirent l'un en face de l'autre sur des chaises inconfortables. Ils prirent tous les deux une autre gorgée de whisky. Rory était nerveux et buvait plus vite que d'habitude. Avant qu'il ait pu s'en rendre compte, Dawlish avait de nouveau rempli son verre.

« Comment se passe votre recherche d'emploi ? demanda Dawlish.

— Comme-ci, comme ça, dit-il, en sentant la chaleur se diffuser dans son estomac.

— Vous faites des piges ?

— Je n'ai pas eu beaucoup le temps de chercher. Il faut des contacts, voyez-vous. Et ayant vécu en Inde…

— Oui, bien sûr. J'imagine que c'est sacrément difficile de se créer des opportunités à présent. Cela vous intéresserait-il pour le principe ? »

Le deuxième verre de whisky était déjà largement entamé.

« Ce serait formidable.

— Je pourrais peut-être vous mettre sur une piste. Si cela vous intéresse, évidemment. »

Dawlish eut un sourire contrit – il savait parfaitement vous donner l'impression que vous lui faisiez une faveur en lui permettant de vous faire une faveur.

« Un copain à moi publie un magazine. Un hebdomadaire. Je sais qu'il est toujours à la recherche de bons sujets. Chaque fois que je le vois, il se plaint de la difficulté de trouver des collaborateurs dignes de ce nom.

— Comment s'appelle-t-il ?

— Le *Berkeley*.

— Je connais. »

Bien sûr qu'il connaissait le *Berkeley*, un magazine

à la fois politique et culturel. Lord Byron devait certainement le lire. Glasdtone également. Et tous ceux qui avaient un nom, sauf les tories avec leurs œillères, dont les lectures se limitaient au *Morning Post*.

« Cela vous intéresse ? dit Dawlish.

— Beaucoup. Mais je ne suis pas certain d'avoir quelque chose à leur proposer.

— Allons, rétorqua Dawlish. Je crois que vous vous sous-estimez. Attendez, mieux vaut que je mette cartes sur table. Cela pourrait vous rendre service, mais cela pourrait également me rendre service à moi.

— Je ne vous suis pas.

— Je sais que le rédacteur en chef s'intéresse à la manière de procéder des fascistes dans ce pays. Leur méthode de recrutement, leur propagande, etc. Connaissant le magazine, vous devez comprendre qu'ils sont pour le moins sceptiques quant au fascisme et à ses œuvres. Il y a ce meeting à Rosington Place à la fin de la semaine. C'est intéressant parce qu'on voit que Mosley essaie de se rallier les milieux d'affaires. Il n'est pas fou – il se rend bien compte qu'il n'ira pas loin sans bailleurs de fonds, et sans un soutien notable de la City – pas seulement les grosses légumes mais les petits aussi. Et nombre de ses commanditaires ont été découragés par la violence à Earls Court en juin. Le coup-de-poing américain était un peu trop évident, si vous me suivez. Alors si vous écriviez un article de, disons, mille ou quinze cents mots, sur le meeting, montrant comment ils s'efforcent de recruter des sympathisants, je crois que cela serait intéressant. Si je peux vous aider en quoi que ce soit, n'hésitez pas. »

Il se pencha avec la bouteille de whisky. Rory tendit son verre.

« Vous semblez assumer que je prendrais un angle critique ? »

Dawlish sourit.

« Je crois que vous rendriez compte de ce que vous avez vu et entendu d'une façon exacte et intéressante. Fenella m'a montré quelques-uns de vos articles. Elle colle beaucoup de choses dans un cahier. »

Rory essaya de se rappeler ce qu'il lui avait envoyé. Il devait y avoir les idioties habituelles qu'il écrivait pour le *South Madras Times* – des notules sur des réceptions et des matchs de cricket, des procès et des faits divers. Autant de témoignages du labeur d'un journaliste de province.

« Ceux concernant le parti du Congrès m'ont particulièrement intéressé. Il y en avait un sur les conséquences du Pacte Gandhi-Irwin[1], je m'en souviens, et un autre sur le travail de Gandhi auprès des intouchables. C'est dommage qu'il n'y en ait pas eu plus de la même veine.

— Ceux-là ne passaient pas très bien auprès de nos lecteurs, dit Rory. Auprès du rédacteur en chef non plus. J'ai pu faire publier certains articles pendant qu'il était en congé. Mais il n'était pas question de prendre de position politique. Je relatais seulement ce qui se passait.

— À mon avis, le *Berkeley* ne verrait aucune objection à ce genre d'article. Je crois même que cela leur

1. Pacte Gandhi-Irwin : signé entre le vice-roi des Indes, Lord Irwin, et le Mahatma le 5 mars 1931. Il met fin à la désobéissance civile. *(N.d.T.)*

plairait plutôt. C'est un regard neuf, le point de vue de quelqu'un d'extérieur. À propos, avez-vous une machine à écrire ?

— Oui, bien sûr. »

Des pas retentirent à l'extérieur.

« Le déjeuner est servi, dit Fenella. Prenez vos verres. »

La peur la faisait suffoquer, l'engluant comme de la mélasse, bloquant sa respiration et lui brouillant l'esprit. Elle essaya une nouvelle fois d'ouvrir la porte. Elle ne bougeait pas. Elle courut à la fenêtre et regarda par une fente entre les planches. Elle aperçut seulement des orties fanées et une rangée d'arbres déchiquetée. Elle ouvrit la bouche pour appeler au secours, puis la referma.

Il y avait deux possibilités : soit un coup de vent avait fait claquer la porte et elle s'était coincée, soit quelqu'un l'avait refermée volontairement avec l'intention de l'emprisonner. Si elle appelait, l'unique personne susceptible de l'entendre serait son ravisseur – à supposer qu'il s'agisse d'un ravisseur.

Lydia tournait le dos à la porte pendant qu'elle examinait la boîte à cigares. Personne n'aurait pu fermer la porte sans la voir à l'intérieur. Pourquoi vouloir l'enfermer ? Elle réfléchit un moment sans trouver de réponse.

Tôt ou tard, se dit-elle résolument, quelqu'un allait s'apercevoir de sa disparition. On l'avait vue dans le village. Il ne faisait aucun doute que Mme Alforde lancerait des recherches, il ne faisait aucun doute non plus que Mme Alforde finirait par la trouver. C'était ennuyeux – d'autant plus qu'il commençait à faire froid –, mais pas vraiment inquiétant.

Mais au plus profond d'elle-même, des arrière-pensées plus désagréables commençaient à se faire jour.

Une mère et son enfant étaient morts dans cette horrible petite grange. C'était un endroit chargé d'émotions. Les minutes passant, elle éprouvait de plus en plus de difficultés à rester parfaitement rationnelle. La lumière baissait ; elle crut entendre des bruissements dans la paille et perçut des mouvements rapides en lisière de son champ de vision.

En plus, il y avait des rats ?

« Au secours ! Il y a quelqu'un ? Au secours ! »

Elle attendit près de la fenêtre, puis répéta son appel qui résonna dans le vide.

Elle commençait à avoir mal à la gorge. Il y avait une douzaine de briques noircies par la fumée dans un coin de la grange, qui avait peut-être servi de foyer à un vagabond ou même à Amy Narton. Elle en souleva une. La tenant des deux mains, elle la cogna à plusieurs reprises contre les planches de la porte. La porte ne bougea pas, à peine entaillée par les coups.

La surface rugueuse de la brique lui irritait les mains. Elle remit ses gants et continua à tambouriner. La brique commença à lui peser, ses bras étaient fatigués et ses mains douloureuses. Chaque fois qu'elle frappait le bois, elle en avait le souffle coupé ; un sentiment étrange l'envahit, la pensée désagréable qu'Amy Narton devait avoir produit des bruits similaires dans les dernières heures de sa courte vie.

À la fin, les forces l'abandonnèrent. Elle recula et laissa tomber la brique, qui produisit un bruit mat sur le sol en terre. Ses bras tremblaient. Le sang battait dans ses veines et sa gorge était sèche. Elle entendait mal. La brique avait abîmé ses gants, transperçant le chevreau par endroits et entamant sa peau. Le cuir clair était sali, avec des traces de sang. Mais au moins, elle s'était réchauffée. Elle décida de laisser ses bras se détendre pendant cinq minutes, avant de faire une nouvelle tentative.

C'est alors qu'elle entendit quelqu'un secouer la porte. D'abord prise de panique à la pensée que ce soit son ravisseur, elle se pencha et prit la brique. La lumière envahit la grange, lui faisant cligner des yeux. L'après-midi devait être moins avancé qu'elle ne l'avait supposé. L'embrasure de la porte était presque entièrement obturée par une silhouette imposante semblable à celle d'un ours.

Elle leva la brique.

« Vous ? C'était vous ? »

Un rire grave retentit.

« Madame Langstone, dit Joseph Serridge, je ne pense pas que vous en ayez besoin. »

Elle baissa la brique. Pour la première fois, elle était sensible au charme qui émanait de l'homme, une force aveugle tenant du magnétisme ou d'une secousse sismique. Sauf que ce n'était pas du charme à proprement parler, mais une sorte d'envoûtement hypnotique, une impression de pouvoir absolu. Pour la première fois, elle comprenait également ce qui était arrivé à Miss Penhow et à Amy Narton.

« Merci. Je n'étais pas tout à fait certaine…

— Qu'est-il arrivé ? demanda Serridge, d'un ton plus dur. Tout va bien ?

— Oui. »

Lydia laissa retomber la brique sur le tas dans le coin.

« Pour l'instant, en tout cas.

— Que s'est-il passé ? »

Serridge s'avança dans la grange, la forçant à reculer. Il jeta un rapide coup d'œil tout autour.

« Vous êtes la dernière personne que je m'attendais à voir. »

Il fit volte-face, la dominant de toute sa taille.

« Que faites-vous ici ?

— Je me promenais, dit Lydia brusquement, se sentant bousculée. Je savais que la ferme qui appartenait à mon père se trouvait par ici, et j'avais envie d'y jeter un coup d'œil. Il m'a dit vous avoir vendu la ferme de Morthams.

— Mais que faites-vous à Rawling ? Vous n'êtes pas venue jusqu'ici seulement pour voir Morthams.

— Non, bien sûr que non, répliqua Lydia. Je suis venue avec Mme Alforde.

— Je ne savais pas que vous la connaissiez.

— Le colonel Alforde est mon parrain, dit Lydia.

— Bien sûr. Dans ce cas, je suis foutu. »

Serridge esquissa un sourire, puis il changea à nouveau d'expression.

« Alors pourquoi Mme Alforde est-elle là aujourd'hui, et pourquoi vous a-t-elle amenée ?

— Écoutez, M. Serridge, je sais que j'ai certainement pénétré à tort sur votre propriété, et je m'en excuse. Mais je ne vois pas pourquoi vous devriez m'interroger ainsi. Je passe une journée en dehors de Londres avec Mme Alforde. Nous venons de déjeuner avec le vicaire.

— Ah, je vois. L'enterrement de Narton, sans doute.

Mme Narton est une ancienne domestique, n'est-ce pas, et son père a travaillé sur la propriété.

— Je ferais mieux de retourner au presbytère maintenant, dit Lydia, en se rapprochant de la porte. Mme Alforde et Gladwyn doivent se demander où je suis.

— Bien sûr. Mais quelqu'un vous a enfermée. Qui ? »

Lydia était sortie à présent. Un tuyau de fer d'environ un mètre cinquante gisait sur le sol.

« Je n'aime pas qu'on rentre là-dedans, dit Serridge. Le bâtiment n'est pas solide. Je vais le faire démolir. Il ne sert plus à rien maintenant. »

Lydia désigna le tuyau.

« C'est ça qui maintenait la porte fermée ? »

Il acquiesça.

« Il était coincé contre. C'est la descente de la gouttière au coin. »

Une longue trace incurvée marquait l'endroit où le tuyau avait reposé sur le sol, imprimant son contour sur la boue molle striée d'argile en dessous. Lydia remarqua une petite empreinte de pas à une extrémité.

« Vous n'avez vu ni entendu personne ? » demanda Serridge.

Lydia se tourna vers lui, effaçant l'empreinte par la même occasion.

« Non, je tournais le dos à la porte. Elle a claqué très fort. Probablement une plaisanterie de la part de quelqu'un. »

Serridge paraissait furieux, le visage cramoisi.

« Si j'attrape le coupable, il s'en repentira. Je vous le promets, madame Langstone. Voulez-vous remonter jusqu'à la ferme à présent ? J'ai la voiture – je peux vous raccompagner au presbytère.

— Non, merci. Ils doivent s'inquiéter pour moi. J'en ai pour dix minutes à peine pour y retourner. »

Il hésita, et elle crut qu'il allait essayer de la persuader de l'accompagner à la ferme. Elle ne voulait pas y aller, pour des raisons qu'elle osait à peine s'avouer.

« Très bien. Je vous raccompagne jusqu'à la route. »

Lydia essaya de protester, disant que ce n'était pas la peine, mais il insista. Serridge la fit marcher sur la terre en jachère en lisière du champ, pourtant relativement ferme, tandis qu'il progressait d'un pas lourd dans la terre fraîchement labourée. Ils parvinrent enfin à la barrière. De l'autre côté, se trouvait le chemin, avec les lumières du presbytère à quelque deux cents mètres.

Serridge s'arrêta, la main sur le loquet en fer.

« Vous n'allez certainement pas tarder à faire des plans, je suppose.

— Qu'entendez-vous par là ?

— À propos de ce que vous allez faire de votre vie. »

Lydia le regarda froidement.

« Je crains que Mme Alforde ne s'inquiète, M. Serridge, dit-elle avec toute la hauteur dont elle était capable. Peut-être pourriez-vous m'ouvrir la barrière ? »

Il baissa les yeux vers elle, le front plissé de rides, ses sourcils épais rapprochés. Il paraissait tellement malheureux que, pendant une seconde, elle se sentit presque désolée pour lui. Puis elle réalisa qu'il devait être au courant du divorce, ou du moins de l'éventualité d'une séparation prolongée. Son père lui avait-il parlé ? Mais même son père n'était pas au courant de ses conversations avec M. Shires.

Serridge détacha la barrière et l'ouvrit grande, s'effaçant pour la laisser passer.

« Il me reste à vous souhaiter un bon après-midi, madame Langstone. Faites attention à vous. »

Rory était encore un peu ivre quand il revint à Bleeding Heart Square. Son état d'ébriété n'affectait pas ses capacités mentales ou physiques, mais il débordait de cette confiance en soi brouillonne que vous donne le whisky, sans souffrir encore de la gueule de bois qui risquait de s'ensuivre. Ce n'était pas seulement le whisky qui l'affectait. C'était également l'éventualité d'un travail, un vrai travail. Une introduction pour un magazine comme le *Berkeley* pouvait tout changer. Cela pouvait même peut-être lui servir de tremplin pour gagner sa vie en tant que pigiste, ce qui était sa véritable ambition. À cet instant, Julian Dawlish lui-même ne lui semblait pas un si mauvais bougre. On pouvait difficilement reprocher à ce type d'être tombé amoureux de Fenella. Ils étaient convenus de se retrouver vendredi soir pour mettre au point les détails pour samedi.

Au coin, Rory marqua un temps d'arrêt. Des gens buvaient au Crozier. Il entendit un aboiement sonore à hauteur de genou et baissa les yeux. Nipper était attaché à l'ancienne pompe avec une ficelle. On apercevait Howlett par la fenêtre du bar, avec son chapeau haut de forme posé sur le rebord de la fenêtre.

Rory se pencha et gratta Nipper derrière les oreilles, ce qui sembla lui plaire. Il frotta l'encolure du chien, passant les doigts sous le collier. C'était un assez beau collier, ou du moins ça l'avait été, avec une boucle en cuivre terni et des petites étoiles en cuivre incrustées dans la sangle. Entendant des pas derrière lui, il caressa une dernière fois le chien et se redressa. Mme Renton, chargée d'un panier de courses, remontait l'allée venant de Charleston Street.

« Bon après-midi, dit Rory joyeusement. Laissez-moi porter ça.

— Merci. »

Elle tendit le panier, et il le lui prit.

Nipper se traîna vers elle en remuant la queue et en jappant plus fort.

« Ça suffit, dit Mme Renton qui s'écarta de lui, faisant un détour autour de la pompe. Sale bête.

— Il n'est pas méchant, dit Rory. Je le crois même parfaitement inoffensif. »

Mme Renton secoua la tête.

« Je ne supporte pas les chiens. On ne peut jamais leur faire vraiment confiance. Ils suivent n'importe qui si on les nourrit. »

Elle s'éloigna en direction de la maison. Nipper recula, s'accroupit et se gratta vigoureusement derrière l'oreille avec la patte arrière. Probablement des puces, pensa Rory. Derrière lui, retentit une sonnette, et un mécanicien de l'atelier à l'extrémité du square passa sur sa bicyclette. Ce fut la conjonction de ces deux facteurs, la bicyclette et le chien se grattant l'oreille, qui fit exploser un troisième élément resté enfoui dans sa mémoire comme une bombe intacte.

Mme Renton déverrouillait la porte de la maison.

« Vous venez, M. Wentwood ? appela-t-elle. Je n'ai pas toute la journée, vous savez. »

« Oh seigneur. Vous êtes tombée ? Quel malheur ! »

Lydia enleva ses gants abîmés.

« Heureusement, je n'ai pas de fracture. C'était entièrement ma faute. Par chance, M. Serridge est venu à mon secours. »

Une joie soudaine illumina la face rubiconde de M. Gladwyn, comme un rayon de soleil.

« Serridge – effectivement. Un véritable gentilhomme. Rebecca, conduisez Mme Langstone en haut, et voyez ce que vous pouvez faire pour elle. »

Lydia leva les bras pour que Rebecca l'aide à retirer son manteau.

« Mme Alforde est-elle rentrée ?

— Non, elle doit toujours être chez Mme Narton, je suppose. »

M. Gladwyn se mordait la lèvre inférieure.

« Elle ne voudrait certainement pas que nous l'attendions, surtout dans de telles circonstances. Vous avez besoin de quelque chose pour vous remonter, madame Langstone. Nous prendrons le thé dès que vous serez prête. »

Il disparut dans son bureau en attendant.

« Par ici, madame. »

Rebecca conduisit Lydia jusqu'à l'escalier.

« Je vais voir ce que je peux faire du manteau pendant que vous prenez le thé.

— Merci.

— Mais je crains que nous ne puissions plus grand-chose pour les gants, dit Rebecca pendant qu'elles montaient l'escalier.

— Jetez-les. »

Lydia se demanda combien de temps elle devrait travailler chez Shires et Trimble pour gagner de quoi s'offrir une autre paire de gants comme celle-là.

Rebecca l'introduisit dans une chambre d'invité disposant de son propre lavabo. Lydia ôta son chapeau et découvrit son visage pâle dans le miroir au-dessus des robinets. D'où venait cette trace de boue qu'elle avait sur le nez ? Rebecca apporta des serviettes et un gant de toilette, précisant à voix basse que les toilettes et la salle de bains se trouvaient à côté. Lydia ouvrit le robinet d'eau chaude et prit le gant de toilette.

« Rebecca ?

— Oui, madame ?

— Je suis allée jusqu'à la petite grange, dit-elle en observant la bonne dans le miroir. Celle qu'on voit du chemin. Où Amy Narton est morte. »

Rebecca resta imperturbable, avec un air vaguement réprobateur, en parfaite domestique qu'elle était.

« Je ne suis pas tombée, continua Lydia, en refermant le robinet. Quelqu'un m'a enfermée dedans. On a coincé la porte avec un morceau de gouttière. C'est comme ça que j'ai abîmé les gants, en tambourinant contre la porte avec une brique que j'avais ramassée.

— Oh, madame, dit Rebecca. Dois-je demander à M. Gladwyn d'appeler la police ?

— Cela dépend. Je crois savoir qui l'a fait, voyez-vous. »

Lydia frotta la trace de boue sur sa joue.

« Il y avait une empreinte de pas récente dans la boue à l'endroit où reposait la gouttière. Quelqu'un avec un petit pied. Un enfant probablement. »

Elle rinça le gant de toilette et le tordit.

« C'était presque certainement Robbie. »

Rebecca blêmit. Mais Lydia remarqua surtout ses yeux, la façon dont ils bougeaient d'un côté à l'autre, en quête de quelque chose d'introuvable. C'était horrible de réprimander quelqu'un, car c'était bien ce qu'elle était en train de faire.

« Que… que savez-vous à propos de Robbie, madame ? Vous voulez bien parler de mon neveu ?

— Oui. Je sais que vous l'aimez beaucoup. Et je sais que cette grange est un endroit particulier car personne d'autre n'y va, même M. Serridge. Surtout M. Serridge peut-être.

— Mme Alforde vous a raconté, madame ?

— Rien à propos de Robbie. C'est M. Wentwood qui me l'a dit. Il se trouve que c'est un ami à moi. »

Rebecca soupira longuement mais ne dit rien.

Lydia ramassa la serviette et se tourna face à elle.

« Ne vous inquiétez pas. Je ne veux pas compliquer la vie de Robbie. Ni la vôtre. Mais il m'a semblé que vous deviez être mise au courant. Et ce n'est pas tout : M. Serridge a dit que la grange était dangereuse. Il va la faire démolir.

— Je suis désolée, madame. Je ne sais pas trop quoi dire. Si M. Gladwyn apprend que…

— Il n'y a aucune raison pour qu'il l'apprenne, intervint Lydia.

— Vous savez, il est tellement bizarre avec cette grange et les crânes. Robbie, je veux dire. Tout cela est… tout cela est vraiment spécial.

— Son Golgotha personnel ? »

Rebecca sourit alors pour la première fois, comme si elles étaient entre femmes.

« Oui. M. Wentwood vous en a parlé. »

Lydia se retourna vers le lavabo et enfouit son visage une nouvelle fois dans le gant de toilette.

« Vous devriez avertir Robbie, dit-elle ensuite. Il voudra prendre ses crânes.

— Il ne faut rien y voir de mal, protesta Rebecca, comme si Lydia lui avait dit tout à fait autre chose. Ce sont des jouets pour lui. Ou même des amis. Il a été tellement bouleversé quand l'un d'entre eux a disparu. Je ne sais pas ce qu'il ferait s'ils disparaissaient tous.

— Quand il a perdu le crâne de chèvre ? »

La bonne acquiesça.

« Il pense que c'était le vieux Narton.

— Attendez. »

Lydia se sécha le visage à nouveau et s'assit devant la coiffeuse.

« Le sergent Narton ? Quand ?

— Je n'en suis pas certaine. Robbie a du mal avec le temps. Cela a dû se produire quelques jours seulement avant sa mort.

— Êtes-vous certaine qu'il voulait dire Narton ?

— Oui. Il l'a vu en sortir un matin de bonne heure. Il n'a pas osé l'approcher. Narton l'avait frappé un jour. »

Lydia prit la brosse à cheveux.

« Robbie vous a tout raconté ? »

La bonne hésita, debout près de l'épaule de Lydia.

« Il s'exprime mieux que vous ne le pensez, madame. C'est seulement qu'il n'aime pas parler avec des étrangers, et il faut un peu d'habitude pour comprendre ce qu'il dit. »

Elle se pencha un peu plus près.

« Vous n'allez vraiment rien faire ?

— À propos de Robbie cet après-midi ? Bien sûr que non. »

Un instant, elle crut que la bonne allait éclater en sanglots.

« Ce n'est pas grave.

— Merci. Il était un peu bizarre aujourd'hui, vous savez, un peu à bout. Ce doit être pour ça qu'il vous a enfermée. Il croyait probablement que vous cherchiez les autres crânes. »

Lydia se rendit compte qu'à aucun moment Rebecca n'avait douté de son accusation ; pour elle, il devait être parfaitement vraisemblable, probable même, que Robbie l'ait enfermée dans la grange.

« Je vais descendre le manteau dans la cuisine, si vous le voulez bien, et le faire sécher près du feu. Cette boue s'en ira ensuite d'un coup de brosse.

— Merci. Dites-moi, comment était-elle ? Miss Penhow, je veux dire.

— Je l'appelais Mme Serridge, bien sûr. Elle était normale, une gentille petite chose. Je n'ai passé qu'une semaine ou deux avec elle, mais nous nous sommes bien entendues. Elle se donnait parfois des airs, mais il n'y avait aucun mal à ça. On ne pouvait pas s'empêcher de se sentir désolé pour elle. Elle était tellement malheureuse.

— C'était à ce point évident ? »

Rebecca acquiesça.

« Elle voulait le suivre partout comme un épagneul, mais il ne le supportait pas. Elle passait beaucoup de temps à pleurer, ou à bouder, ou à essayer de le cajoler pour l'amadouer. Elle était persuadée – elle était persuadée qu'il la trouvait, disons, séduisante. Qu'elle pourrait arriver à ses fins de cette façon. Mais elle a fini par s'apercevoir que ce n'était pas possible.

— Elle était jolie ? »

Rebecca haussa les épaules.

« Elle pouvait s'arranger. Il lui fallait une heure le matin pour se préparer. Je l'aidais parfois, mais elle était tellement difficile. Mais je dois dire en sa faveur qu'elle s'habillait bien. Et elle n'était pas désagréable à regarder, non plus, surtout après s'être fait remettre des dents et teindre les cheveux. C'était une femme qui avait besoin de son rouge à joues et de sa poudre. Malgré cela, il suffisait de les voir ensemble pour s'apercevoir qu'il avait bien dix ou quinze ans de moins qu'elle. Et quand elle n'était pas apprêtée, on voyait bien quel âge elle avait en réalité. À mon avis, elle se sentait certainement plus jeune qu'elle ne l'était.

— Ce qui est notre cas à tous.

— N'importe quel borgne aurait pu voir que cela ne servait à rien.

— Que voulez-vous dire ? »

Rebecca se redressa et prit une attitude primesautière, les mains serrées devant elle.

« Il aime les plus jeunes, madame. Les gamines. »

Lydia se leva, laissant la serviette au bout du lit et le gant de toilette sur le bord du lavabo. Rebecca plia soigneusement le manteau sur son bras et ouvrit la porte. C'était étrange, pensa Lydia, et assez troublant, de constater combien on retrouve vite l'habitude d'avoir du personnel. Ou plutôt de ne même plus remarquer toutes les petites choses qu'il fait pour vous.

« Rebecca ? J'ai trouvé autre chose dans la grange. »

La bonne s'arrêta, la main sur la poignée de la porte, l'air inquiet.

« Rien de grave. Quelque chose sur la corniche avec les crânes, juste à l'extrémité dans le coin. Une vieille boîte à cigares. Savez-vous de quoi il s'agit ?

— Elle appartenait à Mme Serridge – Miss Penhow,

je veux dire. Je me souviens que Robbie me l'avait montrée. »

Lydia cligna des yeux.

« Elle fumait des cigares ? »

Le visage de Rebecca se plissa quand elle sourit.

« Oh non, madame. Je suppose qu'elle avait appartenu à M. Serridge. Elle s'en servait pour son journal. Elle écrivait sans arrêt dedans.

— Pourquoi diable le gardait-elle là-dedans ?

— Sans doute pour le cas où M. Serridge le chercherait. Je l'ai surpris à fouiller dans son bureau un jour pendant qu'elle prenait un bain.

— Il ne devait pas être bien gros.

— Il ne l'était pas. Juste un petit livre vert relié. »

Ce qui expliquait le crayon.

« Savez-vous où il est passé ? demanda Lydia.

— Je n'en ai pas vu la moindre trace depuis que j'ai quitté la ferme. Il a dû mettre la main dessus après son départ, si elle ne l'avait pas emporté avec elle. »

Lydia fit un signe de tête à Rebecca pour qu'elle ouvre la porte. Tandis qu'elles traversaient le palier et descendaient au rez-de-chaussée, les choses se remirent en place, la normalité reprit ses droits ; la bonne, un pas derrière Lydia, gardait la tête modestement baissée et les mains serrées autour du manteau. La distance entre elles paraissait incongrue, compte tenu de la conversation qu'elles venaient d'avoir dans la chambre.

Dans le hall, Lydia se retourna vers Rebecca et lui parla à voix basse, signifiant par là que les choses avaient changé entre elles, et qu'elle ne souhaitait pas revenir à la formalité de leurs anciens rapports.

« Vous allez probablement devoir trouver un autre Golgotha. »

Rebecca la regarda et entrouvrit la bouche comme pour parler. Mais son expression changea comme si on avait passé un linge sur son visage.

« Ah, dit M. Gladwyn, en émergeant du salon. Vous voilà, madame Langstone. Parfaitement remise d'aplomb, j'espère ? »

Lydia se tourna vers lui et sourit.

« Oui, merci. Rebecca s'est très bien occupée de moi.

— Bien, bien. Venez vous réchauffer à présent, Rebecca va nous servir notre thé. »

Il s'écarta pour la laisser entrer dans la pièce.

« De quoi parliez-vous à propos de Golgotha ?

— Non – taffetas, dit Lydia promptement en passant devant lui dans l'embrasure de la porte. Je lui demandais son avis sur la façon de nettoyer une robe. »

Mme Alforde fumait, assise près du feu. Elle salua Lydia en la regardant à peine. Elle paraissait fatiguée et vieillie, comme si des années s'étaient écoulées depuis le déjeuner.

« Désolée de vous avoir fait attendre tous les deux, dit Lydia.

— Ce n'est rien, assura M. Gladwyn. Le thé ne va pas tarder maintenant, j'en suis certain.

— J'ai appris que vous aviez eu des problèmes, dit Mme Alforde, en secouant sa cendre de cigarette dans le feu.

— Sans aucun dommage notable sauf pour mes gants. Comment allait Mme Narton ? »

Mme Alforde détourna les yeux.

« Aussi bien que possible.

— Je vais dire à la cuisinière de lui faire porter de la soupe, déclara M. Gladwyn. Ah, voilà le thé. »

Il avait entendu le cliquetis du service à thé dans le hall. Rebecca poussa la porte de l'épaule et approcha une table roulante. C'était un thé complet, avec des petites crêpes épaisses chaudes et beurrées, deux sortes de cakes et deux de sandwichs, en même temps que du pain et du beurre. Mme Alforde versa le thé, et M. Gladwyn passa les tasses, les sandwichs, et le cake un peu plus tard. La conversation ne fut pas très animée pour commencer. Mme Alforde dégustait son thé par petites gorgées, de même que M. Gladwyn. Lydia grignota un sandwich et but deux tasses de thé. Quand il en fut à sa troisième tasse, M. Gladwyn prit enfin le temps de faire la conversation en digne hôte qu'il était.

« Oui, Golgotha, dit-il. Une stupide erreur de ma part – bien qu'il soit naturel qu'un ecclésiastique entende Golgotha plutôt que taffetas. Curieusement, continua-t-il en s'enfonçant dans son siège et en étendant les jambes, cela me rappelle une bien bonne histoire qui circulait quand j'étais à Cambridge. Il y avait une galerie dans l'église de l'université où les présidents des maisons prenaient place. Et nous, les étudiants, nous l'appelions toujours le Golgotha, parce que c'était l'endroit des crânes. »

Il marqua un temps d'arrêt, et leur fit un grand sourire pour les préparer à la chute de l'histoire.

« Et bien sûr, nous les jeunes trublions, nous disions toujours que le Golgotha était l'endroit des crânes vides. »

Il les regarda l'une après l'autre, guettant leurs réactions. Lydia esquissa un sourire, espérant donner l'impression de réprimer difficilement un fou rire.

Mme Alforde se contenta de reposer sa tasse sur

la table et de tendre de nouveau la main vers ses cigarettes. Lydia comprit qu'elle n'avait rien écouté de ce que disait M. Gladwyn.

Ni l'une ni l'autre ne se montrèrent très bavardes pendant le voyage de retour vers Londres. Lydia s'en réjouissait pour plusieurs raisons, et surtout parce qu'il faisait noir et que la conduite de Mme Alforde était devenue encore plus imprévisible, comme son humeur. Elles atteignirent Bleeding Heart Square peu après sept heures. Mme Alforde arrêta la voiture devant la maison.

« Voulez-vous entrer boire quelque chose ? demanda Lydia, en levant les yeux vers les fenêtres éclairées du rez-de-chaussée ; celles à l'étage étaient encore sombres. On dirait que Père est là.

— Non, non, merci, s'empressa de répondre Mme Alforde. Je dois rentrer retrouver Gerry. »

Lydia en fut soulagée : elle ne pouvait pas préjuger de l'état de son père ou de celui de l'appartement, et trouver quelque chose à boire risquait de s'avérer difficile. Elle remercia Mme Alforde, qui remercia Lydia en retour pour lui avoir tenu compagnie, en espérant qu'elle n'ait pas trouvé Rawling trop lugubre. Elle murmura quelque chose à propos de reprendre contact bientôt, et s'éloigna à vive allure.

Lydia dormit mal cette nuit-là, souvent entre deux rêves qui n'avaient pas assez de signification pour être effrayants mais qui la laissaient profondément mal à l'aise. Les sujets de réflexion étaient trop nombreux. Elle croyait parfois entendre une musique de danse, et d'autres fois, une femme crier, et la voix calme de M. Gladwyn pendant que les parents du défunt se pressaient autour de la tombe béante de Narton. Et qu'était-il arrivé à Mme Alforde ? Elle lui avait paru presque hostile sur le chemin du retour. Il fallait qu'elle parle à Rory. Si seulement il avait été chez lui. Ce qui était en soi une pensée dérangeante car il en fallait peu pour l'imaginer avec Fenella Kensley.

Vers cinq heures et demie, elle avait définitivement renoncé à dormir. Elle resta couchée en boule au chaud, pendant qu'elle réfléchissait aux évènements de la veille. Tout s'explique, se disait-elle, et quelque part dans le monde se trouvait la réponse à tout cela.

À six heures et demie, le froid et la soif la tirèrent du lit. Il faisait encore nuit. Elle se lava sommairement avec l'eau froide du broc, s'habilla, mit la bouilloire en route. Dans le salon, elle tira les rideaux pour profiter de la lumière du matin quand le jour se lèverait. Elle alluma le chauffage au gaz et retourna faire le thé. Quand elle revint, la pièce s'était réchauffée. À présent, le ciel était très légèrement plus clair en direction de l'est. Elle s'attarda à la fenêtre, en se réchauffant les doigts sur sa tasse. Un gros oiseau voleta devant la fenêtre et glissa vers la vieille pompe au coin près du Crozier. Il y avait d'autres oiseaux à cet endroit, perchés tant bien que mal sur la poignée de la pompe et occupés à picorer quelque chose. Quand le nouvel arrivant les rejoignit, il y eut un grand déploiement d'ailes comme si l'intrus n'était pas particulièrement bienvenu.

Lydia se recroquevilla près du feu, but son thé et fuma la première cigarette de la journée. Que pouvaient bien faire les oiseaux ? Elle ne les avait jamais vus à cet endroit. Quand elle eut terminé son thé, elle retourna à la fenêtre. Les oiseaux étaient toujours près de la pompe.

Elle mit son manteau et son chapeau, descendit et ouvrit la porte d'entrée. Quand elle s'approcha de la pompe, les oiseaux se dispersèrent. C'était de gros corbeaux noirs paresseux. Elle jeta un coup d'œil pardessus son épaule à la maison derrière elle. À part la sienne, toutes les fenêtres étaient encore obscures. Elle crut toutefois percevoir un mouvement à la fenêtre de Mme Renton à droite de la porte d'entrée, une ombre grise fugitive derrière la vitre, peut-être un visage.

Elle s'approcha de la pompe. Un clou rouillé sortait d'un des supports de sa voûte en bois décrépite. De là pendait une longue broche à viande légèrement tordue avec un anneau à un bout. Un morceau de quelque chose était enfilé dans la broche, de la taille d'une balle de tennis. Ou d'une orange pourrie de Covent Garden avec le portrait d'Hitler sur l'étiquette, ou encore d'une feuille morte d'un des vieux arbres du verger de Monskill, ou d'un très gros œuf d'oiseau ou de reptile.

L'anneau avait été passé par-dessus la tête du clou, et une étiquette de bagage marron y était fixée. Lydia toucha doucement l'étiquette avec le doigt. Elle ne portait qu'un seul mot. Prise de nausée, elle le devina avant même de distinguer les lettres : *Serridge*.

20

Vous remarquez que les passages proches de la fin sont différents de ceux du début. Tous ceux de Londres sont rédigés à l'encre, comme les premiers écrits à la ferme de Morthams. Et les tout premiers sont écrits beaucoup plus nettement. Au début, Philippa May Penhow écrit pour impressionner une quelconque postérité. Ensuite, elle écrit pour elle-même, parce qu'elle en a besoin. Ces derniers passages sont au crayon, et l'écriture s'étale partout. Ce sont ceux qu'elle a rédigés après avoir emporté le journal hors de la maison.

À la fin, là où, parfois, les mots sont pratiquement impossibles à déchiffrer, elle écrit rapidement, d'une façon presque illisible, car elle n'a personne d'autre à qui parler, et elle est désespérée.

Lundi 14 avril 1930

La nuit dernière, c'était la pleine lune, et cela m'a empêchée de dormir. Joseph n'est pas monté Je me suis endormie au lever du soleil et me suis réveillée après neuf heures. Quand je suis descendue, Joseph était parti Rebecca m'a dit qu'il leur avait demandé d'attendre que je descende avant de débarrasser la table du petit déjeuner. Sur la table, ily avait un bouquet de jonquilles dans un vase, et sur mon assiette, une petite enveloppe avec mon nom dessus écrit de la main de mon chéri. « Mon cher amour, pardonnez à votre petit garçon de vous avoir tourmentée. Ce matin, je suis sorti de la maison sur la pointe des pieds pour ne pas vous réveiller. Votre Joey qui vous aime. »

Vraiment, comment ai-je pu douter de lui ?

Il est revenu pour déjeuner avec le petit Jacko sur ses talons et deux lapins morts. Il les avait tués ce matin. Jacko était dégoûtant et sentait mauvais après sa récréation du matin. Je lui ai interdit de rentrer dans la maison tant qu'Amy ne l'aurait pas lavé sous le robinet de l'arrière-cuisine !

Un bouquet de jonquilles et quelques mots d'un vocabulaire enfantin – et elle se précipite dans ses bras. Mais pas pour longtemps maintenant. Vous comptez les jours.

*
* *

« Regardez par là à présent, Byrne. Qu'est-ce que ça vous fait ? »

M. Byrne, qui avait balayé la sciure, appuya son balai contre le mur du Crozier et mit ses mains sur ses hanches. Il jeta un regard noir à Serridge.

« C'est à côté de mon pub. Voilà ce que ça me fait.

— Il n'est plus là maintenant.

— Mais ça l'était. Et avoir cette horrible chose

dégoûtante à deux mètres à peine de la porte ne risque pas d'encourager beaucoup la clientèle, non ? »

Rory attendait sur le seuil du numéro 7.

« Je ne pense pas que cela puisse avoir le moindre effet dans un sens ou dans un autre, dit Serridge froidement. D'ailleurs, ce n'est pas votre pompe. Elle appartient aux propriétaires.

— Je suis un contribuable, non ? »

M. Byrne s'était penché, dans une attitude franchement hostile. Son crâne chauve ressemblait à un instrument contondant.

« Ma vieille a failli avoir une attaque en voyant ce que ces oiseaux étaient en train de picorer.

— Je ne vois pas pourquoi. Elle suspend bien de la couenne de bacon pour ces satanées mésanges bleues.

— Ça n'a rien à voir – demandez à n'importe qui. Attendez, quelqu'un dans les parages a complètement perdu la tête. Et l'étiquette portait votre nom, M. Serridge – ne l'oubliez pas. »

Serridge ne bougeait pas, ne lui cédant pas d'un pouce. Son pardessus était ouvert, et ses mains enfoncées dans ses poches de pantalon ; il avait un cigare au coin de la bouche et son chapeau rejeté à l'arrière de la tête. On aurait dit un fermier affrontant un porcher irascible.

« Mêlez-vous de vos affaires, dit-il d'un ton sans réplique. Vous n'êtes que le locataire de la brasserie. »

En entendant Rory approcher, les autres hommes regardèrent dans sa direction.

Mais le porcher n'entendait pas se laisser démonter si facilement.

« Apparemment, vous avez un problème avec ces cœurs, dit Byrne à Serridge, en s'approchant d'un pas.

Des paquets envoyés par la poste d'après ce que j'ai entendu dire.

— Qui vous a dit ça ? aboya Serridge.

— Le capitaine.

— Et vous l'avez cru ? Je vous croyais plus avisé.

— Je l'ai cru parce qu'il disait la vérité, M. Serridge. Et je me demande bien pourquoi vous n'en avez pas parlé à la police ? Je veux dire, que quelqu'un vous cause des ennuis. Et peut-être que ce quelqu'un veut vous dire quelque chose.

— Balivernes. »

Arrivé au coin, Rory contourna les deux hommes près de la pompe. Il se dirigeait vers la bibliothèque centrale, où l'on conservait d'anciens numéros du *Berkeley*. Plus tard, dans l'après-midi, il avait l'intention de pratiquer sa sténo. Il n'aurait pas beaucoup de temps dans la soirée car il avait rendez-vous avec Dawlish pour prendre un verre.

« Hé, vous là, M. Wentwood. Vous êtes au courant pour ces cœurs, n'est-ce pas ?

— Quels cœurs ?

— Ceux que M. Serridge ici présent a reçus par la poste. »

Serridge se tourna vers Rory, en le dominant de toute sa taille, le visage impassible. Il n'avait pas besoin de dire quoi que ce soit.

« Je crains de ne pouvoir vous être d'aucune aide, M. Byrne, dit Rory. Je ne me préoccupe pas du courrier de M. Serridge. Je me contente du mien.

— Il sait que cela ne le regarde pas, dit Serridge, en se retournant vers Byrne. Il n'est pas stupide, comme quelqu'un que je connais. »

Le loquet de la grille de Rosington Place se souleva

alors bruyamment. Le guichet s'ouvrit, et Nipper trottina dans Bleeding Heart Square, suivi par Howlett.

« Bonjour, messieurs. J'ai cru vous entendre parler.

— Monsieur Howlett, commença Byrne. Cela doit cesser.

— Que voulez-vous dire ?

— Il y a un esprit tordu dans les parages qui nous joue des tours. Ce n'est pas très agréable. Si ma petite fille avait vu ce qu'il y avait sur la pompe ce matin, elle en aurait fait des cauchemars.

— Bonjour, monsieur Howlett, dit Serridge. Comment allez-vous ? »

Howlett toucha son chapeau.

« Bien, monsieur.

— Supposons que Byrne ici présent vous dise ce qu'il a derrière la tête. Une fois qu'il aura craché le morceau, peut-être se sentira-t-il mieux.

— Épouvantablement dégoûtant, dit Byrne. Voilà ce que c'est. Jésus Marie Mère de Dieu, quelqu'un devrait se faire examiner la tête. »

Howlett écouta gravement pendant que le maître de céans expliquait ce qu'on avait trouvé sur la pompe, et ce que le capitaine Ingleby-Lewis lui avait raconté à propos des paquets de Serridge. Nipper leva la patte sur le coin de la pompe et l'urine gicla par-dessus le bord du bassin de pierre. Rory voulut s'éclipser mais Serridge lui prit le bras et le serra si fort que Rory en tressaillit.

« M. Wentwood habite dans ma maison, Howlett, si vous voulez bien le lui demander, il vous dira que cette histoire de paquets ne tient pas debout.

— Prévenez-moi si cela se reproduit, M. Byrne, dit enfin Howlett quand Byrne eut terminé. J'ouvre l'œil, ne vous inquiétez pas. À mon avis, c'est une plaisanterie de gamin. Si je l'y prends, je le ficelle et le suspends ici en attendant qu'il pourrisse sur place. »

Assise à son bureau près de la fenêtre, Lydia Langstone jeta un coup d'œil dans Rosington Place : Rory Wentwood était devant la chapelle, en contemplation devant la grande fenêtre donnant à l'est. En arrière-fond, la voix de Miss Tuffley n'arrêtait pas de monter et de redescendre, de s'élever et de retomber, comme elle l'avait fait tout l'après-midi, et tous les après-midi quand M. Reynolds ne lui disait pas d'arrêter. Elle parlait de cinéma à présent, comparant Robert Donat dans *Le Comte de Monte-Cristo* avec Leslie Howard dans *Le Mouron rouge*. Miss Tuffley n'était pas bête. Elle se contentait d'admirer des hommes dont on pouvait être certain qu'ils resteraient sagement en deux dimensions.

Lydia aurait préféré ne pas s'être entichée de Rory Wentwood. Non qu'elle fût amoureuse de lui, bien sûr. En fait, elle aimait bien le voir, lui parler, être en sa compagnie. Il n'y avait rien de mal à ça. Les autres symptômes ridicules dont elle était atteinte n'étaient que de malencontreux effets secondaires de sa rupture avec Marcus et du chamboulement survenu dans sa vie. Toutes ces émotions voltigeaient en elle comme un essaim d'abeilles, et pour le moment, elles s'étaient focalisées sur Rory Wentwood qui ne lui convenait en rien, et qui, d'ailleurs, était amoureux de quelqu'un d'autre. Peut-être cela faisait-il partie de son charme. Pourtant, il était vraiment charmant avec sa casquette, on aurait dit un petit garçon monté en graine. Pourvu qu'il soit là ce soir. Il fallait qu'ils parlent. Sans compter que ce serait plaisant de le revoir.

Rory leva les yeux en direction des fenêtres en face de la chapelle. Lydia recula machinalement. Elle n'en était pas encore là. Elle pouvait l'observer, mais il n'était pas nécessaire qu'il le sache. Il partit en direction de Bleeding Heart Square.

« À vrai dire, si on notait leur sourire sur dix, disait Miss Tuffley, je crois que je mettrais un huit à Robert et seulement un cinq à Leslie, ou peut-être un six. Leslie m'attriste toujours un peu, si vous voyez ce que je veux dire. Il est tellement plus *spirituel*. On doit pouvoir avoir une conversation vraiment, vraiment profonde avec lui, n'est-ce pas ? »

La porte du bureau privé s'ouvrit.

« Madame Langstone, dit M. Shires. Pouvez-vous m'apporter le parapheur ? Je dois partir de bonne heure cet après-midi. »

Lydia prit le classeur contenant le courrier du jour à signer.

« Vous pouvez attendre pendant que je les signe, dit-il. Fermez-la porte, s'il vous plaît, il y a un courant d'air. »

Il ouvrit le classeur, ôta le bouchon de son stylo et commença à signer les lettres, tout en parcourant rapidement le contenu de chacune. Lydia attendait, debout près de la porte.

« Asseyez-vous, je vous en prie, madame Langstone. Je voulais vous dire un mot. »

Il griffonnait sa signature, la séchait et passait à la lettre suivante.

« À propos de notre conversation précédente, j'ai

l'intention d'écrire à M. Langstone pendant le week-end, en tenant compte de vos instructions. »

Il leva son regard pâle vers elle.

« Après réflexion, je crois qu'il serait préférable pour tous les intéressés que nous passions sous silence le fait que j'agis en votre nom, surtout dans ce bureau. Mieux vaut ne pas encourager les bavardages pendant les heures de travail, ni attirer trop l'attention sur la société. Mais j'ai une petite étude privée dont je m'occupe depuis chez moi. Bien sûr, il risque d'y avoir un peu de publicité autour de cette affaire sur le long terme, surtout si elle arrive à sa conclusion. Mais ce n'est pas la peine de l'anticiper.

— Je m'inquiète toujours du coût, monsieur. »

Il acquiesça.

« Je suis heureux de le savoir. L'argent a son importance, madame Langstone, comme vous l'avez certainement remarqué. Nous avancerons prudemment. Comme nous le disions précédemment, étant donné que vous êtes la partie lésée, je ne vois aucune raison pour que M. Langstone ne doive pas payer les frais afférents. En plus, nous allons lui demander de vous verser une annuité. Nous devrons également tenir compte de tout ce que vous avez pu apporter dans le mariage ayant une valeur matérielle.

— Il a tout dépensé depuis longtemps, dit Lydia, étonnée de s'entendre parler avec autant d'amertume.

— Il serait très utile que vous me fassiez une note à ce propos en remontant aussi loin que possible. Vous me la donnerez demain matin. S'il y avait eu un contrat, je suppose qu'un notaire aurait été impliqué – peut-être le notaire de famille de Lord Cassington ? Ce serait utile de le savoir. Des copies de tout document se rapportant à l'accord seraient extrêmement précieuses. Entre-temps, j'écrirai à M. Langstone. Vous me donnerez son adresse demain également. Il devrait recevoir la lettre lundi.

— Merci. »

M. Shires soupira.

« Ne nourrissez pas de faux espoirs, madame Langstone. La route sera longue. »

Lydia passa le reste de l'après-midi complètement hébétée. Elle allait peut-être enfin pouvoir se sortir de toute cette incertitude – et de son état de précarité. C'était rassurant de savoir qu'elle avait trouvé un allié en la personne de M. Shires. Non qu'elle aimât particulièrement l'individu, mais elle n'avait aucune raison de douter de sa compétence professionnelle. Sa probité personnelle était une autre affaire – elle n'avait pas oublié ces bribes de conversation téléphonique pour le moins étranges qu'elle avait surprises entre Serridge et lui. Rien ne prouvait que Serridge ou Miss Penhow ait jamais été client de Shires et Trimble. Mais ils pouvaient être des clients personnels, et dans ce cas, leurs noms n'avaient aucune raison de figurer dans les dossiers de M. Reynolds.

À la fin de la journée, Lydia et Miss Tuffley descendirent ensemble. Miss Tuffley fit halte dans le hall pour allumer une cigarette avant de s'aventurer dehors. Lydia lui demanda si elle avait des projets pour le week-end.

« Pas vraiment. J'irai probablement au cinéma samedi après-midi. Allez-vous parfois au cinéma ?

— Occasionnellement.

— Vous pouvez venir avec moi de temps en temps si vous voulez. »

Miss Tuffley pencha la tête au-dessus de l'allumette.

« Ce n'est pas tellement drôle d'y aller toute seule, n'est-ce pas ? Dites-le-moi quand vous en aurez envie.

— Oui, merci. »

Miss Tuffley ouvrit la porte d'entrée et la précéda dans l'escalier. Il s'était mis à pleuvoir. Rory Wentwood attendait dehors sous un parapluie. Il souleva sa casquette en les voyant.

« Bonjour, madame Langstone », dit-il.

Miss Tuffley donna un coup de coude à Lydia.

« Quelle veinarde. Ils sont tous après vous, n'est-ce pas ? Ce n'est pas juste. Vous ne pouvez pas m'en refiler un ? »

Elle gloussa de rire et leur fit un signe à tous les deux. Puis elle s'éloigna sur le trottoir vers Holborn, en se balançant sur ses hauts talons et en laissant derrière elle un sillage parfumé douceâtre, mélange de Woodbines et d'eau de toilette ordinaire.

« Il y a tellement de choses dont nous devons parler, dit Lydia à Rory doucement pendant qu'ils se dirigeaient vers la grille de Bleeding Heart Square.

— Je sais. Et j'ai une faveur à vous demander. Êtes-vous prise ce soir ?

— Pas particulièrement. Pourquoi ?

— Je me demandais si vous seriez assez aimable pour – il s'interrompit pendant que la porte du guichet s'ouvrait, laissant apparaître Malcolm Fimberry dans l'encadrement de la porte entre Rosington Place et Bleeding Heart Square.

— Madame Langstone ! Bonsoir. »

Fimberry lui décocha un grand sourire avant d'ajouter avec nettement moins d'enthousiasme : « Salut à vous, Wentwood. »

Rory lui fit un signe de tête.

Fimberry ne bougeait pas, leur bloquant le passage.

« J'ai promis de vous montrer quelque chose dans la chapelle, madame Langstone. Si vous avez cinq minutes, je vous promets que vous ne le regretterez pas.

— Une autre fois, peut-être, j'ai une ou deux choses à faire.

— Même pour deux minutes ? C'est que le père Bertram m'a confié la clé de l'ossuaire à cause du meeting de demain. Lui-même ne pourra pas être là, voyez-vous, il y a une réunion diocésaine à Westminster, aussi il m'a demandé de faire la liaison avec Sir Rex à sa place. »

Il ôta son pince-nez dégoulinant de pluie et le frotta sur sa cravate.

« C'est l'occasion rêvée pour voir les carreaux vernissés. Je n'aurai probablement pas l'occasion de vous les montrer demain – ces meetings sont parfois assez mouvementés, et je dois rester là pour aider.

— C'est très aimable à vous, M. Fimberry, mais je suis…

— Nous serions ravis, coupa Rory. Merci mille fois.

— Oh, dit Fimberry déconcerté, avant d'ajouter d'un ton lugubre : Effectivement, plus on est de fous, plus on rit. »

Lydia regarda Rory. Elle sentit sa pression sur son bras et se demanda pourquoi il y attachait de l'importance.

« Très bien. À condition que cela ne nous prenne pas longtemps.

— Suivez-moi. »

Il partit en direction de la chapelle. Rory remercia

Lydia tout bas. Fimberry leur ouvrit la porte de la petite avant-cour devant le mur est de la chapelle. Elle donnait sur un couloir interminable le long du bâtiment, chichement éclairé par des appliques électriques.

« Par ici, dit Fimberry. À propos, c'est tout ce qui reste du cloître. Quel dommage qu'il soit dans un tel état. »

Sur la gauche, une rangée de fenêtres ouvrait sur l'obscurité ; sur la droite, s'élevait le mur côté sud de la chapelle, consistant en un patchwork de maçonnerie ponctué d'ouvertures condamnées. L'endroit sentait l'humidité. Lydia regardait l'ombre de Fimberry vaciller d'abord devant, puis derrière lui, le long du mur et sur le sol, mais jamais longtemps au même endroit et jamais là où on se serait attendu à la voir. Dans l'obscurité au bout du couloir, une volée de marches menait à l'entrée de la chapelle de St Tumwulf.

Fimberry se retourna.

« Nous garderons la chapelle proprement dite pour un autre jour, madame Langstone. Il y a tellement à voir en si peu de temps !

— Désolé, murmura Rory derrière elle. Je vous expliquerai.

— Voici la crypte, dit Fimberry, montrant une porte située trois marches plus bas que le sol du cloître.

— Pouvons-nous la voir également ? » dit Rory, en se précipitant au bas des marches et en essayant d'ouvrir le loquet.

Le loquet se souleva et la porte s'ouvrit.

« Très bien. Mais faites attention aux marches, madame Langstone, elles sont traîtres. Un instant – je vais allumer. »

Une rangée d'ampoules nues s'éclaira, découvrant les contours austères d'une longue pièce basse de plafond, aux murs blancs passés à la chaux, et divisée en deux d'est en ouest par une rangée de piliers en bois.

« Victorien, décréta Fimberry. L'intérieur a dû être complètement restauré quand l'Église a acheté St Tumwulf au XVIIIe siècle. »

Lydia regarda tout autour. Des rangées de chaises et de bancs avaient été disposées. Près de la porte, se trouvaient des tables avec de la vaisselle et des fontaines à thé. À l'extrémité est, sur une petite estrade, cinq chaises à haut dossier se dressaient derrière une table.

« On dirait que l'Inquisition ne va pas tarder à entrer en séance.

— Sir Rex et ses gens ont arrangé les choses à leur convenance. Bon, il n'y a pas grand-chose à voir ici. Pouvons-nous nous diriger vers l'ossuaire ?

— Le père Bertram laisse la crypte à quiconque la lui demande ?

— Oh non, protesta Fimberry. Ce ne serait pas convenable. On ne pourrait pas accueillir d'athées ici, par exemple, ou de communistes, ou des gens dans ce genre-là.

— Les fascistes, eux, ne posent pas de problèmes ?

— Le père Bertram a été présenté au Signor Mussolini la dernière fois qu'il est allé à Rome. Il a été très impressionné. On ne peut pas nier que le Duce obtienne des résultats.

— Je croyais que le Pape ne l'aimait pas beaucoup, dit Rory. Je veux dire Mussolini, pas le père Bertram. »

Lydia lui donna un petit coup sur le bras dans l'espoir de le faire taire.

« D'après le père Bertram, le Saint Père et le gouvernement italien ont bien eu un ou deux différends, mais cela devrait bientôt s'arranger. Après tout, Mussolini est un fils de l'Église. »

Fimberry les ramena promptement au cloître et les conduisit jusqu'à une autre porte beaucoup plus petite, encastrée dans le mur juste avant les marches montant à la chapelle elle-même. Il sortit un trousseau de clés de sa poche d'imperméable, déverrouilla la porte et l'ouvrit. Il tourna un autre commutateur.

« Nous y voici. Approchez-vous de moi, madame Langstone, de façon à voir convenablement. C'est le moment idéal pour venir car les chaises sont généralement stockées ici. Nous sommes juste en dessous de l'avant-chapelle. »

La pièce haute de plafond était aveugle, tout en longueur et étroite. Curieusement, elle sentait le chat. Dans le coin le plus éloigné, se trouvait une table imposante avec des pieds en bulbe.

« On dit que c'est là que les corps des fidèles reposaient avant d'être ensevelis secrètement sous la crypte. Regardez le plafond : la voûte en côte date de l'origine.

— C'est beau, dit Lydia, se sentant obligée de participer un peu à la conversation. Elle est très ancienne ?

— Probablement fin XIVe. »

Fimberry se faufila le long de la table et désigna du doigt le mur le plus éloigné.

« Vous voyez les carreaux à présent ? Ils étaient recouverts de plusieurs couches de chaux, mais je les ai décapés. Il ne fait aucun doute qu'ils devaient servir à quelque maçon depuis longtemps oublié à préparer le mortier. Il est à peu près certain qu'ils proviennent du sol. Ce carreau est presque intact – regardez, ce sont les armes de la See de Rosington. Celle-ci est probablement une coquille Saint-Jacques, le symbole des pèlerins du sanctuaire de Saint-Jacques-de-Compostelle. C'est intéressant, n'est-ce pas ? »

Il rejoignit Rory et Lydia à l'entrée de l'ossuaire.

« Le passé semble si proche de nous ici, tellement proche qu'on peut vraiment le toucher, littéralement en l'occurrence. »

Tout sourire, il se pencha à travers la petite pièce et passa le majeur de sa main droite sur la soit-disant coquille Saint-Jacques.

« L'éprouvez-vous parfois, madame Langstone ? Le sentiment du passé ?

— M. Fimberry, dit Lydia brusquement. Qu'y a-t-il dans le coin ?

— Que voulez-vous dire ?

— Ici en bas. »

Elle montra quelque chose du doigt. « Par terre entre la table et le mur. »

L'ombre du pied de la table recouvrait quelque chose de déchiqueté et de pâle à moitié couvert par un chiffon. *Il doit s'agir d'un jeu de lumière*, pensa Lydia. Rory s'agita à côté d'elle. Elle l'entendit retenir son souffle.

Un jeu de lumière ?

21

On croirait parfois que c'est un jeu pour lui. Il faut dire qu'il a aussi la chance de son côté. Même Jacko avait fini par devenir son allié. On ne peut faire confiance à personne.

Vendredi 18 avril 1930

Hier soir, Jacko a mordu sa maîtresse quand j'ai voulu le faire descendre du sofa. Pas fort, mais cela m'a mise TRÈS en colère. Je l'ai enfermé dans l'arrière-cuisine. Malheureusement il a tellement hurlé que Joseph l'a laissé sortir.

Je ne suis pas descendue prendre mon petit déjeuner aujourd'hui, et suis restée dans ma chambre. Au déjeuner, Joseph m'a appris qu'il avait parlé à Rebecca ce matin : elle lui a dit qu'elle avait une raison supplémentaire pour vouloir donner son congé. Sa sœur a fait une grippe très grave, et son petit garçon également, le neveu de Rebecca, et Rebecca veut pouvoir se consacrer à eux pendant leur convalescence. Ils habitent de l'autre côté du village, assez loin d'ici.

Joseph a décidé de ne pas insister pour qu'elle effectue son préavis d'un mois. Il lui a dit qu'elle pouvait partir demain après le dîner, et qu'il la conduirait en voiture jusque chez sa sœur. Il pense que ce serait plus gentil vis-à-vis d'elle et de sa famille, et également préférable pour nous à long terme, car les domestiques donnent rarement satisfaction quand ils effectuent leur préavis, et mieux vaudrait pour nous trouver la personne qui lui succédera sans tarder. Il la paiera jusqu'à la fin de la semaine.

Je me suis efforcée de faire bonne figure. J'étais tentée de lui rappeler que c'est généralement la maîtresse de maison qui a la haute main sur les domestiques. Mais cela ne me semblait pas le bon moment Ce qui est fait est fait.

Après cela, on comprend qu'il n'y aura plus de jonquilles de la part de son gentil Joey. Tout cela est bel et bien terminé. Rebecca sera bientôt partie. Amy, la pauvre idiote, elle ne compte même pas.

*

* *

« Cela vous est égal, j'espère ?

— Le fait est que nous avons beaucoup de choses à nous dire.

— Oui, oui. »

Rory remit le couvercle de la machine à écrire.

« Je sais. Mais je n'ai pas beaucoup de temps. Je dois sortir dans trois quarts d'heure.

— Pourquoi voulez-vous tout à coup vous remettre à pratiquer la sténo ?

— Julian Dawlish, l'ami de Fenella, connaît le rédacteur en chef du *Berkeley*.

— L'hebdomadaire ?

— Je leur écris à tout hasard un article sur le meeting de demain.

— C'est merveilleux.

— À condition qu'ils le publient. »

Il se frotta les yeux.

« Je n'arrête pas d'y penser. Nom de nom, cela pourrait tout changer. Depuis que je suis revenu en Angleterre, c'est la première occasion que j'ai de faire un essai pour un vrai travail, un travail qui pourrait mener à quelque chose. C'est pourquoi j'étais ravi de voir la crypte, pour avoir une idée des lieux.

— Évidemment. Pauvre M. Fimberry. »

Un jeu de lumière.

« Ça dépasse vraiment l'entendement. Je n'en croyais pas mes yeux en apercevant ce crâne de chèvre sous la table dans l'ossuaire. Pourquoi ne l'a-t-il pas jeté à la poubelle ? Pourquoi le garder dans l'ossuaire ? Et pourquoi voulait-il le montrer au père Bertram ?

— Peut-être croit-il qu'il s'agit du diable, dit Lydia. C'est ce que je pense en tout cas. Il est donc plus sûr de le laisser dans un lieu consacré en attendant que le père Bertram le voie. Il y a une certaine logique là-dedans.

— D'après moi, il est fou à lier.

— Il est surtout malade, dit Lydia, en pensant au colonel Alforde. *Plus jamais de guerre*. Vous ne pouvez pas le lui reprocher. »

Rory jeta un coup d'œil à sa montre.

« Pourrions-nous commencer ? J'ai promis à Dawlish de le retrouver pour prendre un verre, et je n'ai pas pratiqué la sténo sérieusement depuis des mois. C'est comme pratiquer une langue, voyez-vous. Si on ne la parle pas pendant un certain temps, il faut vous la remettre dans l'oreille.

— Ce que je dis a-t-il de l'importance ? »

Il secoua la tête.

« J'ai tout prévu. Je pense qu'il vaut mieux commencer avec quelque chose de complètement nouveau, de complètement inattendu. Et ensuite prendre quelque chose de politique dans le journal – un passage avec le même genre de vocabulaire que celui qu'ils utiliseront probablement demain. Ensuite j'essaierai de le relire devant vous. Je sais que je vous en demande beaucoup.

— Cela n'a pas d'importance. Nous avons dîné et je n'ai rien de particulier à faire. »

C'était faux. Lydia s'était aperçue que, sans domestiques, il y avait toujours quelque chose à faire.

« Je vais donc dire n'importe quoi. Êtes-vous prêt ? »

Il prit son crayon fraîchement taillé et tourna une page de son bloc.

« Allez-y, Lydia – oh zut ! Désolé. Je voulais dire madame Langstone.

— Peu importe. Vous pouvez m'appeler Lydia si vous voulez.

— À condition que vous m'appeliez Rory. Parfait, Lydia. Je suis fin prêt.

— J'ai parlé avec Mme Renton, commença Lydia, les joues un peu plus roses qu'avant. Je lui ai montré la jupe et le mot. Elle faisait de la couture pour Miss Penhow. M. Serridge les avait présentées. Elle lui a même confectionné des vêtements. »

Lydia regardait le crayon de Rory courir sur le papier.

« Puis Miss Penhow a déménagé à la campagne, et elle a perdu le contact. »

Elle s'arrêta de nouveau.

« À propos, je suis allée à Rawling hier. »

La mine du crayon cassa.

« Qu'êtes-vous allée faire à Rawling, grands dieux ?

— Mon parrain y habitait. Sa femme devait s'y rendre pour un enterrement. J'y suis allée avec elle. »

Rory repoussa le bloc, renonçant à la sténo.

« Je n'y comprends rien. Je n'ai même pas le début d'une explication. »

Elle lui sourit.

« C'est beaucoup moins compliqué que ça n'en a l'air.

— Encore une de ces coïncidences absurdes. Une de plus.

— Pas vraiment. Serridge n'a acheté la ferme de Morthams que parce que mon père la lui a vendue. Mon père ne la possédait que parce la vieille Mme Alforde la lui avait laissée. Mon parrain est également un Alforde – une sorte de cousin par alliance de mon père. C'est pour cela qu'il est mon parrain – lui et Père se connaissaient bien avant ma naissance. Les Alforde connaissent également ma mère – d'ailleurs, ils étaient présents à mon mariage. Ma mère a demandé à Mme Alforde de me parler. Pour me persuader de retourner vivre avec Marcus. »

Rory l'observait avec attention.

« Elle l'a fait ?

— Oui et non. »

Le rouge lui monta aux joues.

« Elle a essayé en vain. »

Puis elle continua rapidement, en butant un peu sur les mots.

« Mon père et ma mère se sont rencontrés à Rawling. D'une certaine façon, les Alforde sont au centre de tout, voyez-vous. Mme Narton travaillait au château quand ils habitaient là-bas. Comme Rebecca au presbytère.

— Vous l'avez vue ?

— Quand nous avons déjeuné avec M. Gladwyn. Cela ne s'est d'ailleurs pas terminé là. Je suis allée voir cette petite grange dont vous m'aviez parlé, celle avec les crânes. Robbie m'a enfermée dedans. Il pensait que je voulais voler ses crânes. »

Il laissa échapper un sifflement.

« Comme le crâne de la chèvre ?

— D'après Rebecca, il est persuadé que c'est Narton qui l'a pris.

— Quand ?

— Probablement quelques jours avant sa mort.

— Je l'ai vu samedi, dit Rory. Il aurait pu le mettre à la poste ce jour-là. Alors Robbie croyait que vous aussi vous voliez des crânes ? Comment êtes-vous sortie ?

— J'ai cogné sur la porte. À la fin, M. Serridge est venu me délivrer.

— Serridge ? Que faisait-il là ? Il vous suivait ? »

Lydia frissonna.

« Je n'en sais rien. Il m'a paru très bizarre – même si, d'une certaine façon, il s'est montré d'une gentillesse extrême avec moi. Mais en même temps terrifiant. Je suis certaine qu'il mijote quelque chose. Et ce n'est pas tout – j'ai trouvé autre chose sur la corniche avec les crânes, une boîte à cigares. Rebecca m'a dit que quand elle travaillait à la ferme de Morthams, Miss Penhow y rangeait son journal. D'après elle, Miss Penhow le cachait pour ne pas que Serridge le voie.

— Quand avez-vous pu parler à Rebecca ?

— Après, au presbytère. J'étais navrée pour elle. Je suppose que Robbie est à elle, non ?

— Quoi ? Qu'est-ce qui vous fait croire ça ? »

Rory éprouva le sentiment, comme cela lui arrivait souvent avec ses sœurs, qu'en matière de relations, les femmes jouissaient d'une perception particulière qui lui faisait totalement défaut.

« Je croyais que c'était son neveu.

— Peut-être, après tout. Mais elle l'adore. Il est beaucoup plus probable qu'il soit le petit accident de Rebecca, et que sa sœur l'ait plus ou moins adopté.

— C'est tout ? demanda-t-il d'un ton vaguement sarcastique. Vous avez tiré le dernier lapin de votre chapeau ?

— Il y a le cœur de ce matin, dit-elle avec un sourire.

— Je suis au courant. Serridge et Byrne se disputaient à ce propos quand je suis sorti ce matin. Howlett est arrivé et les a calmés.

— C'était horrible.

— Désolé, dit-il d'un ton anodin. J'ai eu de mon côté quelques bribes d'informations, continua-t-il. Rien de comparable aux vôtres, mais mieux que rien. J'ai vu une photographie de Miss Penhow chez Fenella. Elle semblait assez jolie, mais d'après Fenella, elle était plus âgée qu'il n'y paraissait.

— Selon Rebecca, elle se donnait un mal fou pour paraître plus jeune qu'elle ne l'était. En fait, c'était plutôt pathétique – elle voulait se rendre séduisante aux yeux de Serridge, alors qu'il ne s'intéressait qu'aux gamines. »

Rory regarda une nouvelle fois sa montre.

« Je ferais mieux d'y aller. Viendrez-vous demain ?

— Non, dit-elle. Mon mari y sera. Sans oublier mon futur beau-frère. »

Rory l'accompagna à la porte de l'appartement.

« À propos, dit-il en haut de l'escalier, en parlant de photographies, vous vous souvenez de celle que Rebecca m'a montrée ? (Il baissa la voix.) Amy Narton dans son plus simple appareil sur le vélo de Serridge ? Il y avait un petit chien dessus. Il y avait également un chien sur cette photographie de Miss Penhow. C'était peut-être le même. Hier, je me trouvais devant le pub et quelqu'un est passé à bicyclette. Nipper était là. C'est à ce moment-là que le déclic s'est produit : le chien sur les deux photos ressemblait exactement à Nipper. »

Fenella était une salope. En fait, c'était même une sacrée salope. Et si l'on tient à être pointilleux en la matière, comme Virginia Woolf aurait sans aucun doute aimé l'être, Fenella était une sacrée salope calculatrice.

Lydia était recroquevillée près du feu dans le grand salon glacial de l'appartement de son père avec *Une chambre à soi* ouvert sur le bras de son fauteuil, mais elle ne lisait pas. C'était un livre court, qu'elle ne parvenait pourtant pas à terminer.

Elle était contente pour Rory – il ne pouvait pas en être autrement : depuis qu'elle le connaissait, elle ne l'avait jamais vu aussi heureux et excité. Mais pour elle, Fenella jouait un double jeu. Peut-être faisait-elle partie de ces femmes viscéralement attachées à leurs anciens amants : elles veulent garder les avantages de la relation sans les inconvénients amoureux. Fenella maintenait Rory en haleine, et elle agissait probablement de la même façon avec le malheureux Julian Dawlish qui avait l'avantage d'être très lancé.

Elle-même devait affronter la réalité : si Rory devenait un collaborateur régulier de magazines comme le *Berkeley*, il ne serait plus contraint d'habiter Bleeding Heart Square, et cela l'ennuyait. Les seules choses qui les rapprochaient étaient le fait d'habiter sous le même toit et cette troublante affaire à propos de Miss Penhow. Et la situation était aussi tellement humiliante – elle aurait préféré ne pas s'intéresser autant à un journaliste sans emploi qui était allé au collège et avait des trous dans ses chaussettes. Elle n'était pas amoureuse de lui – c'était seulement une fascination morbide qui n'avait rien à voir avec Rory, mais dépendait entièrement de Marcus.

Faute d'une meilleure échappatoire que Virginia Woolf, elle allait se noyer dans ses propres pensées. Elle n'avait personne à qui parler – elle était seule dans la maison ; même la chambre de Mme Renton était plongée dans l'obscurité. Elle pouvait difficilement aller parader dans le bar du Crozier et commander un grand whisky. Brusquement, elle éprouva le sentiment aigu de sa propre solitude, et avant de comprendre ce qui lui arrivait, elle sentit les larmes lui monter aux yeux.

Mais pour rien au monde, elle n'aurait voulu s'apitoyer sur son sort. Elle chercha tout autour de la pièce quelque chose pour la distraire, n'importe quoi pour ne plus penser à elle. Son regard tomba sur la vieille écritoire de son père, toujours posée sur l'étagère à gauche de la cheminée. Fimberry l'avait interrompue pendant qu'elle l'examinait l'autre jour.

Elle posa la boîte sur la table de la salle à manger

et ôta le couvercle aux charnières cassées. À l'intérieur, s'entassait un fouillis d'encres séchées, de morceaux de cire à cacheter, de plumes rouillées et de trombones, de crayons cassés et de bouts de papier. Il y avait la feuille de papier ministre avec la liste de noms – le même nom : *P. M. Penhow* répété à l'envi – comme si quelqu'un s'exerçait à l'écrire. Sur la plus petite feuille de papier, on lisait *Je suppose que vous êtes surpris d'entendre*. Elle retourna la deuxième feuille et découvrit quelque chose d'autre au dos, écrit au crayon en haut de la page d'une façon à peine lisible. L'écriture n'était pas la même, mais plutôt une version enfantine, maladroite, de la belle ronde qu'on enseignait dans les pensionnats.

aussi allez dire au padre que vous êtes désolée pour tout le désagrément, que vous avez rencontré un vieux copain, un marin que vous alliez épouser, et que vous êtes partie vous marier, et maintenant vous menez une nouvelle vie en Amérique. Nous voulons qu'il annonce la nouvelle à tout le monde parce que vous avez honte. Beaucoup en dépend, mon vieux. Ne me laissez pas tomber.

Il n'y avait pas de signature. Était-ce la dernière page d'une lettre pour l'Amérique ? Elle voulait trouver une distraction et maintenant qu'elle en avait trouvé une, elle aurait préféré en être dispensée. Elle alla chercher son sac dans sa chambre et en déversa le contenu sur la table.

Une étonnante quantité de cochonneries s'y était accumulée depuis qu'elle avait quitté Frogmore Place. Il y avait d'autres trombones, une vieille boîte d'allumettes vide, trois tickets d'autobus, un trois pence en argent, un rouge à lèvres entamé qu'elle avait oublié, et au moins une demi-cigarette de miettes de tabac. Elle finit par trouver, froissé en boule, le mot que Serridge lui avait donné avec l'adresse de Shires et l'heure de son rendez-vous. Elle le défroissa et le posa à côté des notes au crayon trouvées dans l'écritoire.

La première était écrite à l'encre et très courte ; la seconde, au crayon et à peine plus longue. L'écriture n'avait rien de très remarquable en tout cas – des centaines de milliers de gens, peut-être des millions, devaient avoir appris à écrire ainsi. La seule chose à peu près certaine, c'est qu'elles pouvaient fort bien avoir été écrites par la même personne. Et que la personne en question aurait pu être Joseph Serridge.

Un sentiment d'urgence l'étreignit. Elle plia les deux feuilles de papier et les rangea dans son sac, avec ses propres affaires par-dessus. Elle se sentit mieux quand elles furent hors de sa vue et le sac refermé. Elle remit le reste des choses dans la boîte et la reposa sur son étagère. Mais le fait de refermer le sac et de mettre la boîte de côté ne parvint pas à lui faire oublier ce qu'elle avait vu : le nom de Miss Penhow répété à l'infini, et ce morceau de… quoi ? Une lettre ? Des instructions ? *Beaucoup en dépend, mon vieux. Ne me laissez pas tomber*.

Comme des dominos qui s'abattaient les uns sur les autres, les pensées s'enchaînaient, comme si elles avaient attendu patiemment leur tour depuis qu'elle était arrivée ici. Des bribes de la conversation de Mme Alforde lui revenaient à l'esprit comme des fantômes importuns : « en train de dessiner à la plume des morceaux de la cheminée que l'oncle de Gerry avait installés dans le salon et la bibliothèque » ; « falsifié plusieurs chèques, falsifié les comptes et détourné les fonds du mess ».

C'était ensuite son père de retour d'Amérique, d'où provenait justement la lettre de Miss Penhow. À présent, il vivait sans ressources apparentes dans la maison de Miss Penhow. Sauf que ce n'était plus la maison de Miss Penhow ; à présent, elle semblait appartenir à Joseph Serridge.

« Au diable ce type », dit-elle à haute voix. Comment son père avait-il pu se montrer si stupide ? S'il avait imité une lettre de la part de Miss Penhow pour le compte de Serridge, il y avait deux solutions : soit Serridge savait que Miss Penhow était morte, et il voulait dissimuler la vérité, soit il n'avait aucune idée de l'endroit où elle se trouvait et refusait d'être accusé de sa disparition. De toutes les façons, son père était complice de Serridge quoi qu'il ait fait, et la situation était terriblement inconfortable.

La porte d'entrée claqua. Le pouls de Lydia s'accéléra. Un bruit de pas lourds et irréguliers retentit dans l'escalier, suivi par un coup sur la porte. Quand elle l'ouvrit, elle fut presque soulagée de trouver Malcolm Fimberry sur le palier. Au moins, ce n'était pas Serridge.

« Madame Langstone, bonsoir. Je suis ravi de vous trouver chez vous. »

La nuit était froide mais la sueur ruisselait sur son visage.

« Je voulais m'excuser.

— Il n'y a pas de quoi.

— Mais si. »

Il s'approcha d'elle et posa la main sur son bras.

« Je ne me pardonne pas de ne pas vous avoir mise en garde à propos du crâne.

— Ça n'a vraiment aucune importance. »

Lydia écarta la main de son bras avec désinvolture, comme si elle chassait une mouche.

« En fait, je l'avais déjà vu.

— Oui, mais ça a dû être un tel choc. »

Il renifla et déglutit bruyamment.

« Toutefois, j'ai eu grand plaisir à vous voir là-bas cet après-midi. Je me demande… accepteriez-vous que je vous montre la chapelle elle-même ?

— Merci. Mais je suis…

— Et demain après-midi ? J'aurai encore les clés après le meeting, voyez-vous. Ce serait beaucoup plus pratique.

— Je ne pense pas pouvoir me libérer.

— Oh, mais madame Langstone, c'est vraiment… »

Il s'arrêta en entendant le bruit de la porte d'entrée, suivi par un brouhaha indistinct dans le hall et la voix de Serridge disant d'un ton las « Au diable ». Aussitôt, Fimberry s'écarta de Lydia comme si elle était contagieuse.

On entendit des pas traînants dans le hall en dessous. Lydia sortit de la pièce et s'arrêta en haut des marches. Serridge était en bas, soutenant son père.

« Bonsoir, madame Langstone, dit-il d'une voix monocorde. Je crains que le capitaine n'ait franchi le cap des huit. »

Il aperçut Fimberry derrière elle.

« Fimberry, descendez me donner un coup de main, voulez-vous ? Ce sera plus facile à nous deux. »

Lydia alla dans la chambre de son père et arrangea

les draps. Les deux hommes l'aidèrent à monter. Il était conscient, très gai et quelque peu endormi.

« Sur le lit ? dit Serridge.

— Oui, s'il vous plaît. »

Lydia s'écarta de lui.

« Il va bien ?

— Il survivra. »

Serridge ouvrit grande la porte.

« Le mieux est qu'il dorme à présent. Pendant que nous le tenons, pourriez-vous lui enlever son manteau ? »

Dix minutes plus tard, Lydia se retrouvait seule avec son père. Il était couché sur le dos et ronflait bruyamment. Elle suspendit son pardessus et sa veste, lui enleva ses chaussures et le recouvrit de deux couvertures.

Quand elle eut terminé, elle resta à le regarder, allongé sur le lit étroit sous l'ampoule nue qui pendait du plafond. Il paraissait très paisible. S'il avait été réveillé et raisonnablement sobre, elle se serait assise auprès de lui pour lui demander des explications sur ce qu'elle avait trouvé dans la boîte. Elle aurait pu discuter avec lui, le cajoler, le gronder, le condamner. Au lieu de cela, elle inséra les embauchoirs en bois dans ses chaussures – il prenait grand soin de leur conserver leur forme – et les glissa sous le lit. Le ronflement de son père s'arrêta. Elle baissa les yeux vers lui et vit qu'il avait ouvert les paupières. Il lui sourit gentiment, et elle lui rendit son sourire sans même y penser.

« Merci, ma chérie », dit-il.

Les paupières recouvrirent les yeux comme des stores sur une fenêtre. Il recommença à ronfler.

La montre de Rory s'était arrêtée. Il devait être plus tard qu'il ne le pensait. Les fenêtres de la maison étaient noires. Il y avait toujours de la lumière en bas au Crozier, bien que la porte du bar ait été fermée pour la nuit. Il s'arrêta au coin près de la pompe, tourna la tête d'un côté et de l'autre, guettant un éventuel mouvement dans l'ombre et tendant l'oreille au moindre bruit. Il faisait toujours attention maintenant quand il revenait au square la nuit tombée.

Dawlish l'avait emmené au bar américain du Savoy, où ils avaient partagé une bouteille de champagne avec un troisième convive, apparemment un éditorialiste régulier du *Berkeley*. Un type qui gagnait à être connu, ce Dawlish. À côté, tout paraissait infiniment plus compliqué.

Rory traversa lentement les pavés et s'introduisit dans la maison. Quelque part au-dessus de sa tête, on entendait le ronflement régulier du capitaine Ingleby-Lewis. Il emprunta l'escalier menant à son appartement. Curieusement, il ne se sentait absolument pas fatigué, sans la moindre envie de dormir ; il était encore sous le coup de l'excitation de la journée, avec enfin la perspective d'un avenir. Avant de se coucher, il devrait faire un nouvel exercice de sténo. Il poussa la clé à barillet dans sa porte et entra dans l'appartement. À l'instant où sa main touchait l'interrupteur du salon, il remarqua une drôle d'odeur.

Un relent d'alcool.

Il baissa l'interrupteur et une lumière crue inonda la pièce. Joseph Serridge était assis dans son fauteuil.

« Dites-moi, balbutia-t-il, que faites-vous dans mon appartement ?

— C'est la question que je voulais vous poser, jeune homme. »

Rory regarda tout autour de la pièce. Ses livres étaient de travers. Un tiroir de la commode entrouvert. Son écritoire sur la table. Même le couvercle de la machine à écrire avait été enlevé.

Serridge tâta sa poche de veste et en sortit une flasque. Il dévissa le bouchon et but sans quitter le visage de Rory des yeux. Il reboucha la flasque et la rangea.

« Dites-moi quel sale petit jeu vous jouez, Wentwood ?

— Je ne sais pas ce que vous voulez dire.

— Mais si, vous le savez. Vous êtes journaliste.

— Oui. Même si je ne travaille pas actuellement – comme vous le savez, je cherche du travail.

— Conneries. Conneries pures et simples.

— Pas du tout, protesta Rory faiblement.

— Écoutez, Wentwood – si c'est bien votre vrai nom – vous vous êtes introduit insidieusement dans cette maison. Vous…

— Il me fallait un endroit où habiter, rétorqua Rory. Je vous paie un loyer. Rien de plus simple. Et je voudrais bien que vous partiez maintenant. »

Serridge leva les yeux vers lui.

« Et vous êtes allé à Rawling. Pas une seule fois, mais deux.

— Qui vous l'a dit ?

— C'est moi qui pose les questions. Pour qui travaillez-vous ?

— Personne.

— Ce n'est pas ce que j'ai appris. Un petit oiseau

m'a dit que vous étiez allé à Rawling pour le compte d'une tierce personne. »

Cela ne pouvait pas être Narton, pensa Rory fiévreusement, puisqu'il était mort. Mme Narton ? Rebecca ? Non, ce devait être Gladwyn, D'après Lydia, Serridge était allé à Rawling la veille. Si le vicaire avait croisé son chemin, il pouvait parfaitement avoir mentionné les visites de Rory.

« Vous agissez par amour ou pour de l'argent ? continua Serridge. Ou les deux ? »

Rory ne répondit pas.

« Ce ne serait pas Fenella Kensley, par hasard ? »

Rory soupira.

« Vous savez que c'est elle. Vous avez fouillé dans mes papiers. Pouvons-nous cesser ce petit jeu ?

— Moi ? s'étonna Serridge, feignant la surprise. Je ne pense pas du tout être en train de jouer un jeu. Ce n'est pas moi qui vais partout sous des prétextes fallacieux en répandant des mensonges, et en proférant de vilaines accusations et des rumeurs malfaisantes.

— Tout ce que je cherchais pour le compte de Miss Kensley, c'est l'endroit où se trouve Miss Penhow. Rien de plus, rien de moins.

— Alors vous n'êtes pas journaliste ? Vous êtes un espion ?

— Cela ne regarde personne. Il n'y a rien d'extraordinaire à ce que Miss Kensley veuille savoir où se trouve sa tante. »

Serridge se leva.

« Je n'en sais rien. Tout ce que j'ai à vous dire, c'est que je veux que vous quittiez cet appartement et cette maison. Et que vous évitiez de parler aux autres locataires. Notamment, je ne veux plus vous voir importuner Mme Langstone. Compris ? Fichez-lui la paix, sinon vous vous en repentirez.

— Vous ne pouvez pas vraiment penser que je…

— Disons pour commencer, lundi matin, d'accord ? »

Serridge tendit le bras et effleura le haut d'un grand vase à bord doré sur le manteau de la cheminée. Le vase bascula et tomba sur le sol carrelé. Il se brisa en une dizaine de morceaux.

« Mon Dieu, M. Wentwood, reprit Serridge sur le même ton monotone. Regardez ce que vous avez fait. C'était un des préférés de ma mère également. Un objet de valeur. Je crains de ne pas pouvoir vous restituer votre dépôt de garantie. Et bien sûr, comme vous partez sans préavis, vous allez perdre votre mois de loyer d'avance. Mon Dieu, mon Dieu. »

Rory le regardait de l'autre côté de la table sans rien dire. Serridge ne le quittait pas non plus des yeux. Il se tenait juste sous la lumière électrique, et la petite partie dégarnie à l'arrière de son crâne luisait, toute rose.

« Et laissez-moi encore vous donner un conseil, jeune homme : cette amie à vous est visiblement assez cinglée. À votre place, je resterais à l'écart de Miss Kensley. À quoi tient toute cette histoire ? À sa tante en Amérique. Tout le monde le sait. Et n'oubliez pas non plus ce que je vous ai dit à propos de Mme Langstone. »

Serridge sortit de la pièce. Il referma doucement la porte derrière lui, ce qui était pire que s'il l'avait claquée. Rory écouta les pas lourds descendre l'escalier. Ses jambes se mirent à trembler. Il tira une chaise et s'assit à la table. Il se prit la tête dans les mains.

Il n'était rien arrivé, se dit-il, sinon un vase cassé

et quelques menaces. La mauvaise nouvelle était qu'il devrait trouver un autre endroit où habiter, mais ce n'était pas la fin du monde. La chose la plus ennuyeuse était que Serridge avait fait le rapprochement entre Fenella et lui. Mais cela ne servait à rien de s'affoler, mieux valait se concentrer sur ce qui allait se passer demain. Il ne devait pas laisser ce problème avec Serridge le distraire de l'article du *Berkeley*.

Il approcha son carnet et feuilleta les dernières pages pour trouver les quelques lignes de sténo qu'il avait réussi à écrire ce soir. Il scruta la masse grise des gribouillis. Cela aurait aussi bien pu être de l'ancien sanscrit, ou une culture d'animaux microscopiques sous le microscope d'un biologiste.

L'autre chose étrange, pensa Rory, c'était la façon dont Serridge lui avait demandé de se tenir à l'écart de Lydia. Qu'est-ce que cela signifiait ? Qu'il avait choisi Lydia comme sa prochaine victime ?

Rory considéra alors la machine à écrire. Son couvercle était ouvert, alors qu'il se souvenait parfaitement l'avoir refermé avant de sortir. Il tira la machine vers lui. La lumière se reflétait bizarrement sur les tiges dans la corbeille. Une bonne demi-douzaine avait été soulevées et pliées d'un côté ou de l'autre, les faisant ressembler à des mèches de cheveux quand un homme vient de se gratter la tête. Il appuya sur une clé au hasard. Rien ne se produisit. La machine était inutilisable. Comment diable allait-il pouvoir dactylographier son article pour le *Berkeley ?*

Il regarda les tiges métalliques tordues, et comprit soudain leur signification. Serridge était un homme sans foi ni loi. Ce qu'il faisait à une machine, il n'hésiterait pas à le faire à quelqu'un.

22

Vous approchez le journal de votre visage. Est-ce votre imagination, ou sent-il encore vaguement le cigare ? L'odeur a tout imprégné. Cela vous rappelle Joseph Serridge, tout comme l'odeur du cognac.

Samedi 19 avril 1930

Si seulement ce cher Jacko pouvait parler. Tous les matins après le petit déjeuner, Joseph allume son premier cigare de la journée et sort pour ce qu'il appelle son exercice constitutionnel. Qu'il pleuve ou qu'il fasse beau, il emmène Jacko se promener jusqu'à la route. Généralement, le facteur est déjà passé, et il prend les lettres dans la boîte au bout de l'allée et revient.

Ce qui m'inquiète, c'est que les lettres sont presque toujours pour lui. Une ou deux fois, j'ai reçu une circulaire ou quelque chose dans le genre, mais rien du directeur de la banque en réponse à ma lettre de la semaine dernière, et rien non plus de la part de John. Et même rien de Miss Beale, dont je sais par expérience qu'elle met un point d'honneur à répondre à ses lettres le jour même de leur réception.

Je n'aurais jamais pensé que j'éprouverais de la nostalgie pour le cher vieux Rushmere mais c'est pourtant le cas.

Je suis certaine qu'il a quelqu'un d'autre – il se rend trop souvent à Londres, et quand il revient, il ne me regarde même pas. Il couche toujours en bas maintenant.

Rebecca part aujourd'hui. Mon Dieu, je vous en supplie, mon Dieu, aidez-moi. Aidez-moi à décider ce que je dois faire.

C'est pour cela que vous *sentez* le journal – pour ne pas oublier ce qui vous fait détester l'odeur du cigare, l'odeur de la peur.

*
* *

Malheureusement, Lydia devait aller travailler chez Shires et Trimble le samedi matin. Il lui faudrait faire particulièrement attention à ne pas tomber sur Marcus ou sur Rex Fisher sur le chemin du bureau.

Pendant qu'elle traversait le square, elle entendit la porte s'ouvrir à nouveau derrière elle. Elle regarda par-dessus son épaule. Rory s'approchait à grands pas. Il n'était pas rasé et ses cheveux étaient hirsutes. Il ne portait même pas de manteau.

« Je suis content de vous voir, dit-il à bout de souffle comme s'il avait couru. Il s'est passé quelque chose hier soir.

— Vous allez bien ?

— Oui. Pour l'instant, en tout cas. Quand je suis rentré hier soir, j'ai trouvé Serridge dans mon appartement. Assis dans le noir. Il sait pourquoi je suis venu ici.

— Au sujet de Fenella ? »

Lydia ressentit le petit pincement au cœur familier dont elle se refusait à croire qu'il puisse être de la jalousie.

« Gladwyn a dû lui dire que j'étais allé à Rawling. J'ai ma feuille de route. Je dois être parti lundi.

— Où irez-vous ?

— Je n'en ai pas la moindre idée.

— Il doit certainement vous donner un préavis ?

— Il conserve aussi mon dépôt de garantie. »

Rory déglutit. Le froid lui avait rougi le bout du nez.

« Il – il a cassé un vase – délibérément, je veux dire.

— Il veut vous intimider.

— Il a réussi. Le pire est qu'il a saccagé ma machine à écrire, ce qui veut dire que je ne vais pas pouvoir taper cet article sur le meeting. »

Rory se passa la main dans les cheveux.

« C'est mon problème.

— Vous ne pouvez pas le laisser agir ainsi.

— Je n'ai pas le choix. »

Il lui sourit.

« Par hasard, vous n'auriez pas une machine à écrire en trop quelque part ? Et ce n'est pas tout – et cela vous concerne. En dernier ressort, il m'a interdit de vous importuner. Je le regretterais sinon.

— Il n'a aucun droit de dire ce genre de chose.

— Je ne crois pas que le droit ait quoi que ce soit à voir là-dedans. En tout cas, j'espère que je… »

Il s'interrompit et leva les yeux vers les fenêtres obscures de la maison.

« Je ne vous retiens pas plus longtemps. Nous en reparlerons plus tard. »

Il lui fit un signe de la main et s'éloigna.

Lydia l'observa pendant un moment.

« Rory ? »

Il se retourna.

« Si je ne vous revois pas avant, bonne chance pour le meeting.

— Merci. »

Un sourire éclaira son long visage triste.

« Merci, Lydia. »

Chez Shires et Trimble, régnait l'atmosphère de gaieté bien tempérée propre aux samedis. M. Reynolds confia à M. Smethwick qu'il se réjouissait à l'avance du concert retransmis à la radio dans la soirée. M. Smethwick lui rendit la pareille en l'informant qu'il avait des billets pour la nouvelle revue du Palladium. Miss Tuffley allait au cinéma comme d'habitude, puis se rendait chez sa sœur mariée qui habitait Croydon pour y passer la nuit. À part Lydia, tout le monde semblait avoir des projets.

À dix heures moins le quart, M. Shires entra en secouant son parapluie et en se plaignant du temps.

« Reynolds, dit-il tout en suspendant son chapeau et son imperméable dégoulinant. Je dois partir à midi aujourd'hui. Je ne veux pas être pris dans les problèmes de circulation.

— Les fascistes, monsieur ? demanda Reynolds.

— Oui – cela devrait déjà grouiller de monde avant.

— Verriez-vous une objection à ce que j'aille au meeting, monsieur ?

— Aucune. Je veux que vous me rapportiez ce que ce Fisher raconte. »

Shires fouillait dans ses poches pour trouver ses clés.

« De toute façon, quel que soit le pouvoir en place,

on aura toujours besoin d'hommes de loi. Bonne nouvelle pour nous, n'est-ce pas, Reynolds ?

— Oui, monsieur.

— J'avais envie d'y passer également, monsieur, dit Smethwick. Il y a du thé à volonté et des sandwichs.

— Bien, bien. Cela ne se refuse pas, n'est-ce pas ? »

Shires s'avança jusqu'à sa porte.

« Dès que M. Reynolds peut vous libérer, madame Langstone, j'aimerais vous dire un mot, s'il vous plaît. »

Cinq minutes plus tard, Lydia entrait dans son bureau personnel. Elle trouva M. Shires en train de lire le *Times*. Il lui fit signe de refermer la porte.

« Alors, vous avez l'adresse de M. Langstone ? »

Elle lui remit une enveloppe contenant la note qu'elle avait rédigée la veille au soir.

« Je crois qu'il loge à son club. J'ai mentionné cette adresse en premier. Ensuite il y a la maison de Londres, et également Longhope, bien que je doute qu'il s'installe à la campagne pour quelques semaines seulement. Les notaires de Lord Cassington sont Roswell, Kew et Whiston de Lincoln's Inn. Je ne me souviens plus du nom de l'étude dont les Langstone sont clients mais je le trouverai.

— Ils sont à Londres ? »

Lydia acquiesça.

« À propos, il assistera probablement au meeting de l'autre côté de la rue.

— C'est un sympathisant fasciste ? »

Shires s'enfonça dans son fauteuil et se tapota les dents avec son porte-mine.

« Je suppose donc que vous n'irez pas.

— Non.

— Bien. Je ne vous le conseillerais pas. Moins de contacts vous avez avec votre mari, mieux c'est. Tout compte fait, il serait sage que vous partiez avec moi. Je vais vous trouver une course à faire. »

Il se tut un moment. L'instant d'après, elle avait changé de catégorie : de cliente, elle était redevenue employée.

« Ce sera tout, madame Langstone. »

Peu après dix heures, une camionnette noire avec un haut-parleur fixé sur le toit remonta lentement Rosington Place.

« Venez écouter Sir Rex Fisher, le directeur adjoint de la politique économique de l'Union britannique, à une heure, dans la salle de la crypte de la chapelle de Rosington. Venez découvrir ce que le fascisme britannique propose à l'homme d'affaires britannique. Venez vous joindre à nous pour une tasse de thé ou de café, et un sandwich. Que Dieu sauve le Roi ! »

Aux grilles à l'extrémité de Rosington Place, la camionnette fit demi-tour et revint lentement vers la loge en réitérant son message. Toute la matinée, elle tourna dans le voisinage, parfois plus près, parfois plus loin, la voix de l'annonceur devenant de plus en plus rauque. M. Reynolds descendit jusqu'à la banque au coin de Rosington Place et revint en disant que la camionnette passait également par Clerkenwell, Farrington Road, Holborn et au-delà. Il se frottait les mains, dans un état d'excitation parfaitement inhabituel.

« Ils doivent s'attendre à un sacré taux de participation. »

Assises près de la fenêtre, Lydia et Miss Tuffley pouvaient difficilement ignorer l'agitation à l'extérieur de la chapelle. L'atmosphère entourant les préparatifs était étonnamment bon enfant. Une camionnette banalisée arriva. Lydia vit deux jeunes femmes, plus jeunes que Miss Tufley, porter des assiettes de sandwichs dans le cloître sur le côté de la chapelle et flirter avec le chauffeur. Deux hommes sortirent une table roulante chargée de tasses et de soucoupes, mais ils durent y renoncer à cause des marches. La camionnette avec le haut-parleur montait et descendait la rue, en diffusant un message quelque peu condensé. « L'économie britannique devrait être réservée au peuple britannique. Votre travail mérite récompense. Laissez l'Union britannique vous montrer la voie à treize heures dans la salle de la crypte de la chapelle de Rosington. Café, thé et sandwichs gratuits. »

« Oh, dit Miss Tuffley. Les voilà de nouveau. Vous savez, les messieurs qui sont venus voir le père Bertram. Venez voir. Le plus jeune est en uniforme maintenant. »

Lydia se mit sur le côté de la fenêtre de façon à voir sans être vue. La grosse voiture de Fisher s'était arrêtée derrière la camionnette. Marcus était sur le trottoir ; sa tunique noire et sa casquette à visière le faisaient ressembler à un policier ruritanien[1]. Il parlait à Rex Fisher, qui était vêtu d'un costume sombre. Une camionnette plus grande, peinte en noir celle-là, s'arrêta derrière la voiture. D'autres chemises noires émergèrent de l'arrière en bon ordre.

« Pourquoi ne sont-ils pas tous en uniforme ? demanda Miss Tuffley. Ils ont l'air bien plus élégants que les types en civil.

— Ceux qui étaient dans le van forment la milice des chemises noires, dit Lydia.

1. Ruritanie : pays imaginaire, la « Nation » par excellence. *(N.d.T.)*

— Alors, ce bel homme qui était ici l'autre jour, celui qui parle avec l'autre monsieur, c'est un genre de capitaine, non ?

— Je n'en serais pas du tout étonnée. »

Miss Tuffley baissa les yeux vers le groupe sur le trottoir.

Sa joie semblait retomber.

« Vous savez, il y a quelque chose d'anormal. Tous ces uniformes. Cela leur donne un air beaucoup trop officiel.

— Je suppose que c'est le but. Vous êtes tentée d'y aller ? »

Miss Tuffley secoua la tête.

« J'ai déjà assisté à un de leurs meetings. Certains des types avaient l'air convenables mais ils deviennent affreusement barbants quand ils commencent à parler.

— Comme beaucoup d'hommes. »

Miss Tuffley poussa un hurlement de rire. M. Smethwick leva les yeux, se demandant visiblement si on ne se moquait pas de lui. M. Reynolds fit claquer sa langue contre son palais mais ne dit rien.

Lydia baissa la voix.

« Vous ne sauriez pas s'il y a une machine à écrire que je pourrais emprunter pour le week-end ?

— Ici ? On ne vous laisserait pas accéder au bureau. M. Shires est tellement strict à cause des dossiers. »

Elle fronça le nez.

« Il y a bien ma vieille machine dans le cagibi sur le palier. Ce doit être un vrai nid à poussière.

— Verraient-ils un inconvénient à ce que je l'emprunte ?

— Vous ne pourriez pas l'emporter chez vous, ma chérie. Pas toute seule. La vilaine pèse une tonne. Il faudrait au moins cinq de ces chemises noires pour la soulever.

— Pourrais-je entrer dans la maison ? »

Miss Tuffley jeta un coup d'œil à M. Reynolds qui était courbé sur son registre. Elle tira le tiroir sous le standard téléphonique. Parmi les bouts de papier et les morceaux de crayon se trouvait une clé à barillet avec un ruban rouge. Elle regarda Lydia pour s'assurer qu'elle l'avait vue.

« Vous étiez en train de chercher une gomme et vous êtes tombée dessus, dit-elle doucement. Il se trouve qu'elle correspondait justement à la porte sur la rue. »

Elle referma le tiroir.

« Si vous le pouvez, évitez de venir la nuit car Howlett ou le gardien risqueraient de voir la lumière, et n'oubliez pas non plus que les gens qui font le ménage arrivent à sept heures et demie le lundi. C'est pareil pour les autres bureaux – il n'y a généralement personne ici le week-end.

— Et pour le cagibi ?

— Il y a un double de la clé sur le rebord au-dessus de la porte – passez votre main le long et vous la trouverez. Il faudra descendre la machine à écrire par terre si vous y parvenez, ou rester debout et vous en servir sur l'étagère. Êtes-vous vraiment certaine de vouloir vous donner tout ce mal ?

— Oui, il y a des chances, dit Lydia. Et merci. »

Miss Tuffley pencha la tête de côté.

« Décidément ! Je dois reconnaître qu'on ne s'ennuie pas avec vous. »

*

* *

M. Shires tint parole. Peu après midi, il sortit de son bureau avec une grande enveloppe en papier kraft à la main.

« Madame Langstone, porteriez-vous ceci pour moi à l'Inner Temple ? Je veux que vous le livriez en mains propres et sur-le-champ. M. Reynolds vous a donné votre paie, je crois ? Bien. Dans ce cas, vous feriez mieux de partir tout de suite. Je ne vois pas la nécessité pour vous de revenir au bureau après. »

Il était près de treize heures quand Lydia atteignit Bleeding Heart Square après avoir effectué sa course. Elle évita Rosington Place et passa par l'entrée donnant dans Charleston Street près du Crozier. La camionnette avec le haut-parleur poursuivait sa mission. « Venez voir ce que le fascisme britannique peut faire pour l'homme d'affaires britannique. Dieu sauve le Roi ! »

Elle entra dans la maison. Il n'y avait personne dans le hall. Elle passa en revue la petite pile de lettres sur la table. Il y en avait une pour son père. Elle ne reconnut pas l'écriture, qui lui paraissait pourtant vaguement familière, comme l'enveloppe elle-même. Elle la monta.

Des voix résonnaient dans le salon, et elle entendit le rire rauque de son père, semblable à un croassement. Le vieil homme jouissait d'un extraordinaire pouvoir de récupération. Elle poussa la porte. Il se tenait à califourchon sur le devant du foyer, cigarette à la main – une turque, à en juger par l'odeur –, rasé de près, coiffé, vêtu de son unique costume décent avec la cravate de son régiment : c'était l'image même d'un monsieur âgé mais bien conservé, avec quatre mille années à vivre encore, et pas le moindre remords sur la conscience.

Il leva les yeux quand Lydia entra dans la pièce.

« Ah ma chérie. Te voilà !

— Il y a une lettre pour vous, Père. »

Elle la posa sur la table.

Il l'effaça de son esprit d'un geste hautain de la cigarette.

« Pourquoi ne m'as-tu jamais dit que tu avais une sœur si charmante ? »

Pamela était dissimulée par le dossier du canapé. Elle se releva tant bien que mal et se dirigea d'un pas gracieux vers Lydia, les bras tendus.

« Ma chérie ! Tu as l'air tellement professionnelle. Ton père dit que tu as travaillé toute la matinée. »

Elle enveloppa Lydia dans une étreinte douce et parfumée et l'attira vers le sofa pour la faire s'asseoir à côté d'elle.

« N'est-ce pas merveilleux ? Ton père et moi, nous nous sommes parfaitement bien entendus. Nous étions justement en train de dire combien il était étrange que nous ne nous soyons jamais rencontrés avant. Il n'y a aucune raison au fond, surtout à présent, alors que tout le monde ou presque a ce genre de famille compliquée. Mais comment vas-tu ? Je dois dire que tu es superbe. On croirait que tu sors d'une clinique de remise en forme ou quelque chose dans le genre.

— Et de ton côté ? demanda Lydia. Tout va bien ? Comment va Mère ?

— Oh, tu sais, à peu près toujours la même chose. La vie semble glisser sur elle comme l'eau sur les plumes d'un canard. »

Pamela prit la main de Lydia.

« J'espère que tu meurs d'envie de savoir pourquoi je suis là. »

Lydia avait espéré un instant que Pamela était venue l'inviter à déjeuner.

« Je suppose que tu vas me le dire.

— Je suis fiancée. Pour de bon. Avec signature ici sur les pointillés, et ensuite amour, respect et obéissance. Cela va paraître dans les journaux la semaine prochaine, mais je voulais te l'annoncer d'abord.

— Oh, ma chérie, dit Lydia. J'espère que tu seras très heureuse.

— Sans aucun doute. »

Pamela sourit au capitaine Ingleby-Lewis.

« Il est normal que vous aussi vous le sachiez avant que cela soit annoncé – après tout, n'êtes-vous pas mon beau-père ? »

Il lui prit les mains dans les siennes et la couva des yeux, comme un beau-père fier et ravi.

« Je suis certain que vous serez très heureuse, ma chère enfant. Vous le méritez bien. Et qui est l'heureux élu ?

— Rex Fisher. En fait, c'est un ami de Marcus.

— À mon avis, dit le capitaine Ingleby-Lewis, cela s'arrose.

— Rex est ici aujourd'hui, annonça Lydia en même temps – au meeting de Rosington Place. »

Pamela leva les yeux, le regard brillant, vive comme un oiseau.

« Oui, je sais.

— Quoi ? dit Ingleby-Lewis. À la manifestation fasciste ? On a entendu cet horrible haut-parleur hurler toute la matinée. Ça m'a réveillé.

— En fait, il en est le principal orateur. Rex est leur directeur adjoint des trucs économiques.

— Je m'en souviens. J'ai vu son nom sur les affiches. N'est-il pas baronnet ?

— Oui. »

Pamela écrasa sa cigarette.

« Heureusement qu'il n'est pas vicomte, sinon j'aurais pris la préséance sur Mère, ce qui l'aurait rendue furieuse.

— Vas-tu assister au meeting ? demanda Lydia.

— Non – Tony Ruispidge est en permission et j'ai promis à Sophie de déjeuner avec eux. Pour être honnête, ce n'est pas vraiment mon truc. »

Quelque part, une pendule sonna la demie.

« Grands dieux, dit Ingleby-Lewis. Est-ce vraiment l'heure ? Je vais devoir filer. J'ai un rendez-vous.

— Je suis ravie d'avoir fait votre connaissance, dit Pamela en lui tendant la main.

— Ma chère, tout le plaisir a été pour moi. Et j'espère que nous pourrons nous revoir bientôt. Au revoir, Miss Cassington.

— Appelez-moi Pammy comme tout le monde.

— Pammy donc. Je ne sais pas très bien comment vous pourriez m'appeler. Oncle William, peut-être. »

Il lui prit la main et la porta à ses lèvres.

« Ou juste William, tout simplement ? À une prochaine fois. »

Il décrocha son pardessus, prit sa lettre sur la table et sortit de la pièce. Elles suivirent le bruit de ses pas dans l'escalier. La porte d'entrée claqua.

« Je suis vraiment désolée », dit Lydia.

Pamela lui caressa la main.

« Pourquoi ? Il est charmant.

— Non, ce n'est pas vrai. C'est un homme horrible,

un vrai parasite, en même temps qu'un vieux pochard, et il se trouve que c'est mon père.

— Tout ce que je peux dire, c'est qu'il a été très gentil avec moi.

— Il est capable de jouer la comédie cinq minutes, mais c'est tout. Il espère probablement que tu vas persuader Mère de l'inviter au mariage pour qu'il puisse se saouler avec le champagne de Fin. »

Lydia s'aperçut tout à coup qu'elle avait les joues pleines de larmes.

« Zut et zut. »

Pamela, pratique comme toujours, ouvrit son sac et en sortit un mouchoir fraîchement repassé embaumant le musc et les fleurs du Sublime de Jean Patou. Lydia se tamponna les yeux. Sans lâcher la main de Lydia, Pamela ouvrit l'étui à cigarettes en platine de sa main libre.

« Voilà qui est mieux. Prends-en une de celles-là. Je ne suis pas certaine de les aimer beaucoup, mais elles sont supposées être terriblement bonnes. Rex a un type qui les fabrique pour lui. »

Lydia prit machinalement une cigarette.

« Pour être honnête, il m'a permis d'avoir un toit. »

Elle se souvenait de la veille au soir, quand elle l'avait installé pour la nuit.

« Il peut être très gentil par moments. »

Pamela alluma son briquet et Lydia pencha la tête au-dessus de la flamme.

« Tu sais que Marcus assiste également au meeting ? »

Lydia inspira et s'enfonça dans son siège en acquiesçant.

« Je l'ai vu ce matin.

— Il t'a vue ?

— Non. Dieu merci.

— Je te trouve très amère, remarqua Pamela doucement.

— J'ai une bonne raison pour cela. En fait, il y en a même plusieurs.

— Veux-tu m'en parler ? »

Lydia secoua la tête.

« Une autre fois peut-être. Es-tu vraiment certaine pour Rex ?

— Je sais que tu ne l'aimes pas, mais oui, je suis certaine. Nous nous comprenons, vois-tu. Je sais ce qu'il veut et il sait ce que je veux.

— Si ça ne marche pas, tu pourras toujours venir ici et partager ma chambre. »

Pamela gloussa.

« Ce serait merveilleux. Nous pourrions devenir des danseuses de revue ou quelque chose du même genre. Nous aurions de riches protecteurs, horriblement vulgaires, mais avec des cœurs d'or, et ils seraient fous de nous. »

Sans prévenir, ce qui était habituel de sa part, elle changea brusquement de sujet.

« Alors tu as vu Marcus dans son uniforme ? Il a l'air superbe. Je sais qu'il est persuadé que tu as un petit ami. C'est vrai ? Avoue, je n'en soufflerai pas un mot. Pourquoi ne me l'as-tu pas dit ?

— Parce que c'est faux.

— Tes joues deviennent toutes roses, ma chérie. Cela signifie toujours que tu mens. Tu es un complet mystère, je dois dire. De toute façon, je ne veux pas savoir. Ou plutôt, j'aimerais bien, mais cela ne presse pas. En fait, Marcus croit que tu en as un. Il a dépêché quelques-uns de ses sbires pour lui faire peur. J'ai entendu Marcus dire à Rex qu'ils avaient été interrompus, et qu'il allait leur demander d'en finir avec la correction au petit ami en question, dès qu'une autre occasion se présentera. C'est pour cela que je préférais passer. Bien que j'en aie eu l'intention de toute façon.

— C'était donc Marcus. Je pensais que c'était probablement lui.

— Ah – il y a donc bien quelqu'un.

— Non, il n'y a personne. D'ailleurs, d'où lui est venue cette idée ?

— Apparemment, ton père lui a raconté que quelqu'un te tournait autour d'une façon assez déplaisante.

— Si quelqu'un correspond à cette description, c'est ce pauvre M. Fimberry. Pas celui qui a été attaqué.

— Alors tu en as deux ? C'est super.

— Je n'en ai même pas un seul. M. Fimberry est un peu fatigant, mais il n'a pas la moindre once de méchanceté. Il ne mérite certainement pas d'être tabassé. Ses nerfs le lâchent.

— Mieux vaut dans ce cas que Marcus ne mette pas la main dessus. D'après toi, Marcus se trompe de cible ?

— Je n'arrête pas de te le répéter, il n'y a personne à qui s'en prendre, dit Lydia d'un ton cassant. Parfaitement, il se trompe de cible. Si j'avais quelqu'un, du moins. Seigneur, c'est toujours le même Marcus.

— Tout ce que je peux te dire, ma chérie, c'est que tu ferais bien de mettre au courant ton jeune homme qui n'est pas ton jeune homme à toi. S'il a l'intention d'assister au meeting, il ferait mieux de faire attention.

Les gros bras s'y entendent sacrément pour maintenir l'ordre, tu sais. Quand ils l'auront assez malmené pour leur goût, ils mettront probablement un coup-de-poing américain dans la poche de son gilet et prétendront que c'est un agitateur communiste. Mais il ne va pas aller au meeting, n'est-ce pas ?

— Oh si, il va y aller, dit Lydia. Il sera probablement assis au premier rang en train de prendre des notes. »

« Elles ressemblent à des Guides, dit Fenella. En plus massives et en plus noires. »

Elle se tenait avec Julian dans le cloître, près de la porte menant à la crypte. Rory était deux mètres derrière eux. De là, ils voyaient la rangée de tables à tréteaux parallèle au mur ouest de la crypte. Les tables avaient été recouvertes de nappes blanches. Elles étaient chargées de vaisselle, de fontaines à thé, et de nourriture – des sandwichs, une grande marmite de soupe et des assiettes de biscuits. Entre les tables et le mur, une douzaine de femmes chemises noires étaient occupées à repousser les membres de l'assistance qui voulaient commencer leur déjeuner sans attendre.

« On voit qu'elles s'y entendaient toutes à faire des nœuds et à aider la mère supérieure, dit Fenella.

— J'aimerais que tu rentres, dit Julian. Je suis certain que Wentwood est de mon avis. Ce n'est pas la place d'une femme.

— Calme-toi, Julian, et ne sois pas aussi vieux jeu. Regarde toutes ces femmes chemises noires. Elles ont bien leur place ici – alors pourquoi pas moi ? J'espère que tu ne penses pas que les femmes ne devraient pas se mêler de politique ?

— Bien sûr que non.

— En fait, je pense que Dawlish a raison, murmura Rory. En ce qui concerne ta présence ici. »

Fenella les regarda l'un après l'autre.

« Je ne m'en irai pas. N'y comptez pas. Je trouve que vous vous montrez tous les deux parfaitement déraisonnables. Qui plus est, tu ne devrais pas te montrer en train de nous parler, Rory. Éloigne-toi. »

Dawlish allait dire quelque chose mais il préféra se taire. Pour la première fois depuis qu'ils se connaissaient, Rory éprouvait un élan de sympathie pour l'homme. Avec Fenella, le pauvre diable était mal parti.

« Pouvons-nous nous retrouver après ? dit Rory. J'aurais certaines choses à vous dire – pas seulement à propos du meeting. »

Dawlish acquiesça.

« Voulez-vous à nouveau au bar américain ? Cinq heures et demie, si tout va bien.

— Parfait, dit Rory, même si ce n'était pas vraiment le cas, car s'il arrivait là-bas avant Julian, ou si Julian ne venait pas, il devrait peut-être payer une consommation, ce qui, compte tenu des prix pratiqués au Savoy, amputerait largement son budget de décembre. Qui plus est, Julian ayant offert le champagne la veille au soir, Rory ne pourrait pas se dispenser de payer. Il y avait aussi le pourboire : il n'avait pas la moindre idée de ce qu'on devait laisser dans un endroit comme celui-là.

— Très bien, dit Dawlish. Bonne chance.

— Attendez, dit Fenella. Pourquoi ne pas nous retrouver plutôt à l'appartement ? C'est plus près et plus tranquille. »

Dawlish haussa les épaules.

« D'accord. Cela vous convient ? »

Rory acquiesça, à la fois soulagé et humilié : il soupçonnait Fenella d'avoir lu dans ses pensées.

« Au cas où nous ne serions pas arrivés, il y a une clé dans le trou à charbon de l'autre côté de la porte du palier, continua Dawlish. Il y a un pot de badigeon par terre. Elle est dessous. »

Ils se séparèrent, Julian et Fenella continuant à attendre dans le cloître, et Rory descendant dans la crypte. Un couple de fascistes en uniforme gardait la porte et ils s'écartèrent pour le laisser passer, le visage impassible. Une très jolie fille, également en uniforme fasciste, lui sourit en le voyant passer devant les tables.

« Déjeuner pendant la pause, monsieur. Sir Rex va ouvrir la séance. »

La crypte se remplissait déjà. Tandis qu'il s'avançait dans l'allée centrale longeant la rangée de piliers, Rory essaya de faire une rapide évaluation : entre les chaises et les bancs, il devait y avoir de quoi asseoir au moins trois cents personnes, sans compter les places debout dans le fond. Deux tiers environ des sièges étaient déjà occupés. Il trouva une chaise au bout d'un rang presque sur le devant.

Il n'y avait encore personne sur l'estrade. Un micro avait été installé sur la table. Un homme avec une voix puissante n'aurait pas eu besoin d'un tel matériel pour s'adresser au public. Mais Rory se souvenait des meetings politiques auxquels il avait assisté en Inde, et combien une voix amplifiée avait de pouvoir comparée à celles qui ne l'étaient pas. Il fallait reconnaître cela aux fascistes – ils savaient comment organiser un meeting.

Deux chemises noires imposants s'avancèrent dans l'allée centrale en tenant ce que Rory supposa être des perches. Derrière eux venait un troisième, encore plus grand. C'était Marcus Langstone. Les trois hommes montèrent sur l'estrade. Ce n'était pas des perches ordinaires – c'était des mâts de drapeaux. Ils dressèrent les deux drapeaux dans un support en fonte derrière le siège du milieu. Sur la gauche, se trouvait le symbole de l'Union britannique ; sur la droite, l'Union Jack.

Tout sourire, Fimberry fendait la foule avec un air affairé en se frottant les mains. Il aperçut Rory.

« Bonjour, Wentwood ! dit-il d'une voix haut perché et légèrement chevrotante. Vous prenez déjà des notes à ce que je vois. »

Rory acquiesça. Lansgtone se retourna alors. De Fimberry, son regard se reporta sur Rory au bout de sa rangée. Rory pencha la tête sur son bloc et fit semblant d'écrire. Des gouttes de sueur perlaient à la racine de ses cheveux.

Elle n'avait pas le temps de réfléchir, ce qui était probablement aussi bien. Lydia sortit par le guichet venant de Bleeding Heart Square et tourna presque aussitôt à droite dans la petite avant-cour devant la chapelle. La porte du cloître était entrouverte. Elle la poussa.

Une lumière douce et grise filtrait par la rangée de fenêtres sur la gauche. Deux hommes de haute taille se tenaient près de la porte menant à la crypte. Ils étaient seuls. Elle s'avança rapidement le long du cloître, ses talons résonnant sur les pavés.

Les hommes se redressèrent. Ils se tenaient de chaque côté des marches descendant vers la porte de la crypte, laquelle était fermée. Leurs tuniques noires leur donnaient un air sinistre, mais Lydia fut d'abord frappée par leur jeunesse. L'un avait de bonnes joues roses, et des cheveux clairs et raides comme de la paille. On l'aurait volontiers imaginé avec une blouse de laboureur.

L'autre était plus petit avec une peau plus mate, des jambes arquées et un visage ratatiné comme celui d'un singe.

« Bonjour, dit Lydia. Je suppose que c'est là que se tient le meeting ?

— Désolée, madame, dit le plus petit des chemises noires. Vous ne pouvez pas entrer pour le moment.

— Pourquoi pas ?

— Sir Rex est en train de parler. Si vous voulez bien attendre l'entracte…

— Je n'ai pas l'intention d'attendre du tout. »

Lydia redressa la tête en se demandant : *Comment Mère agirait-elle à ma place ?*

« Savez-vous qui je suis, jeune homme ?

— Madame, j'ai des ordres…

— M. Langstone est mon mari, dit Lydia d'un ton impérieux, en haussant le ton de façon à ce que sa voix résonne dans le couloir, se répercute sur les pavés. Et Sir Rex est un ami intime. Ouvrez cette porte immédiatement, je vous prie, sinon je devrai relever vos noms. »

C'est le laboureur qui céda le premier. Puis le singe dit : « Très bien, madame. Mais vous ferez le moins de bruit possible, n'est-ce pas ?

— Je ne crois pas avoir besoin de vos conseils pour savoir comment me conduire, dit Lydia. Vous êtes d'accord ? »

Le plus petit souleva le loquet de la porte avec d'infinies précautions et la poussa pour l'ouvrir. Lydia descendit les marches. La voix amplifiée de Rex Fisher parvint jusqu'à elle.

« Des dizaines d'entre vous parmi les hommes qui sont ici aujourd'hui ont combattu pendant la guerre, comme de nombreux membres de l'Union britannique. Ni nous ni vous n'avons oublié les leçons apprises pendant ces jours sombres quand nous nous dressions ensemble épaule contre épaule pour résister à l'ennemi. »

La porte se referma derrière elle. Lydia s'arrêta un instant sur la dernière marche. La crypte était bondée. Elle remarqua les tables sur la gauche, la foule debout dans le fond, les sièges occupés dans le milieu de la crypte et l'estrade au bout.

Cinq chaises derrière la table sur l'estrade étaient à présent occupées. Marcus était au bout à gauche. Sir Rex au milieu, debout, les mains appuyées sur la table. Ses yeux balayaient la salle, captivant son audience. Pourvu qu'il ne l'ait pas aperçue.

« Et qu'avons-nous connu depuis la guerre ? disait-il. Je vais vous dire la triste et honteuse vérité. Nous avons connu une succession de gouvernements britanniques hésitants et mous, composés d'hommes âgés qui avaient appris leur métier, si tant est qu'ils aient appris quoi que ce soit, sous le règne de la reine Victoria. Sous leur direction indigne, nous avons vu l'influence de ce pays diminuer dans le monde. Nous avons vu de grandes fissures se produire dans notre empire ; alors que notre empire devrait être non seulement notre plus grande gloire, mais également notre plus grande source de sécurité, à la fois politique et économique. Ce n'est pas une coïncidence qu'en même temps, l'économie britannique ait plongé de plus en plus profondément dans la crise. Nous avons vu notre pays paralysé par une grève générale fomentée par des agitateurs étrangers. Notre économie a été brisée par une dépression qui était entièrement évitable. Oui, j'insiste sur ce mot, évitable. »

À présent, Lydia s'était mêlée à la foule. Elle avait remonté le col de son manteau et mis un foulard sur sa tête. C'était dommage qu'il n'y ait pas plus de femmes. Il était difficile de ne pas la remarquer.

Fisher s'arrêta.

« Toutefois, un homme politique ne s'est montré ni hésitant ni mou. Un homme politique a surgi avec des propositions de gouvernement claires et efficaces. Dès février 1930, le chef de l'Union britannique, Sir Oswald Mosley, qui faisait alors partie du gouvernement comme chancelier du duché de Lancaster, écrivit un mémorandum à l'intention de ses collègues. Il y dessinait les grandes lignes d'une politique générale qui, si le gouvernement avait eu le courage de l'adopter, aurait inversé cette tendance à la baisse et amené le pays à des niveaux de prospérité jamais égalés. Nous devons protéger nos marchés nationaux, disait Sir Oswald – et la seule façon de le faire, à l'époque aussi bien qu'aujourd'hui, est d'imposer des tarifs douaniers pour réguler le commerce. Nous devons contrôler les banques pour promouvoir l'investissement. Et nous ne pouvons pas non plus laisser dépérir l'agriculture, faisait remarquer Sir Oswald, car nous aurons toujours besoin de nous nourrir. Le gouvernement doit créer des emplois dans la construction de routes, entre autres projets, ce qui, par la même occasion, permettra à notre économie de fonctionner plus efficacement que jamais. Et qu'en est-il de nos industries ? Nous ne pouvons pas nous passer d'elles. Elles sont pourtant toujours dirigées selon des principes du XIXe siècle. Le gouvernement doit prendre les choses en main. Après tout, c'est ce à quoi servent les gouvernements. »

Lydia s'abritait derrière un homme de haute taille avec un manteau noir et un chapeau.

« En raison de cette absence de direction, continua Fisher, nos grandes industries n'ont pas réussi à intégrer les changements survenus dans la science et la technologie, si bien qu'elles ne peuvent plus concurrencer efficacement les industries de pays qui ont été modernisés plus rapidement et plus efficacement. La solution est entre nos mains. L'Empire britannique est le plus grand empire que le monde ait jamais porté. Nous avons les moyens de production ; nous avons les matières premières ; nous avons les compétences ; nous avons une détermination opiniâtre et du courage – et bien sûr, nous avons également les marchés. Ce pays et son empire peuvent et doivent s'en tirer seuls. C'est là que réside notre future prospérité économique. »

Lydia regarda autour d'elle sans voir Rory. Mais elle croisa par hasard le regard de M. Smethwick, debout près des fontaines à thé, et celui-ci détourna aussitôt les yeux.

« Depuis la guerre, disait maintenant Fisher, chaque gouvernement nous a enfoncés un peu plus profondément dans la boue en prônant l'importation de marchandises étrangères. Ils ont laissé les gros financiers de la City se remplir les poches en accordant des prêts à des pays étrangers, aux dépens de l'industrie et de l'agriculture britanniques. Comme l'a dit Sir Oswald, et je le cite : “Ce sont des mains étrangères qui ont trop longtemps maintenu leur emprise sur la vie de ce pays, et dominé non seulement le parti conservateur, mais également le parti socialiste.” Vous pouvez en être certains, dès que l’Union britannique arrivera au pouvoir, nous ne permettrons pas que les étrangers – il marqua un temps d’arrêt, pour souligner ce dernier mot – nous dictent une politique économique pour leurs seuls intérêts égoïstes. »

Une salve d’applaudissements monta de l’assistance. L’homme de haute taille devant Lydia murmura quelque chose dans sa barbe et s’agita comme si quelque chose le démangeait.

« Le fascisme peut apporter les réponses. Pas le fascisme comme celui qui prospère en Allemagne ou en Italie – mais un véritable fascisme britannique adapté à notre génie maternel. Un gouvernement fasciste sera un gouvernement fort. Mais il sera d’abord et avant tout un gouvernement britannique présidé par Sa Majesté le Roi.

— Et que deviendra le Parlement ? cria une voix sur le devant de la salle.

— Je suis heureux que vous y fassiez allusion, monsieur, dit Fisher avec courtoisie. Tous les gouvernements travaillent avec un parlement, et nous n’y ferons pas exception. Toutefois, avec notre système, des départements au sein du gouvernement mèneront des consultations auprès des diverses composantes de la vie économique, que ce soit des employeurs, des ouvriers ou des consommateurs, pour déterminer ensuite ce qui convient le mieux à notre pays dans son ensemble. Nous fixerons des objectifs pour la production, les salaires, les prix et les profits au sein de chaque industrie. C'est la seule manière de mettre en œuvre une économie coordonnée et pleinement efficace. Le Parlement jouera un rôle important dans ce processus, comme le fera le monarque. Je n'insisterai jamais assez sur le fait que les fascistes sont avant tout de loyaux sujets de la Couronne.

— Et les Juifs alors ? » cria quelqu'un d'autre.

Fisher ignora la question.

« Nous parlions de la guerre il y a quelques instants. Nous vivons non seulement dans l'ombre de la dernière guerre, mais dans l'ombre de la prochaine, où notre gouvernement actuel risque de nous entraîner avec sa politique maladroite et inadaptée. L'Union britannique des fascistes a un programme de politique intérieure qui ne dépend pas des préparatifs de guerre. Notre politique étrangère est basée sur le maintien de la paix. »

Des applaudissements retentirent encore, plus sonores cette fois et plus nourris.

« Ne vous y trompez pas, avec un gouvernement fasciste, ce pays sera plus fort et plus puissant que jamais sur la scène mondiale. Mais nous constituerons aussi une force internationale pour la paix. Comme vous, nous connaissons trop bien la folie de la guerre. Nous savons également que la prospérité dépend du maintien de la paix. Dans la seconde moitié de ce meeting, je me propose d'examiner en détail la façon dont l'Union britannique entend réguler le marché de la distribution en coordonnant la concurrence et en contrôlant ce qui est vendu et par qui, à travers une organisation du commerce de distribution qui délivrerait des licences, un système qui empêcherait à la fois la multiplication des fournisseurs dans une même catégorie de marchandises quel que soit le domaine, et également la domination malsaine de grands détaillants. Nous insisterons également, dans le contrat de licence, pour que les magasins de détail offrent des marchandises britanniques. Les combinats étrangers seront fermés et leurs opérations de détail redistribuées à des commerçants privés ou à des coopératives. Qui plus est, un système coopératif d'achat central permettrait aux petits commerçants de profiter de prix de gros. Cela permettrait également d'avoir une protection en cas de faillite. »

Ces propos furent suivis de nouveaux applaudissements, et même de quelques hourras ici et là.

« Mais qu'en est-il des Juifs ? cria un homme au fond de la salle.

— Le fascisme britannique est le seul parti politique britannique à adopter une position ferme et claire sur les étrangers, déclara calmement Fisher de sa voix patricienne. La Grande-Bretagne doit être réservée aux Britanniques.

— Vous êtes comme les nazis alors ? cria l'homme imposant devant Lydia. C'est ce que vous voulez dire ? »

Dans le silence qui suivit la question, Lydia comprit soudain que l'homme devant elle était M. Goldman de Hatton Garden.

« Nous n'avons rien contre ceux qui sont de sang juif en tant que tels, dit Fisher.

— Votre M. Joyce[1] dit, et ce sont ses propres termes : "Je ne considère pas les Juifs comme une

1. William Joyce : devient en 1934 responsable de la propagande de l'Union de Mosley, avant de s'exiler en Allemagne et de prendre la nationalité allemande. Connu sous le sobriquet de Lord Haw Haw, il sera la voix anglaise de la radio allemande avant de finir pendu en 1946. *(N.d.T.)*

classe, je les considère comme une malchance privilégiée.” C’était en janvier. Votre Mosley dit que le fascisme a accepté le défi de la judéité. Quel défi ?

— Merci, monsieur. L’Union britannique demande aux Juifs, comme nous le demandons à n’importe qui, de placer en premier les intérêts de la Grande-Bretagne.

— Et votre M. A.K. Chesterton a dit…

— Ce sera tout, merci, dit Fisher. Vous paraissez oublier que je suis l’orateur de ce meeting, monsieur. Le moment est venu pour vous de retourner à Jérusalem. Faites sortir ce monsieur, s’il vous plaît. »

Un frisson parcourut la foule debout pendant que trois chemises noires se frayaient un chemin en direction de M. Goldman.

« Répondez à la question, monsieur, cria quelqu’un d’autre. Quel défi les Juifs représentent-ils ? Êtes-vous bien conscient que…

— Je suis conscient qu’un autre de ces messieurs aimerait sortir, dit Fisher. Pour revenir au sujet qui nous occupe…

— Vous rendez-vous compte qu’en Allemagne… »

La question s’acheva sur un cri étranglé, comme si quelqu’un avait frappé l’importun. Une bonne douzaine de personnes criaient maintenant et des bagarres éclataient sporadiquement dans l’assistance. Comme dans un brouillard, Lydia vit Fisher faire signe à un jeune homme au bout de l’estrade et lui murmurer quelque chose à l’oreille.

Les chemises noires parvinrent jusqu’à M. Goldman. Deux le saisirent par les bras. Le troisième lui fit une prise autour de la tête avec le bras.

Lydia revint brusquement à la réalité.

« Arrêtez ! » cria-t-elle, et elle lança un coup de pied dans le mollet de l'homme.

Il la regarda, bouche bée.

« Attendez, dit-il, sans relâcher sa prise, vous n'avez pas le droit de faire ça.

— Pourquoi pas ? » demanda Lydia, et elle lui donna un coup de pied dans l'autre jambe.

Les chemises noires commençaient à traîner Goldman vers la porte du cloître, quand, brusquement, la sonorisation reprit ses droits.

La Marche N° 1 dite « Pomp and Circumstance[1] » résonna dans toute la crypte. Marcus s'avançait dans l'assistance suivi par un couple de chemises noires. Il désigna quelque chose sur la droite. Lydia aperçut Rory, carnet à la main, qui se levait.

Derrière elle, une des fontaines à thé se renversa de la table et quelqu'un cria : « Attention ! L'eau est bouillante ! » La table elle-même se renversa alors dans un grand fracas, entraînant la vaisselle qui se fracassa sur le sol en pierre. « Pomp and Circumstance » poursuivait son cours majestueux, offrant un contraste serein et triomphal avec le vacarme ambiant.

Ils traînèrent Goldman jusqu'aux quelques marches menant au cloître. Il avait perdu son chapeau, et son pardessus était fendu jusqu'en bas du dos. Trois hommes respectables entre deux âges, mais aucun en uniforme des chemises noires, se mirent à crier à l'unisson : « Juif dehors, Juif dehors ! » On aurait dit un trio de buralistes ou de quincailliers en goguette,

---

1. « Pomp and Circumstance » : marche très connue d'Edward Elgar jouée pour la première fois à Londres en octobre 1901, et dont le titre est tiré de l'acte III d'*Othello* de Shakespeare. *(N.d.T.)*

décidés à profiter au maximum de l'occasion pour s'amuser.

Un gros homme blond dans un pantalon Oxford ridiculement large décocha un coup de poing à un des chemises noires qui malmenaient M. Goldman. Il manqua sa cible et le chemise noire frappa son attaquant en pleine bouche, lui faisant tomber ses lunettes. L'homme chancela en arrière, une main pleine de sang devant la bouche.

« Juif dehors, Juif dehors. »

Une petite femme se glissa sous le bras de l'homme blond et donna un coup de poing dans les testicules au chemise noire qui avançait. Il hurla et se plia en deux. Son hurlement fut si fort et si aigu qu'on aurait dit celui d'un animal, et il imposa le silence à tout le monde, sauf à Elgar.

Lydia ressentit un bref mais douloureux pincement de jalousie. La femme était Fenella Kensley.

Le vacarme reprit. Les chemises noires abandonnèrent momentanément M. Goldman pour s'occuper de l'homme blond, de Fenella et de deux autres membres de l'assistance venus à leur rescousse. Profitant de leur absence, Lydia courut jusqu'à M. Goldman et l'aida à se relever. Il gémissait et chancelait sur ses jambes.

« Vite, insista-t-elle. Il faut sortir. »

Accrochés l'un à l'autre, ils regagnèrent en titubant le cloître. L'homme blond courut après eux, et prit M. Goldman par l'autre bras. Fenella les suivit. M. Goldman faiblissait à vue d'œil. À la porte menant à l'avant-cour de la chapelle, Lydia jeta un coup d'œil pardessus son épaule. Marcus avait gravi les marches de la crypte. Il la vit : son visage était blême et déformé par la colère, le visage d'un étranger.

« La maison de l'autre côté de la route, ordonna Lydia. J'ai la clé. »

En le tirant et en le portant à la fois, ils réussirent à amener M. Goldman entre la voiture de Fisher et la camionnette noire, toutes les deux vides et sans surveillance, puis à traverser la route jusqu'à la porte du numéro quarante-huit. Lydia fouilla dans la poche de son manteau et en sortit la clé de la porte d'entrée. Sa main tremblait tellement qu'elle ne réussit pas à l'introduire dans la serrure du premier coup. Son deuxième essai fut le bon. La porte s'ouvrit sur le grand vestibule sentant le moisi, avec le linoleum foncé se prolongeant jusqu'à l'escalier.

« Vite ! lui dit Fenella à l'oreille. Je les entends courir. »

Lydia et l'homme blond, Fenella et M. Goldman manquèrent de s'affaler à l'intérieur de la maison. Lydia referma la porte derrière eux et remit le verrou d'en haut. M. Goldman était à bout de souffle.

Lydia les ignora. Elle s'agenouilla et ouvrit le volet de la boîte à lettres, qui lui donnait un étroit champ de vision rectangulaire sur la rue et la chapelle. À l'extrême droite du rectangle se trouvait le panneau gauche de la grille menant à Bleeding Heart Square. Horrifiée, elle aperçut Serridge debout dans l'angle entre la grille et le pilier de soutènement. Il fumait un cigare et regardait tranquillement dans la direction de Rosington Place.

Ils avaient un témoin.

Marcus surgit dans son angle de vision, suivi par trois chemises noires. Ils hésitèrent un instant dans l'avant-cour. Puis Marcus s'avança sur la chaussée et regarda dans les deux sens. Il vit Serridge.

« Allons bon ! cria-t-il. Vous ici ! De quel côté sont-ils partis ? »

Serridge ôta son cigare de sa bouche sans se presser.

« De qui parlez-vous ?

— Deux femmes et deux hommes. Vous les avez certainement vus. »

Serridge pointa son cigare vers l'extrémité de Rosington Place en direction d'Holborn Circus, et la mince tour tarabiscotée de St Andrew au-delà.

« Nous les verrions encore s'ils étaient partis de ce côté.

— Non, ils sont passés devant la loge et ont pris à droite. »

Serridge tourna la tête à gauche.

« C'est bien ça ? »

Un autre homme apparut, c'était Howlett, solennel dans son manteau long d'uniforme, avec Nipper sur les talons. Il toucha le bord de son chapeau haut de forme à l'intention de Marcus. Il était l'image même du serviteur loyal. Mais le serviteur de qui, se demanda Lydia, et pour quelle raison ?

« C'est exact, monsieur, dit Howlett. Ils sont descendus par là comme une nuée de chauves-souris jaillie de l'enfer. Comme s'ils avaient le diable à leurs trousses. »

23

Difficile de ne pas être obsédé par la pensée de ce qui aurait pu arriver si Philippa Penhow avait eu la présence d'esprit de courir jusqu'au village. Si elle avait tambouriné à la porte de M. Gladwyn. Si elle s'était précipitée à l'Alforde Arms. Si elle avait traversé tant bien que mal les champs boueux jusqu'à Mavering.

Dimanche 20 avril 1130

Je crois qu'il cherche ce journal. Il fouillait dans mes affaires ce matin. Quelqu'un – ce doit être lui, à moins que ce ne soit une des bonnes – a ouvert ma petite écritoire où je rangeais le journal. La serrure a été forcée. Je n'ai rien osé dire.

Rebecca est partie hier soir. Amy est de pire en pire. Au petit déjeuner, elle s'est montrée carrément insolente quand je lui ai demandé de refaire du thé. Je suis certaine qu'elle se met aussi du rouge à lèvres. Joseph m'a dit d'arrêter de m'agiter. Il prétend que cela ne sert qu'à énerver la fille. En tout cas, c'est un drôle de poids.

J'ai dit à Joseph pendant le déjeuner que les gens du village devaient nous trouver bizarres car nous n'étions pas allés à l'église. Il a répondu que pas du tout – il avait dit au vicaire que je n'étais pas bien, que j'avais fait une dépression et que je ne pouvais pas supporter les gens ni la foule, et que c'est pourquoi nous étions venus nous installer à la campagne.

Je comprends tout maintenant. Il leur fait croire que je suis folle. Et il leur fait croire qu'il est un saint à s'occuper de moi ainsi.

Je regrette d'avoir signé tous ces papiers. « Encore un autographe, ma chérie. »

Vous voyez qu'elle ne pouvait pas se rendre au village ni ailleurs à cause de la honte qu'elle éprouverait. Elle croyait qu'on la prenait pour une folle. Sans compter qu'ils n'étaient pas mariés, elle et Serridge. De toute façon, elle aurait dû affronter le ridicule et la critique, de toute façon elle allait être ruinée. Au fond d'elle-même, elle avait la certitude amère de ne même plus savoir ce qu'elle avait signé pour lui au cours des dernières semaines.

Et surtout, le croiriez-vous, elle restait à Morthams parce dans un tout petit coin de son cœur, subsistait l'espoir que, malgré tout, ce n'était qu'un mauvais rêve, et que, bientôt, son Joseph redeviendrait l'homme qu'il était au fond. Peut-être était-ce une sorte de mise à l'épreuve, et qu'il lui suffisait de tout supporter. Peut-être réussirait-elle à obtenir qu'il l'aime, comme elle l'aimait. Elle s'arracherait le cœur pour lui si cela pouvait le rendre heureux.

*

* *

L'odeur des chats était plus insistante. Le froid montait des pavés et suintait des murs. Il s'assit sur la table, le dos appuyé contre le mur blanchi à la chaux.

Il ne faisait pas totalement noir. Rory finit par distinguer un rectangle pâle à l'extrémité de la pièce, qui devait représenter la porte. De l'autre côté, se trouvaient le cloître et la lumière grise déclinante d'un après-midi hivernal. Les murs épais et la lourde porte ne laissaient passer pratiquement aucun bruit. On aurait dit un tombeau. Il n'entendait plus que sa propre respiration. Il avait très froid – son chapeau et son imperméable étaient restés dans la crypte.

Ils avaient pris son carnet, probablement pendant la bagarre. Il repassa dans son esprit la séquence des évènements, en s'efforçant de les mémoriser. Ils n'allaient certainement pas l'empêcher d'écrire cet article. D'abord, il y avait eu une interruption dans le discours de Fisher – le vieil homme de haute taille apparemment juif, bien que certainement pas orthodoxe, sinon il n'aurait pas été là un samedi. Puis la bagarre, quand les chemises noires étaient intervenus pour le faire sortir. Puis Lydia s'en était mêlée, puis Fenella et Dawlish.

Pourquoi diable Lydia s'était-elle trouvée là ? N'aurait-elle pas dû préférer éviter son mari ?

Quand la bagarre avait éclaté, Rory s'était levé sans réfléchir : son instinct de journaliste l'incitait à se rapprocher de ce qui posait problème plutôt que de s'en éloigner, mais c'était également pour aider Lydia. Et les chemises noires n'avaient pas tardé à lui tomber dessus.

Le moment où cela s'était produit était important. Ils devaient avoir reçu la consigne de le tenir à l'œil, probablement de la part de Marcus. Et de se jeter sur lui au moindre chahut dans l'assistance, de s'en débarrasser nettement et rapidement comme s'il s'agissait d'une dent gâtée, et en l'occurrence, ils formaient une sacrée paire de pinces. Il devait leur reconnaître une parfaite efficacité. Ils l'avaient traîné de force hors de la crypte. L'un d'eux avait gardé la main appuyée sur la bouche de Rory. Ils s'étaient montrés tellement polis et imperturbables pendant toute l'affaire.

« Excusez-moi, monsieur, pouvez-vous nous laisser passer ? Ce monsieur a besoin d'un peu d'air. »

Les gens devaient parfaitement savoir qu'il se faisait expulser, mais les hommes qui l'escortaient parvinrent à le faire de telle manière que de nombreuses personnes de l'assistance auraient pu croire que c'était sa faute, pas celle des fascistes.

D'autres chemises noires grouillaient dans le cloître, surtout à l'extrémité, près de la porte sur la rue. Les hommes qui l'emmenaient n'avaient pas attendu les ordres, et ils n'avaient pas essayé de le mettre dehors. Cela devait également signifier quelque chose. Ils s'étaient contentés de le pousser vers la droite et en bas jusqu'à l'ossuaire, où ils l'avaient forcé à se coucher sur le sol en lui donnant des coups de pied dans les jambes.

Rory s'était obligé à ne pas crier, non par courage, mais par crainte de mesures de rétorsion d'une violence accrue. Heureusement, ils semblèrent ne plus s'intéresser du tout à lui : ils refermèrent la porte doucement et tournèrent la clé dans la serrure. L'obscurité l'engloutit. L'interrupteur était à l'extérieur de la porte.

Une fois seul, il s'était relevé et avait exploré l'ossuaire à tâtons, en passant les mains sur les murs. Il n'y avait plus que la table. Les chaises n'étaient plus là. Il passa les mains sous un côté et souleva. Elle monta de quelques centimètres, puis cela devint trop lourd pour lui. Il envisagea un instant de caler la porte avec, mais se souvint que la porte ouvrait vers l'extérieur, vers les marches venant du cloître.

Tôt ou tard, se dit-il, quelqu'un finirait bien par venir. Cela se terminerait. Tout a une fin. Mieux valait ne pas penser à la suite qui pourrait être pire. Le temps passa. À un moment, il crut vaguement entendre de la musique au loin. Peut-être la réunion était-elle terminée, et jouaient-ils l'hymne national. Cette théorie fut confirmée quand il entendit le grondement des voix, et des pas, un véritable défilé, dans le cloître. Tous ces employés, ces représentants et ces garçons de bureau regagnaient leur domicile en banlieue pour le week-end. Il aurait donné n'importe quoi pour en faire partie. Il tambourina sur la porte, essayant d'attirer leur attention.

Personne ne vint. Fenella, Lydia et Dawlish étaient-ils sortis sains et saufs ? Il était parfaitement possible qu'ils ne se soient pas aperçus de ce qui lui était arrivé. Des heures s'écouleraient avant qu'on remarque sa disparition – probablement jusqu'à son rendez-vous à Mecklenbourg Square à cinq heures et demie qu'il allait manquer.

À présent, tout était calme. Le temps s'écoulait lentement. Rory laissait son esprit vagabonder. Il voyait du sable couler dans des rangées de sabliers, puis des mains balayant tout autour une infinité de cadrans, toutes les pendules et les montres de Londres scandant sa vie.

À la fin, une clé tourna dans la serrure, et le bruit le ramena à son propre corps transi et douloureux.

La porte s'ouvrit et une lumière aveuglante envahit l'ossuaire. Au cœur de la lumière, il distingua une ombre miroitante.

« Ils sont retournés à l'intérieur, dit Lydia.
— Tous ? demanda l'imposant étranger négligé.
— Autant que je peux voir. Serridge et Howlett sont toujours près de la grille.
— Des barbares, marmonna M. Goldman derrière elle. Il avait le teint gris et respirait difficilement.
— Ça va ? » demanda Lydia.
Il acquiesça.
« Juste hors d'haleine. Et en colère.
— Avez-vous loin à aller ?
— J'ai un appartement au-dessus de la boutique.
— Très bien, dit l'autre homme, en lui adressant un clin d'œil. Nous devrions nous présenter. Je m'appelle Dawlish, Julian Dawlish. Voici Miss Kensley.
— Comment allez-vous ? demanda Lydia machinalement. Voici M. Goldman qui a une boutique dans Hatton Garden. Je m'appelle Lydia Langstone.
— Êtes-vous apparentée… » commença Dawlish.
Juste à ce moment, Fenella Kensley prit la parole pour la première fois.
« Nous nous sommes déjà rencontrées, n'est-ce pas ? Le dimanche de l'Armistice à Trafalgar Square.
— C'est exact. Vous étiez avec M. Wentwood.
— Effectivement.
— Il était là, vous savez, dit Lydia. Vous l'avez vu ? »
Fenella acquiesça.
« Je crois qu'ils s'en sont pris à lui.
— Sous prétexte qu'il est journaliste ?

— Pas seulement ça, dit Lydia. Il y a… il y a quelque chose d'autre aussi.

— Madame Langstone, dit Dawlish, pardonnez ma curiosité, mais ce n'est pas un nom répandu… »

Sa voix s'éteignit avant même qu'il ait demandé quoi que ce soit.

« Marcus Langstone est mon mari, dit Lydia calmement. Je l'ai quitté.

— Oh. Je suis désolé. Je ne voulais pas me montrer indiscret, mais compte tenu des circonstances…

— Cela n'a vraiment aucune importance. »

Elle se pencha et ouvrit de nouveau la boîte à lettres.

« Je ne vois personne à l'extérieur de la chapelle. Et il n'y a plus trace de Serridge ni d'Howlett à présent. Si j'étais vous, je partirais pendant que c'est possible.

— Oui, dit Dawlish. Madame Langstone, je ne vous remercierai jamais assez. » Puis il ajouta d'un ton guindé et absurde : « Nous ne devons pas abuser de votre temps. »

Lydia s'étonnait de son calme.

« Nous ferions mieux de partir ensemble et de nous séparer ensuite. M. Goldman et moi devrions peut-être passer par les grilles pour aller dans le square, et vous et Miss Kensley par la loge. »

Dawlish acquiesça. Il examinait la pancarte portant le nom des occupants de l'immeuble. Fenella le tirait par la manche comme un enfant essayant d'attirer l'attention de ses parents.

« Viens, Julian. Je n'aime pas cet endroit. Je t'en prie. »

Il redevint aussitôt parfaitement attentionné, lui demandant respectueusement comment elle se sentait, tout en regrettant d'être lui-même aussi insensible.

Lydia la regarda plus attentivement. Fenella tremblait légèrement, et son visage était livide.

« Reste un problème, reprit Dawlish, que devient Wentwood ?

— Nous ne pouvons pas faire grand-chose, dit Fenella. Regardons les choses en face, ils ne peuvent pas lui faire vraiment du mal. De toute façon, ils ne savent pas qu'il est journaliste, et peut-être vont-ils le laisser tranquille. Ils l'auraient déjà jeté dehors s'ils en avaient eu l'intention. »

Dawlish regarda successivement les deux femmes.

« Peut-être devrions-nous…

— Pouvons-nous partir ? S'il te plaît, Julian.

— Plus vite nous partirons, mieux ce sera, dit Lydia, en se détournant pour cacher sa colère à Fenella et à Dawlish. Si vous voulez, je dirai à M. Wentwood ce qui s'est passé. »

Ils se faufilèrent à l'extérieur. Rosington Place était désert. Fenella, cramponnée au bras de Dawlish, le tirait pour s'éloigner. Il se retourna et salua Lydia de la main. M. Goldman et elle franchirent la grille menant à Bleeding Heart Square.

« Je peux me débrouiller seul à présent, protesta-t-il. Merci pour votre aide, madame Langstone. »

Il s'éloigna d'un air digne sous les yeux de Lydia.

« M. Goldman ? cria-t-elle. Vous vous sentez bien ? »

Il s'arrêta près de la pompe et la regarda.

« Non, je ne me sens pas bien, madame Langstone. Comment voulez-vous que j'aille bien ? J'ai peur. »

Il leva son chapeau en guise de salut, et l'instant d'après, il avait disparu. Ce fut seulement au moment d'entrer dans la maison que Lydia comprit ce qu'il avait voulu dire. Il n'avait pas peur des voyous en uniforme dans la crypte. Il n'avait même pas peur pour lui. Il avait peur de ce que les voyous en uniforme représentaient. Il avait peur pour tous ces gens qui se dressaient sur leur chemin. Il avait peur de l'avenir.

La lumière de l'après-midi diminuait lentement. Lydia s'assit à la table dans l'appartement de son père, et contempla Bleeding Heart Square en contrebas, le guichet menant à Rosington Place, et le mur de la chapelle au-delà. Sans regarder à la dépense, elle avait monté le gaz au plus haut et rempli le compteur avec des pièces. Son père n'était pas rentré. Parmi les mégots dans le cendrier à côté d'elle, elle en vit deux provenant des cigarettes de Pamela. La pièce paraissait vide sans elle.

Le meeting dans la crypte se terminait enfin. La plus grande partie de l'assistance descendit Rosington Place en direction d'Holborn. Quelques personnes entrèrent dans le square par le guichet, parmi lesquelles M. Byrne, du Crozier, et un des mécaniciens de l'atelier à l'autre bout du square. M. Fimberry se hâtait derrière eux.

Mais il n'y avait pas trace de Rory. Lydia aurait préféré ne pas s'inquiéter pour lui, mais apparemment elle n'avait pas le choix. *Cette sacrée Fenella s'en est complètement désintéressée*. De toute façon, elle avait besoin de lui parler de la machine à écrire.

Dix minutes s'écoulèrent encore avec une lenteur funèbre. Il n'y avait toujours aucune trace de lui. Elle descendit et frappa à la porte de M. Fimberry. On entendit des pas traînants dans la pièce. La porte s'entrouvrit.

« Madame Langstone ! » Il clignait des yeux derrière le pince-nez. « Que puis-je faire pour vous ?

— Savez-vous où est M. Wentwood ?

— Non. »

Fimberry était en bras de chemise.

« Je n'en ai pas la moindre idée, hélas.

— Était-il toujours à la réunion quand vous êtes parti ?

— Oh non. Il est parti juste après vous. Tout s'est bien passé ? Je m'inquiétais.

— Parfaitement, merci. Quand vous dites que M. Wentwood est parti, que voulez-vous dire exactement ?

— Deux chemises noires l'ont escorté dehors. Je n'ai pas bien vu ce qui arrivait, mais je crains qu'il ne les ait énervés. » Il regarda attentivement Lydia : « En fait, je vous croyais tous partis ensemble – vous, lui, et les autres gens.

— Non. Nous nous sommes échappés.

— Je… ah… je pense qu'il va revenir. »

Fimberry déglutit.

« Ils ont été plutôt rudes, n'est-ce pas ?

— Ils se sont conduits comme des animaux, dit Lydia d'un ton sec. Avez-vous votre jeu de clés ?

— Quoi ? Oh, vous voulez dire pour la chapelle ? Bien sûr. J'irai voir plus tard si tout est en ordre.

— Les fascistes étaient encore là quand vous êtes parti ?

— Ils rangeaient. Ils laissent tout dans un état impeccable, je dois dire, pas comme certains.

— Pouvez-vous m'accompagner là-bas ?

— Maintenant ?

— Oui, avec vos clés. »

Elle parlait lentement, comme à un enfant.

« Vous avez parfaitement le droit d'y aller. Après tout, vous représentez le père Bertram. Et vous devez vous assurer que tout est en ordre.

— Mais vous, madame Langstone ? Si votre mari…

— Cela me regarde, merci. »

M. Fimberry se décomposa sous son regard. Horrifiée, Lydia remarqua les yeux noyés de larmes derrière le pince-nez.

« Je suis désolé, dit-il. (La porte commença à se refermer.) Vraiment. Mais je ne suis pas courageux. Physiquement je… je crois que je suis un peu lâche. »

Il tremblait à présent.

« Je suis vraiment désolé. J'en ai trop vu. J'ai vu ce qu'il y a sous la peau, vous voyez, la chair et les os. C'était la guerre, madame Langstone. Je n'étais pas du tout comme ça avant la guerre. »

Les ombres gris foncé devinrent d'un blanc aveuglant. Rory plissa les yeux pour s'abriter de la lumière aveuglante venant de l'ampoule pendant du plafond voûté. Le métal frotta contre la pierre. Il glissa de la table et se mit debout. La porte s'ouvrit. Des pas s'approchèrent lentement.

Trois hommes lui faisaient face : deux chemises noires, et dans l'embrasure de la porte, la silhouette élégante de Sir Rex Fisher.

« Bien – pas abîmé, dit Fisher aux deux chemises noires, en s'adressant à eux avec une certaine solennité, comme s'il donnait une conférence depuis une estrade. La force devrait toujours être proportionnelle. »

Puis il renonça à ses manières pontifiantes et s'approcha de Rory, en boitant légèrement. Les lèvres pincées, il le dévisagea. Son regard avait quelque chose d'attentif en même temps que de contemplatif : il aurait pu être chez Christie's, en train d'examiner un tableau banal qu'il n'avait pas l'intention d'acheter. Il regarda par-dessus son épaule.

« Et quelles instructions aviez-vous reçues exactement ?

— M. Langstone... »

Fisher siffla, signe d'un vague mécontentement.

L'homme recouvra rapidement ses esprits.

« Ce type nous avait été désigné avant le début du meeting comme un probable fauteur de troubles. Il est supposé être un agitateur communiste, monsieur. Au moindre problème, nous devions nous en emparer et l'enfermer ici. Comme vous pouvez le constater. »

L'homme avait une sorte de truculence dans la voix.

« Étouffer les problèmes dans l'œuf, c'est ce qu'on nous avait recommandé.

— L'a-t-on fouillé ?

— Pas encore, monsieur. »

Fisher haussa ses sourcils soigneusement épilés. Il se tourna à nouveau vers Rory.

« Et comment vous appelez-vous ?

— Roderick Wentwood.

— Adresse ? »

Cela ne servait à rien de vouloir la cacher : ils la trouveraient vite s'ils le fouillaient. Mais Fisher saurait-il que Lydia Lansgtone vivait sous le même toit que lui ?

« Sept Bleeding Heart Square.

— Et pourquoi êtes-vous ici, M. Wentwood ? »

Rory se frotta la joue sur laquelle un bleu apparaissait.

« En tant que membre du public intéressé par le sujet, Sir Rex. Pour comprendre ce que le fascisme britannique peut apporter à l'homme d'affaires britannique. »

Il s'appuya en arrière contre la table, espérant cacher le tremblement de ses jambes. « Je veux partir maintenant. »

Fisher ne souriait pas, mais il n'avait pas non plus l'air hostile.

« Je m'en doute. Mais je ne crois pas que vous devriez partir, M. Wentwood. Pas encore. Ce pourrait être assez amusant de voir d'abord ce que vous aviez à dire sur nous.

— Je ne comprends pas.

— Bien sûr que si. »

Fisher sortit le carnet de Rory de la poche de son propre pardessus.

« Apparemment, vous écriviez là-dedans avant de vous croire obligé de vous rallier aux trublions de l'assistance pour essayer de perturber la réunion. »

Il tourna rapidement les pages.

« Je ne lis pas la sténo. Mais nombre de mes collègues la lisent. Et je vois que vous avez sagement écrit certains mots en clair, comme par hasard. *Berkeley* par exemple. S'agirait-il du magazine hebdomadaire ? Bizarre que vous n'ayez pas pensé à signaler que vous étiez journaliste. »

La porte menant à la cave était ouverte. Lydia entendit la voix de Serridge en bas, et Howling qui lui répondait. Ils déplaçaient des meubles là-dessous. Serridge avait l'intention de vendre les meilleures pièces.

Elle frappa de nouveau à la porte de M. Fimberry,

porte qu'il lui avait refermée au visage cinq minutes plus tôt. Elle entendit gratter de l'autre côté.

« Qui est-ce ? »

Elle ne répondit pas. Elle attendit dans un état de tension extrême, juste devant la porte. On entendait toujours les voix des hommes dans la cave, se répondant comme lors d'un long échange au cours d'un match de tennis. Dire qu'on trouvait les femmes bavardes, pensa-t-elle, les hommes ne valaient pas mieux.

Un mouvement furtif se produisit dans la chambre de Fimberry. Presque en même temps, Lydia entendit un léger bruit dans l'escalier de la cave. Nipper apparut au bout du vestibule.

La clé tourna dans la serrure. La porte s'entrouvrit. Nipper jappa et se précipita dans le hall. Lydia se lança alors de tout son poids contre la porte et glissa le pied dans l'espace entre le battant et le chambranle. Le visage rose et transpirant de Fimberrry apparut à quelques centimètres du sien.

« S'il vous plaît, allez-vous-en, madame Langstone. »

Elle poussa plus fort.

« M. Serridge va m'entendre si je crie. »

Fimberry recula. La porte s'ouvrit en grand, en cognant contre le bord de sa table de toilette. Nipper s'engouffra dans l'ouverture. Lydia suivit. Le chien courut tout autour de la pièce, en reniflant vigoureusement.

« S'il vous plaît, madame Langstone, gémit Fimberry, allez-vous-en, s'il vous plaît.

— Serridge et Howlett sont dans la cave, dit Lydia d'un ton décidé. D'ici un instant, je vais aller les voir. Je vais dire à M. Serridge que je vous ai vu acheter des abats à Smithfield. Que je vous ai vu acheter des cœurs. Comprenez-vous ce que je veux dire, M. Fimberry ? Si nécessaire, je dirai aussi que je vous ai vu les mettre à la poste.

— Mais madame Langstone, je n'ai rien fait. Vous savez très bien que ce n'est pas vrai. Vous savez…

— Je me moque que ce soit vrai ou non, coupa Lydia, superbe de détermination. Le seul moyen de m'en empêcher est de me laisser vous emprunter les clés de la chapelle pendant cinq minutes.

— Je vous ai déjà expliqué.

— Et je vous ai expliqué ce qui arriverait si vous me les refusez. Vous n'êtes pas obligé de venir avec moi. »

Nipper flaira les chevilles de Fimberry. Fimberry recula, sans quitter Lydia des yeux.

« Oh, à propos, ajouta Lydia, se disant qu'il valait mieux passer pour un mouton que pour un agneau, je dirai aussi à M. Serridge que vous avez essayé de m'embrasser. »

Fimberry recula jusqu'au lit, s'assit et se prit la tête entre les mains. Un instant, elle éprouva une envie terrible de le consoler.

« Je vous en prie, madame Langstone, je vous en prie.

— Rien de cela n'est inéluctable, dit Lydia doucement. Pas si vous vous montrez raisonnable. Où sont les clés ?

— Dans le tiroir du haut. Sur la gauche. »

Elle savait qu'elle l'avait anéanti et elle en avait honte. Elle ouvrit le tiroir et prit les clés.

« Laquelle est laquelle ?

— La petite récente ouvre la porte de la rue donnant

sur le cloître. Les clés à barillet sont pour le magasin et la sacristie. »

Sa voix était étouffée car il se tenait toujours la tête entre les mains.

« Les autres, les grandes en fer, correspondent à l'ossuaire, la crypte et la chapelle elle-même. »

Lydia jeta un coup d'œil autour de la pièce. Son pardessus pendait au dos de la porte. Elle le prit et laissa tomber les clés dans la poche de gauche.

« Je vais accrocher votre pardessus dans le hall. Puis je prendrai les clés dans votre poche. Si on vous pose une question, vous serez au-dessus de tout soupçon. Il se trouve que vous avez laissé votre manteau dans le hall, avec les clés dans la poche. Quelqu'un est passé par là et les a prises. Mais ne craignez rien, tout va bien se passer. Personne ne va rien vous demander. »

Il leva le visage. Ses yeux étaient gonflés.

« Madame Langstone, tout va déjà mal. »

Nipper la suivit hors de la pièce et courut dans le hall en direction de la porte de la cave, en direction du bruit de pas dans l'escalier. Elle sortit les clés en hâte, les mit dans sa propre poche et suspendit le pardessus. La porte de l'autre côté du hall s'entrebâilla. Mme Renton regarda dehors.

« Encore ce sale chien, dit-elle à Lydia. J'aimerais bien qu'il ne le laisse pas entrer dans la maison. »

Elle referma la porte. Serridge apparut dans le hall, suivi par Howlett.

« Ah, madame Langstone. »

Un sourire qui se voulait paternel éclaira les traits grossiers de Serridge. « Avez-vous apprécié le meeting cet après-midi ? »

Elle le dévisagea. Il n'avait probablement pas remarqué qu'elle l'avait vu, et ignorait donc qu'elle savait qu'il avait envoyé Marcus et ses chemises noires se livrer à une expédition punitive pour son compte.

« Je l'ai trouvé très intéressant, merci, M. Serridge. Mais j'ai dû partir au milieu.

— En tout cas, madame, il y avait du monde, dit M. Howlett, en se penchant pour gratter Nipper. Remarquez, je ne sais pas à quoi tout ça sert. Le monde continue à tourner, quoi que nous fassions.

— Il y a de drôles de gaillards là-dedans, continua Serridge. J'espère que vous n'avez rien. »

Lydia acquiesça en leur décochant son sourire le plus angélique et les salua. Nipper voulut la suivre dehors. Elle lui referma la porte d'entrée au nez, se souvenant par la même occasion du petit chien que Rory avait vu sur la photographie d'Amy Narton nue à califourchon sur une bicyclette. C'était ça, la réalité, et pas ce vieux bonhomme gentil ressemblant à un Père Noël en civil : Serridge était un homme d'âge mûr qui aimait les jeunes filles vulnérables dans leur plus simple appareil, et s'attaquait à des vieilles filles argentées dénuées de tout bon sens.

Et si Nipper était le même chien, Howlett sait-il d'où il vient ? Sommes-nous tous des créatures de Serridge dans cette maison ? Ou ses victimes ?

Elle traversa Bleeding Heart Square en courant.

Marcus Langstone était seul, ce à quoi Rory ne s'attendait pas. Mais Langstone était prudent : il alluma la lumière, ouvrit la porte, puis recula.

Fisher et ses hommes étaient partis une vingtaine de minutes plus tôt. Langstone regarda Rory qui était appuyé contre le mur près de la table à l'extrémité de l'ossuaire. Rory avait l'estomac noué, mais il éprouvait une sorte de soulagement à l'idée de ne plus devoir attendre.

Langstone glissa un trousseau de clés dans sa poche. Une courte matraque de caoutchouc était entourée autour de son poignet droit, et se balançait comme le balancier d'une horloge. C'était un homme imposant, pensa Rory, à la fois grand et étonnamment large. Et son visage donnait à tort l'impression de quelqu'un d'incroyablement sain, avec son teint rose et blanc, ses cheveux blonds, ses yeux bleu layette.

La matraque se balançait d'avant en arrière. Langstone ne disait rien. Son attitude était parfaitement calculée. La peur qui avait envahi Rory avait fini par se transformer en quelque chose qui ressemblait à de la colère. L'homme se conduisait d'une façon tellement enfantine, comme le font les petits chefs dans les vestiaires de l'école ou la cour de récréation. Debout dans son uniforme, on aurait dit un scout sinistre dont le développement affectif et intellectuel se serait définitivement arrêté entre treize et quatorze ans.

« J'espère que vous êtes venu me délivrer, dit Rory. Et me présenter des excuses par la même occasion. »

Marcus leva un sourcil – un seul sourcil, comme le vilain du mélodrame. Il cogna la matraque contre la paume de sa main gauche.

« Quelle idée d'aller vous en prendre ainsi aux membres de l'assistance. Ça ne doit pas être très bon pour les affaires ?

— Vous ne faites pas partie de l'assistance. Vous êtes un sale petit journaliste doublé d'un menteur.

— Pour ce que vous en savez, je pourrais très bien être un sale petit journaliste favorable aux thèses fascistes. »

Langstone haussa les épaules. La chemise noire et le pantalon foncé flattaient sa silhouette, mais on distinguait nettement sa taille empâtée.

« Pour moi, tous les journalistes sont sales, dit-il. Ce n'est pas un travail particulièrement convenable, n'est-ce pas ? Mais vous seriez sale de toute façon. Et c'est la raison pour laquelle je vais vous donner une bonne leçon. »

Il s'avança lentement vers Rory.

« Je connais votre existence depuis longtemps. Vous habitez Bleeding Heart Square. Vous avez une chambre au rez-de-chaussée à gauche de la porte d'entrée.

— Vous vous trompez, dit Rory. Je...

— Inutile de mentir. Je vous y ai vu. Et il ajouta d'un air triomphant : Vous l'avez même admis devant mon collègue. »

Rory déglutit.

« Vous ne vous êtes pas contenté de m'épier, n'est-ce pas ? L'autre week-end... c'était vous ? »

Langstone sourit.

« Mes gens. Pas moi.

— Vos hommes de main bien dressés.

— Vous n'auriez pas pu vous relever si ça avait été moi.

— Et quelle explication allez-vous donner à ça ? Vous ne pouvez pas compter vous en tirer avec vos agissements.

— Pourquoi pas ? »

Marcus s'était arrêté à un mètre environ de Rory.

« Malheureusement, nous avons rencontré beaucoup de problèmes avec des agitateurs gauchistes pendant nos meetings. Communistes, Juifs, étrangers, des gens sans aucune moralité. Ils viennent avec toutes sortes d'armes pour semer la perturbation. Chaînes de bicyclette, coups-de-poing américains, couteaux – tout ce que vous pouvez imaginer.

— Alors que vous préférez les matraques en caoutchouc ?

— Mon mécanicien m'a conseillé d'en acheter une. Vous savez comment on les appelle, M. Wentwood ? L'ami de l'automobiliste.

— C'est une arme offensive.

— Défensive, s'il vous plaît. Nous devons faire face de notre mieux à cette terrible violence. Pour le salut du public, pour le salut de la démocratie. Nous les fascistes, nous prônons la liberté d'expression et la liberté de débattre. Nous ne pouvons pas laisser des gens comme vous les entraver. Ce ne serait pas juste, n'est-ce pas ? Et bien sûr, cela se termine par des blessures. Je suis en état de légitime défense, au cas où vous ne l'auriez pas remarqué, et des témoins viendront après le confirmer. Ils confirmeront également que vous étiez armé. »

Il sourit.

« En fait, j'anticipe : il n'y a pas de témoins pour l'instant. Vous pouvez donc hurler tout votre saoul.

— C'est le problème avec vous tous tant que vous êtes, dit Rory. Vous vous dites d'abord que la fin justifie les moyens. Et ensuite, vous ne vous souciez même plus de justifier quoi que ce soit. Vous faites exactement ce qui vous chante. »

Sur la fin de sa phrase débitée comme une salve d'arme à feu, Rory donna un coup de pied dans la rotule gauche de Marcus. Marcus poussa un cri et s'élança en avant, le visage déformé, en abaissant sa matraque. Rory fit un écart à gauche et la matraque l'atteignit violemment au bras droit, juste en dessous de l'épaule.

L'instant d'après, le poing gauche de Marcus s'abattait en plein milieu de son visage. Rejeté en arrière, Rory tomba contre la table, dont le coin s'enfonça dans la chair tendre entre ses côtes et sa cuisse. Marcus lui décocha alors des coups de botte, en visant l'entrejambe.

Rory essayait en vain de lui échapper. Le bout d'une botte cogna contre sa jambe avec un bruit sourd. La pierre froide lui râpait la joue comme du papier de verre. Il se recroquevilla et essaya de rouler sur le côté pour esquiver les coups de pied. Il se cogna contre un pied de la table. Sa bouche se remplit de liquide. Il cracha un fin jet rouge. Sa cheville gauche explosa alors de douleur, comme sous l'effet d'une décharge électrique. Il hurla et se tortilla pour s'enfoncer un peu plus sous la table, cherchant à tout prix à échapper aux coups. Il se réfugia dans le coin, dans l'angle du mur.

De la pierre des deux côtés. Tout cet acajou massif au-dessus. Il y eut un instant de calme, qui lui parut merveilleux.

La respiration de Langstone s'accéléra. La table trembla. Rory apercevait la porte du cloître à moitié ouverte entre les jambes de Langstone, épaisses et puissantes comme celles d'un éléphant. La table frotta sur le sol. Le salaud essayait de l'éloigner du mur. Rory pesa alors de tout son poids sur le pied de la table derrière lui.

On entendit un grognement. Puis le côté de la table proche de la porte commença à se soulever. Langstone était en train de la lever. Rory tâtonna dans l'espoir de trouver quelque chose.

Et il toucha effectivement quelque chose.

Quelque chose qui n'était ni en pierre ni en acajou. Il posa la main carrément dessus. C'était quelque chose de sec, d'anguleux et de dur, avec des bords extraordinairement déchiquetés, des arêtes, des trous et des protubérances. Avec un endroit presque droit qui ressemblait aux dents d'une scie.

Qui ressemblait à des dents.

Le crâne de Fimberry. La tête de la chèvre qui était arrivée par la poste à l'intention de M. Serridge, et que Fimberry, poussé par un curieux sens de la propriété, avait déposée dans l'ossuaire, l'endroit approprié pour les ossements.

La table se souleva et retomba sur le côté avec un bruit sourd qui parut ébranler les fondations de la chapelle. Rory en profita pour se redresser et s'élança sur Langstone comme un diable qui sort de sa boîte. Langstone recula, tout en brandissant la matraque.

Rory cogna le visage de Langstone avec le crâne de la chèvre. Les pointes des cornes s'enfoncèrent dans ses orbites, entamant le tissu sensible, jusqu'à l'os.

Langstone se mit à hurler. Il chancela en arrière, en se couvrant le visage des mains. Rory enroula sa main droite autour d'une des cornes, leva une nouvelle fois le crâne, et l'abattit en faisant un moulinet. L'autre corne se cassa net sur son point d'impact. Des morceaux d'os entamèrent la peau des joues de Marcus, déchirant la chair en dessous. Quelque chose frappa les pavés, comme une rafale de neige fondue.

Des dents de chèvre ?

Rory se précipita vers la porte. Il n'y avait personne dans le cloître. La lumière était allumée et les fenêtres ressemblaient à des miroirs noirs. Il trébucha sur le sol irrégulier, la jambe gauche envahie par une douleur lancinante montant de la cheville. Langstone l'avait frappé avec la matraque. Il n'était encore qu'à mi-chemin du cloître quand il entendit des pas, des talons de botte résonnant sur les pierres.

Il regarda en arrière. Le visage de Langstone n'était plus qu'une vague tache de sang, avec un seul œil et des dents blanches éclairant sporadiquement le tout. Rory continua à avancer en titubant.

Un rire retentit derrière lui.

« C'est fermé », dit Langstone.

Rory regarda une nouvelle fois par-dessus son épaule. Langstone balançait la matraque, respirant bruyamment avec des grondements cadencés, le sang ruisselant sur son visage et produisant de la mousse sous ses narines.

Il entendit un autre bruit : c'était du métal frottant contre du métal, une clé tournant dans une serrure.

La porte donnant sur le monde extérieur s'ouvrit brusquement. Un courant d'air frais s'engouffra dans le cloître. Lydia Langstone se tenait dans l'embrasure de la porte. Ses yeux s'écarquillèrent quand elle le vit.

Rory la regardait bouche bée.

« Courez, chuchota-t-il. Courez. »

Elle s'approcha de lui, tendit la main et attrapa sa cravate. Elle la tira d'un coup sec comme si c'était une laisse, et lui un chien rétif. Il plongea à travers la porte et s'étala de tous ses membres tuméfiés dans l'avant-cour. Il tenait toujours les restes du crâne de chèvre.

Dans le lointain, il entendit le bruit d'une clé tournant dans la serrure de la porte.

Pour la seconde fois cet après-midi-là, Lydia déverrouilla en toute hâte la porte du 48 Rosington Place et l'ouvrit. Elle récupéra Rory, qui se cramponnait à la rambarde à côté de la porte en chancelant, et le tira dans le hall. Elle referma la porte et remit les deux verrous en place. Puis elle se retourna pour l'examiner.

Il s'était appuyé contre le mur ; les yeux fermés, il respirait rapidement et bruyamment par la bouche. Il avait la lèvre fendue, et une ou deux dents en moins probablement. Du sang coulait sur son menton, avec des gouttes qui séchaient sur sa cravate, son col et sa chemise. Juste au-dessous de l'œil gauche, la joue était d'un rouge inquiétant. Elle se demanda où étaient passés son imperméable et sa casquette.

Lydia s'accroupit et ouvrit le volet de la boîte à lettres. Il n'y avait personne dans son champ de vision. Le peu de lumière qui restait lui permettait de voir que les clés de Fimberry étaient là où elle les avait laissées, dans la serrure de la porte menant au cloître, empêchant Marcus de déverrouiller la porte de l'intérieur. Marcus devrait trouver un autre moyen de sortir, ou de donner l'alarme d'une façon ou d'une autre – bien que, dans ce cas, il risquât de s'exposer à des questions embarrassantes.

« Il y a des toilettes avec un lavabo à l'extrémité du hall », dit Lydia.

Il essaya de prendre appui sur sa jambe gauche et grimaça.

« La cheville », dit-il.

Elle s'agenouilla devant lui et roula le revers de son pantalon. Il poussa un grognement quand elle descendit la chaussette et explora sa cheville. Elle souleva la jambe et fit bouger le pied d'avant en arrière et de droite à gauche.

« Ce doit être une entorse ou une simple contusion, dit-elle, en espérant ne pas se tromper. Vous allez devoir vous appuyer sur moi, et sautiller si nécessaire.

— C'est la deuxième fois, murmura-t-il.

— Quoi ? »

Tout en parlant, elle s'aperçut qu'il s'efforçait de sourire. « C'est la deuxième fois que vous faites ça. »

La deuxième fois qu'elle venait à son secours ?

Elle sourit.

« Cela ne doit pas devenir une habitude.

— Je ne sais pas. »

Il s'arrêta, en rassemblant ses forces.

« Vous vous y entendez plutôt bien. »

Avec son aide, il sautilla jusqu'au bout du hall, avant de s'arrêter au pilastre en bas de l'escalier pour reprendre son souffle. Elle était étonnée de la façon dont son bras commençait à peser sur ses épaules, et par le vacarme qu'ils faisaient dans la maison silencieuse. Il sentait le tabac et vaguement l'antimite, comme si ses vêtements étaient restés trop longtemps enfermés dans un placard, comme c'était peut-être le cas. Le tweed de sa veste sport était rêche au toucher et raide : pas du sur-mesure.

Ils se remirent à avancer en crabe, son bras toujours passé autour de ses épaules.

« Ça va ? demanda-t-il, la voix beaucoup plus claire maintenant.

— C'est de vous que je m'inquiète.

— Je ne voulais pas…

— Gardez votre souffle. »

Rory faiblissait à vue d'œil. Pas à pas, ils réussirent

à arriver au bout du hall. Lydia donna un coup de pied dans la porte des toilettes. Elle le fit entrer, baissa le couvercle de la cuvette et l'assit. Sa respiration commençait à s'apaiser. Elle brancha le chauffe-eau et remplit le lavabo d'eau chaude. Il y avait deux gants de toilette humides sur le porte-serviettes. Elle en prit un pour lui laver le visage. L'eau dans la cuvette devint d'un rose de plus en plus sombre. Il gardait les yeux fermés, et elle examina les veines bleues sur les paupières. Elle réalisait brusquement que c'était la première fois de sa vie qu'elle lavait quelqu'un d'autre.

« Comment va votre bouche ? » demanda-t-elle.

Les yeux clignèrent pour s'ouvrir.

« Un vrai champ de bataille.

— Avez-vous perdu des dents ?

— Je ne crois pas. »

Il passa sa langue à l'intérieur de sa bouche.

« J'en ai une de cassée.

— Vous allez avoir des bleus sur le visage. Je ne sais pas exactement quoi faire pour la cheville. Si c'est une foulure, nous ôtons la chaussure, bandons la cheville et maintenons la jambe en l'air sur un tabouret ou autre chose. Le problème est…

— Nous n'avons ni bande ni tabouret, dit-il. Et si je retire la chaussure, je ne suis pas certain de pouvoir la remettre. Où sommes-nous ? Est-ce ici que vous travaillez ?

— Shires et Trimble sont deux étages au-dessus. Je pense que je vais devoir aller chercher de l'aide. Vous ne pouvez pas marcher pour sortir d'ici. Il vous faut un taxi. Mais il n'est pas question que vous sortiez tant que Marcus risque d'être dans les parages. »

Il acquiesça.

« Et je ferais mieux de ne pas retourner à l'appartement.

— Les autres allaient à Mecklenbourg Square.

— Je sais », dit-il d'un air absent.

Puis il la regarda sévèrement.

« Mais vous étiez avec eux, n'est-ce pas – avec Fenella et Dawlish ? Et ce vieux qui s'est levé et s'est mis à crier.

— M. Goldman. Il est bijoutier dans Hatton Garden.

— Qu'est-il arrivé ?

— Nous nous sommes cachés ici. Les hommes de main ont cru que nous avions eu le temps de nous enfuir. »

Elle ne mentionna pas Serridge, ni la façon dont Howlett et lui avaient menti pour les sauver. C'était un évènement étrange qui demandait réflexion.

« Je crois qu'ils avaient l'intention de s'en prendre à moi depuis le début, dit Rory. Dès que la bagarre a commencé au fond de la salle, deux d'entre eux ont foncé tout droit sur moi depuis les premiers rangs.

— Je le craignais. »

Il leva les yeux vers elle, le regard brillant.

« C'est pour cela que vous êtes venue ? Pour m'avertir ?

— Ma sœur m'avait prévenue que Marcus vous cherchait.

— Je croyais que vous vouliez éviter votre mari. »

Elle essaya de surmonter sa gêne. Rory examinait ses articulations éraflées ; peut-être était-il embarrassé lui aussi. Ils restèrent silencieux quelques instants.

Enfin, il releva la tête.

« Merci. Il avait également organisé l'agression devant la maison l'autre nuit. »

Il hésita.

« Une erreur sur la personne.

— Je ne comprends pas.

— J'ai compris d'après quelque chose que votre mari a laissé échapper qu'il était persuadé que je vous… harcelais. Il m'a pris pour Fimberry.

— Pauvre M. Fimberry, dit Lydia machinalement. Mais pourquoi ?

— Il a dû me voir dans la chambre de Fimberry quand j'aidais Mme Renton pour les rideaux. Il a toujours été ainsi ? Aussi… aussi possessif ?

— Oui. »

Lydia revit le visage surpris et ensanglanté du subalterne amoureux au bal de la chasse, et le sourire narquois de Marcus quand il avait jeté le garçon dehors devant Lydia et les domestiques.

« L'autre raison pour laquelle je voulais vous voir était la machine à écrire », ajouta-t-elle, soucieuse de changer de sujet de conversation au plus vite.

Elle parlait trop vite et il parut perplexe.

« C'est pour cela que j'ai la clé de cette maison. Il y a un placard sur le palier en haut à l'extérieur de notre bureau avec une vieille machine à écrire à l'intérieur. Si vous en aviez eu besoin pour votre article pendant le week-end, j'ai pensé que vous auriez pu l'utiliser. Je sais où ils mettent la clé. »

Rory la dévisageait comme s'il la voyait pour la première fois.

« Vous êtes très gentille, dit-il lentement. Merci. Mais écoutez – il y a quelque chose que je dois vous dire. Je m'inquiète à propos de votre mari. Il m'a agressé avec une matraque.

— Vous êtes en sécurité ici.

— Non, je m'inquiète à son sujet. J'ai dû me défendre comme j'ai pu. Je me suis servi d'un crâne de chèvre comme arme. Où est-il passé ?

— À ce que je sais, il est toujours devant la chapelle. Vous l'avez laissé tomber. Vous l'avez vraiment attaqué avec ?

— Je le lui ai enfoncé dans le visage. Il se peut que je lui aie crevé un œil. Peut-être les deux.

— Il ne paraissait pas tellement atteint, dit Lydia. À en juger par la façon dont il vous poursuivait.

— Je ne me suis jamais attaqué à personne comme je l'ai fait là. Comprenez-vous ce que je veux dire ? J'ai eu l'impression de me mettre à leur niveau. Je… je ne me sentais plus tout à fait humain. »

Lydia se mordit les lèvres pour ne pas lui avouer que Marcus lui avait souvent fait cet effet à elle aussi.

« Si cela peut vous consoler, je doute que Marcus se soucie des dommages qu'il vous a infligés. Marcus a toujours raison. C'est le premier article de son code personnel. »

Il la dévisageait toujours.

« Vous êtes un drôle de mélange.

— Vous me trouvez amère, dit-elle. Je sais que ce n'est pas très flatteur, mais croyez-moi, c'est la conséquence d'avoir vécu avec Marcus. »

À cet instant, elle s'aperçut que c'était une conversation bien étrange à avoir avec un homme comme Rory Wentwood. Mais cela lui était égal maintenant, elle ne se souciait plus de ce genre de chose. Elle avait gagné le droit de dire ce qu'elle pensait. Elle pouvait au moins remercier Marcus pour ça.

Elle se détourna de Rory et examina son visage dans le miroir au-dessus du lavabo. Après les événements de ces dernières heures, elle était surprise de se trouver un air aussi convenable. Un soupçon trop pâle et négligée, mais parfaitement présentable.

« Je ferais mieux d'y aller, dit-elle à haute voix, pour rassurer M. Dawlish et Miss Kensley. Quel est le numéro de la maison à Mecklenbourg Square ?

— Cinquante-trois. Vous devrez probablement descendre jusqu'à la porte du sous-sol. »

C'était un soulagement de pouvoir revenir à des choses pratiques. Lydia recommanda à Rory de ne pas laisser voir de lumière. Elle lui donna une cigarette et le laissa en train de fumer tristement dans les toilettes.

Devant la porte d'entrée, elle s'agenouilla pour regarder par la boîte à lettres. Le lampadaire de l'autre côté de la rue était déjà allumé. Le globe doré sale autour de l'ampoule était strié de pluie, et la chaussée luisait d'humidité. Il n'y avait personne aux alentours.

Elle se glissa hors de la maison, et courut à la porte à guichet et dans Bleeding Heart Square. En chemin, une flaque la prit au dépourvu, lui trempant les chaussures jusqu'aux chevilles. Dans le square, elle vit de la lumière aux fenêtres du salon de son père, et à celles des deux pièces au rez-de-chaussée – Mme Renton et M. Fimberry. Pendant qu'elle approchait de la porte du numéro sept, le rideau de Mme Renton remua.

En haut, la porte du salon était entrouverte, et elle entendit la voix de son père. Il avait un visiteur. *Marcus ?* Elle traversa le palier avec précaution et entra dans sa chambre, où elle ouvrit la penderie aussi doucement que possible. Elle changea de bas et de chaussures, prit son parapluie et retourna sur la pointe des pieds vers l'escalier.

La porte du salon s'ouvrit.

« Lydia, ma chérie, dit le capitaine Ingleby-Lewis. Il y a quelqu'un d'autre pour toi. Quelle journée, n'est-ce pas ? »

La cordialité qu'elle perçut dans sa voix la rendit aussitôt méfiante.

Marcus ? Je vous en prie, mon Dieu, pas maintenant, plus jamais. La diction de son père était plus distincte qu'elle ne l'était généralement à cette heure de la journée, ce qui indiquait qu'il n'avait pas bu autant que d'habitude.

« Mme Alforde est passée. Viens. »

À contrecœur, elle se laissa attirer dans la pièce. Mme Alforde était assise dans le fauteuil près du feu, très droite, guindée et respectable, toujours coiffée de son chapeau.

« Vous voilà enfin. »

Elle lui tendit la joue, l'invitant à un baiser respectueux.

« Et comment allez-vous ? »

Lydia dit qu'elle allait très bien, mais que malheureusement elle devait sortir pour une course urgente. Tout en parlant, elle se souvint de la lettre arrivée le matin pour son père. Voilà pourquoi l'enveloppe et l'écriture lui avaient paru familières : la lettre venait de Mme Alforde. En d'autres termes, sa visite n'avait rien de fortuit ; elle avait pris rendez-vous. Mais pour quelle raison Mme Alforde était-elle en contact avec son père ?

« Asseyez-vous, ma chère, dit Mme Alforde d'une voix ferme, comme si elle s'adressait à un retriever récalcitrant. Je sais que vous êtes pressée, mais j'en ai pour un instant.

— Je ne peux pas rester longtemps. »

Trop d'éléments étranges commençaient à s'accumuler : la lettre à son père, la joue offerte pour un baiser, la conduite distraite de Mme Alforde, inamicale même, lors du trajet de retour de Rawling l'autre après-midi.

« Le capitaine Ingleby-Lewis s'inquiète beaucoup, dit Mme Alforde d'un ton serein. Il est venu me voir cet après-midi et nous avons réfléchi ensemble.

— Voilà, ma chère fille, commença Ingleby-Lewis, en caressant le bras de Lydia, nous devons réfléchir à ce qui est juste et convenable, n'est-ce pas ? La réputation d'une femme n'a pas de prix. »

Mme Alforde lui jeta un coup d'œil pour le faire taire.

« Le fait est, ma chère, que le capitaine s'inquiète beaucoup de votre installation ici. Il estime très justement que ce n'est pas un environnement convenable pour une dame.

— Je ne retournerai pas auprès de Marcus, dit Lydia. Mon notaire doit se mettre en rapport avec lui lundi pour entamer une procédure de divorce. »

Mme Alforde ouvrit grands les yeux.

« Ne vous emballez pas. Ni le capitaine Ingleby-Lewis ni moi-même ne prétendons que vous devriez retourner auprès de votre mari, même si une telle éventualité n'est peut-être pas à écarter à long terme, vous-même pensiez que…

— Si je suis bien certaine d'une chose, coupa Lydia, c'est que jamais je ne retournerai auprès de Marcus. Jamais. Je croyais avoir été claire. Et avoir expliqué pourquoi. »

Elle fixa Mme Alforde jusqu'à ce que la vieille dame détourne les yeux.

« Il a pourtant l'air d'un type sympathique, dit son

père. Évidemment, je ne suis pas marié avec lui, je suppose donc que je n'ai pas voix au chapitre. »

Il sourit à Lydia en la regardant d'un air approbateur.

« Tu dois faire comme il te plaît. J'aime les femmes qui mènent leur propre barque.

— William, dit Mme Alforde doucement mais avec une très nette menace dans la voix. Me laisseriez-vous terminer, comme nous en avions discuté ?

— Bien sûr. J'ai toujours du mal à tenir ma langue.

— Nous sommes tombés d'accord qu'il est hors de question que vous viviez ici, continua Mme Alforde, accentuant le "nous" pour donner à son discours une touche de majesté. Mais nous acceptons le fait que vous ne vouliez pas retourner auprès de votre mari. Il existe toutefois une solution simple. Vous devez venir habiter avec Gerry et moi pendant que se déroule cette ennuyeuse procédure. Nous disposons d'une chambre supplémentaire très agréable dans l'appartement. Ce serait tellement plus… plus confortable pour vous. Ce n'est pas comme si nous étions des étrangers. Après tout, Gerry est votre parrain, et une sorte de cousin aussi, si bien que cela reste tout à fait convenable.

— Mais je vis avec mon père, dit Lydia. C'est certainement encore plus convenable. »

Mme Alforde regarda le capitaine Ingleby-Lewis, qui se redressa brusquement, comme si elle lui avait enfoncé un bâton dans les côtes.

« Ma chère Lydia, Hermione – madame Alforde – a parfaitement raison, je le crains. J'aime beaucoup t'avoir ici, mais ce n'est pas vraiment idéal pour nous deux. »

Il passa le doigt dans son col.

« Je suis désolé, ma chérie – c'est décidé : il faut que tu partes. »

Lydia se leva.

« Que faites-vous ? demanda Mme Alforde.

— Je sors, dit Lydia. Je ne sais pas quand je reviendrai. »

24

Vous savez maintenant quelle vie menait Philippa Penhow. Vous savez maintenant le prix qu'elle avait à payer.

Mercredi 23 avril 1930

Anniversaire de Shakespeare. J'étais tout à fait certaine qu'aujourd'hui serait le bon jour. Pourtant me voici, assise sur un tronc d'arbre tombé dans le sentier au bas de la prairie.

En train d'écrire et de pleurer. En plus, il pleut.

Ce matin, j'ai confié à Joseph une jupe pour qu'il la donne à arranger à Mme Renton la prochaine fois qu'il irait en ville, afin qu'il pense que tout était normal. Mais à ce moment-là, un télégramme est arrivé pour lui, et il est sorti sans prendre la jupe, disant qu'il ne savait pas quand il rentrerait Le déjeuner était en retard, et Amy servit du pain et du fromage alors que j'avais commandé des côtelettes d'agneau et que j'étais certaine d'avoir senti l'odeur de la viande grillée. Amy a dit que le maître les avait mangées hier soir. JE SAIS qu'elle ment.

Après le déjeuner, elle a transporté le miroir de la

chambre d'invité en haut de l'escalier du grenier. Quand je lui ai demandé ce qu'elle faisait, elle a dit que le maître lui avait dit de le prendre. Je sais ce qu'elle manigance. Elle veut essayer la parure qu'il lui a donnée, se pavaner devant le miroir et s'admirer.

J'étais tellement en colère que je n'ai pas voulu l'affronter. J'ai mis mon chapeau et mon manteau, pris mon porte-monnaie dans ma poche et suis partie sans réfléchir. Je suis descendue jusqu'à la grange pour prendre ce journal. J'ai traversé la prairie malgré la boue et suis partie sur le sentier en direction de Mavering. Je sais que le sentier y mène – je me souviens avoir entendu Rebecca le dire.

Mais il s'est mis à pleuvoir, une de ces violentes averses d'avril. J'ai une vilaine ampoule au pied gauche. Je m'abrite en ce moment sous un arbre. J'ai sorti mon porte-monnaie pour compter mon argent. Je sais que j'avais trente shillings en billets ainsi que de la petite monnaie.

Mais les billets et les pièces en argent ont disparu. Il ne reste qu'une poignée de pièces en cuivre – certainement pas assez pour le billet de train. Cette méchante, méchante fille a chapardé mon argent, je vais devoir...

Vous refermez le cahier. Vous n'avez pas envie de tourner la page.

*

* *

Les toilettes n'étaient pas entièrement obscures car la cour entre le numéro quarante-huit et la maison contiguë était éclairée. Rory avait trouvé un morceau de crayon dans sa poche de veste et quelques enveloppes froissées dans son portefeuille. Il déchira une enveloppe et l'appuya contre le rebord de la fenêtre. Une lumière diffuse traversait le verre embué. Il avait du mal à lire ce qu'il écrivait.

Non que cela ait eu la moindre importance. Il griffonnait de plus en plus vite. Il ne pensait plus à écrire pour le *Berkeley*. Il ne pensait plus aux rédacteurs en chef, ni aux lecteurs, ni à ses espoirs de collaborations. Seule comptait l'urgence d'aligner les mots sur le papier.

J'ai travaillé pendant cinq ans en Inde, et à mon retour, j'ai retrouvé un paysage politique inconnu. En me rendant à un meeting restreint de l'Union britannique des fascistes samedi après-midi, je n'avais pas tellement d'idées préconçues ni aucune thèse politique à défendre. En quittant le meeting moins d'une heure plus tard, traîné dehors par deux chemises noires, les arguments contre le fascisme commençaient à m'apparaître clairement. Après que les chemises noires m'eurent enfermé, après qu'ils m'eurent battu et menacé de rétorsion en prétendant que j'étais un agitateur armé, la force de ces arguments était devenue irrépréssible. Je devrais être reconnaissant à l'Union britannique des fascistes. Je ne connais peut-être pas grand-chose à la politique actuelle en Grande-Bretagne, mais je suis maintenant capable d'affirmer, sans la moindre hésitation et avec une certitude absolue, que je suis un anti-fasciste.

Sir Rex Fisher, le directeur adjoint pour la politique économique de l'Union britannique, était le principal orateur. Son intention était de...

Une clé tourna dans la porte d'entrée. Des voix résonnèrent dans le hall. Rory enfouit les enveloppes dans sa poche et se leva, reposant de tout son poids sur un seul pied comme un héron. Quand les lumières du hall s'allumèrent, il pensa aussitôt que ce devait être les sbires ou le gardien. Mais il entendit Lydia l'appeler et il se détendit.

Elle était là avec Julian Dawlish et un chauffeur de taxi. Ce dernier, un homme minuscule avec un antique chapeau melon vissé sur la tête, considéra Rory d'un œil averti.

« Vous avez fait la guerre, à ce que je vois ? dit-il.

— Dépêchez-vous, dit Lydia. Howlett risque de voir la lumière. »

Le chauffeur et Dawlish aidèrent Rory à traverser le hall et gagner l'arrière du taxi stationné dans Rosington Place. Lydia et Dawlish se tassèrent à côté de lui. Le ciel avait pris ce léger éclat irréel propre au crépuscule londonien. La pluie tombait sans discontinuer.

Dawlish regarda par la vitre en direction de la chapelle.

« Il y a quelqu'un là-bas.

— Ce n'est rien, c'est M. Fimberry. »

Lydia s'agitait sur son siège.

Dawlish tapa du poing sur la paroi de séparation.

« Continuez, dit-il au chauffeur en articulant bien pour qu'il comprenne.

— Il ramasse quelque chose », dit Lydia, intriguée.

Tandis que le taxi s'éloignait du trottoir, Rory regarda par la vitre la silhouette désolée de Malcolm Fimberry dans l'avant-cour de la chapelle.

« Au moins, il aura sauvé quelque chose de ce carnage.

— Qu'est-ce que c'est ? » demanda Dawlish.

Rory ne quittait pas Fimberry des yeux, nu-tête sous la pluie. Il berçait quelque chose.

« C'est un crâne, dit Rory. Ou ce qu'il en reste. »

Fenella les attendait à Mecklenbourg Square. Tous les quatre, ils s'installèrent dans la pièce de devant du sous-sol pour boire un thé bien fort et sucré agrémenté de whisky.

« Je suis désolé, Wentwood, dit Dawlish. Je ne me doutais pas de ça. Je pensais qu'ils ignoraient complètement qui vous étiez.

— Quelqu'un a commis une erreur, dit Rory. Ce n'est la faute de personne.

— Au contraire, dit Lydia. C'est mon mari qui a commis l'erreur, et c'est également lui qui a commis la faute. Avec le soutien total de cette épouvantable organisation à laquelle il appartient. On se demande vraiment s'ils savent à quoi ils jouent. »

Personne ne répondit.

Rory alluma une cigarette. Fumer était douloureux à cause de ses lèvres enflées et fendues.

« Y a-t-il une machine à écrire que je puisse utiliser ?

— Je peux vous en prêter une, dit Dawlish.

— Serridge a saccagé la mienne, expliqua Rory. À propos, il veut que j'aie quitté l'appartement lundi.

— Pourquoi ? demanda Fenella.

— Il me prend pour un espion. »

Il la regarda, curieux de sa réaction.

« Il pense que j'ai fouiné un peu partout pour me renseigner au sujet de Miss Penhow. »

Dawlish fronça les sourcils.

« Qui sont ces gens ?

— C'est une longue histoire. »

Rory tapota sa poche de veste.

« J'ai commencé l'article pendant que Lydia allait vous chercher. »

Il l'avait appelée par son prénom par mégarde, et il nota que Fenella l'avait remarqué. Cela lui était égal. Le whisky commençait à faire son effet sur lui, d'autant plus rapidement compte tenu de la fatigue et du choc subi. La tête lui tournait, et il se sentait investi d'une toute-puissance indiscutable.

« Je crains que le ton n'en soit assez personnel. En fait c'est un long cri d'indignation.

— Où irez-vous en quittant votre appartement ? demanda Dawlish.

— Je n'en sais rien.

— Vous pourriez rester ici une semaine ou deux. Le temps de trouver une solution. »

Fenella retint son souffle et ne dit rien.

Rory la regarda.

« C'est très gentil mais je ne peux vraiment pas…

— Pourquoi pas ? Nous disposons de tellement d'espace ici. Les combles n'ont pas dû être utilisés depuis des générations.

— Que dira le propriétaire ? dit Fenella. Ne devrions-nous pas le lui demander d'abord ? »

Dawlish enleva de la cendre de son pantalon en velours côtelé. Il avait perdu ses lunettes pendant la bagarre dans la crypte, ce qui lui donnait un air nu et fragile.

« En fait, c'est moi le propriétaire. »

Rory eut subitement la vision idyllique d'un monde où la richesse permettait tout : où vous aviez des maisons à votre disposition, des chauffeurs de taxi serviables, et des bouteilles de whisky pour recevoir vos amis. Dans son état de semi-ébriété, il se sentait prêt à jalouser Dawlish. Celui-ci était de l'autre côté de la pièce et regardait Fenella, et l'espace d'un instant, il parut tellement vulnérable et malheureux que Rory cessa d'éprouver la moindre jalousie.

« Justement, dit-il, autant pour changer de sujet que pour obtenir une réponse, je me demande si vous accepteriez de lire mon brouillon une fois terminé – histoire de m'assurer que je ne suis pas complètement à côté de la plaque.

— Évidemment, dit Dawlish. Mais je ne m'inquiéterais pas trop. Vous y étiez. Cela marchera à cause de ça. »

Il agitait la main avec sa chope de thé au whisky ; Rory s'aperçut que Dawlish n'allait pas tarder à être saoul.

« Le récit d'un témoin. Le cachet de l'authenticité. Ça ne peut pas s'inventer. »

Il y eut un moment de silence. Fenella s'agita, comme si elle allait dire quelque chose. Mais ce fut Lydia qui prit la parole la première.

« Oui, bien sûr, dit-elle lentement.

— Bien sûr, quoi ? » demanda Fenella d'un ton acerbe.

Lydia lui sourit.

« Le cachet de l'authenticité. Comme M. Dawlish l'a dit, on ne peut pas l'inventer. Si vous n'y voyez pas d'inconvénient, j'aimerais bien rentrer chez moi maintenant. »

Dawlish proposa d'aller chercher un taxi. Lydia dit qu'elle préférait marcher. Dawlish lui fit remarquer qu'il pleuvait toujours et renouvela sa proposition ; puis, comprenant que Lydia voulait économiser de l'argent, il se souvint que la Lagonda de son frère était garée derrière, et qu'il avait promis à son frère de faire tourner le moteur au moins une fois par jour ; cela lui rendrait finalement service que Lydia accepte qu'il la reconduise à Bleedind Heart Square. Une fois là-bas, il pourrait prendre tout ce dont Rory aurait besoin pour la nuit.

Pendant que Dawlish s'approchait de la voiture, Fenella et Lydia se rendirent dans le petit vestibule où les manteaux étaient accrochés. Rory observa les deux femmes par la porte ouverte. Son thé avait été remplacé par un verre de whisky. Il se sentait en paix avec le monde, et cette sensation était d'autant plus agréable qu'il la savait parfaitement éphémère.

Un coup de klaxon retentit à l'extérieur. Lydia attacha la ceinture de son manteau et agita la main en direction de Rory. Fenella retourna au salon, et elle prit une cigarette dans l'étui de Dawlish sur la cheminée. Son humeur avait changé une nouvelle fois, pensa-t-il – ses yeux brillaient d'excitation.

« Y verrais-tu un inconvénient ? demanda Rory.

— À quoi ?

— Au fait que je reste ici quelque temps. »

Elle lui décocha un sourire radieux.

« Bien sûr que non, idiot. De toute façon, cette maison ne m'appartient pas. Même si j'emménage pendant que tu es là, tu seras dans les combles et moi ici en bas. Nous nous verrons probablement à peine. »

Elle se détourna et fit tomber la cendre de sa cigarette.

« Bien que j'espère évidemment te voir », ajouta-t-elle doucement en achevant de le perturber.

Du seuil du numéro sept, Lydia regardait les feux arrière de la Lagonda disparaître dans le passage étroit entre Bleeding Heart Square et Charleston Street. Le Crozier était bondé comme tous les samedis soir. Le capitaine Ingleby-Lewis devait être au bar.

Elle referma la porte. Après un instant d'hésitation, elle frappa chez M. Fimberry.

« Qui est-ce ?

— Madame Langstone. »

On n'entendait rien dans la pièce, mais elle le sentait là, tout près, en train d'écouter.

« M. Fimberry, je suis venue m'excuser. »

Elle haussa légèrement le ton.

« Ne voulez-vous pas ouvrir la porte pour que je puisse vous le dire en face ?

— Non, dit-il.

— Je suis désolée pour les clés, dit Lydia, se sentant stupide de parler à une porte. C'était urgent, sinon je ne l'aurais pas fait. Un fasciste était en train de s'en prendre à M. Wentwood. »

Fimberry grommela.

« Pour moi, c'était plutôt l'inverse. J'ai vu le pauvre type qu'il a attaqué. Wentwood est un fou.

— Avez-vous pu récupérer vos clés ?

— Oui.

— Et le crâne ?

— Oui. Une corne était cassée, et la plupart des dents parties.

— J'en suis désolée. Est-ce que tout est rentré dans l'ordre maintenant ?

— Bien sûr que non. »

Fimberry devenait véhément.

« Comment est-ce possible ? C'est un monde terrible. Tout ce sang. Toute cette méchanceté. »

Il hurlait presque maintenant.

« S'il vous plaît, allez-vous-en, madame Langstone.

— Peut-être pourrons-nous parler demain matin », proposa Lydia.

Elle attendit un moment mais la réponse ne vint pas. Elle souhaita bonne nuit à la porte.

S'apprêtant à monter, elle s'aperçut qu'elle n'était pas seule dans le hall. Mme Renton se tenait sur le seuil de sa porte. Elle pouvait fort bien avoir entendu la conversation.

« M. Serridge dit que M. Wentwood déménage, dit Mme Renton en marmonnant parce qu'elle avait enlevé son dentier.

— Lundi, je crois. »

Les petits yeux la scrutaient.

« Il n'a pas fait long feu.

— Non, reconnut Lydia. À propos, y a-t-il eu d'autres paquets pour M. Serridge récemment ?

— Pas que je sache.

— Je me posais des questions, voyez-vous, continua Lydia. Pensez-vous que les cœurs et le crâne venaient de la même personne ?

— On pourrait le croire, non ?

— Oui, dit Lydia. Effectivement. Mais le faut-il obligatoirement ?

— Qu'allez-vous faire avec la jupe de Miss Penhow ?

— Je vais en faire un paquet et l'envoyer à Miss Kensley. Sa nièce. »

Elle sourit à Mme Renton et monta. Une fois dans le salon, elle alluma le feu et tira les rideaux. Elle avait l'impression de s'être montrée particulièrement stupide.

Elle alla dans la chambre à coucher et sortit la jupe ainsi que deux feuilles de papier d'emballage, l'un pour l'intérieur du paquet, l'autre pour l'extérieur. Elle prit la plus claire des deux, celle pour l'emballage extérieur, et se rendit dans la cuisine. Il y avait une autre feuille de papier d'emballage dans le tiroir. La couleur des deux feuilles correspondait. Dans le salon, elle déplia les deux feuilles et les plaça côte à côte sur la table. Chacune avait trois bords réguliers, et un quatrième irrégulier qui avait l'air d'avoir été coupé en hâte avec une paire de ciseaux émoussés. Elle aligna les deux bords irréguliers. Ils correspondaient parfaitement.

Le récit d'un témoin. Le cachet d'authenticité. Ce n'est pas quelque chose qu'on peut imiter.

La clé du mystère n'était pas loin. Seulement elle ne voulait pas être celle qui la découvrirait. Elle avait déjà assez de problèmes comme ça.

Il était près de minuit quand elle entendit le capitaine Ingleby-Lewis monter l'escalier. Pendant qu'elle attendait, elle s'était replongée dans Virginia Woolf et *Une chambre à soi*. Mme Woolf gagnait à être connue.

Son père entra dans la chambre et jeta son chapeau sur la table. Le couvre-chef glissa jusqu'au bord et tomba par terre.

« Salut, ma fille, dit-il en bâillant. Je te croyais au lit à cette heure.

— Je vous attendais.

— Il ne fallait pas. »

Il lui sourit.

« Alors bonsoir. Je vais aller me coucher.

— J'aimerais vous parler. »

Son père, qui ne semblait pas avoir oublié la tension de leur dernier entretien, se dirigeait déjà vers la porte.

« Attendons plutôt demain. Nous serons plus frais.

— Ce ne sera pas long, dit Lydia. Prenez une cigarette. »

Machinalement, il changea de direction et avança vers le paquet qu'elle lui tendait : ses réactions étaient toutes pavloviennes quand il était question d'alcool ou de tabac. Il prit la cigarette. Elle gratta une allumette. Il grogna en inclinant péniblement sa tête vers la flamme. La cigarette allumée, il s'affala dans le sofa.

« Allez-vous vraiment me mettre à la porte, Père ? »

Il la regarda d'un air de reproche.

« Tu sais bien qu'il ne s'agit pas de ça, ma chérie.

— Ça y ressemble. Pourquoi ne pas continuer comme maintenant ? Je vais divorcer de Marcus, et ensuite je disposerai de davantage d'argent. Tout sera beaucoup plus simple.

— Langstone risque de ne pas te faciliter les choses. À mon avis, il semble très désireux de rester marié avec toi. »

Le capitaine était ivre, mais pas trop.

« Évidemment, c'est très compréhensible, ajouta-t-il courtoisement.

— Le notaire paraît penser que je devrais pouvoir obtenir un accord raisonnable. Avec suffisamment pour vivre.

— Qui as-tu ?

— M. Shires.

— Serridge s'en est occupé pour toi ?

— Non, je l'ai fait moi-même. »

Sans quitter son père des yeux, Lydia se demanda néanmoins si c'était vraiment le cas. Elle se souvenait de la prudence de Shires au début, quand elle avait mentionné le divorce, et comment, quelques heures plus tard, il était devenu beaucoup plus coopératif, et la question de ses émoluments ne semblait plus le préoccuper de façon aussi urgente.

Ingleby-Lewis haussa les épaules.

« Je suppose que tu sais ce que tu as à faire. Je n'ai moi-même jamais passé beaucoup de temps avec lui.

— Votre ami M. Serridge paraît l'apprécier, dit Lydia prudemment.

— De toute façon, ce n'est pas le sujet, continua-t-il. Le fond du problème est que tu ne peux pas rester ici.

— Pourquoi écoutez-vous Mme Alforde plutôt que moi ? Je veux rester ici.

— C'est la meilleure solution. Crois-moi.

— Est-ce qu'il se passe quelque chose ? Quelque chose que vous ne voulez pas que je sache ? »

Il grommela.

« Bien sûr que non. C'est très simple. Ce n'est pas vraiment un endroit convenable…

— New York, dit Lydia. Cela vous rappelle quelque chose ? La gare de Grand Central à New York. »

Le capitaine Ingleby-Lewis laissa tomber la cigarette sur ses genoux. Il se leva d'un bond en jurant et en tapant sur son pantalon. La cigarette roula sur le tapis. Lydia la ramassa et la lui donna.

« Merci, ma chérie », dit-il en se renfonçant dans le sofa et en recouvrant aussitôt son assurance.

Lydia ouvrit son sac à main et sortit les papiers qu'elle avait trouvés dans l'écritoire.

« Savez-vous de quoi il s'agit ?

— Bien sûr que non. Je ne lis pas dans les esprits comme au music-hall. Ça ne peut pas attendre demain matin ?

— Deux morceaux de papier, dit Lydia en l'ignorant. L'un porte la signature de Miss Penhow, répétée à l'infini. On a l'impression que quelqu'un s'entraînait à signer. »

Son père regardait droit devant lui.

Elle les déplia.

« Sur l'autre morceau de papier, on lit "Je suppose que vous êtes surprise d'entendre." Et il y a autre chose de l'autre côté. »

Elle regarda son père mais il ne manifestait toujours aucune réaction. « C'est écrit au crayon, d'une écriture différente et assez peu appuyée. Voulez-vous que je vous le lise ? "Et donc dites au vicaire que vous êtes désolée pour tout le dérangement, que vous avez rencontré un vieux copain, un marin dont vous étiez…"

— Cela suffit », dit le capitaine Ingleby-Lewis doucement.

Il resta assis sans rien dire pendant qu'il terminait sa cigarette. Puis il l'écrasa.

« Que vas-tu faire ? demanda-t-il.

— Je n'en sais rien. »

Il aspira l'intérieur de ses joues.

« Je croyais que tu allais commencer à proférer des menaces.

— Je le croyais aussi, dit Lydia. Et je le ferai peut-être, je ne sais pas. Cela signifie-t-il ce que je pense que cela signifie ? »

Le capitaine Ingleby-Lewis haussa les épaules.

« Tout dépend de ce que tu penses que cela signifie, n'est-ce pas ?

— On m'a dit que vous avez toujours été doué pour faire des copies à la plume. »

Il la regarda.

« Tu veux dire qu'on t'a raconté que j'ai falsifié des chèques. »

Ce n'était pas une question, Lydia n'avait donc pas à répondre.

« J'ai dû quitter l'armée. Je ne suis pas passé en cour martiale mais tout le monde savait pourquoi. Le sergent du mess était impliqué aussi. Mais il n'a pas eu autant de chance. »

Elle comprenait enfin.

« M. Serridge ? »

Son père acquiesça.

« Il a passé deux ans en prison. Depuis, beaucoup d'eau est passée sous les ponts. Mais bien sûr, c'est une des raisons pour lesquelles tu ne dois pas rester ici avec moi. »

Lydia plia les papiers.

« Et ces papiers ?

— Cette idiote de Penhow, je savais qu'il y aurait des ennuis à cause d'elle. Tout dans le cœur, rien dans la tête – c'était ça, son problème. »

Il regarda Lydia avec sévérité.

« S'enfuir ainsi sans un mot. Quel manque de considération.

— Ce n'est pas l'avis de tout le monde.

— Oh, je sais. Tu as entendu dire qu'il était parti avec elle uniquement pour son argent. Tous ces maudits commérages à Rawling. Je ne prétends pas que l'argent n'était pas le nerf de la guerre en ce qui concerne Serridge – mais qu'y a-t-il de mal à ça ? Ce n'est pas comme si elle n'en avait rien retiré en échange. Et ensuite, elle rencontre quelqu'un qu'elle préfère, et la voilà partie. »

Pour un peu, cela aurait pu sembler logique. Puis elle se souvint qu'apparemment, Serridge possédait la maison dans laquelle ils vivaient, ainsi que la ferme de Morthams, et Dieu sait quoi encore ayant appartenu à Miss Penhow.

« Que pouvait faire le pauvre type ? demanda Ingleby-Lewis, en ouvrant grand les bras. Il était dans un sale pétrin. Tout le monde l'accusait de s'être débarrassé de la pauvre femme, et il était dans l'incapacité de prouver son innocence. Les gens peuvent se montrer horriblement malveillants. En tout cas, il savait que j'étais sur le point d'aller tenter ma chance aux États-Unis, et il m'a demandé si je pouvais faire quelque chose pour l'aider.

— Vous avez alors imité une lettre de Miss Penhow au vicaire de Rawling ?

— Pourquoi ne l'aurais-je pas fait ? Il n'y avait pas de mal à ça. Je devais une faveur à Joe Serridge. De toute façon, je suis le premier à reconnaître qu'il est capable de brûler les étapes en cas de nécessité, mais il ne ferait pas de mal à une mouche. Certainement pas à une femme. Non, j'étais à New York, et il m'était facile d'écrire un mot pour le sortir d'affaire. Je ne vois pas pourquoi je ne l'aurais pas fait. Question de décence.

— Je ne crois pas que la police serait de cet avis. »

Ingleby-Lewis s'extirpa du sofa et se leva.

« Il s'agissait juste de sortir un copain du pétrin.

— Comme Serridge l'avait fait pour vous ? En vous achetant la ferme ?

— C'était exactement ce que Miss Penhow et lui recherchaient. Et je lui ai consenti un sacré bon prix. J'aurais pu en obtenir au moins deux cents de plus.

— Et maintenant, il vous laisse habiter ici. Payez-vous vraiment un loyer ? Ou peut-être n'est-ce plus la peine. Cela paraît un arrangement très confortable dans l'ensemble.

— Ne monte pas sur tes grands chevaux, ma fille, dit-il, l'air à la fois sobre et furieux. C'est très bien de juger les autres quand on a de l'argent en banque. On voit les choses très différemment quand on n'a pas deux shillings en poche. C'est là qu'on se rend compte de ce qui a vraiment de l'importance. Et qui sont vos vrais copains. »

Ils se regardèrent pendant quelques instants, aucun ne voulant céder le premier. Puis la colère retomba entre eux.

« Je ne veux pas partir, dit-elle brusquement. Je préférerais rester ici. »

Il acquiesça.

« Je préférerais aussi que tu restes. Pourtant, Hermione Alforde a raison. Ce n'est pas convenable pour toi. Tu serais mieux avec eux. »

Vaguement titubant, les épaules affaissées, il se dirigea vers la porte. Lydia resta assise sur sa chaise, les yeux fixés sur le segment lumineux de l'appareil de chauffage au gaz. Tout avait commencé avec Mme Alforde : quelque chose s'était passé à Rawling qui l'avait fait changer d'avis, le jeudi 29 novembre.

Mais cela n'évoquait rien pour elle.

Les pas du capitaine s'arrêtèrent derrière elle, et elle

sentit une main sur son épaule. Elle ne bougea pas. Son odeur familière de poussière, de tabac et de bière rance l'enveloppa. Il l'embrassa sur le sommet de la tête. Elle ne dit rien ; il s'éloigna. La porte s'ouvrit et se referma.

C'était la première fois que son père l'embrassait.

*

* *

L'unique lit qui restait à présent dans la maison remplissait presque entièrement une petite pièce contiguë à la cuisine dans le sous-sol – une cellule humide à peine éclairée par la lumière du jour, avec une bande de papier peint s'enroulant sur le mur comme un serpent prêt à frapper. L'imposante tête de lit en fer devait avoir été montée sur place, car elle était trop grande pour passer par la porte. Un matelas taché était posé dessus, légèrement de travers.

Dawlish fourragea dans les étages supérieurs et revint avec une brassée de couvertures et de coussins.

« Ça ira ?

— Bien sûr », dit Rory.

Fenella et Dawlish partirent un peu après neuf heures. Rory se servit un petit verre de whisky pour mieux dormir. Mais l'alcool ne lui était plus d'aucune aide maintenant. Bien au contraire. Son corps n'était plus qu'un nœud de douleur lancinante en constante évolution. Le pire pourtant était la peur qui le tenaillait, et ses pensées incontrôlables. La violence dans l'ossuaire, la sienne autant que celle de Marcus, avait libéré des terreurs dont il ignorait l'existence.

Que se passerait-il s'il ne parvenait plus jamais à les enfouir dans sa mémoire, qui plus est à les oublier ?

Sans ôter ses vêtements ni prendre la peine de se laver, il s'écroula sur le lit et s'enfouit dans les couvertures qui sentaient le moisi. Le sommeil s'empara de lui presque instantanément. Il ne se souvint plus de rien jusqu'à ce qu'il s'éveille en sursaut, des heures plus tard. Un instant, il se crut dans son ancienne chambre dans la maison de ses parents. Il avait un vague mal de tête, avec dans la bouche, le goût et la consistance d'une vieille lavette à vaisselle. Il resta allongé, se sentant étrangement heureux et plein d'espoir, laissant les souvenirs de la veille s'infiltrer dans son subconscient. Il chercha des allumettes et en alluma une. Il n'était encore que six heures et demie, mais il n'avait aucune envie de rester au lit.

Toute la matinée, il travailla à l'article, en le reprenant au crayon à plusieurs reprises sur la table de la cuisine. Vers midi, Dawlish apparut avec une flasque de café et une machine à écrire portable. Peu temps après, Fenella arriva avec un panier contenant leur déjeuner, composé en grande partie de conserves. Après le repas, les autres le quittèrent pour qu'il tape son article. Il entendait vaguement leurs voix dans le salon.

Rory acheva l'article et le relut entièrement. Était-il vraiment terminé ? Était-il aussi bon qu'il le souhaitait ? Il l'avait lu et relu tellement de fois et dans tellement de versions qu'il n'était plus capable de juger. Il emprunta le vestibule jusqu'à la porte entrouverte, avec l'intention de solliciter un deuxième avis. Sa cheville était toujours douloureuse, mais il parvenait à se déplacer sans trop souffrir en s'appuyant contre le mur. À peine avait-il fait quelques pas qu'il entendit Fenella hausser le ton.

« Arrête ! Pousse-toi. Arrête de me faire mal, veux-tu ? Tu es comme tous les autres. De vraies bêtes répugnantes. »

Indifférent à la douleur provenant de sa cheville, Rory battit en retraite dans la cuisine et poussa la porte presque complètement. Il entendit des pas dans le hall. Dawlish disait quelque chose d'une voix basse et pressante. La porte du palier claqua. Le silence revint dans l'appartement.

Rory parcourut à nouveau son article, sans parvenir cette fois à se concentrer sur les mots. Elle ne veut pas de lui, elle ne veut pas de lui, se répétait-il. Pas comme *ça*. Un curieux sentiment de triomphe l'envahit, puis il se souvint que Fenella lui avait signifié très clairement qu'elle ne voulait pas de lui non plus. *Tu es comme tous les autres. De vraies bêtes répugnantes*. Elle ne voulait de personne, pas comme *ça*.

Des pas lourds résonnèrent dans le hall. Dawlish entra dans la cuisine.

« Comment ça se passe ?

— Je crois que j'ai fini, dit Rory. Instinctivement, il avait décidé d'ignorer ce qui s'était passé dans le salon. (Il poussa les feuilles dactylographiées à travers la table.) J'aimerais bien un avis. »

Dawlish tira une chaise.

« Oh, à propos, Fenella a dû partir.

— J'ai cru entendre la porte, dit Rory prudemment.

— Elle était pressée. Elle n'a pas eu le temps de vous saluer.

— Ce doit être une période chargée pour elle. »

Dawlish répondit laconiquement.

« Je ne serais pas étonné qu'elle se soit un peu surmenée ces derniers temps. »

Rory acquiesça. Dawlish prit les feuilles dactylographiées. Rory attendit, s'obligeant à rester tranquille. Dawlish parcourut la totalité de l'article, puis revint au début et le relut, plus lentement cette fois. Enfin, il leva les yeux.

« C'est bon, dit-il. Exactement ce que le docteur avait recommandé.

— Croyez-vous que le rédacteur en chef l'acceptera ?

— J'en suis certain. »

Il déglutit, puis continua tout de go : « Dites-moi, vieux, pourrais-je vous demander quelque chose ?

— Allez-y. »

Dawlish hésita.

« Pensez-vous que… »

Il flancha et s'interrompit, en se passant la main dans les cheveux, avant de se reprendre très vite. « En fait, je devrais vous montrer le reste de la maison – surtout le grenier. Pour voir si ça vous dirait d'habiter ici pendant quelque temps. Pensez-vous pouvoir monter l'escalier un peu plus tard dans la journée ?

— Je l'espère. Je peux au moins essayer.

— Bien », dit Dawlish d'un air absent.

Il regardait fixement l'évier de la cuisine, comme s'il contemplait la vacuité d'un monde sans Fenella.

« Vraiment superbe. »

*

* *

Lydia Langstone n'avait jamais voyagé dans un compartiment de troisième classe. Comme dans des bus bondés ou des trams brinquebalants, elle découvrait l'humanité britannique dans toute sa diversité, malodorante et bruyante. Ce dimanche, c'était une journée au ralenti ponctuée de changements et de retards, avec des compagnons de voyage ennuyeux. Elle eut largement le temps de regretter sa décision.

À la fin, bon gré mal gré, elle atteignit Mavering. Sur le quai balayé par la pluie, elle fut tentée d'attendre le prochain train susceptible de la remmener à Londres dans un inconfort total, mais dans la chaleur et la sécurité.

Un porteur s'approcha d'elle, flairant un pourboire.

« Taxi, miss ? »

Lydia secoua la tête et demanda où se trouvait le chemin menant à Rawling. Il parut surpris mais lui donna des indications détaillées. Elle le remercia avec une pièce de six pence et se mit en route.

Elle s'était habillée en fonction du temps avec un imperméable et un chapeau, si bien que la pluie ne la dérangeait pas. Il faisait froid pourtant, et elle s'obligea à marcher vite. Quand le chemin se sépara en deux, elle prit à gauche, ce qui la mènerait en bas de la prairie derrière la ferme de Morthams. Vingt minutes plus tard, elle débouchait sur le chemin menant à Rawling.

La tour massive de l'église de M. Gladwyn était à sept cents mètres environ. Il n'y avait personne en vue. À moins d'une centaine de mètres de l'endroit où elle se trouvait, les cheminées d'un petit cottage montaient dans un ciel d'un gris boueux. Elle s'avança en hâte sur le chemin, et s'arrêta devant.

La porte du jardin était tombée en arrière de ses gonds. Un corbeau mort en cours de putréfaction gisait sur l'allée menant à la porte d'entrée, et les mauvaises herbes avaient proliféré jusqu'à hauteur de la taille sur ce qui avait été jadis une pelouse. Une volute de fumée montait d'une des cheminées. Ignorant la porte d'entrée, Lydia suivit la cendrée autour de la maison. En passant devant une fenêtre, elle aperçut un mouvement à l'intérieur.

Elle frappa à la porte de derrière et attendit. Personne ne vint. Elle allait frapper à nouveau quand la porte s'ouvrit brusquement. Une grande femme avec des cheveux gris en bataille dévisageait Lydia. Sa robe brun noir était drapée sur le bâton qui lui tenait lieu de corps. Son teint était pâle et gris, ses yeux immenses d'un bleu fané. La main cramponnée sur la porte avait de longs doigts gracieux avec des ongles rongés à vif. Lydia pensa que la femme avait dû être belle. Elle l'avait déjà vue, bien sûr, au bord de la tombe, mais la veuve était alors dissimulée par son voile, et sa personnalité gommée par les circonstances.

« Bon après-midi, dit Lydia d'un ton hésitant. Je suis madame Langstone. Nous ne nous connaissons pas, madame Narton, mais…

— Je sais qui vous êtes, dit une voix basse et rauque. Que voulez-vous ?

— D'abord, je voulais vous dire combien j'étais désolée pour votre mari.

— Pourquoi ? Vous ne le connaissiez pas. »

Lydia se hâta de continuer.

« J'étais là avec Mme Alforde.

— Vous êtes venue à l'enterrement, dit Mme Narton. Mais je ne sais pas pourquoi. »

Un long silence s'ensuivit, pendant lequel Lydia regretta plus que jamais d'être venue. Le visage de Mme Narton était impassible. À la fin, elle lâcha la porte, et l'ouvrit largement, découvrant une cuisine basse de plafond. Elle se détourna et s'assit à la table. Puis elle posa les mains sur le plateau, paumes vers le bas, de chaque côté d'une bible ouverte.

Pour Lydia, c'était une sorte d'invitation. Elle entra, refermant la porte derrière elle. Elle tira une chaise, s'assit en face de Mme Narton, et attendit.

Quand il entendit les coups sur la fenêtre, Rory était assis le plus près possible du chauffage électrique avec une couverture sur les épaules. Il meublait sa longue soirée avec un gros roman facile à lire de J. B. Priestley qu'il avait trouvé dans la cuisine. Il crut d'abord que son imagination lui jouait des tours car les coups n'étaient pas très forts et surtout sporadiques, presque comme si on ne souhaitait pas qu'on les entende.

Il posa le livre, sautilla jusqu'à la fenêtre et tira le rideau. Le visage de Lydia, déformé par la pluie sur la fenêtre, flottait de l'autre côté de la vitre. Il laissa tomber la couverture sur le tapis, s'avança en trébuchant dans le hall et ouvrit la porte.

La première chose qui sautait aux yeux, c'était à quel point elle était trempée. Son manteau était strié de boue. Elle ne disait rien. Elle resta sur le seuil de la porte à le regarder fixement jusqu'à ce qu'il l'attirât à l'intérieur. Il l'aida à enlever son manteau et l'accrocha avec son chapeau sur un portemanteau dans le hall.

« Venez vous asseoir près du feu », lui dit-il.

Il la suivit dans le salon. Elle resta debout au beau milieu du tapis élimé, regardant autour d'elle comme si elle se demandait ce qu'elle faisait là. Sa jupe et ses bas étaient maculés de boue.

Rory lui toucha l'épaule.

« Asseyez-vous. »

Elle s'affala docilement dans le fauteuil devant le feu. Il ramassa la couverture et lui enveloppa les épaules avec. Elle ne parut même pas le remarquer. Elle claquait des dents.

« Que diable avez-vous pu bien faire ?

— Je suis venue à pied depuis la gare.

— Quelle gare ?

— Liverpool Street.

— Mais c'est à des kilomètres. »

Il jeta un coup d'œil à ses chaussures et à ses bas pleins de boue.

« Et vous êtes aussi tombée, apparemment.

— C'était sur le sentier venant de Rawling. »

Elle resserra la couverture autour d'elle. Rory boita jusqu'à la cuisine et revint avec la bouteille de whisky de Dawlish et un verre propre. Il remplit le verre à moitié et le lui tendit. Elle le prit docilement et but une gorgée en faisant une grimace.

« Buvez-en encore, dit Rory.

— Je n'aime pas ça.

— Buvez encore une gorgée. C'est bon pour vous. »

Elle obéit en fronçant le nez comme un enfant gâté.

« Pourquoi êtes-vous allée à Rawling ? »

Elle ne répondit pas et but une autre gorgée de whisky. Débraillée comme elle l'était, elle paraissait beaucoup plus jeune.

« Très bien, continua-t-il, en voyant qu'il n'obtenait pas de réponse. Vous ne pouvez pas garder vos vêtements mouillés. Je vais chercher d'autres couvertures. Vous pourrez ensuite enlever vos affaires et les suspendre pour qu'elles sèchent. »

Il prit deux couvertures dans la chambre où il avait

dormi. Après quoi, il décida d'y ajouter son pyjama, que Dawlish avait rapporté de Bleeding Heart Square la veille au soir. Il retourna auprès de Lydia qui était toujours assise au même endroit. Il déposa les couvertures et le pyjama par terre à côté d'elle.

« Le pyjama est propre. Je vous le prête volontiers. Je vais vous laisser cinq minutes. »

Elle leva les yeux vers lui.

« Merci. »

Dans la cuisine, il mit la bouilloire sur le feu et fuma une cigarette. Quand il revint au salon dix minutes plus tard, les vêtements mouillés séchaient sur la chaise. Lydia avait enfilé le pyjama, et était recroquevillée dans les couvertures près du feu. Le verre de whisky à sa portée était vide. Ses joues avaient retrouvé un peu de couleur.

« Je suis désolée, dit-elle. Je me sens affreusement stupide de débarquer comme ça.

— Pas du tout.

— C'est seulement que je n'avais aucun autre endroit où aller. »

Elle hésita.

« Le problème est que j'ai subi un choc, et qu'il me faut du temps pour décider quoi faire. Je ne veux pas aller à Bleeding Heart Square.

— Est-ce que M. Langstone a… »

Elle secoua la tête.

« Cela n'a rien à voir avec Marcus. Si vous voulez bien, je… je ne veux pas en parler.

— Quand avez-vous mangé pour la dernière fois ? »

Elle haussa les épaules.

« Je ne me souviens pas.

— Je vais aller fouiller dans la cuisine. Il reste un

peu de jambon en conserve, du pain et une ou deux pommes.

— Je n'ai pas faim.

— Si, mais vous ne vous en rendez pas compte. »

Il lui sourit.

« Et ensuite nous reprendrons un peu de whisky.

— Je ne peux pas rester ici.

— Où avez-vous l'intention d'aller alors ?

— Je ne sais pas. À l'hôtel, probablement.

— Ne soyez pas stupide. Vous n'avez aucun bagage. En plus, avec ce temps épouvantable, vous ne pouvez pas sortir habillée comme ça. Vous pouvez prendre la chambre. Je dormirai ici.

— Il n'en est pas question. De toute façon…

— Dawlish serait d'accord, j'en suis certain. Vous êtes crevée, il fait un temps affreux, et vous avez subi un choc. Nom d'un chien, il n'est pas question que je vous laisse partir. Je vous confisquerai vos chaussures s'il le faut. »

Elle le regarda, et il remarqua qu'elle plissait les yeux, comme elle le faisait parfois devant quelque chose d'amusant.

« Je n'ai pas vraiment le choix. »

Ce soir-là, ils firent un semblant de dîner peu agréable devant le chauffage électrique. Ils burent le whisky de Dawlish et fumèrent les cigarettes de Lydia. Lydia lui posa des questions. Elle voulait savoir à quoi cela ressemblait d'habiter dans l'appartement du directeur au-dessus d'une banque. Elle voulait tout savoir sur le collège et l'université en Inde. Elle resta assise à l'écouter, les yeux mi-clos, le verre à la main, l'air rêveur.

Quelqu'un avait-il voulu la violer ? Ou la voler ?

Bientôt, ils se trouvèrent à court de mots. L'appartement du sous-sol était particulièrement calme. Mecklenbourg Square avait seulement trois côtés, avec, à l'ouest, l'aire de jeux réservée aux enfants, à l'emplacement de l'ancien Hôpital des Enfants trouvés, si bien que la maison de Dawlish se trouvait pratiquement au bout d'une impasse.

Rory sentait ses paupières devenir lourdes. Il n'était pas habitué au whisky. La pièce était chaude, l'atmosphère confinée. Il était content de ne pas être seul dans cette grande maison. Non, ce n'était pas tout : il était content que Lydia soit là.

L'instant d'après, apparemment, il était parfaitement réveillé. Il ne savait pas combien de temps il avait somnolé. Lydia était debout en train de plier une couverture. Pendant un instant, il ne la reconnut pas, et un frisson de désir le parcourut. Elle le regarda et sourit.

« Je crois que je vais me coucher. »

Il bâilla.

« Désolé – j'ai dû m'assoupir. »

Il remarqua que son article était à côté de la bouteille de whisky.

Lydia avait suivi son regard.

« J'espère que vous n'y voyez pas inconvénient. Je l'ai lu. Il est très bon.

— Je me suis demandé si le ton n'était pas trop personnel.

— N'en changez pas un mot. Ils méritent tout ce que vous écrivez. »

Il se leva.

« Merci. Je vais vous montrer où se trouvent les choses. »

Elle ne bougea pas.

« Vous avez été très gentil. Je crois pouvoir me débrouiller maintenant.

— Qu'allez-vous faire demain ? »

Elle ramassa sa jupe et tâta l'ourlet.

« La première chose est de voir ma mère. »

25

Vous tournez la page et lisez les dernières lignes. Philippa Penhow n'écrivit plus rien d'autre, et le reste du journal est définitivement vide.

Mercredi 23 avril 1930 (suite)

... rentrer. Je vais laisser le journal dans la grange sur le chemin. Assez de soucis. Trouver de l'argent. Essayer encore. Il ne peut pas m'en empêcher. J'ai pris ma décision.

Voiture sur l'allée. Dire que j'ai été surprise par la pluie et me suis abritée.

Jacko aboie.

Oh Joseph, Joseph.

*
* *

« Bonjour, Fripp.

— Bonjour, Miss Lydia. »

Fripp cligna des yeux. Il ouvrit grande la porte et s'effaça pour laisser Lydia entrer dans le hall.

« Madame est encore en haut, et Miss Pamela est

sortie. Par contre, Monseigneur est dans la bibliothèque.

— Merci. »

Lydia lui abandonna son chapeau et son manteau. « Et comment allez-vous ?

— Aussi bien que possible, merci, miss. »

Fripp était un conservateur inné : à ses yeux, elle serait toujours « miss », et jamais « madame » quel que soit le nombre de maris qu'elle aurait. « J'espère que vous êtes vous-même en bonne forme.

— Oui, merci. Savez-vous où est allée ma sœur ?

— Je crains de ne pas le savoir. »

La porte de la bibliothèque s'ouvrit et la frêle silhouette de Lord Cassington sortit en hâte. Il portait le *Times* du matin et s'efforçait de ne pas en laisser tomber une section. Son regard tomba sur Lydia.

« Lydia, ma chérie. »

Il tendit machinalement la joue pour qu'elle l'embrasse.

« Magnifique – tu es venue voir ta mère, n'est-ce pas ? Tu la trouveras dans sa chambre, je crois. »

Il leva les yeux vers elle, le visage ridé comme un raisin sec, et tapota le journal.

« Tu es au courant pour Pammy, je suppose ? »

Lydia acquiesça. Lord Cassington dit que Fisher était un type formidable et Lydia sourit sans répondre.

« Je dois me dépêcher, dit-il. Reste déjeuner si tu peux. »

Il s'éloigna, tout affairé. C'était un homme d'habitudes. Depuis aussi longtemps que Lydia pouvait s'en souvenir, à cette heure de la matinée, il aimait passer entre dix et quinze minutes enfermé dans les toilettes avec le *Times*.

Lydia monta l'escalier. La chambre de sa mère était au premier étage. Elle frappa à la porte et entra sans attendre la réponse. Lady Cassington était encore couchée. Sa femme de chambre lui faisait les ongles. Un grand carnet de notes était ouvert à portée de main sur l'édredon, avec les restes du petit déjeuner sur une table près du lit. Vue ainsi, un foulard sur les cheveux et le visage nu, elle faisait bien son âge. Apercevant Lydia, elle agita sa main libre.

« Bonjour, ma chérie, dit-elle, alors te voici », comme si elle avait prévu que Lydia lui rendrait visite à Upper Mount Street. Sa femme de chambre était moins habituée à cacher ses émotions : elle sursauta visiblement et ses lèvres formèrent un O d'étonnement.

« Matthews, allez-vous-en maintenant. Je veux parler à Miss Lydia, dit Lady Cassington. Je vous sonnerai quand j'aurai besoin de vous. »

Quand elles furent seules, Lydia s'approcha de la fenêtre et regarda la rue en contrebas.

« Reste un peu tranquille, et viens t'asseoir sur le lit que je te voie, dit sa mère. As-tu croisé Fin ?

— Brièvement. »

Lydia s'assit sur la chaise près du lit, celle que la femme de chambre avait occupée.

« Il semblait content pour Pammy et Rex Fisher.

— Nous le sommes tous. Alors, tu as vu le *Times* ?

— Pammy m'a annoncé ses fiançailles samedi. »

Lady Cassington haussa les sourcils, signe, pensa Lydia, qu'elle ignorait que Pammy avait vu Lydia ; ce qui, en soi, était intéressant. Sa mère tapota le carnet.

« Je fais des listes. Il n'y a pas de temps à perdre. Pammy devrait être rentrée pour le déjeuner, si tu veux la voir. Elle devait aller à la vente Aquascutum sur Regent Street, je crois. »

Puis elle continua sur le même ton.

« Tu viendras au mariage, n'est-ce pas ?

— Je ne crois pas que ce soit une bonne idée.

— Mais, ma chérie, elle serait affreusement déçue que tu ne sois pas là. Surtout toi.

— Je veux dire, je ne crois pas que le mariage en soi soit une bonne idée. Ce que j'ai vu de Fisher ne me plaît pas, et je n'aime pas ses opinions politiques non plus.

— Évidemment, il risque d'y avoir des implications pour toi et Marcus, je le comprends bien.

— C'est de cela entre autres que je suis venue vous parler. »

Lady Cassington prit une cigarette dans la boîte sur la table de chevet. Elle regarda Lydia d'un air circonspect.

« Je sais que les choses ont été très difficiles, dit-elle prudemment. Pourtant, parfois, il faut savoir aller de l'avant.

— C'est exactement ce que je suis en train de faire, dit Lydia. Je veux que vous vous assuriez que Marcus me facilite les choses pour le divorce.

— Mais ma chérie…

— Cet homme loue les services d'une prostituée, n'est-ce pas ? Ils vont à l'hôtel à Brighton ou ailleurs, et s'enregistrent en tant que mari et femme, laissant derrière eux une trace large d'un kilomètre. N'est-ce pas ainsi que ça se passe ?

— Je ne suis pas certaine que Marcus serait de cet avis.

— S'il ne fait pas ce qu'il faut, j'irai parler aux journaux.

— Ne fais pas l'enfant, ma chérie. »

Lydia s'enfonça sur sa chaise.

« S'il ne le fait pas, dit-elle en détachant bien les mots, je leur raconterai que je vous ai vus, vous et Marcus, en pleine action à Frogmore Place, l'autre dimanche. »

Sa mère se redressa brusquement en faisant tomber le cendrier et le carnet par terre.

« À présent, cela dépasse vraiment les bornes. C'est aussi parfaitement stupide. Méchant et stupide.

— J'y étais. Je vous ai vus. »

Elles restèrent silencieuses. Lydia entendit le tic tac de la pendule sur la cheminée, une voiture passer dans la rue, et le grattement à peine perceptible des ongles fraîchement manucurés de sa mère sur l'édredon.

« Et pense à l'effet que cela produira sur Pammy, sur Fin, sur…

— Je crois que vous auriez déjà pu penser à l'effet que cela produirait sur eux, dit Lydia. À propos, je demanderai que Marcus me fasse une rente. Disons cinq cents par an ? Je ne voudrais pas me montrer cupide.

— Je ne suis pas certaine qu'il puisse disposer d'un tel montant.

— Il le pourra s'il y est obligé.

— Il ne sera pas d'accord.

— Il le sera, dit Lydia. Vous vous en assurerez. Je parle sérieusement, Mère, je suis prête à aller tout raconter aux journaux. Si nécessaire, je ferai en sorte que le monde entier sache ce que mon mari et ma mère faisaient ensemble.

— Tu ne pourrais rien prouver, dit Lady Cassington d'une voix basse, hésitante.

— Justement : je ne serais même pas obligée de le prouver. Il me suffirait de le dire.

— Tu ne t'attirerais la sympathie de personne, tu le sais. »

Sa mère l'étudiait de ses petits yeux rusés.

« C'est le problème quand des gens commencent à jeter la pierre à d'autres gens. Personne n'en sort indemne. Ils vont penser que tu es folle. Une belle menteuse, méchante qui plus est.

— Je suis ravie de prendre ce risque. Mais si vous pouvez persuader Marcus de faire au moins une chose convenable dans sa vie, cela ne sera pas nécessaire. Le problème est que vous et Marcus avez quelque chose à perdre. Moi pas. Plus du tout. »

Sa mère n'arrêtait pas de griffer l'édredon avec ses ongles.

« Tu es devenue très dure. Je dois dire que je suis étonnée. Et blessée.

— Comme quelqu'un me le disait l'autre jour, on voit les choses très différemment quand on n'a pas un sou en poche.

— Qu'as-tu raconté à Fin ?

— Rien. Pour le moment.

— Je préférerais qu'il n'ait pas ce genre de souci.

— Dans ce cas, vous pouvez parfaitement le lui éviter.

— Resteras-tu avec ton père ? »

Lydia se leva, s'approcha à nouveau de la fenêtre et regarda la rue parfaitement entretenue en contrebas. Elle tourna la tête et dévisagea sa mère. Elle sentait la cruauté la submerger, comme une marée noire.

« Cela dépend de qui vous entendez par mon père. »

Julian Dawlish avait l'air de ne pas avoir dormi quand il arriva comme prévu un peu après dix heures. Il apportait du lait, du thé, du pain et du bacon. Rory leur prépara un petit déjeuner sommaire, qu'ils prirent à la table de la cuisine.

Après quoi, Dawlish repoussa son assiette, et s'éclaircit la gorge.

« Fenella m'a téléphoné ce matin, dit-il. Apparemment, elle ne veut plus du poste. Ni de l'appartement. »

On aurait pu croire qu'il venait de croiser son propre fantôme.

« Je suis désolé, dit Rory, ne trouvant rien d'autre à dire.

— Je vais bien sûr continuer avec l'association. C'est – c'est important, et je suis certain que vous êtes de mon avis après ce que nous avons vu samedi. Il faut bien commencer quelque part, n'est-ce pas ? Sinon, tout se délite, et il ne reste plus qu'à se coucher et à attendre la fin du monde.

— Oui, il faut absolument faire quelque chose. »

Rory se demandait si son hôte faisait allusion à son état psychique ou à l'avancée permanente du fascisme dans les politiques européennes.

« Tout est mieux que rien.

— Précisément », dit Dawlish, d'un air encore plus sinistre. Il sortit son étui et alluma une cigarette. « J'espère qu'elle va bien. Fenella, je veux dire. Elle paraissait un peu… disons, énervée hier. Je ne sais pas si vous l'avez remarqué ?

— J'ai effectivement remarqué quelque chose », reconnut Rory.

La conversation marqua un temps d'arrêt pendant que Dawlish écrasait sa cigarette. Puis il demanda à Rory comment il se sentait.

« Beaucoup mieux, merci. Quand nous en aurons terminé ici, je rentrerai à pied à Bleeding Heart Square et commencerai à faire mes bagages.

— Pas question. Je vous déposerai en voiture. Je vais porter votre article au *Berkeley* et dirai un mot au rédacteur en chef.

— C'est très aimable. »

Dawlish le regarda et sourit d'un air un peu gêné.

« Combien de temps vous faut-il pour réunir vos affaires une fois là-bas ?

— Je ne sais pas – à mon avis, pas plus d'une heure ou deux. »

Dawlish regarda sa montre.

« Disons que je passe vous prendre après le déjeuner. Deux heures et demie, ça irait ?

— Parfaitement. Merci.

— Vous pourriez parfaitement occuper cet appartement pour le moment. Je vais faire venir quelqu'un pour ranger le grenier.

— Il faut que nous parlions du loyer et du reste.

— Bien sûr, dit Dawlish. Nous le ferons. Au fond, l'association n'a pas besoin de toute la maison. Le sous-sol et le rez-de-chaussée suffiront largement.

— Je ne serais pas surpris que Lydia Lansgstone soit bientôt à la rue elle aussi.

— Les femmes sont d'étranges créatures, continua Dawlish, comme si Rory avait dit le contraire. Il n'y a rien à faire. De drôles de bestioles, comme disait mon père. Ce n'est pas votre avis à vous aussi ? »

Lady Cassington s'assit à sa coiffeuse, regardant l'image de Lydia dans le miroir. Elle portait un déshabillé vert clair avec de la dentelle aux manches et à l'encolure. Ses pieds étaient nus, et la main tenant la brosse à cheveux tremblait légèrement. Lydia remarqua que la base de son cou était bouffie et ridée.

« Je ne comprends pas très bien ce dont tu parles », reprit Lady Cassington d'un ton prudent.

Elle venait juste d'effectuer une retraite stratégique dans sa salle de bains, où, sans aucun doute, elle avait passé en revue ses différentes possibilités d'action.

« Vous le savez parfaitement, dit Lydia. D'ailleurs, si nécessaire, je rendrai cela public également.

— Lydia ! De toutes les méchantes…

— Je ne m'en serais pas aperçue sans vous, dit Lydia. C'est vous qui avez poussé les Alforde à m'inviter pour le thé. Mme Alforde est une gentille femme. Elle voulait tellement bien faire. Elle m'a même invitée à passer une journée à la campagne. Il fallait qu'elle aille à Rawling, voyez-vous. Elle devait aller à un enterrement – un certain Narton, le mari d'une ancienne domestique.

— Ma chère Lydia, dit sa mère, tentant une approche différente, à la réflexion, je pense que tu as raison à propos de Marcus et de toi. Je veux dire à propos du divorce. Il faut parfois savoir tirer un trait et faire contre mauvaise fortune bon cœur. Parfois…

— Nous avons déjeuné au presbytère après l'enterrement, coupa Lydia. Mme Alforde et le vicaire se sont consultés pour trouver comment aider Mme Narton au mieux. Vous avez dû voir Mme Narton quand vous avez séjourné à Rawling Hall. Elle a l'air d'avoir soixante-dix ans à présent, alors qu'elle n'en a que quarante-cinq. Le saviez-vous ?

— Bien sûr que non, dit Lady Cassington d'un ton sec. Pourquoi diable veux-tu que je sache ce genre de chose ? »

Lydia s'assit sur le siège sous la fenêtre. Sa mère pivota sur sa chaise pour ne pas la quitter des yeux.

« Mme Alforde est allée voir Mme Narton cet après-midi-là, dit Lydia. Elles ont parlé longtemps. Ce qui est drôle, c'est que, après sa visite à Mme Narton, Mme Alforde était complètement différente. Elle se conduisait de façon très bizarre. En fait, elle s'est montrée presque inamicale à mon égard.

— Je n'accorderais pas trop d'attention à cela, ma chère enfant. Hermione devait être bouleversée d'avoir vu Mme Narton dans cet état. Ou même d'être retournée à Rawling. Les Alforde sont tombés de haut, tu sais, quand ils ont dû renoncer au château. L'oncle de Gerry vivait très confortablement. Hermione devait penser qu'un jour…

— Il ne s'agissait pas de ça, dit Lydia. Je le sais car, le samedi après-midi, Mme Alforde est venue à Bleeding Heart Square. Elle et le capitaine se sont concertés, et ils ont décidé que je devais aller vivre avec les Alforde.

— C'est une proposition très généreuse, ma chérie, dit Lady Cassington. Elle a très bon cœur, je l'ai toujours dit.

— Mais ils n'ont pas voulu me dire pourquoi.

— Cela va de soi, sans doute. »

Lydia se mit à rire.

« Cela dépend de la signification que vous donnez à cela. J'ai eu l'impression que quelque chose était arrivé le jeudi après-midi à Rawling, quand Mme Alforde est allée voir Mme Narton. Aussi j'ai voulu le lui demander. Je veux dire, demander à Mme Narton. »

Sa mère poussa un soupir mais ne dit rien.

« Elle était complètement bouleversée, continua Lydia. Ai-je mentionné qu'on croit que M. Narton s'est tiré une balle ? Cela a dû rendre les choses encore pires pour elle, non ?

— A-t-il laissé un mot ?

— Oui, mais Mme Narton l'a brûlé. Personne d'autre ne l'a lu.

— Elle a vraiment eu tort, dit Lady Cassington.

— Jeune fille, elle avait été séduite par Serridge. Elle était très jeune alors – elle venait d'être engagée à Rawling Hall. »

Lydia s'arrêta, observant sa mère.

« Serridge en a parlé à M. Narton juste avant qu'il ne se tue. Il l'ignorait, voyez-vous. Serridge a dit à Narton qu'il avait séduit sa femme ainsi que sa fille. C'est ce que disait le mot.

— C'est très étrange que Mme Narton t'ait raconté cela à toi. Elle ne te connaissait même pas.

— En tout cas, elle savait qui j'étais. Elle a dit qu'elle l'avait su aussitôt en me voyant à l'enterrement. Elle a reconnu quelque chose dans les yeux et la forme de la bouche. Après quoi, elle a questionné Mme Alforde, juste pour s'en assurer.

— Grands dieux, dit sa mère. J'ai toujours dit que nous nous ressemblions beaucoup toi et moi sous certains angles. Quelque chose dans les pommettes, peut-être. Mais cela fait drôle de penser qu'une domestique se souvienne de moi après tant d'années.

— Presque trente ans. C'était le Noël de 1904. Serridge avait été engagé comme rabatteur pour la chasse. Vous devinez aisément qui l'avait recommandé. Et il s'amusait avec Mme Narton, qui n'était pas encore mariée, bien sûr. Mais par la suite, il s'est davantage intéressé à une des invitées du château, une écolière. D'après Mme Narton, c'était une toute petite chose, mais très jolie et fascinée par Serridge. Ce fut terminé avec Mme Narton. Il la laissa tomber. Mais évidemment, elle était jalouse, et ne le quittait pas des yeux dans la mesure du possible. Et la fille aussi. Elle ne fut donc pas surprise d'apprendre que la fille était enceinte. C'était bien fait pour elle. Mais bien sûr, la famille voulut dissimuler la chose. Ils marièrent la fille au neveu de Mme Alforde, le capitaine. C'est pourquoi en me voyant, Margaret Narton s'est souvenue de Joseph Serridge jeune. »

Le silence retomba dans la grande chambre chaude imprégnée de l'odeur du parfum, du café et du tabac de Virginie. Lydia entendait encore la voix de Margaret Narton. *C'est comme ça qu'ils agissent, ces gens-là – ils prennent leur plaisir et ils font payer les autres. Et on continue à payer, n'est-ce pas ? C'est ce que j'ai ressenti quand Serridge est venu renifler autour de notre Amy. Il m'a brisé le cœur, puis il lui a brisé le sien, et cela m'a à nouveau brisé le cœur, mais bien pire que la première fois. Ensuite Amy est morte, et le bébé aussi.*

Lady Cassington se leva et s'approcha de la table de chevet. Elle prit une autre cigarette, l'alluma et s'assit sur le bord du lit.

« En as-tu fini, ma chérie ? demanda-t-elle en soufflant la fumée.

— Pourquoi ne m'avez-vous rien dit ?

— Réfléchis un peu. Cela n'aurait pas arrangé les choses si je l'avais fait. Pas pour moi. Et certainement pas pour toi. C'était juste une de ces bêtises de jeunesse. Et épouser Willy Ingleby-Lewis était ce qu'il y avait de mieux à faire. Si tu veux mon avis, les gens parlent trop.

— Alors Serridge est vraiment mon père ? Vous le reconnaissez ? »

Sa mère haussa ses épaules osseuses.

« Cette Narton a raison. Il y a bien une ressemblance quand on cherche. »

Elle écrasa la cigarette dans le cendrier.

« Il était très beau garçon à l'époque, tu sais, et tout à fait charmant quand il le voulait.

— Que feriez-vous si j'en parlais à Fin ?

— Ma chérie, ne sois pas aussi ridicule. Cela serait du vrai Lady Chatterley. Tu as lu le livre ? C'est vraiment épouvantable, évidemment, et plutôt assez ennuyeux, mais cela bouleverserait tellement Fin que quelque chose de similaire se produise dans sa propre famille. De toute façon, il ne t'a jamais fait le moindre mal. C'est plutôt le contraire. Il t'aime beaucoup. »

Lydia regardait par la fenêtre, se demandant s'il lui arriverait jamais de se retrouver assise dans cette maison familière en train de contempler Upper Mount Street. D'ailleurs, elle ne devait pas avoir peur du changement, parce que cela devait arriver de toute façon, quoi qu'on en pense.

Lady Cassington poursuivait le fil de sa pensée.

« D'après toi, cette femme n'a pas plus de quarante-cinq ans ? Elle devait être encore plus jeune que moi quand… quand…

— Serridge les aime jeunes », dit Lydia froidement.

Et elle s'arrêta, se souvenant des mots de Rebecca Proctor : *Il aime les très jeunes, madame*. Elle eut une révélation, comme si quelqu'un était entré dans une chambre noire et avait appuyé sur le commutateur près de la porte, lui permettant d'envisager une nouvelle possibilité.

Sa mère la regardait avec curiosité.

« Qu'y a-t-il, ma chérie ?

— Rien, mentit Lydia. Rien du tout. »

En sortant, Lydia alla dire au revoir à Fin dans la bibliothèque. Il était assis à son bureau, un imposant meuble Second Empire dont il prétendait qu'il avait appartenu à un duc français. Il aimait s'y asseoir le matin, profitant de sa splendeur, pour écrire des lettres, lire le journal et jouer à l'homme d'affaires.

« Je suis venue vous dire au revoir, dit Lydia.

— Tu pars déjà ? J'espérais que tu resterais déjeuner.

— Pas aujourd'hui, malheureusement. Pourrez-vous embrasser Pammy de ma part ?

— Bien sûr. » Il plissa les yeux et la regarda. « Tu vas bien ?

— Oui et non.

— Je peux faire quelque chose ? »

Elle secoua la tête.

« Je veux vous l'annoncer moi-même : je divorce de Marcus.

— Ta mère n'appréciera pas. Je suppose qu'il n'y a aucune chance…

— Non, mon chéri, dit Lydia. Pas la moindre. Mais tout va bien – il ne faut pas vous inquiéter. »

Elle se pencha pour l'embrasser.

« Je donnerai de mes nouvelles. »

Arrivée à la porte, elle se retourna.

« À propos, je suis allée à un meeting fasciste samedi.

— Vraiment ? » Son visage s'éclaira devant ce changement de sujet, et la perspective d'une discussion plus neutre. « C'était intéressant ?

— Parfaitement fascinant. Ce que je n'avais pas compris, c'est combien ces fascistes sont déplaisants. Ce sont des tyrans, Fin. Peut-être est-ce pour cela qu'ils plaisent tant à Marcus et à Rex. »

Il fronça les sourcils. La sonnette de la porte d'entrée retentit. Elle lui sourit de nouveau et regagna le hall. Fripp était déjà à la porte, la tenant ouverte pour Marcus. Celui-ci portait un bandeau sur un œil, et un pansement sous l'autre. Un côté de son visage était tuméfié. Quand il vit Lydia, la peau autour des bleus perdit sa couleur, et son visage se couvrit de marbrures.

« Bonjour, dit Lydia. Je m'en allais. Fripp, pouvez-vous m'apporter mes affaires ?

— Lydia, laissa échapper Marcus, malgré la présence de Fripp. J'ai reçu une lettre d'un imbécile de notaire ce matin. Il prétend qu'il...

— Il faut que tu laisses M. Wentwood tranquille, Marcus. M'as-tu bien entendue ?

— Tu ne peux pas t'attendre à ce que je...

— Je ne veux pas te parler, Marcus. Va voir ma mère. Elle te dira quoi faire. Et elle te dira également ce que je ferai si tu ne coopères pas. »

Fripp, le visage impassible, lui tendit son manteau. Elle enfila les manches.

« Où vas-tu ? demanda Marcus.

— Je vais m'amuser », dit Lydia.

Il ne fallut pas longtemps à Rory pour rassembler ses affaires. Il les descendit et les empila dans le hall, puis frappa à la porte de Mme Renton et lui paya ce qu'il lui devait pour sa couture.

« Je suis désolée que vous partiez, M. Wentwood, dit-elle. Mais quand on n'est pas heureux quelque part, je dis toujours qu'il est sage de s'en aller, et sans attendre. M. Fimberry s'en va aussi. Le père Bertram lui a trouvé un autre endroit où habiter. »

Elle leva vers lui un regard interrogateur.

« Je me demande combien de temps Mme Langstone va rester. »

Il inclina la tête sans se commettre à donner un avis.

« Je laisse mes affaires là, et je vais manger quelque chose. Pourriez-vous garder l'œil dessus ? On vient me chercher à quatorze heures trente. »

Une porte claqua au-dessus de leurs têtes, et des pas lourds traversèrent le palier du premier étage.

« Willy, dit la voix de Serridge, je croyais que vous seriez au Crozier à cette heure-ci. Que vous arrive-t-il ? Vous avez une tête d'enterrement. »

Rory fit un signe à Mme Renton et se glissa hors de la maison. Il prit à gauche dans Charleston Street. Dans Hatton Garden, pendant qu'il attendait sur le trottoir de pouvoir traverser, il regarda vers la gauche et vit Lydia qui sortait d'une boutique. Il se dirigea vers elle et leva son chapeau.

« Bonjour – je ne pensais pas vous voir ici. (Il sourit.) C'est une réflexion stupide, je sais. Vous pouviez être n'importe où. »

Elle sourit à son tour.

« Je suis allée voir M. Goldman.

— Il va bien ?

— Il est plus triste que jamais, mais plutôt content. Je viens de lui vendre une bague qui appartenait à ma grand-tante.

— J'espère qu'il vous en a donné un bon prix. Compte tenu des circonstances.

— Il m'a donné ce qui lui paraissait un bon prix, ce qui n'est probablement pas la même chose. En tout cas, je me sens riche et je veux fêter l'occasion. Laissez-moi vous inviter à déjeuner.

— Je ne peux pas vous laisser…

— Si, vous pouvez. Ne soyez pas aussi formaliste. Après tout, vous m'avez offert à dîner hier soir. Comment va la cheville ? Pouvez-vous marcher jusqu'à Fetter Passage ? »

Elle passa son bras sous le sien, et ils traversèrent la rue ensemble. Le Dahlia bleu était déjà presque plein. La gérante leur fit un signe de tête et désigna une table libre dans un coin.

« Il y a encore du foie au menu, dit Rory.

— Je prendrai le ragoût. »

Ils s'assirent, choisirent leur dessert et commandèrent. Pendant qu'ils attendaient d'être servis, l'excitation de Lydia retomba, la laissant apathique et silencieuse. Quand il versa de l'eau dans son verre, quelques gouttes tombèrent sur la table. Elle se mit à faire des ronds avec sur le dessus en marbre, faisant tourner son doigt sans arrêt.

« Qu'y a-t-il ? » dit Rory doucement.

Elle leva les yeux.

« J'ai quelque chose à vous dire, dit-elle. Seulement je ne suis pas certaine d'en avoir le courage.

— Essayez.

— Et ce n'est pas juste pour vous.

— Laissez-moi décider. »

Elle se pencha vers lui et baissa la voix.

« Croyez-vous que Serridge a tué Miss Penhow ? »

Il inclina la tête.

« On voit difficilement ce qui aurait pu arriver d'autre.

— Et en ce qui concerne les autres ? Ils y ont contribué à votre avis ? »

Rory se mit à compter sur ses doigts.

« Howlett fait tout ce que Serridge lui dit de faire, aussi longtemps qu'il est payé. Il a fourni le chien, et a également repris la sale bête. Je suis d'ailleurs certain que ce n'est pas tout. C'est un allié commode à avoir dans Rosington Place et Bleeding Heart Square. »

Il passa au doigt suivant.

« Ensuite il y a Shires : croyez-vous qu'il ait également été impliqué ? »

Lydia acquiesça.

« Je ne sais pas jusqu'à quel point. Mais il fallait bien qu'ils aient un avocat pour l'achat de la ferme, et c'était avec l'argent de Miss Penhow, et au nom de Serridge. Ensuite il y a la maison de Bleeding Heart Square. On a peine à croire que les actes de propriété ne soient pas encore au nom de Serridge également. Il a besoin de Shires pour ce genre de chose. Et finalement… »

Elle était à court de mots et se remit à faire des ronds sur le marbre.

Rory leva le troisième doigt.

« Et finalement il y a votre père. Mais je doute qu'il soit impliqué, en tout cas pas d'une façon active. À mon avis, c'est un simple locataire qui a connu Serridge dans une vie antérieure. »

Lydia secoua la tête.

« Il a écrit cette lettre de New York. Celle adressée à M. Gladwyn. »

Il la regarda en écarquillant les yeux.

« Elle ne provenait pas de Miss Penhow ? Mais vous ne pouvez pas en être sûre.

— Si. J'ai trouvé la preuve. Et il me l'a confirmé quand je le lui ai demandé.

— Et Miss Penhow ? Savait-il…

— J'en doute. Je crois qu'il s'est contenté de tourner la tête. Comme Howlett et Shires. Ils ne voulaient pas être témoins de quelque chose d'aussi déplaisant, donc ils ne l'ont pas vu.

— Comme tous ces gens dans l'assistance samedi. Ceux qui sont restés à regarder les chemises noires passer à l'action. »

Elle effaça les ronds avec sa serviette.

« Lydia, dit-il, qu'est-il arrivé ensuite à Miss Penhow ?

— Il l'a probablement enterrée dans la ferme. »

Elle leva les yeux.

« Il doit pourtant rester quelque chose d'elle. Quelque chose encore à trouver.

— Pas forcément. Tout dépend s'il a été vraiment malin. Il y a eu un cas près d'Hereford quand j'étais enfant. Un type a tué sa femme. C'était aussi un fermier. Il y avait un grand tas de fumier dans la cour de la ferme, et il a enfoui le corps dedans. La police a trouvé ce qu'il en restait quelque six mois plus tard. Les gens disaient que s'il était resté plus longtemps dans le cloaque – disons trois ou quatre ans – il ne serait pratiquement plus rien resté, sauf peut-être un fémur impossible à identifier. C'est l'acide qui finit par tout ronger. »

La gérante leur apporta leurs plats elle-même. Elle posa le ragoût devant Rory, et le foie devant Lydia. Lydia préféra ne rien dire.

« Avalez-moi ça, mon canard, intima la femme à Lydia. Le foie est bourré de fer. Il faut vous retaper.

— Oui », dit Lydia docilement.

La femme s'éloigna en se dandinant. Lydia prit son couteau et sa fourchette.

« Vous voulez changer ? » dit Rory.

Lydia le regarda.

« Je n'oserais pas.

— Vous avez passé une sorte d'épreuve, lui dit-il. Jamais elle ne m'a appelé mon canard. »

Lydia esquissa un sourire. Ils mangèrent en silence. Elle se força à goûter le foie, et à sa grande surprise, elle trouva cela plutôt bon. Elle avait au moins appris une chose au cours des dernières semaines : la nourriture comptait.

« Mais qui a envoyé les cœurs et le crâne ? » dit-il brusquement.

Elle le regarda et répondit la bouche pleine.

« Narton, évidemment.

— Comment êtes-vous arrivée à cette conclusion ?

— Qui d'autre cela pouvait-il être ? De toute façon, j'en ai la preuve. Mme Narton vous a envoyé la jupe de Miss Penhow enveloppée dans du papier d'emballage. J'ai gardé celui dans lequel était enveloppé le crâne. C'est le même.

— La même sorte ?

— Deux moitiés de la même feuille. Le bord correspond, Rory. Et pour Robbie, c'est Narton qui avait volé son crâne. Mais bien sûr, Narton ne joue pas un grand rôle là-dedans. C'est Serridge qui compte. »

Rory posa son couteau et sa fourchette.

« Nous ne pouvons rien prouver, murmura-t-il. À moins d'un miracle. Il a trop bien brouillé les pistes. »

Lydia ne répondit pas. Il comprit soudain qu'elle n'avait peut-être aucune envie d'un miracle : si Serridge était inculpé de meurtre, le capitaine Ingleby-Lewis serait certainement inculpé de complicité.

« Qu'allez-vous faire maintenant ? dit-il après une autre bouchée.

— Les Alforde m'ont demandé de venir habiter chez eux. Je suis allée les voir ce matin, et tout est arrangé. »

Il cacha son désappointement.

« Pour combien de temps ? Le savez-vous ? »

Elle se déplaça péniblement sur sa chaise.

« Pour quelques semaines seulement, j'espère. J'ai également vu ma mère et Marcus ce matin. Le divorce ne devrait pas poser le moindre problème.

— Bien. Il est d'accord ? Je veux dire M. Langstone.

— Il a l'air pire que vous, avec un bandeau de pirate sur l'œil. À propos, vous n'aurez plus de problèmes avec lui.

— Qu'allez-vous faire après ?

— Après le divorce ? Chercher un endroit à moi, je suppose, et un travail.

— Dawlish a dit ce matin qu'il avait l'intention de louer une partie de la maison. Je… je me suis permis de dire que vous pourriez être intéressée par un appartement. »

Il hésita, conscient de s'aventurer en terre inconnue.

« J'espère que cela ne vous contrarie pas. »

Son visage était indéchiffrable.

« Et Miss Kensley ? »

Il secoua la tête.

« Il semble qu'elle ait changé d'avis.

— À propos de l'appartement ?

— Et du poste.

— Vous pourriez ne pas vouloir que j'habite là, dit-elle très doucement.

— Pourquoi ? »

Un des larbins exploités du Dahlia bleu vint prendre leurs assiettes.

« De toute façon, ce que Dawlish décide ne me regarde pas. »

Rory étudia le visage de Lydia.

« Entre nous, je crois qu'il était attiré par Fenella.

— Je m'en suis aperçue aussi.

— C'est curieux, dit-il. Je croyais qu'elle l'aimait bien. Elle – elle paraît très versatile ces temps-ci. On ne sait jamais comment elle va réagir. Elle n'était pas comme ça avant, vous savez. »

Lydia sourit.

« À vous entendre, on croirait que c'est Fenella le problème. Il se peut seulement qu'elle n'aime pas M. Dawlish, ou pas de cette façon. Après tout, rien ne l'y oblige. »

Il éprouva la sensation troublante qu'elle entrevoyait quelque chose qu'il ne voyait pas.

« Lydia, commença-t-il, en mettant la main sur la table.

— Un crumble aux prunes avec de la crème anglaise, dit le serveur, en posant bruyamment un bol sur la table. Une tarte aux pommes sans crème.

— Je dois vous avouer quelque chose, dit Lydia quand ils furent seuls. Vous n'aurez peut-être pas envie de vous retrouver sous le même toit que moi. »

Diverses éventualités se bousculèrent aussitôt dans son esprit : un ancien soupirant de Lydia, surgissant du passé comme le marin légendaire de Miss Penhow ; ou l'intention de lui annoncer que lui, Rory, avait rempli sa mission, et qu'on n'avait plus besoin de lui ; ou peut-être était-elle condamnée par une maladie incurable, ou sur le point de s'embarquer pour une croisière de plusieurs années autour du monde ; ou…

« Hier soir, dit-elle, j'étais particulièrement bouleversée parce que je suis allée voir Mme Narton. Elle m'a dit quelque chose que j'aurais préféré ne pas entendre, et ma mère me l'a confirmé ce matin. »

Elle ne quittait pas des yeux ses mains, qu'elle avait posées paumes vers le bas, de chaque côté de la tarte aux pommes sans crème ; exactement comme Mme Narton, paumes vers le bas de chaque côté de sa bible.

« William Ingleby-Lewis n'est pas mon père : c'est Serridge. »

Elle gardait la tête inclinée.

« Nom d'un chien. »

Elle ne bougea pas.

« J'en suis certaine, murmura-t-elle d'une voix obstinée. Il n'y a aucun doute possible. »

Il tendit la main droite et la posa sur sa main gauche, touchant par la même occasion l'alliance que Marcus lui avait donnée.

« Cela n'a pas vraiment d'importance, dit-il. Aimeriez-vous que je parle à Dawlish de cet appartement ?

— Mais bien sûr que cela a de l'importance. Surtout si Serridge est un meurtrier, en plus de tout le reste.

— Je ne suis pas d'accord. Nous ne sommes pas nos parents. Si Serridge est vraiment votre père, il n'est rien d'autre qu'un accident biologique. Vous pouvez choisir votre propre père. Vous pouvez choisir qui vous voulez. Vous pouvez aussi vous passer complètement de père.

— Il y a un problème avec cette tarte ? demanda la gérante, en se penchant derrière Rory d'un air menaçant.

— Pas du tout. »

Docile, Lydia prit sa cuillère et sa fourchette.

« Elle a l'air très bonne. »

La gérante la regarda avaler une bouchée. Puis elle s'éloigna en traînant les pieds.

« Vous voyez ? dit Rory. Elle vous traite déjà comme sa fille. La prochaine fois, elle me retirera probablement la nourriture de l'assiette pour vous nourrir. »

Elle sourit enfin. Pendant qu'ils mangeaient leur dessert, il lui confia qu'il espérait que l'article du *Berkeley* lui permettrait d'en écrire d'autres. Ensuite, elle insista pour payer l'addition.

Dehors, il lui prit le bras et le passa sous le sien. Ils retournèrent pour la dernière fois à Bleeding Heart Square ensemble. Dans Charleston Street, Serridge passa au volant de sa voiture, mais il ne sembla pas les remarquer.

Tandis qu'ils retournaient dans le square, ils aperçurent le capitaine Ingleby-Lewis devant eux. Il sortait du Crozier en tanguant, comme si les pavés, les flaques et les dalles de pavage fendues se balançaient au gré des vagues d'un océan déchaîné. Il s'arrêta près de la pompe, en se tenant à la poignée pour reprendre son équilibre. Les entendant approcher derrière lui, il tourna la tête.

« Ah, bonjour, ma chérie. »

Il parut d'abord heureux de voir Lydia, puis prit un air coupable ; sa mémoire était plus lente à réagir que ses émotions.

« Bonjour, Père, dit Lydia, laissant son bras dans celui de Rory. Je suis venue vous dire au revoir. »

26

Il faut prendre une décision en ce qui concerne le journal. Cela devient dangereux de le garder. En plus, vous l'avez lu tellement de fois que vous savez ce qu'il contient : vous pouvez en réciter des passages par cœur. Vous vous séparez de tellement de choses, pourquoi pas de cela aussi ?

Mais quelque chose vous retient. Le journal ne changera pas. Ce n'est pas le cas de la mémoire. La mémoire est un processus, pas quelque chose d'achevé, de complet en soi.

C'est pour cela que vous gardez le journal. C'est aussi pourquoi il faut que vous le détruisiez.

Vous entendez la sonnette de la porte, et cela vous ramène à la réalité, loin de cette zone reculée de votre esprit où vous flottez entre passé et futur. Seul le lampadaire est allumé, et le feu est mort. Le salon ne veut plus rien dire, il est plein d'ombres. On ne dirait pas que c'est une pièce que vous avez connue toute votre vie. Le mobilier décrépit a perdu toute signification, comme les livres sur les étagères et les tableaux sur le mur. La pièce ressemble à une brocante.

Vous allez dans le hall et vous vous frayez un chemin à travers les détritus, ceux de votre père, de votre mère et les vôtres. Vous savez qui cela va être, et vous ne voulez pas affronter les questions. Vous en avez assez de tout ça. Vous ouvrez la porte, et le choc vous frappe de plein fouet, comme une bourrasque. Ce n'est pas Rory finalement. Ce n'est même pas ce pauvre Julian.

« Fenella, dit Joseph Serridge. Tu ne me fais pas entrer ?

— Non », dites-vous, et votre voix est froide et parfaitement posée.

Son corps obture presque complètement la porte, faisant obstacle à la nuit. Il est l'ombre qui achète ce que vous êtes, et vous paie avec un rêve qui tourne au cauchemar.

« Que se passe-t-il ? demande-t-il, avec un petit rire dans la voix. On dirait une brocante. »

Vous tenez la porte pour rester en équilibre, pour laisser l'ombre à l'extérieur.

« Comme tu veux, dit Serridge. Nous pouvons parler sur le seuil pour que tes voisins nous entendent. C'était bien toi, n'est-ce pas ? Allez, reconnais-le. »

Oh c'était bien vous ; vous n'avez jamais essayé de vous voiler la face. Philippa Penhow est entrée dans la grange et a vu Joseph Serridge allongé sur la paille, et vous à califourchon sur lui, avec votre jupe remontée sous les bras. Il se cramponnait à vos épaules, en vous maintenant sur lui.

Philippa Penhow ne pouvait pas avoir vu votre visage, pas à ce moment-là, pas depuis la porte.

« C'est vous, Fenella, n'est-ce pas ? a-t-elle dit pourtant. Oh, comment avez-vous pu ? »

« C'est toi qui m'envoies toutes ces cochonneries, dit Joseph Serridge. Pourquoi maintenant ? Doux Jésus, cela fait des années. Dans quel but ? »

Vous lui dites la vérité.

« Parce que Mère est morte.

— Tu lui as dit ? »

Vous secouez la tête. Parce que vous aimiez Mère. Parce qu'elle vous aimait.

Serridge vous regarde fixement, et joint ses lèvres charnues bordées de poils dans un sifflement silencieux.

« Tu es cinglée, ma pauvre fille. Tu en es consciente au moins ?

— Je suis ce que tu m'as faite.

— Tu savais ce que tu faisais. Tu le voulais – allons, reconnais-le. Tu n'arrêtais pas de me poursuivre, tu te souviens ? Toujours en train de me supplier. C'est pourquoi tu avais télégraphié ce jour-là, c'est pourquoi tu étais venue. »

Oh, vous n'avez rien oublié. Ce dont vous vous souvenez surtout, c'est l'absence de choix. Le diable vous avait fait le désirer.

« Tous ces cœurs – on dirait un horrible conte de fées. Que cherches-tu ? Que je finisse par en avoir marre ou quoi ? »

Vous ne répondez pas. Vous voulez lui rappeler ce qu'il a fait, ce qu'il vous a fait faire.

« Et ensuite ce crâne – tu devrais te faire examiner la tête, ma fille. »

Cela vous fait réagir.

« Je ne vous ai pas envoyé un crâne.

— Quelqu'un d'autre l'a fait. »

Il s'élance vers vous comme s'il allait vous enserrer dans ses bras. Vous vous obligez à ne pas reculer dans la maison. Il baisse les yeux vers vous et vous le regardez en face. La lumière du hall souligne le nez rougeoyant et les vaisseaux éclatés.

« Je t'ai sauvé la vie, dit-il. Tu sais ce qui serait arrivé si je leur avais dit la vérité. Même s'ils ne t'avaient pas pendue, ils t'auraient enfermée et auraient jeté la clé. »

La vérité est que vous n'aviez pas l'intention de le faire. La vérité est que vous vouliez sauver Joseph Serridge. La vérité n'est jamais suffisante.

Philippa Penhow est hors d'elle. Yeux écarquillés, bouche ouverte, bras tendus, elle laisse tomber son sac à main et se précipite dans la grange. Vous hurlez et vous vous écartez de Joseph Serridge. Il maudit Philippa Penhow, mais le plus étrange, c'est qu'il sourit. Il s'amuse de voir ces deux femmes se battre pour lui.

Philippa Penhow a ramassé une brique dans le coin de la grange. Elle ne s'en prend pas à vous : elle essaie de frapper Joseph Serridge avec. Vous ne pensiez pas qu'elle pouvait être aussi forte. Il ne sourit plus. Il se débat, d'un côté à l'autre, encombré par le pantalon autour de ses genoux et les pans de son pardessus. Elle lui lance la brique en plein visage, rate son but, et atteint son épaule à la place. Il hurle de douleur. Elle lève de nouveau la brique des deux mains. Elle se tient sur un pli du pardessus et pèse de tout son poids sur son bras en l'empêchant de rouler sur lui-même. Il essaie de lever l'autre bras pour se protéger mais il n'y arrivera pas.

Une femme menue, un homme imposant.

Vous vous lancez en avant, déséquilibrant ainsi Miss Penhow. Son chapeau tombe. Vous luttez avec elle pour lui prendre la brique. Elle est plus forte qu'elle ne le paraît, plus forte qu'elle ne devrait l'être. Vous lui arrachez la brique et la levez entre vos mains. Elle cherche une autre brique. Vous assenez la vôtre sur le côté de sa tête, dans les cheveux fins juste au-dessus de l'oreille. Un coin de la brique l'atteint, la projetant sur le tas, sur une autre brique. Vous la frappez de nouveau. Les briques lui écrasent la tête comme un casse-noix écrase une noix.

Vous l'avez fait pour sauver Joseph Serridge. Vous l'avez fait pour lui.

« Je t'ai sauvée, répète-t-il. Je me suis occupé de tout. Depuis lors, des gens n'ont jamais cessé de chuchoter derrière mon dos. »

Il vous sourit, ravi de sa propre intelligence.

« J'ai tout fait pour toi.

— Je vous hais », dites-vous.

Il sourit de plus belle.

« C'est fini. La vie continue, n'est-ce pas ?

— Où est-elle ?

— Cela ne te regarde pas. À propos, pourquoi diable n'as-tu pas laissé le sac à Waterloo ? C'est ce qui était prévu. Les gens auraient pensé qu'elle avait pris un train pour aller quelque part. Cela aurait été utile.

— Je l'ai brûlé dans le champ.

— Son journal était dedans ? J'avais oublié qu'il

y avait une poche de côté. Il aurait pu s'y trouver. As-tu regardé ?

— Non. »

Pour la première fois, il a l'air soucieux, et à juste titre. Quiconque lit le journal saura qui est véritablement responsable de la mort de Philippa Penhow. Joseph Serridge tue sans avoir même levé la main.

« Je l'ai cherché partout dans la ferme. »

Il vous regarde fixement puis hausse les épaules. « Tu es certaine d'avoir brûlé le sac ? »

Vous acquiescez.

« Alors il n'y a plus rien à dire. C'est fini, comprends-tu ? Plus de petites surprises au courrier ou nulle part ailleurs. Si j'étais toi, j'épouserais mon jeune homme et je partirais le plus loin possible de Londres.

— Je ne veux épouser personne, dites-vous. Jamais. »

Il hausse de nouveau les épaules et s'éloigne sans dire au revoir. En regardant par terre, vous voyez que votre pied a poussé le sac en papier contenant les outils de tapissier de votre père. Vous vous accroupissez et sortez la longue aiguille, quarante centimètres d'acier avec un bouchon de champagne à chaque extrémité par sécurité. Papa ne l'a jamais utilisée. Vous ôtez un des bouchons.

Vous suivez Joseph Serridge sur le chemin. Il monte déjà dans sa voiture. Il entend le bruit du loquet sur la grille derrière lui et se retourne, à moitié hors de la voiture.

« Que se passe-t-il ? »

Vous lui donnez un coup d'aiguille par en dessous qui l'atteint sous les côtes. Elle s'enfonce d'une dizaine de centimètres. Mais rien ne se passe. Vous retirez l'aiguille et frappez une nouvelle fois, plus fort, en prenant l'extrémité avec le bouchon à deux mains. Le bout crisse contre l'os, puis s'enfonce encore plus profondément. Il retombe dans la voiture et émet un bruit satisfait, comme s'il s'était affalé dans un fauteuil près du feu après une longue marche.

Vous ne pouvez pas le laisser là. Vous regardez le chemin dans les deux sens. Vous regardez les fenêtres des maisons des deux côtés. Vous soulevez la jambe restée en dehors de la voiture. Elle se plie au genou. Vous la poussez à l'intérieur. Vous ouvrez la portière opposée et vous essayez de le tirer sur la banquette. Mais il est tellement encombrant, tellement lourd. Vous tirez sa tête et ses épaules du côté du passager, mais sa jambe reste du côté du conducteur. Vous lui ôtez une chaussure et parvenez à faire passer sa jambe gauche par-dessus le changement de vitesses du côté du passager. Vous ne pouvez rien faire pour la jambe droite qui reste obstinément dans le trou en dessous du volant.

Vous fermez la portière et le laissez là pendant que vous retournez à la maison et remplacez vos pantoufles par des chaussures à semelles de caoutchouc. Vous allez chercher votre manteau, votre chapeau et votre sac à main, ainsi que le journal de tante Philippa. Vous voilà bientôt tous les deux en train de descendre en voiture Haverstock Hill. Vous vous adaptez à cette voiture que vous n'avez jamais conduite, et vous ne tardez pas à en avoir le contrôle. L'autre jambe n'arrête pas de retomber en travers des pédales, mais vous réussissez quand même à conduire. Vous atteignez Camden Town et un sentiment de réussite vous envahit. Vous continuez, plus ou moins en ligne droite. Vous connaissez la route parce que vous avez fait le chemin à pied l'autre soir, kilomètre après kilomètre, après avoir suspendu le cœur de Serridge à la pompe près du pub.

Quand vous tournez dans Holborn, un agent de police en patrouille vous jette un bref regard. Vous tracez votre route à travers les rues jusqu'à ce que vous aperceviez enfin les fenêtres brillamment éclairées du Crozier.

Vous tournez dans la ruelle. Quand vous atteignez le square, vous en faites le tour, en le balayant avec les phares. Il n'y a personne dehors, mais les deux fenêtres au rez-de-chaussée du numéro sept sont allumées.

Vous vous garez près de la pompe et mettez le frein. Le moteur cale et la voiture tousse. Vous regardez Joseph Serridge. La lumière venant du pub se reflète dans son œil vitreux. Vous sortez de la voiture et cherchez votre sac à l'arrière. Vous l'ouvrez et sortez le journal. Vous avez pris votre décision à son sujet. Vous laissez tomber le journal sur le siège du conducteur et refermez la portière. Vous vous dirigez vers Charleston Street.

La porte du pub claque derrière vous. On entend des pas. Vous regardez en arrière, prête à courir.

« Mais qui voilà, dit un homme. C'est mon vieil ami Joe. Secoue-toi, vieux. Ils prennent les dernières commandes. »

Le vieil homme est complètement ivre. Il regarde la voiture. Il ne vous a même pas vue debout derrière lui.

Il ouvre la portière du passager et tapote la tête de Serridge.

« Allons, vieux, debout. Dis donc, tu es drôlement pompette, non ? »

Vous sortez tranquillement de Bleeding Heart Square pour vous fondre dans la vaste étendue grise de la ville, sous un ciel sans étoiles.

Composé par Nord Compo
à Villeneuve-d'Ascq (Nord)

Imprimé en France par

CPI
BRODARD & TAUPIN

à La Flèche (Sarthe)
en juin 2013

POCKET – 12, avenue d'Italie – 75627 Paris Cedex 13

N° d'impression : 3001051
Dépôt légal : juillet 2013
S21047/01